时光与我们

时光与我们

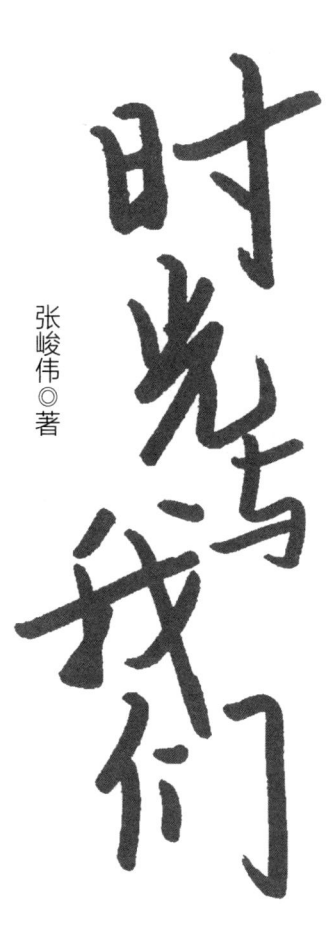

张峻伟 ◎ 著

江苏凤凰文艺出版社

图书在版编目（CIP）数据

时光与我们 / 张峻伟著. -- 南京 : 江苏凤凰文艺出版社, 2025.4. -- ISBN 978-7-5594-8908-1

Ⅰ. I247.5

中国国家版本馆CIP数据核字第2024K1M866号

时光与我们

张峻伟 著

责 任 编 辑　张　倩
责 任 印 制　杨　丹
装 帧 设 计　张合涛
封 面 插 画　Nlovo
角 色 插 画　奇　一　桃　蹊
封 面 题 字　蓝果酱酱
出 版 发 行　江苏凤凰文艺出版社
　　　　　　南京市中央路165号，邮编：210009
网　　　址　http://www.jswenyi.com
印　　　刷　南京新世纪联盟印务有限公司
开　　　本　880毫米×1230毫米　1/32
印　　　张　18.5
字　　　数　514千字
版　　　次　2025年4月第1版
印　　　次　2025年4月第1次印刷
书　　　号　ISBN 978-7-5594-8908-1
定　　　价　88.00元

江苏凤凰文艺版图书凡印刷、装订错误，可向出版社调换，联系电话025-83280257

目录

CONTENTS

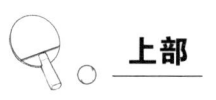

上部

第 一 章	断线的电子音	003
第 二 章	无音之弦,也能演奏吗？	018
第 三 章	高三年级的平常一日	029
第 四 章	如果听不见了……	038
第 五 章	归家之路格外漫长	050
第 六 章	伪装着的不止一个人	063
第 七 章	该下决心了	072
第 八 章	你,迷恋过去吗？	083
第 九 章	传说居然是真的	094
第 十 章	是熟人吗？	108
第十一章	拯救姚蓝计划	121

第十二章	她的过去	132
第十三章	争执的尽头	144
第十四章	真的很相似吧	155
第十五章	默契的江舟合战	165
第十六章	A模式的姚蓝喜欢喋喋不休	180
第十七章	舞者复苏的三分三十秒	193
第十八章	天才运动少女久违的好胜心	208
第十九章	友情	223
第二十章	多少也算派上用场了	239
第二十一章	突然的再会	256
第二十二章	拯救姚蓝计划Ⅱ	268
第二十三章	暴走的热血青春	279

下部

第二十四章	通缉仓鼠先生	297
第二十五章	欢迎来到东湾一中校庆日	314
第二十六章	天使的愿望	330
第二十七章	魔法树	345
第二十八章	流逝中破碎的时之沙漏	359
第二十九章	接力棒传到了我的手上	371

第三十章	旅途中的风景	381
第三十一章	雨海的约束	391
第三十二章	旅途的终点会有奖品吗？	401
第三十三章	纯白的颂别	412
第三十四章	江舟风铃曲——离歌	424
第三十五章	江舟风铃曲——触碰	438
第三十六章	江舟风铃曲——悸动	448
第三十七章	江舟风铃曲——海风	459
第三十八章	江舟风铃曲——铃心	474
第三十九章	江舟风铃曲——江涟	485
第四十章	江舟风铃曲——真相	498
第四十一章	江舟风铃曲——搁浅	510
第四十二章	江舟风铃曲——迷局	520
第四十三章	江舟风铃曲——重构	530
第四十四章	江舟风铃曲——谜语	541
第四十五章	江舟风铃曲——饰演	549
第四十六章	江舟风铃曲——复活	558
第四十七章	江舟风铃曲——江铃	568

后记　　　　　　　　　　　　　　　　　583

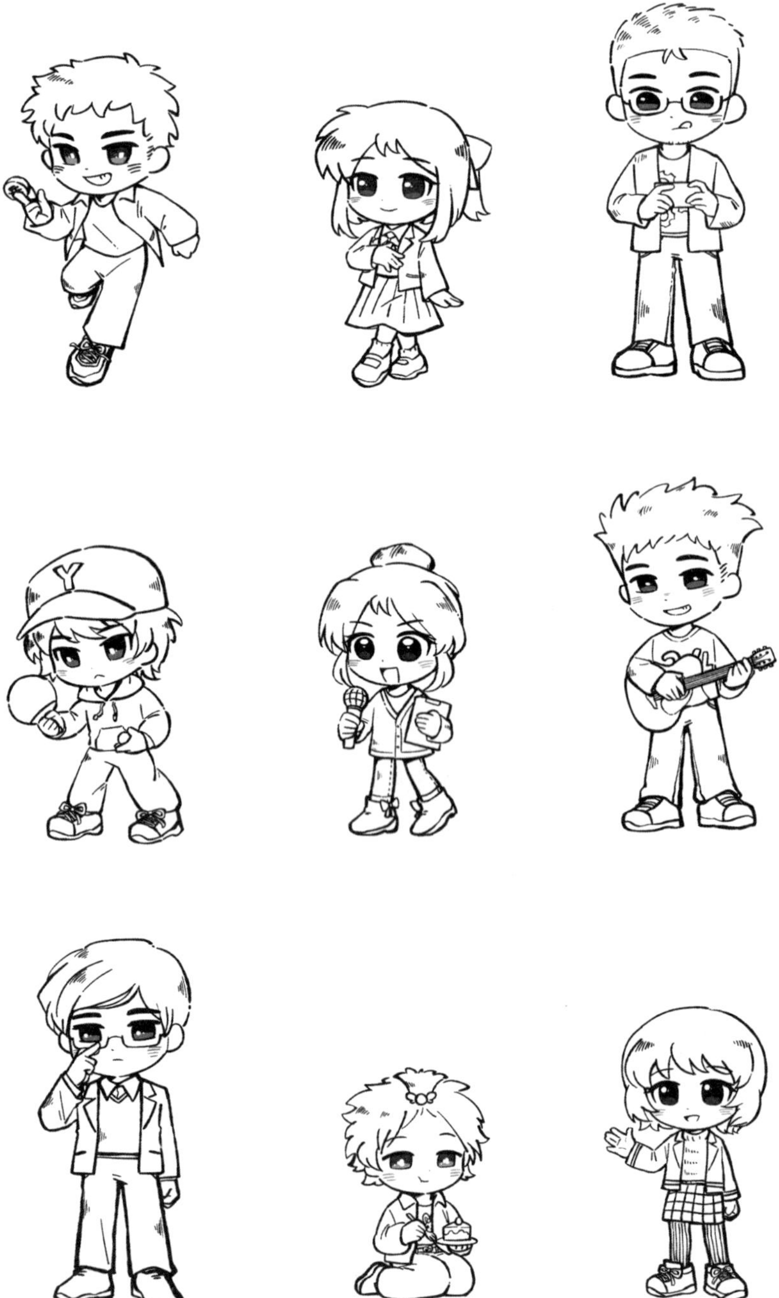

上部

第一章

断线的电子音

　　每个人都有怀念的事。无论十岁、二十岁乃至五十岁,回首过往的经历,总是免不了有许许多多的难以忘却和五味杂陈。悲伤、快乐、后悔、欣喜……每每谈及过去,各种各样的感情便会瞬间涌上心头,它像是一本耐人寻味的旧书,让人醉心于一次次的重复翻阅,然而在细细品味之时却会猛然发现,其间的一些纸张早已在时光的流逝中褪去了颜色。

　　"真怀念那时候啊",在我迄今为止的人生中,听过这句话的次数已经无法数清了。明明只是简简单单的几个字,却仿佛是一颗璀璨夺目的水晶球,一旦将它攥在手中,充实、安心以及一种"我曾来过"的感觉,便会自掌心融入身体,经过每一条流淌血液的动脉,或许就连脚下踏着的那片大地,也会因此绽放光彩,将绿意盎然延展下去吧?

　　"只要登上三石桥,便可以在桥下的流水中看见自己的过去;因为有了三石桥,这座小小县城中的人们才充满着幸福。"随着这个东湾县自古以来流传的美丽传说,请诸位和我一同走进那段永远闪耀着青涩与梦想的光辉岁月吧!

　　……

　　几滴调皮的水珠抱作一团,从水池壁上翻滚而下,将平静的水面打出了层层涟漪。一秒,两秒,等池中的枫叶停止了航行,水面这块镜子渐渐映出一个女生的容颜。

　　她的皮肤既不白也不细腻,接近于小麦色,但这与健康无关,一切都是因为儿时的那场大病。由于药物的摄入，她的头发变成了与枫叶相近的红褐色，而且有些干涩，不过这同那条绑马尾的淡蓝缎带倒是意外合拍。两道柳叶细眉把面部点缀得自然优雅，辉映着头发色彩的眼睛虽然不大但炯炯有神，鼻子长得很标致，嘴巴有点小嘟，脸蛋微微泛着红晕……总的来说，女生的相貌连同身材都属于正常水平，没有什么大缺点，也没有任何超常发挥的地方。朴素且普通，这是她留给别人的第一印象。

　　女生站到了水池外围的大理石上，深呼吸后，她向面前那位并不存在的裁判伸出了手，静静地等待一个允许她将身体由静转动的信号。江佳铃，虽然我真正与她频繁接触是从初一下学期开始，但如果从彼此认识开始算，到今年的10月就将满七年了。现在的她是我们班上一等一的好学生，而且由于性格善良与举止端庄，不光学生，连那位被大家戏称为"老大"的冷面班主任也很喜欢她，似乎所有人对江佳铃的刻板印象都是一位乖巧的文静淑女。

　　但我是知道的，当江佳铃摆出这样的姿势之后，如果在此刻真的给予她一声"开始"，她会展现怎样的姿态，去将那些贴在她身上的刻板标签无情地甩开。

　　正当我想出声吓她一下时，几名记者打扮的男女从小区门口缓步走来。在扛着摄像机的男人比了个类似"准备完毕"的手势后，拿话筒的女人脸上便挂上了颇为职业的微笑，同仍在自我陶醉中的江佳铃打了招呼。

　　抱着看热闹的心态，我将探出的身子又缩回来几分。

　　"呀！"被冷不丁一吓，江佳铃整个人都歪了，她慌忙从大理石上平稳着陆，而后在摄像机的面前不知所措地红了脸。

　　"这位同学，你好，我们是云湾电视台的，想问你几个问题，可以吗？"虽然是请求，但女人甜美的声线，让这份请求在任何人听来都是难以拒绝的。

　　江佳铃闪烁其词的态度让女人赶快开始了提问："在今年的数据统计中，东湾县再次在幸福指数和宜居程度上被评为全市的第一名，即使把范围扩大为全国,东湾县的排名也是前十。所以,想请问同学,作为东湾县的居民,你觉得东湾县在哪些方面能让你体会到幸福与宜居呢?"

"东湾县呀……确实,这是一个非常适合居住的地方。气候也很好,风景也很好,周围的人也都很和蔼,东西也不贵。不知为什么,只要呼吸这里的空气就能体会到一种满足感……或许用慢节奏更为贴切吧。不过我是备考的高中生,所以对'慢'这方面的体会倒不是很充足。"缺乏镜头感的江佳铃一边望着天空思考,一边努力地回答着对方的问题。

东湾,这个隶属于云湾市,拥有着许多传说的小小县城便是我生活至今的地方。正如那位记者所说,它是个相当适合居住的城市,唯一的缺点就是并不似名字中的"湾"那样与大海毗邻。虽然在盛产宝石的先天优势下,县城的经济从我记事开始就在飞速发展,可无论高楼的层数涨了多少,交通工具的种类与速度添了几分,绝大多数的东湾人仍然处于一种慢节奏的生活之中,不急不忙,不骄不躁,起得比太阳迟几乎已经成了全县都默认的生活节奏。就拿现在这点的街道来说,根本没几个行人,空荡得像是五十岁大叔的脑门。

当然了,我们这些学业压力繁重的高中生属于例外。或许这几个记者样子的人就是想专门采访高中生,所以才特地起了个大早,在高中附近的小区守株待兔的吧。

"乖乖!同学你的普通话真棒,完全没听出来咱们这儿的口音呢!不过既然是一名东湾人,对于三石桥的传说一定也非常熟悉吧?能不能告诉我们,对你而言,最珍贵的回忆是什么呢?你想和谁在梦中相见呢?如果你得到了信物和祝福,你想实现什么愿望呢?"

面对以上连珠炮似的提问,除了苦笑,江佳铃也没法再做出其他的表情了。

这也难怪,因为她并不是本地人。江佳铃原先与家里人生活在很远的南方小镇,直到初一下学期才搬来这里定居。对她而言,那些当地人耳熟能详,在娘胎里就开始听,咿呀学语时就在绘本里看,上了学校就在课本上学的传说故事实在太遥远,也太陌生了。

拿话筒的女人依然用微笑等待着女学生的回答,而那个一向不善于拒绝别人,总是希望能够满足对方期待的女学生又无法坦诚地说出"我不知道"这样扫兴的话……

看来是我登场的时候了呀。

"对东湾一中的学生来说,最珍贵的回忆自然是学校顺应民意,宣布将晚自习再延长半小时的动员大会,梦中想见面的是白天没写完的作业和试题。至于想实现的愿望嘛,取消每周末才有的四小时假期,我们早就想一周学满七天了!既然学不'海'!就往'海'里学!'海'了也要学!""海"这个字在东湾人口中还有"完蛋"的意思。我故意使用土生土长的东湾腔大声嚷嚷着来到江佳铃的身旁,试着让面前的镜头被自己那张爱出风头的帅哥脸占满。

江佳铃并没有像我预计的那样对突如其来的救场表示感谢,恰恰相反,她红褐色的眸子里写满了对刚才即兴回答的不悦。

拿话筒的女人一看就是老手,她没有被突发情况影响,那对充满求知欲的瞳孔已然改变了目标对象,开始向我抛出了一系列的问题。

"我?我叫张舸,是东湾一中高三年级的学生。"我不知道自己在江佳铃的眼中算不算英俊,至少我自己还挺有信心的——棕黄色的眸子,高鼻梁,浓眉毛,发质很好,一直是个毛寸头——虽然包括外表在内的各种硬件确实都挺普通,但我总是不愿将自己归为"普通"的行列:凭借普通的身高和略显单薄的身材,我带领这两样指标同我一样普通的班级跻身了校运动会篮球比赛的四强;凭借比上不足比下有余、成绩每次都安稳躺在大名单中游的普通头脑,我获得了市级高中生象棋比赛的冠军;也凭借着一股打死也不愿意消停的执拗,我的名字隔三岔五就会在同学们面前变成反面典型,遭到一连串的批评教育,与传统意义上好学生的标签并没有多少交集,还得了个"闹事张"的绰号……总而言之,按照我的损友赵慎的说法,我这个人"浑身都充满着歪掉了的才能"。比如现在,镜头中的我正在尽力模仿时尚杂志里那些男模特的面部表情,试着让自己的学生气不要太明显——要说不紧张是不可能的,但既然撞上了电视台,我可不会错过让自己表现的机会——同时继续半掺着东湾口音回复:"她?她叫江佳铃,嫌麻烦喊她江铃就好,我们是同班同学。"

"哦哦哦!同班同学,你们还一起上学……请问你们是什么关系?"这个女记者的语气和表情突然就不正经了。难道对她而言,这算是一向以刻板著称的东湾一中的猛料?

不至于吧?

"她?她是我姐,我们从小一起长大。"一时半会儿和他们解释不清,我索性随便扯了个谎,省得江佳铃再被他们纠缠。

我和江佳铃当然没有任何血缘关系,与她一起上下学也是因为我在刚升入高中时经常被初中结怨的坏家伙们找麻烦。虽然随着时间的推移,如今的我早就使他们失去了兴趣,但与身边这位喜欢多管闲事的女生一起上下学的习惯却被不知不觉地保留了下来,而且看样子这学期也会继续。

真的要感谢江佳铃,如果不是她在那时候重新走进我的生活,我指不定会变成一个什么样的小混混……比起那段无药可救的灰色时光,能像现在这样与好朋友一同前往全县最好的高中上学,我确实非常知足了。

在听到"姐弟"这种没法继续延展八卦的无趣答复后,女记者的表情明显有一秒钟的失落,不过她马上就接着提问了。

通过进一步的接触,我终于明白了这几位来访者的目的:以东湾县最为著名的传说——三石桥的故事为题材的那部电视剧《三石情》终于要开播了。自从"2012年是世界末日"的谣言在前年年底不攻自破后,这是又一个能令全县居民都讨论到热火朝天的新话题。作为承载着全县乃至全市期待的大制作,当然需要与这份投入相媲美的宣传力度来造势,而对东湾县各阶层、职业的走访调查便是其中之一。毕竟要在全国范围内打响东湾县三石桥的名号,各种各样的县城居民"现身说法"是最直接的方法。

江佳铃的手表铃声打断了我对第九个问题的回答,她气鼓鼓地将我从镜头中拉走,并且真像姐姐训弟弟似的,逼迫我用全力冲刺来弥补之前瞎显摆的过失。

第一章　断线的电子音

在迟到被抓的风险消失之后，先一步走进校园的江佳铃调整好呼吸，开始整理自己的衣着。先是将那些在奔跑中不安分的头发丝从系在脖子上的红线中梳出，而后又将红线上挂着的紫色小香囊塞回自己的衣服里……

"这玩意你还戴着呀？"我有些吃惊。那个护身符造型的紫色香囊是我在七年前随意送给江佳铃的礼物，不过她似乎非常看重这个廉价的玩意，而且还真当作护身符贴身戴到了今天。

"想扯开话题是没用的。"江佳铃嘟起了嘴巴，开始了她最为擅长的说教，"张舸，谁是你姐啊？你怎么张嘴就胡说八道，还有后面你的那些回答，全是在含沙射影学校的作息制度，万一播出来了该怎么办？还有，什么叫'嫌麻烦喊江铃就好'，拜托你好好念我的名字，江佳铃！都是你害的，现在班上的男生全都这么叫我。"

"这个昵称不是挺好的嘛！没想到你竟然还没习惯。"我笑着对江佳铃耸了耸肩，"而且你可别诽谤我，我可是从头到尾一个劲地夸学校呀！再者说了，哪有这么多万一？你在意的那些都是无关信息，时间金贵着呢！不可能每个人的采访、采访的每一条都会播的，剪辑师钱又不白拿。"

"又狡辩！你就是想出风头，老毛病又犯了！昨天也是，明明是开学的第一天，你居然……"江佳铃重重地叹了口气，强迫自己回归优雅的状态，"总之，剩下的这一年，我一定要再把你抛抛光，好好打磨打磨！还是和以前一样吧，先从小事做起，一件一件来，比如克制自己出风头的欲望，怎么样？"

"昨天那真不是我喊的，只不过最后没人承认，我才背锅罢了。江铃啊，我和你讲，绝对是赵慎干的，那声音就是从我右耳朵旁边冒出来的……"

江佳铃没被我的辩解影响，在上楼梯的过程中依旧继续着不知从何时就准备好的大段发言。她的脾气在大多数情况下很好，确实像是一位个性温和、不拘小节的"姐姐"——虽然江佳铃实际比我小——总是在默默倾听着别人的话。可这一切也都是建立在她那套刻板而主观的原则之上的,一旦江佳铃认为别人确实做错了,她便会在瞬间变得非常固执,除非对方主动认错,否则绝不会停止义正词严的长篇大论。

"好好好,我错了,啰唆死了。"我小声嘀咕着,"你不会是因为被我抢了风头才耿耿于怀吧?"

"哼哼,你就趁现在用这张油腔滑调的嘴嚼瑟一下吧!"在走进教室前,江佳铃将左手搭在门上,回过身子,意味深长地对我说,"还记得昨天班主任说过调座位的事吗?我听小道消息说啊,你的新座位变成第一排了哟!"

"啥?你说啥!这不坑了吗?!"在我发问的同时,东湾一中晨读的预备铃适时地响了起来。

东湾县第一高级中学,这是全县最优秀的高中。不过由于云湾市的教学水平在全省排不上号,东湾县的整体节奏又是出了名的慵懒,所以对校方、家长以及学生而言,通过加班加点抢时间的方式在竞争中占得先机早就成了三方默认的共识,这也是没办法的事。

视线移向我所在的高三年级11班的教室黑板,那幅抽象的图画显示,我的新座位确实在"鸟不拉屎"的第一排。当我收拾完行李,头低毛耷地入住新居后,细得像是猫叫一样的声音从左侧悠悠飘来:"你好……张舸同学……我是你的新同桌张月桐……你好。"

因为她低着头,我始终无法捕捉到被刘海遮盖的眼神,不过红到了根的耳朵倒是很明显。由于我的沉默,她渐渐抬起头来确定我是否听到了问候,当我们四目相对的那一刻,女生又急忙缩起脑袋:"那个那个那个那个……你、你好!"

双眼皮点缀着乌黑透亮的大眼睛,眸子里带着青春期少女特有的清纯和羞涩,小小的鼻子嵌在毫无瑕疵的瓜子脸上,有些干燥的樱桃小嘴生得也是恰到好处……这位留着学生头的同学名叫张月桐,是班级里雷打不动的第一名,是同学眼中兼任副班长和纪律委员的乖乖女,是江佳铃去年一整年的同桌,如今成了我的新"邻居"。

虽然提到江佳铃,我所认识的绝大部分人对她的了解都是从初中时代,也就是江佳铃一家来到东湾居住才开始的,但是张月桐是一个例外。这得益于她们的父母彼此熟悉,两人自童年时代就已经相识,包括小时候那场险些夺去江佳铃生命的大病,在同龄人中除了我,可能也只有张月桐知道了。

我和张月桐在此前并没有深交,仅仅是普通的同学关系,知道她与江佳铃是旧交也是因为一个意外:当时的江佳铃在体育课上昏倒了,是张月桐第一个发现并采取了急救措施,陪江佳铃去医务室的也是她。在那之后我也向张月桐表示了感谢,这才知道了些前情。不过我印象中自此就没怎么和这位乖乖女说过话了——她实在太内向了。

在我看来,班主任将张月桐安排成我的同桌,只是对昨天发生的大骚动耿耿于怀罢了。因为最近邻国地震的新闻动静很大,在开学典礼后,校长便通过广播向全校宣传了防地震的常识,而教导主任则负责纪律的巡视。当主任进入我们班时,我正将背靠在后门上,单手托腮,屁股紧贴椅凳,让两条椅子腿悬空,用这个自制的简易摇椅前后晃动着。说时迟那时快,一只丑陋的大壁虎突然从天而降,落在我的课桌上。我被吓得大叫一声,身体打了个激灵,悬空的两条椅子腿也因此猛然落地。

本来没什么大事,充其量也就是我在跌跌跄跄和保持平衡之间手舞足蹈几秒。可不知是谁大喊了一声"地震了",把主任吓得撒腿就往外跑,声音直冲云霄。这下子班级直接乱了套,不光是男生,平日里矜持优雅的女生也都顾不得许多,全尖叫着一溜烟跑了出去,还在楼层引起了一系列连锁反应。眨眼间,整个教室就剩下了笑趴倒在课桌上的我、坐在讲台上脸色铁青的老大,以及一条还在我桌子上乱跳的壁虎尾巴……

"张舸同学?"蚊子一样的声音飘了过来。

不打招呼的话,我的心里也过意不去。

"我乖嘞,坏八辈子良心了!看纪委在你旁边那副低声下气的模样,不知道的还以为你小子是多大的班干部。怎着的?欺负人呢?"随着地道的东湾口音外加一阵辣条味儿,赵慎的吉他音从我的背后传来,没什么肉的黑腮帮子笑得直晃,语气则更是讨打的音调,"不过就你这德性,就算当了班干部,没几天也得给人拾掇了。咱们年级现在那教导主任你还记得不？当初他跑来我们初中当校长,结果非但没干好,还弄了自己一腔屎！"

"你才一腔呢,胡说八道。"昨天还意气风发的我哪能想到,原本属于我的后座如今已经面目全非,正摆放着赵慎心爱的吉他与背包。这刺猬头是我之前的同桌兼损友,比起全名我更喜欢叫他赵腰子,因为"慎"与"肾"的发音一致。凭我对他的了解,那声"地震了"绝对是他的杰作。

我同赵慎认识的时间也是初中,属于相见恨晚的好朋友。赵慎是个塌鼻子,黝黑的皮肤和精瘦的身材是"健康"的代名词,他的普通话不太标准,里面夹杂着浓厚的东湾口音,比如"我"的发音在他嘴里一直都是"呕"、"十"一直是"蛇",还有他经常说的"怎着的",这句话的意思类似"咋回事",不过从他嘴里念出来就变成了"肿值跌",直到现在,江佳铃听到还会忍不住发笑。赵慎是个大大咧咧的乐天派,在高二进入老大的班里后,这小子相对安分了许多,不过蠢事还是干了不少。比如今年放寒假的那天,赵慎把一个炮仗带到学校,准备离校时在大门口庆祝一下。结果不知怎的,那劣质的玩意在自习课上炸了个巨响,连我俩的桌子都被弹了一下,不仅把班里同学吓得够呛,整个楼层的学生也都来围观。但也多亏了这个炮仗,赵慎被罚一个人大扫除,我们得以提前开始寒假生活。

"撩事的又不是我！我那破位置哪有你恣啊！"听完了我对于他为什么一个人还能享受最后一排的疑问,赵慎弹着忧伤的曲子,一副交二十块就可以随便揍他的谄媚表情,"你不坐给我坐恣恣,我还没坐过第一排呢！不过你得先去和老大说一声,他同意我现在就挪窝！"

忍不了,这二十块我交了！我深吸一口气,从口袋拿出一张扑克,继而露出和善的微笑："腰子,今儿咱就别斗嘴了。你看,大家好歹同桌一场,为了纪念我们这一年的友谊,给你变个魔术怎么样？"

"可坑了,三天两头给教导主任当话柄数落我们班的友谊是不？"赵慎说归说,身体还是很诚实地让我将牌放在他手上。

"拿稳了,对对对,就这样,保证让你恣恣！""恣恣"是东湾方言中"舒服、快活"的意思,类似"真恣"(真舒服)、"恣死了"(太爽了)这种词在东湾

第一章 断线的电子音　　011

人的日常交谈中使用得特别多,就连江佳铃这样对东湾话几乎一窍不通的人在耳濡目染后也会在吃雪糕的时候嘀咕几句。

简单的讨好过后,我总算是稳住了赵慎。望着他手上那张背面是蜘蛛图案的扑克牌,我忍不住偷笑着:"注意看哟。"

一旁的张月桐也伸了伸头。

我故弄玄虚地咳嗽两声,而后打了个响指。只见扑克背面的蜘蛛突然炸毛,张牙舞爪地立了起来。那一刻我毫不怀疑,这魔术道具三块钱的巨大成本配上近乎完美的工艺水平,绝对可以把赵慎给吓个半死。

不出所料,那家伙一边尖叫一边瘫倒在了地上,随之而来的是一堆笔本盒纸的掉落声。

活该!让你昨天陷害我!

"倒头鬼,你傻笑个啥呢?"赵慎把那个蜘蛛扔到了我脸上。

怪了,为什么他这么淡定?在我扯下蜘蛛之时,几声弱小无助又可怜的哭声从我的下方传来了……倒在地上的是张月桐?!是我的新同桌?!

只见学生头凌乱的张月桐正与地面平行,她涨红了脸,紧咬下唇,任由那豆大的泪珠从眼中滚落。紫色的运动衫滑到了肩膀以下,露出了黑色的秋季毛衣,被棕色打底裤包裹的纤细双腿紧紧并在一起,上面还有着散落的书本和纸笔。

"张舸,你又干了什么啊?!"江佳铃啪嗒啪嗒地小跑过来扶起自己的好友兼前任同桌,又帮她把掉落的纸笔归位,继而理了理她的衣服和头发,"让你和她坐在一起可不是为了吓唬她呀!"

"怎么说得这件事像是你谋划的一样!"

"抱歉,月桐,他没轻没重。好了,张舸,快点道歉吧!"江佳铃无视着我的话,红褐色的双瞳直勾勾地盯着我,散发出一种令人不寒而栗的压迫感。

"得,我认栽就是了。"这是一种本能的反应,我可不想硬碰这个正在气头上的倔丫头。

"没关系,佳铃。是我自己胆小,没关系的。"坐回位置的张月桐耷拉着脑袋,在她揉屁股的时候,江佳铃已经和往常一样将身体趴到了她的头上——这是两位好友表达感情的独特方式。

"喂,这么吵是怎么回事?座位还没换好吗?静下来!"男人的粗犷大喊让班级的同学瞬间归位,没准备的我被吓得寒毛倒立,还没反应过来,面前又响起了拳头奋力敲打讲台的声音。

咚咚咚!我被粉笔灰呛了一脸,用力地咳嗽着——这是啥破烂位置啊!

"同学们,都坐好!安静下来!"我们敬爱的班主任扶了扶眼镜,用夹杂着东湾口音的普通话厉声说道,"如你们所见,今早的晨读就不上了,我们用这个时间对班级的座位进行了调整。关于这次座位的调整,我想了很长时间,所以你们也就不要有任何的异议了,至少在两个月内,我不想听到任何关于这方面的不满。"

老大停了下来,教室里一片寂静。

"喂!回答呢?"在老大的怒吼结束后,全班用不亚于他敲击讲台的声音做出了回答,而我的喉咙则继续与粉笔灰做着斗争。

老大走的时候,晨读已经结束五分钟了。我松了一口气,偷偷瞥了瞥左侧的张月桐,下定决心为自己之前的鲁莽道歉。

"不不不,是我不对,张䶮你没有错的。"张月桐怯生生地望着我,目光时不时朝我这里动动,蚊子一样的声音越飞越小。

"他要是没错,我'王'字倒过来写!大哥,您能消停会儿吗?"王家杰叉着手来到了我的旁边,我是坐着的,这让他一米八四的瘦长身躯显得更加高大。

王家杰是我们班的班长,一位普通话标准的帅小伙:长度适中的偏分头,秀气的大眼睛,卡在蒜头鼻上的无框眼镜,些许胡茬……除了稍微有点驼背,还真挑不出什么毛病。

和王家杰交谈总是能感受到生活的痛苦,因为他看问题很现实,还长着一根极其刻薄的舌头。在去年的班级投票中更是高票当选了"最没想象力的人"和"最无聊的人"。

"张舸,算我求求你了,别再折腾了。"王家杰享受着我毛寸头的质感,"你又不是不知道,班级里还有其他人要特别操心呢,教导主任恨不得把眼睛钉在我们班窗户上。"

"都说了我真不是故意的啊!班长,我向你保证,至少三天之内,我不给你惹任何麻烦,否则我替你搬一周的水。"

"泪目,这可太长了,替我谢谢你八辈祖宗。"王家杰以阴阳怪气的口吻对我表示了感谢,一面双手合十拜个不停,一面像是怕被什么传染似的光速退回了他自己的座位。

眼看江佳铃要趁着这个工夫跑过来对我说教,假装尿急的我连忙起身逃离了教室。

鸣笙起秋风,置酒飞冬雪。不知为何,脑海里想到了这句诗。空气中夹杂着寒意,我的白色篮球鞋上也落上了几片黄叶。

楼下已经有不少从食堂吃早饭归来的学生,那排银杏树叶也泛起了金黄,四五月份开花的它们在 10 月份迎来真正的成熟,然后在 11 月凋谢。

我往操场的方向走去。学校的操场很大,离教学楼近的是水泥篮球场,足足有十二个场地。水泥篮球场的西边是修了没多久的塑胶跑道,跑道上方的看台可以容纳超过两千人。至于被跑道包围的草坪足球场,在春天到来的时候,学生们可以欣赏到由自然所萌发的、象征着复苏的勃勃生机。跑道的北边排列着水泥乒乓球台、塑胶篮球场以及平时禁止入内的体育馆,体育馆中又包含着排球区、羽毛球区和篮球区,这里是举办正式比赛的专用场所……刚才所描述的风景我已经看了两年。或许我骨子里就是一个闲不住的人,每每这个时候,对新生活的渴望总会击溃心中对高中时光所剩无几的感伤。

秋季特有的妖风发出了怒吼,这使得我从漫无目的的闲逛中回过了神。不知怎的,自己居然走到了高一年级新生楼的后侧。这里只是一片还未完成的楼房地基,由于风一吹便会尘土漫天,加上不远处施工的声音很大,基本没什么人来。

提醒快乐时光只剩五分钟的铃声适时响起,催促着我赶紧离开。几乎同时,我听到了不远处扯着嗓子喊出来的隐隐约约的歌声。

哦?难道才开学就有学生专门跑到这块没什么人会来的僻静地儿练嗓子?这倒挺新鲜的!我有些好奇,不禁朝那个方向迈出脚步。

这是女生的声音,她唱什么呢?我试着去复述她所唱的歌词,然而几句之后我就愣住了:这不是我最喜欢的那首曲子吗?可调子跑得也太离谱了吧?简直像是飞向南非的航班漂移到南极一样!

又听了几句,我感觉自己的忍耐力已经到极限了。她的声音并不难听,但完全不着调子,就好像是故意为之,拿这首歌取乐一般。

是啊,即使赵慎这种破锣嗓子也绝对唱不成这样的,八成就是故意的!我有些恼怒地快步走向废墟的中央,可映入眼帘的是一幅神奇的光景:

被晨露滋润的郁葱苔藓之下,于赤砖堆砌的凌乱步道之中,有一名抱着黑色装订本的瘦小女生。她穿着黄色的针织开衫外套和一条厚牛仔裤,脚上则是缠有鞋带的小黄皮靴。发型是最近很流行的丸子头,发色乌黑透亮,透露着健康,配上那小巧的身材,显得优雅又可爱。她的侧脸在晨雾中若隐若现,眼睛很大,可以微微看到长长的睫毛,鼻翼圆润丰满,一张水灵灵的娇俏小嘴给人吹弹即破的感觉……

远远看去,有些朦胧,有些虚幻,好不真实。如果不是那个难听歌声的提醒,我几乎就认为自己正处在人间仙境了。

从这一地点、时间以及那小小的身形推测,这应该是名刚入学的新生。而从她认真的表情来看,那难听的歌声确实不像是故意为之……没准真是没意识到自己唱得很烂吧?可这难以评判的歌声万一被其他好事者听到,来到这里一探究竟,我想这孩子马上就会成为同学嘴中的笑柄,这对于她今后几年的校园生活可不是什么好事。

"喂,同学,请别再唱了。"

女孩陶醉在自我的世界中,低头提高着自己的嗓音。

这算是"无言的反击"吗?

"我在和你说话啊！喂！"被无视后，好面子的我喊得更大声了。与此同时，我注意到已经有和我一样被歌声吸引的无事忙正向这边探头张望了。

　　噪声依旧飘荡着，我已经怒发冲冠了。这小丫头看起来是个乖种，性格和她的外表扯不上一点关系，而且这可是我最喜欢的歌啊！我恶狠狠地咬了咬牙，继续呵斥那女生，勒令她停下。

　　朝这边望的人似乎越来越多了，这反倒让我双颊发烫。这丫头是想无视到底吗？或者说，她就是个自闭的人，对于任何人的任何话都是这样熟视无睹？拜这名奇怪的女生所赐，我个性里的那股子偏执再次涌了上来——决定了，我要好好地说教说教这个不识抬举的怪人。

　　我不屑地歪了歪嘴，走到女孩的面前，头略微昂起，眼睛则半眯着朝斜下方瞄去：从这个角度看来，她的发质还真是好，尤其是那个精神的丸子头，乌黑透亮，让人忍不住想去捏……等等，我可不是来欣赏美女的，大家都看着呢！

　　正当我如同从海底两万里上浮的潜水员，憋足了气准备爆发之时，女孩子突然抬起了头，她的丸子头松掉了，一条马尾辫缓缓滑下，继而随风飘扬。那双闪烁着灵动和天真的大眸子充满了光辉，光辉中映照出两个小小的我。

　　我惊呆了。

　　我的脑海中快速地过滤着我自出生以来存储的各类肖像，想要将这个无比熟悉的脸庞与某一个名字对号入座。

　　"请问有什么事吗？"女孩重新将头发盘好，慢吞吞地说出这句话。声音很大，或许是因为受到了惊吓，她的每个字都读得很重——并不是把字与字组成词语来说，而是单纯地将每个字念出来。

　　这句话将我拉回了现实。虽然她正常说话的声音绝对可以担得起"甜美"二字，但我确定它并不存在于我的记忆之中。

　　"当、当然是你的破嗓子啊！坏良心了，我从没想到有人能把那首歌唱得这么恶心！难听至极！"就像是为了争什么输赢，为了掩盖自己的动摇，为了找回什么可笑的面子一样,我的嘴巴无视着大脑的指令,以暴怒的高分贝将心中的那股无名火一股脑都宣泄到了这名素不相识的女生身上。

她歪着头,直直地盯住我,表情很是平静,好像没明白我的意思,还在思考我刚才说过的话。

"我都和你说了半天话你没有听到吗?让别人尊重你首先请你尊重别人好吗?!"我变得更加急躁了——她是在藐视我,还是看穿了我的心思?

女孩依旧只是盯着我发愣,没有一点愤怒的意思。她的表情很认真,嘴唇一张一合似乎想要说些什么。

她到底在想什么啊!我感觉自己在太空之中漂浮着,因为周围实在是冷,而且安静到可怕。

好啊,你要是真的能不给我任何反应的话,那就试试看啊!就像是被什么邪恶的人格操纵了似的,我的心中生出了一个无聊的念头。在回头瞥了一下那些远处看热闹的新生后,我清了清自己的嗓子,然后把头转过去:"喂,同学!我喜欢你!和我谈个恋爱吧!"

悄悄回头,女生的表情依旧没有任何变化,还是一如既往的平静与木讷。不知怎的,弥漫在我身上的所有负面情绪也随着这份平静与木讷全部消散了,我感觉到了一种莫名的释怀:我输了,想不到世界上还真是什么人都有。我失败了,我放弃了,让她唱吧。

当我准备灰溜溜地离开之际,女孩的声音又传了过来:"那个,请问你能不能,把要说的话,写、写给我呢?"

写下来?我还要写下来,呈奏折一样给你看?开什么玩笑,难道真聋了,听不到别人说话吗?我转过了到达临界点的面容,也就是那一刻,我的脑海中突然重复起刚才心中所想的话:难道真聋了,听不到别人说话吗?

不会吧?我的脑子里成了一团糨糊,忘记了时间和站在这儿的目的,只是不知所措地望着面前的女孩子。

她……真的听不见?

第二章

无音之弦，也能演奏吗？

今晚的星空很漂亮。笑脸般的月牙悬在天上，周围是捧着她的繁星点点。这种深邃的蓝黑色总是能够让人心旷神怡，只要盯上一会儿，就会感觉要被吸进去似的，全身都变得轻飘飘的。

江佳铃的发香在我左侧飘荡，随着同行的开始，我的耳畔传来了令人感到安心的脚步声。没走几步，回家小队的另一名成员，万洋也登场了。他是我的表弟，如今在东湾一中就读高二年级。万洋是标准的鸭蛋脸，额头上面是精神的碎发，尖尖的下巴，一对招风耳上挂着斯文的眼镜。虽然他喊我哥哥，但对我而言这其实是一件蛮丢人的事，因为他比我低一个年级，身高却有一米八九。由于父母工作的关系，我这个弟弟的初中时光是在云湾市区度过的，直到考上东湾一中才重新回到这个久违了的小县城生活。虽然好几年没见面了，但是在江佳铃的帮助下，我和这位曾经很熟的老弟没花什么工夫就再次亲密无间了。

现在的万洋正作为被某位象棋冠军连续击败三十五次（纪录更新中）却仍在坚持挑战的顽强人物而被一中的学生们所熟知。除了喜欢象棋，身为东湾县著名的数码潮流专卖店"天然阁"的熟面孔，万洋还是一个擅长自己动手的数码产品发烧友。和我这种啥玩意故障都先拍几下的门外汉不同，只要有两三把螺丝刀，小到手机、随身听，大到电视、电脑，就没他捣鼓不明白的。当然了，这小子虽然喜欢数码，但大多数情况下基本是只看不买。这也给了我不少成人之美的机会，比如我经常为他带点配件、杂志啥的,顺便再配上炸鸡、卤味,管吃管玩,尽一些当哥哥的本分。

毕竟没有比我这弟弟更好的人了。记得十岁那年我受了委屈,独自跑出来蹲在角落哭了半天,直到我抹干眼泪,情绪稳定之后,那个已经长起了个子的表弟才出现在我的面前要和我下棋——我确定万洋早就看到我哭鼻子了,他是怕我尴尬才迟迟没有露面,而且那时的他对象棋是一窍不通。

"说了半天,你在纠结你遇到的,就是我说的那个失聪的女生?"走在我右侧的万洋正翻阅着最新一期的数码杂志。他班上的生物老师也带高一,据那位老师说,在这届新生中有一位听不见的女孩。

"唉,我都快疯了。我之前说的那些难听话算什么啊?她对我投来的那个好奇又和善的微笑又算什么啊?"情绪激动是性格使然,我承认我总是压不住自己的脾气,但我同样绝不能容忍自己去践踏别人的善良。

"哥啊,那你为什么不这样想呢? 如果真的失聪,你的那些话她正好就听不到,完全没有必要自责。"

"你可真会安慰人。"

"那必须的! 不然你就继续闷着,要么就找到她道歉。"

江佳铃在我的左边探出了脑袋:"你们不觉得奇怪吗? 一般来说,失聪和失声都是并存的,一个人如果不能听到声音,就没有办法学习怎么说话了吧? 而且失聪的学生,要怎么在班级里上课呢?"

"确实,她对我说的那些话听起来是很费劲……说不定她大声唱歌,就是想要努力保住声线!"我更加确定了自己的假设,然后是程度更深的自责——我就是这样用"难听""恶心"一类的词,去中伤一个虽然残疾却不断努力着的人吗?!

而且在见到她正脸的那个瞬间,那种似曾相识的感觉究竟是怎么回事呢? 我的记忆中应该有一个同她的长相神似的人,但我就是想不起来。

江佳铃学着王家杰的口吻对我吐槽,把小披肩甩得一摆一摆的:"哦哟! 又开始自责了? 把自己班上的新同桌惹哭了都没见你这么揪心,如今却为一个素不相识的小姑娘纠结成这样,您这胳膊肘可真是伸缩自如,哪儿远朝哪儿拐。"

"今天给满分,这语气听得我血压都上来了。"在给江佳铃的模仿秀打完分后,我坏笑着进行了反击,"不过江铃你还真别说我,换座位之后,你的日子肯定比我难过多了!"

"难过?为什么?"

"你现在的同桌不是班里出了名的问题学生吗?忘了姚蓝当初怎么对你的?如果你和她处不下去,我可以贡献自己的位子给你吃晚餐。"

姚蓝,让老大真正感到头疼的问题学生,与她比起来,从高二起我和赵慎惹的那些笑话只能算是小打小闹。这女生像是一株歪了的树苗,周围生长着无数名为负面传闻的杂草。据说她在之前的学校由于打架被退了学,而且直到现在还和社会青年有往来。或许是为了让她能有个新的环境,在高二下学期,这棵"树"被谁给移植到了东湾一中。可从她来到我们班那天起,身边就全是些古怪离奇的传闻,加上她的脾气很坏,对谁都是一副充满攻击性的态度,大家自然都躲得远远的。开始的时候我对姚蓝还是有点兴趣和同情的,也想去了解一些她的事,毕竟传闻里不仅有她欺负别人,也有她遭受别人欺负的情节。可是在我亲眼看见她当着全班的面把江佳铃的好意当作空气,还发飙咆哮、险些对着劝解的人动手之后,我就再也不想多靠近她一厘米了。由于周围的传言越来越多、越来越离谱,主任和副校长都找过她谈话,但效果并不理想,或者说起了反作用,尤其是副校长,现在他已经到了闻"姚蓝"二字而色变的地步——这也是没办法的事,作为她的同学,我甚至能想象到她与副校长他们谈话时是个什么态度。但是"问题学生"的成绩竟然相当不错,在高二的最后一次全市统考中名列班级第二,全市前五十,或许这也是姚蓝至今仍能平安无事地上着学的最重要的原因吧。

"哪有呀,这种小事早就过去了,我都忘了!而且你看在那之后,她对我的态度不是好了很多嘛!"

"是啊,对你只是爱搭不理,比起其他那些一找她说话就被翻白眼、鬼喊鬼叫的,确实强太多了。"我无奈地耸了耸肩,真佩服江佳铃,什么时候都这么乐观。

"你们还是对她有偏见,我就感觉姚同学人很棒!既漂亮,学习又好,和她坐在一起正好可以互相勉励。"江佳铃理所当然地回答着我,"而且我有预感,班里的同学迟早都会和她成为好朋友的!"

江佳铃当然有这个底气和自信,初中时我就是因为她的潜移默化才逐渐走出阴影,最后还考上了东湾一中,让所有教我的老师都出乎意料。

没准姚蓝也会在江佳铃的言传身教下对大家改变态度呢?

虽然现在我是想象不到。

"好嘞,咱们今儿就在这儿分手吧。你们先撤,继续聊你们的姚蓝,我在这儿加个餐。"万洋擦了擦口水,笑着指了指前方那个挤满了人的小摊,向我们推销了一番鸡蛋灌饼。

"享受的是鼻子和舌头,受伤的可是肠胃哟!"江佳铃对路边摊向来不是很感冒,她的说教模式又开启了,"希望某人可不要跟着学啊,尤其是当着我的面。"

我感受到了江佳铃的目光,只能苦笑着对万洋摆手,示意会在这儿等他回来。记得暑假也是听了万洋的主意去吃一家路边摊,结果那天晚上我反而瘦了两斤。

目送我亲爱的弟弟在混乱中冲入敌阵后,我来到了几个老大爷身旁,当起了观棋不语的真君子。可是没过几秒,我的视线就被一个小小的身影吸引住了——离那群为了灌饼挤来挤去的饿死鬼二十米远,在那一坨战斗着的角斗场外围,有个呆呆站着的小个子女孩。路灯照在她的身上,被拉长的影子一直延展到我脚下。女孩看起来很踌躇,她咽了下口水,黑亮的大眼睛碧波荡漾,一直盯着已经埋没在人群中的小摊,时不时会怯生生地踮起脚尖,但马上又触电般地缩回来。

突然起了一阵风,我眯起眼睛躲避着沙尘。几片秋叶飘落在女孩的丸子头上,但她丝毫没有在意,依旧呆呆地站着,呆呆地看着。

因为听不见,所以只能站在这里吗?我在脑海中试着将女孩的丸子头替换成曾经看到过的马尾……又是一瞬间,她与我记忆里的某人重合了。

第二章 无音之弦,也能演奏吗? 021

是那个人……当我回过神的时候,自己已经朝女孩迈出了步伐。灯光扫过我下了决心的面容,女孩的身影和我交错了。

或许是感受到了光影的变化,她那双大眼睛投向了我。总感觉如果她再动一动,就会有什么从那双眸子中溢出。

我指了指灌饼摊位的方向:"你想吃那个吗?"

这话真愚蠢,她明明听不见。

果然,女孩只是慌张地盯着我,倒不如说是盯着我已经不动了的嘴唇。我现在完全确定了,随之而来的是想要忏悔赎罪的心态。

柔和的灯光下,黑亮双眸所在的清秀面庞令人心疼。犹豫了几秒后,我抬起了原本想打开单肩包的左手,指了指人头攒动的小摊,又指了指她,最后指了指我自己的嘴唇,非常慢地吐字道:"吃吗?"

能做的也只有这样的交流了。只是两个字的发音,她应该可以明白吧。

女孩的眼睛一直随我的手指在聚焦,当我说完那两个字后,她开心地对我微笑。

"吃!"原来她有两颗小小的虎牙。

我点点头,在自言自语中打开单肩包,拿出纸和笔,写上了这家小摊顶部所挂出的灌饼组合,然后让她选择一个。

女孩开心地拿笔画了个钩。得到反馈的我表情稍微放松了些,将本子和笔交给她后,深吸一口气,大叫着朝万洋的脑袋所摇晃的吃货战场冲了过去。

为什么我没有早拿出来纸和笔?即使只有一点也好,我还是想和她同普通人那样进行交流。这是对她拼命保护声线的奖励,我想让她体会到那种用语言和他人交流的感受,让她明白我没有将她区别对待。

可当灰头土脸的我从战场回来时,女孩的身边却多了两个人:一个是眼神中充满了温柔与体贴,如同大姐姐一样的江佳铃,她用手轻轻拍着女孩的肩膀;另一个则是万洋,他正将自己拼了老命得到的战利品递给女孩。得到灌饼之后,女孩小小的身躯立刻充满了精神和活力,她的眼睛眯成了月牙，没有什么矜持和顾忌，她恨不得一下就将全部的面饼塞进已经沾满油光的小嘴中。

而后，在万洋和江佳铃的注视下，女孩大口大口地咀嚼着美味，脸颊被撑得鼓鼓的，绽放出迄今为止我从没有见过的灿烂笑容。

"哟，老哥，回来啦？"万洋首先注意到了我。

我有气无力地挥着自己手上的灌饼，顺便把粘在后脑勺的酱料擦干："早知道你会孔融让梨，我就不去和那些人玩命了……这下可好，只能浪费了。"

话音刚落，我的手上已经空空如也了。

"炸鸡能吃，这就不能吃？你就是虚的，不吃我吃！"万洋的声音里掺杂着乱七八糟的酱料味外加一个巨大的饱嗝声。

"去去去！要是为了你，老子才懒得朝里拱呢！快还给我！"

"对！对！再跳高点，马上就能够到了！"万洋哈哈大笑，他得意扬扬地高举拿着灌饼的手，而我则为了夺回原本属于我的胜利果实原地不断扑腾着。

我跳！我跳！十五厘米的身高差距再加上臂展，实在是令人绝望啊！

"加油啊，还差一点！"万洋这恶趣味简直和那些儿童电视剧里抢走小孩子玩具的中二反派一模一样。

气死我了！一不做二不休，我一脚就冲着……总之画面逐渐变得不可描述。结果是那个饼重新回到了我的手中，而愚蠢的弟弟正在我的面前忏悔自己的罪过。

"与其给你糟蹋了，还不如我自己来！"发表获胜感言后，我抢在万洋"重启成功"之前，顺利将灌饼全部塞进了嘴里。

我去，齁咸！

猛然回头，面前是无奈叹气的江佳铃以及正呆呆望着我的小个子女孩。女孩手中的饼还剩下最后一点，熠熠生辉的眼睛瞪成两个大大的圆球，沾着油渍的鼓鼓小嘴也停止了咀嚼。

眼看万洋将对我刚才的攻击以牙还牙，江佳铃急忙捂住了女孩的眼睛:"你们俩在干什么啊?! 她都被你们吓到了……欸?"

江佳铃的手抖了起来——女孩笑了。她看着我和万洋,咯咯地笑了出来,声音就像银铃般清脆。或许在她的眼中,我和万洋刚才的举动就是哑剧表演。

因为她的笑容,我与万洋欣慰地对视了一眼。在刚才抢饼的时候,我心中有了想让这个努力的女孩子继续开心下去的想法,万洋一定也是如此吧。

等女孩平静下来,我们周围的学生基本散尽,聚在小摊边上的人也没有那么多了。

看来是时候说再见了。我拒绝了女孩要付钱的打算,拿过本子和笔向她进行道别。她看着我写出的话语,沉默了片刻,而后朝我们鞠了一躬,拿着那个空空的塑料袋哒哒地跑开了。

我正想把本子和笔收进包里,一阵冒失的风突然扑面袭来。女孩子又跑回头了,而且因为跑得太快,她的丸子头已经散掉,齐肩秀发随风起舞,将清香、回忆与热情都传递给了我。

在我愣神之际,女孩拿走了我的笔和本子边写边说:"这是我的名字。"

陈颂——我看见了本子上那小小的,就像是绣上去的两个字。

"我叫陈颂!"她努力地朝我们说。

"哈喽,陈颂!"我露出笑容,对这个已经知晓姓名的女孩打着招呼。看到我的嘴唇做出她名字发音的口型时,女孩笑得更开心了。再次同我们道别后,陈颂迈起了轻快的步子,小小的身影消失在我们的视线中。

陈颂,即使她已经听不到任何人的声音,但她所做的不是徒劳的。这份坚持是她还在努力生活的证明,因为她还可以说话,我们还可以听见她的话语。

"陈颂,很好听的名字啊! 定功彰武事,陈颂纪天声。"江佳铃回想着刚才的女孩,像个诗人一样摇头晃脑,那条长马尾也跟着甩。

原本在提到诗歌这类话题时我肯定是闲不住的,但今天是一个例外。

沉默片刻之后,我还是将自己心中的想法告诉了江佳铃。

……

转换完了心情,我拼命将饱嗝咽回肚子里,敲开了家中的门。迎接我的是热情洋溢的老妈和一桌丰盛的饭菜:"儿子,欢迎回来!今天一切正常不?没再遇到壁虎吧?"

"正常,太正常了!"我尬笑着坐到饭桌旁,顺便支着耳朵听着客厅电视中播放的节目内容,"哦?还在给三石桥的那部戏造势啊?"

"对啊,明晚第一集就要开演了!你回家前刚放完那群主演的自我推销,现在是电视台对东湾县老百姓的街头采访。"老爸在沙发上跷着二郎腿,他的面前摆着几碟精致的小菜。

我的父亲名叫张知维,是个下岗后自主创业的乐天派,黝黑的皮肤上还残存着以前风吹日晒所留下的痕迹。因为几十年来每天都刮两遍胡子,现在他嘴旁的那圈胡子印比较明显,我小时候可没少被它们折磨。今年他额头上的皱纹又多了一点,但按照老妈的话说,这是"忧东湾县忧东湾人"愁的。老爸是个极其认真的人,做事追求精益求精,如果生在托斯卡纳,估计比萨斜塔早被他掰直了。

"你爸嘴上喊着没意思,其实他比谁都关心这剧究竟能拍成什么样呢!"老妈名叫万熠慈,是位标准的大美女,圆圆的大眼睛古灵精怪,朱红的嘴唇中隐藏着许多调侃的段子。皮肤白,身材好,干净利索的辫子加上阳光灿烂的性格,难怪有人说父亲老牛吃嫩草,不过实际他们只相差四岁。

"谁说我关心这破剧了?瞅瞅他们找那些长头发主演,不男不女的,别拍'海'了,让咱们东湾丢人现眼就不孬了!"老爸这个年纪的东湾人对三石桥故事的感情比我们这辈要强烈多了。虽然他们在采访中对新剧所流露的态度也都差不多,全是一副嫌弃的样子,可要是被问到与三石桥相关的传说细节却又一个比一个能说,更有甚者直言自己当年真的去过。

不过传说,归根到底只是传说罢了。且不说时至今日都没有找到三石桥存在过的任何证据,光是"只要登上三石桥,便可以在桥下的流水中看见自己的过去"的说法就足够不着边际了。即使许多东湾人都相信三石桥真的存在,表示自己曾经登上过三石桥并在桥上看到了过去的人也不在少数,可是到最后他们所指认的桥一个个都被盖上了"一切正常"的大印,与三石桥的那些神秘魔法彻底划清了界限。

"男演员我不知道,但饰演芷的那姑娘长得不是挺好的吗?我心中的芷就是那个扮相!"老妈一面回复着老爸,一面美滋滋地在我的盘子里堆出了个宝塔。

老妈口中的"芷"是三石桥传说中的核心人物。在东湾县的各种图书、绘本、课本以及居民的口口相传中,关于三石桥的故事内容基本是如出一辙的:在一座贫穷且荒芜的小村庄中,芷与她的丈夫履过着拮据但恩爱的生活,可是由于战争,他们不得不分离。送别出征军队的那一天,夫妻俩在一座桥上定下了再相逢的誓言。那之后,履断桥而去,同心人天各一方,只留下三块刻有誓言的石头作为见证。怀有身孕的芷日复一日来到断桥等待丈夫的归来,由于思念与孤独,她时常在桥边以泪洗面,哭得衣裳尽湿,不能自已。芷的思念最终引发了奇迹,面前的断桥复原了。她激动地走到了桥的中心,发现桥下的流水中倒映着自己与丈夫过去幸福生活的影像。这之后的日子里,每当芷思念丈夫之时,她便会来到桥边虔诚祈祷,待桥复原后在流水中追忆那些与丈夫的美好过往。然而,芷的等待换来的却是坏消息——履死在了战场之上。在极度悲伤下,芷再次来到了三石桥,准备跳水自尽随夫而去……

"芷的思念与决心感动了三石桥的神灵。神灵送给了芷一个具有神奇魔力的符箓,并向她许诺,只要这个符箓还在,芷便能够与自己最思念的人再次相逢。同时,三石桥的神灵还决定守护芷与她腹中的孩子,并将这份守护代代传承下去。那之后,芷时常能在梦中同履相会,似乎他们从来就未曾分别,似乎他们再也不需要分别,永远能够相伴彼此左右了。时光荏苒,履与芷的孩子降生了。这个受到神灵祝福的孩子似乎改变了村子的情绪与命运,村民们一扫由战争带来的种种创伤,他们充满希望,拥抱明天,开始了全新的生活。拥有三石桥所赠符箓的芷也渐渐为他人的幸福进行祈祷。从那之后,这座村子便好像受到了庇护似的,好运连连,吉星高照,努力生活、执着追求的居民们全都过上了自给自足的美好生活,并且与芷一样,能在三石桥下的流水中望见属于自己过去的种种回忆,感受那些早已模糊的苦辣酸甜。当芷周围的所有人都获得幸福后,属于芷的幸福也降临到她的身边。芷手上的符箓幻化成风,她面前的断桥再次复原,而从桥的另一端,她的丈夫履正在缓缓走来,这对有情人最终跨越了时空与生死,在三石桥的见证下破镜重圆……"电视屏幕里的那名小学生正声情并茂地背诵着课本里关于三石桥的故事,说到兴起时,他还用上了一连串的肢体语言。

"这些搞采访的也真是,居然找小孩子来说这个,太难为人了。"老爸没好气地哼了一声。

"人家肯定早就准备好了,课本里都学过,你就在这瞎操心!再说了,小孩讲大家才爱看呀,难不成还指望你们这些拆台的给他们做宣传?"老妈丝毫没有察觉到我已经吃不下了,仍然边调侃边叠着宝塔山。

"我的意思是,就不该让无关人士进学校!小孩子与其在这种事情上花精力,还不如多背两首唐诗!"老爸也不甘示弱,他赌气似的将碟中的菜全吞下肚子,而后理直气壮地呼叫老妈要求加餐。

我望着在沙发上相互喂饭,又相互拌嘴的那对幸福模范夫妻,不由得嘴角上扬。每每看到父母其乐融融的样子,我总是会记起我们家当初那段最艰难的岁月。为了能让家里过得好一点,靠珠宝生意为生的父母经常一离开东湾就是好几年,在全国各地进货出货。老爸始终没有放弃,也多亏老妈一直陪在他的身边。如今,我们这个家庭已经过上了比较殷实的生活,虽然父母依然经常因为生意出差,但频率和时间都已经比以前要低要短了。不过也就是父母不在身边的那段日子,寄宿在亲戚家中无人约束、无人关怀的我,开始走进一个黑暗的泥沼……如果没有江佳铃的帮助,彼时的我将无法抬头面对之后出差归来的父母,将会在他们的面前把我的丑陋和不堪暴露无遗,将因为我的不争气使他们背上痛苦和自责的枷锁,甚至让他们自我否定为了给我创造出更好的物质生活而付出的那些努力与汗水……

我明白的,即使现在家庭条件不错,我的父母也没有闲下来哪怕一天。每天都在同形形色色的,甚至不可理喻的人打着交道。我又何尝不想去帮他们呢?但是我什么也做不了,他们也不让我做。

"好好学习就行了!"

"这个你还不会。"

这两句话我听了无数遍了。是啊,我一个学生能做什么呢?就算是到了以后,我又会做些什么呢?现在我能做的,只有不去打扰他们,尽力地享受我的学生时光,把我的笑容和快乐带给他们,弥补初中时的不懂事而已。

正当我感慨万千,在心中立志之际,客厅电视的屏幕上突然蹦出了我的笑容:"对东湾一中的学生来说,最珍贵的回忆自然是学校顺应民意,宣布将晚自习再延长半小时的动员大会,梦中想见面的是白天没写完的作业和试题……'海'了也要学!……我叫张舸……她?她是我姐。"

拜电视里那个操着东湾土话的帅小伙所赐,我的父母停下了相互喂饭的动作,他们的脖子像是该上油了似的,一顿一顿地转向了我所在的餐桌。

搞什么啊?合着这云湾电视台真的就没有个负责后期处理的,我那些捧臭脚的话不光放出来了,而且还一字不差,就连江佳铃那张写满了"真丢人"的脸也出现在了屏幕的左下方……

"张舸,你过来。告诉我屏幕里那个正对东湾一中大放厥词的江佳铃的弟弟,不是你。"如果我的老妈用全名来喊我,那就表示她的心情已经坏到家了。

第三章

高三年级的平常一日

"接下来这个问题……张舸,你来回答,答错了站十分钟。"老大停止了板书,他的变色眼镜再次随着严厉的语气转为深色,语气一如既往地严厉。

"是……"在一阵低声的嗤笑中,我有气无力地站了起来。

自那段采访播出至今已经过去了四天。在这段时间里,每当我离开教室去厕所,我的身后总是会传来经久不息的欢声笑语,所到之处充满了快活的空气。教导主任似乎并不满足仅在大喇叭里把我痛斥一顿,当他上纲上线到我所在的班级后,老大每次上课都至少要提问我三次,而且还都是一些我根本不可能回答出来的问题。

虽然这种惩罚的方式让我很难堪,但老大确实已经对我网开一面了。老大姓杨,他是我们的班主任兼数学老师,也是东湾一中的招牌教师之一。教书三十年来,深受学生们爱戴的他早已是桃李满天下。但是由于那张不苟言笑的大冰脸,再加上那副邪了门、每次总挑他心情糟糕时自动变成深色的变色眼镜,对不熟悉他的人来说,如果在街上偶遇,还真有可能把他当成什么黑恶势力敬而远之。不过老大其实是一位刀子嘴豆腐心的老好人,他爱护着自己所教的每一位学生,虽然也会用自己的方式惩罚犯错的弟子,但在"关起门来"之前,他还是相当护短的。

挨到久违的下课时间后,以赵慎为首的几名男生便来到了我的座位旁,同往常一样递上了下棋决胜的挑战书。今天赵慎的心情依然很好,方言味儿十足的嘴巴说个不停:"有你在,我们班还真永远都不会无聊。你说你搁那儿指手画脚扯半天有用吗？今儿周六,我们还不是照样被关在学校补课。我要是老大,非让你写五万字正楷的检讨书,看你这回还老不老实。"

"还是有用的,毕竟认了个姐。"路过的王家杰又适时地补了一刀,托我的福,他这一周都不用搬纯净水了。

"真是的,别再说这个了!"江佳铃在张月桐身边站住,白了他一眼,抱怨道。

"这就是你们课间跑来找我下棋的理由？我都被拎到第一排了,你们还真敢顶风作案。"嘴上虽这么说,我的身体还是很诚实地从抽屉里拿出了棋盘。

自从年初斩获全市高中生象棋比赛的冠军之后,课间找我进行博弈的学生大军就再也没间断过。但是"虽千万人吾往矣",只要有挑战者,无论男女亲疏,我都会全力应战,将他们收拾得五体投地。

眼看一场毫无悬念的博弈即将在自己的身旁上演,正被江佳铃摆弄头发的张月桐终于不再沉默了,她立刻摆手制止了我们:"不、不行！昨天教导主任刚说这学期课间严禁学生下象棋的,至少这几天咱们班不能再被抓到了……"

"没事的纪委,今儿我们玩个新的。"赵慎把他那黑胳膊一亮,从袖子里抽出一副卡牌状的斗兽棋,"来玩这个,我昨晚翻好久才找出来。"

真难为了赵慎,这也算是上有政策下有对策吧？摸着这些质感粗糙、连五毛钱都不值的纸片,我的心中充满着怀念,应下了这略显幼稚的挑战。坐在我身边的张月桐也不作声了,她用怀念的目光打量着这些画着简单图案的纸卡,在作为观众的同时,也与我们一同回忆着这个游戏的规则……按照我老妈的话说,我们现在正处于最纯粹却又最不知足的青春年纪。比起大人们,学生不需要过多触及来自社会的那些纷纷扰扰,相处的只有同学与老师,烦躁的只是纷杂的题目与心中的悸动,争论的只是鸡毛蒜皮的小事,就连我们的快乐,也可以像是我正与赵慎下的这副斗兽棋般简单。

"老师有事,最后一节课改上自习!"门口传来了王家杰令人愉悦的声音,幸福来得就是这么突然。

赵慎吹了声口哨,同时用老虎吃掉了我的狗:"我嘞个乖,我们这局能下完了。"

我将自己的狼放置到安全的区域:"拉倒,就我现在这局势根本翻不了盘,铃一响我就认输。"

"怎着的,认输了啊?不行不行,再来一盘!"明明应该是请求的话语,但作为发言人的赵慎现在正用大象气势汹汹地把我的豹子踩死,实在听不出什么请求的意思。

我以眼色代替了回答,毕竟我现在的同桌是张月桐,还是别让赵慎继续在雷区里蹦迪了。

到底是老熟人了,赵慎对我的态度心领神会,在我投降后,这小子发表了一通胜利宣言和对败者的嘲讽后便扬长而去了。但教室的整体氛围并没有因为赵慎一个人的通情达理而改变,上课铃已经敲过了十分钟,班级里依然处于乱糟糟的状态,许多人都在小声讨论那部热播中的电视剧《三石情》,尤其是与我隔着一条走道的那两个女生,一直在对着演男二号的流量明星的大头贴犯花痴。

虽然才开播了没几天,但《三石情》的收视率和话题度绝对没有辜负这段时间铺天盖地的宣传。不过关于这部戏的口碑目前却是毁誉参半、褒贬不一,争议的焦点主要就是剧本里增加的那几位在现有传说版本中根本没提过的原创角色,他们的存在使得芷与履各自拥有了多个备胎,故事的走向也开始有了多角恋的趋势。

可话又说回来,无论喜不喜欢,在这个以三石桥为主题的新剧的热度下,不光街头采访的范围又扩大了,一系列主题为"寻找三石桥旧址""寻找芷的后人"的活动也先后在东湾县"死灰复燃"。对于主要依靠旅游业的云湾市而言这自然是好事,毕竟乐此不疲的大多数都是图个新鲜的外地人,这可是个带动消费的绝佳契机。

当然了,以上的喧嚣与我们这些高中生基本没什么关系,尤其是在我捅了娄子之后。别说接受采访了,现在东湾一中的学生但凡是看到拿话筒的都会立刻绕着走。

"大、大家,快安静下来,现在、现在是上课时间。"

我确实听见了自己左耳附近有一只蚊子似的声音,可是与整个班级的动静比起来,她的抵抗实在太微弱了。

"不要、不要吵。"

加油啊,纪委。我托起沉重的臂膀,费力地捻开数学题本,准备无趣地度过接下来的三十五分钟。

"大、大家……"

得了,我先睡会儿。

"神经病啊,不要吵了!"洪亮尖利的女声吼了出来。受到惊吓的我从桌子上瞬间起身,继而随着全班一起将目光移向声音所发出的地方。靠窗的第四排,是江佳铃?她这慌慌张张的样子还挺可爱的,没想到她也会这样乱发脾气啊!

不对……我看向了江佳铃的右边:凌乱中不乏干练的浅黑色短发,因为让人难以接近的冷峻气场,它们隐约散发出透心凉的寒冷。同样是柳叶眉,但这个女生的眉间紧紧锁起,展示出一种无差别的敌意。眉毛的下方是一双不算大的眼睛,单眼皮让双目显得更加犀利,整个脸上完全没有笑容,嘴巴无论什么时候看来都是一条开口向下的二次函数曲线。

是姚蓝啊,那就没什么奇怪的了——我的兴趣立刻就消失了,甚至还打了个哈欠。

和我想的一样,班里基本也安静了下来,只剩下些许零星的议论声。比如与我一道之隔的那两个女生,她们的窃窃私语已经从流量明星变成了对姚蓝的人身攻击。

唉,平时在老大面前一个个都和乖宝宝似的,背地里嘴巴却这么不饶人,比起她们,姚蓝至少还算是表里如一。

班级刚刚安静下来两分钟,门外便传来了已经能被所有学生清晰辨认的教导主任的脚步声。这次他可是失望而归了,毕竟在姚蓝的那声怒吼之后,全班都被迫做好了"战斗准备"。

"坏八辈子良心,他可不会失望而归!"放学铃声刚响完,哭丧着脸的赵腰子便凑了过来,声情并茂地讲述了一个笨蛋的斗兽棋是如何被发现而后收走的。

上午的课程总算是结束了。为了表达如释重负的心情,在中午归家的路程中,我望着天空吹起了口哨。

"是《蓝天颂》吧?让人怀念的曲子。"身旁的江佳铃闭上眼睛,随着我的声音轻微地摇摆着身体。但没过几秒,她的动作就停了下来,取而代之的是对我手臂的用力拉扯。

我停下了口哨,将目光从天空移向马路对面:

洒满阳光的斑马线正因那群家伙的聚集散发出暴戾之气。五六个花里胡哨的高个子男生姿势各异地站成一圈,这些人的发型很诡异,有长得遮住了眼睛的黄毛,有短得能看见头皮的伪光头,小辫子和莫西干也应有尽有。他们的身上亮晶晶的,全是些花里胡哨的金属挂坠,爆发出一股尬到旁人无法直视的非主流自恋风。

不过比起这群马戏团风格的草台班子,我对他们围着的人更感兴趣:那人在这群家伙面前显得有些矮小,从身形来看,应该是位女生。她穿着厚厚的蓝色卫衣,还戴着一顶与秋季不太符合的鸭舌帽,正侧身低着头,斜视着那些怪异的家伙。

不光我对这身装扮有印象,江佳铃应该更熟悉才对。果然,我们几乎在同一时刻脱口而出:"姚蓝?!"

他们所围着的是江佳铃现在的同桌,我们班上的问题学生。

好巧不巧,绿灯适时亮了。我倒吸一口凉气,眼神变得阴沉,紧紧握住拳头,尝试向马路对面迈出步伐:无论对方是不是姚蓝,在看到了这样的情况之后,我……

我的想法中止了,身体也被迫停了下来——江佳铃抓住了我的手臂,她低着头,口气非常严肃:"我们绕路走吧。"

我有些惊讶,但马上也就明白了她的用意,头脑也冷静了下来。

"你说我不管同桌安危,是没良心的人也无所谓,但是你不可以过去。"江佳铃的口吻像是在发布命令似的,冰冷且严肃,满脸忧郁的她正用手指死死压住我的臂膀,将自己的决心传递给了我。

我沉默了几秒,松开了攥紧的拳头,默许了她的决定,改变了前行的方向。

走远之后,在离我半步的地方传来了江佳铃哽咽的声音:"对不起。"

"没关系的,我们没有看清脸,也没法确定那是不是姚蓝。"

"你不用这样来安慰我。我知道自己很过分,别人遇到了麻烦,我居然只想躲得远远的……"江佳铃的声音颤抖到不像话,她将脸扭向了一旁。

"别自责了,没准我们看错了……而且这种事,学校一定也不会袖手旁观的……"我没有回头,与其说是安慰江佳铃,倒不如说是安慰我自己。我知道江佳铃不是害怕才选择逃避,如果不是我在这里,按照她的性格,一定会毫不犹豫地冲上去帮助姚蓝。

她只是不想让好不容易从初中的灰色时光中走出的我,再沾上尘埃罢了。不过话说回来,如果我真上去和那么多小混混发生冲突,鼻青脸肿估计都算好的,搞不好半条命都得搭上。况且还会有很多人为我难过的,我的父母指不定得伤心成什么样,江佳铃和万洋也不用说,就包括老大一定也会默默心疼我,至于教导主任……他没准会很高兴,毕竟我经常惹麻烦搅得他心神不宁。

受到这个插曲的影响,我在下午来到学校之后也没有直接进入教室,而是一个人站在教室的门外,透过玻璃小心翼翼地观察着一个座位:江佳铃正戴着看书时才用的红框眼镜;一旁的姚蓝则在低头写着什么,她的脸上没有任何变化,瘀青红肿什么的完全没有出现,衣服仍然是上午的那身蓝色卫衣,毫无一丝脏乱灰尘。

以上种种都使我安下了心。

蓦地,一只粗糙有力的大手突然把我的心给攥住了,顺便把我的头拧了个七十五度:"小子,你不进教室,鬼鬼祟祟伸头在看什么?"

原来今天是老大检查午休,威严的语调配上低沉的呼吸,就好像在说组织已经不需要我了。

"喂！回答呢？"

"遵命。"我流着虚汗，连滚带爬赶紧窜进了教室。

几分钟后，随着喇叭里猛然响起的"起床闹铃"和一声从后门处传出的"可坑了"，包括我在内，所有人的目光都聚集在了赵慎的身上。

王家杰的座位就在赵慎前面，在察觉到此刻的赵慎极有可能再蹦出些什么乱七八糟的句子后，他立刻离开座位捂住了赵慎子的嘴。在挣扎着似乎难以呼吸的赵慎身旁，站着一位国字脸、方脑袋、矮冬瓜身材的中年人，也就是我之前经常念叨的，在开学那天被一句"地震了"吓破了胆的教导主任。只见他笨重地从门外搬来一把光鲜照人的檀木大椅子："让一让啊，让一让！"

将王家杰和赵慎挤出门外后，教导主任一脸自豪地把大椅子放在了赵慎的座位旁边，心满意足地欣赏了几秒，继而抬起头用鼻孔对着我们，以一股神气到可以把天花板顶个窟窿的鼻音询问着众人："你们班长哪儿去了？"

"这儿，在这儿。"王家杰返回了教室。

"听好了啊，这个下午，校长会来听你们班的公开课，一同来的还有外校的老师，你们11班可得好好表现，不要丢咱们高三年级的脸，知道了吗？"教导主任拿捏着嗓子唱完了以上的句子，而后便迈着愉快的小碎步，像个京剧里的角儿似的，气势十足地退场了。

"鬼显摆。"班级里不知是谁嘀咕了一句。

王家杰是第一个反应过来的人，他望了一眼黑板上方的时钟，同时将嗓子的分贝调到最大："大家都听到了吧，赶紧拾当拾当，要上厕所的上厕所，该预习的预习，该表现的时候表现，行动起来吧！"

在班长的号召下，整个班级的学生都忙活了起来。我原本打算去上个厕所，可当我走到教室后门，看到那把被放置在我过去座位处的檀木椅之后，一股难以抑制的冲动便扩散到了身体的每根血管。

这椅子质量看起来还真不孬！我摸着下巴，陷入了深深的思考。

思考个鬼啊！深呼吸后，我大摇大摆地往主任搬来的椅子上坐了下去，一脸惬意地跷起二郎腿:"御手调羹,贵妃捧砚,龙巾拭吐,力士脱靴喽!"

王家杰面色苍白,表情狰狞得快没了人模样,周围同学的下巴也都快掉到地上了。不过,我这屁股还没坐热乎,江佳铃的声音就飘了过来:"张舸你老毛病又犯了!快起来,万一校长现在来了怎么办啊!"

"大惊小怪的,不就是个椅子,又没写是谁的专座!"那时的我已经彻底上头了,只是陶醉在阿Q般的胜利中沾沾自喜,一高兴又随口胡咧咧了几句。

"张舸!不好了,校长来了!校长来了!"王家杰目不转睛地看着窗外,他赶快回头,"你快起来啊,他要进……咦?"

王家杰看到的只是一把空空如也的椅子。

"人呢?"王家杰问了问身后的赵慎。

"班师回朝了,脓包一个。"赵慎把自己的吉他塞进了后门的死角,指了指已经在第一排正襟危坐的我。

首先进门的校长是一位慈眉善目的男人,即使我在采访中拉低了一中学生的形象,他也没像教导主任和副校长那样,在晚自习巡视的时候故意瞪我,而是在窗外似有似无地对我眨了下眼。那个时候我发现了,比起我刚入学的时候,他的头发似乎白了很多。紧跟校长之后的是十几位自备板凳的生面孔老师,在学生们的注视之下,他们逐渐将教室的走道全部占了个满满当当,就连身处第一排的我也缩了缩胳膊。

开始的两节公开课是政治,由于我的座位就处于老师正下方,所以我始终觉得身后的那十几双眼睛全在盯着我。但正所谓物极必反,随着课程的进行,我想出风头的心也逐渐变得强烈,而当课堂的话题不知怎么被老师扯到"能代表东湾县的标志性名片"时,我觉得机会来了。

在王家杰他们起立说出毫无新意的水晶、花生、温泉澡以及三石桥传说之后,我毅然举手,继而在所有人的注视下缓缓开口。

"我觉得,东湾一中就是东湾县最闪亮的名片!"此话一出,各式各样的笑声和掌声打破了一直弥漫在班级里的紧张气氛,政治老师似乎也得到了放松,她急忙捂住咧开的嘴巴,对我竖起了意味不明的大拇指。

政治课结束后,连续两节的语文课开始了。这次讲的是《红楼梦》的一个片段,而我身边的这位张月桐在班上有个外号叫"红楼通",《红楼梦》里那些乱七八糟的人名和关系,这丫头都能理得顺顺当当,连出现的每一首诗歌都能倒背如流,实在是高人。在张月桐不知疲倦的带动与感染下,课堂的气氛和答题的活跃度都在持续上升着。我非常肯定,无论旁听的是老师还是校长,都会觉得我们班今天的发挥是无可挑剔的。

终于,放学的铃声为整整一个下午的公开课画上了句号。送走面善的校长和各位老师后,全班在一瞬间放松了下来。尤其是赵慎,他像摊烂泥,铺满了自己的那张课桌。

路过前门的王家杰再次享受着我的毛寸头:"张舸,我明天就去给你申请一面锦旗。你不知道,当时教导主任就在窗外看着呢,一听到你的发言,他牙都要喜掉了。"

被赶着上厕所的江佳铃拽了拽脸颊后,张月桐的面颊红红的,她对我露出了一个大大的微笑:"就是说呀,之前我觉得老师也很紧张,但是那之后,她也完全放松下来了,张舸你功不可没。"

"纪委才是第一功臣好吧,语文课你一个人回答了快一半的问题,'红楼通'果然名不虚传,近距离感受实属震撼!"我学着古时候的文人,对张月桐拱手称赞。

"哪有哪有,只是很喜欢《红楼梦》而已……"张月桐扭捏地低着头,学生头的刘海一摆一摆的,"课上没说完的那个可能性,如果你想听后续的话,等有时间我们可以再交流一下的。"

"好的,我一定洗耳恭听!"我对历史和文学有着浓厚的兴趣,可惜除了能算个半吊子的江佳铃,周围的朋友们基本都没这个爱好,张月桐或许是一个例外。做了快一周的同桌,今天算是正儿八经说上话了,其实她也不算很难相处嘛!

在目送纪委跟随班级的大部队前往食堂后,一个瘦小的身形出现在了教室的前门。映入眼帘的先是一件黄色的针织外套,然后是一张拥有乌黑双瞳的精致娃娃脸。

她是……陈颂?

第四章

如果听不见了……

陈颂并没说话,只是盯着我的脸,那意思好像是在等我走出教室。我依然有些愧疚与自责,或许还有一丝因为被纠缠而产生的埋怨,可当我同那双水汪汪的大眼睛对视后,所有的负面情绪在顷刻间便烟消云散了。

她即使听不见也依然保持着声线,包括这次来找我,应该同样是鼓起了巨大的勇气,如果我因为怕麻烦去拒绝她,一定会遭天谴的!

看见我出来后,陈颂高兴地跳了跳,活脱脱像是个十岁出头的懵懂少女,她大声开口道:"笔!本子!"

我迟疑一秒,而后领会了她的意思——我们是无法交流的,她听不见我说话,而我也不会手语。

不知为何,我感到了一种刺入骨髓的悲伤。

原本翠绿的操场因为换季显得陈旧,不过依然有无数挥洒汗水的健儿,当然也随处可见成双成对的男女。我与陈颂在隔离跑道和篮球场的栏杆旁停了下来。我一跃而起,坐在栏杆上,对她伸了伸脖子,又看了看栏杆。陈颂将右手的食指放到嘴中,若有所思地点了点头,最后坚定了自己的目光,很精神地跳了起来,又跳了起来……反复几次后,我把她拉了上来,陈颂不好意思地挠了挠头。

我拿起了笔和纸:我们开始谈吧,我来写,你用嘴说就好,找我有什么事吗?

她显得有些吃惊,不过还是缓缓地点了点头。

"想当面对你道谢,那天多亏了你还有你的哥哥姐姐!这是谢礼!"陈颂递给了我三个精致的手工公仔,继而用深邃澄澈的双目看着我等待我的反应。

等等!我的哥哥姐姐?我懂了,陈颂一定也在电视上看了那段让我闻之色变的街头采访,至于万洋,谁让人家比我高十几厘米呢……

在我纠正了陈颂错误的认知后,谈话的重点回到了她对我答谢这件事上。无论我如何拒绝,陈颂依然坚持要还礼给我。

这小姑娘是不想欠人情呀!那天晚上我发现了她偷偷朝我的笔记本中塞钱,于是便来了个将计就计,又把那张纸钞神不知鬼不觉地物归原主了。看来她已经发现了。

不过她是怎么知道我的班级的呢?

"哎呀,你都上电视了呀,忘记了吗?姓名和班级都打在屏幕上啦!"陈颂笑得合不拢嘴。她的声音很大,不过很好听。比起我们相遇的时候,这次的她把句子说得很完整,虽然停顿是不可避免的。

大意了,他们这情报系统也太强了吧!

"我可以喊你张舸哥吗?"陈颂非常坦率地说明了想和我交朋友的想法,"我的同桌朝我说了不少你的事,下棋和打篮球都很厉害,还会变魔术,对吧?"

"当然可以……惭愧惭愧。"我百分百确定陈颂也知道开学那天的壁虎事件,但她有意将它略过了。

陈颂远比我想象的要健谈、乐观,不知为什么,光是让她开口我就已经很开心了。渐渐地,我习惯了与她用文字和语言交替的方式进行交流,不仅话变多了,彼此谈论的话题也五花八门了起来。

望着陈颂绽放的笑容,我更加确定了她与我记忆中的那个人有多么相似。不,陈颂的笑容远比那个人要灿烂得多。

陈颂指尖的触碰让我回过神来。她指着我在本子上写的那串字,不好意思地笑着:"对不起,这个、这个、还有这个字,我看不懂。"

看着她小手指着的方向,我的目光扫过了三个龙飞凤舞的苍蝇体。

好吧,我这人字一向很差,而且差得很有特点:写一个字,就是"出师未捷身先死";写一个词,就是"泪眼问花花不语";写一段话,就是"远近高低各不同";写一篇文章,就是"人面不知何处去"。语文老师曾说她可以从全市的模拟试卷中一眼认出哪张是我写的,因为这手破字我小时候也没少受到身为半个书法家的老爸责骂。

但很可悲的是,最后他放弃了。

我不好意思地涂涂改改,尽最大努力把之前那段话重新写了一遍。

她理解了我的意思,努力地朝我说明她为何要来东湾一中就读:"因为我变得听不见,是初三时候的事情,当时已经是复习阶段,所以还是努力考到了这里。"

是这样啊,考上这所学校也是陈颂自己努力、不服输的倔强的结果。不过对失聪的她来说,真正的考验是从高中才开始的吧?那么对陈颂而言,学校方面有没有什么照顾呢?

"暂时还没有,也不需要。毕竟刚开学,目前一切还好。妈妈也专门请了家教,来学校更多是为了感受氛围,当我坚持不下去的那个时候再说。"陈颂的脸上依然洋溢着灿烂的笑容。

我被面前这张洋娃娃般的笑脸震撼了。我是不是过于纠结"陈颂是残缺的"这件事情了呢?我是不是太想当然地认为她就应该被怜悯、被爱护、被区别对待呢?这副高高在上又自我满足的施恩者姿态,才是对她自尊心最大的伤害啊!眼前的陈颂是那么的开朗乐观,自信率直,这份笑容与我们根本就没有区别!

可是……可是那天晚上,站在灯光下踌躇不前,连一步也无法迈出的瘦弱女生又是谁呢?

或许对陈颂而言,是需要倾听者,才可以像现在这样自信地微笑吧?面对陌生的人,她会止步不前甚至不愿开口,可是一旦有机会对人敞开心扉,就会尽情展示自己的色彩、自己的人格魅力……朋友,只要有了朋友,这个女孩就可以无惧险阻,拼命地向前跑了,对吧?

"你在班上交到朋友了吗?"我写出了自己的疑问。

"除了同桌……还没有。"陈颂的笑容渐渐消失了,她的丸子头也没了精神。女孩自嘲似的叹了口气,继而表情黯然地摆弄着鬓角垂下的头发,"其实有很多人都试着和我说话,可是我没法对他们的话做出反应。因为、因为……"

后面我已经听不见了,但我可以猜测出她淹没在喉咙间的话语——因为听不见真的是一件很悲伤的事。

从硬是要回礼的行动中,我已经知道陈颂有多么要强了。即使那些同学在知道真相后依然会找到她提出做朋友的提议,可是在陈颂看来,这些举动无一例外都是出于怜悯,所以她宁可选择拒绝也不会接受这样类似施舍的善意。

可陈颂似乎对我的态度要宽容一些,而且还选择主动找我,这又是为什么呢?

"那天晚上,张舸哥已经知道,我听不见了,对吧?但是你依然选择和我用语言交流,而且还听我说话……所以我想试试看。"陈颂读懂了我的想法,她再次露出笑容,解答了我的疑惑,"谢谢你。"

陈颂有她的倔强,但只是站在原地,只是等待别人找自己说话,这绝对是不行的。如果她能在一开始就鼓起勇气,说服自己同他人开口交流,迈步向前的话,她一定会遇到更多像我一样,乐于见证她的自信和努力,对她关心、为她喝彩的人。

或者说,朋友。

记忆中的那张面容再次出现了,我还记得那个人曾经说过、想去抓住但最后却又不得不放弃的愿望。就像是要将当初的遗憾在面前这位神似她的陈颂身上弥补似的,我在思绪万千中握紧了手中的笔,开始书写:你不用感谢我。相反,我想要向你道歉,因为我在开始的时候误解了你。但是,你的努力和笑容感染了我,我相信它们也能感染其他人。只要你继续努力走下去,一定会得到回报的!所以请你尽情唱歌,尽情说话吧!不要畏惧和别人交流,也不要放弃你的微笑!虽然你不能听见别人的声音,但既然你还可以说话,就一定要坚持下去,攥紧那份属于自己的声音,朝着前方迈出步伐。

她凑了过来,静静地注视着我写的字,一言不发。我没有注意到她是否看完了,只想把心中的情绪全发泄出来,于是翻了页继续写:"你绝对不可以消沉,绝对不可以后退!即使很困难,你也要坚持下去。去展示你自己吧,不要踟蹰不前了。你可以做到的,就像现在能和我相处一样。有了可以倾听你的、和你一路前行的伙伴的话,你就可以做到任何你想要做到的……"

我的笔停了下来,有几滴水珠打湿了我的纸。下雨了?我抬起了头,也回过了神,小心翼翼地念着面前女孩的名字:"陈……颂?"

陈颂哭了,她的脸憋得通红,大大的泪珠正从双目中倾泻而下,紧咬的双唇似乎随时都会被刻意抑制的抽泣声崩开:"一样的,你的话和他一样,我、我……"

我听不清陈颂颤抖的发音,只是木讷地看着她。这位刚才还在微笑的女生,为什么会突然间爆发出如此激动的情绪?是我又说错了什么吗?

陈颂捂着自己的脸,泪水仍从指缝中不断地流出,她踉踉跄跄地跳下了栏杆,朝着教学楼的方向跑去了。落寞而悲伤的小小身影在我的脑海中挥之不去,我呆呆地坐在栏杆之上,手里拿着纸和笔。无论是晚自习结束后和江佳铃、万洋回家的路上,还是到家后见到父母,我都是一副心不在焉的样子,心中只有那个背影。

我确实想多鼓励陈颂一点,我害怕她有可能和我记忆中的那个人一样,所以就自顾自地慷慨激昂着,想着把当初的遗憾在此处弥补上,让自己的内心能好受一些……可是我发现自己什么也做不了,已经成为既定事实的过去,注定是无法更改的。

想在一个人的身上寄托一些期望,仅仅是因为对与她神似的另一个人有所遗憾,抱着这种想法自我满足难道不是太可笑了吗?

夜深人静,我躺在床上,凝视那个有着泪痕的笔记本。不知过了多久,困意占据了我的脑子。关掉台灯后,我打开 MP4 播放器中的收音机功能,戴上耳机。

"听众朋友们,大家好,接下来是本周的新歌。"不是颇有韵味的歌词驱散了我的睡意,而是心中猛然出现了一个想法,所以我在那个歌手怒吼到高潮的时候突然关掉了播放器。

入耳式的软耳机突然化为了耳塞,加上把声音关掉带来的反差,那一瞬间,我觉得自己与周围的一切都脱节了。

是死一般的寂静。没有人说话,没有任何声音,闭着眼睛的我在黑暗中莫名生出了一股寒意。我屏住了呼吸,仔细想要听见些什么:喂,说句话啊!什么人都好,说句话啊!不要什么声音都没有啊!时钟走动的声音呢?楼下的猫叫两声啊!我不要什么都听不见!如果听不到了,我的世界里的一切不是都成默剧了吗?路上的车喇叭听不见!我的自言自语听不见!父母的呼唤也听不见!声音的概念呢?时间的概念呢?我的概念呢?

无尽的黑暗,无边的寂静,无助的我。

我不要,不要啊!为了确定自己的存在没有消失,我慌忙睁开了眼睛,猛然从床上坐了起来,这个举动扯掉了作为罪魁祸首的耳机。

墙上时钟的嘀嗒声在房间回荡,对现在的我来说,这是世界上最美妙的旋律。

我喘着粗气,手足无措地擦拭着额头上的冷汗,像是刚从一场噩梦中惊醒:听不见自己的声音居然这么痛苦。对陈颂来说,我刚才所担心的一切,在她身上是彻彻底底发生了呀!到了深夜时分,迎接她的不光是黑暗,还有无尽的寂静和孤独。她会害怕吗?她会哭泣吗?她会回想起以前的事情吗?失去了听力再闭上眼睛,就等于整个人都与世隔离了,连自己的呼吸都感受不到,这种稀薄的存在感真的有办法支撑起一副羸弱的身躯,让它不倒下去吗?!

"什么叫即使很困难,你也要坚持下去啊?"我攥紧拳头、咬着牙,狠狠捶击着枕头,"那些话简直太可笑了!我根本就不了解她的痛苦,只是自顾自地说风凉话,我算是个什么东西……"

在被子的包裹下,我朝这个狭小的世界撕心裂肺地喊了起来,而后迎接我的,是再一次的寂静。

周日的下午我们有四小时的休整时间,这本该是令人精神抖擞的一天,但是很可惜,我现在已经没有心思去期待这些了。早上和江佳铃一同去学校的时候,我也丝毫没有听江佳铃说了什么,满脑子都只是那个小小的背影。

晨读结束后,我立刻从座位上跳了起来,朝门外疾行而去。

楼梯,走道,新生楼,最后是那片无人问津的残垣断壁。气喘吁吁的我半蹲着,因为晨露和水汽,砂石的味道弥漫在四周,令人忍不住想捂住口鼻。

今天她还会来吗?她在等着我吗?她会原谅我吗?我一次次转身,一次次张望,一次次失望。

或许……是我太自作多情了,太喜欢给自己加戏了吧?是啊,我为什么有她一定会出现于此的想法呢?我只是欺骗自己,我来到这里,只是幻想着她会出现,因为这样我就可以理所当然地认为她原谅了我。

张舸啊张舸,你总是太在意自己对别人所造成的影响,还有别人对自己所做出的评价了。再仔细想想吧!说一千道一万,那个女孩和你有多大的关系呢?她只是你十几年生命里,擦肩而过的几百万号人中,长得碰巧让你感到亲切的一个罢了。不幸的人这个世界上有太多了,被误解的话语,这个世界上也有太多了,人是不可能面面俱到的。回归现实吧,现在的你面临升学的压力,没有额外的脑细胞可以帮你去想别的事情。

对,回去吧!正当我下定决心抬起了脚,肩膀处的衣服却被拉了一下,纤细的声音传了过来:"对不起。"

一晃而过的是小小的丸子头——陈颂的登场使我脑海里那些乱七八糟的想法又全部消失了。

我的喉咙热得发烫,我想努力挤出一些话来。直到刚才,我都在心中默认她一定不会来了。可现在就像是梦境一样,我们在初次见面的地方再次相遇了。

纤细的声音仍在断断续续:"当时我想起了一些过去的事,都怪我不好,张舸哥,你没有做错什么的……"说着说着,女孩凌乱的话语再也无法拼凑成句子,悲哀和抽泣将它们撕扯得支离破碎,"是我不对,当时的我,没有控制住自己。我实在是太任性了!对不起,让你留下了不愉快……"

我将双手搭在了女孩的肩膀上。这个举动显然吓到了陈颂,她有些怯懦,但仍然凝视着我的眼睛。

"别再说自己不对了!该说对不起的是我!明明什么都做不到,明明无法理解你的感受,却还装模作样去鼓励你,这实在太混蛋了!!!我根本没有资格对其他人评头论足,一副自己什么都懂的样子,但其实我根本没考虑过别人的感受!!!"

无论我的情绪再怎么激动,她也是听不见的。但是我的嘴依然一遍遍重复着"对不起"这三个字,我微微摇晃着她的身体,我想让陈颂知道我对于她的歉意,除此之外我已经别无他求了,一遍又一遍,一遍又一遍。

"张舸哥,晃了……"陈颂的声音忽远忽近地飘了过来。

我意识到自己做得过头了,触电般松开了手。陈颂小小的身躯因为惯性又踉跄了两下,她慢慢站住了脚,然后又低下了头:"不是……你的错。"

我神色焦急地看着她,但陈颂始终没有抬起头,沉默笼罩着我们。

不行,不能一直是这种气氛!我掏掏口袋,拿出笔和一张面纸,写了几行字后,走到她的身边。因为影子遮住了小小的身躯,光和影的变动终于让女孩稍稍抬了些头。

我把纸递到她的眼前:今天下午你有空吗?如果有什么说不出口的话,我们可以线上交流。纸的背面是我的社交账号,如果方便就加一下吧。

她看完了内容,缓缓地点着头,表情明朗了很多。那之后,陈颂便挥了挥手,握住面纸,朝新生楼的方向跑了过去。

她是专门来找我的吗?她猜到我今天会来这里等她吗?我的心中暖暖的,就好像自己被治愈了一样——或许,认识她是个正确的选择?

周日上午的课程结束了。人山人海的归家浪潮把我和万洋、江佳铃裹挟着,眼看大门就在前方,却始终没有办法前进一步。不过也多亏了这段时间,我才能够同万洋和江佳铃好好说一说陈颂的事。

"回去以后你就准备和她聊吗?"江佳铃一边推着不断把她挤成三明治的人群,一边大声地对同样"神龙见首不见尾"的我发问。

"直到现在我才真正体会到这个电子信息时代的便利,如果是在网上,她就可以同我们正常交流了啊!没准我们会发现她是个超级幽默的人!"我把两只手努力抬高,这样能稍微松快一点。人群的嘈杂声和自行车的碰撞声交织在一起,我的头都快因为缺氧炸掉了。

万洋的脑袋在黑压压的人群中傲然挺立,他那瘦高的身躯现在估计也被挤得不轻:"老哥,原来你这两天是为了那姓陈的小大姐闷闷不乐呀?你早和我说啊,我保证给你打听得明明白白!"

万洋这小子在高二年级混得是风生水起,相当吃得开,每每学校有什么新闻、奇闻、异闻,他总是能在第一时间知道。不过我一直以来关心的都是放假这类的事,对他的神通究竟有多大其实不是很了解。

……

"啊呀,儿子回来了!"我刚开门,老妈充满活力的声音便从厨房里传了过来。

"嗯,我回来了。厨房里弄的啥,好香啊!对了,老爸呢?"我发现沙发那里的电视机并没有打开。

"炖的蒜香大骨头,还有羊油白菜!你爹今天出发了,估计要等两三天才能回来,我和他在9月底还要出去跑一趟。唉,怎么和你说呢?你现在是无法体会到人生的艰辛的,等你长大就明白了!"老妈叹了口气,朝我晃了晃手中的锅铲。

"这不是我爸的词儿吗,你念叨可得给版权费哟!"

"哼哼,那我现在自创一套再给你说一遍?"

"别别,说得挺好的!太有教育意义了!"

吃完午饭后,我回到了自己的卧室。由于离约定的时间还早,我先登录了一个名叫"象棋约战联盟"的网络平台。这个平台目前是全国最大的象棋手聚集地,在这里没有级别之分,没有专业与业余之别,全靠平时对战输赢的积分决定排名。但话虽如此,这个排名并没有任何实际性的意义,比起那些依靠场次上到排行榜前列的万场账号,真正厉害的棋手们并没有几位会拼了命地在这个平台上疯狂对局一战一整天,想找对手切磋交流,依靠最多的还是好友系统。

我当然不是什么多厉害的棋手,但是偶尔也会参加一下线上举办的各种杯赛,多少还是有些志同道合的棋友和观众,可惜的是他们现在和说好了似的一个都不在线。

万般无奈之下,我只好与一位素不相识的路人快速匹配,然后在三十分钟后同他握手言和。

几乎同时,社交账号的提示音响了起来,有一个人添加了我,昵称叫"魔法树"。

点击确定后大约三分钟,我收到了消息:你好,请问是张舸吗?

在我回复后,新的消息又发了过来:我是陈颂——"颂"的后面还加了一个卖萌的小表情。

果然,她就应该是这种活泼的样子。我继续读着陈颂发过来的文字:很高兴能认识你,再次对你道谢! 还有,对不起。你千万不要放在心上,那天是我不好,我当时想到了一些过去的事情,所以才会哭的,你千万不要在意——五个抱歉的表情跟在了这串文字后面。

读完她的留言后,我敲出了四五行字。但是在发送之前,我迟疑了,呆呆地看着屏幕,想着这几天的事情——这样真的好吗? 虽然在网络中大家都靠着文字进行交流,陈颂和我们确实没有区别……但这样下去是不行的。

我现在该做的,难道就只是这些吗? 我皱起眉头,在按下了删除键后重新写了一段话:你的梦想是什么? 现在你最想做的事情是什么?

文字发送之后,消息的提示音便没有再响起来。即便如此,那也是我必须说的话。道歉的话语有什么用处吗? 能抚平她心中的创伤吗? 能让她像我所说的那样,迈出脚步吗?

再怎么道歉也好,这也不过和我昨天所说的那些话一样,只是自己的一厢情愿。这些东西,是无法帮助屏幕对面的那个女孩的。就算是为了缓解我心中的愧疚,为了能让我把可笑的自我满足坚持到最后,为了能让我的某个期望在别处得到弥补……如果她一个人不行的话,至少现在的我或许还能帮她做点什么。

消息的提示音再次响了起来——想在很多人面前唱歌,痛痛快快地唱一场。

我呆住了。这就是陈颂的愿望吗?她的愿望是要努力地告诉全世界,自己依然拥有着声音,自己依然可以说话,依然可以歌唱。

陈颂的信息又弹了出来——我相信自己总有一天可以做到这件事,无论如何我都不会放弃的。

对于一个人来说,究竟什么才是最重要的事情呢?这件事会随着年龄的改变而改变,随着人的不同而不同吗?

它们之间,存在着某种共性吗?

我只是芸芸众生中的一个,为了一时的安逸苟且,任凭内心的怯懦选择顺从和逃避。一成不变的生活,日复一日地随波逐流,偶尔的奉迎违心,像是走过场一样地运行着写好的程序……我其实很迷茫,我现在所做的只是为了更好更顺利地走下去,为了升学和父母有所规划的明天。但我对内心真的想要什么,我的目标和未来会是怎样,却并没有十分强烈的真实感。是因为我的生活过于随性和平淡了吗?我选择把很多话,很多事留在心中,永远地。可结果是我再也没有勇气说出口了,只是缅怀。

陈颂所想的,她所在乎的,是我不曾想过的,是我现在还没有想的,是我想过但是放弃的,是我早就麻木忘记了的。

比起陈颂,我差得太多了,我觉得她的身上有着我想保护的某些东西。如果在这儿没有第一个对她伸出援手的人,或许就不会有第二个了。我不要她和大多数人一样,变得木讷拘束,只是看着书本,成为机器。我不要一个想实现自己梦想的人消失在自己面前。

"想在很多人面前唱歌。"我被这几个字所驱使,立刻翻出了 MP4 音

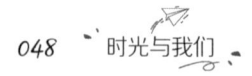

乐播放器:我想测试一下听不见声音的人究竟能够唱出什么样的歌。

首先将一张印有简谱和歌词的纸放在床上。这是前不久刚出的新歌,我只听了一遍,虽然不能完全还原失聪者的情况,但是应该有一定的参考价值。

戴上耳塞,开启录音功能。清清嗓子,粗略熟悉了一遍歌词和简谱。最后便是演唱,即使声音不算大,可它们足够充满这个狭小的房间。

应该还可以,至少在我自己听起来如此——这样的想法仅仅维持了不到一分钟。当我播放了录音之后,自己脸上的表情就只剩下了无奈的苦笑:这唱的是什么啊……这种声音如果是别人唱出来,我早就骂娘了。

回想起陈颂独自在教学楼下唱歌的情景,那时的我只是觉得难听至极,而后便将一堆难听的话丢了出去。如果是在众目睽睽之下的演唱,对陈颂失聪并不知情的观众们又会有什么样的反应呢?我简直无法想象,那对于一个小姑娘来说太过残酷了。

可如果事先告诉观众们实情呢?不行,这不是在欺骗陈颂吗?那些出于同情的虚假喝彩有什么意义呢?陈颂能因为它们变得更有勇气,从而保持住自己的声线吗?

"这简直太难了!"我沮丧地将播放器扔到床上,再次回到电脑旁边。屏幕上留有两行充满活力的话语——家里有规定,我必须得下线了哟。

不知为何,我长舒了一口气。随之而来的是一种愧疚且无力的情绪,它们同那个已经变灰的头像,一起嘲笑着我的无能。

第五章

归家之路格外漫长

距离上晚自习还有二十分钟时间。因为明天就是中秋假期,所以学生们今天都格外地亢奋,有的偷偷带了零食,有的悄悄揣了杂志,还有人久违地提出挑战,要找我下棋一雪前耻……拜喧嚣所赐,我用来思考如何帮陈颂实现唱歌梦想的时间更少了。

下课之后,疲惫的我将双臂搭在走廊的阳台上,望着天空,感受秋风的凉爽,让高速运转的头脑降了降温。

"张舸张舸,快!快!快!"赵慎适时地出现了,他又手舞足蹈地跑到我面前抽起了风。

"快什么呀快!没头没尾的!"

"快!快!后脊梁!挼挼!挼挼!"

"挠痒?你屁事还真不少。哪儿?"

"这这这……不不不,那儿那儿,对对对!就这儿!"

"完蛋玩意你怎么什么都往衣服里塞呀。"我费了九牛二虎之力总算从赵慎的黑背上抓出了一团产自操场的干草。

"不是我塞的,大炮这坏良心的玩意,下次我非要逮点洋辣子扔他裤裆里!"

"去去去,俗不可耐。"我赶紧用他的衣服把手擦干净,"正好你来了,问你个事儿。你觉得失聪的人有没有办法能唱歌呢?"

"失聪的?哦,那我也问你个问题。"赵慎面带微笑搭着我的肩膀,"你觉得像我们这种笨蛋能考全班第一吗？"

"不能。"我的回答斩钉截铁。

"那不就结了，告辞。"

"回来！"我立刻叫住了赵慎，"你说的和我说的是一码事儿吗？我没和你开玩笑！"

"我也没开玩笑啊，这怎么想都没可能吧？至少我没想到办法，不然你就录个音放原声假唱，将就将就呗！"赵慎摊开双手表示无奈，而后他凑得更近了，"怎着的，谁聋了啊，你咋突然开始关心这个了？"

"没啥，你不是会弹吉他懂音乐吗，我就随便问问。"

"哦哦哦，我知道了，你是不是说黄老赖啊？他一天到晚喝得烂醉如泥和聋子一个样，你想让他唱歌？是和谁打了赌了对不？有啥好处分我一半，我帮你一起想。"

"什么打赌啊？哪个黄老赖啊？你这乱七八糟瞎猜些什么？"我算服了赵慎的脑补能力，合着在他眼里我就是个整天没事干喜欢到处和别人用无聊事情一较高下的大闲人。

"就是在你住的欧龙小区门口乱晃悠的那个醉鬼呀，满手湿气的那个醉汉。"赵慎摆出了一个弹钢琴的动作。

"我知道他，前几天没见到人，这几天又和往常一样了，大早上躺路边鼾声如雷。"我没好气地回复着赵慎，想赶紧把这个话题结束了。

我们口中的那个黄老赖是个出了名的泼皮无赖。他的脸像是用斧子简单几下劈出来的，一道横的一道斜的是两眼睛，劈大一点的是个嘴巴，再在几道裂缝中间安上一个长满脓痘的酒糟鼻子，曾经登上东湾电子屏的老赖形象就这么诞生了。就和无论何时都要拿着个酒瓶一样，他始终都在做着一夜暴富的美梦，经常听信别人的忽悠搞"投资"，到处借债发展所谓的大事业，但结果是竹篮打水一场空，还给人送去吃了牢饭，直到不久前才放出来。

出狱后的黄老赖已经没了坐牢之前的那股狠劲，连牢骚话也没剩几句了。他现在的身份与其说是泼皮，倒不如说是流浪汉，除了接点零工，剩下的时间基本在我们小区周围买醉闲逛,使得像是江佳铃这样同情心泛滥的人总是忍不住想给他点施舍,甚至担心他在冬天会不会因为没有被子而冻死。

赵慎朝周围张望了一下,而后慢慢凑到我耳边:"听我舍友说,当初把黄老赖送去监狱的就是咱们校长。现在黄老赖天天在这边转悠,是在寻思怎么搞报复呢!"

"等会儿,这怎么还就聊起黄老……你说啥?报复校长?"

"嗯嗯,当时黄老赖被催着还钱,走投无路居然想绑架学校的学生要赎金呢!"赵慎的神情变得严肃,不像开玩笑的样子,"这是说起来了我才提醒你,听说现在他天天胡言乱语,鬼知道有什么心思。你最好离他远远的,也看着点江铃,她没事就喜欢瞎操闲心。"

"电视剧看多了吧?黄老赖之前还干过绑匪?"我有些糊涂了,"这是东湾哪年发生的事啊?"

"你爱信不信,总之当时是校长阻止了他,让他被送进了监狱。"赵慎从我耳旁离开,挠了挠自己的刺猬头。

"但这黄老赖现在就是摊一天醉到晚的烂泥啊。如果他真那么危险,警察也不会允许他到处乱晃吧?"

"所以让你们放学小心。这是潜在的危险,谁知道他哪天麻木揪了筋会做出啥出格的事?我们县好人多,又不代表没坏人。"

"我看没你说的这么严重。他可能早就喝忘了那些陈年旧事,现在只是个普通的醉汉罢了。何况到处欠钱是他自作自受,报复校长做什么?"我继续顺着黄老赖的话题与赵慎唠嗑。

"我乖嘞,黄老赖醉成那样,脑子还能正常吗?"赵慎对我胸口轻轻捶了一拳,"让你记住你就记住,防患于未然……"

就在我们越扯越远的时候,暴怒的叫喊声突然出现在我们身后:"把你们班姚蓝叫出来!"

赵慎和我都下意识地哆嗦了一下——是副校长,那个严厉到别说一丝情面,连十分钟课间都不给学生留的固执中年人。

在我看来，姚蓝在学校的风评那么差，变成三个年级都有所耳闻的问题学生，与被副校长频繁点名训斥也有很大关系。

无论多嚣张跋扈的人——除了姚蓝——但凡看到了副校长的脸，都会下意识地想起自己心中最惭愧的往事，继而低下不可一世的头颅。在他潜移默化的影响之下，就连教导主任养在办公室的那只臭鹦鹉也变得尖酸刻薄起来，看到学生进门就会用东湾方言大喊"小麻木蛋子""你哪班的"，甚至还朝一名快退休的老教师喊"秃瓢"，对抱作业本的江佳铃喊"红毛"……当然了，这只鹦鹉在上学期末已经被教导主任带回家了——再晚几天它的毛就会被以我和赵慎为首的一众男生薅完。

"也难怪副校长看姚蓝够得慌，一个小大姐天天在校外打架惹事，不被嚼舌头才出鬼了。"望着姚蓝离去的背影，赵慎叹了口气。

上次我同江佳铃亲眼看到过姚蓝被不良少年围住，估计这就是副校长发飙的原因。

"校外的事我不晓得，不过校内那可完全是她自己的原因。除了江铃，她对谁不是摆着一张臭脸？"赵慎打着哈欠回复了我，继而伸了个懒腰，踏着铃声进入教室。

黄老赖和姚蓝的事情先放在一边，我更在意的还是陈颂。晚自习的大课间，在与江佳铃闲聊的时候，我又把问过赵慎的那个问题抛给了江佳铃："有没有什么办法可以让失聪者唱歌？"

思索了一会儿后，江佳铃只是问我要了陈颂的社交账号，终究没有正面回答——即使我已经从她的表情中看出了些眉目。

在将写着社交账号的稿纸交给江佳铃时，我猛地一缩手让她抓了个空："我说啊，你该不会想把这件事一个人揽下来吧？"

以我对江佳铃的了解，她绝对是会这样做的。总是将帮助他人看作是理所当然的事，总是会向根本不熟的人传达善意，她就是这样的人。

江佳铃并没有生气，她索性用直接抓空的手模仿了一下猫咪的爪子，朝我做了个可爱的表情："这你就别管啦。"

好家伙，是想"萌"混过关啊。

第五章　归家之路格外漫长

"不行!"我必须坚定自己的立场,"我也下决心要帮陈颂的忙了啊!而且本来就应该是由我……"

"这种事和先后是没关系的。"江佳铃的笑容中浮现出了一丝苦涩,"张舸,你应该明白我执着的原因。交给我吧,给我一个机会,我会让你相信执着和友情远比你想的要强大。"

曾经被江佳铃这句话拯救的我最清楚它的分量。这意味着江佳铃会用上全部的力量去帮助陈颂,就像当初帮助我那样。

"抱歉,可我不能总像个懦夫一样把事情都推给你,让我也来帮忙吧,就算……"

"那我先和陈颂谈谈怎么样?毕竟这个方法并不容易,到底能不能进行下去,归根到底还是得看陈颂的意思。如果她同意了,我再详细告诉你。"江佳铃对我吐了下舌头,"只不过你要相信我,你确实帮不上什么忙。"

"那好吧……"

"哈哈,谢啦!"江佳铃夺走了写着社交号码的稿纸,她轻快地离开座位,好言好语地将纪委请了回来,而后冲我吐了吐舌头,一溜烟回到了自己的座位。直到放学,江佳铃一直都在刻意地躲着我,不给我向她提出请求的机会。

接着是我后来才知道的事了。当这天的我、万洋和江佳铃已经各到各家的时候,班长王家杰才推着自行车离开校门。

在教室内静坐一会儿等放学的人潮散去再回家,这是王家杰已经习惯了的事情。身心俱疲的他又想起了今天副校长对班级的通报批评,无奈地耸了耸肩,念叨着几句姚蓝的名字,而后蹬上了心爱的小自行车,放声高歌。

嘹亮的回音在空旷的校园里扩散,它们飘离了寂静的东湾一中。

"嗯?"行进中的王家杰注意到了前方路段那群穿着诡异的不良少年们。经过那些家伙旁边时,王家杰下意识地扫了对方几眼。就是这几眼,使得已经把那群人甩在身后的班长像是触电一般,突然按下了刹车。

与地面摩擦的轮胎激起了一些沙石，金属的碰撞声在死寂的夜晚更显刺耳。王家杰回过了头，他的表情因为惊讶已经完全变形。

鸭舌帽、蓝卫衣，在那群人的中间有一个熟悉的身影：她将双手插入卫衣的口袋中，虽然帽檐遮掩了部分的面部表情，但毫无疑问这个人就是东湾一中高三11班的姚蓝。

王家杰的脑子一时间飞过许多想法，当他还在思索的时候，面前的场景已经有所改变了。只见不良少年们口中振振有词，他们把姚蓝围得更紧了，姚蓝也抽出了在口袋里的双手，迈开双腿摆出架势。

了不得了，要干架了！王家杰赶快转过脑袋，将在车上的身体摆正，重新把目光对准了空无一人的前方。他咬了咬牙，好似赴死的勇士一样，全力发动了自行车——班上的同学遇到了麻烦，自己作为班长，这时候怎么能只想着逃跑呢？王家杰用一个漂亮的大回旋改变了前进方向，继而对着敌阵做出了壮烈的冲锋。逆行中的勇士格外英勇，他的背后正浮现出一座猛烈喷发的火山，火山灰洒了一路。一个名为"责任心"的热血之魂超越了恐惧，却也烧光了理智，王家杰就这么对着不良少年们发动了进攻。

"那臭眼镜是老煤子？瞎了眼了？！"

"是她的帮手吗？"

"哪儿来的麻木蛋子，他妈的小看我们？来找死，送他一程！"

这令人咋舌的一幕让所有人的注意力都集中过来，包括姚蓝，那隐藏在鸭舌帽下的眼神也流露出疑惑。

王家杰的围巾随风剧烈摆动着，一副电视中超级英雄的架势。在不良少年注意力被分散的大好良机下，姚蓝像弹簧一样迅速启动，从包围中光速突破后，她朝着王家杰的自行车全力冲过来。

"快、快、快闪开！"看到姚蓝这出人意料的举动，王家杰惊慌地直按铃铛，连车把都要控制不住了。

"别慌，就这样骑过来！"姚蓝对王家杰大声叫喊着，纤细的声音中透露出刚毅，没有丝毫减速的意思。

没时间思考,王家杰听取了姚蓝的意见,破罐破摔。与此同时,一旁的不良少年们正兴致盎然地看着热闹,若无其事地等待即将上演的惨剧。

就要撞上了,就要撞上了啊!王家杰眼睁睁看着姚蓝奔跑的身影越来越近,靠在刹车上的手指准备发力了!

"头低点!"女声严厉地提醒着。

还是没时间思考,他遵循了指示。但是当王家杰的脑子真正对这句话做出反应的时候,面前的姚蓝已经没了踪影。他只觉得肩膀被什么用力扶了一下,这巨大的压力让王家杰几乎失去了平衡,原本直线飞奔的自行车现在正以S形的路线狂奔,从那些不良少年的身旁呼啸而过。

混乱中的王家杰根本看不清前方的路,只觉得面前的一切都在剧烈跳动,大脑也嗡嗡直响,耳畔隐约传来了不良少年们嘈杂的声音:

"那女人从脚扎车(脚踏车)上翻过去了!"

"该败了,快追!"

"臭眼镜!"

看来姚蓝似乎逃走了,真是千钧一发!理性意识逐渐恢复的王家杰注意到面前即将撞上的电线杆,他用全力拧弯车把,随着身下的自行车一道疯狂抽搐,疾驰进了一个胡同。

乌云一点点侵蚀着原本就不算太亮的夜色,夜空中散落着那几颗星星与东倒西歪的王家杰一样死气沉沉的。灰头土脸的他正沮丧地驱赶着精疲力竭的坐骑,长长的影子更加凸显出孤胆英雄的落寞。等再回到之前那个聚集着不良少年的地方时,四下已是空无一人了。

姚蓝应该逃掉了吧?这么想着的王家杰感到稍微好受了点:具体的情况,只能等明天去学校的时候详细问问她了。

正当班长的精神放松之时,街旁绿化带的灌木丛突然间开始沙沙作响。王家杰屏住了呼吸,他停在原地想要一探究竟,不过身子仍保持着随时都可以启动自行车加速逃跑的姿势:有什么人躺在这儿?该不是到处闲逛的黄老赖吧?不对,没闻到什么酒气。

一个黑影从灌木丛后猛然站了起来,这使得王家杰受到了惊吓,但是人影头上的鸭舌帽让他又归于镇静:"姚蓝?"

姚蓝无视王家杰,她捂住自己的右肩,表情有些痛苦。

"哪儿伤了?"王家杰扔掉自行车跑了过去。

"走开!"姚蓝努力地喊着,她的声线愤怒而颤抖,这使王家杰的动作僵住了。但姚蓝只是勉强地走动了两步,身子马上就蜷缩在一起,继而蹲到了地上。

"你到底纠结些什么啊?"王家杰无法接受姚蓝这个样子,他快步上前进行搀扶,"来,小心点。"

"谢了。"或许是拗不过王家杰,姚蓝改变了语气。她的言语间都透着虚弱,一点都没有之前对王家杰发号施令的霸气。

站起来后,姚蓝推开了王家杰的手,她倔强地想要自己走路,但是两腿发软,在离开王家杰支撑的一刹那,整个身体就像脱线木偶一样朝地面跌去。在王家杰扯住姚蓝双臂的时候,姚蓝突然发出了惨叫,虽然声音很低,但明显十分痛苦。

"我送你回家吧,告诉我你家在哪儿。"

"用不着,我能……"姚蓝依偎在王家杰的身上气喘吁吁,她几乎没有办法说出一句完整的话。

"你就当明天教导主任追究的时候让我能理直气壮地回他一句'我已经尽力了',成吗?"王家杰叹了口气,来了个非常符合他风格的冷幽默。

姚蓝的肩膀微微颤抖起来,她居然笑了:"你这话可够怪,是个当干部的材料。"

王家杰明白这是姚蓝对他妥协的证明,没有犹豫,他立刻搀扶姚蓝坐上自行车后座。姚蓝将脸贴在王家杰背上,用双臂抱着他的腰,呼吸逐渐平缓,浅黑色的短发微微晃动。

"天都这么黑了,回家晚家里人不吵你吗?"王家杰狂蹬着自行车。

"我……没有家人。"姚蓝呆呆望着天空的圆月,轻轻回答了一句。

夜深人静,姚蓝所住的小区已是一片漆黑。王家杰将车停在姚蓝家楼下:"我扶你上去,顺便借个电话,我得和我家里说一声,让他们少安毋

第五章 归家之路格外漫长　057

躁等我回去。"

姚蓝以递钥匙的动作代替了回答。房门被打开后,由于缺少通风滋生出的异味便扑面而来,同时还弥漫着一种强烈的违和感:餐厅和客厅是在一起的,与厨房相连。小小的茶几上摆放着零食、书本以及碗筷,略微泛黄的瓷砖上散落着方便面包装袋、体育杂志、哑铃和笔记本。黑色外壳的电视立于电视柜上,周围亦是一些杂物,花瓶、光碟、扑克、跳绳、零食盒子、相片……再往深处看便是房间了。凌乱的程度不算太严重,但连一点能凸显出"这是一个女孩子所住的地方"的信息都没有。洋娃娃也好,可爱的饰品也好,明星的海报也好,墙壁和布局氛围也好,什么都没有。

"没有座机,电视柜上有手机能用。"姚蓝被王家杰扶到茶几旁的墨绿色沙发上,"不过你得稍微充会儿电。"

"这倒没事,反正我妈肯定又在进行拆家式打扫,现在回家估计也没多大的地儿落脚。"

"拆家?"

"就是那种让全家人都知道她在奋力扫除的行为。"王家杰耸了耸肩膀。

"听起来挺热闹。"姚蓝的嘴稍微颤动了一下,她闭上眼睛不再言语。

十分钟后,王家杰拨通了家里的电话,继而听到一顿臭骂。

"妈,你也让我说句话啊!班主任今晚留我……"王家杰还没说完,话筒的那端就传来了质疑。

"啊,嗯!对对对,我就是去网吧了,在网吧玩到现在,本来将将准备走,现在腿又坐回去了,行了吧!求您行行好留个门,拜托了!"王家杰按下了通话结束键,他回头的时候正好对上了姚蓝的微笑,这略微上扬的嘴角配上几乎没有什么血色的脸庞,给人一种很凄美的感觉。

"我妈的想象力就是这么丰富,有一次假期我去'玉米人'餐厅吃午饭忘和他们讲了,直接被扣帽子说我早恋逍遥去了。"王家杰不好意思地耸了耸肩。

"那你要是和你妈妈说了来我家的事情,她肯定更会乱想吧?不过这也挺好,说明你妈妈很关心你。"姚蓝把视线转向天花板,"好好珍惜吧,我是真的羡慕。"

王家杰的心里打起了鼓:姚蓝一直是自己一个人住的吗?她的父母呢?现在把受伤的姚蓝一个人留在家里,会不会有什么问题呢?她的身上绝对是有伤的,可我在这里也不能帮她换药,该怎么办呢?想着想着,王家杰低头看了看手上的手机:对,先打开通讯录,看看姚蓝有没有亲戚,实在不行,就只能大半夜让邻居来帮忙了。

虽然想法不错,但查询的结果让王家杰大吃一惊——存储中一共只有两个号码,一个备注上写着江佳铃,另一个是小林。

"放弃吧班长,我现在连妈妈在哪里都不知道,更别说找什么亲戚了。这栋楼上除了我只住着一个行动不便的老伯,还有一个从来没有打过交道的单身男人。你认为把我交给他们之中的哪一个比较安全呢?"姚蓝继续盯着天花板,她以自嘲般的口吻朝王家杰讲述了一点自己的情况。

"那小林呢?"

"那是我以前……算是帮助过的一个小孩子吧。才五年级,家离这儿远着呢。"姚蓝吃力地从沙发上坐起来,她下了逐客令,"如果你要帮我擦药我倒不介意,可你要是做不到,我就不送了。"

王家杰使用了以上厕所为借口的拖延战术,凝视着面前的马桶,他陷入了深深的思考:姚蓝,这个平时始终跩跩的女孩子,一直都是在这样封闭的、没有其他任何人的狭小空间中孤独地生活着吗?

……

归家后的江佳铃立刻通过联系方式找到了陈颂,她似乎非常清楚如何与倔强性格的女孩打交道,仅仅半小时便取得了陈颂的好感,成了一位值得信赖的知心大姐姐。又过了半小时,陈颂终于下定了决心,要依照江佳铃给出的方案进行唱歌练习。

正当江佳铃结束与陈颂的交流,带着对下一步打算的无限遐想准备上床休息时,母亲的敲门声以及递来的电话让江佳铃又立刻换上了外出的衣服。

眼看女儿要出门,江佳铃的父亲立刻从客厅站起来询问。他正在观看最新一集的《三石情》,剧情在芷拒绝了履的爱意后进入了前期的第一个高潮。

"他说是佳铃的同学,班上的班长,叫王家杰。"江佳铃的母亲连忙解释,"你快劝劝女儿,已经很晚了,怎么还能往外面走呢?"

"妈妈,我同桌的家里只有她一个人,她现在受伤了,班长是男生不方便,我得去照顾她。"江佳铃正在用脚后跟敲着地面,"就在绿苑小区,离晶水湾很近。"

被女儿这么一说,母亲反倒更加疑惑了:"就算你的同桌受伤了,也轮不到你大晚上去照顾吧?你的身体一直不好,不要再在晚上吹冷风了。"

"可是周围没人能照顾她,也没邻居,班长也是联系不上别人才找我的……算了,妈妈,对不起,我解释不了那么多,请你相信我吧!"江佳铃语无伦次地说着,但她越解释听起来反而越乱,毕竟姚蓝的状况一时半会儿很难讲清。

"就算你这么说,难道会有家长因为女儿接了个男生的电话,就任凭她半夜跑出去吗?"江佳铃的母亲强迫自己镇定下来,她比任何人都了解女儿的性格,"我是很想信任你,我们也都知道你很有责任心,所以才更要谨慎不是吗?你先冷静下来。"

"可现在……"江佳铃停住了与母亲的争辩,她突然意识到自己正在做一个非常叛逆和反常的行为,有些过于冲动了。

文静、懂事、好相处、有责任感和亲和力……江佳铃已经习惯了自己被贴上的这些标签,她甚至会自然或者不自然地去维护它们,尽管在心中依然会有许多不符合标签设定的想法,但江佳铃几乎不会将它们表现出来,这是她在成长中强迫自己逐渐学会的、一种可以使自己获得更多人青睐和好感的处世之道。

可能是之前同陈颂的那番聊天感染了自己的情绪吧——江佳铃找到了原因。

"如果真有事,我们现在就打电话给医院好了。"母亲继续用温柔的口吻劝说着,虽然也与女儿一样有着乐于助人的善良之心,但她同时还有着身为一名母亲所要承担的责任。现在的她和可以为了贯彻自身准则不考虑后果,放手去做的江佳铃不同,作为父母,自己的孩子始终是放在第一位的,如果连孩子的安全都无法保障,那么一切理解、宽容之类的词都只是空话。

江佳铃自然是那种不会给家里添一点麻烦的好孩子,所以只要是她的请求,父母基本都会予以同意。可归根到底,这层彼此保有空间的"朋友关系"是建立在"确保孩子安全成长"这个前提条件下的。即使被孩子厌烦、误解,有的底线问题就是绝对不能妥协的。到了必要的时候,虽然不情愿,家长也得采用强硬的手段来让孩子就范,原因也很简单,那就是名为"爱"的感情以及名为"过去"的经验。

"丫头,准备出发吧。"江佳铃的父亲打断了几乎已经取得成功的妻子,以及自认为不能再继续任性的女儿。这个刚才还在客厅看电视的慵懒男人已经换上了出门的衣服,"丫头,把这个手机拿着,绿苑小区,对吧,我开车送你去。"

江佳铃的表情充满了惊讶,她觉得自己的心事全都被父亲看透了,一时间不知是惊是喜。

"怎么你还添上乱了?"江佳铃的母亲马上皱起了眉头,"你没听说吗?最近有人看到像是传销组织的人在东湾乱窜,还有传言说他们去年就在暗中活动了,现在大家都很紧张,再加上前不久才从牢里放出来的那个姓黄的,这大晚上……"

"所以我才说和她一起去的呀。自家丫头你应该最了解,何况她这个样子,根本就是年轻时候的你啊。"江佳铃的父亲像安慰小孩子一样摸了摸妻子的头。

"说什么呢!"妻子害羞地推开丈夫的手,"倒不如说,我们都是因为有任性的爹在惯!"

江佳铃笑了,她眯起了眼睛,为自己有着这样的父母而感到无比幸福。但仅仅几秒后,她的笑容中多了些其他的感情。

第五章 归家之路格外漫长 061

……

　　长跑的冠军、接力的冠军、乒乓球的冠军、篮球比赛的前八名、跳远的亚军、跆拳道的优胜证明，日期从小学时代到几年前都有，级别从校级运动会到县级比赛，甚至连市级的都有——王家杰正站在姚蓝家的书橱前试图合上自己的嘴巴：这姚蓝究竟是多深不可测啊？学习好得吓人不说，再加上这么多的体育优胜奖，如果不是糟糕的性格和离奇的传闻，凭借那些成绩，她绝对是值得学校拿出大版面宣传的模范标杆呀！可这样的人为什么总是会和小混混们扯上关系呢？

　　"班长你回去吧，我丑话说前面，你要是觉得因为你救了我就能顺便改变点什么那就错了，也请你不要在其他人面前说多余的话。"姚蓝正在小心翼翼地活动着自己的关节，不过她的脸色依然很差。

　　"放心，我马上就走，不瞎掺和，也不会多言多语有损你平日里的光辉形象的。"王家杰仍然盯着橱柜中的那些证书、奖杯。

　　正当姚蓝忍不住想对王家杰的毒舌还几句嘴时，清脆的门铃声让她吃了一惊——她回来了吗!？

第六章

伪装着的不止一个人

"那我先回去了。实在抱歉，江铃，这么晚了还麻烦你来，真是很对不起，还有叔叔，对不起。"王家杰用以上的句子为之前冗长的道歉画上了句号，而后又深深地鞠了一躬。

"不不不，班长你不用这样。倒不如说，我很高兴你能够告诉我。"江佳铃赶快对王家杰表达谢意。

"丫头，我也先下去等你了，手机保持联系。"江佳铃的父亲听了下事情的大概便和王家杰一同走出了姚蓝的家。

"姚蓝，你真了不起，这一柜子都是你的荣誉！"江佳铃环顾着书橱中摆放的那些证书和奖杯，对自己的同桌笑了起来，"大家要是知道你这么厉害，一定会喜欢你的！"

没有回音，姚蓝的脸拉得长长的。这其中不仅有对江佳铃多管闲事的反感和不耐烦，也有着对自己心中所想之人并未出现的失望与沮丧。如今，自己面前的江佳铃成了她唯一能发泄情绪的人。

"你回去吧！因为是你我不想发脾气……快点回去吧，不然我就忍不住了。班长居然会把你叫过来，简直不可理喻！"许久过后，姚蓝终于开口了。她把脸转到一边，躲开了江佳铃的目光，似乎是害怕那份温柔最后会融化掉她心中的坚冰。

江佳铃略显歉意地笑着，她以要帮姚蓝处理伤口为由避开了正面的回复。可当她想伸手触摸姚蓝的臂膀时，对方瞬间便以一个粗暴的动作阻止了她的行动。与此同时,姚蓝的口吻开始变得不耐烦了,她向江佳铃大声咆哮,尽管连她自己都不知道为何会如此生气,而且在她的视角里,面前的江佳铃似乎变成了另一个人——那个自己再也不想见到的人。

"姚蓝,我们是同学,是同桌呀!这不是添麻烦,互相帮助是很正常的事情。"江佳铃并不知道自己是在代人受过,她没有退缩的意思,迎着姚蓝的怒火选择继续与对方交涉。

当江佳铃的手握住姚蓝的一刹那,火辣辣的疼痛感就通过神经传到了姚蓝的脑中,因此而扭曲的面部表情就是最好的证明。

"果然,你身上伤得很重,对吧!"江佳铃的表情很是难受,她的语气里充满担心,用另一只手小心翼翼地翻开了姚蓝手臂处的衣服。

姚蓝的手臂十分白皙。与一般女生的纤细手臂不同,她的手臂拥有优美的线条轮廓,一看就知道是长期锻炼的健康臂膀。只不过这饱含着艺术感的手臂上,却不协调地带着大量瘀青和红肿。新伤周围的破损皮肤掩盖着旧伤的硬质疤痕,秋天的气温使得伤痕可以被埋藏在衣服中,但是这份冷意也更加凸显了姚蓝这个人的孤独和倔强。当大家三五成群、有说有笑地迈开步子和挥动双臂时,她只是一个人站在寒风中那棵无人问津的银杏树下,任由寂寥的风刀割过自己如霜的面颊。

"是被人打的吗?"面前的这条手臂让江佳铃的心无比刺痛。

"除了正当防卫,我可没还手。"姚蓝想把带伤的手臂缩回来,但江佳铃的温柔让她体会到了一份久远且令人怀念的温暖,她同样不想失去这份感觉。

"你再躲着,我可不管你疼不疼喽。"虽然嘴上这么说,但江佳铃还是轻手轻脚的,她用一种请求般的力气将姚蓝的胳膊拽了出来,"身上一定也有伤吧?我来帮你上药!有没有药箱之类的东西呢?"

"不要管了!你赶快回去吧,算是我求求你好吗?"姚蓝从沙发上缓缓坐了起来,她正在与内心的两种情绪做着斗争,表情痛苦地把头埋到了双膝里。

"不行!"江佳铃的态度变得坚决起来,对她来说这是不能让步的原则问题。不过当她真为姚蓝上药的时候,就又是另一种态度了,"别怕,放松,慢慢来……疼的话你要和我讲哟。"

姚蓝正因她的伤口感受着一系列的丰富触觉:酒精的清凉与火辣、棉絮的细腻与粗糙、纱布的柔软与贴心、江佳铃指尖的触感与温度,还有她呼出的气息……

姚蓝不知道该怎么去形容自己对这个过程的感受,她非常想用"享受"这个词,但又觉得不妥。

"好了,姚蓝,接下来换另一只胳膊吧。"

当江佳铃的手松开之后,姚蓝的胳膊陡然间失去了依靠、温度和触感,一股空荡荡的失落感霎时充斥了姚蓝的内心,将她拉回了残酷的现实。像是无法承认自己之前的顺从似的,姚蓝躲避着江佳铃,眼神也变回了平时的冷峻,气急败坏地发怒道:"你还有完没完?为什么你们非要多管闲事呢?这个世界上怎么会有大半夜什么都不管,跑来照顾别人的傻瓜啊?不要自我满足了!你自以为是在帮助我,可这样只会让我更生气,更软弱,知道吗!"

江佳铃被这突如其来的训斥和责骂吓了一跳,她的眉毛塌下了一秒,但立刻又扬了上去,双臂再次试着接触对方:"姚蓝,在我帮你把所有的伤口都上完药之后你想怎么骂我都行,但现在你得先注意自己的身体。"

"我都说了让你别管了!!!"姚蓝大脑中的理智告诉她绝不可以这么做,如果这样做了,好不容易缓和了些关系的江佳铃也会和其他人一样离去,一切就会重蹈覆辙。可是姚蓝的意识控制不了她自己在冲动中不顾一切的行为——她的手下意识地握成拳头,对着这位赶来关心自己的同桌挥了出去。

在出拳的刹那,反应过来的姚蓝已经后悔了,她意识到了这将是一次无法挽回的错误,她发誓如果给自己一个机会,自己一定要学会克制,再也不能由着脾气胡来了。她要与江佳铃好好相处,要亲口告诉江佳铃自己很想同她交朋友……但一切都晚了。姚蓝确信纤弱的江佳铃不可能躲过这近距离突然打出的一拳。

第六章 伪装着的不止一个人　　065

全完了。

可是接下来映入姚蓝眼中的景象让她彻底惊呆了：江佳铃并没有丢掉手中的医疗用品，她的身体也没有因为这突如其来的攻击变得绷紧或者蜷缩，而是以一种舒展的姿态轻轻一侧，让姚蓝气势汹汹的拳头落了个空。不仅如此，江佳铃还顺势用肩膀扶住了因为惯性已经失去重心、向前方倾倒的施暴者，所有动作都是那么流畅，那么顺理成章。

已经稳住身子的姚蓝惊出了一身冷汗，她的心中先是庆幸自己没有伤到江佳铃，紧接着是对老天爷、如来佛等一众仙家佛门的感谢，而后又涌出了一股委屈和惭愧的情绪，她想要抱住江佳铃对她道歉，尽情地展示自己的脆弱和情感，乞求她的原谅……但是又过了几秒，姚蓝就为自己有过上述的想法感到脸红，还顺便想去否定在挥拳时自己立下的那些"让人害臊"的誓言……姚蓝这台电脑一时间无法处理如此多的情绪变化，索性死机了——她没对江佳铃说任何话，仅仅是低头不语。

江佳铃并没有在意。在姚蓝的默许下，她开始细心地为那个倔强女孩的每一处伤口上药，等她全部忙完并向父亲回复今晚会陪姚蓝住下后，时间已经接近十二点了。

"为什么要对我这么好？"换上干净衣服的姚蓝裹着被子蜷缩在沙发上，她的声音有气无力的，似乎已经承认了自己的完败，不再抵抗了。

洗漱完毕的江佳铃正在梳理自己的头发，使它们不至于刚被水冲过就形同张牙舞爪的枯草："因为我知道周围连一个人都没有的感觉，我永远都不想再体会那样的感觉了。同样的，我也不想让其他人体会到。"

姚蓝把头埋进双臂中，她的话语透过衣服小声地传来："你怎么可能知道呢？你不可能知道的！大家全都围着你，你怎么可能理解我！无论是男生、女生还是班主任，大家都喜欢你……你总是在为他人着想，你的性格天生就是受人喜欢的！"

"确实如你所说……不过很多时候我也是强迫自己这么去做的，帮别人的忙也好，为他人操心也好，甚至就连笑容也是。"整理完毕的江佳铃笑着坐到了姚蓝的身边。

"骗人……讨厌的话不去做不就好了吗？"

"不,强迫自己去做并不表示我讨厌这样。"江佳铃的眼神中充满了母性,她试着与姚蓝的身体依靠在一起,"或许就和你习惯了在面对其他人时通过言语甚至是行动保护你自己一样,在我面对其他人的时候,我已经习惯去微笑了。"

"所以我才……嫉妒你啊。"姚蓝的眼睛在犹豫中慢慢瞥向江佳铃的方位,但她依然没有直视江佳铃的勇气,只是盯着江佳铃裸露在被子之外的脚,一边在心中默默数着脚趾的个数,一边说出自己的心声,"班上的所有人都喜欢你,所有人看我都和看见什么妖怪一样想要躲得远远的,我讨厌他们……都是他们的错……我没法和你一样,对那些人露出笑容……"

"姚蓝,过去我也嫉妒着某个人,羡慕她拥有的掌声和赞美,羡慕所有人都围着她转,我封闭着自己的心,不想与任何人接触……后来,即使我选择像她一样去生活,在开始的时候依然没办法很轻易地就对别人微笑。因为我害怕,我害怕当我选择向世界敞开心扉之后,世界会把我一直以来保护的那一点点珍贵之物也给夺去了。"江佳铃伸手做了一个舞蹈起步的姿势,她的眼中泛起了泪光,"可是后来我发现了,当我拥抱世界之后,世界能给我的更多。你没有必要强迫自己去微笑,但是我希望你能理解,向别人微笑并不是一件丢人的事。"

"会有连你都羡慕的人吗？你又在骗我了。封闭内心？这样的事我可联想不到你……不过听你说完这些之后,我感觉好像……不是很难受了,我这人还真是丑陋啊。谢谢你,江铃。我不知道明天醒来之后我会不会又变回以前的样子,或者这本身就是一场梦？但至少现在,我不想变成那样,我也不想醒来……所以,虽然很丢脸,你能不能……再和我说说话？"闭上眼睛的姚蓝感受着江佳铃的体温,她已经想不起上次同其他人像这样靠在一起是多久以前了。她觉得自己身体上没有与江佳铃接触的部分都冰冷得像石头,她意识到自己似乎孤独得太久了。

"好呀。不光是姚蓝你,其实我也是一样的哟。"江佳铃也闭上了眼睛,"不知道等我明早醒来之后还会不会像现在这样,什么都愿意和别人

第六章 伪装着的不止一个人 067

分享呢。无论是现在我所说的,或者是我所听到的,就都当成是梦话好了。"

在江佳铃的暗示下,姚蓝最终决定鼓起勇气,试着对身旁的这位女生敞开自己的心扉。但是在此之前,她先要解决那个埋在心中的疑惑:"江铃,真正的你究竟是什么样子呢?就算你说不讨厌,但是那个平日里见到谁都微笑,永远都安安静静、板板正正的人,距离真实的你,究竟有多远呢?如果你不强迫自己……你会是……对不起,我不知道该怎么表达……我也从来没有……对其他人说过这么难懂的话……抱歉,就当我没说,忘了它吧。"

"没关系啦,咱们不是有言在先嘛,这只是梦话罢了。真正的我……"江佳铃依旧闭着眼睛,她吸了口气,缓缓开口道,"或许是一个留着乌黑的短发,穿着既方便行动又潮流新颖的衣服,在聚光灯和观众们的注视下,忘我地跳个不停的傻瓜吧?"

江佳铃的话让姚蓝听得云里雾里,她睁开眼睛望着江佳铃,用眼神进一步询问着。

江佳铃嘴角的微笑有些勉强:"小时候,我的梦想是要成为一名舞蹈家,因为我的妈妈就是跳舞出身。为了这个梦想,我三岁就开始练习舞蹈。我没有老师的指导,也没有人告诉我要选择什么舞蹈,只是跟着电视机里的画面,学着书本中的那些动作……后来,父母请了非常专业的老师教我,不过我跳得并不好,总是被那位竞争对手给比下去,一次又一次……好不容易有了些起色,一场大病又将我的一切都毁了……虽然我最终算是康复了,可身体已经不能支持我继续跳舞了,在开始的时候连一首完整的曲子都撑不下来。尽管如此,我依然在徒劳地坚持着。因为跳舞能让我感到快乐,跳舞会让我想起曾经的美好。即使我现在只能坚持一两首曲子的时间,即使作为梦想它已经永远与我擦肩而过了,可是喜欢就是喜欢。直到今天我仍然时常幻想,自己没有受到疾病困扰一直跳下去会是什么样子,或许我的水平并没有高到能成为舞蹈家,但是,想到自己在音乐中挥洒汗水、不知疲倦的样子,我觉得那或许才是真实的自己。

不过即使这样说,我也不会拿现在的我与那个虚幻的我进行比较,分出优劣,因为我真的并不讨厌自己现在的样子。那个能自由起舞的我,只不过是我对自己的一个慰藉罢了。"

"所以你的反应才这么快……"姚蓝望了望自己的拳头,惭愧地低下了头。她回想起自己从没有见过江佳铃做剧烈运动,也没有从同学们的闲谈中听过江佳铃会跳舞,再加上江佳铃刚才的那番话语……虽然还不能完全明白,但姚蓝确实感知到了身旁女孩那不为人知的过去,回想起自己之前对她的态度,愧疚之情变得越发强烈。作为道歉的方式,姚蓝决定与江佳铃坦诚相待,讲出自己的故事。

"真的可以吗?"江佳铃的眼皮略微动了动,"你不想说出来也没关系的。"

"就当是给某个大老远跑过来的笨蛋的谢礼吧。让我说吧,过了今晚,我可能又没有勇气将它们说出口了。"

随着江佳铃点头,姚蓝做了个大大的深呼吸,开始讲述自己的过去:

"本来我是想在这里安安稳稳读书,忘掉过去发生的一切,重新开始的……但有人似乎不想让我就这么轻易地在他们的生活里消失。那些不良人中有的是我以前学校的,有的连我自己都不认识,只是单纯找我麻烦而已。你听说过螃蟹和竹筐的故事吗?一只螃蟹想从竹筐里爬出去,却被其他螃蟹拉了回来,差不多就是这么回事。我以前在学校和不少人结下过梁子,因为我不愿意和他们做'朋友'。他们都是有仇必报的类型,也不用去上课,自然有大把时间找我的麻烦。敲诈的,找事的,碰瓷耍赖的……托那些混蛋的福,我原本就不好的名声变得更烂了,而且其他人的闲话和躲避也让我更加敏感、心情更差,我快要崩溃了,我控制不住我自己,对谁都想发火动手,什么话都不想去听……我明白,当我用眼神、语言、动作伤害别人之后,这种伤痕是无法消除的。可我已经不想改变这个现状了,因为我觉得好累……再怎么样也没人会相信一个曾经劣迹斑斑的学生能够改过自新。"姚蓝苦笑着看了看自己的手掌,而后将它握紧,继续讲述着,"现在连我自己都不相信了。你之前也看到了,我也差一点就伤害了你,简直是无药可救……"

"既然和你无关,那些人只是单纯找你的麻烦,你应该告诉老师才对啊!告诉班主任,告诉班级里的同学你受到了欺负啊!你如果和班主任说,他一定可以理解的!你别看他长得很凶,其实是很好的人啊,学校也一定会帮你解决问题的!"一直在倾听的江佳铃终于忍不住出声了,她渐渐明白了姚蓝的经历:在以前的学校中,姚蓝或许真的是不良少女,但在转学后,她对之前的事情就厌倦了,她想安安稳稳地读书升学,可是伴随而来的流言蜚语压得她喘不过气,濒临崩溃,继而使她把心中的负面情绪都变成了伤害他人的冲动……

"老大是好人这我知道,如果不是他帮助我,我进不了这个学校,就算进了也早就没法待了。"姚蓝笑了,但那是投降的笑容,是对任何事情都无所谓的笑容。她的眼神让江佳铃感到不安——原本倔强和不服输的傲气在一番吐露心声过后只剩下了释怀和木讷。姚蓝似乎决定坦然接受自己身上发生的一切。

这种表情江佳铃看到过,在那个整日借酒浇愁的黄老赖脸上。

"无论我是什么人,现在大家都讨厌我,这就是事实。把苹果已经坏掉的一小部分挖掉,防止它污染到其他的地方,这不是很简单的逻辑吗?从结果来说,我破坏了学校的大环境,影响了大家学习的心情,成了经常被说三道四的反面典型,所以大家想让这么一个害群之马转走也是理所当然的。想想也没什么,至少江铃你会把我当作朋友的,对吧?"

给了姚蓝肯定的答复后,江佳铃将她抱在怀里,安抚着她失控的情绪。姚蓝的哭声让江佳铃的心中五味杂陈,她非常想让姚蓝将刚才的那番话说给其他人听,甚至恨不得去拿一个话筒,让姚蓝当着全校师生的面澄清误会。

但与此同时,江佳铃也陷入了沉思:除了已经讲述的部分,姚蓝是不是还背负着什么呢?她不光是一个人住这么简单,在聊到过去经历的时候,她对家庭只字不提。难道这里隐藏着她变成不良少女的缘由吗?就算如姚蓝所言,她在东湾一中的孤僻是因为被过去的不良少年持续骚扰,是因为大家都不愿意接近她……可是这样一个内心脆弱、渴望被关怀的女生，又为什么会在以前的学校沦落为一个天天打架的不良分子呢？无论在哪个学校，姚蓝都始终没有主动接近别人，这和她遭受排挤、被人针对是两码事……

不知过了多久，江佳铃身旁响起了小小的鼾声。江佳铃哑然一笑，她没有办法对着眼前这张尚留着稚气、毫无防备的面庞，继续仅仅依靠自己的主观判断去妄加揣测了。江佳铃凝视着姚蓝的脸庞：黑色的短发中有几根不合群的家伙贴在微微泛红的脸颊上，一呼一吸的小嘴边闪烁着晶莹剔透的口水，平时被冰脸面具遮盖的脸孔如今在平静中增添了几分秀气……无论怎么看，此刻的姚蓝都无法同任何负面的词语相挂钩。但无论姚蓝是否还背负着其他东西，无论姚蓝是否会在醒来之后再次"恢复原状"，江佳铃都已经无法对向自己袒露心声的同桌置之不理了。那一晚，她在心中立下了小小的誓言。

凌晨三点三十五分，姚蓝睁开了困倦的眼睛。皎洁的月光下，家中的一切都是那么萧条：没有生气的盆栽行将枯死，散落的书本和衣服原封不动地躺在地上，油污的锅碗瓢盆堆在厨房的洗手池中，被装满的垃圾袋的数量与日俱增……在确定没有吵醒仍在熟睡的江佳铃后，姚蓝回到了自己的房间。她将床上的杂物朝旁边一推，从枕头下取出了一张照片。

这张照片使姚蓝的思绪被拉回到多年之前，可是没过几秒，姚蓝就露出了厌恶的表情，她将照片塞回枕下，继而用手边的脏衣服奋力一砸，把枕头盖了个严严实实。

姚蓝在原地站了三分钟。那之后，她再次把那张照片翻了出来，拿回客厅，小心翼翼地装入相框之中。

被木框包裹的照片上映着两个人，矮小的女孩子腼腆地笑着，她的短发随风飘扬，幸福和自豪的神情从玻璃中缓缓溢出。至于搂着小女孩的那个女人，则被一个星形的大头贴遮住了面庞。

第六章　伪装着的不止一个人　071

第七章

该下决心了

  我的中秋假期终止在次日下午的三点三十分。在欧龙小区门口同江佳铃会合后,我开始极不情愿地以龟速向学校挪动。这激起了江佳铃的不满,她开始像推壁橱一样强行撑着我往前走。

  然而并没有推动。

  "江铃你别着急啊,时间还早得很。"

  "又在说这种话了!"江佳铃的声音从我身后传来,听起来没什么力气,"按照教导主任的习惯,他今天肯定会在三点五十就去教学楼下面抓人的。"

  对哟,江铃说得有道理,那个教导主任就擅长靠这些不得不放的节假日狠狠坑学生一把,何况他早就盯上我了,可不能在这儿翻船!

  我毫无预兆的急加速让正在发力的江佳铃向前冲了出去,等我回过神来心想大事不好,急忙转身想扶住她时,江佳铃却已经稳住了节奏。她像是一位完成全套动作的体操运动员,伸开双臂,原地站稳,保持了平衡。

  我悬着的心终于放下来了:"还好还好,吓死我了。"

  江佳铃把双臂放了下来,她叹了口气,小声嘀咕了一句:"她也是,你也是,全是头脑热起来就一发不可收了……真担心我总有一天会被你们误伤。"

  "你说的是谁啊?"

  "你,还有姚蓝。"江佳铃的缎带被吹歪了,再加上她的发质不好,给人一种很憔悴的感觉,"先去学校吧,路上和你说。"

多亏了我的及时醒悟,我与江佳铃都从教导主任的魔爪下成功逃走了。而后在晚自习之前,江佳铃将我拉到操场,向我说明了她在姚蓝家过夜的事实,这使我总算懂了她看上去憔悴的原因:我很清楚那天江佳铃是为了保护我才绕路的,但如果我知道她会把这个包袱背到今天,还跑去蹚浑水、热脸贴冷屁股,我倒宁愿我当时冲上去被那群不良人揍个鼻青脸肿。凭我们的交情,我断定她对姚蓝绝不只是擦个药、住一晚这么简单,而且还会继续去贯彻那份"江佳铃式"的善意,即使被一次次拒绝也不放弃。没准姚蓝真会在她的帮助下有所变化,可是说实话,我不太喜欢江佳铃那种看到一件事就要扛下一件事的性格。

但无论我怎么向江佳铃旁敲侧击地打听有关姚蓝过去的详细情况,江佳铃却都不接茬:"这是女生间的秘密,我可不能随便说出去,即使是你也不行。如果你真的对她的事有兴趣,不如再多接触她一下怎么样?没准她会亲口告诉你的……其实她和初中时候的你还有点像呢!"

"我对她有兴趣?我就随口一问!你也是,看到一个不合群的就说和初中时候的我很像,我和她不一样。那时候我身边可没那么多离谱的传言……"

江佳铃并没有被我的话所影响,她耸了耸肩,继续开口道:"那我们说点别的?还记得帮陈颂唱歌的事吗?之前说好了,在征得陈颂的同意之后,我会把我的计划告诉你。或者你已经不想知道了?对我来说更希望是后者呢!"

"陈颂已经同意了?真的假的?"当话题从"姚蓝"转向"陈颂"后,我突然来了精神,"我当然想知道啊!"

江佳铃点了点头。她深吸一口气,开始向我说明自己准备如何去帮助陈颂:"首先,虽然很残酷,但我们必须正视小颂失聪这个事实。你也听过小颂唱歌,她不是声音难听,而是找不到调子并且没有办法调整,这才导致她唱得不好。换句话说,陌生的歌她无法通过听来跟唱,即使是她曾经熟悉的歌,唱错了也只能凭自己的记忆来改正,别人无法帮忙,也无法示范。还有,在歌曲的一段唱完之后,什么时候再次开口唱第二段,也只能凭感觉。从以上的困难看来,单纯的唱歌是行不通的。"

我被江佳铃说得一愣一愣的——这不是完全没招吗?

"但是有一个办法可以解决这些问题,那就是跳舞,在唱歌的同时跳舞。"江佳铃注视着我的眼睛,用一种严肃的口吻向我解释着,"如果小颂能记下与歌曲相配的一套动作,就可以通过肢体的活动来确定唱歌的节奏感、开唱的时机以及歌曲的进展。所以我准备让陈颂练习一首歌,由我来教她跳舞,然后让她参加年底的元旦会演,在全校师生的面前展示自己。小颂已经同意了。"

我终于明白江佳铃为什么在开始时不愿意对我说出她的方法了:"跳舞?你说跳舞?江铃,你真的把陈颂当作小时候的……而且舞蹈要学很久的吧,这不是很花时间吗?"

"张舸,我解释了这么多就是为了让你理解为什么选择跳舞。"江佳铃朝我擎起了拳头,"至于时间,你大可不必担心,执着和友情远比你想的要强大。"

"那打拍子不可以吗?为什么非得是跳舞?"

"打拍子的时候身体运动的幅度太小了,而且从头到尾都只是单一动作的重复,一旦出错根本找不回来节奏,何况还是登台演出。对于陈颂来说,如果想流畅、连贯地唱好一首歌,跳舞是最佳的选择。"江佳铃的话语像是准备好了似的,她早就猜到了我的问题。

确实是句句在理,我根本反驳不了她。可是江铃……我是知道的啊,你为什么会选择让陈颂去跳舞。

"接下来就是歌曲的选择。"在压制我的质疑后,江佳铃继续说着,"我询问过小颂了,挑了一首她在失聪之前就听过并且可以简单清唱的歌,舞蹈也已经选好了。至于指导音准和声音的大小,我想借助乐谱。先让小颂哼出十个音量大小不同的声音,为它们标号 1 到 10,并让她记住当时自己哼的力度,再在乐谱上进行标号,这样就可以调整她声音的大小。通过反复的训练,应该可以达到基本的合格要求。"

江佳铃的发言结束了。平心而论,她的计划非常完美,换成我绝不可能想得这么周到,可是……

江佳铃没有因为我的沉默失去笑容,她反倒笑得更加甜了,打趣般地拍了拍我的肩膀:"你看,我就说你帮不上忙吧?放心吧,陈颂的事就交给我,我向你保证,到了元旦会演的时候,我一定让所有人都大吃一惊。时间不早了,我们回教室吧。"

为什么你要选择跳舞呢?为什么你要让自己这么累呢?姚蓝也好,陈颂也好,为什么你就不能多为自己考虑一些呢?

我想起了初中时的事,当江佳铃重新走进那个几乎已经自暴自弃的我的生活之后,面对我的不解和任性,她却以一个大大的微笑来回应:"给我一个机会,我会让你相信,执着和友情远比你想的要强大。"

我忘不掉这句鼓励过我的话,因为江佳铃确实向我证明了友情和执着的价值。在我最黑暗的那段岁月,是她伸手将我拉出了泥潭,她的坚定让我与过去的自己挥手诀别,她的辅导让我考上了现在的高中,渐渐地,我也有了更多的朋友;赵慎也是一样,他在认识江佳铃后变化颇多,易怒爱动手的陋习改正了,对待事情的方式也变得理性了不少,还与我一起努力考上了东湾一中,甚至在高二分班时终于有机会和一直作为目标的江佳铃身处同一间教室;还有万洋也是,江佳铃的牵线搭桥让我和他的再会没有任何芥蒂或者尴尬,万洋没从我身上看到不良时期所留下的痕迹,他本人也尊敬着江佳铃这位拥有"化腐朽为神奇"魔力的同龄人,将她看作是可靠的姐姐……我们起初都对江佳铃总是将"友情"这种词挂在嘴边感到害臊,但江佳铃一次次通过自身的努力与执着,让每一个与她接触过的人相信了友情确实充满可能性,确实比我们想象的更加强大。

她从没有失败过,所以我们相信她口中的友情与执着;因为我们相信着友情与执着,所以江佳铃从没有失败过。望着前方她渐行渐远的背影,我下意识地去摸了摸被放在外套口袋中的那个"友情的证明",心中突然多了一丝伤感。即使江佳铃没有明说,但我知道她之所以选择用舞蹈来帮助陈颂,其实还有一个理由——陈颂的相貌与儿时的江佳铃非常相似。

这也是我总觉得陈颂看起来眼熟的原因。

我与江佳铃的初次见面是在七年前的国庆假期,彼时小学五年级的我跟随家人来到了她所生活的南方小镇。虽然那时的江佳铃已经被病魔缠上开始进行药物治疗了,可她依然拥有着随风舞动的乌黑马尾、黑珍珠般明亮的大眼睛以及白皙光滑的皮肤,就像是一个精致的洋娃娃,一个纯洁的天使……那是快十一岁的江佳铃,是我仅仅见过几次面便永远"消失"的江佳铃,是相貌和性格还都不似现在的江佳铃。

后来,当江佳铃随家人来到东湾县居住,并且在初一下学期与我迎来重逢之时,她早就被不计其数的手术与药物摧残到"面目全非"了。若不是那个香囊、"友情的证明"以及后续的接触,我根本无法相信这个有着红褐发色和干涩发质、小麦色皮肤、身体虚弱的女孩会是我记忆中的那个洋娃娃。而对于那些从初中、高中才开始认识江佳铃的人而言,我记忆中小江佳铃的形象根本就没有存在过,所以他们并不会将如今的江佳铃与陈颂关联起来,同时也很难在短时间内察觉二者相貌的相似之处。就拿万洋来说,即便已经见过两人同框了,他也从来没发出过类似"她们长得有点像"的感慨。

"我的半条命已经永远留在过去了。如果没有那场病,现在的我会是什么样子呢?至少不会是这样的头发吧?"初中时的江佳铃曾这么和我说过,虽然她的口吻是打趣且俏皮的,但我能看出她表情中的那份落寞。那场疾病是一道分界线,在我看来,它不光夺去了江佳铃口中的"半条命",破坏了江佳铃成为舞蹈家的可能性,而且还在江佳铃的身上刻下种种痕迹,逼迫江佳铃自己都开始相信,镜子中那个越长越大的女孩根本就是别人,而她曾经无比熟悉的自己,已经永远长不大了。

即便随着时间的推移,我依然能从江佳铃的相貌中找到过去的神韵与影子,因为无论发色这些东西怎么变,整个人的轮廓还是有迹可循的。不过,即使是现在的江佳铃,也依然是一个笑起来非常甜美的女孩子,这点我非常肯定。

但是我止不住脑海中的思绪，不由自主地去想一些根本毫无意义的事——陈颂，她的相貌简直就是儿时的江佳铃在"没有遭遇那场疾病"的"如果"中，应该于时光的流逝里初长成的样子。我想对江佳铃而言，她没准会有一种已经"消失"的自己"死而复生"的错觉。所以江佳铃既愿意为陈颂的梦想拼尽全力，应该也希望自己曾经的梦想能在陈颂身上实现，哪怕只有一首歌的时间。或许她还会将这作为一种释怀、一种慰藉、一种救赎、一种责任感或是别的什么。我无法改变过去发生的那些事，也无法分担她内心中的种种情感，但至少我认为自己作为她的朋友，必须得出力做点什么才对。

眼看晚自习的大课间只剩下三分钟，在走进教学楼之前，我叫住了江佳铃："把姚蓝的事再告诉我一些吧。我决定了，要和你说的那样多接触姚蓝一点。"

"张舸，你说什么？"江佳铃有些不相信自己的耳朵。

"我说我已经'原谅'她了，准备帮她的忙。你想蒙我也没用，凭我对你的了解，你绝对不会放下姚蓝不管的。你想让她融入班级之中，和大家成为朋友，对吧？可双线作战对你来说太辛苦了，你告诉我她为什么会变成现在这样，我来帮你想招儿。"我开门见山地对江佳铃说着，"陈颂的事情，跳舞我确实没辙。但是姚蓝不一样，大家同学一场，去帮助需要帮助的同学，总不能还得征求第三方的同意吧？咱们分分工，她的问题就交给我，你就专心负责陈颂那边吧。"

"张舸，这又不是做小组任务，什么一人一边啊？"江佳铃快我一步先上了楼梯，"快回教室吧，马上要打铃了。"

我正想把话接着说下去，那恼人的铃声便朝我鬼叫了起来，双方只得暂时休会。晚自习下课后，我与江佳铃在楼下同万洋会合继而一起走向校门口。在这一小段时间内，无论我怎么表明自己想帮助姚蓝的决心，得到的依然是江佳铃的否定。

"为什么不行？你总把'友情'和'执着'挂在嘴边，可它们不只是由你提供给别人，别人也可以为你付出的，比如我！"我有些急了，也不管万洋

第七章 该下决心了　　077

还在,直接就问开了,"陈颂的事就听你的,但姚蓝的我……呜!"

一听到"姚蓝"这两个字,万洋突然把我的嘴捂住,不光如此,那个瞬间我觉得自己周围的人潮似乎都安静下来了。

江佳铃轻轻地叹了口气,朝我使了个眼色,仿佛在说"这就是原因"。毕竟是老熟人了,我马上就理解了她的潜台词:在如今的东湾一中,姚蓝的名声早就打破了年级的界限,向着全校的范围扩散了。就连本班的同学也没有几个会选择去主动接近姚蓝,因为这会被视为极不合群、招人闲话的行为。如果和姚蓝走得太近,势必也会被她四周的流言所缠绕,搞不好连自己都会被其他人孤立。

江铃,你的好意我心领了,可这些风险对你而言也是一样的,不是吗?我挣脱了万洋的束缚,努力将以上的想法通过眼神传递给她。

江佳铃的笑容中多了几分苦涩,她不再言语,也不再与我交换眼神,而是突然将速度加快,先我和万洋一步走出了校门——明天咱们再说这个事吧。

我没料到江佳铃会突然跑掉,等我回过神来想追,自己和万洋的前方已经充满了黑压压的脑袋,根本找不到江佳铃的影子。

气死我了,不让我管,是吧?我还非管不可了!你不就是想让她变得能对大家发自内心地笑出来吗?我明天自己去找姚蓝,就从我自己先和她当朋友开始!我一定要改变她给你看,不光是你,我要让所有人都对她另眼相看!!!

"欸?老哥,江铃今天怎么跑了?你们眼神交流了些什么啊?"

"人家和咱们可不一样,大忙人,回去之后还得帮陈颂的忙呢。"我打开了阴阳二气瓶,不满地吐槽着。

"对了,我还没搞懂,为啥陈颂又和江铃扯上关系了?"

"因为她是江铃的半条命。"

"啥?"

次日清晨的上学路上,我没有再对江佳铃提起过姚蓝的事。我已经决定不依靠其他帮助,自己直接去和姚蓝搞好关系,继而再问出姚蓝现在身上的那些"疑难杂症"。

晨读是老大坐班,但他并没有像往常一样让我们自己读书,而是利用这个时间开了一个班会:

"想必所有人都感觉到了,近期的东湾县有许多众说纷纭的杂闻,而且许多是越传越没边,类似有人要报复校长、社会青年帮派在校外火并、不知从哪儿来的传销组织在东湾秘密活动什么的,搞得是鸡犬不宁,人心惶惶。除此之外,还有那个由电视剧带起来的街头采访也很烦人,更别提还有学生想主动凑热闹了……总之,对咱们这个平静久了的小县城来说,这段时间的事确实不少。但我想说的是,既然是学生,就不要受到来自校园外琐事的干扰,不要忘记你们现在最重要的任务是什么!如果每天都杞人忧天、吊儿郎当的,那是自寻烦恼,影响学习也影响生活。况且学校已经加强了周边环境的治安管理,所以也没什么好怕的!"老大的语气像往日一样严厉,沙哑沧桑的声音中包含着对世事沧桑的司空见惯,"当然了,实事求是地说,学校外面确实有一些社会青年、小流氓乱晃悠。我们班女生比较多,大家一定要多加注意。走读生们放学的时候尽量不要独自回家,也不要在校外长时间逗留……"

总感觉我右边那两个女生正在瞥姚蓝的座位。

老大把脸一沉,扶了扶自己的眼镜:"还有就是我强调了很久,前后加起来说了差不多有十次的人际交往问题。班上很多同学仍然戴着有色眼镜看别人,无论一个人有怎样的过去或者传言,在你和她接触交心前,都不可以对这个人妄加判断!可话又说回来,一个人如果总是对别人不友好,也难免会让人有想法、有误解、有畏惧,这就需要她自己也反思反思,为什么不能对别人敞开心扉,让别人去了解你呢?!"

老大这一拍桌子,我又吃了一鼻子的粉笔灰。

"最后!"老大的眼镜突然间又变色了,"同学们,人生不可能完全按照自己的想法前行,你们遇到形形色色的人和事也不可能都看顺眼。凡事要多学会包容,而不是抱怨和指责。你们在我的班里大可放心,只要不惹什么大事,没人会找你们的麻烦,把最后一年的高中时光度过,考上好的大学,这才是当务之急!知道了吗?"

老大说的是事实,安安分分把这段时间熬过去,迎接跨向未来的第一步,这才是所有人的主要任务。

晨读结束后,班里的学生们吃饭的吃饭,上厕所的上厕所,瞎晃悠的瞎晃悠,还待在教室的人不足十个。

很好,姚蓝还在——在江佳铃离开教室去找陈颂之后,我也准备开始实施自己的计划了。

我僵硬地完成起立、转身以及顺拐走路的动作,好似一台缺少润滑油的老旧机器,歪七扭八、叮当乱响地走向江佳铃旁边的那个座位。

没有人注意我这边,这是个好机会。在即将与姚蓝擦肩而过时,我突然停下了脚步,用手轻轻拍了下桌子,示意那个把所有人都当作空气的大冰脸向我这边看:"哈喽,早上好啊!"

突如其来的问候让姚蓝很是惊讶,看来她也没想到居然还会有人主动和她打招呼。但是仅仅半秒之后,她脸上的寒气又喷了出来,短发下的双眼充斥着敌视和防备:"有事?"

"大早上的,你不饿吗?食堂最近和百货商场边上那家'百分百炸串'合作了,多了很多好吃的小吃,一起去尝尝?或者我给你带!"我尽量用自然的语气说出这段早就准备好的台词。

"不饿。"

"那你能教我一道题吗?我这儿有道题,我……"

"不教。"

"我给你变个魔术怎么样?"

"不用。"

"那你……"

"别烦我。"姚蓝把头扭了过去,低头看她的杂书。

"你看的书……"

"别烦我。"她的话语里没有任何感情。

毫无疑问,现在的我非常尴尬,而且早已经成了其他人视线的焦点——除了江佳铃,怎么还会有人主动去找姚蓝说话啊?没想到张舸居然对那种女生有兴趣?人家根本不睬他,你看他就像一个小丑一样——虽然现在我真想找个地洞钻进去,但既然都走到这一步了,我也没有了退路,只能硬着头皮继续上了。

"那咱们一起去校园里转转怎么样?或者找个机会一起去趟'天然阁'!"

"你脑子坏了吧,有病。"姚蓝以极其不耐烦的口吻回复了我,她站起身子,带着情绪向后门走去,从头到尾连瞥都没瞥我一眼。

不,往好处想,她只是不愿意让其他同学也陷入被孤立的麻烦。对!所以才故意对我生气,想要让我走,自己默默承受一切……为他人着想却不善言谈,多么单纯而重情义的同学啊!

"等一下!"自我催眠后,我又伸手抓住了姚蓝的手臂——她的手臂虽然不粗但是非常有力,我的五根手指都能感受到捏都捏不动的肌肉,这明显是经常锻炼的样子。

"上厕所你也管?"姚蓝十分不爽地转过了头,露出了紧紧咬住的牙齿。

我在零星的笑声中松开了姚蓝的手,但也是因为那些笑声,我再次抓住了姚蓝的肩膀。如果在这里让她走了,我可就真的变成小丑了:"等等!我……"

"走开!"姚蓝粗暴地甩开我的手,力量简直不像是女生,"我再说最后一次,走开!"

班级里依然还有几个看热闹不嫌事大的家伙,不过当姚蓝犀利的眼神扫过后,他们都不再吭声了。

"真是,居然真和江铃当初的情况一模一样……"骂了一句自己后,我几乎快到极限了,直接对姚蓝抛了一个直球,"为什么你总这样?如果有什么原因那就告诉我啊!我可是非常友好地来找你说话的啊,你怎么非要摆出那种态度?"

"非要找碴吗?"姚蓝迅速回过了头,她的碎发从我的脸庞拂过,转瞬间便站在了我的面前,用那双冷峻的眼睛凝视着我。

  虽然我比姚蓝高,但我在对视中感受到了一种非常强烈的压迫感,它们刺激着我全身的毛孔和血管,提醒我此刻尽快离开才是上策,却又诱导着我把拳头攥得更紧……真该死,事情渐渐朝我意料之外的方向发展了。

第八章

你，迷恋过去吗？

晨读已经结束五分钟了,在食堂和教学楼间随处可见来回穿梭的学生。虽然新生楼的四周稍显冷清,但楼下的那条长椅今日依旧热闹。

陈颂努力地张着嘴,把不同力度的音调挤出喉咙。

"很好,比刚才进步很多呢!"江佳铃正在一旁写着什么,"嗯,你刚才哼的音调是这样,标记下来,然后这里要这样……"

陈颂目不转睛地看着江佳铃奋笔疾书,脸上微泛红潮。

"好,这下差不多了! 下次你再发声,我就可以告诉你声音大小了,咱们慢慢来。"江佳铃自言自语地举起手上的本子。

陈颂依旧盯着本子上那几串圈圈角角,她的表情渐渐平静下来,露出一个略显歉意的微笑。

"休息一下吧!"江佳铃将这句话写在本子上。

"好!"陈颂笑了笑,她一屁股坐到江佳铃的身边,"佳铃姐,谢谢你来陪我。其实有人陪我,我就已经很满足了。唱歌的事,不用这么认真的,因为会很麻烦,我也不想这样的……"

"抱歉,我又太自以为是了……对不起!"江佳铃猛然想起了张月桐曾经对自己的告诫——你不能总是一厢情愿地帮助别人。作为帮忙的人,如果你对一件事情的执着程度超过了受到帮助的人,你就会给别人带来困扰和负担——她立刻起身对陈颂道歉,又将道歉的话整理成文字写了出来,毕竟自己的方法确实太烦琐而且太耗费陈颂的精力了。

他人随口一说的事、没怎么放在心上的事、只是想试试看的事,江佳铃都会全力以赴去帮忙,但这份执着与热情也时常会对被帮助的人造成负担与困扰,最后变成江佳铃忙得热火朝天、乐在其中,受到帮助的人却又累又无奈。还记得赵慎曾经对江佳铃有过几句非常贴切的评价——如果她以后当了领导,一定是那种什么事都会亲力亲为,在部门带头加班把所有人都折腾到半死的领导。

"不会不会!"陈颂从道歉的文字中意识到面前这位姐姐误解了自己的意思,她连忙握住江佳铃的手解释,"在大家面前唱歌是我的愿望,最大的愿望!现在终于有机会、有方法去实现它,我不想放弃,无论多困难我都可以做,这绝不是假话!自从失聪之后我就一直这么想,我觉得值得!但是……这会给你添很多麻烦的,对吧?"

江佳铃的忐忑消失了,取而代之的是一种想哭的冲动。她摇了摇头,语气温柔地纠正着陈颂:"虽然只是一首歌,可我想让你用最棒的姿态将它演绎出来!只要小颂不觉得麻烦,我一点都没关系!就像我在网上和你说过的一样!"

"那……我会加油的,谢谢佳铃姐,谢谢!"陈颂认真看完了江佳铃写下的文字,她红着小脸蛋,感动到一个劲地道谢,"无论是唱歌还是跳舞,我都会加油的!我也会让所有人都看到,友情和执着究竟有多么强大!"

"嗯!你的愿望一定会实现!"江佳铃并没有说太多有关自己的过去,不仅如此,她还戴着红框眼镜,为的是不让陈颂从她的神情中发现些什么。

但这个时候,其实敏锐的陈颂已经有所察觉了。

……

"张、张舸,不可以,打架。"与此同时,在高三年级11班的教室内,微弱的几声从寂静中悠悠传来。

正在对峙的我和姚蓝都恶狠狠地朝着声音的源头望去——那是我的同桌张月桐。她把身子半缩在门外,向我们投来弱小无助又可怜的目光。

是吃完饭回来了吗?正当我这么想的时候,面前的姚蓝已经消失了,仅仅能从后门的窗户中看到她正在离去的身影。

　　我在心中默认了自己的失败：江佳铃是对的，我突然去操这些心干什么呢？完全就是浪费时间的无用功，费力不讨好。不仅没和姚蓝搞好关系，还被其他人看到了我丢脸丢到家的样子，之后这段事还不知道会演变成什么样的新素材被越传越广呢！没准下午教导主任就跑过来把我诬陷成早恋了，况且他以前就这么干过。

　　张月桐发现了我此刻的尴尬，她以帮忙搬材料的名义把我拉出了教室。现在想想，如果张月桐没有出现的话，接下来会发生什么呢？最坏的假设就是我在教室里和姚蓝大打出手，这种情况一旦发生，别说我再也不能帮助她，如果被教导主任抓住了，我肯定还要和她一起被处分。

　　"张、张舸，书要，掉啦。"学生头下的脸颊涨得通红，张月桐双手抱着接近半个人高的习题集，艰难地开口道，"不快点回去的话，我就坚持不住了……"

　　"确、确实啊。"被她一说，我也感觉到了臂膀的酸痛，试着用膝盖把抱着的那堆习题集往上顶了顶，"纪委，你再分我一点吧。"

　　"不、不用了，我能行。"张月桐摇摇晃晃地跟在我身后。

　　我咬着牙绷紧左臂，迅速将右手伸向纪委，在力溃之前抽了一把习题集摞在自己面前，整个动作一气呵成："都是同桌，你就不要客气啦，何况你帮了我那么多忙。"

　　张月桐不光只是帮我解围这么简单。由于江佳铃要帮陈颂练唱，所以我也不好意思再在学习方面多麻烦她，张月桐便顺理成章成了我的新老师，虽然开始时我们都有些拘束，要听清她的声音也并不容易，但随着时间的推移，彼此都习惯了不少。

　　"纪委，你对姚蓝这人是怎么看的呢？"我装作漫不经心地找了个话题。

　　"咦？啊？"张月桐被我这么一问，险些把脚崴了，"姚蓝……同学吗？"

　　"实话实说就好了，我就随便问问。"

　　"嗯……姚蓝同学的话……应该是个好人吧？就是有些可怕，有一些传言……对谁都是要吃掉对方的样子……好像只有佳铃和她的关系稍微好这么一点点……"张月桐的声音越说越小,头越来越低。

纪委的回答已经足够委婉了,这也反映出了姚蓝的名声在一般人心中到底有多差。

"那纪委你和她说过话吗?"

"啊?我想想……哦,有的!有一次我想找她帮个忙,被她回了一句'没空'。"

我真是哭笑不得,越听越感觉走不动道儿了:"那纪委,你想和她做朋友吗?说不定她实际上没那么可怕呢!"

"张舸,你今天不是才……"张月桐有些难为情地瞅着我。

是啊,我今天不是试着和她交朋友了嘛!难怪大家不敢也不愿意接近姚蓝,同纪委的交流加上今天的遭遇都使我越发感觉到在处理与姚蓝的关系这件事情上自己是多么孤立无援,而且荒唐可笑。

当我和张月桐回到教室时,一段搞笑喜庆的吉他音便飘荡在我的周围。将废话连篇的歌词念完后,赵慎把他的刺猬头蹭到我脸上,阴阳怪气地在我耳畔低语着:"哟,勇士回来喽!我们可都知道了,热脸蛋贴人家冷腚盘子上了吧?怎着的,原来你喜欢这种的?"

不只是他,以王家杰为首的另外几个男生在接手纪委搬来的那摞习题集时也跑来问东问西,虽然他们假装自己的声音很小,但说实话,单看这架势,其他人猜都能猜到在说些什么。

主动去接近姚蓝,这简直是目前我人生中最大的败笔之一!

张月桐拍了拍手上的灰尘,对我们依次表示了感谢,而后转向王家杰:"班长,卫生班级的评比就要开始了,我们还剩下多少班费呢?我想买缎带之类的把教室装饰下,还有一些打扫工具可能也要换新了。"

"又来了啊,真够人。"王家杰的脸上立刻出现了嚣张和鄙视的表情,不过这并不是对张月桐,而是对"卫生班级"这四个字。

"班长,别这样嘛,干干净净的难道不好吗?你忘了吗,高二的时候,我们班还得过第一名呢!这就是努力的证明啊!"张月桐指着黑板上沿——在一堆和学习相关的奖状之间,那张印着"卫生班级"的红纸还真是没什么存在感。

"不,这是笨蛋的证明。"王家杰耷拉着眼皮,没好气地回答道,"不过是找个由头激起学生们无聊的竞争心。用一张什么意义也没有的奖状就可以让那些喜欢显摆的人把教室捣鼓个底朝天,何乐而不为呢?"

"怎么能这么说呀!这个奖也不是临时设置的嘛,人家还有历史性呢……"张月桐自认不是个辩驳的能手,只好用楚楚可怜的小眼神进行反击。

"即使学校设置一个不上厕所奖也会有人为这个奖憋一天的,我才不上当。"王家杰拿出班长的决定权一锤定音,"我当然不是说干净不好,我只是认为连打扫这种每天都要做的事也要让高中生争出最佳很愚蠢。这个奖更适合那些大半年都不认真清洁一次的懒人糊弄主任,我们班可没必要为此把教室都掀翻过来。"

弹吉他的赵慎打了个喷嚏,我和他目送着屈服的纪委垂头丧气地回到座位上。

虽然是这么个理,但对于一直以听话出名的张月桐来说,要接受王家杰的那番直肠子发言,想必还是需要时间的吧。

"张舸,现在轮到你给自己辩护了。"王家杰冷不丁地来了句,他把我拉出教室,顺便还赶走了其他围观者,用一个"壁咚"的姿势将我压在楼梯口的拐角。

"解释啥啊?我就是想和姚蓝说句话而已,我觉得是大家对姚蓝有偏见,她不见得是一个多坏的人。"

又是那个可恶的刺猬头,赵慎再次出现在我的面前,这次是从王家杰的胳肢窝里钻出来的:"班长,这是人家的私生活,你管得忒宽了点吧?今天课上刚讲那个成语叫啥来着,哦,对,'张扬其事'!咱们张公子的'张'就是张扬其事,人不张狂妄少年嘛!加油整,成了记得请我喝喜酒啊!"

"去去去,什么'张扬其事'的'张',我是'獐头鼠目'的'獐',行了吧。"我没好气地回复着赵慎,"你们怎么都这样?什么时候和同学说句话也值

第八章 你,迷恋过去吗? 087

得这么大惊小怪的？"

"即使她和校外的不良人藕断丝连？而且你最后不是也碰了一鼻子灰吗？"赵慎依旧不理解我的行为。

"不是藕断丝连，我亲眼看到的，她是被那群混蛋纠缠找麻烦！班长，你那天不是也看见了吗？！"这是我死缠烂打后从江佳铃那儿得到的一条情报，"都是一个班的，我们总不能就让姚蓝一直和大家格格不入吧？如果大家都从我开始，友善地对待她，当她在学校有了朋友之后，找麻烦的人肯定也会变少的啊！腰子你还说风凉话，你的同情心呢？你初中时候不是也被校门口小痞子勒索过吗？！"

"嘿，这你都听说了，你对姚蓝还真怪上心的啊！"王家杰挠了挠头，他把自己的声音压低，"确实，那天的姚蓝是被他们堵的，还受了伤。姚蓝告诉我，虽然这种事经常发生，可大部分情况下他们是不爆发肢体冲突的，那些不良少年就像是在执行任务一样。还有，最近那些人似乎又有了新的花招来烦她，类似魔术戏法里的猜数字。当然了，姚蓝一次也没猜对过，平白无故挨了他们不少揍。"

"对啊，他们就是想把姚蓝的名声再进一步搞臭！"我把一脸茫然的赵慎推开，"班长，你是怎么和姚蓝说上话的？你教教我啊！"

"歪打正着而已。"王家杰苦笑了一声，"可能她那天晚上心情比较好吧？不过你也看到了，在班级里她对我还是那个样。"

难道说单独接触姚蓝会比较容易能和她说上话？她可能已经习惯了在大家面前摆臭架子，即使想与我说话也因为有别人而拉不下脸？

"那班长，你把那天的情况和老大说了吗？"我把想让我解释的赵慎扒拉到一边，继续问王家杰。

"我说了啊，不然老大为什么开班会？而且你没发现，今天学校附近多了许多执勤的老师吗？"王家杰指了指校门口的方向。

"可坑了，别提了，都是糊弄。"赵慎终于找到自己能插上话的地方了，"我看到过后续，人家那是团伙行动，专门有人负责放哨，一听到风吹草动所有人立刻四散而逃，老师到了，一瞅大马路，比你兜里钱包还干净，根本抓不到。这些招我在初中时候就见过了,这么多年下来还是换汤不换药。"

赵慎又开始讲述他在初中雨天勇斗社会虎哥的故事了。

"得得得,别唠这些了,一说你们就在这借题发挥、东拉西扯。"王家杰没好气地将手指移向我的脑袋,"还是说说你吧。你接下来准备怎么作妖,还要继续朝姚蓝谄媚吗?"

"什么意思?你要阻止我?"

"当然不是,我可是班长,我巴不得你能把姚蓝变成一个像少女漫画的主人公那样亲和力十足的活泼女孩,最好再来一根魔杖,喊两声咒语让我们班所有人的成绩都能多考五十分。"王家杰的嘴巴依然是那么厉害,让人搞不清他到底是不是在开玩笑,"我的建议是你可以找机会,换个班级之外的地方先私下接触她试试,至于事成与不成,你是死是活,就看造化了。"

王家杰的建议与我的想法是一致的,现在最好的机会就是体育课,因为姚蓝在课上始终是一个人躺在草坪上睡觉。但等我好不容易鼓足勇气,准备向姚蓝所在的地方前进之时,赵慎咋咋呼呼的叫喊声就如同录好了一样,让整个操场都充斥着"张舸"这个名字。再想装作没听见就太反常了,而且江佳铃可是一直虎视眈眈地要向我问个明白啊!尽量不引人注意地接近姚蓝的作战宣告失败。万般无奈下我只好改变目的地,面露微笑朝咧嘴的赵慎走了过去。那张愚蠢的脸也在对着我笑,当时的我真想用手上的篮球狠狠地把它给砸瘪。

不过,在王家杰的援助下,我还是得到了脱逃的机会,丢下即将惨遭吊打的队友们匆匆离开了篮球场。姚蓝依然躺在那块草坪上晒太阳,她也依然对我的执着表现出了脸上已经装不下的反感。

我再一次失败了。即使是私底下,姚蓝也依然没有给我与她打好关系的机会。看来之前的盲目行动彻底激起了她的对抗意识,我已经不能奢求她用对待江佳铃和王家杰那样的态度来对待我了。

在接二连三遭受完打击后,沮丧的我灰溜溜地从姚蓝身边撤退了。

真是气死我了,这臭丫头简直不可理喻!我也是倒霉,就这还想帮上江佳铃的忙呢,到头来是搬起石头砸自己的脚。一上午的时间我不光要考虑怎么接近姚蓝,还要躲着绝对已经什么都知道了的江佳铃,更要命的是她们俩还是同桌,搞得我里外不是人。说一千道一万,还是因为我根本不知道姚蓝的问题出在哪儿,毕竟我和她本来就不熟。如果不用问她本人,直接就能知道她内心在想什么,知道她在过去到底经历了些什么,我才懒得这么辛苦呢!

正当我这么想着的时候,我在操场看台上望见了长长的学生队伍。这支队伍至少有二三十号人,从看台一直延展到操场的跑道上。如果在他们的影子下方睡觉,想必会是一件很惬意的事吧。

至于他们这般成群结队的理由,则与一个名叫杨小白的女生有关。杨小白是我们班的学生,同时也是我们那位不苟言笑的班主任的女儿——如果不是亲眼看到她和老大一起回家,我打死都不相信那笑都不会笑一下的眼镜男是她老子。她的长相虽然还不错,但由于在刚进班的时候留着比姚蓝还短的假小子发型,加上习惯穿宽松的卡通连帽衫,所以闹出过不少笑话。后来为了防止误会再发生,杨小白把头发留长了些,并将前额的刘海全部撩起来,用发卡固定在头顶。或许是发质太硬的关系,她的发梢全部翘卷着,像是头上长了个黑色的小银杏叶。精神归精神,这种造型配上她那对琥珀色的惺忪睡眼,反差倒是变大了。也因为杨小白那双提不起精神的眼睛,在分班时我始终把她当作一个特别无聊的家伙。

关于杨小白的传言很多,她的名声同样有着全校扩散的趋势,只不过人家这是好名声。杨小白的拿手好戏是使用塔罗牌和扑克牌进行占卜表演,据说算得还非常准。具体是什么?恋爱运势、表白成功概率、未来三天的财运、下次考试的成绩,等等,总之就是这样一些虚无缥缈的东西,但就是有人信,找她的人也越来越多,渐渐变成了问什么的都有,真有点把她当神婆的意思。虽说老大已经在班上明令禁止了占卜,还把外班赶来凑热闹的学生收拾了好几次,但是在每周的体育课上,还是会有本班或是外班的学生缠着杨小白问这问那。他们瞅准了杨小白是个甜食控,每次都会投其所好带来一大堆高糖分的点心作为酬谢。

我和杨小白之间的交情并不深,我甚至自认为我们的关系不太好。首先是我们的价值观在一些方面完全相反,比如对于扑克的态度。对我而言,它们只不过是个消遣的道具,或者是拿来游戏,或者是拿来变戏法,目的仅仅是取悦自己。但杨小白非常看重这些纸片,将它们称为"为他人带来欢乐的伙伴"。去年运动会上,三个外校女生拉着江佳铃打扑克——可能是瞅准了她看起来比较好骗——对此根本不在行的江佳铃被她们牵着鼻子走,糊里糊涂丢掉了二十块钱。她原本想息事宁人,但充满正义感的我自然不能坐视不理,这不光是好人受骗坏人得意的问题,还关系到我们东湾一中的面子。可是就算我牌技高超,再怎么厉害也没法以一敌三,何况她们还是串通一气的骗子,只好以彼之道还施彼身,通过我以前学的魔术戏法,用出千的方式帮江佳铃拿回了先前的二十块。几乎同时,接到学生报信的老大就赶到了那处乒乓球桌,连我也给一起抓获了。虽然我完整陈述了事实,也为东湾一中"赢回了面子",可还是被老大私下教育了一番,他认为我出千的行为很掉价,告诉我即使输了也要堂堂正正,那副反光的变色眼镜当时真是把我吓了个半死。因为是老大的女儿,杨小白自然也知道了事情的来龙去脉,后来她气鼓鼓地走到我的座位前谴责我的行为亵渎了扑克——赵慎和周围的几个人也就是那时候才知道,我整天吹嘘的"三英战吕布"究竟是怎么回事。

在那之后,我和杨小白就再也没交流过了,何况我根本就不相信什么占卜,也从来没有找她算过什么。

有句玩笑话叫"科学的尽头是神学",在被姚蓝打击到不行的情况下,向来对杨小白的把戏不屑一顾的我居然也排起了队,企图能在这些哄人的把戏中寻得一些自我安慰。

"下一位。"在漫长的等待后,排在最后一个的我终于得到了与"大仙"对话的机会。

"哦!是俗客张舸啊,汝前来何事?"杨小白正吃着巧克力,慵懒的声音有点像小鸭子。她扑闪了两下眼睛,似乎已经忘记了我们因为扑克所产生的分歧。

"你每节体育课都这么忙吗?"我屁股一挪,直接坐到了她身边的位置上。

"还好吧,能让大家快乐咱也很高兴。"杨小白开始摆弄她的那些"伙伴"了。

"你能不能用读心术知道别人心里想些什么,或者有什么办法能得知一个人的过去呢?"我压低了声音,郑重其事地问着"神婆"。

"不能。"她的回答十分简洁。

我真是个白痴,居然跑过来问这种蠢到家的问题,还排了半天的队。现在想想这不是当然的吗?!还好我后面已经没有人了,否则这下又得社死一次。

"要得知一个人的过去,最好的办法难道不是借用三石桥的力量吗?"杨小白叫住了正准备离开的我。

什么意思?杨小白不会是看剧看得太入迷了吧?说得三石桥好像真的存在一样。可是她现在的眼神,又不像是在开玩笑。

"张舸,你怀念过去吗?你想过回到过去,和某个人再次见面吗?"杨小白又开口了。

"什么意思?不管是谁,总会有怀念过去的时候吧?谁也离不开过去。"

"你没理解咱的意思。那咱换个问法,你觉得过去和未来,哪一个对你更重要呢?"

"未来。"我毫不犹豫地说出了自己的回答——就我小学最后两年,还有初中时候的那些黑历史,如果能忘我一定会选择忘记。

"那如果告诉你一个可以自由观看自己过去的地方,你会不会上瘾,沉溺其中不能自拔呢?"

"喂喂喂,你的问题怎么和那些搞街头采访的人一样?而且为什么要把'过去'说得和洪水猛兽似的?"

"咱是认真的,希望你能认真回答咱。"

"不会，我的过去当然也有很多美好的回忆，但是同样的，也有很多想忘记的东西。过去本身就应该是珍藏在心底，偶尔想起来感觉有所感慨的记忆，如果能天天看，反而没什么新鲜的了吧？何况我比较喜欢我现在的样子，哪有时间天天活在过去，那也太没出息了。"

"不孬的回答呢，看起来你有这个资格。"杨小白似乎很满意，她神秘兮兮地对我扬起了粘着糖衣的嘴角，"传说将继续流传下去。"

第九章

传说居然是真的

今天是开学第二周的周日下午,我正半赌气地走在大街上,身后的那名女生一直将与我的距离控制在半米左右,就连步频也保持一致。

"为啥你非要跟过来啊?"我小声地埋怨着。

"什么话!是杨同学同意我来的呀,何况今天下午小颂有事。"手持苹果的江佳铃朝我努起嘴巴,"还有,你可别忘了,我到现在也不赞成你的做法。"

"可把你闲得!"之前那节体育课的后续是,江佳铃在杨小白的"摊位"前把我抓了个正着。当杨小白说出,要带我前去她所谓的"真正的三石桥"之后,江佳铃便立刻表示也要前往。不光如此,我这段时间对姚蓝发起的猛烈攻势她也都知道了,一连几天都在耳边絮絮叨叨的,没完没了。

"我当然要来啦!《三石情》我可是每天都在看呢!现在有机会能见到真正的三石桥,有机会零距离接触传说,这不是一件非常浪漫的事情吗?"江佳铃开始自我陶醉了。

"三石桥的存在本身就是传说的一部分,一直以来都没人知道它究竟在哪儿。你最好别抱太大希望把杨小白的话当真!"

"总比某位想来又感到难为情的人强吧?"江佳铃走到了我的身边,得意地瞄着我的表情,"不然当时我向杨同学提议大家一起去的时候,你为什么没拒绝呢?"

"我、我当时是因为你突然冒出来,脑子里想的都是怎么和你解释,心绪不宁的……"我避开了江佳铃的视线,面颊发烫,"我明明是……"

"明明是想强迫自己相信却开不了口呢。"江佳铃扑哧一笑,恶作剧般地用手肘戳了戳我的腰,"不过我当然不相信真的能通过它看到过去呀,我只是抱着'圣地巡礼'的目的才来的。"

"谁、谁说的啊!江铃,我再在这里表个态吧,姚蓝的事我是一定要解决的,你要相信我!"

"你到现在还没怎么和姚蓝说上话呢,让我怎么相信你呢?"身旁传来了江佳铃叹气的声音,而后是一连串的旧账,"记得吗?三年前你答应帮我带一本杂志,结果下一期都发行了,你还是没有带来!"

"那是意外啊,后来不是补偿了你一个蛋糕吗?"

"还有去年,我们在'二粮站'烧鸡店帮忙的时候!去之前你喊帮忙喊得比谁都响,结果到了那儿就和万洋一起白吃了人家两个猪蹄还有一整只炸鸡。我才离开一会儿,你又把我整理好的配料全部弄混了!"

"那不是店长的好意吗,不吃饱了哪有力气一直忙到晚上十点?哼,也不知道是谁一开始不吃,后来啃鸡翅拐啃得比谁都恣……"

"还有我们第一次……"

"够了啊,我知道你要说我迟到了!"

"啊呀,我不是想说这个。"

眼看着我们的对话越扯越远之时,视线的尽头出现了一个熟悉的身影——作为向导的杨小白正在对我们挥着手。

在简单的问候之后,我和江佳铃跟在杨小白身后,在孩子气的冷战中走进一个十分陈旧的小区。楼房两侧的墙壁上爬满了墨绿色的爬山虎,空调的外挂机周围尽是长年累月积下的水渍。小区的中央是一块已经龟裂的贫瘠土地,上面零零散散矗立着生锈的健身器材。

穿过这个小区便到了杨小白口中的终点,我儿时经常来玩耍的金牦公园。只不过在时间的侵蚀下,它已不再是我记忆中的样子——大门口立起了气派的石柱,大理石铺成的台阶将公园和马路的界线清楚划分。一眼望去,现代化的游乐设施随处可见,与四周的自然风光显得格格不入。

在我们走进公园,跟着杨小白转悠了几分钟后,身边散步游玩的人群渐渐变得稀少,最后一个也见不着了。

"到了。"杨小白舔了舔黏着椰蓉的手指,停了下来。

前方是一座桥,一座木质的断桥。桥断掉的两端浸在不流动的死水之中,被氧化侵蚀的痕迹从水中一直蔓延到桥身。在潮湿浑浊的氛围里,只有从水中探出脑袋的绿色杂草稍微让人舒服一点。桥破旧而无用,因此它的周围荒无人烟。不过说它是孤芳自赏也颇有几分牵强,毕竟四处都散布着不知从何年何月开始就陪伴着桥的垃圾。

搞什么啊?这是在搞笑吗?杨小白口中的三石桥,竟然是这样一个又破又烂、堆满垃圾、根本无人问津、过路者连看都不会多看一眼的废弃物吗?

别说距离我们这些东湾人心中想象的样子,就是对比我看过的那些被误认为三石桥的冒牌货也差了十万八千里。那些冒牌货虽然也是断桥,但是除了一个"断"字,每一个都是清爽干净、风光秀丽……面前的这是什么啊?纯粹就是个等待拆迁的城市牛皮癣。

"和照片上不一样呢。"江佳铃在一旁小声地嘀咕。她的话瞬间勾起了我对桥的某些回忆。

"你知道这里?"

"对啊,张舸!七年前你给过我几张金牦公园的明信片,里面有一张就是这里的桥景啊!你还信誓旦旦地和我说,这座桥曾经被误会成你们家乡那儿传说的一部分呢!"江佳铃指了指远方隐约可见的雕塑,"你看,从这里能看到大金牛,对吧?虽然明信片里的桥根本不像现在我看到的这么荒芜,但是因为能看到金牛的雕塑,所以绝对错不了,这就是明信片上的那个地方。"

在江佳铃的指引下,我试着将记忆里的画面拼接到映入眼帘的风景中,在它们重叠的瞬间,我想起来了:虽然在我小的时候,这座桥和它周围的景也谈不上多干净,但至少还有小孩子会来桥边玩,金牦公园还会将它作为明信片上的图景用来宣传……但是现在,它居然彻底荒废了,面目全非,连我都认不出来了。

  不同于只见过一张照片的江佳铃,在东湾县土生土长的我儿时经常来这座桥附近。春天,我躺在桥下的草地上,嗅着泥土的气息,没有顾虑地翻滚;夏天,我在草丛中寻找着叫个不停的蛐蛐;秋天,我来这里收集树叶完成老师布置的作业;冬天,我总是能在打雪仗中获胜,还不小心把别的小孩打哭过……虽然没有现在那么多的娱乐活动,但我的童年依旧很充实。

  这座已经"毁容"的断桥毫无疑问曾经见证过我的过去。

  我的心中涌出了一股悲凉——为什么它会变成今天这样呢?为什么我会忘记它呢?明明也是儿时的玩伴,可是当我不再需要它时,它就被我给抛弃了吗?!

  "因为它……被认定了不是三石桥呀。"再次回溯了一段往事后,我得出了答案。七年前,东湾县也有过一次和最近那个"寻找三石桥的所在"差不多性质的活动,只不过规模更大,关注度也更高。金牦公园内的这座桥在当时可谓是风光无限,因为它差不多符合了大家对三石桥所有的幻想,各种以它为原型的三石桥的画、剧、书纷纷出炉,就连认证的证书都已经做出来,就差上牌剪彩了。但是《云湾日报》随后刊登的一篇文章却将一切都彻底改变了。那篇文章直言三石桥绝不可能是金牦公园中的断桥,在经过有理有据的分析论证后,文章的后半段更是严厉谴责了妄图将传说故事强加到现实的极不负责任又极其功利化的行为,称其愚蠢的程度可以与寻找西门庆故居的行为相媲美。虽说那文章的某些话语值得商榷,但它的核心观点确实是大部分东湾人的心声,激起了大众的愤慨之情——我的父亲也在其中。

  从结果上说,那篇文章击碎了不少幻想家的梦,也击碎了云湾市想通过将传说实体化的方式推动旅游业发展的计划,更击碎了金牦公园里这座桥头上的虚假光环。

  这座桥不仅失去了被作为三石桥时所享受的那些荣耀,而且还被看成助纣为虐的象征遭受唾弃,最终变得无人问津,在风吹雨打中被东湾人

第九章 传说居然是真的

彻底遗忘在一个偏僻的角落——或许也有不愿意再提起的成分在。

在光阴流转、大起大落之后,这座断桥已经是残破不堪、行将就木了。明明不是它的错,明明它可以作为一座普通又受到孩子们喜爱的桥平凡地矗立下去,静看岁月蹉跎……但结果是,所有人都把它忘了。它是不是始终都在等待着能有人来看看它呢?一年又一年,即使风吹雨打,是不是也还是期待着,会有我这样儿时以它为伴的人,可以在记忆的一角重新想起它呢?

我在众多垃圾中寻找着落脚点,缓缓走到桥的旁边,抚摸着它残缺且冰冷的躯体,任凭点点木屑从指缝中滑落:我是不是也像忘记了这座断桥一样,已经忘记了许多闪闪发光的过去呢?随着时间的推移,会有很多曾经重要的人或事,永远被埋在我的记忆深处,再也无法想起吧?这是何等悲哀啊!

江佳铃看出了我的情绪,她拍了拍我的后背。

江铃,为什么你会记得呢?你只看过一张明信片上的图,你从来没真正来过这里,你甚至都不知道这座桥以前被误会成三石桥的事……对你而言,过去的一点一滴都是会被铭记的吗?

"感慨怪多呀,咱可以理解。"随着一股甜丝丝的气味,杨小白插到我和江佳铃中间,她那束银杏叶似的头发一摆一摆的,"不过就凭你们看了这座桥还没骂咱是无良心的骗子,咱对接下来要发生的事还是蛮期待的。"

杨小白似乎误解了,我只是因为和这桥有"交情"、因为江佳铃居然也记得这里,所以才感慨万千地站在这里发呆。

"好了,咱们来说正事吧。"杨小白顿了顿接着说,"在你们面前的就是三石桥,只要你们诚心向它祈祷,三石桥便会短暂复原,然后咱们就可以登上桥,如传说中的芷和村民们那样,在桥上看见过去了。"

开什么玩笑?!她来真的吗?!

"杨、杨小白,你先等等,这座桥在当年就已经……"

"张舸,你觉得三石桥的故事为什么能流传至今呢?"杨小白打断了我的发言,"为什么在东湾历史上一众的传说怪谈之中,只有三石桥的故事仍保有生命力,得到全体东湾人的喜爱,甚至还有人相信东湾县至今仍在受到芷和三石桥的庇护呢?还有,为什么即使一遍遍被说是假的,三石桥的传说却仍然能每隔一段时间就再次引起大家的关注呢?"

杨小白问住我了。如果给我一些时间,我估计还是能整理出一个符合逻辑又有说服力的回复的,可是正当我绞尽脑汁之时,杨小白已经给出了她的答案:"那是因为,故事是需要人传下来的。自从很久很久之前起,就不断有人见证着真正的传说并将它流传下去……现在你们也将成为那些人中的一个了。"

"巫婆……喂,你到底在扯什么啊!"面对杨小白心平气和的那些话语,我感到了一种莫名的紧张感,甚至流下了冷汗。

"张舸,只要你走到桥边,清除心中的杂念,对它倾诉'我愿意和你对话'的情感以及你对过去的怀念,这座桥就可以被启动,复苏成为传说中的三石桥。"

不可能的啊!那座能回应人的心意、能从水中看到过去的传说之桥真的存在吗?杨小白……她究竟是谁?她有什么目的?我要照着她的说法去做吗?

我呆呆地站在了原地,踌躇不前。但是我身边的江佳铃已经在照着杨小白的话去做了,她面色凝重,双手合十,正缓缓走向断桥,走到离我很远的地方去。

"等等!"我拉住了江佳铃。我不知道具体的原因,只是感到无比的心慌,害怕身边的她就这么离自己远去,"我、我来!江铃你先退后。"

我明明不信,可为什么会对杨小白的话、对江佳铃的反应感到害怕呢?无论如何,开弓没有回头箭,就当是为了拆穿杨小白的把戏好了,我倒要看看这座小时候就司空见惯的桥有什么我不知道的秘密。

我对疑惑中的江佳铃笑了笑,一边躲避脚下的垃圾一边来到断桥边。桥身下方的死水中漂浮着墨绿色的苔藓和垃圾,同时还散发着恼人的恶臭,阻止我进一步接近它。

真难闻！好在我的毅力还不算太弱，但是接下来要怎么做呢？

"张舸，现在你要用你的信念、精神去打动它，祈祷它能回应你的期望。"远处的杨小白对我呼喊着。深呼吸后，我强行让自己不去思考别的事情，缓缓闭上了眼睛。

总是说这些莫名其妙的话，她带其他人来的时候也是这样的吗？我不知道该向这座桥祈祷些什么，只是在追忆过去的那些事情。我觉得它就像是一位与我多年未见的旧相识，想对它说些什么却又不知道该从何说起，满脑子都是它曾经的样子。

如果断桥真的有心，真的会说话，它会不会直接对我这个忘记旧交的薄情人破口大骂呢？是不是会对我倾诉衷肠，感慨自己命运的不济呢？或者说，在这么多年的风雨中，它早就习惯了用沉默审视人间的世态炎凉？

对不起，我忘了你这么多年。我知道东湾县的人对你做了很过分的事，祈求你的原谅可能只是一种奢望，在这里做出一些保证之类的话也更像是我的自我满足……可是，作为我自己来说，我真的很感激你在我的童年陪伴过我，你是听着我和其他孩子们的笑声、见证着我们成长的伙伴，这是永远也不会改变的事实，即使被忘却也是如此！它们已经烙在了我的童年记忆中，烙在了名为张舸的这个人体内……如果有机会，真想再看一看那时候的过去啊！

"张舸，张舸！"江佳铃惊慌失措的声音让我猛然睁开了双眼。

太阳直接消失了，取而代之的是柔和的月光，我们所踏的也不是堆满垃圾的草地：苍翠挺拔的小草、妖娆垂露的花朵、郁郁葱葱的树木，还有闪烁着点点绿光的萤火虫。桥，被些许云雾缭绕着，它完好无缺，幽深且肃静。充满生命气息的身躯孕育着荫翳，它将木质的双手紧握在一起，温柔凝视着下方潺潺流动的生命之源，像一位看淡了世间百态的脱俗女子，望穿一切地矗立在此。

当复原后的桥身被白光萦绕后，杨小白的眼睛已经完全睁开了，她的表情很激动，拉着江佳铃快步来到了我的身边。

可我变得更混乱了啊,这到底是怎么回事?!杨小白说的是真的?!我现在到底在哪儿?!

"张舸,你成功了!恭喜你!"杨小白像是一位有奖竞答节目的主持人,正在对我这个通关成功的选手表示祝贺,"在咱带来过的所有人之中,你是第一个成功的!这样传说终于也能在新的一代人中流传下去了!"

"喂,至少也解释一下啊!"我正在被杨小白推着往桥上走。

"解释?你就是和它交流上了呀,它认可了你心中的发言。"

她的这个解释鬼才明白。

"那你之前带来的那些人怎么不行?"

"他们?他们就没有几个肯听咱的话,老老实实走到桥边上去祈祷的。就是走到桥边了,心里也不真诚,认为咱在骗他们。三石桥是有心的,如果你不真诚或者带有非分之想,它是不会回应你的。"杨小白已经跑到我的前面了,她用手扶住栏杆,深吸了一口带着芬芳的空气,"打个比方,这就像是《小飞侠》和《桃花源记》一样。如果温蒂在心中已经默认自己是不会飞的了,就是小飞侠再教她,也飞不起来;如果是带着非分之想寻找桃花源,即使曾经去过一次桃花源的人也没法为其他人带路。"

好家伙,按照她的说法,只要心中仍有净土、仍存有幻想,相信这种事情可以出现,就有可能引发一些所谓的"奇迹",是吗?

我再次将目光移向了身旁的江佳铃,四目相对的一刻,她的笑容宽慰了我。

我们三个人站在本应不存在的桥上,朝映出月光的河流中望去。

"接下来呢?"我看了看身边的杨小白。

"你可是东湾县的人呀,想想传说中的村民是怎么做的?"杨小白提醒着我,"再不回忆一些你想追溯的过去,水里就要冒出你记忆最深刻的事了哟。"

我朝水流探出头,一滴不知从何而来的甘露落入河中,流动的水面瞬间就停了下来,波纹从我水中的倒影处缓缓散开。

静止的画面开始动了。一个慵懒的少年正躺在操场的草地上呼呼大

第九章 传说居然是真的

睡,与此同时,画面的另一端走来了一个扎着红褐色马尾的青涩女孩。在女孩的呼喊下,少年坐起了身子,他们似乎早就认识彼此了,可还是费了好一番工夫才相互确认。熟悉的话语回荡在流水之中,随着女孩将一张红桃3的扑克牌递给少年,一段延续到现在的友谊就此拉开了序幕……

桥上的我和江佳铃面面相觑——刚才的那些画面,是我们在初一时重逢的那一天。

"我的个乖乖,太行了,简直太行了!很多我早就忘了的细节现在全想起来了,江铃你当时额头还留着刘海呀……太好了,那这里一定也能帮上姚蓝的忙!"在带着满满的回忆走下桥后,我立刻下了决心,"我们可以通过三石桥知道她过去究竟经历了什么,也能搞清楚她一直以来的心结是什么!"

当我和江佳铃相遇的影像从流水中消失后,周围那梦幻般的景色也逐渐虚化直至无法寻觅。绚丽的光芒褪去后,在我们面前矗立的依旧是那座寂静的断桥,在我们脚下散布的依然是垃圾堆,似乎刚刚的一切都只是一场幻梦。

"张舸,你该不会要把她带到桥上吧?"江佳铃似乎还对刚才她所看到的影像心有余悸,她战战兢兢地后退了两步,早就没了之前口中见证传说的兴奋感,"我觉得我们不应该借助这种神秘的力量,太危险了。姚蓝的心结和过去应该由她亲自告诉我们。"

眼看无法说动我,江佳铃便将目光移到了杨小白的身上:"而且带其他人来,是不是也要杨同学同意呢?"

"这倒不用。因为三石桥不一定会回复姚蓝的心意,况且如果三石桥认可了姚蓝,咱的意见根本不重要。"杨小白打了个哈欠,从口袋里拿出几枚糖豆扔进嘴里。

望着重新将眼眸调整为"没睡醒模式"的杨小白,我不由得开始整理刚才所发生的一切:杨小白看起来早就已经知道了三石桥并非传说,不仅如此,她今天还将这个秘密告诉了我与江佳铃,为的是她口中的那句"故事是需要人传下来的"。

还是直截了当地问她好了:"你到底是什么人?还有,为什么要选择我?"

"咱只是个想把这个故事传下去的人,也是个工作狂。选择你没什么特殊的理由,碰巧选到了你,碰巧你成功了罢了。之前的失败者咱也说过,多如牛毛,数都数不过来。"

"那到底有多少人真的知道三石桥的事?那些拍《三石情》的也知道吗?"

"剧组晓不晓得咱不知道,不过真正去过三石桥的人,或许会把它告诉自己的一些亲朋好友,但一般是不会公开将这个东湾县最珍贵的宝物出卖出去的。当然了,人心叵测,也有把自己的经历当噱头曝光,引得一堆人前来一探究竟的混蛋在。对于起了歹心的人,三石桥是不会再回应他们的祈祷与心意的,无论那些人怎么努力,看到的都只会是断桥的普通姿态。所以那些人的话自然也就变成了笑话和炒作,根本无须在意。"

"也就是说,你并不担心我把这儿的事告诉其他人,对吗?"

"传说就是有人传才能一直存在的呀。不过咱也不希望你逢人就说,因为说到底,能有资格来到这儿尝试与三石桥沟通的人,都是经过测试的。"杨小白对我耸了耸肩膀,"你还记得咱在体育课上问你的那几个问题吗?只有不沉溺过去、不会因为可以看到过去而丧失对现有生活追求的人,才有资格使用三石桥的力量。想想看,如果一个对现在的生活感到失望、对过去的生活非常怀念的人知道了三石桥的力量,他会怎么做?结果会很严重的。"

那种人一定会把三石桥当作是逃避现实的理想港湾,心安理得地赖在这儿再也不走了吧?或许他们还会自认为像传说里那样受到了庇护与祝福,放弃努力,放弃对未来的追求,只是张嘴等着天上掉馅饼,日复一日地摆烂……

这么看来,三石桥的事确实不能让太多的人知道……其实如果有可能,我宁愿自己也像之前那样不知道。因为现在我心中出现了一种莫名的责任感,我再也没法像之前那么随意地去对待关于三石桥的传说了。

第九章 传说居然是真的

"总而言之,咱是相信你们才带你们来的,至于知道事实之后的你们怎么选择,那都是你们的事。不过咱还是建议,如果你要带别人来,最好先问一问她对过去和未来的态度。"杨小白伸了个懒腰,她小手一挥,带我们离开了金牦公园。在这段路程中,杨小白每往前走一步,那种神性般的光环就从她的周围消失几分。

等到江佳铃用一块巧克力作为报酬就逗得杨小白手舞足蹈后,我又开始怀疑刚才的那些经历究竟是否真实了。

与杨小白分手后,我与江佳铃在沉默中并排而行。擦肩而过的人们依然热衷于讨论最新一集的《三石情》,受他们的影响,我的脑海中也出现了三石桥故事中那两位主人公的名字。芷与履,他们的故事,他们与三石桥的情缘,他们的结局,真的就是我们现在所熟知的这样吗?影视作品会因为各种需要而改编原来的情节,那传说本身在流传的过程中会不会也被重新编排了呢?

我的头被敲了一下,还没来得及喊疼,右手的胳膊又被拽了起来。江佳铃一边拉着我跑,一边提醒我注意左右的车辆。

在我们跑过斑马线的刹那,身后静止的车流便重新启动了。

"受不了,过马路你还发呆!"江佳铃气喘吁吁地埋怨着我。

望着她胸前那个不知何时露出的香囊,我总算是回过了神:"江铃,如果当时你……"

"放心吧,张舸,我不会去接近三石桥的,也不会说出它的事。"江佳铃看出了我的心思,她摆出了标志性的笑容,继而神神秘秘地低声开口,"只不过啊,在知道了传说的内容后,我越来越有一种奇妙的感觉……说不定我就是芷的后人哟!如果真是这样,那去桥上就没问题了吧?"

我愣住了,等着江佳铃继续往下说。

"你看,那个传说里不是讲,芷和履会在梦中相会吗?其实我也常梦到一位过去认识的人,梦里我们能说上话,梦的内容在醒了之后也记得很清楚……那种感觉真是不可思议,明明已经……"她的声音越来越小,其中还有着些许犹豫和感伤。

"就这样?"可惜我的兴致没了,张嘴打了个大哈欠。

"就、就这样呀!"

"就因为总是梦到一个人,你就怀疑自己是芷的后人?"我极力忍住了笑意。

"不只是梦到。"江佳铃的表情倒是很认真,"更像是住在我的心里……"

"江铃,抱歉,但是你别怪我这么说,有你这样感觉的,我们县里是一拉一大把。"

"是、是吗?"

"当然了!做梦梦到思念的人,包括记得梦的内容本来就不是什么特别稀罕的事,在东湾县这就更不稀罕了!我和我的父母也时常会梦到过去的长辈,更别说东湾每年还有一大堆以此哗众取宠、对外说自己是芷的后人的小丑。我们这些土著其实早就习惯了,你才来没几年,在知道传说后有对号入座的想法也很正常,别在意,别在意。"

"真是的!我朝你说心里话,你不仅不信,还……"

"别说是我了,你和万洋、王家杰、赵慎,东湾县随便一个土著说刚才的话,他们的反应都会和我一样。就算因为杨小白这个巫婆咱们知道了传说确实是存在的,但如果按照传说描述的,芷不仅是东湾人,还拥有能代表身份的信物,那她的后人也应该一样才对。还是说,江铃,你父母把他们是芷的后人的事告诉你了?实不相瞒,我现在也等着我的爹妈告诉我呢!"我调侃着江佳铃,顺便将刚才那些不可思议的经历也暂且都抛到脑后。

"你不信就算了,哼!"江佳铃败兴地嘟起了嘴巴,"没准今晚我父母就告诉我了!"

"在那之前可不能轻举妄动哟!"

"嗯……哼!"

江佳铃,她有着对过去充满怀念的理由。对她而言,三石桥既可能是获取慰藉的良药,又可能是让人上瘾的毒药。虽然能否像我一样祈祷成功仍然是个未知数,但面对这种未知的力量,她能做出适合自己的判断真是再好不过了。

"言归正传!"恢复正常的江佳铃又开始了她那说教模式,"我还是不同意你把姚蓝也拉过来。我有预感,姚蓝被过去伤得很深。你要真想知道她的事,应该直接问她才对!"

"等她愿意朝我们说,'天然阁'都该上市了!如果她就是铁板一块,只和你一个人打开心扉,我可没辙。让她能够和除了你之外的人一起出门,让她能够信任除了你之外的人,这就是我现在想做的第一件事,至少要先约出她吧!"我对江佳铃说出了自己的想法。

"可你要怎么做呢?不和她建立好的友谊,她怎么可能和你出来?要不……还是让我帮帮你吧。"

果然,根本没人能说服江佳铃固执的脑袋。

"用不着!您呀,就一门心思为陈颂操心吧。我保证会提前询问姚蓝对过去的态度,如果真如你所说,我就此打住使用三石桥的想法。何况她能不能成功还不……"还没等我说完,一支正扛着摄像机四处狩猎的采访小分队就进入了视野范围之内。

当你凝视深渊的时候,深渊也在凝视着你。红灯转绿灯的信号就像是发令枪似的,促使双方都尽力迈开了步子。受制于自身的体能,江佳铃跑了没几步便气喘吁吁,我们刚到公共自行车旁就被话筒包围了,又一次沦为了被采访的小白鼠。

"我们是大蒙娱乐的,从校服来看二位是东湾一中的呀,这可太好了,好歹找到一中的学生了……不过你们好像很亲密!你们是什么关系呀?"

拿话筒的这位说的是东湾话,虽然怪亲切的,但还是得想个办法逃走才行。

"二位二位,我们街头采访的主题是'寻找被三石桥所守护的芷的后人'。请问二位对芷这名女性了解多少?她的后人是不是还生活在东湾县呢?这座小小的县城、县城中生活的人们,真的在被三石桥和芷的后人们默默庇护、祝福着吗?"

不愧是娱乐电视台,所有问题都直接以默认了三石桥的存在为前提,想必他们写出的报道也以胡说八道为主,这时候绝对不能乱讲话!

"二位二位,你们倒是谈点什么呀!传说中三石桥给了芷一个被守护的证明,这个证明究竟是什么东西呢?对了,我还看过一个说法,说芷肚子里的孩子不是履的,这又是怎么回事?二位觉得那孩子可能是《三石情》中哪个角色的呢?"

"可坑了,你们够不够人啊!"我终于忍无可忍了,"往那儿看,他就是芷的后人,快去找他,去找他!"我随意地指了指不远处的一名矮个子男人,而后趁记者分神之际迅速骑上车,载着江佳铃摇摇晃晃地溜之大吉了。

当天晚上,在宣传《三石情》的街头采访节目中出现了教导主任的英姿,而屏幕下方打出的字幕则是"疑似芷之后人的男子"。

第十章

是熟人吗?

　　时间回到我和江佳铃逃离记者魔爪后的十五分钟,由于获得代步工具的支援又抄了近道,当我们能远远望到学校时,距离上课还有近一个小时,方圆几里之内都是静悄悄的。

　　可当我们穿过距离校门五百米的老街时,前方的环境渐渐变得嘈杂——一群从服饰上就能看出不正经的家伙将一个女生围在中间,为首的耳环哥笑得非常猥琐,令人生厌甚至作呕,按照东湾话说叫"意歪人",让人恨不得马上就冲上去给他几拳。而那个戴着鸭舌帽的女生,我和江佳铃甚至都不需要确认就能直接喊出她的名字……

　　江佳铃制止了想鲁莽行动的我,在停好车后,我们开始以老街里那些歪七扭八的建筑物为掩体,悄悄地尾随在那群人后面。

　　虽然由于距离,我们没法完全听清他们的对话,但内容上终归还是大差不差的:姚蓝被这伙人纠缠有些日子了,而这伙人似乎也厌倦了一直以来的惯用手段,于是改武斗为文斗,要求姚蓝同他们前往一处神秘地点参与所谓的赌局,如果姚蓝敢于前去并且获胜,他们发誓自此之后不再来找麻烦。如若不然,则要对姚蓝进行敲诈,而且还要求姚蓝为他们献上一些所谓的"特殊服务"。

　　我确信除了我们,还有其他零星的学生也在跟着他们,但能鼓起勇气坚持跟到目的地同时还不被发现的,似乎也就剩下我和江佳铃了。

　　姚蓝等人来到的地点是一处围观者颇多的摊位。这个摊位摆在了休息中的"迎春饭店"楼下,摊主的年纪顶多只有二十出头,是个光看行为举止就知道为人相当做作的"鞋拔子脸",而他正在做的事……

"来哟来哟,以棋会友,但求一败,骗人大家逮我脸呼啊!"

从摊主的语调中就能得知他又赢钱了。由于并没有离得太近,我们除了围观者的后背什么也看不清。但是光凭这个阵势还有那些话语,我已经非常确定那群家伙要姚蓝去做什么了。

这是我小时候很常见的象棋残局诈骗,那个号称以棋会友的摊主只不过是个背熟了象棋中一些无解残局的骗子,他故意把棋盘摆出让挑战者觉得能赢的样子,而后诓人来下,继而十块、二十块地骗。面对这种局,挑战者非是十局九输不可,充其量只能下成平局,而且这还是在专门练过、熟悉棋路的情况下,经过几十步的公式化落子后才能达到的。

在说明情况后,我又向江佳铃保证绝不会有出格之举,继而装作像是没事人一样,跟着几个好奇的路人一起登上"迎春饭店"二楼外的楼梯台上,试着更全面地了解接下来的情况。

果不其然,耳环哥他们开始怂恿姚蓝与那个骗子弈子了。由于那群装作是看客实则是同伙的帮闲们的怂恿,气鼓鼓的姚蓝一屁股坐了下来。她一连下了五局,可自身落败的速度一次比一次快,总共输掉了一百元现金。

"哟,就走了?没关系,你还有两天时间。明天哥几个还等你来,有种的别让我们去请啊!"不良少年们对着姚蓝失败的背影尽情地挖苦着。

"张屙,那个棋局你有办法吗?"在返回学校的路上,江佳铃对我发问。

"有啊,但是我只会一种不太高明的解法,最后只能打成平局。"今天那群骗子摆出的是一个经典残局,它经典就经典在"看起来好解""解起来艰难""并不是无解"这三个方面。那个残局虽然有起死回生的办法,但是要走的步数实在太多了,除非是高手中的高手,否则根本不可能有获胜的希望。所以就算姚蓝知道了破解这个棋局的走法,短时间内她也做不到能够毫厘不差地记下来那么长的公式,更别提在实战中无失误地落子了。

"看来全市冠军也不过如此嘛,居然连一个摆摊的都对付不了!"江佳铃鼓起了腮帮,她好像对我的回复异常不满。

唉,江佳铃哪里明白,就是因为想赢太难了我才只随便记了一种逼平的走法呀!倘若抱着要赢的目的去下,哪怕走错一步都是满盘皆输,还不如一开始就用和棋的思路去拼。而且除了这些招摇撞骗的家伙天天这么摆,我下棋下了这么多年也就遇到过两次这种局,这种几乎是不可能事件的状况谁没事会去记啊!

算了算了,早在初次见面的时候我就领教过江佳铃那白痴般的象棋水平了,即使现在也没好多少,对她讲这番道理无异于对牛弹琴。还是言归正传吧,虽然这场"文斗"的动静比以前要小多了,但我觉得姚蓝心中窝火的程度一定是有增无减,没准下次激烈的冲突就无法避免了,必须想点办法才行。江佳铃倒是没有犹豫,返回学校后她直接将姚蓝今天遭受不良少年们诈骗的事报告给了老大,请求支援。

或许是我与她的思维方式确实不一样吧,比起江佳铃的做法,我的选择是……

下午下课后,趁着班里的家伙都往食堂跑,我在路过江佳铃的空位时,将一个纸团扔给了一旁的姚蓝。在有意识的一秒对视中,我发现姚蓝的目光比往常还要凶悍,看来下午的事让她的自尊伤得不轻。

如此一来,这个纸团的命运或许十有八九是直接被送进垃圾桶吧?但我愿意相信那仅有的一点可能性。虽然我趁着自习的时间把那早就落了灰的棋盘擦干净了,但在如今已经有风言风语说我对姚蓝别有所图的状况下,我实在不愿意在众目睽睽下给她演示一遍走法,而且从以前几次的经验来看,她绝对是不领情的。

晚饭结束后,我和往常一样来到赵慎所在的后门与他插科打诨。在调侃中,我故意放大了声音,前言不搭后语地来了一句:"我已经尽力了,至于学不学,能不能记住随你的便。"

检验我的付出是否有收获是次日中午的事了。依然是昨天的地点,依然是昨天的那个摊主。姚蓝在历次考试中的成绩足以证明她记忆力的强大,今天她成功复制了我写在纸上的走法,逼出了和棋。虽然没赢,但

110　时光与我们

是就破解残局的层面来说,这已经足够了。可那群不良少年显然不愿承认这样的结果,他们和周围的那些托儿一面吹胡子瞪眼,一面说着"不赢就不能算解开""这局不算换个新的"这类让人非常火大的话。姚蓝的无视让这群混蛋立刻就露出了本来面目,他们开始仗着人多向孤军奋战的姚蓝施压,就是不让她走。

这已经不是敲诈,而是活生生的打劫了!由于东湾一中的午休时间很短,而且时常会留有作业,因此只有像我、江佳铃还有姚蓝这种家离得近的学生会在中午离校,这使得围观群众中的学生本来就少,更别提就连我和江佳铃都是绕路到这儿来的。

没有帮手啊,可也不能视而不见了!正当我头脑发热,预备甩开江佳铃的阻挡从拐角冲出,试着上演一出英雄救美的好戏时,几声震耳欲聋的东湾方言突然响彻苍穹:"别乱拐!站好了!干什么的!"

霎时间,十几个彪形大汉从四面八方冲向了包围姚蓝的人,有的从我身后的拐角飞驰而过,有的原本就混在围观群众中,有的从摊子不远处的烂尾楼中如神兵天降……他们所到之处旋风滚滚,将楚河汉界上的军队呼啸着掀向天空。

为首的是……老大?!是我的班主任?!不光如此,我发现能一眼认出的男人们无一例外全都是我们学校的老师。

耳环哥到底是个领头的,他反应惊人,与其余在仓皇逃窜中被制服按倒的小弟不同,这家伙居然又摸出一把小刀朝姚蓝猛冲过去。

多亏了那朵笼罩在耳环哥上空的"乌云"!只见老大轻舒猿臂,从那个嚣张的不良少年身后将他单手抓起,如提童稚,继而是一套专业的擒拿法。

刚才将姚蓝团团围住的那群人,托儿也好,不良少年也好,摊主也好,除了一两个漏网之鱼,其他人全部被老大他们一网打尽了。

在姚蓝的危机解除之后,我听到了江佳铃长舒一口气的声音。毫无疑问,这里面也有她的功劳——由于这段时间并不太平,学校加大了在附近巡视的力度,可是这并没有阻止不良少年们找麻烦的步伐,他们开始把

第十章 是熟人吗? 111

"战线"拉远拉偏,顺便还"创新"了找麻烦的方式。好在终究是邪不压正,就在今天中午,当所有人的目光都盯在姚蓝身上时,早已埋伏好的老大等人先是"干掉"了放哨的,而后在姚蓝被围、确定了那群混蛋究竟有多少帮凶后一拥而上,完成了漂亮的大扫除。

"这是你想的招吧?"我的心情也轻松了不少,在我们回家的岔路口问着江佳铃。

江佳铃轻轻地摇了摇头,很是抱歉地开口道:"并不是哟。为什么你会这么想呀?"

"真的假的?这么有水平的点子我才不相信是学校想的呢!他们就知道当着那群混蛋的面直挺挺走过去,生怕那帮二得毛看到老师不跑。尤其是教导主任,每次他看到有什么情况第一时间想到的居然是摆谱,挺个大肚子、迈着霸王步、端着个架势过去,等他慢悠悠走到地方,毛都没了!"

"不这样,你和赵慎高二的时候还能逃那么多次?"江佳铃无奈地叹了口气,"张舸,你不说我都忘了。姚蓝的棋是你教的吧?你认为赢了那群人,他们就会放过姚蓝吗?如果今天老大不在,你准备怎么办呢?情况不是更危险了吗?"

"到了那时候,或许我会冲上去帮她打架吧……"

"张舸!"

"抱歉抱歉,我说我是在看到你找老大之后才这么做的,你信吗?"讲完半开玩笑的话之后,我将口吻变得严肃,回复着一旁的江佳铃,"之所以冒险是因为……我觉得我能明白姚蓝的心情。我知道这样说很怪,明明都没和她说过几次话,但是……就算自己确实是被搭救的一方,就算有别人来帮自己,就算那是没意义甚至做了等于没做的事……我还是希望自己能做到——这种虚荣感极强的自尊,没人比我更了解了。对姚蓝来说,即使今天被救了,但如果她没有亲手用象棋教训那些找事的家伙,她是不会甘心的。"

我承认仔细想想自己的做法是有欠考虑,但我也确实想帮姚蓝赢了那群混蛋。万幸的是老大他们来了一次成功的守株待兔,让比赛在我认为最好的局面下迎来了终幕。

在见识了姚蓝的屡败屡战后,我对她的看法产生了变化。如果姚蓝不在意棋局的胜负,她昨天根本不会连续下五局。按照她的脾气,就算下到一半掀了桌子大打出手,或者撂下一句"不下了"然后把钱扔下直接走人都没什么可稀奇的。她是想证明她自己——你认为我做不到,我一定要做给你看,无论是什么样的事情——姚蓝在意的根本不是她赢了之后能怎么样,而是她要赢。即使真的如江佳铃所说的,赢了也什么都解决不了,但她还是想赢。姚蓝的好胜心证明了她并不是那么无药可救,同时也激起了我强烈的共鸣。不管是出于什么理由,姚蓝最终并没有忽略我这个一连找她好几天事的冠军扔出的纸团,她也背下了我在纸团中写的那套解法,破解了残局。

我当然希望这件事可以作为我和姚蓝之间关系改善的突破口,但令人沮丧的是,虽然姚蓝并没有再对我的接近表现出之前那般强烈的反感,可我能感觉到,她只是在强压着心中的不满罢了。无论我说些什么她都只是回一些类似"嗯""哦"的语气词,至于拉她去三石桥的事更是痴人说梦。时间在一分一秒流逝着,一周之后,东湾一中学生们的日常话题再次变成了即将迎来第一季结局的《三石情》,至于之前沸沸扬扬的不良少年抓捕事件早就被忘到九霄云外了。

这天晚上,我、万洋和江佳铃在晚自习放学回家的路上遇到了一个小孩。

"大哥哥,你是全县象棋比赛的冠军,对吧?"这个小孩的年纪在十岁左右,他的大眼睛清澈明亮,语调天真稚嫩,一副人畜无害的可爱模样。

虽然我很想说自己是市级的冠军,不过这孬好是个彩虹屁,索性也就认了。

"那大哥哥,你陪我下一局吧?"

这小屁孩怎么搞的,不会真的是我的粉丝吧?就那种选手比观众还多的全市高中生比赛?这也太扯了,多一事不如少一事,赶紧走。我敷衍地拒绝了那个小孩,但他依旧不依不饶的,眼看求我没用,转而去哀求我身旁的江佳铃与万洋,就差要撒泼打滚了。

江佳铃与我的想法是一致的,她一边安抚着那个小孩,一边加快步伐准备离开。

"老哥,你就陪他下一盘呗,这给弄的……"万洋是最先顶不住的人,他对这类软磨硬泡向来是没辙的。那个小屁孩似乎也看出来谁是突破口了,马上就把一番雷声大雨点小的攻势全释放在万洋的身上。现在那个接近一米九的男子汉已经走不动道了。

"行,算我倒霉,就一局,速战速决。"眼看路过的学生都朝这边看,我的性子也耐不住了——管他什么人,眼下最重要的是抓紧时间把他赢了并打发他离开。

"好耶,我是不会输给你的!"一听说我应允了,这小屁孩马上就破涕为笑,转手从自己的背包里拿出一个棋盘。

五分钟后,我让他之前的发言成了一句空谈。这小孩根本就是个刚入门的初学者,下五步有三步都在拱卒,和他下棋简直是一种精神上的折磨,就是赢了我也不觉得有任何开心:"好了,你快回家去吧。"

简直莫名其妙,早知道让万洋和他下了。

"真是厉害啊,几下子我就被打败了。不过我的表哥也很厉害哟,他一定不会输给你的。怎么样,大哥哥,你敢不敢和他也下一局?"

这小鬼的任务原来是抛砖引玉吗?不过我可不管他有表哥还是表姐,回家要紧:"我不知道你表哥是哪个班还是哪个学校的,但是时间已经很晚了,如果他真的很厉害,一时半会儿我们也分不出胜负,所以再见了。"

"等等,大哥哥!"小鬼抓住了我的单肩包,他将一张纸条递给我,"这种情况早就想到了啦!给,这是他在'约战联盟'的 ID,今晚 10 点他会等你的。大哥哥你要是不去,那可就是怕我的表哥了哟!"

原来是网上的棋友要来约战?这反倒可以说得通了。我在"象棋约战联盟"多少也有点知名度,而且还是实名认证的用户,包括那个市级高中生冠军的荣誉也是可查的。但是一般情况下,除了熟人和野战,我几乎从不接受其他人的切磋邀请。难道对方是之前被我拒绝的什么人,只是因为很想和我过过招,才来这么一出的吗?

一条蓝色的缎带插到了我和小鬼之间,江佳铃朝我递了个眼色,然后以她标志性的微笑劝说小鬼放弃:"小弟弟对不起哟,张舸已经是高三年级的学生了,每天没有那么多……"

"算了,江铃,今晚我就奉陪好了。"我打断了江佳铃的话,接过那个纸条放入兜内。虽然还不确定这小鬼葫芦里究竟卖什么药,但是每晚睡觉之前上网杀两把已经成了我的习惯,既然这儿有个所谓的高手邀请,那我自然是却之不恭。而且就算有人想直接找我麻烦,也不必这么大费周章。

"还是大哥哥爽快,那就这样了,一定记得来啊!"在周围人群不解的注视下,小鬼扯着嗓子飞奔而去,消失在夜色之中。

江佳铃皱起了眉头,她郑重地对我发问:"你真要和那个人下吗?"

"老哥,我觉得你最好鸽了他,感觉有问题。"

"别担心,是福不是祸,是祸躲不过。"

话是这样说没错,但意料之外的状况还是发生了:等待着我的那个ID名叫"DY468"的账号是一个创建时间仅仅五天的新用户,所有信息全部不明,怎么看都像是小号。

很明显是在隐藏自己的身份,搞什么名堂!

抱着怀疑的心情,我与那位神秘的挑战者展开了博弈……时间在一分一秒地流逝着,望着屏幕上的战局,我不由得犯起了嘀咕:那个小鬼说得不错,这位"DY468"确实是个高手,他不光每一步棋走得都很有章法,而且始终都在压制着我,就像是彻底研究过我的棋路一样。

在第一局落败后,我对这位"DY468"的疑心更大了——这家伙的水平高深莫测,看样子也不是第一次玩平台上的对战,可是他为什么要开小号找上我?难道赢我会让他很有成就感吗?虽说平台里扮猪吃虎的现象也很常见,但对方这次的针对性实在太强了,究竟是为什么呢?我无意中得罪过什么人吗?

第十章 是熟人吗?

在我努力回想这位挑战者有可能是谁的时候，第二局的厮杀也渐渐进入了高潮。一心二用的我并没有意识到自己正在被引诱着跳进一个非常隐秘的陷阱，而当我回过神来的时候……

"一样的?!"我不禁对着电脑屏幕中的残局叫出了声。这简直太离谱了，如今棋盘上的局面同一周前姚蓝被逼着破解的那个残局一模一样！

这只是巧合吗？世上会有这么巧合的事情吗？我感到了一阵刺骨的恶寒，惊出了一背的冷汗。

电脑中响起了即将超时的提示音，这促使我尽量先将思绪转向目前的对局上——无论如何现在只能继续了。

我熟练地依靠着自己仅会的那一套解法，在第二局同他握手言和。

没等我喘息几秒，第三场的对决又展开了，局势再一次朝我担心的方向进展着……

"果然是这样。"我明明有预感那个残局会再次出现，但是没有办法阻止它的发生。那个"DY468"到底想通过它传达些什么？连续两场都摆出了我当初教姚蓝解的那个残局，这摆明了是在故意试探我，难道是认准了我只会一种解法，以此来向我示威吗?!

等等……姚蓝？难道现在发生的一切也和姚蓝有关系吗？我倒吸了一口气，一面故意放慢了落子的速度，一面思索着这两件事的关联性：

会是那群不良人、摊主或是其他什么家伙看出来有人在暗中帮了姚蓝一把吗？他们既被姚蓝解了残局，又被老大收拾了一顿，因为不甘心，所以才到处打听是谁多管闲事的吗？

如果真是如此，那他们找上我就是理所当然的了——我是市级比赛的冠军，同时又是姚蓝的同班同学，最近还特别殷勤地向姚蓝"献媚"，加上因为在电视上惹的那出戏本身就被一群人指指点点——好家伙，我自己都觉得被盯上的理由实在太充分了。

不过按照现在这个架势，那群家伙目前应该也只是在怀疑我，毕竟突然就去找一个素不相识的人的麻烦，多少还是让他们有所顾忌的。所以才不知道从哪儿找来了一个象棋高手，想借此试探一下我的水平和反应吧？

第三局的对决结束了，我再次无可奈何地用同样的解法逼成了和棋——现在的情况已经糟透了。第四局对方一定还会再次摆出那个残局的，如果我还是用之前不上不下的解法，就等于把自己只会那一种解法的事实给挑明了，这不等于宣布了就是我教的姚蓝吗？如果不想个办法，我在现实世界的生活肯定也要受连累的……

这被找麻烦倒是次要的，主要是我不甘心就这么输给一个不知道从哪儿找来的臭屁打手，居然这么瞧不起人，一连几局都把我拿捏在手心戏弄，实在是可恶！

当然了，我可以在残局出现之前就改变后续的走法，强行终止前几次局面的再现。可是这样一来几乎也就失去了唯一可以同他打成平手的机会——通过这几局的试探，双方水平上的差距我是非常清楚的，如果我选择改变走法，等待着的将是如同第一局般惨败的命运——现在的我既不想耻辱地再次在对方的压迫下选择和棋，又不想被打得体无完肤，满脑子只是想证明自己，以此来好好打打唱衰者们的脸……该死的，这不就是一周前的姚蓝吗？！

该怎么办呢？还有什么其他的办法吗？我焦虑地滚动着鼠标的滚轮：如果再不做点什么，那个已经让我犯恶心的残局就又要在五步之后出现了。

在我一筹莫展之时，电脑屏幕的右下角突然弹出了一个消息窗口——一个秋千头像的人向我发起了请求远程控制的问询。

还有四步。

我一眼便认出了这个头像，他是我在初中时认识的网友，由于昵称是"等风等你"，我一般都喊他"风哥"。

还有三步。

风哥想远程控制我的电脑？他想做什么？难道……

还有两步。

在我点下"允许"的按键后，屏幕上的鼠标顿时便脱离了我的控制，自

第十章　是熟人吗？

由地在棋盘中上下翻飞——风哥并没有利用那仅剩一步的容错率,他允许了那个折磨人的残局再次出现在我的屏幕上。

当我正因为反胃准备呕吐之时,棋盘上的局势在骤然间风云突变:风哥先是使用了最快步数的解法——我如果会这个解法也没那么多事了——逼平了对手,而后又在下一局中将那个我根本记不住的获胜解法行云流水般地表演了一番。从双方的落子时间上我明显感觉到了风哥的从容和"DY468"的犹豫。

"漂亮!"虽然第五局比赛由于风哥那个复杂的解法而用时颇多,但是它的精彩程度的确是前几局所不能比的。

双方在一胜一负三平手的成绩中迎来了加时赛,这时房间里的观众已经破了千人,我的账号俨然有了要成为网红棋手的架势。

加赛中的"DY468"再也不敢怠慢,开始真刀真枪地与风哥进行对弈。我原以为这场对决怎么着也得算是势均力敌的较量,但它所呈现出的画面却是彻彻底底的一边倒——就如同我五分钟击败晚上来找碴的那个小鬼一样,风哥仅仅用了八分钟便以碾压的优势将"DY468"揍成了筛子。

"赢啦!赢啦!哈哈!"我的反应像是一个狂热的世界杯球迷,离开座椅,双手握拳,振臂高呼,把已经入睡的爸妈都给惊动了。

那之后,"DY468"光速退出了房间,围观的其他人也渐渐离开,楚河汉界上的战火最终归于了平静。

退出远程控制后的风哥在社交软件上向我说明了情况:他在观战时就已经看出了这位"DY468"的真实身份——平台上臭名昭著的无节操棋手"穆浓"——因为看不惯对方的嚣张气焰,所以才亲自出马,要帮陷入苦战的我出一口恶气。

这样一来所有的疑惑就都解开了。那个"穆浓"是一位让平台玩家们闻之色变的棋手,个人信息显示来自云湾市。他虽然水平很高,棋路多变,但总是做一些可耻的事,比如经常摆出恶心的棋局然后"出口成脏"攻击对手,用小号劝退刚入坑的新人,在杯赛里收黑钱打假赛或者收黑钱当代打……总之,只要给钱,让他做什么都是来者不拒的。

我和"穆浓"并没有任何过节,我也没想到自己居然也会有被他恶心的一天,除了他受到那群不良少年唆使外我想不到别的理由了。真是多亏了风哥及时出手相助,不然我既要忍受失败的耻辱,还会暴露自己就是姚蓝的"老师"的真相。虽然在这场华丽的胜利后我依然不能完全洗清自己的"嫌疑",但至少他们没法肯定教姚蓝的人会是如此全能、大可以让姚蓝通过更优解法直接取胜的张舸了。

我对风哥简单说明了自己被"穆浓"盯上的前因后果,这让他对自己的突然介入更加自豪了,甚至还要求我再和他来几局以表谢意。

说到这儿,让我简单地介绍一下这位风哥吧。我和风哥是五年前在象棋约战平台的对局中认识的。那时候的我还是个彻头彻尾的坏小子……不对,应该叫坏小鬼,下棋对我而言只是无数打发时间的游戏中的一种。最开始的时候双方并没有多少其他方面的交流,只是彼此较为友好罢了。我一直庆幸与风哥的交流都来自线上,如果当初他知道现实中的我是个经常逃学打架惹乱子的主儿,没准早躲得远远的了。毕竟风哥给人的印象是一位兼具棋艺和棋品的谦谦君子,虽然他的水平高到我难以望其项背,但他本人完全没有像"穆浓"那样不可一世的架子与做派,每位和风哥下过棋的人对他的棋品都赞不绝口,而且总能收获良多——比如我本人,在今年终于能和让了半边车马炮的风哥打得有来有回了。

不过当我与风哥迅速混熟,在社交软件上互加好友开始聊天后,我发现风哥的性格根本不是他在下棋时表现的那样。这家伙是个大大咧咧、相当开朗的大男孩,与我在许多方面都格外合拍。"每个人都是被守护的孩子,只要你愿意拥抱明天,未来一定会变得美好!"这是他从未更换的个性签名。风哥就像我的一个老友,听我讲述着学校的各种烦心事,安慰我也好,帮我出主意也好,和我一起开骂也好,以过来人的身份讲述毫无说教意味的人生哲理也好,计算机前坐着的俨然就是一位见多识广的知心大哥。多亏他的排解和安慰,我在与江佳铃重新相识之前的那段黑暗日子里才有了一个可以诉苦的窗口,让我没有完全沉沦到底。

曾经有一段时间,我的好奇心达到了顶点,非常想亲眼看看风哥的相貌。但风哥属于不喜欢在网络世界中露脸的那类人。虽然彼此也在下棋中语音过几次,可那时的风哥不光使用了变声器,而且还动不动在落子到兴起的时候冒出来几句东湾人一听就会觉得非常刺耳的本地方言,令我既无所适从又记忆深刻。时至今日我看到或者想起那些词,耳朵旁都会自动响起风哥说它们时的经典口吻。

再后来,我也不刻意去打听风哥在现实中的情况了,只是单纯享受与他在网络世界中相处的时光。

说起来,在认识江佳铃、迎接万洋、和赵慎他们交上朋友之后,我朝风哥倾诉的频率就开始慢慢降低了,虽然后来我也把风哥介绍给了江佳铃和万洋认识,但是总感觉在时间的流逝中,我和他的交情没当初那么深了。不过我并没有忘记我们曾经杀得昏天黑地(其实都是我被吊打)的那些日子。就像今天帮我解围一样,没有风哥,别说我会多惹三分的麻烦,多打五分的架,可能就连后来愿意帮助我的旧友江佳铃,我也没法那么顺利地接纳她的友谊吧。

想着想着,自己心中又隐隐有了种"能与他见一面就好了"的念头。在我结束了与风哥的夜谈,打着连天的哈欠准备入睡之时,轻轻的敲门声伴着命令传了过来:"张舸同学,过来下,我们该好好拉拉呱了。"

"拉拉呱"是东湾话里"聊聊天"的意思。得了,我就知道那几嗓门喊得太大声了。这下可好,没有半小时的说教,这件事不算完。

"就来……"我拖着死气沉沉的长音,像个软面条似的晃悠去了父母的房间。

第十一章

拯救姚蓝计划

"你们干什么,真差劲!"江佳铃没有畏惧,她跑到被一把推倒的我身旁,在扶起我的同时怒视着那几个来找麻烦的不良少年。

我能感受到江佳铃手臂的力量,她害怕我会在暴怒中失去理智,同这伙不知哪儿冒出来的小瘪三大打出手。

不良少年们居高临下地俯视着我与江佳铃,为首的那个亮出了大花臂,他恶狠狠地指了指我,在这番无声的警告中融进了类似"下不为例"和"好好记住"的潜台词,而后便在校门口执勤老师们的大声呵斥中仓皇撤离。

看来我之前的推断是对的。那群家伙虽然没有达到目的证明我就是姚蓝的"帮凶",但还是对我发出了警告。或许认为这样就能震慑住我吧?

如果他们真这么想,那我可要说声抱歉了。我心中的逆反心理决不允许我对威胁的行为低头默许,他们越是这样,我就越不会对姚蓝置之不理。

我笑着对江佳铃和那位前来关心我的老师表示感谢,继而在心中想着如何能再与姚蓝更进一步。

事情的转机仅仅在三十分钟后,晨读结束时就出现了。江佳铃一如既往地前去新生楼与陈颂见面,不过在这之前,她悄悄地向我传了个话。

刚刚苏醒的操场谈不上热闹,但也零散分布着少数热爱锻炼的学生。我踏着晨露穿过足球场和跑道,左右张望着登上了看台的二层——她已经在等我了。

"别朝这边瞅,我们就当作是偶遇。"戴着鸭舌帽的姚蓝并没有转过身子,她依然望着操场。

"主动找我可太稀奇了,我可以理解成我们的关系有所改善了吗?"我伸了个懒腰,吹起小口哨,"有什么话非得来这里说? 事先说好啊,如果是表白我可不会接受。"

"你为什么还能这么轻松啊……"姚蓝拼命压住愤怒到快要燃烧的嗓子,"我听说了,你被他们找了麻烦,不是早告诉你别和我扯上关系的吗?!"

"你就为了说这些?"我有些搞不懂了,虽然她的语气不太好听,但这毫无疑问是关心、在意别人感受的证明啊,为什么就不能好好说出来呢?

"不然呢? 如果不是你之前帮了我一次,我才懒得理你。"姚蓝无可奈何地叹了口气,她把眼睛闭了起来,"我怎么样都和你没关系,请你不要再掺和了。"

"你这态度可真够恶劣的。"

"话就这么多,拜拜!"姚蓝没有接茬,她走过我的身边,看样子是要离开操场了,"你放心,欠你的人情我一定会还,我最讨厌欠别人东西了……还有,这句话我只说一次,你听好了……谢谢……"

"那就别挑日子了,现在就还吧。"我赶紧拉住了姚蓝的胳膊,"今天晚上可以和我走一趟吗?"

"啊? 你嚼什么舌? 我欠你人情不假,但……"

"不对不对不对! 你不要想歪了好不好? 我是要带你去一个地方。你要真觉得过意不去,那正好和我去,去完之后咱们就两清了,谁也不欠谁。怎么样?"

"什么地方,你先说明白!"

"三石桥。"

"你看那个电视剧看傻了吧?"

"可坑了,你也是东湾人吧,难道不想知道真正的三石桥在哪儿吗?"

122　时光与我们

"你的脑子'海'了吧？三石桥只不过是传说而已！"

和当初的我抱有相同想法的人果然不在少数吧。我用嗓门盖过了姚蓝的嘲讽："既然你不信,就别怕和我去啊！"

"切,随你好了。"姚蓝恶狠狠地甩开了我的手,"别忘了你的话,去过之后,咱们两清。"

"在这之前,你先回答我一个问题。"我想起了杨小白当时的嘱咐,先对姚蓝进行一个小小的测试。

如果姚蓝是一个很在乎过去的人,这个好不容易可行的方案也就将宣告破产了。

"过去？那种东西有什么值得怀念的？"姚蓝恶狠狠地踹了一脚栏杆,"我的过去都是些烂到家的回忆,我巴不得全忘了,把它们扔进垃圾桶里！"

"那太好了,我先说地点。"冲姚蓝这信誓旦旦的态度,我也不用担心她会出什么事了,"金牦公园。具体的等放学之后我再和你细说。"

姚蓝没有了言语,她沉默着上下打量我。

"你就说你来不来吧！"

"你还急燎了？让我再想想行吗！"姚蓝这一嗓子直接让操场上所有人的动作都静止了。那个瞬间,他们看到的应该是一个叫作张轲的毛寸头死缠着全校出名的问题女生姚蓝不放,甚至还拉住她的胳膊不给她走的奇妙场面。

虽然我和姚蓝并不是一起回班级的,但不知为什么,班里关于我与她之间有点什么的传言变得更多了,而且越传越离谱。最新的版本是,张轲今早在校门口被姚蓝的不良男友威胁与她保持距离,但是本着一股死皮赖脸不放弃的精神,他又趁着晨读结束将姚蓝拉到操场表达爱意,最终和姚蓝成了男女朋友……要是让我知道这个故事的始作俑者是谁,我非得把他的嘴给呼歪了不可。

"倒头鬼,你仔细想想这段时间你那副麻木揪了筋的舔狗样,我都快看不下去了。"赵慎很直接地解答了我的问题。

不光是他,我的同桌张月桐似乎也被这类八卦吸引了,她偷瞄我这边的次数明显多了不少,一副欲言又止的样子。

"张舸,这个问题交给你了。"下午的语文课上,老师很正常地提我回答了问题。

回答完毕后,我的脚下多出了一张纸条。

该败了,这可是第一排啊!我趁语文老师转身写字的时候将纸条捡起:纸上是两颗心被一支箭射穿的拙劣涂鸦,其中一颗心上面写了姚蓝,另一颗写了张舸……

我们班的男生还真是无聊。

"姚蓝,你接着张舸的问题回答。"

霎时间,班级像是飞满了蚊子,嗡嗡地叫个没完。整个下午,我就好似外星来的奇行种一样接受着整个楼层的注目礼,连上厕所后面蹲坑那两哥们都在说我。姚蓝肯定也一样,本来她遭受的传言和非议已经够多了,现在又被迫和我扯上关系,说不定她还会被我的簇拥者们扣上一个勾引校草的帽子,引来她们的唇枪舌剑……唉,我真是作孽啊!

时间来到了晚自习。当时的我正在全力攻克一个椭圆,思绪正好糟糕到了极点,所以也没管是谁摸了我的头,直接用写着"你算老几"的死鱼眼迎了上去。

而后这份怨念就变为了胆怯——原来是我们敬爱的老大啊!他甚至没有用眼神,只靠着眼镜的反光便把我的嚣张气焰打了个粉碎。

完了,该来的还是来了。肯定是我和姚蓝的那些奇葩传言飘到了他耳朵里。怀着胆怯不安的心情,我在全班的瞩目中离开了教室。

老大和我一前一后走在连接两栋教学楼的寂静通道上。这条可以一路走到高二年级的通道既方便光线又不好,一般会选择来这儿的双人组也都不会是我和老大这样的组合……总而言之,这感觉真是怪怪的。

"好了,到这里应该就可以了。"老大突然说出了电视剧里反派要干掉主人公前经常念叨的台词。

得了,老大,你动手吧!我这段时间三番五次地给班级的形象抹黑,确实是死有余辜,我对不起组织,我对不起……

"张舸!"老大叫出了我的名字。

"到……到,到!"

"辛苦你了。"

"请动手……啥?"我因为震惊而说不出话。

"姚蓝的事情,辛苦你了。"老大继续说着,他的语气很柔和,柔和到难以置信,连眼镜也没有反光。

"啥?!"我的语调都变了。

"那些传言我知道,它们是真是假待会儿再讨论。不过有一件事我可以确定,你这段时间总想和姚蓝搭讪,没错吧?"

"也不算搭……是的。"反正也属于班里尽人皆知的秘密,没什么再隐瞒的必要了。

"姚蓝的象棋也是你教的吧?"

"也不算教……是的。"我只是单纯地不想说谎而已。

老大先是叹了口气,而后又进行了一次深呼吸:"你这小子我是清楚的,从高一开始就没少惹事,也就那时候我还不是你的班主任,不然我早就收拾你了。不过话讲回来,在女生占绝大多数的班里,像你和赵慎这样虽然调皮捣蛋,但是脑子单纯的男生其实也是老师眼中的抢手货。皮是皮了点,可惹的麻烦也不会太出格,而且成绩也不错,能当苦力,能活跃班级气氛,必要时还能当反面教材……"

虽然我和赵慎在初中时绝对称不上好学生,但是从高一开始,"改邪归正"的我们充其量也就是惹一些类似践踏草坪、和主任顶嘴、上课跑去超市、动不动想着出风头之类的小麻烦,并没有什么作风或者道德上的问题,也谈不上有风言风语,不像是……

"接下来说说姚蓝。"老大好像看穿了我心思,他今天格外健谈,"她过去的事我全知道,把她拉进东湾一中读书也是我的意思。但说实话,开始时我不想让这孩子进我的班。最后之所以让她入班,只是因为没有人愿意收留她。这么多的老师、班主任,居然像约好了一样,对一个学生推来推去，没人愿意接手。虽然依照规定，最后肯定会有人被强制安排，但我实在是无法容忍这种荒唐的事。所以我选择了她，而且那一刻在内心发誓，要改变这个孩子给所有人看，要让所有当初没有选择这个孩子的人后悔。"

我没想到老大居然会说出这种话，这简直就是个喜欢赌气的年轻人啊，而且他决定帮助姚蓝的理由和我的基本上是一模一样的。

或许这才是一位教师该有的想法？

"从她进班开始，我们谈了很多次，虽然有各种各样的问题，但这孩子在本质上并不坏。她像是一只漂浮在大海中的孤舟，虽然经历了很多的风吹雨打，可舟中的那颗灵魂仍然完好无损，只是难以接近罢了。所以我并不相信那些有关她的还有你的传言。"老大在轻描淡写中就把我认为的中心话题带过了，"直到今天她依然被所有人孤立。没有人接近她，她也没有办法去接近别人。这其中牵扯到她的家庭，我也只能够说到这种程度……虽说这方面我们无能为力，但这和她在班级里的处境是两码事。我作为班主任始终被各种压力左右着，今天这个和我说姚蓝如何如何，明天那个和我说姚蓝怎样怎样，光是让她继续在班里读书就让我够头疼的。所以我一直期待能有人可以出来改变这种情况。庆幸的是，终于还是有了肯接近她的人。无论是你还是江佳铃，姚蓝现在都需要一个可以交流，可以依靠甚至可以单独发脾气的人。"

"但是江佳铃……"

"嗯，她的性格是保护不了姚蓝的。"

老大说得有道理，平常状态下的江佳铃是个标准的和事佬，基本对谁都发不起来火。至于认真起来，她又会变成以自我为中心的偏执狂，前者对姚蓝一点劝导的作用都没有，后者的处事方式又容易激怒姚蓝……这么看来，能帮助姚蓝的人，一定要是那种既死皮赖脸百折不挠又非常擅长耍嘴皮子讲歪理的……

喂，这不就是我吗？！

"张舸，告诉我你是为什么想去帮助姚蓝的，我要听实话。"

老大这可真是给我出了个难题啊……为什么要帮助姚蓝？在开始的时候是因为不想让爱管闲事的江佳铃双线作战,除此之外还有被一连串挫折甚至是威胁所激发的同情心、逆反心理,再加上我似乎真的渐渐与姚蓝在某些方面有了一些并不算和谐的共鸣……

我把自己的想法理成句子,也不管是不是语无伦次,反正朝老大说了一通。

"动机还算单纯,如果姚蓝真能在你的帮助下走出来,我也算了却一件心事了。"老大的声调降了下来,"今早你被威胁的事我也听说了,但是我向你保证,这之后不会有人敢再在校门口惹是生非了,也不会有人再敢找姚蓝和你的麻烦。"

"真的吗？为什么？"

"之前我们不是没有抓过那些骚扰姚蓝的人,从上学期开始我都算不过来自己抓了多少批了。但抓归抓,我们总是不知道谁才是真正的指使者,那群小年轻嘴里没有一句实话。好在天下没不透风的墙,最近我们的调查终于有了进展,算是锁定了幕后黑手的身份。对方是姚蓝在以前学校里得罪的公子哥,因为忍不下这口气,所以就雇人来寻姚蓝的麻烦。很巧的是,那人的亲哥现在在东湾工作,还是我以前的学生。今天中午我已经和他说明了情况,同时联系了那所学校的老师,所以我有把握,他不敢再来骚扰姚蓝了。"老大对我解释了几句,"至于姚蓝怎么得罪了他,我想还是等她对你打开心扉的时候,亲自告诉你比较好。"

不愧是教龄接近三十年的老江湖,他的手段还真是多,学生也是什么人都有。要是老大口中的那位仁兄能规劝自己的弟弟,自然是再好不过了。

"我能做到的只有如此了。"老大叹了口气,"这些努力还差得远,她需要的不仅是安静的环境,还有同龄的朋友,你明白我的意思吗？"

要改变这个孩子给所有人看,要让所有当初没有选择这个孩子的人后悔……老大,这是你的期望吗？

"当务之急是让姚蓝融入班级的大家庭中。张舸,这也算是我的一个请求,传言和外部因素由我来解决,一切问题后果由我来承担。希望你能继续试着去接近她,试着把她从孤独和阴影中拉出来。"老大像是电视剧里将女儿托付给女婿的老父亲那样,郑重地看着我。

脑海中浮现出了早上的事:姚蓝用冷漠的口吻阻止着我进一步与她接近……她一直就是在用这套幼稚的方法,默默保护无辜的人不受波及的吗?

不就是把姚蓝拉出来吗?没有被人要求,也没有说要为了谁,现在的我只是想要这么做而已。

给我一个机会,我会让你相信执着和友情远比你想的要强大。

"那我就恭敬不如从命了?这是老大你说的,如果惹出什么乱子,你可得帮我擦屁股!"我得意地笑了,对老大竖起大拇指,"好!就让我们这对搭档,一起去把公主大人给救回来吧!"

"谁和你是搭档?你小子只不过是一个戴罪立功的杂兵而已!"老大使劲地揉搓着我的毛寸头,"光是你小子最近惹的那些乱子,五万字的检讨书都不够你写的,你还在这儿和我谈条件?快给我去好好干!"

"是、是……"我觉得自己的头发都着火了。正当我走回教室时,宣告一天课程结束的铃声响起了。

"加油吧,少年。"老大的伟岸背影正渐行渐远。

"老大……那个……"犹豫之后我还是开口了,继而是一些自己都不知是何含义的话,"你以前……到底是干吗的啊?"

老大没有回头,他稍微顿了下,留下了一句随风而去的话:"只不过是个无聊的农夫,相信一定会收获的那种。"

老大肯定当过语文老师吧……好!既然不良少年的事解决了,接下来就是去找姚蓝,带她去三石桥一探究竟了!在我好不容易劝走了还等在门口的江佳铃后,整个教室只剩下我与姚蓝了。

"但是我拒绝!"姚蓝冷冰冰的声音刺穿了我的心脏。

我的个乖啊,搞什么啊大姐!经过了与老大的那番交流,我已经把帮你看成我的责任,而不是为了让江佳铃专注于陈颂才顺便接下的附赠品啊!

"你涮我呢?我们早上的时候不都说好了吗?!"我情绪激动,双手往她的桌子上用力一敲,"你就是特地为了当面拒绝我,才在这儿等到现在的吗?"

"请注意你的言辞好吗?我不是江铃,不是你姐,而是你的女——朋——友!"姚蓝说最后三个字的时候故意用了长音。

她在赌气,她很在意那些传言。

"而且我在早上也没答应你啊,都是你的妄想!"姚蓝哼着鼻子站了起来,"一想到要和你这样的人传八卦,真是令人一点都提不起精神!靠边去!"

我像落叶一样被推到了一旁。

"莫名其妙啊你!"我无意间扫了门口一眼,发现好像有什么人正在偷听。

"胆子真大啊。"姚蓝小声地咕哝了句。

该不会又是那些找麻烦的人吧?好家伙,现在都混进学校来了吗?

切,怕什么啊!一想到清晨朝我竖中指的那个混蛋,男子汉的满腔怒火就燃烧了起来。

"哪儿来的二得毛!有种的就出来干架!"我对着门口大吼了一声。

影子明显颤抖了一下,看来威慑生效了。

"哼,那接下来就交给你了,再见!"姚蓝对我投来一抹别有意味的笑容。我原本还想拉住她,可最后仍然只是愣在了原地。因为从门边怯生生挪出来的身影不是别人,而是我的同桌,张月桐。她双眼皮下的大眼睛正噙满泪水,樱桃小嘴微微发颤。在我哄张月桐的时候,姚蓝早就事不关己快速离开了。

她绝对是故意的啊!

虽说我原本也没认为改变姚蓝的情况能立竿见影,但希望之火被一个喷嚏搞灭的滋味还是很不好受。

"纪委,你为什么要偷窥我们啊!"

"因为,很、很担心啊!"推着自行车的张月桐依旧抽泣着,"你们那天明明差点打起来,今天又突然变成了什么男女朋友……"

"可坑了,那是谣言啊,胡诌八扯的!关于姚蓝的闲话这么多,多这一个也没什么吧?对吧!"我像是要吃掉张月桐一样质问着她。

"可、可是,因为这次闲话的对象太……"张月桐躲避着我的视线,一不小心把自行车推到了一块石子上,而后她的载具就像是一头失控的野牛,气冲冲地撞上了我的腿。

"我乖嘞!"受到攻击的我踉跄着往后倒退。

"啊!对不起!对不起!"张月桐赶快朝我跑了过来,"没关系吧,有没有受伤?"

我捂着自己的腿,努力挤出了一个微笑:"还好……没事……没事……"

肯定比哭还难看!

"有没有破啊,快把裤子撩起来看看!"张月桐蹲在了我的旁边,想要帮我翻裤子。

等等,张月桐……纪委……你、你知道自己在做什么吗?!

"不好意思,能插一下嘴吗?"冷漠尖锐的女声划破了这尴尬的气氛。

我和张月桐同时朝发声的方向望去:首先映入眼帘的是鸭舌帽,在帽子没有遮住的短发下,一双犀利如剑的凤目正直勾勾盯着我和张月桐,而后是她的嘴巴,斜得就像一条开口向下的二次函数,随着嘴唇的微微开合,一颗不安分的小虎牙隐约可见……她是姚蓝!我和张月桐下意识拉开了一些距离。张月桐终于意识到了自己刚才的举动是多么大胆,她的脸红到发烫,摸着自己胸口的葫芦挂件,眼神左右游离:"姚蓝同学,你、你还没回去吗?"

"我改主意了,我们走吧。"姚蓝抱着双臂走了过来,无视张月桐的发言。

"二次函数,刚才纪委和你说话呢!"这是闹哪出,一反一复出现在我面前。

"谁是二次函数啊!"姚蓝粗暴地驳斥着我,"长痛不如短痛,晚了不如早了。今晚和你去完那个冒充三石桥的破桥后咱们之间就一笔勾销了,别再来烦我了!"姚蓝叉了叉腰,把脸转向了一旁的张月桐,"最近又不太平,赶快回家吧。"

这如同威胁一般的语气还真是过分。

"瞅我干什么?我又没说错!"姚蓝用看垃圾的眼光注视了我一秒,立刻又把头扭了过去,"那黄老赖天天喝得烂醉如泥晚上瞎转悠,还有传销组织的传言,再加上我这个吸引混蛋的丧门星……总之纪委你抓紧回家吧!"

张月桐被姚蓝自带的气场吓得不轻,她手忙脚乱地重新推起了自行车:"那我就先……"

"嗯,快回家吧,再晚就危险了。"姚蓝立刻打断了张月桐的话。

姚蓝,你是在欺负人吧?

"我说姚蓝,你别太……"我情绪有些激动。

"纪委,再见。"姚蓝无视我下了最后通牒。

"张舸,没关系的……你们好好相处。"

望着苦笑的张月桐和那辆慌张的自行车在我们面前消失,我确实忍无可忍了:"你对人家就不能客气一点吗?"

"够死了,你到底去不去?再不抓紧那群闲人又要来闹事了!"姚蓝怒气冲冲地回击着。

那之后我们又互相"谩骂"了多久我已经想不起来了,但是重要的是结果——就在今晚,我要让姚蓝登上那座可以让她看见过去的三石桥。

第十一章 拯救姚蓝计划

第十二章

她的过去

"深更半夜带别人来这种鸟不拉屎的地方,亏你干得出来。"姚蓝站在我的身边,一脸不屑地望着面前的垃圾堆,"这就是你口中真正的三石桥?骗人也讲点逻辑,编得真一点好吗?"

也难怪姚蓝这一路上都在絮絮叨叨,如果不是亲眼所见,我也不相信面前的这座断桥就是传说本身。

"还有这地上都是什么啊?塑料袋、报纸、健力宝?"

我无视着姚蓝的吐槽,说着此前准备好的发言:"不要被假象迷惑,在你面前的确实是全东湾无人不知,却又没几个人真的晓得的珍贵传说——三石桥。它如流传着的那样具有魔法,我之前来过一次,断桥在我的祈祷下恢复了原状,我还在桥上看到了过去……"

"居然还有臭袜子,我天哪,这个世界上怎么会有如此不作为的公园管理者?!"

"喂!听我说话!"我再次朝姚蓝复述了一遍,而后强忍着不满回答她那些奇葩的提问,"三石桥又不一定非和石头沾边,你不要被《三石情》给先入为主了……我?我不是芷的后人!传说里除了芷其他人也能使用桥的好吧……我也不是胡说八道,如果讲笑话我会选一个更有意境的地方!"好不容易完整地解释了一遍后,我开始指导姚蓝如何将三石桥恢复原状,"按照我刚才说的去祈祷。你要凝神静气,清除掉心中的杂念。这座桥是你的朋友,是一个有生命的人。用你的思念,用你的精神去打动它,让它复苏……"

"你是不是笨蛋啊,鬼才会去做!"

"不是说好了吗?来了之后听我的,你还欠着我人情呢!"胜利就在眼前,我的急脾气也犯了,"对你来说这是很难的事吗?只是不想做吧?"

姚蓝的脚步停下了,她一脸不情愿地把头转了回来:"也罢,来都来了。做这么蠢又小儿科的事就可以洗掉你这块狗皮膏药,我可是求之不得的!"

闹别扭的姚蓝总算来到了断桥脚下,她闭上了眼睛,一动不动地做出了要与桥对话的架势。

至于她心里到底在想什么,我就不知道了。

我看了看姚蓝,又看了看熟悉的断桥,不由得想起那些日子我让它复苏的瞬间:芳草、花朵、树木、萤火虫……复原了的断桥是那么迷人幽深,活像是个世外桃源的入口。

"根本没有用啊,你这骗子!"姚蓝气急败坏的质问把我脑海中的美好回忆给拍碎了。

"煞风景,一定是你没有专心、虔诚地告诉它你想与它对话!再来一次,快点。"

"什么啊,我不做了!"姚蓝把身子一转想要逃跑。

"等一下,再试一次啊!"我快速抓住了姚蓝的肩膀。

"反正你从一开始就是耍我的吧!"姚蓝甩开了我的手。

"怎么你每一句话都这么冲啊!"我尽力控制自己的情绪,摆出卑躬屈膝的态度,"再来一次好吗?全心全意地集中精神,就算我求你了!"

姚蓝看着我认真的表情,哼了一声,回到了原来她许愿的地方:"说好了,无论如何都是最后一次了!"

"好,你要认真干啊!"我真是被她折磨死了。

姚蓝再次闭上眼睛,蹲了下去。

我望着她的侧脸:难道是因为月光柔和?突然感觉姚蓝如果表情平静点,相貌上还算说得过去。虽然和张月桐没法比,江佳铃的话……江佳

第十二章 她的过去　　133

铃的眼睛比姚蓝的漂亮,但是我个人更喜欢姚蓝这种清新干练的短发。

没等我多想,姚蓝的抱怨声又来了。我也不记得那之后又苦口婆心哀求了她多少次,就在我已经不抱希望,认为姚蓝与三石桥根本没缘分时,几道刺眼的光晕开了景色。

云雾之中,桥幽深肃静。桥身之下,川流不息的生命之源……那时的场景再次浮现了出来。

"不会吧?真的假的啊?"姚蓝痴痴地盯着面前的一切。

"原来你是个'蹭的累'啊,多亏三石桥看出来了。"虽然我也很惊讶,但现在没时间浪费了,我赶紧招呼姚蓝上桥。

"等等!如果我登上这座桥,会怎么样?"姚蓝的话语中充满了怀疑。

事到如今,我也没有必要再隐瞒了:"和传说里一样,能在这里看到过去。"

"什么?过去?你、你要干什么?这不可能!怎么会有这么荒唐的事情!"她很明显地惊讶了。

"你不是不相信的吗?现在是怎么了?害怕了?"经过千难万险好不容易到了这一步,我不会再让姚蓝跑掉了,"你害怕了现在就回去吧,但你最好做足准备,以后你到哪儿我跟到哪儿,在你愿意改变对我的态度之前别想甩掉我!"

"别吱声了,臭张舸!好啊,我上去,我上去行了吧!谁会相信你那些不着边际的鬼话!能看到什么我才不在乎,我只要你别再烦我了!"被我激怒的姚蓝气冲冲地踏上了三石桥,每走一步用的力气都恨不得将桥踩塌——倘若如此,她可就是整个东湾县的罪人了。

纯净流动的水中开始闪烁姚蓝的面容。随着一滴不知从何而来的水珠晕开水面的波纹,原本静止的画面开始动了:

有一个学生在大声说着些什么,那是姚蓝。她站在教室的讲台前,对着台下的学生声嘶力竭地呐喊,但是那些学生的表情令人震惊——偷乐的、坏笑的、呆滞的、装作没看见的……大家都在事不关己地看着热闹。姚蓝身边站着两个人,一位是女教师,她那副坏笑表情的恶心程度比学生有过之而无不及；另一位是个染着黄毛的大个子，他的嘴里喋喋不休，得意扬扬的死样更令人作呕。姚蓝被那些难听的话刺激到了，她的脸上渐渐狰狞起来，继而将那个黄毛推翻在地、狠狠地揍了下去。那之后，整个教室乱作了一团。

水中的那些画面让桥上的姚蓝痛苦地尖叫着，她想跑下三石桥，但是由于双腿发软，她只是在桥上摔了个跟跄。

霎时间，所有的河水中都出现了这段过去的影像，三石桥像是强行撬开了姚蓝的内心，要用这段赤裸裸的回忆惩罚姚蓝之前的不敬似的，它将四面八方的水流都变为姚蓝一次次挥拳的特写，以一副要将桥上的姚蓝压垮的架势，让正在抱头蜷缩的她只能在旋涡的中心无力地哭喊。

"姚蓝？姚蓝！喂，冷静，冷静啊！"我立刻跑到了她的身边，我看见了她双手的指缝里正溢出泪水。

怎么会变成这样呢？这段过去是怎么回事，它超出我的预料，对姚蓝造成了巨大的刺激。

"都怪你！是你让我来的！这下你满意了吧！"没有任何征兆，姚蓝突然打了我一拳，躲闪不及的我应声倒地，捂着痛苦不堪的肚子，"你说什么？到底怎么了啊！"

"为什么会变成这样啊！为什么还要给我看这些事情啊！！！"姚蓝的声音颤抖着，她摇晃着走到我的身前，而后半跪下来，双手死死抓住我的衣领。剧烈的摇晃让我的身体几乎要散架了。

"姚蓝，你先冷静下来！"我伸出双手握住姚蓝的肩膀，试着去凝视她——好脆弱的眼神……那双盛气凌人的孤傲凤目去哪儿了？那个倔强的女孩去哪儿了？为什么我的面前，会有一对楚楚可怜的红肿眼睛？

两个噙满泪水的眸子里，无助地映着两个我。莫名的怜惜涌上了心头，我赶紧摇晃着姚蓝，像安慰小孩子一样安慰着她："你先别哭，先告诉我那段影像是怎么回事，好吗？"

"我明明什么都没有做错，为什么大家都这么对待我！我什么都没做错啊！为什么全都合起伙来欺负我！"姚蓝的声音已经哑了，她对着我的

第十二章　她的过去

胸口就是一阵乱捶。

每一拳都令人窒息。

我拼命忍受来自胸口的巨大痛苦,咳嗽着将她的肩膀抓得更紧。

姚蓝从我的束缚中挣脱开来,对准我的脸就是一个耳光:"我都说了我的过去都是一些垃圾,我都说了我不想想起它们来!可你居然……窥探别人的内心让你觉得很了不起是不是?!你这个混蛋!!"

我的脑子被打得嗡嗡作响,我的皮肤能感受到她眼泪的温度。等压在我身上的重量消失了,等我的视线能够正常聚焦了,我看到的是一个彻彻底底失态的女孩子:她瘫在地上、仰着脑袋、撕心裂肺地痛哭着……

我干咳了几声,挪了挪火辣疼痛的身体,努力对她道着歉:"姚蓝,对不起……我也不知道事情会变成这样……"

我的馊主意让她再次受到了伤害……我都干了些什么呀!

"难道妈妈的事是我的错吗?难道爸爸跑了也要怪我吗?!为什么大家都这么幸福啊?因为大家幸福,就可以来嘲笑我吗?!除了我!所有人全都是幸福的!"姚蓝再次扑倒在我的身上,她的尖叫震动着我的鼓膜,在我面前的是一张哭花了的脸,"如果三石桥的传说是真的,为什么它没有让我也获得幸福!为什么要让我更加恨它讨厌它!"

"住手。"我急促地呼吸着,试着去阻挡姚蓝即将打过来的拳头。

"你根本就不了解我,没人会了解我的!我最讨厌你们这种自己幸福却还要对别人的不幸指手画脚的混蛋了!明明什么都不知道,还非要装好人!伪善者!我想一直摆出一副大冰脸吗?我不想和大家一起玩一起笑吗?!有朋友有什么了不起的!!什么友情,什么朋友,它们都不属于我,它们离我都太遥远了!"

意识模糊的我想到了一些过去的事情,那是初中时暗无天日的生活,一个习惯了把自己当作异类和渣滓的少年正擦拭着带血的嘴角,他目光呆滞、面无表情……

模糊的背影、模糊的话语、模糊的陌生人……虽然它们已经被流逝的岁月封存,但此时此刻与面前的人产生了些许重叠。

"姚蓝,其实你还是想有朋友的,对吗?"

"那不是当然的吗?!谁不想有一个可以把什么都告诉他,可以对他露出喜怒哀乐的朋友啊!!!"

"那就告诉我吧。把你的过去、你的痛苦全都告诉我……我来成为你的朋友。"我终于握住了姚蓝的拳头,虽然没用什么力气,但这份包容感让姚蓝停止了攻击。可她依旧在哭。

"我会帮你的,不然我也不会带你来这里。"我怀着深深的愧疚,安慰着正伏在我肩膀上的姚蓝,"我并不是因为恶趣味或者好奇心才想知道你的过去。我之所以这么做,是因为我想帮助你,我想让班里的那些人,让全校的那些人,让那些不良少年看看,姚蓝并不是他们想的那样!我想让你可以对其他人开怀大笑,我想让你交到更多的朋友!我承认自己在开始的时候想法并不纯粹,但我现在可以拍着胸脯告诉你,无论你的过去是什么样,无论你接不接受,就算今晚之后你再也不理我了,这些都不会影响我继续去帮助你。这是我自己的意志,你休想改变它!"

是啊,我必须弥补我的错误。

"你……耍、耍什么帅啊,你这个混蛋!"姚蓝的指甲嵌进了我的掌心,沉默许久后她又给了我一拳,只不过这一拳的力度弱了很多。

不知过了多长时间,三石桥再次变回了断桥,周围的风景也随之改变。裹着垃圾臭气的夜风吹在我的脸上,同时也吹动了姚蓝的短发。

"喂。"我轻声叫了叫仍趴在我肩上的姚蓝。

"嘛、嘛!"姚蓝扭过了头,有气无力地回复着。她依旧没有起身的意思。

"走吧,这么晚了。"我言简意赅。

"嗯。"她没有拒绝。

"扶着我。"我言简意赅。

"嗯。"她没有拒绝。

深夜的路灯下,我和姚蓝互相扶着,步履蹒跚地行走着。作为对目睹姚蓝那段过去的补偿,我也对她敞开了心扉,将自己如此执着的理由,以

第十二章 她的过去

及我这段时间心境上的众多改变,都和盘托出了。

"是这样啊……江铃真是个多事的人,明明和她一点关系都没有,她和你一样,你们全都是傻瓜!"听完了我的讲述,姚蓝下意识地揉了揉红着的眼睛。在激烈地发泄完情绪后,她似乎也就此卸下了之前包裹在身上的所有伪装。

"总而言之,就像之前说的那样,我来成为你的朋友。我们一起向那群唱衰的家伙证明,没有什么是做不到的!"

"为什么啊?!"姚蓝的语气很不耐烦。

"你不是说了吗?你想要朋友啊!"

"我没说!"

"你刚才说得清清楚楚,怎么又不承认了?"

"就没说!"

小孩子般的争吵过后,是和夜色相配的寂静。

"你想听吗?刚才那个桥上,你所看见的过去。"姚蓝终于开口了,她的表情很平静,"那之后,我就再也无法相信你们一直说的'友情'与'朋友'了……那种东西离我太远了。"

"不说也无所谓,人应该往前看,过去的事情就过去吧。"我不想再刺激姚蓝了。

姚蓝朝我的身边凑了凑:"你在水里看到的那个女教师,是我之前学校的班主任。她这个人是全校出名的势利眼,心情不好的时候把体罚学生当作家常便饭……"

"姚蓝,你不用勉强……"

"听我说下去,好吗?你不是说想知道我的过去和痛苦吗?既然已经被你赖上了,那我全部告诉你,就算我败给你了……现在想想,这也没什么好隐瞒的。"姚蓝用温柔的语气让我闭上了嘴巴,"在我中考前,我的父母彻底决裂了,后来我才知道,他们的离婚协议早就准备好了,只不过一直瞒着我。但当时的情况是,为了找到出走的父亲,我少考了一门课,最终只进了一个臭名昭著的垃圾高中,和母亲的关系也每况愈下。你可能会说,你们的学校也存在小团体、坏学生、坏老师。但是相信我,从程度上、情况上它们都是完全不同的。我们学校里同学间的关系很虚伪,他们口中的'朋友'只不过是为了合群、为了不被欺负而喊出的口号。约定好都不写作业的就是朋友,只想着独善其身的就是敌人;借钱的就是朋友,不借的就是敌人;一起说别人的坏话就是朋友,不参加的就是敌人;一起欺负别人的就是朋友,袖手旁观逞能出头的就是敌人……你能理解吗?这样的同学关系,这样随意的朋友?"

姚蓝的问题让我沉默了。毕竟赵慎、江佳铃、王家杰,我称之为朋友的人、我所定义的"朋友",和姚蓝口中的根本不是一回事。

接着,姚蓝说起了她在高一时的往事。那时的她和所有刚刚进入高中的新生一样,对接下来的生活充满幻想,暗暗下定了无数的决心。然而,由于班主任在班会时播放了一段名为"我的父亲"的演讲影片,一切就此发生了改变。姚蓝并没有和其他同学那样,对顽劣的自己充满道德上的愧疚,发誓以后要如何如何。相反地,她自始至终都在做习题,根本没有抬头看那个被班主任认为既有教育意义又能给学生下马威的影片。

气愤的班主任点名了姚蓝,让她在几十双已经哭红的眼睛的注视下解释自己的行为:"姚蓝,你不觉得羞耻和惭愧吗?大家都在反思,都有所触动,你却在那儿不闻不问。你是不是觉得同学们看哭了很丢脸啊?真不晓得你父亲要是知道了,会怎么想你这个女儿!"

班主任的口吻阴阳怪气,她铁了心要让姚蓝难堪,甚至将姚蓝直接推到了整个班级的对立面。

姚蓝心平气和的回答让班主任颜面尽失,尽管事实就是如此。但那时的姚蓝并不知道,这个回答虽然使自己能有正当理由坐下继续做题,却也成了她遭受歧视和非议的开始。

"就是因为那段影片,全班都知道了我的家庭是个单亲家庭。"姚蓝苦笑着摇了摇头,"我也不明白,为什么这样我就必须面对冷眼和流言蜚语。不过到了第一次月考的成绩公布之后,接近我的人突然间就变多了。他们开始邀请我成为'朋友',想让我在考试时分享答案,让所谓的兄弟们都获得好处,还有一些人趁机开我的玩笑,很低级的那种……我不想和这些势利的人扯上关系,在拒绝过后便理所当然地被当成了敌人。他们像是要证明我只不过是一只没搞清自己身份的离群大雁,终究会因为孤单而回到他们所在的雁群中一样,对我纠缠不休,用尽各种想象不到的下作方式排挤我,对我进行恶作剧。"姚蓝自嘲般的微笑让人心碎。

"高二上学期班里出了小偷,人心惶惶,其他班级也传言四起,但我看到了当时偷东西的是谁。那个人在班里有权有势,班里人都叫他帆爷,也就是你在水里看到的那个黄毛……"

"有权有势?他不缺钱还偷人东西吗?"

"对啊,他做这种事只是为了消遣那些没有成为他'朋友'的倒霉蛋。我这人眼里容不得沙子,既然看见了就直接把黄毛偷东西的真相告诉了那个女班主任。谁知她想巴结这个公子哥,先是假惺惺地装作调查了一番,而后让我和黄毛当着全班的面对峙。"

"结果呢?"

"结果就是,原本人心惶惶的班级,最后都说是我偷的。"姚蓝的眼神黯淡了下去,"因为我没朋友,大家都不想站错队。"

"怎么……怎么会有这种事情?!"

"开始的时候,是一个人指我,后来是两个人、三个人,再到后来,居然是全班,连丢东西的那个人也指着我大喊'就是她'。"姚蓝大笑了起来,"很荒唐吧?但是很可惜,它发生了。每个人都有朋友、都有要保护的人,每个人对真正的犯人都心知肚明,每个人都想要这件无聊的事快点终了……结果就是全班的人都成了朋友,然后用他们的友情,一起消灭了一个敌人。"

"你所说的根本就不叫朋友,他们之间的关系也不是友情,只是群聚在一起的小人罢了!他们居然这样霸凌你,简直就是一群畜生!!!"姚蓝口中的"朋友"让我产生了极大的反感。

"班主任没有让我辩解,这是她等待许久的报复机会。她把我拉到讲台上,让我在全班面前道歉、做检讨。我拒绝了,因为我根本就没有偷东西。我看着讲台下那些同学的表情,满脑子都是他们指认我时的丑陋嘴脸,我愤怒地大喊'你们这些人都瞎了吗',可大家看戏的表情丝毫没变。然后班主任和黄毛开始联起手来挖苦我,他们用这种方式加深着彼此的朋友关系,想顺水推舟把我当成替罪羔羊……最终我失去了理智,我推开了那个讨厌至极的班主任,然后将黄毛掀翻在地,狠狠地揍了一顿……"

这就是三石桥倒映出的那段影像原本的故事。姚蓝口中的帆爷估计就是老大说的那个罪魁祸首吧？如今姚蓝亲口把真相告诉了我,这是不是证明她已经对我打开了心扉呢？

"当时的冲突还是不提了吧……后来我被拉去了办公室,接受办公室全体老师的轮番教育,再后来就是退学。顺便一提,这件事过后班主任来到家里做了次家访,原本已经不怎么回家的母亲又和我吵了一架,那之后我就见过她一次,再没任何联系了……哦,前面已经能看到绿苑的牌子了。"姚蓝指了指马路对面。

"放心吧,老大和我保证过,那些人不会再找你的麻烦了。"但话又说回来,那种连教师都想去巴结的公子哥,"知识改变命运"这句话的适用程度在他身上会低很多。即使被警告、处分甚至退学,依靠家里的资源和环境,只要不碰毒和赌,他依然可以过着衣食无忧的生活,甚至可以任意驱使其他人为自己卖命,那些动不动就找姚蓝麻烦的混混就是最好的证明。不过那些混混与黄毛公子哥就又不同了,他们可没那么大的容错率,一旦染上恶习,将毁掉的大概率不光是学生时代的青春,还有自己的整个人生。

当"姚蓝的过去"这个话题结束后,我们在无言的尴尬中走过了人行道。率先打破沉默的还是姚蓝,她将话题引到了金牦公园中的三石桥。

"是杨小白带我去的,当时江铃也在……江铃她不是东湾人,所以对三石桥格外有兴趣……三石桥估计还有着其他神奇的能力,但是从流传下的传说来看,那都是只有被三石桥所守护的芷与她的后人才能使用的力量……我哪儿知道芷的后人在哪里呀……喂喂喂,怎么说到《三石情》了,那电视剧里拍的可不能当真啊……"我平静地回答着姚蓝提出的各种问题,虽然大部分都是她没话找话,但既然她愿意开口,我自然也就奉陪了。

在磕磕绊绊与跌跌跄跄中,姚蓝一点点地接受了三石桥存在的事实,在知道并不是人人都有机会和资格与桥成功对话后,她似乎露出了一丝自豪的表情,不过转瞬就消失了。伴着逐渐轻松的氛围,我们来到了姚蓝家楼下。

"张舸,你接下来怎么办,一个人回得了家吗?"

"如果你不介意我就先去趟你家,打个电话给我表弟让他来接我。"我苦笑了一声。

"其实你住一晚也可以的……"姚蓝说完这话之后立马红了脸,"你可别误会啊!我只是看不下去,没别的意思。"

"承蒙好意了,我不会住下的。"我被姚蓝拉着上了楼梯。

"那个,张舸……"开门之前,姚蓝支支吾吾。

"怎么了?"我回复道。

"当我的朋友,你不会后悔吗?"

"倒不如说,我还不知道你承不承认我是你的朋友呢。"

"这……算是吧。"打开门后,姚蓝快速走了进去。我没看见她的表情。虽然在三石桥上发生了很多意外,但无论如何,我和姚蓝之间的距离总算是拉近了。

我端详起房间:灰蒙蒙的灯光下到处都堆积着杂物,尤其是沙发和电视柜之间的通道,连一个能落脚的地方也没有。

和预想的差不多乱。

打完电话后,我坐回到沙发上等待万洋的救援。本想心平气和地把《三石情》第一季的大结局看完,但当剧情放到芷得知履死去的消息,扑到那个编剧强行安排的小白脸男二号怀中痛哭流涕之时,我实在是忍无可忍了。

"你干什么!!!"姚蓝看得正兴起,当画面从无助空虚的芷转变为一群臭男人争一个足球后,她立刻抢夺了我手中的遥控器。可惜时间不等人,等台换回来,片尾曲已经开唱了。

"够死了,你果然就是个扫把星!"姚蓝拿着几件衣服走出了房间,而后将一个药箱摆在我的面前,"自己擦,我先去洗澡。"

我支持的球队又被踢花了,可浴室的水声仍没有停下的意思。无所事事的我再次四处打量了起来:墙的表面泛着黄,有些地方已经完全掉了色,角落里有蜘蛛网……电视柜的杂物堆中,一张相片引起了我的注意,那是这杂乱陈旧的家里,唯一看起来崭新的东西。

我从沙发上起来,挪到了电视柜旁,有些疑惑地拿起那张相片——这个人,是姚蓝吗?

照片里的女孩子笑得非常灿烂。一个女人搂着她,但是脸庞被一个星形的大头贴遮住了。

第十三章

争执的尽头

"谁让你乱拿我照片的!"姚蓝的声音从我背后传来。

回头一看,装扮清凉的姚蓝出现在面前。她双手叉腰,飒爽的短发现在揉成了好几撮,偶尔有水珠滴下。头发下方的凤目正不满地盯着我,嘴角也恢复到了跩跩的样子。

"给我!"姚蓝略显粗暴地将照片夺走了。

我终究是没有忍住:"照片上的人是谁啊?"

"妈妈。"姚蓝的声音好小,还没她走路的动静大。

"是吗?"

"嗯。"

"她……"

"嗯。"

"你还……"

"没有!"

场面一度十分尴尬。虽然稍微有点在意,但我决定暂时别深究了:"说起来,你既然得过这么多奖,为什么现在不参加些比赛呢?以你的水平,随随便便就能抱回来很多奖杯的吧?如果能为学校、班级拿下荣誉的话,大家对你的态度肯定也会改变的呀!"

姚蓝眨了眨眼,她望向电视里的足球比赛:"张舸,你认为这些运动员为什么要这么拼命比赛呢?"

"因为是他们的职业吧,他们工资那么高。当然了,也一定有喜欢踢才踢的人。"

"对啊,有的人运动是为了挣钱,或者说谋生,有的人则是因为喜欢。还有的人是为了要回应期待,为了听到喝彩,为了看到他人的笑脸。"姚蓝关掉了电视,双手抱膝,一滴水珠缓缓落在她的腿上,"我是为了我的妈妈才得那些奖的。从我上小学开始,我的爸爸就经常不归家。现在想想,那时候他应该就已经在和别的女人鬼混了。但我还有妈妈陪在身边,我依然觉得自己很幸福。每天告别后去上学,每天回到家里问好,就是这么普通的事情。为了妈妈,我想要变得更好,我想要看到她笑,所以我拼命努力。成绩、体育……我做了所有我能做的,我也得了无数的荣誉。我知道这样做妈妈会笑的,她会夸赞我的。"

我想到了在三石桥时姚蓝的呐喊。她是如此脆弱,又如此坚强。她也会笑,她也会哭,也像普通的女孩那样会发小脾气。她失去了关爱,遭受过背叛,经历着流言,她曾经为了他人努力去绽放自己,为了同学而将一切都扛在肩上……渴望幸福是每个人的天性,但姚蓝只能把一切渴望都放在心中,任凭伤痛一步步将自己蚕食。

"但现在是一个人,就没有必要了。"姚蓝叹了口气,舒展着自己的脚趾,"而且也没有朋友一起去做啊。"

"去做吧,我和你一起。"我想鼓励她。

"啊?"姚蓝像触电了一样,红着脸从我身边躲开,"做?做什么啊?!"

"不、不要想歪了!"我思考了下自己刚才的发言,瞬间也红了脸,"我们不是朋友吗?而且我之前也说了,要让大家重新认识你。既然你这么擅长体育,那最简单的方法就是参加一个什么比赛,然后取得优胜。"

"我不是说了吗,一个人的话,根本没有这个必要。"

"所以参加比赛的是'我们'啊。"我对姚蓝打了个响指,示意她注视我这张帅气的脸,"一个人不行,那就两个人一起。这不就是所谓的朋友吗?你放心,我会陪着你的。"

姚蓝的脸上露出了仅有一秒的阳光,但马上又变得乌云密布了:"可

第十三章 争执的尽头

是,也没有这样的比赛吧?"

"你记得国庆之后是什么日子吗?"

"国庆回来……运动会?"

"对,我们一起参加吧。"

"啊?别开玩笑了,为什么我要去参加啊?!"姚蓝有些不解,她对我这跳跃的思维方式还无法适应。

"不是很好吗?就当作是一个开始,只要你重新展示你自己,大家也一定会重新接纳你的。这是第一步!"

"但是,你突然就说这个……"

"不行吗?"

"我……我不知道。"姚蓝的表情很委屈,配上她现在的装束,我几乎忘记了她平时的样子。

"你忘记了面对你完全不熟悉的象棋的时候,自己是怎么拿出勇气迎难而上的吗?"

"那是生人,这是同学,不一样的……"

"那你不想向那些看不起你的人证明,你能够做很多他们无法做到的事情吗?"我继续激励着。

"可是……我……我在大家心里……"

"如果你敢于踏出第一步,我会陪着你。"我对姚蓝伸出了手,"重点是你怎么选择,还有你会不会相信我这个朋友与你之前的那些'朋友'是不同的。如果你不承认友情和执着,那就给我一个机会,我会让你相信,它们远比你想的要强大。怎么样,要不要试试看!"

"之前你怎么不像现在这么能说会道呢?如果早知道你不是看起来那种吊儿郎当的样子……"姚蓝终于笑了,虽然她笑得很勉强,但对我而言这是一个堪比世界名画的微笑。"那我就勉强期待一下……你口中的友情会有多强大的力量。"

"真的?你同意了?"

正当我们跨出里程碑式的一步时,急促的敲门声响了起来:"老哥,老哥,你搁这儿吗?"万洋的声音突然在门外响起。

"是啊,我同意了!"姚蓝一面用温柔的语气说着话,一面走向里屋的房间,"抱歉,我还没办法像这样和你之外的人见面……说不定还真得谢谢三石桥呢,它向你展示出了我的脆弱,因为被看到了那副样子……我也就没办法继续对你摆之前的臭架子了……"

别的不说,就她现在的样子,确实还是先别让其他人看到比较好。

三石桥,虽然在传说中它只守护了芷和她的后人们,但村子中的其他人也确实受到了它与芷的祝福,时来运转。姚蓝,这个同样生活在东湾县却与"幸福"一词相距甚远的女生,在成为传说真实存在的见证者之后,是否也会像故事中的那些人一样,走向光明的未来呢?

"那详细情况我们之后再说吧。回见,朋友。"无论如何,在此之后,拯救姚蓝计划可以进行下一个阶段了……

时间一天天地过去,随着《三石情》第一季放映完毕,街头采访和各种主题活动的热度也下降了。东湾一中学生们课间谈论的话题再次变得零碎且无聊。大家伙儿开始等待有什么新的事件出现,让自己能够暂时从繁重的学习压力中脱身片刻。

晨读过后,我与自告奋勇要为我带早餐的张月桐道别,继而注视着江佳铃空荡荡的座位。仔细想想这段时间她可真不容易,每天都往新生楼跑。虽然她也说了,过不了几周就会让陈颂先向我们展示一下这段时间以来训练的成果,但我有些按捺不住了,总想现在就跑过去悄悄瞅瞅。

得,事不宜迟,赶早不赶晚,反正和姚蓝约的时间是下午,这就行动好了!

"哟,小炮子跑去哪儿啊?"赵慎就好像是专门来阻挠我似的,我前脚刚出教室,他那破锣嗓子就把我叫住了。

"弹你的破吉他去,我忙着呢。"

"你忙个崴子,忙着和姚蓝谈情说爱,是吧?"

"好啊,连你都在这儿嚼舌!"我将赵慎追到后门,却发现赵慎的舍友正趴在课桌上呼呼大睡,便自然而然地停止了打闹,"喂,腰子腰子,他是

第十三章 争执的尽头

不是又出去上网了？"

"对啊，他回来的时候都早上四五点了。"赵慎放下了吉他，示意我把耳朵凑过来，"而且还被'嘿'着了。"

"嘿"就是吓的意思。

"你不也干过，可惜被抓了还写了两万字的检讨。"揭短的快感总是令人难以自拔。

"这不是重点。"赵慎小心地看了看四周，煞有其事地压低嗓子，"我舍友说啊，他清晨回来的时候，看到黄老赖在东湾一中周围鬼鬼祟祟的，而且是和一些有文身的男人碰头。"

冲赵腰子这意思，说不定要有新的热点了。

"真假啊，具体几点？"今早我和江佳铃走出欧龙小区的时候，黄老赖正在撒酒疯，虽然没和其他人有过接触，但他那副醉醺醺的样子真的很瘆人。

"四点多，我舍友说他们好像在交换什么玩意，骂骂咧咧的，他没敢多看就跑回来了。但是因为裆里夹不住尿，回来后马上就和我讲了……等等，张舸你挂彩了，怎着的？"

"这你别管，接着往下说。"我连忙掩盖昨晚被姚蓝刻下的那些"友情的证明"。

"不光我舍友……听说还有别人在其他地方看到黄老赖和有文身的男人接触。"赵慎继续说着，"你说他会不会和什么犯罪组织有勾结啊？最近不是有类似传销组织在东湾的流言嘛，说那些人也有文身呢！"

"这些鬼话都传臭了，你怎么还信啊？而且要是你舍友的话属实，没准都不是传销组织那么简单……你想想看，黄老赖一天醉到晚，就靠打点零工哪里能买得起那么多酒……"我本想吓唬赵慎，结果说着说着自己也有些不信了。

赵慎吞了吞口水，随着话题的深入，周围的气氛逐渐诡异起来。正当事情被越说越离谱之时，一只手突然抓住了我的肩膀，喊了声我的全名。

"我的妈呀！"我和赵慎吓得撒腿就跑，齐声大叫着一系列告饶意思的东湾话。

"哇!你们干什么啊,吓死我了!"红褐色的马尾左右摇摆。

把魂放回肚子后,我和赵慎总算认清了面前的这人:"老天,江铃你会吓死人的!"

"拜托,被吓到的人是我呀。"江佳铃摘掉了自己的红框眼镜,颦起眉毛打量着我和赵慎,"你们刚才在说什么呢?"

"没啥!没啥!"赵慎赶忙捂住我的嘴巴,凑到我的耳边嘱咐着,"还没确定到底是什么情况,别再制造无谓的恐慌了!"

确认我点头后,他才给予我重新呼吸的自由。

"没什么事,哈哈,男生间的小秘密。"我故意坏笑着耸了耸肩。

江佳铃先是疑惑地歪歪脑袋,而后突然红了脸,左右比画着:"呀!你们不会在聊那种书刊吧?就是昨天在小卖部刚刚被收走的那……"

"你想哪里去了!我是那样的人吗?"我还真佩服江佳铃的想象力,怎么就把正直的我和那种玩意联系到一块儿了。

"可是两……"

"停!别说两年前那件事!"

赵慎期待的目光落空了:"哦豁,明明正要到精彩的地方。"

我咳嗽一声,赶紧开始转移话题,指了指江佳铃手上的小布袋。

"这个?是小颂做的小饼干哟,很好吃的。"江佳铃笑着从粉红色的小袋子里拿出了几个,塞到我和赵慎的手上。

确实好吃,很酥很脆,甜度也正好。

"是吧,主要是师傅教得好。"江佳铃又分了几个嘴馋的赵慎,而后自豪地拍了拍自己的胸脯,"我先回教室咯,还要把这些分给大家呢!"

"陈颂那里还好吗?你今天怎么回来得这么早?"

"尽管放心,歌曲的演唱基本没有问题了,所以今天我让她早点休息。从明天开始就要进行舞蹈练习了。"

赵慎并没有被我与江佳铃的对话所影响,他一边咀嚼着一边再次开始拨弄起吉他。在教室门口,我与张月桐打了个照面,她和我对视了半秒

第十三章 争执的尽头 149

便红着脸颊把头低下,将装着烧饼的袋子递给我,然后赶忙捂住正在嘎吱嘎吱的小嘴,一溜烟地回到自己座位还特意往前坐了坐,方便我随时"回家"。

当我哭笑不得地接受了她的好意后,几声不和谐的音符从最左侧的座位传了过来。

"佳铃,那个人吃过的饼干就不要拿给我了嘛。"这个正在阴阳怪气的女生名叫小静,她虽然成绩和长相都不错,但是相当尖酸刻薄,因为擅长讽刺挖苦别人而声名远扬,不过倒是有一些热衷于被骂的男生隔三岔五来献殷勤。

江佳铃的表情,我不看也知道是无奈的苦笑。

"万一被传染,得上自闭症之类的毛病怎么办?还是算了吧。"小静用鼻孔哼出的气息击落了一只小飞虫。

我知道小静在说谁了,因为整个班级的视线都在事发地——小静的座位往后数两排,姚蓝正阴沉着脸,手里拿着刚咬了一小口的饼干。

江佳铃的视线在小静和姚蓝之间来回游走。情况很不妙啊,这种时候我可不能保持沉默,何况就在昨天我才刚刚慷慨激昂地向姚蓝宣布自己是她的朋友。

"没事,江铃,她不要不如全都给我吧!"这台词本来该是我说的,但是不知为什么,被一个刺猬头抢了风头。

江佳铃立刻明白了赵慎的用意。

"好嘞,那我就不客气了,希望不要有人羡慕我啊!"赵慎一把接过了袋子,而后转过了他那张春风得意的欠扁笑脸。

他和我对视了。

"哦哟,江铃,看来羡慕的人是你弟呀!"赵慎依旧在仰天大笑,他对我晃了晃手中的饼干。

"吃吃吃!噎死你!"于全班同学的疯狂笑声中,我把袋子里的烧饼全塞进了嘴里。

时间来到了放学后,我依照约定来到了操场的看台上,她已经在等我了。

"真慢啊,慢到我以为你不会来了。"姚蓝的话里明显带着刺。

"抱歉,上午我想帮你的,可惜被赵腰子……"

"没关系,我不是对你生气。要不是他抢先一步,还不知道你接下来会做出什么蠢事,搞不好又得惊动教导主任,闹得鸡犬不宁。"姚蓝又将她的鸭舌帽往下压了压,"说实话我又没有自信了。你不知道上午被小静说的时候我有多难受,我觉得不管做什么努力都已经来不及了,不会再有人想接纳我了。"

"你能不能想点积极的?赵慎不是跳出来帮你解围了吗?"

"他是为了你,为了江铃,为了你们的友情!才不是为了我!"姚蓝闹别扭似的把"友情"这两个字说得格外长。

"那你至少也算控制住自己的脾气了,没和她正面起冲突,这就是进步呀!凡事总得慢慢来吧?"

"这有什么用呀?我就是做不到主动向别人嘻嘻哈哈的,尤其是看到他们的表情之后。现在是我不理别人,别人也不理我,和以前又没多大差别。"

算了吧,这至少比你以前动不动就来个河东狮吼,让全班都对你翻白眼要好得多。不过这些吐槽我还是埋在心里比较好。闲话少说,赶快进入正题吧:"运动会要报的项目我已经想好了。"

"什么……你居然还记得这件事啊。"

"啥?难不成你又要打退堂鼓了?坚持一下好吗?"

"行了行了,真啰唆,我又没说不去。你先说说是什么项目。"

我直接拿出了一个乒乓球代替回答。我们学校的运动会里能让男女组合参加的项目只有羽毛球和乒乓球两种,而综合姚蓝家的那些奖杯奖牌来看,乒乓球要更加稳妥。

"张舸,去年你是班级篮球队的主力对吧?和我一起参加乒乓球,比赛的时间不就……"姚蓝是今年上半年才转到我们班级的,但是我去年在篮球场上大杀四方的故事她好像也有所耳闻。

第十三章 争执的尽头

唉,这才华横溢的人的烦恼啊,就是想瞒都瞒不住!

"对啊,所以我今年告别篮球赛了。"篮球和乒乓球的预赛都是在运动会前就开始进行的,如果我选了其中的一个,另一个肯定没办法参加。

"那怎么行? 我这不就成罪人了……其他人也不会愿意的吧?"

"谁不愿意? 班长和赵腰子那边我来摆平,其他人交给他们俩摆平。你放心,就算我不在,我相信我们班的篮球队至少能进个八强。"我算是替篮球队的其他人把牛吹了出去,"不过事先说明啊,我的乒乓球水平只能说勉勉强强,倒是你现在还剩下几成功力呢?"

"可是……我也很久没有摸过拍子了。"姚蓝瞥了我一眼,她的说话声音越来越小,都快成张月桐的徒弟了。

看她这副欲说还休的样子,明显是畏难心理作祟,就是一个劲地推脱找借口,指望能从我嘴里听到类似"那就算了""不做了"这样的话。

"没有其他选择!"我加重了自己的语气,"姚蓝,如果你在迈出第一步之前总是想着困难,你永远也走不出去!"

"你……你这是在责怪我吗?!"

"对啊! 难道朋友就必须永远惯着你吗? 你想要的是那样的朋友吗?"我的话起到了效果,原本怒气冲冲的姚蓝现在已经有些蔫巴了。我算是掌握住她的软肋了——其实姚蓝是一个非常怕寂寞的女生,在没对别人打开心扉之前,她是一只浑身带刺的刺猬,表现出谁都不需要的样子。可是一旦她向他人打开过一次心扉,让别人知道了她的脆弱,再面对那个人时,她便会不自觉地卸下自己的伪装与倔强,不再掩饰她温柔的一面。

我本可忍受黑暗,倘若我未见过光明。现在的姚蓝非常害怕再次回到孤独的状态,所以她并不会过分抵触我的意见,只要我稍微拿出些气势,她的态度立刻就软了下去。

我又趁势劝说了几句,现在的姚蓝已经彻底妥协了,她的关注点也转变到拿一个什么样的名次才算是成功。

"第一名。"

姚蓝把正在喝的水喷了我一脸:"你简直是疯子,不可理喻!"

"去年参加的只有八个队,厉害的高手们又基本不玩双打,我们是有机会的好吧?你总不能说赢下一小局就满足了吧?"

"可我们要怎么训练呢?你想拿第一名,那我们就没有再在这里闲聊的时间了吧?"

"如果我说我不怕闲话,咱们这几天就开始在学校训练,怎么样?"

"绝对不行!我可不想被当成动物园里的动物一样让人参观!"

"那就换一个方案。反正9月马上就要过去了,我爸在步行街旁的育才楼有一个乒乓球馆,在'十一'假期里我们可以去那儿练习。"

"张舸你是不是脑子坏了?第一,咱们的假期可没有七天那么长,撑死了三天。第二,如果我没记错,乒乓球的预赛会在10月5号就开始了吧?哪有那么多时间来练习?还有,默契这个东西不靠长年累月怎么能建立呢?去年组队的那些人又过了一年,我们这种临时凑起来的杂牌军和别人怎么打?"

这人怎么就看到困难呢!算了,理解万岁吧。当我又和哄小孩似的将她的疑虑一一排除,等来了她的点头认可后,距离晚自习开始只剩下五分钟了。

"事先声明,江铃虽然也去,可没工夫操心我们,人家还有其他的活儿呢!"

"无所谓!我决定去干,就一定会全力以赴。"趁热打铁的姚蓝表了表决心,然后恶狠狠地瞪着我,"丑话说在前,你可别拖我的后腿!"

"那就祝你成功,让所有人都大吃一惊吧。"我朝姚蓝伸出了手。

击掌是达成默契的第一步。以此为契机,惹事包与惹事包之间的协定正式生效,东湾一中新的热点事件进入了酝酿阶段。

因为用力过猛,我们俩都差点没站稳。击掌声响使得操场的许多学生都仰起了头。

"时间差不多了,我现在就去报名了,省得你反悔。不想在众目睽睽下丢人的话,这段时间你最好更努力一点。"我吹了吹手,摆出一个潇洒的

第十三章 争执的尽头

再见手势。

  姚蓝默认了我的话,她拉了一下鸭舌帽,与我反向而行。虽然现在的我们背道而驰,但是过不了多久,一对相互支持共同前进的身姿就会闪耀在乒乓球场之上了吧?

  姚蓝,江佳铃,老大,还有班里的大家,校外的不良少年们,你们全都走着瞧吧!

第十四章

真的很相似吧

　　9月的最后一天,啪嗒啪嗒的轻盈脚步依旧出现在了新生楼下的长椅旁。今天的江佳铃仍然是往常的朴素打扮,普普通通的棕黄色围巾略微遮住了嘴,呼出的白气若隐若现。面带笑容的她拿着两杯热乎乎的茶和一袋苹果,欢快地来到陈颂的面前。

　　陈颂听不到江佳铃的话,但通过读唇,她也露出了灿烂的笑脸。擦拭掉晨露后,今天的训练开始了。

　　"接下来是你的时间了哟,把这篇文章读一遍吧。"江佳铃指了指自己身旁放着的课本。

　　"咦?我们不是开始舞蹈的练习了吗?"陈颂疑惑地望着江佳铃。她对于之前所进行的关于朗读、发声乃至清唱的特训已经熟练到有些厌倦的地步了,急切地想继续投入刚展开不久的节奏感特训之中。

　　"这可是秘密。"江佳铃摆出了一个"嘘"的姿势,而后她开始在本子上边说边写,"咱们这几天开始练舞蹈,附近来围观的同学明显变多了。再这么下去,元旦会演登台的时候,大家可能就全都知道了。小颂难道不想给大家一个惊喜吗?"

　　陈颂马上就明白了江佳铃的意思。时至今日,她还没有对其他人提起过自己将参加元旦文艺会演的事。因为陈颂很清楚,如果自己的名字提前出现在表演者的名单里,被大家知道了,从她登台的那一刻起,大家为她鼓掌的理由就很可能只是对于失聪者的怜悯,而非对于表演本身的认可。直到现在,大家还将陈颂与江佳铃的练习当作为了留住声线而进行的努力,可如果今后还是一直像前几天那样歌舞并行,继续引来更多人的关注,就算与负责审核报名的老师说明了情况,将陈颂的节目当作一个特别表演隐去姓名,可是当她登台迈起舞步的时候,大家肯定立刻就猜到表演者的身份,一切的"保密工作"也就前功尽弃了。

"那……我们要怎么练舞呢?"

"我已经找好地方了,如果你家里同意,咱们在'十一'国庆假期随时都可以开始。假期结束之后我再想想办法向老师借一间空教室,都交给我吧!"江佳铃的能量永远那么充沛,她优美的文字和其中的真挚情感都深深传递进了陈颂的心中。通过这段时间的相处,陈颂已经了解了江佳铃的性格,她知道自己的推辞是没有用的,唯一能回报江佳铃这份热忱之心的,只有持之以恒的努力。

清了清嗓子后,陈颂开始精神十足地大声朗读课本。

"喂,你看,那小女生又开始读了。"

"如果她没有失聪,我还真想和她交朋友啊,她长得这么可爱!"

"她旁边的那位女生看起来也不孬啊,是她的姐姐吗?"

"不觉得穿着有点土吗?"

楼上的围观群众依旧议论着楼下的二人,她们已经见怪不怪了。

朗读完最后一句话后,陈颂一脸得意地合上课本,坐回江佳铃的身边。

江佳铃的意见和建议已经写完了。首先是整体打分,陈颂今天得到了88分,是目前初次朗诵的最高分。对于发音不准确的地方,江佳铃也都写了出来,语句不通或者没有连贯的地方,江佳铃则将课本拿来,细心地为她标注需要注意的地方……除此之外,还附带了一些她独创的特殊符号用于讲解和概括。不一会儿,原本崭新的课本就已经布满了密密麻麻的铅笔小字。

94分是今天最终的评价。结束了清晨的练习,江佳铃与陈颂照例聊起了家常。

"朋友的话,还是现在的同桌,她会一点手语,我们关系很好。其他人,毕竟很难交流啊,这也是没有办法的事。"陈颂一字一句地回答着江佳铃的问题,"班主任和我谈过话,我告诉他,家里请了专门的家教,所以没问题!学校方面,老师的板书很多。其实我,无所谓啦!来这里,更多是为了感受氛围。我不想放弃……这是我和妈妈的决心!"

　　对陈颂来说,她有专门的聋哑学校可以去,但是因为倔强,依旧选择留在了这里。上周,陈颂询问过江佳铃,要怎样才能让班级里的同学对她改观,认为她自己和普通的女孩子一样。江佳铃给出的回答是自己烤小点心带给同学。也不知用了什么魔法,仅仅一周的时间,陈颂烤的小曲奇已经可以出师了。

　　在陈颂拿着成绩单高兴地挥手告别后,停留在原地的江佳铃拿下了眼镜,她仍注视着陈颂离去的方向——简直就像是在看着过去一样。一开始的时候江佳铃的感觉还没这么强烈,可越是深入了解这个姑娘,她就越是不自觉地在陈颂身上寄托了一些曾经丢失的希望。

　　江佳铃惭愧地对内心发问,她的口中喃喃自语着,似乎在同什么人进行对话:"为什么我会有一种利用了她的感觉呢?如果我再不将自己的过去、将你的存在告诉她,或许我就会被心中的愧疚感一点一点压垮了吧?可是如果这么做会让陈颂多了一个不为她自己而努力的理由,那实在是画蛇添足了……要是能像这样下去就好了。陈颂实现了梦想的话,想必我也可以与你彻底告别了吧?"

　　……

　　位于东湾县西部的西叠湖水天一色,浩瀚无边。镜子般的湖面上波光粼粼,船桨激起的旋律荡起一圈圈涟漪。偶尔会有蜻蜓点水,小鸟低飞。春天的时候,湖边的柳树会发出新芽,枝条随风摆动,给这份景色再增添几分诗意。早上是晨练的跑者,傍晚是散步的行人,至于游客,从早到晚更是络绎不绝。

　　湖的外围是一片别墅生活区,居住于此的人大多很富裕。虽说是各扫门前雪的布局,但邻里之间的关系异常和睦,每逢佳节互相串门、送礼

第十四章　真的很相似吧

做客是常有的事。

陈颂的家就在这里。一幢优雅别致的双层别墅,若不是装着防盗网,还真以为是个有些历史的古老建筑——大理石的外围墙壁十分厚重,棕黄色的内门、白色的灰泥墙、浅红色的屋瓦都让人感到安心。微微灯火中,隐约可见院内有一个大大的菜园、几株竹子和果树。

放学归家的小姑娘正站在栅栏外,她收起了一路上的紧张心情,踮起脚尖,按下门铃。

随着门被打开,一位穿着睡衣的女士于灯火中出现,脸上挂着慈爱的笑容。

陈颂没有迟疑,她张开双臂,快速跑向了最能让自己安心的地方。在得到母亲的许可后,高兴的她开始准备明天要与江佳铃见面时穿的衣服。在结束了半小时的发声练习后,拉开窗帘的陈颂眺望着远处摇曳的灯光——那些还没有休息的人在忙些什么呢?她打了个哈欠,走出房间。

在浴室中,因为洗发水的关系,陈颂眯起了自己的眼睛。这份热腾腾的梦幻氛围正好能够让她静下心来,回忆起开学至今所发生的事情:

在班上的第一天,她好好地说出了"我的名字是陈颂"。

真是不可思议,原本以为在这个学校的生活会非常艰难,但是实际的情况要好得多。

想到这儿,陈颂拿着海绵的手停住了。她凝视淋浴器上倒映出的自己,摸了摸右腕处的一道疤痕,表情变得黯然。

这是受到利器伤害而留下的证据。光滑细腻的皮肤上只有这道疤痕微微凸起,粗糙且丑陋,与其他肌肤相比显得格格不入。

水滴自发梢缓缓滴下,陈颂发出了一声沉重的感慨,往事不由自主地浮现在眼前:小时候的自己就像一位动画片里的小公主,住在大大的房子里,穿着漂亮的衣服,所有人都喜欢自己,让着自己,就算偶尔任性也没有关系……一切都是理所当然的。虽然爸爸因为工作常年出差国外,但每次回来都会给自己一些大大的惊喜;妈妈又温柔又体贴,那件事发生之后,她甚至在极短的时间内就学会了全部的哑语……

是啊，失聪之后，感觉改变的不只是这个世界，还有自己。陈颂张开了嘴巴，她重复地说着："你好，我叫陈颂……"

我叫陈颂，我曾经是一位公主，水晶般的公主。等到晶莹剔透的自己出现裂痕之时，我才发现，自己不再任性了，同时也不再欢笑了，我什么也做不了——我害怕，因为晚上我闭上眼睛后，世界就像是死了一样。我没有办法开口和他人讲话，因为回音精灵根本不在家，而且永远也不会在了。

我做不到独自一人走在路上，因为听不见车声。我开始讨厌大家，开始讨厌那些安慰过我的人。

一切都不再是理所当然的事了。大家劝解我、接近我、对我好，仅仅是因为我可怜，因为我听不见，因为那可笑的善心和自我满足，因为我是一碰就碎的玻璃而已。

就这样，一切都崩塌了。

我不能就这样理所当然地接受大家的爱……就算我失聪了，我也不能就这样理所当然地向生活低头，接受别人的怜悯呀！

所以我哭泣，我愤怒，我呐喊。我不想承认，我不想承认我不行，我不想承认自己是个累赘，我不想继续接受大家的善意，我不需要你们的关心，我不要给你们添麻烦。

曾经，我梦想着在毕业之后就到处去玩，爸爸妈妈也是这么期望的。这次的生日派对要请大家来家里做客，要和大家分享我的幸福，然后大家一起去唱家庭卡拉OK，为了这一天我准备了很多歌曲；暑假要和朋友们一起去爬山，我要拍好多好多的照片；好想快点得到那个很大很大的熊猫玩偶，本来是爸爸准备的惊喜，可妈妈却偷偷告诉我了；这一次，一定要鼓起勇气和那个男孩子搭话，就算他不理我也没有关系……

可是，我的世界从那一天开始就静止了。虽然已经听不见了，但是我知道那些关于我的闲言碎语，无论是怜悯的、旁观的甚至是嘲笑的，我都已经受够了，厌倦了。

"不要理我，谁都不要理我，让我这样就好。"朋友们走远了，他们继续找别的朋友有说有笑。我高兴,他们没有来刺激我,送上使我感到更加无力的安慰;我悲伤,因为我知道,我永远失去了他们。

本来可能成为朋友的人也看不到了,本来喜欢我的男孩子也走远了。除了我的父母,所有人都走了。

这不怪他们,毕竟当时的自己就是这样,把一切关心都看成对自己的怜悯。不知过了多久,等我发觉的时候,周围只有我一个人了。我张开嘴巴,拼命挤着干涩的喉咙,而后咬紧嘴唇——我说不出话了。那个晚上,我在妈妈的怀中哭泣着,除了"哇哇哇",讲不出任何的话。

回答我啊,来个人回答我啊,这样活着,这样的未来,有什么意义啊?

绝望时甚至有过极端的念头,那个念头最终吞噬了理智与意识,左右了自己的身体——我还没有那么不堪,我还没有不堪到决定不了自己的一切——或许很自私,很可笑,但当时的自己,只是这样想而已。

是啊,都是自己的错。热水一直淋着陈颂的身体,她闭上眼睛,扬起了头:这些事情明明忘记过一次了,现在,似乎又可以再次忘记它们了。

那之后呢?

那之后,我还是迈出了脚,步履蹒跚,充满艰难……因为那是被扶持的前进,是注定会停下的前进。所以,当过去全部烟消云散之后,我还能够再相信这一次的相遇吗?

不可以再逃避了。

"喂,你在干什么啊?!"——这个人好奇怪,为什么他要夺我的刀子?他在朝我喊着什么?我只是想和现在的一切说再见,仅此而已,让一切都结束,不好吗?

"快松手啊!喂!快松开!"

他好烦啊,真的好烦。

不会给你的,我不会给你的。

再见。

"拿过来……这么多血,你疯了吗?!"

我终于扬起了嘴角,痛楚让我感到解脱。我终于,可以和自己所处的默片世界说再见了。

"笨蛋啊你！喂，醒醒啊！"

这个角度看起来，他还挺帅的嘛。但是，为什么世界这么红啊……等我再次睁开眼睛的时候，哭泣的妈妈和爸爸都在身边，但是我依然听不见，我听不见他们的悲伤，听不见他们对我说的那些关心的话语，只要我闭上眼睛，完全可以当作他们不存在……

不过还是有些事变得不同了。我不知道耳朵可不可以治好，但是为了爱我的父母，为了从我手中夺下刀子的他，我开始强迫自己去微笑。

好痛苦、好难受、想放弃……但是不要紧，我还有爸爸和妈妈，我还有他在我的身边。听不见，就用文字和手语交流，就用眼睛和心灵交流……我不再站在原地了，我选择将曾经操纵我的那个恶魔彻底清除出我的身体——无论再艰难也要活下去，就算听不见也要活下去！

爸爸、妈妈和他一起轻轻地将我推向了前方，新的生活开始了。我在保留声线的同时开始学习手语，虽然离运用自如遥遥无期，但简单的句子多少能懂一些。就这样，大大小小的脚印开始踏在道路之上……我又一次想对别人微笑了，因为这是现在我能给陪在我身边的人的唯一的慰藉。

努力吧，再继续努力吧！我觉得自己的体内有什么东西燃烧了起来，我在跑道上调整着呼吸，为了迎合他的掌声而加快脚步。初中最后的体育测试，800米跑的终点是那么遥远……多亏了他在那里。我大声地喘着粗气，被汗水打湿的头发遮住了眼睛。双臂的挥动已经完全没了刚启动时的那种节奏，只是肆意摇摆着……我要找回失去的东西，有他在我的身旁，我什么都不怕了。

脑袋很晕，我感觉自己的肺马上就会因为受不了而爆炸……不行了，有点跑不下去了，喉咙里似乎有一块烙铁，双腿像被灌了十几斤的铅，喘气的频率越来越高，我的脚步越来越松散……要躺下的话也未尝不可，只是一瞬间的事罢了。

可是，他朝我喊了。

"加油啊，加油啊！"

我"听"到了,我告诉自己不能被甩开,不能被那个应该跑在这里、完好无缺的自己甩开。我朝他点了点头——是的,我不能停下。我开始疯了似的甩开已经感到酸痛的双腿。视线模糊了,皮肤能感受到风的吹拂,平时惬意清凉的风现在是那么让人讨厌,用巨大的阻力扯住我,妄想就这样把我打倒在大家的面前……还好,我终于做到了。这是起步后到达的第一个终点,虽然并不是什么理想的名次,可我试着对周围的人露出微笑。

最甜的那个留给了他。

就这样,他继续鼓励着我,同时逼迫我再次在新的起点跑起来——在无数套的习题、日复一日的挑灯夜读以及近乎地狱式的自学中,我完成了不可能的任务,我考上了现在的学校。

可以了吧?我做得可以了吧?我可以获得表扬了吧?一定的,一定会的,努力是一件这么快乐的事情!我把我的成绩自豪地告诉了父母,自豪地告诉了他。可是他……他要走了。在临走之前,他朝我诉说了他的梦想,我知道自己必须放弃,我也知道了他有喜欢的人……

他离开了,那个将恶魔从我身体里赶走的朋友,已经离开了这个国家。到最后,我也没有表达自己的心意。这位善良的男生,只是不愿看见一个在花季的生命就此凋零,因此将拯救那个女生当作了自己的使命。正因为如此,发誓舍弃的眼泪又一次无法控制了——无论多努力也配不上他,所以能更轻易地去放弃,去释怀。

时间真的是个奇怪的东西,它一次次地逼迫我相信它是一个万能的神。我知道我不应该那么自私,只是想着他一个人。但是他不在之后,我迈步的速度确实一天比一天慢了。新的环境、新的同学、新的一切都让我感到茫然和无助,可是就在我要停下,就在我认为自己没法保持声线的时候……

陈颂停止了回忆,从浴室出来后她看了一眼母亲的房间,继而来到客厅热了一杯牛奶,走进自己的房间。

有一件事陈颂早就已经发现了——江佳铃的相貌与自己是很相似

的，但江佳铃似乎在刻意回避这件事——陈颂知道不该刻意打听其中的缘由，但好奇心还是使她偷偷了解过，知晓了江佳铃平日里几乎不戴眼镜的事实。

　　陈颂憧憬着与自己相似的江佳铃，她也憧憬着江佳铃的强大。她相信凭借江佳铃的性格，交到朋友之类的事根本不在话下。

　　这次不是一个人了，对吧？

　　……

　　挂断了与张月桐的电话后，身着睡衣的江佳铃一脸倦意地扑在了床上。

　　"9月就要结束了啊。"江佳铃颇有怨念地看了看墙上的挂历，她缓缓地站起了身子，转头向左，注视着镜中映出的另一个自己。

　　镜中的江佳铃也望了过来，在确定了对手的战意后，她发出了共舞的手势。

　　没有犹豫，江佳铃扎起马尾，将右手放到胸前，以此作为应邀的信号。在深呼吸后，她一面哼着曲子，一面预热自己的身体，从局部到全身，从缓慢到激烈，在充满节奏感的步伐中，红褐色的头发也随着她的动作尽情摇摆，每一次与脸颊的亲密接触，它们都会爆发出欢呼与喝彩。

　　跳跃着的江佳铃闭上了眼睛，完全进入了自我的世界之中，仅仅依靠脑海中的感觉和肌肉上的记忆完成动作。渐渐地，她感受到了来自舞台的绚丽灯光，来自四周观众的纵情呐喊，来自舞鞋与地面的碰撞声响，来自烟花与干冰的冷热交替……江佳铃的嘴角露出了一抹笑意，她的汗水在空中飞扬着，通过灯光的照射辉映出彩虹；她的关节正逐渐变得舒展，这意味着原本困难的动作如今也不在话下了。镜子中的那位江佳铃亦在重复着相同的动作，她们就像是两名竞争对手，彼此都不愿示弱。

　　随着全身的每一个毛孔都渗出汗水，令人厌烦的疲劳感也接踵而至，它们正在渐渐击碎江佳铃置身于舞台中央的这场幻梦。

　　连成溪流的汗珠越落越急，舞台上方的灯光随之变得黯淡，舞鞋下方的地面也失去了声响，环绕着舞者的观众正在一个个变得疏远。江佳铃闭上了眼睛,当她尽力以一个优美的姿势结束表演之时,周围的景色也最终定格在漆黑的虚无中……

稚气未脱的脸庞点亮了暗幕,出现在江佳铃面前的是一个年龄在十岁左右的小女孩。渐渐地,小女孩周围的风景也改变了,那是一个公交站台。

江佳铃怀念般地望着那个拥有乌黑秀发与白皙皮肤的女孩,挥了挥手同她问好。那女孩苦笑着摇了摇头,关心着风景外的江佳铃:"和你说了一万次,洗过澡后就不要跳了嘛。"

"对不起,我一直这么没用,而且还任性。"江佳铃不好意思地对小女孩道歉。

"你该不会真的想用那个女孩来自我满足吧?"

"或许是吧……我不能眼睁睁地看着她的梦想也破碎掉。我会做所有我能做的,让她飞得更高更远,飞到我再也无法到达、无法干涉的地方……"江佳铃的呼吸逐渐平静了,她同小女孩四目相视。

站台上的小女孩无奈地摊开了手:"那我就等着你的好消息喽,你这个长不大的小丫头差不多也该自立了吧?"

"嗯,这次一定可以的。"

"最后一句。想跳舞的话去跳就好了,没必要非拉上我。就这样喽,拜拜。"留下道别的话语后,小女孩和站台的风景一起模糊了……

随着眼前的汗渍变得清晰,气喘吁吁的江佳铃缓缓睁开了眼睛,她发现自己正躺在房间的地板上,手脚仍然有些使不上劲——由于跳舞带来的疲惫,她刚才居然累到睡着了。

几分钟后,江佳铃在摇摇晃晃中站起了身子。她将自己的手掌握拳,而后打开,而后再握拳,反复几次后,酥麻的感觉便逐渐消失了。

"不过……倒是做了个好梦啊。"在擦掉镜子上的水汽后,江佳铃长久地望着镜子中自己的面庞,用手指慢慢地在残留的雾气上画出了一个笑脸,"晚安。"

第十五章

默契的江舟合战

"姚蓝姐姐!"一个稚嫩的声音叫住了我们。

10月1日的清晨,我和姚蓝在碰头后正前往约定好的地方。由于昨晚花了三个小时听我爹讲述他年轻时勇夺市级乒乓球赛冠军的精彩往事,今天的我也觉得充满了力量,斗志昂扬。

"你跑过来干吗?"姚蓝一见到那说话的小鬼头,脸色突然就变红了,赶忙把鸭舌帽拉得更低。

"他又是谁啊?"我有些摸不着头脑。

"小林……是我认识的孩子。"姚蓝有些支支吾吾。

我回忆了一下这个名字,没什么印象。

"之前他被坏孩子欺负,我帮了他,然后……他就……成我的粉丝了。"姚蓝讲着讲着自己都乐了,"是个很善良的好孩子哟。"

"大哥哥你不知道吗?姚蓝姐姐可厉害了,长得又漂亮,每次都陪我玩!"小鬼头认真地对我说着,看得出来他挺崇拜姚蓝的。

但是原谅我,他的描述让我联想不到姚蓝。

"最重要的是,姚蓝姐姐不仅跑得快,而且乒乓球、篮球、羽毛球,什么都会!"

"哦?这我就放心多了。"我附和着小鬼头。

看来这小鬼头根本不了解真实的姚蓝吧……还是说,他看到的才是真实的姚蓝呢?

"好了小林,别吱声了。"姚蓝似乎招架不了那么多溢美之词。

"没看出来,你还有可爱的一面嘛!"我偷笑着。

"大哥哥,那你是谁啊?"小鬼头朝我歪了歪脑袋。

毕竟是小鬼头嘛,耍耍他好了。我大言不惭地开口了:"我是她男朋友,你不知道?"

"啥?!"姚蓝和小鬼头同时喊了出来。

"张、张舸,你对小孩子胡说什么呢?"姚蓝的耳朵根刚刚烫死了一只无辜的飞虫。

"你、你骗人!你怎么可能是姚蓝姐姐的男朋友!姚蓝姐姐……不会有男朋友的!"小鬼头的表情看起来很不甘,明显是赌气。

这小孩该不会迷上她了吧,现在的小孩子真让人摸不着头脑。不过好不容易有这么一个调侃姚蓝的机会,我可不能放过:"姚蓝,不要再骗人家了啊,他说得对,你这么优秀的人,怎么可能没有男朋友呢,虽然那个人是我。"

"姚、姚蓝姐姐,你……"小鬼头看起来很伤心。

"别瞎讲了啊!"

我看热闹不嫌事大,反正对面就是个小鬼:"之前你不是还邀请我去你家的吗?要是我意志力薄弱一点啊……"

"你嚼舌!"小鬼头的憧憬破灭了。

"而且……哦我个乖乖!!!"我的话还没说完,姚蓝的手刀就劈了下来。

……

"哦,都到了啊!"我拿着两塑料袋的垃圾食品,同球馆里的大家寒暄着,"咦?她没来吗?"

脑门还是嗡嗡的,好疼啊……

"老哥,东西带了吗?"

"带了带了,刚出锅的'二粮站'炸鸡,慰劳我早七点来帮忙的弟弟。"我把还热乎的炸鸡端到万洋面前,顺便撕了块鸡翅膀递给正同万洋下象棋的陈颂。

"我一直很好奇这玩意到底好吃在哪儿……'二粮站'不是卖卤味的吗？每次都看到你们去那儿买炸鸡，哪儿来那么多钱？"王家杰的声音传了过来。

往边上看，赵慎和王家杰正在乒乓球台上演着对打。这里是育才楼三楼的301，也就是之前提到过的乒乓球馆，由于各种各样的原因现在我们正聚在这里，"十一"国庆仅有的两天半假期，大部分都要在这里度过了。

"外行了吧？不走寻常路是我的座右铭，最好吃的菜一般都藏得最深。"我也撕了块肉塞到嘴里，这一口外酥里嫩，"我去有优惠，'二粮站'老板和我家是老朋友了，他家闺女还是我妈给说的媒呢！别打了，都来点来点。"

"您还是自己吃吧，记得有时间帮'鸡公煲'家闺女说个媒，那玩意我爱吃。"王家杰等赵慎也过了几口嘴瘾回到球场，再次与他操练起来。

"张舸，月桐让我和你说一声，这几天她要忙着竞选的事，没法过来了。"江佳铃推了下她的红框眼镜，对我的身后歪了歪脑袋，"咦？就来了你自己吗？"

"没有的事！喂，亮相了啊！你再躲就要躲进柜子里了。"我回到门口，朝屋内各位的视觉盲区用力一拽，将一个短发女生拉了出来。围观群众的眼神全都聚焦在姚蓝身上，她穿着一身蓝色的运动衫，凤目冷脸上正泛着微微的红晕。

"大、大家好。"

反正这声音只有我听见了。

"大点声儿！"我使劲拍了一下姚蓝的背。

啪！

"你干什么！！！"暴怒的姚蓝对我怒吼了起来。

"对，就这么大的声音，和大家重新打招呼吧！"

"切……我是姚蓝，大家好！！！"姚蓝一扭脸，对室内的人疯狂呐喊。

第十五章 默契的江舟合战

这气势,在场的人好像都欠了她几百万。

按理来说,身为东湾一中的学生,听到姚蓝来了第一反应肯定是:
"啊!那个不良学生!"
"快跑啊!会被杀掉的!"

可惜的是,场面并没有失控。除了本班的同学,万洋我事先打过招呼,至于陈颂,见到这个张牙舞爪的夜叉,她眼睛上方的眉毛正不安地跳动着。

"没关系,小颂。她是好人,只是有些冲动。"江佳铃摸着陈颂的头,温柔地进行安抚。她又努力地伸了伸头:"叔叔没来吗?"

"你说我爸啊,估计现在正堵在高速上。"我无奈地耸耸肩膀。身为乒乓球冠军的老爸,按理说让他来指导我们是最为合适的。可惜今早五点,他和老妈就因为生意上的事出差离开了云湾,没个四五天很难回来。

果然普通人的假期对生意人来说都是更激烈的战场呀。

陈颂努力地看着江佳铃的嘴型,若有所思地点了点头,表情也慢慢缓和下来。

"喂,这女孩子就是你之前提到的?"姚蓝在我耳边低语,顺便从我的手上也撕了块炸鸡。不过她刚把肉放到嘴里,一看整个房间的人都在盯着自己,脸红得更厉害了,差点把自己给噎着。

"很可爱吧?不过她听不见声音,不知道你到底多暴躁。"回复完姚蓝后,我走到了江佳铃面前:"好了,江铃,接下来你就按照我的话,跟小颂介绍我的朋友们吧。"

"张舸,我早就对小颂介绍过了啦……"

"首先这一位,王家杰,舌头刁毒的傲慢班长。"我无视江佳铃的话开始了自嗨,"接下来是这边,赵慎赵腰子,货真价实的煤子笨蛋。"

"舌头刁毒?垃圾,待会儿我打爆你!"
"你才煤子呢,倒头鬼!"

看来他们俩的情绪已经被调动起来了,很好,这将会是一场精彩的比赛。我咳嗽一声,对着陈颂拍了拍正在拼命咽炸鸡的姚蓝:"至于这位,就和她刚刚进门时一样，是个脾气很糟、无可救药的母夜……呜啊！"

"我居然还期待你会怎么介绍我，结果到最后你……"姚蓝愤怒地掐着我的脖子，看来她也已经斗志满满了。

"要命了，陈颂还看着呢……再掐就'海'了……"我和姚蓝的手脚缠在一起，像个连体人似的从陈颂身边挪开。

江佳铃无奈地叹了口气，至于她身边的陈颂，早就被面前的哑剧逗得合不拢嘴了。

"得得得，别耍宝了，时不我待，懂吗？像你这种人既背叛了篮球队，还把我们这些篮球队的球星拉过来当陪练，到时候如果拿不到一个好的名次，看其他人怎么收拾你。"王家杰擦了擦额头的汗，他和赵慎已经练了不少时间了。与被拿来当沙包的赵慎相比，王家杰的乒乓球技术是出了名的好，说服他来帮忙，我和姚蓝也能更好地找到感觉吧！

"江铃啊，你们去里屋练习跳舞怎么样？"我开始活动筋骨了。

"啊？不了不了，我想先看看你们的比赛。"江佳铃笑了笑，三秒前她刚刚帮助陈颂把万洋成功将军。

"老哥好好打啊，听说你的队友还是冠军级别的，可别拖人家后腿！"习惯了失利的万洋此刻依然精神满满，目前半只鸡已经被他干没了。

姚蓝打量了一下万洋，小声询问着我与他是什么时候拜的把子。

"我真是他哥！怎么？不行啊！他是我十个弟弟里最矮的一个。"我补充了一下。

万洋像个傻子一样挠了挠头，他显然不知道该如何与姚蓝相处，只是尴尬地笑着，生硬地打了个招呼。姚蓝的回复也没多大声，我暗自庆幸我和江佳铃还在这里，不然往常这种情况她肯定又得甩人家冷脸。

"那就按照原定计划，我和赵慎一队，你们俩一队。"王家杰颠着球。

"没问题，这样陪练才比较有意义。"我擦了擦球台，"我先接球吧。"

"随你便。"姚蓝很不耐烦地回复了我。她显然对目前这种被围观的状况很不适应，还是让她尽快投入比赛吧，不然的话，我看用不了多久就得原形毕露了。

第十五章　默契的江舟合战　　169

双方运动员简单热身后,一场备受关注的练习赛正式打响。随着王家杰让开空间,赵慎把球抛向空中,战斗的第一个回合拉开了序幕。

"下。"姚蓝的低语传了过来。

看了眼对方的准备动作她就能确定来球是什么旋转?可以啊!

啪的一声,赵慎的球犹如一道电光冲杀过来。没错,这个削球的动作是下旋球!

我反手一挡将球打了回去,节奏正适合王家杰反击。果不其然,赵慎闪身的一刹那,他身后的王家杰猛然杀出,浑身肌肉绷紧,把身子大幅度地扭曲着,在球拍触球的瞬间调整拍子的角度,强力摆臂!

退到一旁的我用带着怜悯的余光看着姚蓝——男子运动员这种程度的扣杀,女生不可能接住的吧?

等等,姚蓝那架势是什么?对攻?

我还在惊讶的时候,姚蓝已经出手了。她的动作标准极了,像是做过几万次早就生成了肌肉记忆:重心下移、腰部转动、右肩下沉、弯曲支撑腿、蹬地、重心向上抬,继而是小腿、大腿、腰、肩、肘、手腕……

啪!姚蓝把球对拉了回去。球台的另一侧,躲闪不及的赵慎被打中了肩膀。

我和赵慎同时喊出了声,江佳铃等观众也自发拍起了手。王家杰一脸无奈,看着仍在地上滚动的球咕哝了一句:"假的吧?"

"Nice 啊,姚蓝!"我伸手过去和姚蓝击掌。

"哼,小事一桩!说了不要拖我的后腿!"姚蓝扬起嘴角和我击掌庆祝。

"还没完呢,不就丢了个球嘛!"赵慎揉揉肩膀继续发球。

"下。"姚蓝继续提醒我。

果不其然,依旧是一个标准的下旋球……他只会下旋球吧?尽管对面的王家杰挽救了几拍,但经过姚蓝的杀球后,我们把比分带到2比0。

陈颂高兴地拍起了手。

依靠姚蓝的完美表现,看来取得胜利是板上钉钉的事了。虽然对赵慎和王家杰很残酷,但是我现在已经开始考虑下一轮的对手了……原本应该是这样才对,可现实却骨感到吓人。

"憨子,快躲开啊!"姚蓝喊叫着朝我冲了过来。

"张舸,危险!"隐约间听到了江佳铃的声音。

咣当!!!

"憨、憨子啊你!怎么不快闪开啊?"姚蓝从我的身上爬了起来。

"谁知道那球突然转弯啊!"可怜的我还躺在地上眼冒金星。

"我知道啊,你连这个都看不出来吗?"她突然就生气了。

我保持冷静,挤出一个微笑:"大姐,咱们现在是搭档,不要内讧啊!"

姚蓝没有回答,她的态度很不明朗。在艰难拿下1分后,同样的事情重演了:

"哇呀!!!"姚蓝在我的身后把自己水平撂向空中、飞向死角。接到球的那一刻,她也跌到了地上。

被接回来的球再被赵慎朝姚蓝倒地的方向杀了一板,我目送着球滚落地面——距离太远了。

"你就不知道扶我一下吗?跌死我了!我这么拼命,结果你还是接不到!"姚蓝从地面缓缓爬起,一脸怒容。

这是什么双标的话,之前你也没拉我啊!?我终究还是朝姚蓝抱怨了几句,这引起了她更大的抵触情绪,我们对话的音量正在逐渐变高。

"别喊了别喊了,下一球了啊。"王家杰赶紧调停着我们,他刚才似乎和赵慎商量着什么。

我和姚蓝互相鄙视了一眼,站定位置。

"危险!"咚!

第一局比赛结束了,比分是11比5。王家杰就算了,连赵慎这种三脚猫都和打了鸡血一样,越打越起劲。观众席只剩下了以嘲讽我为目的的万洋和一堆鸡骨头。至于陈颂和江佳铃,在10比5的时候她们已经去里屋练习唱歌跳舞了。

姚蓝第四次从我的身上爬开,她的情绪异常激动:"色狼!你又占我

第十五章 默契的江舟合战　171

便宜！一边去！"

我动了动近乎散架的身体："我是保护你！不是我抱着你,你脑浆子都摔出来了！"

"你就嚼舌吧！接球三个有两个都撞我,你就是存心想吃我豆腐！"

"可坑了,狗咬吕洞宾,不可理喻！"

"就你这脱离时代的乒乓球水平还显摆呢？见到大力旋转的球居然还是用挡的,你要能对拉,我就不用打得这么辛苦了！"姚蓝把拳头握得咯吱作响。

"坏良心,自己鬼显摆还赖别人。我的球你也跑去接,不就麻木不仁想显你水平高吗？"我撸起了袖子。

万洋坐在原地嗑着瓜子："打啊！打！让我看看你们谁厉害。"

"你这什么死螃蟹队友！我要换队、换队！！！"

"好啊,你爱打不打,想和谁一队和谁一队！我真是馋痨了揽这么个活儿,散了散了！"我再也不能容忍姚蓝的任性和暴脾气了,反正这又不是在学校,如果干一架可以让她消停会儿,那我就不客气了。

王家杰从背后死命拉住姚蓝,赵慎也扯住了我的大腿："别喊了别喊了！都少说两句,别吵到里面练习的江铃。"

"怎么回事呀？你们不是彼此的好朋友吗？"熟悉的女声传了过来。是江佳铃,万洋搬来的救兵。经过一番说教,局势总算被她稳住了。

我率先压住了怒火,姚蓝也镇静了许多,我们彼此怒视着对方。虽说江佳铃似乎不再反对我和姚蓝的接触了,但是每次她一登场,我总像是做了什么亏心事似的,不会太违背她的意思。

"会不会是因为对面都是男生呢？就算姚蓝再怎么厉害也只是女生啊。"江佳铃若有所思地说着。

拉倒吧,那男人婆的水平一般男生根本不是对手。

王家杰提了个想法,他准备与江佳铃组队,这样两边都是一男一女,便于验证自己的猜想。江佳铃自然是一个劲地推脱,毕竟她只会削球而已,也就是单纯用一种万能方式把球慢慢悠悠地打回去。

况且对于江佳铃而言，体力是很珍贵的，怎么可以用在这种无关痛痒的地方。

"班长你就别为难江铃了。还是你和赵慎一起，这次我不会再和姚蓝吵架了。"

"谁想和你吵啊！还不都是因为你没水平！什么要拿冠军，什么'给我一个机会，让你相信它们远比你想的要强大'，你倒是让我看啊！友情和执着？别笑死人了，再怎么说，那种东西根本就不能指望它来赢得比赛！"姚蓝怒不可遏地挤对着我，她好像是在用这种方式挽回之前丢掉的面子。

果然对别人敞开心扉没那么容易啊！即使这里只有几个人，姚蓝依旧放不下包袱，反倒还是努力保持着她之前给人留下的那种趾高气扬的样子。

这下可轮到另一个女生不乐意了，尽管她没有把这份不乐意流露给任何人看："班长，我同意了。"

江佳铃的发言马上让姚蓝和我安静了下来，包括已经放弃希望的王家杰对此也非常诧异："江铃，你说什么？"

"我说我加入你们了。"江佳铃笑着耸了耸肩，她露出了调皮的表情，对王家杰眨了下眼睛，"不过我不是要和你一队，我要和张舸组队。"

"啥？什么意思呀？"包括我在内，大家都对江佳铃的发言一头雾水。

"姚蓝不是说她累了，不想再和张舸一起打球了吗？确实，她的水平很高，是张舸拖了后腿。"江佳铃眯起了眼睛，她已经在拿拍子了，"所以我们才有必要对张舸特训，对吧，这次由我来当张舸的队友陪练。班长，你还是和赵慎一起，怎么样？"

"虽然你说得也有道理……可是毕竟姚蓝才是张舸的……"王家杰似懂非懂地挠着头，他一副为难的样子，顺便还在暗中打量姚蓝的反应。

或许在他人看来，江佳铃的这个决定明显是在以卵击石，以姚蓝那样的高水平和我组队尚且无法取胜，现在反倒还要换下她，换上一个看起来就很弱的女生与我搭档……对于王家杰和腰子而言，这可能已经不是能

第十五章　默契的江舟合战　　173

否取胜的问题了,而是究竟要不要下死手。

但我是了解江佳铃的,尽管表面上不露声色,可是目前的她正处于被激怒的状态,因为姚蓝将江佳铃最珍视也最看重的那句话贬了个一文不值。现在的江佳铃是要证明,她与我之间的友情有着怎样的力量吧?既然如此的话……

"喂,姚蓝?搭档?美女?"我一连用了三个不同的称呼,终于得到了那张冷冰冰的脸的注视。姚蓝摆出了一副死鸭子嘴硬的样子,指望她能服软认错,还是当着这么多人的面,说到底根本不现实。

"好吧,那我就和江铃练了。"

"随便你。"

"你去对面怎么样?"

"随便……等等,你说什么?"姚蓝斜眼扫了下我,"什么对面?"

"你不是不想和我一队吗?那去王家杰那儿不就得了?说到底参赛名单上面报的还是你和我啊,那总不能让你闲着看我一个人练吧?就算是当对手也行,来一起练。这下你总没意见了吧?"

"你什么意思?你不会天真到以为能赢我吧?"姚蓝突然间来劲了,她感受到了我埋藏在话语中的嘲讽,"事先声明,如果我把你打成筛子,我们可能再也没办法合作当队友了哟?"

"那你就试试看,我求之不得。"我正愁没个机会杀杀姚蓝的威风,江佳铃的话反倒提醒了我:如果要向姚蓝证明江佳铃的观点,还是直接和她交手来得快一些。

姚蓝的态度比我更加傲慢,她头也不回地走到了王家杰和赵慎那边:"不自量力,我拿个鞋底都能赢你!"

在告诉陈颂要稍等一会儿后,江佳铃便来到了我的身旁。

"江铃,你的体力没问题吗?"

"不要紧,但最好还是速战速决。"江佳铃笑着向我伸出了手,"让他们看看吧,友情和执着。"

好,那就拜托你了,江佳铃!

当我们走向球桌之后,姚蓝也挑选好了自己的搭档——其实不能说挑,赵慎由于害怕背锅早早便脚底抹油了——希望王家杰能管好自己的舌头免得遭受和我一样的命运。

在简单的练球之后,我将江佳铃叫到一旁耳语了几句。江佳铃竖了个大拇指,她甚至没问原因就决定把我的想法付诸实施。

"喂!张舸,你干什么呢!离江铃远点!"看见我几乎要亲到江佳铃的耳朵,姚蓝显得十分不爽。

"你较什么劲啊?江铃又不是别人,我俩老早就认识了。"

"总之就是不许!你现在是……就是不许!"姚蓝乱发脾气,用手猛掐身边无辜的王家杰。

江佳铃把球递给了我,认真起来的她像是换了一个人,那种令人难以接近的气场甚至超过了平时的姚蓝。

我和姚蓝合作过一局,所以她的打法我基本熟悉。比王家杰更擅长进攻,而且能够看穿一般的发球套路。对付姚蓝,首先要做的是尽量避免让她舒服地进攻。

"来了!"我把球抛起来,目视着缓缓降落的白色圆球,跟随节奏挥臂,以一个平切的手法将球发了出去。

在攻守交替中,江佳铃像一个舞者,球拍就是她手中的彩带。她轻轻抖腕,一次次把球削去对台。这个女生与我充满了默契,她的站位总是为我着想,她的步伐和移动也总能考虑到我。几个回合后,急于求成的姚蓝杀球下网,我和江佳铃得分。

江佳铃兴奋地冲过来和我击掌,虽然她没有恶意,但这无异于是对姚蓝无声的挑衅。初中时,我和江佳铃经常打乒乓球,虽然最后赢的人都是我,但每当我盘算着如何一击制敌的时候,江佳铃在意的却不是怎么赢我,而是怎么让一个球能够多打上几个回合,怎么能在最节省体力的情况下玩得开心……所以无论我怎么杀球她都没有反击,仅仅是把球原封不动地削回来,一次次的重复使得江佳铃渐渐有能力接住几乎所有角度的来球。

第二个发球,我继续引诱姚蓝上拍让王家杰先杀球。面对姚蓝红了眼的猛攻,江佳铃依旧身处绝好的击球位置,她处变不惊地将球削回,然后滑步到我身边,准备落位继而为我让路。

　　"就这就这?!"王家杰咬了咬牙,他快步靠近前台迅速反手击球。球似彗星,轨迹略微朝左,不偏不倚地飞向了还没落位的我和江佳铃之间的那一点点距离。

　　王家杰有他的想法。如果我张舸大力击球,挥拍动作无疑会打到江佳铃,所以一定会有所顾忌,如此一来就会露出破绽。

　　不过他失算了——看到目标直冲过来的我没有丝毫犹豫,直接摆出姿势把球拍大幅度拉后,将一旁的江佳铃完全当作空气。

　　"喂!"王家杰看到我不为所动要来真的,立刻慌了神,毕竟全力一拍砸在人身上,那可不是开玩笑的。

　　姚蓝也被吓到了,她自认为低估了我的好胜心,已经扔掉拍子准备跑向我这里。

　　身旁的江佳铃冷静到吓人,好像完全没有意识到危险,瞳孔中只有白色的球。只见她突然弯下了膝盖,将整个身子蹲到球台之下,几乎同时,我呼啸着的球拍从她的头顶掠过,把球大力抽了回去。

　　球过网得分,先是弹到了姚蓝身后的墙上,而后落回地面继续蹦跶着。姚蓝和王家杰忘记了接球,他们用难以置信的表情注视着面前的两位对手。

　　淡蓝的蝴蝶结从球台下探了出来。

　　"得分了,放松。"我对重新做好战斗准备的江佳铃竖起了大拇指。

　　"是吗?太好了!"江佳铃收起姿势和我击掌。

　　姚蓝和王家杰仍然呆在原地。陈颂恐慌地从指缝间露出眼睛,偷看现场的情况。万洋拍了拍她示意没关系,从头到尾,我的弟弟都很镇定,一副司空见惯的样子。

　　我还没来得及讽刺姚蓝,她就暴怒着冲过来一把抓起我的衣领,质问着我刚才的行为:"你差点就打到江铃了,知不知道啊!"

"什么差点打到,她不是蹲下了吗?"我理所当然地说着,"那是江铃好吗,我知道她会蹲下,这样行了吗?"

江佳铃的回答与我完全一样,这让现场安静了下来。陈颂看看左边又看看右边,而后不合时宜地鼓起了掌,赞美起我俩的表现。

姚蓝咬着牙,很不情愿地松开了我的衣领:"什么啊,知道就知道,有什么了不起的!"

"难以理解。"王家杰耸了耸肩。

我和江佳铃望了彼此一眼,会心一笑——友情和执着开始发挥作用了。

轮到江佳铃发球了,这个标准而普通的发球被王家杰反拍直接抽回。

是啊,说到底江佳铃的水平还是摆在那里,她的发球毫无威胁力。

我拿出吃奶的劲,面部肌肉都抽搐了,总算将球挡了回去。姚蓝要大力杀球了?没有,她选择稳健的正手攻球……

"嘿,毒瘤,你们不全力攻过来吗?"我挑衅着对面。看来在刚刚的交流后他们改变对策了,是想稳扎稳打,利用技术上的优势和我们磨。

"呀!"随着江佳铃的削球失误,姚蓝和王家杰终于拿下了1分。

"没关系,情理之中,毕竟对面硬实力占优。"我连忙安慰道。

"哈哈,手臂好酸啊。"江佳铃吐槽了一下。同班的这一年多里,王家杰和班上的同学虽然多少能从江佳铃的发色上猜出她以前身体或许出过些问题,但由于江佳铃始终保持着阳光开朗的笑容,他们并不知道这对江佳铃的影响一直延续至今,也不知道她身上落下的病根子。正所谓不知者无罪,班长会想到用调动江佳铃的办法来作战也无可厚非,既然是江佳铃自己选择站在球场上,她一定也做好了面对这种困难的准备。

即使我和江佳铃的配合能弥补一些技术上的不足,在比赛前中期起到出奇制胜的效果,可姚蓝像是装了过滤器一样,她在比赛的过程中变得越发冷静沉着,比分上的差距也越来越小,这场漫长的比赛就这么在互相较劲的势头里僵持着。在拿下这一分后,我和江佳铃艰难地拿到了赛点,10比9。由于每个回合都是十几拍的拉锯战,连我都感觉到有些力不从心了,如果再被追上打持久战,这局指定是要交代在这儿了。

"江铃,你还能撑吗?"

"没关系,还有一个球,加油啊!"江佳铃扶着膝盖气喘吁吁,她对我投来了一个熟悉的微笑。

已经进入忘我状态的姚蓝这时候才终于回过了神,我不知道她对于江佳铃的身体状态究竟知晓到什么程度,但从她目前惊讶的样子来看,至少算是意识到了。

"江铃你平时得加强锻炼啊。"对情况一无所知的王家杰依然是没心没肺的样子,不光是他,除了我和姚蓝,包括万洋都认为江佳铃只是单纯的累了而已。

"没关系,发球吧。说好了,可不能放水哟。"江佳铃摆出了一个"V"的手势。

"抱歉了,那就让我赶快拿下比赛吧!"姚蓝将球奋力砍了出去。

江佳铃努力眯起了眼睛,对球挥动着板子。由于她的身体实在到了极限,这个球不是打,而是搓回来的。

击球完毕,江佳铃跟跄着退到台外,王家杰快步上前准备抢攻。

该是我当英雄的时刻了!

眼看王家杰即将来上一击让我身败名裂的大力抽射,那个球的轨迹却突然变了! 就像是被遥控了一样,它偏离了王家杰拍子的方向。

挥空了!

"弧旋?!"随着白球落地,姚蓝喊了出来。

我总算意识到发生了什么。江佳铃原本选择的是直接抽球,但是这个动作却因为她的疲劳而严重变形,阴差阳错中居然搓出了个专业的弧旋球。

木讷与惊讶过后,极大的喜悦涌上心头。我欢呼着扶住腿软的江佳铃:"江铃!你真是个天才,那是弧旋球啊! 我们赢了!"

观众席上的陈颂此时也大叫着朝我们扑了过来,她挥舞着小手,她丸子头发型一抖一抖的。

"嘿嘿,是奇迹呢!"江佳铃对我笑着,"友情和执着的奇迹。"

"怎么了,谁赢了?"万洋可算是睡醒了,他揉了揉睡眼,"这比分怎么这么近啊,看来你们的默契也不是很坚固嘛!"

"服了,心服口服。"王家杰放下了拍子,不过嘴依旧没闲着,"张舸你不要得意忘形,说到底和你组队的还是姚蓝,你们之间必须继续练习才可以。"

"哈哈,没关系!不然就让江铃去和我参赛得了!无论什么样的对手都打得他们头低毛耷!"我依然沉浸在刚刚获胜的赌气比赛中,"真恣啊,哈哈!班长,这其实也不能怪你,但是我猜啊,又有人要把锅推到你身上喽!"

完蛋了,人过于兴奋的时候就会不走脑子说出一些本该能咽下去的话……果不其然,当我们战战兢兢地把视线转移到一直沉默的姚蓝身上时,看到的是一张即将崩溃的面容。

"姚蓝?哈喽?"我怯生生地叫了她一声。

姚蓝的身体痉挛了一下,她眼中噙满泪水:"有什么了不起的啊!赢了有什么劲啊!都是我的错行了吧?是我拖累了你,拖累了班长!这下满意了吧?反正我本来也是一个人,你和江铃这么有默契,那你们去打好了!用你们的那什么友情去赢吧,我再也不干了!"

姚蓝喊叫着将拍子扔到地上,气冲冲地跑了出去。

怎么了啊?我就随便说了几句痛快痛快嘴,至于有这么大的反应吗?我疑惑地转过头去,发现所有人都在盯着我,再一回头,连江佳铃也是。

"你、你们看什么啊?难道是我的错吗?"我尴尬地解释着,"江铃,你说句话啊?"

"张舸,她可是你的队友哟。"江佳铃擦掉了额头的汗,她试着稳住呼吸,"安慰她是你的义务。"

赵慎猛地踹了我一下:"人都走了,麻溜去追啊,你还是不是爷们!"

"好好好,我去,我去!不用等我吃饭了,你们先走吧!"真是怪事,到最后这受罪的活儿还得我来干。

第十五章 默契的江舟合战　　179

第十六章

A 模式的姚蓝喜欢喋喋不休

在楼下的台阶旁,我看到了蹲着的姚蓝。望见我后,她迅速站了起来,而后头也不回地朝前跑。

"可坑……等等我!"跟丢了以后,我喘着粗气左右张望起来。

因为"十一"放假的关系,步行街附近人山人海,到处都是大喇叭的促销声、油炸食物的香气以及人挤人的嘈杂场面……我的脑海里冒出了万洋等人在门店里胡吃海喝的画面。我的个天咧,为什么就我要受这个罪?打完了乒乓球又进行百米冲刺,我真快要撑不住了!

说罢就是一个踉跄,我险些摔倒在人堆里。

"不撑了,我得歇歇……"我喃喃自语,而后突然有了个怪点子。一阵抽搐后,我先是缓缓低下了身子,接着露出充满痛苦的表情,最后弯曲着双膝躺到地上,翻着白眼朝天大口大口喘气,"啊,啊……"

呼吸减弱了,我的眼前变得模糊。隐约听见有人跑了过来:"张舸,喂! 张舸! 你怎么了?!"

没错,是姚蓝的声音。还真被我猜对了,她气归气,但是人就在附近想观察我的反应。这丫头片子现在有两种性格模式,A 模式是虽然动不动就任性、生气、大吵大闹,但会在无意中流露出脆弱、温柔以及心口不一的小女生性格;B 模式则是为大多数人所熟悉的那个拒人于千里之外的不良学生。现在看来,"是否有认识的熟人"就是姚蓝切换这两种性格的开关,一旦把她拉到一群认识她的人中间,姚蓝就会去极力保持那副谁都不需要的孤僻人设，一言以蔽之就是拉不下脸；而当和我这个已经与她确定朋友关系的人单独相处，或者周围都是不认识的人时，她就会转换成第一种让人没那么讨厌的性格。

"嘿，这谁家俊丫头！"我突然睁眼抓住了她的臂膀——让我对付 A 模式的姚蓝还是手拿把攥的。

姚蓝受到了惊吓，表情十分夸张地坐到地上，怒气冲冲地把我推了个四脚朝天："你这骗子，你就在这儿抽死吧！"

"怎着的，你眼好红啊，不会哭了吧？"服软后，我学着赵慎的口气逗她开心，顺便把脸凑到了她旁边。

"才、才没有呢！你真够人！"

……

在东湾名店"有意思"内，姚蓝红着脸庞不多言语。

"别看了，快吃吧，这顿我请，就当为你赔不是了。"

姚蓝撇了撇嘴并不接茬。

"那我正式向你道歉成不？对不起！！！"我站起身子、双手合十，重重地向姚蓝鞠了个躬。这可是在餐厅里啊，在众目睽睽之下啊，为了讨好她，我真是把老脸都给扔了！

"别这样……丢死人了，快坐下……"姚蓝的声音越说越小，她把扔在桌子上的鸭舌帽又戴上了。

"原谅我了？"

"算是吧，好汉怕赖汉！"姚蓝叹了口气，拿起餐具。

"今天这事确实赖我，但你也没必要发那么大火呀！你看，不光是班长，连江铃都为我们操碎了心。"趁着单独相处的时间，我赶快对 A 模式的姚蓝展开了言语攻势。

"对不起，但是在那么多人的面前，我总是……抱歉。"姚蓝比我想象的要好说话得多，她很坦诚地对我道歉了，"我知道自己也有责任，可我怕大家笑话我……"

"等一下！你刚才说'大家'了，对吧！"我有些得意。

第十六章　A 模式的姚蓝喜欢喋喋不休

"没有！你听错了……"姚蓝的眼神躲闪，"总之我们吃完快回去吧。"

"哟,就这么回去你不觉得丢脸吗？明明之前还像个小孩一样闹别扭一走了之？"

"可、可是……不然你把他们全叫走吧,就我们两个人练……"

"姚蓝,我觉得你这种争强斗胜的心理已经成一个恶性循环了。"我打断了选择逃避的姚蓝,"自始至终,你为了那些所谓的面子之类的东西,总是表现出一副对别人非常不屑的样子,别人的意见你不听,就算是自己的问题你也装作看不见,这次逞强了,下次也必须继续硬撑着。你一直这样,难怪别人不肯接近你啊！"

"那、那你说怎么办啊！我不这样,别人就会笑话我,就会看不起我的,反正他们也没想和我当朋友……"

"你看看,你现在还这么寻思呢！要我说,一切都得从放下你的架子、扯下你的面子开始！你得相信我们,王家杰、江铃、赵慎……大家都和你以前遇到的那些人不一样,没做好就没做好,被笑话就被笑话,但是那之后,大家还是会把手伸出来拉你一把的！你得给大家这个机会才行！"

怎么觉得自从与姚蓝接触之后,我的脾气和耐心倒是变好了不少。

"我怕我回……"

"不要怕！"这里要更进一步,A模式的姚蓝就吃这一套,"就像你最后接纳我一样,只要把第一次做好就没什么好怕的了,加加油好不好！"

"我、我试试看吧。"姚蓝勉强算是应允下来了,她像个犯了错正在扭捏承认的孩子。

"那接下来,我们来谈另外一件事。"我清清嗓子,扯开了话题,"关于今天的比赛……"

"什么啊?!"一提乒乓球,姚蓝又是一脸不快。

"首先,我承认你的水平超出我的想象。技术全面,能看穿别人发球,抽球的力度也不输男生。"

姚蓝又开始了她的娇蛮："哼,还算你会说点人话。"

"但是！"我加重了语气,"你没有发现无论王家杰还是江铃,总是能提前出现在你的击球路线上吗?"

"啊!你这么一说……"姚蓝的表情变得吃惊起来,"你和江铃比赛之前低语的是这个啊!"

"对呀!"我打了个响指,"想了一想,这其实不是你的错。你以前是单打的对吧?对手都是女生,你可以用力量和反应上的优势碾压对方。你的大力攻球,普通女选手就是知道击球方向也无济于事,因为她们接不住。"

姚蓝接过了我的话:"但是男生不同,一般来说,他们的反应和力量都比女生优秀,我的优势相当于被缩小了。"

她明白了自己的问题所在。

"对,还有削球也是。我估计你在以前的比赛里没打过削球吧?"

"那种赖皮的打法很少见好吧!"姚蓝很不服气。

"唉,你性子急这个毛病也是……我们是搭档对吧,要彼此信任,彼此谅解啊……虽然我也没资格说你。"

"张舸,你说我们真能打赢第一轮吗?"姚蓝低下了头,"说实话我有点慌。时间也不多了,总感觉没辙。"

"打起精神!不光是我们两个人在努力啊,大家不都来帮助我们了吗?只要齐心合力,绝对没有问题的!"我拍了拍她的肩膀。

姚蓝的表情十分平静,她毫无预兆地蹭了蹭我的手:"是吗?"

这个动作让我很慌张,连忙把手缩了回去,赶快转移话题:"对啊!我们必须赢!班上的同学可都在看着呢!"

"是、是啊……还真是没办法。"姚蓝的脸红了。

总感觉气氛更加微妙了。

"我们回去吧,听听别人有什么意见!"我站了起来。

"哎?不再多待一会儿吗?"姚蓝表情复杂地看着我。

"一开始不是你喊着要走的吗?"我哭笑不得地摇了摇头。

刚出餐厅我们又撞见了那个叫小林的小鬼头:"姚蓝姐姐,你真是他的女朋友,我都看到你们一起进去吃饭了!"

第十六章　A模式的姚蓝喜欢喋喋不休　　183

"所以你要怎么办?"我忍住了笑意,俯视着毫无威胁力的敌人。

"当然是打倒你了!"小鬼头大喊着朝我冲了过来。

"噗。"我终于还是没忍住,一只手便按住了小林的头。他短小的手臂在我面前乱挥着,口中振振有词,都是些逞强的话。

我继续用言语攻势调戏着面前的小鬼头,正是春风得意之际,谁知姚蓝却从背后搞起了偷袭,害我被软绵绵的童子拳揍了两下腚。

在那个自称未来要娶姚蓝的小鬼走掉之后,我们回到了球馆。在我眼神的威压下——话虽这么说,但其实我当时内心也是紧张到不行——姚蓝总算是低下了她的头,以比蜂鸟拍击翅膀的声音稍微大那么一点的动静,为她的任性道了歉。其实无论姚蓝的声音有多小,她肯低头而不是仰着头回来,对其他人来说已经足够惊讶的了。

"既然当事人这么诚恳,那就总结一下上午的情况。"为了避免姚蓝在太多人面前听意见感到不自在,除了王家杰还在球馆大厅,其他人都已经转移到了里屋。如今的王家杰站在台旁双手叉腰,一副教练的嘴脸,"首先是姚蓝的问题。姚蓝你的杀球路线几乎是固定的,或许你在女子单打中可以靠力量……"

我举手打断了王家杰:"这个问题我吃饭的时候和她说过了,班长,下一个。"

"啊?好吧,那我还是要提醒一下,姚蓝,混双中对面是有男生的,你一定不要硬碰硬,学会左右开弓出其不意比较重要!"王家杰给出了策略。

姚蓝重重地点头。

"其次,姚蓝你的情绪很容易波动。上一局后半段,你面对张舸的挑衅很镇定,但是之前呢?抢拍抢攻都是大忌,比赛里千万要留意。"王家杰继续滔滔不绝。

姚蓝把头埋了下去:"都是张舸的错!"

"你又开始甩锅了!"

王家杰立刻阻止了我们的争吵:"接下来要说的就是这个!你们是自己人啊,双打配对要求同伴之间合作默契、互相鼓励,在技术上要互补,共同发挥特长……姚蓝的毛病我就不多提了,张舸你也有错啊。我觉得你和江铃打球的时候明显更温柔也更耐心,你把姚蓝当成江铃不就好了吗?"

把姚蓝当成江佳铃?

我看了看姚蓝的脸。她的表情很复杂,朝我翻着白眼,脸颊红红的,有几根头发也戳到了嘴里:"看什么啊!"

江佳铃知书达理善解人意,这种男人婆怎么能比啊!我扑哧一声笑了出来。

姚蓝似乎听到了我内心的独白,她的嘴巴歪得更向下了。

"打住打住,看这里!"王家杰做了一个篮球中暂停的手势,"最头疼的还是你们之间根本不来电。张舸,你觉得你和江铃为什么能配合得那么默契?"

"这还用问吗?友情和执着。"我意味深长地点了点头,"我和江铃都认识好久了,有默契也是理所当然的吧?不光是她为了我,我也经常为她着想,我们相信彼此,我觉得这是最重要的。"

"没错!最重要的是你们相信彼此!"王家杰打了个响指,"既然是队友,就不能光想着自己,一定要为搭档考虑。我觉得你们之间赶快建立起信任才是最重要的。"

"那有没有帮我们快速提升信任的办法呢?"姚蓝也觉得王家杰的话有道理。

"这个……我暂时还没想到该怎么办。"教练王家杰突然间语塞了。

偏偏在关键的地方一筹莫展啊!

"对了,还有一点!站位问题,我建议张舸站在前面,姚蓝站在后面。你们的这个组合很奇葩,女生的水平其实是超越男生的。我想可以试一下田忌赛马的套路。"王家杰玄乎地摆着不明所以的领导视察手势,"张舸虽然打得还可以,但是在进攻上的威胁比起那些久经沙场的男选手还是要差很多。但姚蓝的实力绝对强于一般的男运动员,这我可以打包票!简单来说,让姚蓝打后方,这个点就算不占上风,至少也能和对面的男生

第十六章 A模式的姚蓝喜欢喋喋不休　　185

持平。"

"然后,臭张舸毕竟是男生,在前排和女生对位,一定会有巨大优势。"姚蓝已经理解了王家杰的思路。

不过为什么是"臭张舸"? 我很爱干净的好吧!

"那要怎么练习呢? 你们觉得我和赵慎当陪练到底行不行啊? 还是你们先打会儿发球机练练默契和信任?"王家杰伸了个懒腰。

"练习的事明天再说吧,反正今晚只能先用发球机了。"我看了看姚蓝。

姚蓝不可思议地盯着我:"今晚?!"

"对,今晚。班长,等会吃完晚饭你就和江铃他们回去吧,我和姚蓝待到九点或者十点这样,用发球机先练练默契。"

"开什么玩笑,就我们两个人? 臭张舸万一图谋不轨怎么办啊!"姚蓝迅速和我拉开了距离。

我语塞了——明明是神经大条的男人婆,为什么在这种时候又变成害臊娇羞的小女生了啊?!

……

"怎么又吃这种东西……我想吃'鸡公煲'!'鸡公煲'!"姚蓝抱怨着面前的洋垃圾快餐,她眉头紧锁,一脸不屑地大口咀嚼。

我们周围都是排队的路人,空气又闷又热。

"'玉米人'能抢到位子就不错了,现在连'二粮站'门口都是人,'鸡公煲'那些店你不排个两小时连鸡屁股都吃不上。随便来两口拉倒了,还得回去打发球机呢。"我有气无力地回复着。

这条步行街旁的"国际"大广场是东湾县的中心地带。在《三石情》带来的巨大热度下,今年"十一"来东湾游玩的人多得离谱,把这个慢节奏的县城搅得沸沸扬扬、无比喧嚣。就拿吃饭的地儿来说,但凡我能叫得上名字的店全部爆满,连东湾本地人最喜欢的"零点中式快餐"里也只剩下外地口音了。

"发球机……啊,对了! 张舸等会儿你先回去吧,我吃完之后还要去一个地方。"姚蓝突然开始闪烁其词。

"嗯?怎么了?你今天还有安排?"

"算是例行公事吧!"姚蓝又拿起了一块炸鸡,顺滑短发遮盖的侧脸略显神伤。

"成,那我先回去了。"我看着姚蓝那认真的表情,决定不再过问。

"等等。"姚蓝突然叫住了我。

"嗯?"

"那个……你不想回去的话……我们一起也行。"姚蓝低下了头,偷偷看着我的反应。

"不,我回去就好了,你忙你的。"还是不打扰她了。

姚蓝不说话了,她死死地盯着我,脸颊鼓鼓的。

"好吧,我去。"

"是吗,太好了!"姚蓝的表情放松了,她笑了出来。

我的背后出了两斤冷汗——这根本就是威逼好吧!

步行街最深处的胡同口很暗。因为路灯坏了,我只好用功能机的屏幕来照明。环顾周围,这个又黑又破的无人地带只能用凌乱不堪形容,到处都是广告板、碎玻璃之类的垃圾。

"来这干吗?"我用脚微微蹭着地面——地上渗着常年积累下的油渍,稍不注意就会溜出去老远。

姚蓝双手捧面,呆呆望着前方的黑色:"还记得我和你说过与黄毛的那次冲突吗?我之所以动手,就是因为他侮辱了我的家人,说我妈妈最后也一定会抛弃我,说我会变成孤儿……谁知道,还真被他给说中了……这里是我最后一次看到她的地方,我告诉她自己有机会去东湾一中了,结果她根本没理我……"

这个正在端详黑夜的女生浑身都散发着孤独。

"你每天都来吗?"

"一开始是天天都来,现在只有周日或者放假的时候才会来。"

"等她回来吗?"

第十六章　A模式的姚蓝喜欢喋喋不休

"不,她不会回来了。只是我的一厢情愿罢了。"姚蓝对我苦涩一笑,"有时候我也自责,想着道歉之类的事。但是没有办法,裂痕经过时间,已经无法愈合了。当时的自己很冲动,我们都无法理解对方。"

"什么叫不会回来了?"我想起姚蓝曾对我提过的事:在旧班级的巨大冲突后,她的班主任做了家访,她和母亲吵了一架。后来两个人的关系降至了冰点,姚蓝在老大的帮助下来到东湾一中读书,而她的妈妈则不知去向。受到打击的姚蓝对所有人封闭起内心,同时,之前学校的不良少年们开始找她的麻烦……

"换个方式想也就没什么了,被那些像是传销组织的人蛊惑,她这是自作自受。"姚蓝的话很尖锐。

传销?虽然最近学校里有类似的传闻,但是从姚蓝嘴里听到这个词的瞬间,我依然感到难以置信。对于这玩意我了解得很少,只记得以前我妈妈举过一个卖铁锅的例子:开始对你说这个锅可以赚大钱,好处一大堆,卖一个给你多少分红,哄你甚至逼你去卖。慢慢地,你就把你的亲朋好友也拉进来,他们再拉他们的亲朋好友,越骗越多、越忽悠越大,一旦进去就出不来,什么都被没收,没有人身自由,而且逃跑的下场都会很惨……具体的不是太懂,总之是违法乱纪的事。可就算电视新闻不止一次告诉观众所谓的传销理论都是垃圾桶中的垃圾,依旧有大批的人做着发财梦"前赴后继"。

"你妈妈陷进传销组织了?那你快报警啊!无论怎么样,她毕竟是你妈妈啊!你来这里也是想见她对吧?"

"谁想见她?!明明就是她不对!!!"姚蓝倔强地擦着眼睛,"我也不确定啊,我看到她和一些胳膊上文着船锚的家伙说过话,所以才理所当然这么猜测的……反正既然她认为我是累赘,那就随她去吧,让她自生自灭好了!是她抛下了我!"

"现在还说气话!别斗气了,我想你妈妈一定也很痛苦。"文着船锚的人?之前传得沸沸扬扬的神秘传销组织据说也有文身,可就凭这个信息是没法将两者完全关联起来的。

没这么巧吧？

"你不明白,原本我以为靠我的努力,可以弥补掉她的孤独和痛苦。但是我发现自己错了,我根本就弥补不了!无论我做得如何好,妈妈……那个人都还是会一个人躲起来擦眼泪!等到离婚之后,她甚至连精神状态都恍惚了,早出晚归,渐渐和乱七八糟的人扯上了关系,最终居然和父亲当初一样抛弃了我,一走了之。开始的时候,我在愤怒中等她回来,来到东湾一中后也依然在等。一天、两天……我相信就在明天,当我回到家门的时候,会看见一桌可口的饭菜,还有她微笑的脸。可等我回过神的时候,高二年级的暑假已经开始了。我发现时间已经过了好久,我认定了她绝不会回来了,所以我的情绪完全被愤怒所控制,我在暑假找了短工,我告诉自己,即使她不要我了也没关系,我可以一个人生活下去。但直到开学,时至今日,我还是没能彻底忘掉她……不过如今讲什么都晚了,我之前也说了,陷入传销组织只是我因为担心她所做的猜测罢了,更大的可能是,她和当初我爸爸一样,已经找了个男人,现在过得很好,早就不需要我了。"姚蓝的语气变了,她咬着嘴角,死死抓住我的袖子,"争吵的时候她曾经说过'看见你的脸总是让我回想起那个人,我不想看到你'。但是,为什么这样的人,我一想起来,胸口还会钻心地痛呢?"

是妈妈的消失以及在消失前那些伤人的话语,导致姚蓝变成了现在这样。

接着,一股深深的失落感席卷了我的全身。在那之后的一刻钟内,除了倾听姚蓝对于母亲的思念,我什么也做不了,哪怕是一句简单的安慰都不知该如何开口——姚蓝和她妈妈的问题,已经超出了我所能触及的范围,她的妈妈现在不知所终,或者已经和他人一起生活了,或者落入了什么魔掌,可无论哪一个对于我这个学生来说都是无能为力的。

原来姚蓝在转入我们学校之后一直都生活在这样的压抑之中吗?我明明对她说过要帮助她,要成为她的朋友,要让她重新走到大家之中,可是现在……

"姚蓝,我们回去吧,还有训练要做,快没有时间了。"虽然很残酷,但现在也只能一步一步走了,这是没有办法的办法。

"嗯,我知道了。再、再一下就好。"姚蓝任性的声音从我身旁传来。

结果等到我们回去,已经是晚上九点之后的事情了。

"这么晚了啊!姚蓝,要不然今天就先到这里……"

"说什么呢?没有时间了不是吗?要抓住每分每秒训练,我们可是为了冠军,对吧?!"姚蓝拿起球拍走向发球机,她好像换了一个人,情绪变得非常亢奋,"仔细想想它们也不是我能控制的事,之前都没有人可以说这些,现在告诉了你,我反而感觉轻松不少。快点来吧,搭档,目标是冠军!"

"别扔啊,喂!"我急急忙忙接住了拍子。

"最后居然还是打发球机了,要是能有其他懂球的人帮帮我们就好了。"姚蓝正在设定发球的旋转、速度以及频率。

"一定会有的。"这算是我的第六感吗?

姚蓝按下了开始键,她迅速跑到我的身后,顺便还拍了一下我的屁股。我也摆出姿势,准备和身边的搭档一起迎接即将到来的各种挑战。

……

"还是叫醒他们吧,这姿势实在太难看了。"万洋对一旁的江佳铃说。

"是、是啊。"江佳铃不好意思地笑了起来。

清晨七点来到球馆后,一幅特殊的光景呈现在他们面前:洒着阳光的地面上不规律地分布着数不清的乒乓球、两条被揉乱的湿毛巾、三个塑料水瓶以及四只球鞋,而在这堆杂物中心地带的,是一对组成倒"L"形,正在呼呼大睡的运动员。

"这两位就这么睡了一夜?"王家杰忍无可忍地走到男生身旁又摇又喊。

我慢慢睁开了眼睛,随之而来的是全身的酸痛,它们迫使我继续躺在原地。面前的这些人都是谁啊?倦意来袭,我打了个哈欠,询问起时间。

啥?怎么到这个时间了!哦,对,我想起来了!我和姚蓝打发球机一直打到凌晨四点……姚蓝,她人呢?

嗯?!清醒不少的我感受到了右脸庞的温度和湿气。

喂,不会吧。

我吞了吞口水,怯生生地移动着视线。

一只微微起伏的脚丫正在暧昧地摇晃着,若是我的脖子再倾斜一度,这份若即若离的界限就将被打破。

我总算意识到发生什么事了——我和姚蓝的睡姿是互相垂直的,而且我的头和她的脚正好组成了一个相当搞笑的直角造型,颇有些行为艺术的架势。

随着万洋真的将一枚五毛硬币施舍在我的鼻头,我决定叫停这场演出:"喂,姚蓝,该醒了。可坑了,我怎么不知道自己睡着了。"

姚蓝用撒娇的口吻拒绝了我,继而懒洋洋地把脚底板伸到了我的脸上。

温暖的潮气顺着我的脸颊缓缓蔓延,而后将它所触碰的那块领域染上红晕。虽说听起来有些怪,但通过姚蓝的脚,我能感受到她的心跳,隐约又确定,虚幻又真实,像是带着魔法的音乐,正凭借着不可抗拒之力,使我胸中悸动的节奏接近着它所演奏出的奇妙旋律。

不能再等了。

"姚蓝,快起来!"我赶快移开些距离,撑起身子,挪开视线,支起手肘轻轻地叩着姚蓝的脚心,希望可以借此叫醒这位搭档。

可姚蓝的声音居然变得更加娇媚,而且还咯咯笑了起来。

江佳铃红着脸,她欲言又止,强忍着不笑出声。一旁的陈颂是首先缴械投降的,她联合万洋和赵慎,将我好不容易维持住的心境"哈哈"成了一堆齑粉。

姚蓝依旧是处变不惊的样子,她蜷着身子,嘴张得和瓢一样,双手叠在腹部,肩膀平稳地一升一降。

有时候还真是环境迫使人做出某些行为,理由也很简单,单纯地被逼急了而已。

我对准姚蓝的小腿用力拧了下去。顷刻间,响彻云霄的叫声几乎冲破了天花板,紧接着是一招凌厉霸道的脚底板攻击:"怎么啊你!要杀了

第十六章 A模式的姚蓝喜欢喋喋不休 191

我啊?"

濒临散架的我在众人的嘲讽声中失去了意识。

"我才没有贴着他睡觉呢!昨天我累到想眯一会儿的时候,明明是蜷缩在角落的啊……怎么会……喂!你们可别想歪了!"姚蓝红着脸,大声地对围观群众做出无力的辩解。

万洋正扶住我,为意识逐渐恢复的兄长扇着扇子。按照我对他的了解,我要是再不起来,估计他还得趁乱给我几个嘴巴子。

"你们的睡相实在是……算了,废话就不多说了,关于怎么在这剩下的一天半内把你们的友情最大化培养,这里有一份计划书。"王家杰边说边从江佳铃的手上拿来了一张折叠的纸。

"计划书?班长你写的?为了我们你居然会做到这样?我直接泪目。"

"不是我,我只是负责打印出来而已。是江铃和万洋转给我的,他们都收到了你一位老朋友的邮件。我看写得还不错,就直接拿来用了。"王家杰像个宣读官文的带刀侍卫,小手一抖展开了那张计划书,"接下来等待你们的将是惨绝人寰的训练。觉悟吧,两个惹事包。"

老朋友?我对着万洋和江佳铃眨了眨眼,这二位不约而同地朝我点头微笑,还比了个"耶"的手势。按照他们的说法,我应该也收到了邮件?

不是吧,喂?这、这都什么和什么啊?我阅读着功能机中的邮件信息,姚蓝则凑到了纸质版旁边。十几秒后,我们俩面面相觑。

"这就是特训?"姚蓝的眉毛扭曲成了一个奇怪的形状,"真的假的啊?!"

确实,这实在太乱来了。在我的印象中,能想出这种胡来点子的只有一个人。

果不其然,计划书的署名处贴着一个戴墨镜的小表情,表情旁的署名是——风哥。

第十七章

舞者复苏的三分三十秒

　　时间来到了 10 月 3 日的中午，再过几小时我们这些可怜的备考生就得返回学校了。经过一天半的艰苦"特训"，临时抱佛脚的我和姚蓝总算是找到了不少自信。说到特训，虽然它在十五分钟前就画上了句号，但是每当我回忆起来，深入骨髓的刺痛便也会跟着袭来。正常点说，它是枯燥无味的接发球训练，还有"谁接不到，队友就必须做仰卧起坐"的惩罚。拜这些所赐，我和姚蓝的争执和吵架减少了，鼓励和安慰则在增加，步伐也开始流畅起来，真心实意地替对方着想。

　　至于不正常的，这一天半里，我和姚蓝在商场的街机区共计打了五个小时的僵尸游戏，打一两个小时是放松，但是连续打、连续死、连续再打、连续再死四五个小时，就完完全全是一种折磨了。拖着酸痛的手，强睁花了的眼，我们依靠逐渐熟悉的地图、代替语言交流的肢体指示以及死了无数次后强行获得的一点默契互相保护着，一起往前冲。忘记了一共投掉多少个币，只记得商场下班来人赶我们走。在我们受游戏之苦的时候，王家杰这小子居然屁颠屁颠把商场里每台赛车游戏的最高纪录都破了一遍。这货坐上驾驶座像完全变了个人，文质彬彬的气质荡然无存，从猎豹般杀气腾腾的眼神到一直抖着的腿，怎么看怎么像个小流氓。比赛开始后他更是浑身抽搐、全程漂移、满气立刻大力拍加速，双手一通猛转……声音之巨大、动作之潇洒、表情之狰狞都引来了围观群众的一片叫好，不愧是一到年龄就利用暑假去考了驾照的人，他是真喜欢车啊；江佳铃和陈颂也没闲着,她们开心地玩着敲太鼓的游戏,歌曲就是一直准备着的那首。对陈颂而言,这是个提升节奏感的好机会。

"那就按照约定,让大家看看成果好啦!"江佳铃的表情很丰富,既有无奈,同时又有调皮、自信和一点小小的自豪,"不过你们得答应我,今天在这里看到的事都要保密。"

"那必须的,在场的各位都是自己人,信得过!"我激动地把赵慎扭过来摇了摇。

这儿是我家在育才楼的乒乓球馆。在吃中午饭之前,江佳铃总算架不住我和万洋的百般讨好,决定向我们俩,还有姚蓝、王家杰和赵慎展示一下陈颂在这一个月中训练所获得的成果。

"舞蹈才练了不到十天,现在只能听听歌哟。"江佳铃拍了拍站在身边的陈颂,示意她做好准备。江佳铃的话让一旁的赵慎和王家杰大为吃惊,毕竟他们从来都不知道江佳铃居然会跳舞,更别提教人跳舞了。

在打气过后,江佳铃的手慢慢离开了陈颂的肩膀,她退了两步,播放手机中的伴奏。

"嘿嘿,这样在大家面前唱……有些不好意思呢。"小小的丸子头一晃一晃的,黑亮的眼睛和桃红的面颊交相辉映。在深吸了一口气后,对照着江佳铃用手势给出的节奏,陈颂开口了。

说实话,因为9月初的经历,陈颂的歌声没有给我留下什么好印象,即便之前的那首歌她或许并不拿手。江佳铃这次选的比赛歌曲是循序渐进的风格,强调从舒缓中唱出能量、从悲音中咏颂希望。整个曲子高亢而且热情,振奋人心而又不落俗套,当平缓的旋律随着歌词步入高潮,冲击力十足的呐喊便响彻云霄,就像是一条 $K>0$ 的一次函数,不光伴奏里交响乐的演奏风格愈来愈热烈,歌者自身的感情也越唱越充沛。

"哦!!!唱得真不赖啊!!!"万洋激动地高声叫好。

陈颂忘我地展开歌喉,她的演唱充满了魔法,她平静了一切负面的情绪。若是闭上眼睛,幽深美丽的画面便也就此展开:一位穿着校服,扎着丸子头的娇小女生一下一下地拍着自己的手,她的表情轻松,一点也不在乎周围，完全陶醉于自己的世界之中。

听者亦然，在我和赵慎合力捂住万洋的嘴后，每一位听众都被陈颂的歌声深深吸引，目不转睛地注视着这位光芒四射的女生。

我没有想到，她竟然能唱得如此动听。虽然吐字方面有些模糊，音调上幼稚青涩，但这反而也可以作为一种特点。比起原唱，陈颂的演唱少了几分稳重和激情，可最出彩的地方恰恰就是这份宛转悠扬而又饱含温度的青春声线，似乎每一个音符都在努力地诉说："请不要放弃，相信你的梦想。"

没有惊世骇俗的嗓音又如何，只要有勇气不就好了嘛！陈颂的演唱结束后，受到震撼的我发疯似的鼓着掌："乖乖！陈颂简直就是歌唱家，不是完全没问题嘛！不用跳舞也可以的！"

不光是我，一向没什么乐感的万洋，一向是破锣嗓子的赵慎，一向爱挑毛病的王家杰，还有一向对其他人的事根本提不起兴趣的姚蓝，他们的反应也都如出一辙，就是一个劲地拍手叫好。毫无疑问，陈颂的努力感染了所有人。

看着我们欢呼雀跃的傻样，陈颂低下脑袋，她盯着自己的鞋子，不好意思地笑了。

我的鼓掌声首先变弱了，因为觉察到了一丝不和谐的旋律——虽然我们确实是被陈颂的歌感动到了，可是……

"好啦好啦，既然大家听过啦，咱们就准备去吃饭吧？"江佳铃叫停了亢奋的众人。

"再来一首，安可安可！对了，再瞅瞅小颂的舞蹈怎么样！"

"附议！"

江佳铃苦笑着拒绝了粉丝们的盛情邀约："陈颂的舞还任重道远呢，远远没到可以展示的地步。但是我保证，等学完舞蹈之后，她还会唱得更好的。到了那个时候，她就能通过身体的动作自己把握节奏了，不再需要我的指示。"

江佳铃难道没发现我看出的那个问题吗？为什么她一副沉着从容的

样子?还是说她早就预料到了现在的情况,已经有了心理准备?

"张舸,你看出来了对不对?"午饭过后,我们一行人决定在返校前去商场的街机区玩闹一番。抓住陈颂正被赵慎和万洋缠着的工夫,江佳铃来到了我的身边,小声地询问着我。

果然,江佳铃是知道的。虽然陈颂今天的表现大大超出了我们的预期,但那是因为我们的心里本来就有一个预期,因为我们已经知道了陈颂是一个失聪的女孩,所以才会对她的努力惊叹不已。

可是在元旦会演上,陈颂的表演是要被安排成一个事先并不透露、表演时不报表演者姓名的特别节目,对那些并不知道陈颂真实情况的观众,她的表演究竟能收获怎样的反响呢?这谁都不知道。

我相信今天演唱的成功一定为陈颂打了气,给了她自信,但陈颂想要的一定不光是这样的掌声和赞美。从她尽力保持声线这件事我就可以知道,陈颂是一个非常要强的女孩,而且是不同于姚蓝的任性和好面子的,实实在在的要强……如果有什么办法能得到更真实的反馈就好了。

"所以我还留了一手。我把小颂今天的演唱录下来了,之后会给音乐老师他们听听看的!"江佳铃亮出自己的手机,垂下的几枚挂件碰撞出清脆的声响,"而且这才哪儿跟哪儿呀!等小颂学好了舞蹈,她唱得还会更好呢!"

跳舞,江佳铃究竟是怀着怎样的心情将它教给陈颂的呢?七年前,当我在南方小镇偶然结识江佳铃的时候,"舞跳得好"就是我对那个小女孩的第一印象,我还记得她说过自己的梦想是要成为舞蹈家。

可是等我们在初一下学期重逢之时,饱受病魔摧残的江佳铃不仅在外表上发生了变化,而且还用一种坦然的口吻向我讲述了自己已经不再跳舞的事实。

其实还是跳过一次的,那是初三年级的寒假。当时的她心血来潮要尝试跳舞机,但最终连半首曲子都坚持不了,甚至倒在了地上,一边喘着大气,一边小声抽泣……从那以后,虽然还会偶尔做出跳舞的准备动作,但我再没有见过江佳铃跳舞了。除了对于身体状态心有余悸,在我看来,还有两个更为重要的原因阻止了江佳铃迈出舞步：这会让她想起还能自由起舞的那些日子，同时她无法接受有可能出现的失败。

如果做不到某种地步，干脆就不去做了。何况那还是一件知晓她的悲伤与痛苦、与她一直以来想忘记的过去息息相关的事。

可在与陈颂接触后，我能感觉到江佳铃心中的某种热情和渴望似乎被重新点燃了，她时不时会在看到超市里的舞鞋、学校超市大屏幕上的舞蹈节目乃至有关跳舞比赛的海报时停下脚步，然后注视着那些东西发呆。

望着奔向陈颂的江佳铃，我一时间觉得她们与其说相貌相似，倒不如说像是一对姐妹。我发现江佳铃看陈颂的目光与她看旁人是不同的，那是一种闪闪发光的眼神，充满了憧憬、期盼、怀念以及一丝急切……我有了一个奇怪的预感，如果陈颂最终能成功登台完成表演，江佳铃会不会就此放下她对于舞蹈的执着与感情呢？

当我思绪万千之时，突如其来的喊叫声将我拉回了现实。

只见一个身高约一米八、剃着莫西干头的瘦高男子正抓着要去厕所的陈颂不放，笑容猥琐地询问她的姓名和联系方式。

江佳铃立刻将惶恐害怕的陈颂拉到身后，以没有丝毫畏惧的气魄挡在了男子面前："你要干什么？"

"啧，你谁啊？她朋友？"搭讪被阻的男子满脸写着扫兴，他伸长了脖子，寻找躲在江佳铃身后的陈颂。

我和万洋赶到了江佳铃前面，但还没等我试着用江佳铃一直灌输的那套"和为贵"来进行交涉，赵慎那倒霉的刺猬头就从我的身边窜过，指着男子的鼻子一顿臭骂。

这是赵慎的职业病。自从高二分班，他就一直担任着班级护花使者的角色，赶走了一群群想吃天鹅肉的癞蛤蟆。为了对赵慎的功劳进行嘉奖，本来因为半夜翻墙头上网要写两万字的检讨，在老大的法外开恩下他只需要写一万九千五百个字就可以过关了。

赵慎犀利的指责明显惹怒了男子，他的表情开始变得愤怒，随着一声尖利的口哨声，四五个街溜子模样的家伙加入了他的阵营，我们两拨人就

第十七章　舞者复苏的三分三十秒

像是民国电影里当街对峙的帮派分子,吸引着周围路人们的注意。

"怎着的?怎着的?这不许干架!你们再不散我可报警了。"几位维持秩序的工作人员马上就赶了过来。

"姚蓝,麻烦你了,可以先陪陈颂去厕所吗?"我知道自己劝不动现在的江佳铃,只好说服我们中的另一个女生带陈颂尽快离开这是非之地——要是真打起来姚蓝绝对是最为重要的战力,但是我可不想姚蓝再卷进任何的负面事件之中了,何况她要是冲动起来我和赵慎加起来都得靠边站……所以她也好陈颂也好,赶紧先避一避。

"啊?让我去?"姚蓝似乎也认为这种即将打架的局面自己是万万不能缺席的,但在她看到几乎无法忍耐的陈颂之后还是改变了态度,"我知道,你们别乱来啊,有什么事等我回来再说。"

陈颂和姚蓝走向厕所之后,莫西干男不屑地哼了一声,与他的狐朋狗友们佯装无事,大摇大摆地离开了。

事情远远没有结束。虽然那些人不再纠缠陈颂,但在刚刚的冲突中率先发难的江佳铃似乎又引起了他们的兴趣,这些人故意用很大的声音数落着江佳铃头发的颜色,又龌龊地对江佳铃身上的女性特征评头论足,时不时做出猥琐下流的动作,最后甚至用上了肮脏的污言秽语。

"混蛋……"我再也忍不了了,居然敢这么侮辱江佳铃,我今天非把他们的皮给扒了不可!不光是我迈开了步子,就连我们中最为沉着的王家杰也坐不住了。可是江佳铃挡在了我们的面前,她伸出双臂强硬地阻止了我们:"不可以打架!别被他们激怒了,我们走吧。"

我拉住了想与江佳铃辩驳的赵慎,压抑着内心的愤怒,用平静的语气回应着面前的江佳铃:"江铃,就和你不能容忍他们对陈颂动手动脚一样,我也不会容忍你被别人这么侮辱。"

发现我们这里好像起了内讧,混混们变得更嚣张了:"抓紧和你们的女主子说的那样,卷铺盖滚远点!下次别让哥几个在这街机区见着你们。"

"你们算老几啊,这店是你们开的啊!"王家杰的声音突然从我背后传来。

"开玩笑,别在这丢人现眼了。"莫西干男不知为何突然露出了自豪的表情,"你也不打听打听,但凡这儿有纪录的机子,纪录全都是老子的,来过这街机区的小大姐多少个想勾搭老子都没机会,真给你们脸了,在这扫老子的兴!"

"放屁!"王家杰把他一直以来温文尔雅的形象彻底扔了,一副要和对方讲理的架势,伸出右手指着街机区南侧的那一排赛车机,"昨天我刚把所有赛车机的纪录都给破了,你在这装什么?"

"嚯?原来是你啊,我今早正纳闷呢,是哪来的孙子把老子顶下去了,原来是只四眼田鸡。"莫西干男和他的喽啰们爆发出了一阵刺耳的嘲笑,"你自己去瞅瞅,老子上午把纪录全刷了一遍,你要是认为你厉害,咱哥俩就赌点啥,赛一把。"

话音未落,莫西干男的喽啰们马上就把话接上了:

"那还用选赌啥啊?就赌那个红头发小大姐,要是四眼仔输了,她就得来陪我们老大!"

"老大不是喜欢那个上厕所的小矮子吗?赌她!"

当那群无聊的人渣自嗨之时,王家杰已经去了赛车游戏所在的区域。确实,他打通不久的成绩现在都变成了第二,第一名的昵称统一都是"XBW",而且全部拉了王家杰的成绩老远一截。

我看得出来,王家杰的肺都要气炸了,他非常想狠狠教训一下那个臭屁的莫西干,但如果按照计分板上展示的实力来对抗,王家杰毫无疑问会被体无完肤地打败。

"怎么样,你要选哪个机子?先说好了,赌哪个小大姐?"

"谁说要和你赌了?!还有,你不要把别人当东西!!"王家杰赶紧从圈套中脱身。且不说我很怀疑这些纪录究竟是不是出自那个男人之手,可就算它们都是假的,和这种混蛋比赛也很难让人放心他们不会耍一些花招。如果只是为了教训他们,大可不必拉上江佳铃。

"哟,尿了?尿了!刚才牛吹得震天响,现在怎么不吱声了?不是要为

第十七章 舞者复苏的三分三十秒 199

你的女主人出头的吗？小巴棍子，从哪儿来滚哪儿去，回去让你那女主人给你根骨头啃啃，哈哈哈哈！"

面对混混们的嘲讽，面对其他路人的视线，王家杰的脸红到了耳根。平日里都是他用自己那毒辣的舌头调侃别人的，这种被指着鼻子辱骂的事情哪里碰到过？

"不比赛车也行。打枪、钓鱼、投篮机、敲太鼓，只要有分数的你都可以挑。哦，对了，格斗游戏也行，我早就想面对面干你一顿了。不赌那女的也行，你输了给大爷我磕头认错，敢不敢？"混混在炫耀自己那些没用才能的同时挑衅着王家杰。王家杰原本还能过滤掉他们的发言，跟着万洋朝出口的方向走，但随着混混们的话越说越难听，各种亲戚都出来了之后，王家杰的步子也迈得越来越小，最后他像是被钉在地上了一样，只是在那一连串的侮辱中低头不语。

就在这时，姚蓝带着陈颂回来了。混混们又发出了一阵欢呼，他们张牙舞爪的猥琐模样把陈颂吓得不轻，直接惊恐地躲到了姚蓝的身后。姚蓝多少也听见了那群人对江佳铃和王家杰的辱骂，虽然她心中的愤怒不比在场的任何一个人低，但是姚蓝也明白，自己现在正牵着的不光是陈颂的手，同时还有一份嘱托。

江佳铃眉头紧锁，她似乎正在下着什么决心，身子仍然挡在我的前面。怒发冲冠的赵慎冲到管理人员的坐台前大声嚷嚷："哎哎哎，这你们还管不管了？就放着这瘆人蛋指着鼻子骂我们吗？？"

"这我管不着，只要不干架，你们爱干什么就干什么。"管理人员不耐烦地回复了赵慎，而后便把头转到了另一边。

"倒头鬼，你这是人话吗？你也配坐这儿，占着茅坑不拉屎！"

"你再喊一遍？"

"怎着的？不是不干架干什么都行的吗？喂！别拉我！"赵慎被万洋强行拉离了现场。万洋的脸已经黑了，但他仍然听从了江佳铃的话，先把赵慎拉向街机区的出口。

"哪儿来的小瘪崽子，赶紧走，去去去！"不光是那几个管理者对现在发生的情况熟视无睹，在街机区的其他路人也没有一个站出来帮我们说话的，他们或者匆匆离去，或者在脸上写着事不关己，总而言之都畏惧着莫西干男的淫威。

在空气中的硝烟几乎就要被点燃的时候，江佳铃向前一步，严厉地对莫西干男发问："如果你输了呢？"

这句话直接让那几个败类兴奋到吹起了口哨："哎哟，怎么着？你要替四眼仔出头？"

"如果你输了呢？"江佳铃重复了一遍刚才的话。

我和其他同伴们全被江佳铃的话吓到了，包括已经走了老远的万洋也没了拉赵慎的意思，索性两个人一起跑了回来："江铃，你在胡说些什么啊？！别和他们废话了，快走吧！"

莫西干头饶有趣味地打量着江佳铃："你想怎么样？"

"如果你输了，你就必须在这里当着所有人的面，对我的朋友们郑重道歉，每一位都要。"

"那我要是赢了呢？"

"像你之前说的那样，换我来给你磕头认错。"

"别别别啊，那是对四眼说的，换你我还舍不得呢！"莫西干男笑得非常奸邪，他伸手想去摸江佳铃的头发，"这样吧，你要是输了，你下午陪我，咱们逛逛街、吃吃饭、晚上再一起走走？"

"这是不可能的，既然说不开，我们现在就走。"江佳铃往后退了一步，转身便要离去。

"别走别走，那这样，我要是赢了……"莫西干男子叫住了江佳铃，他的眼睛转了个滴溜，继而不知廉耻地将那些龌龊至极的句子公然说出，并且要求江佳铃在输了之后就要向他复述。在我们这些旁观者看来，当那混蛋对江佳铃开口说那些词的时候，就已经是彻头彻尾的性骚扰了。

"我去你大爷的！不要脸的玩意！"赵慎终于到极限了，一拳直接朝莫西干头揍了过去。要不是有个还算靠得住的小弟替大哥挨了这下，那莫西干的大板牙都够呛能保住。

第十七章　舞者复苏的三分三十秒

"赵慎别动！你们也是！"江佳铃赶紧挡住了我们，她转头应允了莫西干男的要求："就按照你说的来，但是比的东西得由我来选，所有带分数的都可以，对吗？"

莫西干男似乎也被赵慎这一拳的威力吓到了，不再敢对江佳铃动手动脚，也不敢再随意开江佳铃的玩笑了。他随便打发走了管理人员，双手插兜，尽力做出平静的样子："对，什么都行，这里的纪录都是我的。"

我一直在拉江佳铃的衣角，包括之前处于话题中心的王家杰也一个劲地让江佳铃离开，就连陈颂都一边摇晃江佳铃一边努力地摇着头。

"跳舞机。"江佳铃无视着我们的劝阻，对莫西干头说出了她的选择。

"哈哈哈哈，选来选去选了个跳舞机，你瞅起来可不像是会跳舞的人啊？"莫西干男和他的走狗们又笑作一团，我是真搞不懂这有什么好笑的，这群小丑一样的蠢蛋。

江佳铃的眸子里充满了愤怒的火焰，她无视着我们的劝解，继续问着莫西干男："怎么样，你接受吗？"

"好，没问题，如果你赢了，我给他们跪下磕头认错，也不再找你们的麻烦，君子一言驷马难追。"莫西干男装出一副很豁达的死样，大言不惭地接受了江佳铃的条件。

无论我怎么使眼色，红头发的女生都熟视无睹。她已经下定了决心，非得把这个不知天高地厚的混混打败，让他向王家杰和陈颂道歉不可。看样子是劝不住江佳铃了，虽然要是论力气，我们大可以把她强行拉走，但真是这样未免太难看了……当然我也非常想给这帮人渣一些颜色看看，赵慎这小子倒是过了一拳的瘾，真便宜他了。

"如果你非要和他们比，我来替你。"我叫住了江佳铃，而后喊话正炫耀跳舞机纪录的莫西干男，让他有种就和我进行格斗游戏的比赛。

我不能让江佳铃赴险。虽说江佳铃的身体情况确实比几年前强了很多，可现在的我根本连她是否还在坚持跳舞、比起当年还剩下几分功底都不清楚。

"边去，有屁早不放。就你，你也配？"莫西干男连看都没看我一眼。

"张舸,相信我。"江佳铃意味深长地瞥了我一眼,继而在我们的担心中走向跳舞机的旁边,"现在我又多了一个一定会赢的理由了。"

"那就别废话了,选个曲子,咱们开整。"莫西干男一声令下,他的小弟们又开始叽叽喳喳地到处乱吠了。不知怎的,我突然发现不光是整个街机区,就连区外的行人们也都把目光聚焦了过来。

江佳铃用微笑再次稳住了我,她将外套交到姚蓝手中,绑紧自己的马尾,同时没有忘记安慰担心的陈颂——在万洋的文字解释下丸子头已经了解了情况。

莫西干的碎嘴一直没有停下:"这些跳舞机的分都三四年没人刷过了,我自己现在也跳不了这么高,不过赢你,绰绰有余。"

"不必了,既然跳不到最高分,那你就没必要上台了。"江佳铃飒爽英姿地拿下了她的红框眼镜,在所有人的注视下走上跳舞机开始选歌,"我只要破掉最高分就等于赢你了,这么理解可以吗?"

这下轮到莫西干男感到不爽了,他的狗腿子们也大声嘲笑着江佳铃的不自量力。赵慎没有示弱,在他的带动之下我们总算压下了混混们难听的叫嚣。

江佳铃选了她最喜欢的女歌手演唱的一首经典歌曲,这首快节奏的歌打击感和节奏感都非常强,与跳舞机的机制可谓是完美契合。但相对的,显示在屏幕右上角的分数也是高得吓人,我都怀疑那是一个诱导玩家投币送钱的脚本数字。

在跳舞机刺眼的灯光中,在周围人的注目中,站立在跳舞机上的江佳铃格外耀眼,她的身上丝毫看不见平日里的文静与优雅,取而代之的是一种从未展示过的洒脱和成熟,一种似乎被压抑了太久的悸动。没有任何预兆,嘈杂的人群渐渐安静了下来,想必王家杰他们也从江佳铃的气场中意识到了,这个正在被全场聚焦的女生并不是一个普通选手,从头到脚都散发着一种大明星的感觉。

随着"游戏开始"的字幕出现,江佳铃在轻微的跳动中呼应着歌曲的旋律,她慢慢地调整呼吸,让身体的每条血管充满能量。当狂野的女声出

第十七章 舞者复苏的三分三十秒

现之际,跳舞机的大屏幕上顿时布满了令人眼花缭乱的箭头。

无数的光斑在江佳铃的脸上游走着,但她的眼睛始终没有离开屏幕,灵动轻巧的脚步踩着节奏,配合上下翻飞的手掌打出了一连串的"Perfect",红褐色的马尾辫在这时不再显得违和,而是能与周围的五彩斑斓融为一体的绝妙搭配。摆臂、跳步、转身……江佳铃毫不介意观众的视线,尽情舞动着自己的身体,展示着属于青春少女的魅力,她的动作流畅且自然,让人难以相信这是跟随箭头指示做出的反应。

乐曲进入了第一段高潮,我周围的人们又变得嘈杂,他们开始为江佳铃喝彩,为江佳铃欢呼,俨然是买票进来看舞蹈演出的观众。

享受欢呼的江佳铃牵引着屏幕中的指示,让它们随着她的步调变换图案。

"跳舞会让我想到过去的事,那些悲伤、让人害怕的事。我希望把它们全部忘记,所以我不想跳舞了。可是每当我感到悲伤,情绪低落的时候,却又想通过跳舞来排解。我就是这么一个矛盾的人。"江佳铃曾这么对她自己的舞蹈生涯做出总结。而现在的我终于确定了,即使她被疾病夺去了体力与时间,即使她无法成为舞蹈家,即使她绝望地倒在过跳舞机上,但这些年来,她始终都没有放弃跳舞!像这样翩翩起舞的江佳铃才是她最耀眼的样子!我甚至想看她就这么跳下去,直到永远!

江佳铃已经将跳舞机彻底俘获了,她可以随心所欲地操纵着这个仆人。在一个激烈的转身动作之后,那条淡蓝色的蝴蝶结找回了缎带的状态,它选择拥抱天空,将主人的头发彻底解放出来。当胸口处的小香囊也尽情摇摆之后,舞者的每根头发、每个关节、每个毛孔、每个细胞全都进入了最佳状态,将周围的气氛又燃上了一个新的高度。

"慌什么,吵什么!她还没赢呢!"莫西干头明显有些耐不住性子了,不过他说的也不全是自我安慰的话,虽然江佳铃的动作兼顾着美感与节奏,她目前获得的分数也高得离谱,但歌曲进行到半程,一分五十五秒时,江佳铃的分数并没有达到最高分的一半,这意味着后续她还得拿出更不可思议的表现才能够获胜。

姚蓝、陈颂、赵慎、王家杰,还有万洋,大家都吃惊到了极点,若不是亲眼所见,没有人会将那个正在跳舞机上挥洒青春、越跳越欢、看起来甚至有点"野"的女生匹配上他们印象中的江佳铃。

随着女声的出现,歌曲的第二段正式开始了。同一时间,江佳铃闭上了眼睛,不再去看屏幕上的那些指示,只是凭感觉继续跳着——她的身体像是有着自动记忆的功能,只要是跳过一遍的动作都会被存储,对于这首上下部分完全一样的歌曲,她只需要跳完前半段,便再不用借助任何的指示来完成二次重复了。

"真假啊?!"这样的疑问不光只从莫西干头的嘴里脱口而出,各种惊讶的声音早已响彻了我的周围。

五光十色的灯光将江佳铃飞扬的汗珠映照出彩虹般的色彩,此刻的舞者完全进入了自我领域,她自由自在地掌控着每个音符、每个指示、每个踏板上的闪光点。Perfect的提示从江佳铃闭眼之后便再没有从屏幕上消失,她不像是在完成程序中的舞蹈,反倒像是在为这首曲子写上属于自己风格的程序。

在现场观众的见证之下,在歌曲进入两分五十一秒的时候,新的纪录诞生了。霎时间,热烈的气氛顶破了街机区的天顶。我们一行人也早已被江佳铃精彩绝伦的发挥感染,不光轻轻地随着乐曲摇摆,而且还对那群下巴都掉到地上的混混们露出了象征胜利的微笑。

恶人们到底是无法忍耐阳光的,他们与街机区现在的气氛显得格格不入,脸色也变得非常难看,时不时还瞄一眼远处的出口。

"想溜? 张舸,我们上!"赵慎敏锐地察觉到了混混们的变化,他与我、万洋、王家杰一同筑起了人墙。

不光是我们,其他的路人也参与了进来,他们站到了我们这边,一面将出口围了个结结实实,一面怒斥着混混们的霸道、失信。

江佳铃的舞蹈进入了尾声,在女声消失后,她一气呵成连续完成了十五个Perfect,继而在渐渐停止的乐曲中归为平静,结束了三分三十秒的"变身时间",再次成为那个我们所熟悉的文静女孩。

第十七章 舞者复苏的三分三十秒 205

潮水般的掌声响彻了街机区，汗流浃背的江佳铃调整着呼吸，对每一位向她竖起大拇指的人回报以微笑。看得出来，她的心情非常舒畅，她的身体也非常疲惫。

陈颂扑到了江佳铃的怀里，她将自己的自豪、兴奋以及不可思议全都写在了脸上。就像陈颂一直没有放弃维持声线一样，为了可以继续跳出这样的舞步，江佳铃肯定也付出了常人难以想象的努力与痛苦……在她挣扎痛苦的时候，是不是也有人像她帮助陈颂一样，帮助过她呢？

终于腾出手的姚蓝可不想让江佳铃错过这个留下名字的机会，她来到跳舞机旁，把江佳铃首字母的缩写拍在了屏幕里，一脸惬意地看到那三个字母缓缓升到顶点，将那个臭不可闻的"XBW"狠狠踩在脚下。

在江佳铃的极力反对下，混混们终于被起哄的路人们免去磕头认错的步骤，取而代之的是向包括王家杰和陈颂在内的每个人都道了歉。虽然他们道歉的话非常敷衍，但光是那副深受刺激、头低毛耷、既不甘心又无可奈何的丧家犬模样就足够让人感到浑身舒畅了。

王家杰恢复了平日里趾高气扬的样子，但他到底也是重点中学里堂堂的一班之长，既然失败者们已经无法做出反击，王家杰也没有选择穷追猛打用他擅长的语言攻势进行回击，而是仅仅和其他人一样，用眼神和表情无声地流露着只属于赢家的喜悦。

到最后，当我们离开那个商场的时候已经接近下午三点了。在返回学校的路上，赵慎和万洋一直在缠着江佳铃问这问那，大多数的问题江佳铃都只做出了模棱两可的回答，她擦掉汗水，用微笑提醒着朋友们："今天的事不要外传呀，无论是小颂的还是我的。"

被众人包围的江佳铃，有她在的地方从来都不缺少朋友，从来都是这么热闹。在今天的事之后，想必王家杰和陈颂会对这个蕴藏着强大力量的女生更加佩服吧？

如果江佳铃能和陈颂一起登台的话，该有多好呀！

"我看以后啊，班长也得跟你们一样，沦为江铃'友情'的俘虏了。"姚蓝来到了我的身边，她自嘲似的将双手抱在头上，无奈地撇了撇嘴，"真令人羡慕啊！无论对谁都能掏心窝子，或许这就是大家都围着她的理由吧？"

"是吗？"我笑着耸了下肩，继而拍了拍姚蓝的后背，"你今天做的也不孬啊，从头到尾都在保护着陈颂，都气到要爆炸了还是没放开她的手。我全都看见了哟。"

"那、那是当然的啊……我……"姚蓝的脸突然红了，她从我的身旁逃开，似乎想追上前面的众人，但没走几步就又停了下来。

"怎么着了？"我再次走到姚蓝的身边。

"快、快到学校了，你们先走吧……不然就要被其他人看到……你们和我在一起了。"姚蓝扭捏地回答着我，她站在原地等我离开她的身边。

搞了半天她还在意这种事吗？

"这时候还说什么呀！"趁其不备，我突然抓住了姚蓝的手，拉着她朝大部队的方向加速奔跑，"再不快点要迟到了！"

"喂！张舸，你干什么啊！"姚蓝被迫跟着我迈开步子，"被教导主任看到的话……"

"江铃，等等我们！"我才不在乎别人说什么呢，如果他们有什么看法，就让我们用运动会里的表现让他们闭嘴！

经历了这个冲突不断的午后时光，我、江佳铃、姚蓝……大家之间的感情似乎更亲密了。

第十七章 舞者复苏的三分三十秒

第十八章

天才运动少女久违的好胜心

我用深呼吸试着平复紧张的情绪。

"你别这么大声啊,搞得我都紧张了。"姚蓝对我的吐息异常不满,她正僵硬地喝着运动饮料。

今天是10月5日,校体育馆热闹非凡,观众席嘈杂不已,运动会男女混合乒乓球双打的第一轮正式开战。虽然10月3日我们就回到了学校——"想放到7号简直是做梦",教导主任在9月30日曾经这么向抱怨的学生们说——但好在这几天的晚自习算是格外开恩,比平常少了一小时,这使得我和姚蓝又有了一些突击时间用来巩固成果。

"听说这次的对手是那个姚蓝?要是我们班打赢了,她会不会报复啊!"

"和她组队的是谁?"

"那个叫张舸的麻木蛋子,据说他好像喜欢那种类型的,一个劲死追人家。"

"我乖嘞,他是不是有受虐倾向啊?"

身后班级同学的窃窃私语把赵慎的脸气成铁青色,刺猬头的发型也冒起了烟。如果不是一旁的王家杰死死按住,他几次都想站起来对那些无事忙大喊闭嘴。

王家杰也没有料到,七支队伍一支轮空,一共有三场比赛,可几乎所有人的目光都聚集在了其中的一个场地上。

江佳铃坐在张月桐和杨小白的中间,她们周围的环境也没有消停多少:

"前面那个女生是叫江佳铃吧?"

"嗯,我是她初中同学,从初二开始她和张舸就一直黏在一起。"

"我也知道!"

"那为什么现在又和姚蓝在一起了?"

"这还用问?三角恋呗!"

叽里呱啦的议论让江佳铃深深地叹了口气,张月桐连忙安慰了老相识,心甘情愿地把头埋到了江佳铃的胳膊下面。

伴随着越来越大的喧闹声,我昂扬地走进赛场,对大家的欢呼声挥手致意:"乖乖,瞅瞅我这啦啦队!谢谢啊,谢谢大家!"

"别傻了,人家是在起哄笑话我们呢!"姚蓝打断了我的美梦,"我可不能输在这里。"

"放心,至少我们班自己人不会胳膊肘往外拐的。"

"我可不抱希望。"姚蓝似笑非笑地回答了我。

"双方队员请入场,比赛马上开始。"担任裁判的体育老师给了我们指示。

看了看周围,其他两组的选手早就开始赛前练习了。

"该显就显啊,让所有人都见识一下!"我伸出了手。

"唔……嗯!"在众目睽睽下与我击掌,这似乎让姚蓝感到犹豫。但最后她还是放下了架势,在观众的诧异中露出了大大的微笑,"加油!!!"

击掌过后,我们和对手握手致意开始练球。对面的男生是个瘦高个,看起来是个高手,女生则戴着一个绿色的发卡。

练习结束后,姚蓝把我叫了过去:"对面男生的力量不大,估计也就比你强点。女生的动作完全是入门,又僵硬又难看。"

"真的假的啊?"就对打了几十板子,她就能知道这些?!

"你别管了,听我的指示。记住,能大力攻球就不要客气,往死里呼他们!"姚蓝拍了拍我的屁股。

我点头表示了解,继而走到了姚蓝的前面,这个动作使得现场的观众顿时炸开了锅:

"喂!你看他们的站位!"

"怎着的,女生在后?!"

"气死我了,会不会打球啊!"

我叹了口气,观众是很愚蠢的。

比赛开始了,猜硬币的结果是对家发球。瘦高个的姿势挺专业,他侧着身子,眼神紧盯着高高抛出的球,嘴部肌肉突然抽搐,继而摆出了一个推球的姿势。

一旁的姚蓝仍将左手放在台下,轻弹指甲的声响传了过来——她告诉了我这球该怎么接。

白色的球并不迅速,它来到了我舒适的区域。没有犹豫,我反手大力将球抽了回去,随着对面的"绿发卡"接球出界,我们先得一分。

"好球!"观众席爆发出了山呼海啸般的喝彩。

哼,知道老子的厉害了吧!

结果随后的那句"5班必胜"把我拉回了现实:搞什么啊,原来是为隔壁球台加油的啊!我们班的人呢?啦啦队都上哪儿了?

"张舸,加油啊!"大声喊叫的熟悉女声突然传了过来。

"哦!!!"我顺着声音立刻找到了江佳铃的位置,对她挥手。

第二球,依然是对面发球。姚蓝的指示提醒着我这球该攻。

那就攻!

"漂亮!!!"赵慎和王家杰的喊叫声传了过来。

"不错哟,我还怕你听不见呢。"姚蓝高兴地伸出了手。

"小意思!"我拍了上去。

轮到我发球了,接发球的是"绿发卡"。按照姚蓝说的这女生应该很弱,要直接试一下发球能不能得分吗?

不,我参加比赛说到底是为了姚蓝……所以姚蓝,看你的了,你是主角!

210　时光与我们

我将手放在台下,以手势朝姚蓝交代我下一个发球的旋转类型。这个普通的上旋发球根本没有任何技术含量可言,隐约能听到观众惊讶的声音,先不管是不是惊讶我们这桌球,在常人看来,如此直白的发球一定会被大力攻球导致失分吧?

果不其然,"绿发卡"铆足了劲将球朝我的方向猛击回来。

真不好意思,我这边可是有姚蓝在的!我往球台内侧一个闪身,将视野和空间交给搭档。

啪!瘦高个根本没有预料到姚蓝会有如此大的力量,动作完全变形,我们再次得分。

"哦哟,他们打得还不孬啊!"

"乖乖,刚才姚蓝的那个攻球太帅了!她还是有优点的嘛!"

"这什么话,人家学习也是顶尖,好吗?"

江佳铃听到身后的议论声,轻轻地舒了口气——看来进展得不错啊。

这一局已经没有悬念了,姚蓝的强大震惊了所有人,她的发球全部直接得分,她的接发球全部大力抽回直接得分……

"天哪!她是专业运动员吗?我们班上还有这样的人才?"

"可她是不良少女吧?"

"就算是不良少女,人家现在可是在为班级争光!你不参加就算了,还要损别人?"

"喔,你这态度变了啊?"

"那又怎么了,我想和她交朋友!"

"就算她身上还有那些乱七八糟的传言?"

"那些够人话我早就听腻了!我现在就相信自己看到的!"

江佳铃高兴地跺着自己的双脚,这份激动之情也感染了一旁的张月桐和杨小白。

我听见了,终于有其他声音为我们喝彩了!

"拜拜!"随着姚蓝一个致敬国乒的反手拧拉,11 比 3,11 比 4,我们甚至没怎么用国庆期间练习的跑位和步伐就直落两局结束了战斗。

第十八章 天才运动少女久违的好胜心

这次真的是只属于我们的欢呼,因为其他的比赛还都在激烈进行中。

　　我擦了擦额头的汗,上前用力拍着姚蓝的肩膀,将能想起的所有赞美之词都献给了这位功臣。

　　"赢啦!赢啦!赢啦!"姚蓝放声大笑,她在原地激动地跳着,一个劲和我拍手,英姿飒爽的短发滴落点点汗水,比赛中的那份冷峻和霸气荡然无存。

　　明明是一场毫无悬念的吊打,我们却像赢得了什么世界冠军。胜利的喜悦让姚蓝忘了掩饰感情,一个活泼好胜的阳光女孩形象得以展示在我和大家的面前。

　　"11班万岁!"赵慎站起来对着天空大声呐喊。他带动了周围的情绪,有人甚至直接开始喊姚蓝的名字。

　　太好了,终于有所改变了!说来也奇怪,我突然觉得之前自己受的那些罪都是值的。

　　"张舸你别显了,从你那傻样就能知道你在寻思什么。"晚自习之前的课间,王家杰一个劲地提醒我。不过就算嘴上不承认,但是个人都能看出来他现在的表情和我是一样的。毕竟按照第一轮的气势,赛前冲冠的豪言似乎并不是遥不可及的。

　　"放宽心好吧,爷们还没认真呢!训练的成果目前都没用上你说气不气人!"我搂着赵慎自鸣得意起来。

　　"老毛病又犯了。就赢了一场,把你恣成这样?"赵腰子刚刚弹完一曲,他拿出辣条啃了几口,"来一根?"

　　"别,您自己慢吃。"我巧妙地躲过了赵慎妄图让我拉稀的阴谋,"也难怪你这么跩,篮球队没我这球队大脑居然还躺进了第二轮,狗屎运可真不赖!"

　　"那个叫'风哥'的到底是什么人啊,那些怪办法居然还挺管用?"王家杰提出了问题,"只是你认识的一个棋友?这么费心思地帮你也太反常了,你没仔细想想他可能是谁吗?"

　　"当然想过啊,我和万洋、江佳铃也偷偷调查过,不过当时没结果就是了。而且我总觉得,如果太在意他的身份,搞不好我会失去这个朋友,没准人家真就是个陌生人呢!先不说那些了,现在我该想的,是如何在下场比赛里零封对手。我有预感,随着不断的胜利,不光是姚蓝,老子的人气也会水涨船高的!没准还会有别班的小大姐朝我告白呢!"

"得,别做梦了。"

"张舸,是张舸同学吧?""同学,请问你有空吗?"后门外传来了几个女生的声音。

"啊?我就是。"我、班长和赵慎同时将视线移向门口。

门口站着两个长相文静的女孩子,以前没有见过,应该是别的楼层的吧?她们手上拿的是什么?情书!天哪,这进展比我想的可快多了。

我朝两位男士抛了个得意的眼色——怎么样?看到了吧!

"那个那个,你能不能……"女孩子红着脸,有些不好意思地开口了。

唉,虽然我很理解花季少女情窦初开、迷恋男神的忐忑心情,但我对于男女之间的事情实在是提不起兴趣。怎么办,又不好意思当面拒绝人家:"真抱歉,我……"

赵慎和王家杰正在直勾勾地看着。

"能不能帮我把这个交给姚蓝呢?""我也是,拜托你把这个交给你的搭档吧!"两个女生羞红了脸,忸怩地说出了她们的真实意图。

我怀着复杂而纠结的心情,从她们的手上把信接走。几乎同时,身后传来了赵慎狂野的笑声。

目送两个女孩跑远后,我对赵慎的刺猬头猛摸了一把:"笑笑笑,你笑个屁啊!"

"得得得,快把信给姚蓝,难得她行情见长,你们就别耍宝了!"如班长所言,这次我和姚蓝的首战博得一片好评,尤其是姚蓝,不仅班级里开始有人找她说话了,外班也有许多写信或者要她联系方式的迷弟迷妹,她在场上所展现的潇洒以及赢球后的阳光笑容都给人一种"原来这个人是这样的啊""也没传言中那么不堪嘛"的感觉……一切都在从无到有、从坏到好地发展着。

第十八章 天才运动少女久违的好胜心

没准很多人本来就没怎么排斥她,只是畏惧流言和她那张不苟言笑的大冰脸才保持距离的嘛!

当我过去时,姚蓝正坐在自己的座位上严肃地写着什么。她的同桌江佳铃也忙活起来了:"对,就是这样,一定要注意语气……这可不行!不能这么生硬,人家会多想的!嗯,这下好多了!"

"这么难呀……"姚蓝面露难色,涂涂改改,一会儿就有些不耐烦了。

"心平气和是最重要的,你要知道,这是人家想要了解你,想要和你做朋友的证明哟!"江铃继续说教着,"你也不是讨厌他们,只是感觉麻烦,不善于表达自己的感情,所以大家才误会你的。"

"好啦好啦,江铃你真啰唆,我写就是了。"姚蓝咕哝着,表情又严肃起来。

江佳铃扶了扶红框眼镜:"嗯,比上一封好多了。"

"喂,搭档,这里还有你的信。"我瞅准了机会将任务完成。

"放着吧。"姚蓝没有移开视线,她继续努力写着手头的信,时不时还会喃喃自语几句,"再次感谢你能……"

我和江佳铃相视一笑——这可真是芝麻开花节节高。

晚自习坐班的老大依旧是一副"黑社会"脸庞,但当他提到运动会大家的努力时,我隐约感觉到这个男人的心中正骄傲着。

"同学们,我希望今后学习上、生活上,你们都要学习运动会中各位运动员们互相配合、勇往直前的拼搏精神!对为了班级做出贡献的人,你们要支持他们,少一些不必要的偏见。将你们在比赛时的加油声、对班级的自豪感,都转化为平日与班级同学友好相处的动力!"

老大瞥了一下我,我挑了下眉毛。

"那么,再说一下就要正式开始的运动会的开幕式。"

差点忘记了,篮球和乒乓球的比赛是在运动会开幕式之前就进行的,事实上真正的田径运动会还没有拉开序幕。作为一个女生居多的班级,田径上我们一直都偏科,记得去年,连我这种爆发力不算好的家伙都被强制选入 4×100 米男子接力赛跑,老大给我的理由是:"除了已经参加的那三个，找不到比你快的了。"那之后我们毫无疑问地得了个倒数第一——赵慎这倒霉的第四棒在所有人都跑到终点后还在半路上龇牙咧嘴，真是往事不堪回首。

今年的男子组我总算是推脱掉了，所以他们的成绩估计会更烂了。不过女子的 4×100 米倒是可以期待一下刷新成绩，原因只有一个，就是姚蓝。虽然我是事后才把偷偷帮她报名的事告诉她的，但正如我所料的那样，姚蓝并没有抵触。况且在江佳铃、张月桐以及老大的动员之下，其他三名女选手也没有多说些什么。

要是按现在的情况和势头，有姚蓝这种运动天才参与的比赛，不说拿第一，最起码得上个领奖台吧！按捺不住内心的激动与幻想，在返回座位的路上我甚至哼起了小曲，这还引得了张月桐小声的和音。

……

"谢谢你们留下来帮我，耽误大家回家啦！"离开办公室后，张月桐终于有时间处理额头的汗水了，她甩了甩学生头，莞尔一笑，"还有，恭喜你啦同桌，你今天打得好棒！"

"没啥，你们就瞧好我下一轮的表现吧！拜拜，纪委，我们也走了。"目送张月桐离开后，我同赵慎也道了别："记得锁好教室的门，邋遢大王！"

"还用你唠叨？赶紧收拾麻溜回家！"

不擅长拒绝别人的纪委，因为她的热心肠，我、赵慎还有江佳铃在放学后白白当了半个小时苦力。等我和江佳铃离开校园时，别说万洋早就跑了，全校的灯也早就灭完了。

不过江佳铃的精神头依然很旺盛："张舸，你记得今天是什么日子吗？"

"本应该放假在家的日子。"

"啊？你真的忘了？"

"哪能啊！虽然一直说七年七年，但是到了今天，才终于是七年整了。"我仰望着星空，不由得感慨起了时光的飞逝。

七年前的 10 月 5 日是我和江佳铃相识的日子。

第十八章　天才运动少女久违的好胜心

"哼哼,难得你记得!喏,七周年快乐!"江佳铃将一盒三国人物造型的中国象棋递到了我的面前。

"别呀,这还有纪念日一说吗!"话虽如此,我还是从书包里拿出了一张CD。

"七年可不是一般的……哇!你居然也准……等等,这也太贵重了呀!"江佳铃惊喜地望着我送她的礼物——这是她最喜欢的歌手出道七周年的纪念专辑。

"是啊,谁让有的人觉得'七'很特别呢!"我将CD塞给了江佳铃,为了防止她推来阻去,顺便也扯开了话题,"陈颂的练习怎么样了?你每天晨读后还和她见面吗?"

"嘿嘿,多亏我人缘还行,借到了音乐教室,现在既不用吹冷风又不用被围观啦!"江佳铃领会了我的意思,她小心翼翼地收起CD,继而用几个舞步跳到了我的前面,"最近我们好像很少这么两个人一起走了呢!"

诚如江佳铃所言,她这段时间一直在为了陈颂忙碌,至于我,则经常和姚蓝混在一起。

"嗯?听你的意思,似乎终于认可姚蓝的事完全由我来接手了?"

"你不是早就忙得不亦乐乎了吗?事到如今,我的意见还有用吗?不过我也不知道是从什么时候开始的,我能感觉到姚蓝和你在一起很开心。她还经常对我说你的事情哟,也会经常问我……总之呀,现在我倒觉得已经变得非你不可了!"江佳铃朝我调皮地眨了眨眼,她明显是话里有话。

"我的事?都说了些什么啊?"

"这是女生的秘密。"江佳铃摆了个嘘的手势,她和我一前一后走出了校园。

"不说还吊我胃口!"

"那你猜猜呀?"

"这我哪知道!"我们在孩子般的斗嘴中走过了马路,眼看就能和疲劳又兴奋的今天说再见了,可一个突如其来的意外令我回家的行程再次被迫推迟。

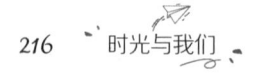

"张舸？你在干吗？"江佳铃不解地望着躲在一棵树后的我。

我指了指前方欧龙小区的门口。在灯光的照耀下，一个晃晃悠悠的醉鬼正同什么人交头接耳。

"那不是黄老赖吗？"不知为何，江佳铃也来到了这棵树后，她用双手扣住我的肩膀，像是压张月桐一样压着我的脑袋，一边观察，一边对我的后脑勺吹着热气。

"你跟过来干吗，快回家。"

"可他们很可疑啊！而且你这样鬼鬼祟祟地观察，太危险了！"江佳铃不依不饶，为了表示抗议，她吹气的力度加大了。

一声狂躁的大喝险些把我们吓趴。只见黄老赖被另一个人推翻在地，四仰八叉地胡乱挣扎着。也因为他的挣扎，另一个人的上衣被扯开了口子，外露的胳膊出现了一团黑色的图案。

文身？我吃了一惊，脑海中自动回忆起了姚蓝在国庆假期里关于她妈妈的那段独白。

文身、男人、传言中的传销组织……此时我甚至忘记了恐惧，只是努力地把脖子伸长，去确认那个图案是不是姚蓝所提过的船锚。

他们并没有打架，那人只是骑在黄老赖身上，嘴里叽里呱啦地说着一串不知是哪儿的方言，但从语气判断，应该是训斥和警告之类的话。

"江铃，你能听懂吗？我能听出来的貌似全是些骂人的脏话。"我压着嗓子偷偷问。

"不太明白，好像和钱有关系，又好像是威胁他保守什么秘密……说得太快了啦。"

没过几秒，文身男从黄老赖身上站了起来，示威似的踢了两脚，骂骂咧咧地离开了。

方向就是这边。

"张舸！你这样会被发现的，快藏起来！"江佳铃提醒了还在瞪眼的我，但那人的步伐实在太快了，如果我和江铃现在从树下离开，无疑会和他撞个满怀，可继续待在这里，也一定会被路过的他发现。

完了,这下可糟了。直觉告诉我,他们俩冲突的原因是一些见不得光的事,倘若我和江佳铃不能蒙混过关,情况绝对会变得万分危急。

我瞥了瞥江佳铃,她的神态也很慌张,尤其是脸颊,红得已经不像话了。

手被拉了一下,接着是轻声细语:"张舸,抱我。"

还没等我做出反应,柔软的触感已经传来了,江佳铃正把头埋进我的怀里,十指缓缓相扣,温柔地抚摸着我的背。

她的发香扰得我头晕眼花,超载运转的脑子此刻正嗡嗡作响,理智告诉我绝不可以这么做,可随着危险的脚步声越来越近,我终于还是服从了江佳铃的命令。

好瘦的身子。即使隔着外套,我依然能隐约感觉到她肩胛骨的轮廓,这份触感提醒着我,让我不敢多用一丝一毫的力量。明明是照顾别人的个性,明明那么固执而且严格,但事实上,她只是一位如此纤弱的女生吗?

我似乎过于习惯了江佳铃陪在自己身边的事实,不知不觉就将她当成了像是万洋和赵慎那样的死党。可她其实是我曾经憧憬过的女孩,虽然只有最初几面的时候是这样。

我想起了与江佳铃的初遇,我想起了江佳铃的年纪其实是比我要小的。我应该保护她,不是"江佳铃"这个名字,也不是类似"朋友"的身份,我想保护的,只是身边的这个异性而已。

这样的心情从重逢以来还是第一次出现。

"现在这些学生还真不检点。"这是文身男离开时留下的牢骚,不过当时的我根本没有听见,只是下意识地继续接近着江佳铃的脑门,直到她拼命摇动双臂,我才得以从自我的世界中脱身。

"好啦好啦,他已经走了,吓死我了。"江佳铃心有余悸地舒了口气,她挥舞着左右手,用凉风为满头大汗的自己散热,"张舸你演得不错啊,很有天赋哟。"

"演的……对啊,是演的啊。"重复了几句后,我终于说服自己走出了混乱,赶忙询问着江佳铃,"你注意了没,刚才那人胳膊上的文身是啥?"

"文身?"想了两秒后,江铃露出抱歉的表情,摇了摇头。

"到头来是白忙活啊。"太可惜了,就差一点点! 我攥紧了拳头,望着那人离开的方向。

可是,说不定这样反而比较好吧? 且不说那图形是船锚的可能性有多小,即使真的是,我又能做什么呢?

脑袋被敲了一下:"张舸,别再多想刚才的事了。现在你要做的是回家,今天你父母不是回来了吗? 赶快把你得胜的消息告诉他们吧! 顺便感谢你的礼物,我很开心哟!"

"等等!"我叫住了正要离开的江佳铃。

"嗯?"江佳铃回过了头。

我语塞了,一时不知该说什么。

"姚蓝……写给姚蓝的那些信,真的全是友善的吗?"这是最后组织出的语言,虽然确实是个很在意的问题,可总觉得它不是我叫住江佳铃的初衷。

"其实也有很过分的信,内容非常难听,类似'不要以为这样就了不起了'这样的感觉,还是有人在敌视她……但这才第一场比赛,已经很不简单了,对吧?"江佳铃不想让我生气,她努力解释着原因。

"确实,放下偏见并不容易。"我露出了微笑,对她拍着胸脯,"瞧我的吧,一直赢下去不就好了!"

"哈哈,你的态度倒是很傲慢哟。"江佳铃扑哧一笑,小跑着对我挥手道别。

我没有意识到自己的视线内已经空无一人,只是一厢情愿地站在原地,让冷风吹散着溢出的温度。

当天晚上,我梦到了很久之前的往事:

七年前,那是小学五年级的国庆假期。即将年满十一周岁的我跟随父母来到了江佳铃曾生活过的那个南方小镇。在父母前去忙生意后,我便与其他年纪相仿的孩子玩着各式各样的棋牌游戏打发时间。一连几天,我不仅混了个脸熟,而且还小有名气。无论是象棋、军棋、斗兽棋还是

第十八章　天才运动少女久违的好胜心

扑克牌,我从来都是来者不拒地接受对决,每次都会引来一群同龄人的围观,甚至还有不少年长的孩子。不知不觉中,我的身份似乎变成了一个守擂者,大家都很乐于对我发起挑战。

10月5日,在我拿下当天的五连胜之后,面前坐着的对手终于在无奈和苦笑中离开了。下一位挑战者是一名与我年纪相仿的小女孩,她的眼睛和头发都是乌黑透亮的,面容可爱得像一个洋娃娃。之前我没有见过她,当时的自己也没有怜香惜玉这样的想法,只是怀着"更不能输"的斗志,把她从象棋到扑克甚至拍卡片,全部狠狠地暴打了一顿。周围人的窃笑和欢呼并没有让小女孩感到难堪,她只是单纯享受着和别人一起玩的快乐,而且始终在与我谈天说地,这反倒让一直执着于胜负的我觉得有些愧疚了。

临近中午,当作为观众的大家伙儿被周围民宅的饭香勾起了馋虫逐渐散去之时,小女孩仍然乐此不疲地在同我的对决中输掉一次又一次。后来,这个屡败屡战的小姑娘终于站起身来,很优雅地朝我行了个礼,绑了个马尾,继而开始了一段让我印象深刻的舞蹈表演。

我不知道她的这段舞蹈属于什么类型,但她的情绪确实把我感染了,甚至让我忘记了饥饿。比起在苦思冥想中下棋的样子,跳着舞的她更漂亮了,那是一种释放出所有活力的快乐,一种发自内心感到愉悦的微笑,我从没见过小孩子在做一件事的时候可以这么投入,即使是下棋时的我也做不到——倒不如说,我从头到尾都只是把它们当作是有乐趣但也可有可无的消遣,与这个一跳舞眼睛就放光的小女孩根本不能相提并论。

女孩的神情、女孩的身形、女孩的动作……这个小女孩的一切都令我充满好感,令我不由得将眼前的每个瞬间都深深地映入脑海。她是那么耀眼、炫目、虚幻,令人感到不真实。我忘记了她脚下踩着的只是一片坑坑洼洼的泥土地,我忘记了她穿着的只是寻常的便服,我忘记了现在欣赏舞姿的观众只有自己一人。那是嘈杂且绚丽的舞台,那是自信且美丽的舞者,那是声势浩大、山呼海啸着的观众席。我只是众多观众中极为寻常的一个,为她的每一次转身疯狂鼓掌,对她的每一个眼神怦然心动……我想在这里一直看下去,永远看下去。

舞蹈结束后,小女孩笑着来到我身边问我能不能做到,在得到否定的回复后,她露出了"那就是我赢啦"的表情,继而向我伸出了手。

双手相握后,这个小女孩便领着我在四处瞎逛起来。我的话也多了,不仅自报了姓名和外乡人的身份,还兴致勃勃地介绍着我所热爱的东湾县。我们一起玩了运动器材,在草地抓了虫子,去小卖部买了零食,又跑到彼时还未完工的一个建筑附近玩起了捉迷藏……时间流逝,等我们再回到下棋的地方,能称之为午间的时光已经所剩无几了。

小女孩告诉我她得走了,在临走前她又给我进行了一段更为热烈的舞蹈表演,并邀请我下午去看她的比赛——她自称是此次舞蹈大赛中最厉害的参赛选手,而且还把"最厉害"三个字说得很自豪。

下午我有别的安排。不过面露难色的我还没来得及回答,这个小女孩就先下手为强,突然将桌子上我那副扑克牌最上面的红桃3抽走了,以此来要挟我答应她的请求——虽然是半开玩笑性质的。

我无法拒绝她的笑容,只是告诉她自己可能会晚点到。当小女孩挥着手从我的视线中消失后,一种难以言明的失落感随着饥饿涌上心头……

那天下午,当我这路痴打听到比赛的地点,火急火燎地赶往现场时,比赛早已经结束了。在散去的人群中,我找到了上午的那个小女孩,她显得有些惊讶,好像没想到我真的会来似的。因为比赛已经结束了,加上迟到的人又是我,所以我并没有开口要那张扑克牌,气氛也显得非常尴尬。好在我瞥见了她手中拿着的奖杯奖牌,于是便顺理成章地对她表示了祝贺,接着又随手掏了个不知什么时候就放在口袋中的紫色香囊,称它为特意挑选的礼物,强塞到小女孩的手上,最后厚着脸皮再次提出了一起玩的请求。

"拉会儿呱?"小女孩小心翼翼地重复着我的发音。

"就是聊会儿天,东湾方言,中午你还学过呢!"我带着激动、期待和一丝羞涩静静凝视着小女孩的面容,等待她的答复。

第十八章　天才运动少女久违的好胜心

"今天,不行……"她收起了香囊,整理了下头上的帽子,用小到几乎听不到的声音击碎了一名十岁孩子幼小的心灵。

我知道,这是自己爽约和迟到的报应。况且与手拿奖杯奖牌的她比起来,自己是那么渺小、普通。

可正当我情绪低落准备离开的时候,自己的衣袖却被拉住了。

"明天上午,可以吗?"

仅仅几秒时间,彼时的我就体验到了"人生"的大起大落……

这就是我和江佳铃在七年前初遇的那一天。我依然能想起第二天上午我们都玩了些什么,我记得她并没有表现得像前一天那么兴奋,取而代之的是一种寂寞与伤感,而且还拒绝了我让她再跳一次舞的请求。

在苦涩的微笑中,她轻轻地说出了情绪低落的原因——与我分手后,她就要去住院了。

那时的我并不知道她的病是什么,也不知道这对她来说意味着什么,但我还是竭尽所能,将能想到的所有与祝福相关的话都告诉了她,并在中午离开前与她做出了病好之后再相见的约定。

她笑了,她笑得像初见时那样灿烂。

"江佳铃。"我默念着她在临走前才告诉我的名字,铭记着这个微笑与对她的回忆,在不舍和期待中同父母离开了南方小镇……如果有人告诉那时的我,再次相逢时我已经变成了彻头彻尾的不良少年,记忆中的她也不再那般美丽,就连舞也没法跳了,我肯定会嗤之以鼻,将它们当作玩笑话的吧?

朦胧中,我从睡梦里醒来了。

我饿了。

第十九章

友　情

"啊！！！"这城市这么空，这杀球这么痛！比赛结束了，我张开双臂，享受着全场观众的欢呼——没有什么比打出一个制胜球更让人兴奋的了。

第二轮的对手参加过去年的比赛，他们想要用默契使我们自乱阵脚，这一点我和姚蓝也早有准备。可话虽如此，整个过程也不是一帆风顺的。比赛中，我明显感觉到自己跑动频率的加快，最后甚至有点顾此失彼，接飞了好几个简单的球，导致隔得老远都能听到观众席上赵慎骂娘的声音。

"又赢喽！11班加油！"

"姚蓝，好样的！"

咋都是夸别人的，制胜分是我打的啊！

"帅啊张舸！"姚蓝冲了过来，她朝空中举起了手。

啪——算了，有这个激励也不错。

经过两轮比赛的洗礼，姚蓝的公众形象明显好转，低年级中有仰慕者，同年级中也有愿意重新认识她的人，大家渐渐觉得这个姑娘并没有想象中的那么难以接近。

在江佳铃的指导下，姚蓝在回信中的措辞变得更加温和，对他人的搭讪也不再是一副爱理不理的样子。除此之外还特别要给两个人记上一功，一个是我的同桌张月桐，作为纪律委员和副班长，她自费为班级做了好几个大横幅，又积极鼓励身边的朋友为姚蓝加油。张月桐自己都不知道，她那楚楚可怜、谨慎害羞的性格，在很大程度上是班级对人对事态度的风向标,由于她的带动,愿意为姚蓝喝彩的人增加了不少。

另一个是杨小白。比赛过后,我猜到接下来可能会有人跑去找杨小白打听姚蓝的事,因此让江佳铃带着甜点好好嘱咐杨小白,当旁人朝这巫婆询问关于姚蓝的话题时,都拣好听的说。由于杨同学名人广播般的宣传效果,类似"姚蓝已经变了""姚蓝是被误解的""姚蓝其实是个好人"的话也就不胫而走。

"大名人你看,一切不都水到渠成了吗?"来到走道后,我将冰水贴到姚蓝的脸上,现在的她对这样的朋友举动已经完全适应了。

"是啊,我们又赢了!"姚蓝接过冰水,她静静地听着来自主会场的欢呼声,她听到了自己的名字。

突然,这个脆弱的女生鼻头一酸,对我背过了身子。

"怎么了?你可别告诉我,你享受不了被大家山呼海啸的感觉啊?"

"在转学过来之后,我从来都不敢想,自己竟然也会有被赞美的时候。"姚蓝吸了下鼻子,自顾自地说着,"时间太长了,我几乎都快忘记这种感觉了……不过现在终于可以承认了,我喜欢这样!友情……这个东西真是不可思议啊!"

"那可太好了,也算我没白费工夫!一会儿记得回教室啊,那儿的欢呼可能会让你更怂的。"我率先站起准备离开——照这个架势姚蓝没准会哭一场,我还是回避下比较好。

"最近,我总是做一个梦。"姚蓝的声音比我想象的要平静,"那是我儿时的场景,当时她还在我的身边,我希望这种日子可以永远持续下去,但是每次醒来之后,迎接我的只有空荡荡的房间。"

我停下了脚步。

"张舸,等比赛结束后,能不能再陪我去一趟三石桥?"

我有些明白姚蓝的心思了,当她走出自己的世界,看到不同于悲伤之外的景色后,她同时看到的,还有一直以来被她遗弃在记忆一角的过去,她与母亲生活的那些岁月。

"可以,但是你得答应我……"

"我只是想见见她，不会沉迷过去的，我保证。"姚蓝打断了我的话，"那些记忆很美好，我也很想珍惜它们，否则我就不会去看它们了……不过我现在想做的，是在现实中再次与她见面，而不是沉浸在过去的幻梦之中。我会适可而止，绝不会依赖三石桥的力量……我想要的是未来。"

"你有你母亲的消息了吗？"我和姚蓝说过沉迷三石桥可能会造成的后果。幸好她比刚和我上桥的时候坚强多了，心中想的始终是踏过那些回忆向前看。

姚蓝摇了摇头，她转过身子，但并不与我对视："其实……我在昨天去了趟警察局，但是我提供不了什么有用的信息……而且报案的时间也太晚了。"

我也不知道是不是该松一口气，至少不是落入类似传销集团或者和别人跑了这样的坏消息，总之先劝姚蓝打起精神吧："那先等等吧，万一有好消息呢！而且我觉得，即使事情真的变成你想的那样，你作为她的亲生女儿，她依然是爱你的。当然要是真成了那样，肯定没现在说的这么好接受，我不强求你对她怎样，但我觉得，你得正视自己想见她的那份感情。"

"你觉得，你觉得，张舸，你还真能说！全是些不用负责的主观建议，讨厌死了。"姚蓝擦了擦眼睛，她苦笑着敲了一下我的脑门，"算了，说出来之后我也稍微好受点了，咱们回去吧。"

运动会开幕的那天学校花了血本，烟花噼里啪啦地放了不下几十箱，小气球也飞了有几百个，赞助商们将横幅罗列在遍布操场的巨大充气物上，任由秋风将它们左右摇晃。伴随着运动员进行曲的高扬，返校的全体学生以班级为单位，跑过了象征拼搏的大拱门，而后由于立正过于懒散被副校长训了一个小时……

为了准备下午的决赛，我和姚蓝在临近中午时稍微热了热身，托运动会的福，今天没有门禁一说，本想和她一起去吃点什么，但姚蓝似乎没那个意思，只是回复了我一个腼腆且带着歉意的微笑。

"懂了，那我帮你带吧，还要点什么？"毕竟合作了一段时间，我已经能看懂姚蓝的心思了——说是怕自己嘴笨再次搞砸别人的善意也好，说是

第十九章 友情 225

只想靠行动来说话也好,说是内心焦虑、想要一个人静一静也好……总之,在决赛打响之前,我的这位搭档不想去人多的地方抛头露面。毕竟对她而言那是一场关乎自我救赎的战斗,她已经认准了,要以此彻底改变自己在大家心中的评价。

"再坦诚点就好了嘛!"我在感叹中走进了空无一人的教室,来到姚蓝的座位旁将她嘱咐的那些东西一一放好,想着这倔丫头能在食物冷掉前回来吃点。

突然,一张与课桌上的布局格格不入的破旧纸条引起了我的关注,在看过上面的内容后,我不由得打了个激灵——想知道你妈妈的下落,今天下午一点整,到"优选电子"隔壁的巷子。

这事儿有些诡异,而且出现的时机太巧合了。我当然不认为递纸条的人真的知道姚蓝母亲的去向,这明摆着是个为了约姚蓝去指定地点而耍的手段。

难道是某些学生无聊的恶作剧?也不太可能,毕竟知道姚蓝母亲事情的人,这所学校里就没几个。

按理说这纸条是要交给姚蓝的,但如果我告诉她,那个笨蛋肯定会没头没脑一鼓作气地冲过去……短暂的思考后,我得出了自己的答案。但正当我准备将纸条扔进垃圾桶时,脑海中却浮现出一个女生坐在胡同口等人归来的落寞身影。

姚蓝的内心绝对是深爱着她的母亲的,因为就算可能性微乎其微,她还是一直傻傻地等待着母亲的归来。

"就算可能性微乎其微吗?"我下了决心,要去确认一下这张纸条的真伪。

纸条中所写的那个在学校对面的"优选电子"是一家很有人气的二手数码商品店,万洋同样是这儿的常客。至于它隔壁的那条巷子,则是个在好事者们的口口相传下逐渐被妖魔化的萧条之处。类似什么"巷子没有尽头、时不时会有恐怖的号叫、从来没有人敢进去"这样的鬼话经常被学生拿过来搞一些二次创作。

其实哪有这么邪门,这条巷子以前是居民区,如今荒废掉了,所以出口就被封住变成了"断头路",现在只有野狗没事才跑去叫两声,正常人谁会跑去这个鸟不拉屎的鬼地方溜达!

唉,看来我的脑子确实有毛病。环顾着破败的四周,自己都不由得咒骂了自己几句。不知不觉,我已经来到了巷子的尽头。在随意堆砌而成的土墙两侧,零星散落着与泥土颜色融为一体的矮房子。枯死的树造型各异,杂乱地点缀着荒芜的大地,它们与其说是没有养分可吸才枯死,不如说是因为吸了这片土地的养分,才落得了现在的下场。

在我自讨没趣、转身准备离开时,身后突然传来了轻微的脚步声。

"谁!"

在我的呵斥中,一名高中年纪的女生从巷子的死角中探出了脑袋。

我的气势瞬间就泄了:"大姐,你搞什么啊,怎么还跟踪起我了?"

来的不是别人,正是我的老相识江佳铃。

"你还说呢!"江佳铃走到了我的面前,她好像并没有反思自己的行为,反倒一脸理所当然地指责起我,"中午的时候我和你打招呼,你理都没理,而且脸色难看得不行。"

估计是我当时光顾着考虑姚蓝的事,根本没注意到江佳铃吧:"我的脸色很难看?"

"可不是吗!一副心事重重的样子,看起来就不对劲。我还以为你跑去和别人打架了呢!"江佳铃向来都很敏锐,现在她又注意到了我攥紧的右手,"你拿的什么?"

得了,事已至此,索性就和江佳铃说了吧。

正当我对江佳铃道出来此的缘由时,几个面相凶狠、衣着古怪的不良少年进入了我们的视线。他们朝着巷子的方向走来,看这架势不像只是单纯的路过。

虽然我不愿意和这群人扯上关系,可我和江佳铃的身后已经无路可退了。

果不其然,不良少年们走进了巷子里,他们是来找麻烦的。

没有犹豫,我迅速将江佳铃挡在了身后,站在原地恶狠狠地盯着他们,同时小心翼翼地将手伸进裤兜,捏住了那部老旧的功能机。

上一个电话是打给谁的来着?万洋?赵慎?还是我的家里人?不管了,总之先拨了再说,只能如此了。

好在我这破机子不需要解锁,回拨电话压根不必对着屏幕操作。无论是谁都好,现在的情况可是千钧一发,你可一定得给我打通啊!

黑影们遮住了巷子中的光,在他们的包围下,一个浑身穿着名牌、甩着大风衣、踩着大皮鞋的黄毛青年缓缓走向我和江佳铃。比起周围的家伙们,这个黄毛的学生气息更浓,不过他已经用那副玩世不恭的富家公子范表明了自己的身份——主谋。

虽然印象很模糊,但我好像见过这张脸,是在哪里呢?

"还以为看到那样的话她绝对会来,没想到来的是她对象啊。不过也行,反正不管少了谁比赛都没法打了。"言语之间,黄毛将他的不屑和傲慢全揉进了腔调中,给人一种特别想扁他的冲动。

"你谁啊!把我们骗到'优电'的巷子里干什么!"我故意大声地质问着对方——希望手机已经打通了,话筒那边的人可一定要察觉到啊!

"干什么?小哥你是真不知道还是装傻啊,就你一直管姚蓝的闲事是吗?下棋很行对吧?现在还拉她打乒乓球?好感人哟,别人都不管,就你麻木揪了筋,觉着自己很了不起?"

"知道姚蓝妈妈的下落是幌子对吧?"我得找个机会让江佳铃逃走。

"笑死个人,那女的在哪里我怎么可能知道,没准找个男人跑了,没准给车轧死了,关我什么事啊!"黄毛用恶心的笑声带动着周围的打手,除了我和江佳铃之外的所有人都在笑。

要说没有愤怒那绝对是扯淡,但或许是因为心中的疑惑还没解开,我冷静得连自己都不相信——眼前的这群人并不是之前来找姚蓝麻烦的耳环哥一行,也不是前几天在商场中的莫西干头,我从来都没有见过他们。但是那个黄毛我绝对是有印象的,到底是在哪里呢?

"给你们个机会,毕竟我们无冤无仇。小大哥,只要你半下午的决赛不去了,从此和姚蓝断绝来往,我就放你一马。"

黄毛的话实在令人火大,为什么总是有人见不得姚蓝好,非要来找她的麻烦呢?而且还是用如此卑鄙无耻的方法。不管怎样我都不能在这里屈服,我已经答应姚蓝了,我是她的朋友,如果因为胁迫和威逼就背叛她,我和以前姚蓝口中的那些"朋友"有什么区别:"滚吧你!我要说不呢!什么东西敢对我吆五喝六的?有这工夫赶紧再去找点能拿钱使唤的街溜子,免得落魄了连个把你送去医院的人都没有!"

"那我们就没话谈了。不过你不同意,你正护着的那女的又怎么说?真动起手来我们可不会怜香惜玉。"黄毛到底还不算太瞎,他抓准了我的软肋。

我赶紧又把江佳铃挡在身后。我能感觉到,她已经按捺不住想指着黄毛鼻子骂的冲动了。

"再给你们一次机会。"黄毛自以为很帅气地从他那身看起来就不方便行动的风衣里拿出一摞钞票,像是施舍般撂到地上,"只要你们答应我不再和姚蓝来往,这些钱就都是你们的。"

从这黄毛的表情和动作来看,他绝不是第一次这样干了。在这里的打手,包括之前那些总找姚蓝麻烦的不良少年,还有网上的那个棋手一定也都是他花钱找的……难不成在姚蓝以前的学校里,也有学生是因为收了这混蛋黄毛的好处……气死我了,这是把我和江佳铃当成什么人了?这种用钱压人,随便干涉、支配他人生活的混蛋,我非照脸把他给呼死!

当我想捡起那摞钱狠狠甩向黄毛时,江佳铃突然从我的身后走了出来,她奋起一脚将地上的那些纸钞踹散踹飞,继而气势逼人地对着领头的黄毛呐喊:"想靠这种吓唬小孩子的方法收买我们,少看不起人了!姚蓝是我们的朋友,像你这种只会用钱指使别人,根本不知道什么是朋友情谊的败类,还是先可怜可怜你自己吧!"

真不愧是江佳铃,说得好!

"朋友情谊?你这娘们还挺喜欢说些酥人倒怪的话啊,一点也不成熟。那种东西有什么用,它能让我这些兄弟放过你们吗?"黄毛点了根烟,

第十九章 友 情 229

哈哈大笑着抽了几口,"那些让人腻歪的玩意儿爷我不要,没什么比给钱办事来得快。"

"你太可怜了。"江佳铃被我拉到了身后,但她的嘴并没有停下。

"两个蠢货……给我干他们!"随着黄毛一声令下,两个长发男立刻朝我冲了过来。

"江铃快跑!"我把自己像炮弹一样射了出去,瞬间便将其中的一人扑翻在地。

江佳铃的脸上重新感受到了光,她立刻朝我制造的那个缺口全速奔跑。虽然依靠敏捷的脚步接连躲过了三次攻击,但江佳铃还是架不住对方人多,在即将逃出生天时连胳膊带腿被抓了个结结实实。

还被困在巷子中的我正凭借初中留下的底子与对方周旋,眼看就要冲出去了……

"小大哥,往这儿瞅,不然我们可不管这女的怎么样了。"领头的黄毛用简单的几句话便让我缴械投降了——江佳铃正被两个人一左一右控制着双手、半压着身子,她咬牙拼命想挣脱束缚,但这无疑是徒劳之举。

"别管我了,快逃!"江佳铃的眸子没有任何屈服,她试图用自己瘦弱的身体创造奇迹,顽强地继续抵抗。

在我分神的时刻,眼前突然变成了一片漆黑,继而是天翻地覆的眩晕感和痛楚。暴怒的我从地上瞬间爬起,眼睛里只有刚才偷袭我的那个混蛋。现在我已经彻底记起来该怎么打架了,在闪过那两个想压住我的长发男之后,我扬起大脚直接将目标踹到了墙上,在他回弹之际一把抓住衣领,把全身的力气和怒气都集中在这一拳上……

"让你老实待着,不然我可动手了!!!"黄毛的呵斥声再次传了过来。我瞥到了那晃眼反光的金属制品——是小刀,那个混蛋正用刀抵着江佳铃的脸颊。

虽然很不甘心,但我还是松开了衣角。在我卸力之际,背部立刻传来了被撕裂的灼烧感,我在踉跄中单膝跪地,然后被七手八脚地控制了起来。

现在唯一能做的就是用眼神示威了。我斜视着黄毛的那张臭脸,继续思考是不是在哪里见过他。

"你们跑啊?小大哥,你比我想象的行多了!下棋,打球,接受采访,你学生生活挺丰富多彩的啊?"黄毛一边挑衅我一边用刀在江佳铃的脸周围晃荡,"求饶,我现在就放过你,快说!"

"滚!"

"龟孙子给脸不要,打死他!"黄毛说这句话时的语气格外瘆人。而几乎是同一瞬间,我想起了他是谁。可还没等我开口,一记重拳就将我的腹腔搅了个翻江倒海。

江佳铃依然在挣扎,她心痛地呼喊着我的名字。

面对着干呕不止的我,黄毛并没有露出任何舒畅的表情,他继续用冷冰冰的态度,指示他的手下们一拳又一拳地招呼着我。

江佳铃几乎是贴着黄毛的脸在喊了:"快住手!!!"

"你这死娘们鬼喊什么!"被搅了兴致的黄毛扇了江佳铃一记耳光,他用刀子割下了江佳铃的几根头发,"老实点,不然爷有的是办法弄你!"

火辣辣的痛楚渐渐流满了全身,意识在嗡嗡声中变得恍惚不清,这时的我已经无法明白何为恐惧,也无法思考自己接下来会有怎样的命运,只是希望可以早点从疼痛中解脱,别无他求。

好在不久前的那顿午饭理解了我的想法,它们一股脑地涌向了我的咽喉,而后又以飞流直下三千尺之势喷涌而出。捂脸退后的黄毛停止了对我继续攻击的指令,他的兄弟们也松了手,将咳嗽不止的我扔在了那摊刺鼻的混合物之中。

"小大哥,你要赖就赖姚蓝吧,那种娘们有什么好,居然和她混在一起。"黄毛回到了最初的态度,他居高临下,用蔑视蝼蚁的眼神盯着地上的我。

"我知道你,你就是当初霸凌姚蓝害她退学的,那个什么鸟毛帆对吧?"我尽力将自己调整到一个可以勉强说话的状态,用不屑的眼神向上望着。

第十九章 友情　231

想起来了，我曾经见过他的地方是三石桥，在姚蓝的回忆中。这个黄毛就是当初害姚蓝退学的那个富家公子哥，老大口中耳环哥他们的幕后指使者！

"霸凌？那也算霸凌？矫不矫情啊！那女的什么都和你说了？你们的关系那么好吗？！"黄毛用脚重重踩踏我的左手，言语也开始变得激烈起来，"多亏那臭娘们现在的老师朝我大哥告密，我可是被整得很惨你知道吗！居然爬到我的头上了？明明就是个女痞子还敢这么对我，现在还想在新学校里翻身？做梦吧她！"

我还以为他是要朝我报复之前下棋的事，原来只是因为自己被哥哥揍了几顿，加上气不过姚蓝的风评日渐好转，才又拉了一堆人来找麻烦。这种给家里捧大的富家公子哥还真是让人无语，一个个看起来是挺有派头、够跩、像个小大人似的，可内心是货真价实的小屁孩，以自我为中心，睚眦必报，受不了任何委屈。就拿今天他这一身名牌来说，这哪里像是来打架的，摆明了就是想等他的那些打手把我收拾完了，而后再由光鲜亮丽的他威风凛凛地将我踩在脚底摆造型，没准还要拍几张照片留念，用来显得自己很拉风。

虽然我相信这黄毛的哥哥肯定是谨遵老大的吩咐，重重地教育了自己的弟弟，但是从结果上看，这不是适得其反了吗？老大啊老大，我可被你害惨了！

在又一次的拳打脚踢中，我觉得自己的身体和精神都正在逼近极限，但是一想到这个家伙对姚蓝所做的事情，愤怒的情感再次涌满了血管："就这点力气？吃没吃饭啊你？还是找你给钱的那些人来踹我吧，你实在太弱了。"

黄毛的脚停了下来，他似乎被我激怒了，但是仍然摆出一副游刃有余的样子："小大哥，你就能逞逞口舌之快吧。被我踢不过瘾是吧？没事，我有的是办法欣赏你痛苦的表情。我是不知道你和这个红头发的娘们是什么关系，但如果我消遣她，你还能像现在这样大言不惭吗？"

在我极其不祥的预感中，黄毛走到了江佳铃的身边，他的面容变得狰琐且下流,像是个从没有见过女性的恶鬼,而后在突然间伸手抓向了江佳铃的胸部。

"王八蛋!!!"我的怒火达到了最高点,"你给老子滚过来,我扒了你的皮!!!"

江佳铃的身体本能地颤抖了一下,但是她依然没有被心中渐渐扩大的恐惧感打败,保持着写满了不妥协的面容,用让敌人也觉得不可思议的镇定和严厉质问着黄毛他们:"对别人做这种事,你们就觉得这么开心吗?难道不让别人痛苦,你们就活不下去吗?"

"你这嘴挺有意思啊,小娘们。"黄毛无视着江佳铃的话,伸手捏住了她的下巴,他很明显是想……

"你他妈的敢!!你哥当时怎么没打死你这么个狗东西!"我近乎疯狂地大声咆哮着,恨不得直接动嘴将那黄毛撕得粉碎。

"所以呢?他是我亲哥,他能把我怎么样?我又不是那种没爹没妈的孤儿。再说了,就算有什么也无所谓,因为我已经做了,舒坦了,这就够了。"黄毛撇下了江佳铃,将发泄的目标变成我,他打了个响指,狗腿子们应声而动,瞬间又把我架了起来。黄毛掰了掰指关节,看来他是要亲自上阵了,"小大哥,刚刚嫌我的脚力弱?那现在试试我的拳头怎么样?"

我的脑子里已经想好了反驳的词,但还没等念出来,全身就再次遭遇了暴雨般猛烈的攻击。

看来是赶不上比赛了啊,难得姚蓝已经这么努力了。还有她的妈妈现在到底在哪里呢?明明正在被毒打,脑子里居然都是些别人的事。

该死的,直到现在都没有其他人过来,难道我的电话根本就没有打出去吗?这下我也想不到什么办法了,如果能有什么救世主突然叫一声我的名字……

"张砢!!!"从巷子外传来了一声熟悉的呐喊,我的愿望实现了,救世主终于出现了!那是一个女生的身形,她的身份是……

"哎呀,真正的女主角到场了?怎着的,还认得我这个老相识吗?哎哎哎,你可别胡来,不然我还得招待招待他们!"黄毛又在玩弄他那把破刀

第十九章 友情　233

了,"好了小大哥,快当着姚蓝的面告诉她吧!告诉她,她到底有多少扫把星,把你们拖累到了这个地步。"

完蛋,这真是说曹操曹操到,怕什么来什么。为什么出现的人是姚蓝啊,我现在最不想牵扯进来的人就是她了,何况我根本没有存她的号码啊!

站在巷子口的姚蓝被面前发生的这一切吓到了,本想用一通拳头发泄怒火的她只剩下了在原地摇头的力气。而后,在黄毛接二连三的言语攻势下,姚蓝很明显地产生了动摇。看样子她又想起了过去的那些事,而且还非常消极地将我和江佳铃置身绝境的过错强行归结到她自己的头上。

黄毛给小弟们使了个眼色,有几个胆大的已经在慢慢接近姚蓝了。与此同时,他再次对姚蓝放起了嘴炮:"还没懂吗?只要是和你扯上关系的人都会倒霉,你就是个十足的扫把星,居然还想交朋友?还想打什么乒乓球?老老实实地像过去那样一个人自生自灭不就好了吗?好了,快发誓吧,说你从此之后都不再和这个小哥还有那个女的来往了,只要你开口,我二话不说马上就把他们俩放了!"

姚蓝的脸比她的影子还消沉,她的内心防线几乎就要被黄毛给攻陷了。唉,说到底还是因为我和江佳铃现在落在对方的手里,不然局面也不至于这么被动。

难道我们迄今为止所有的努力,真的到此为止了吗?

"不可以答应他们!!!"江佳铃的话语击碎了我心中的退却,"你们两个不要管我了,快逃!!!"

"又是你这娘们!安静!不然砍了你!"恼怒的黄毛再次用刀子威胁着江佳铃。

"你敢的话就下手啊!"江佳铃丝毫不退却,她的声音反而更大了,"姚蓝,你是我们的朋友,无论怎样这事实也不会改变,错的人根本不是你,而是这些见不得你拥有朋友和友情的败类!他们因为嫉妒你,所以才想从你那里夺走他们没有的东西!"

"我让你闭嘴！！！"

"无论何时我们的心都始终在一起,就算今天我在这里有什么意外,我也绝不后悔！我绝不会出卖我们的友情的,不要把我看扁了！"江佳铃并没有因为巴掌和拳头而中断衷心的话语,她将身子前倾,主动靠近着黄毛的那把刀,"我是已经死过一次的人了,难道你以为我还怕死吗?！"

江佳铃的话震撼了在场的所有人。姚蓝的眸子再次闪烁起了光芒,她的眼角有什么流出来了。这下轮到那个黄毛陷入被动了,他显然没想到这个弱女子的心理素质居然这么强大,在如此情形下居然还能面不改色地反抗。

"说得对,江铃,那种连打架都得喊人的软蛋居然还有脸玩刀,别笑死人了！"趁他们分神的时候,蓄力已久的我将所有的赌注都压在了这次的启动上——只有放手一搏了。

负责看守我的那两个长头发男子显然没反应过来,等他们意识到的时候,我的身体已经重获自由,像饿狼似的直接冲向了黄毛。

和我想的一样,这黄毛根本就是个外强中干的假把式,看到我冲过去直接就慌了手脚,完全忘记了自己不光有人质还有一把刀。

在我一脚踹开黄毛之时,姚蓝早就赶到了江佳铃的身边,她和我一道救下了江佳铃。而当我们朝巷子外逃的时候,破罐破摔的黄毛终于还是做了出格的事:他将刀子朝着江佳铃的方向直直地扔了过去。

虽然我的左臂被划伤了,但那只是破皮的程度罢了,以这为代价就能挡住黄毛最后的挣扎,以这为代价就能保护江佳铃,我倒是求之不得呢！

当然了,我也非常清楚逃出巷子并不是最终的结局,因为江佳铃的脚力不可能允许她一直这么奔跑,如此一来,被身后那些混蛋赶上就是早晚的事了。不过既然形势已经改变了,我也就不用顾忌什么了——我得为这两位女生的撤退争取时间。

我猛地停下脚步,在转身摆架势的同时对姚蓝呼喊着:"江铃就拜托了！"然而当我蓄势待发之时,那些混混也都不约而同地停下了步伐,他们好像看到了什么非常恐怖的东西,突然间便扔下了领头的黄毛四散而逃了。

第十九章 友 情　235

怎么回事？难道我一个人就把他们吓成这样？我的战斗力有这么强大吗？我在疑惑中回头的时候，正好看见十几个身穿黑西装的大汉正朝这边全速前进。

领头的是……老大？他身边还有一个同样一身黑的刺猬头——虽然刺猬头穿的是件夹克。

"别让他们跑了，全抓起来！"在老大的命令下，一场老鹰抓小鸡的除恶行动开始了。

"领头的是那黄毛，逮那个黄毛！"赵慎一马当先地冲将过去，他虽然不知道我和江佳铃经历了什么，但直觉告诉他，要是先被其他体育老师得手了，自己绝对没机会再痛快地揍那混蛋几拳了。

黄毛到底是养尊处优惯了，到了大难临头的时候，他哪里跑得过那些整日靠打与逃吃饭的专业人士，转眼之间便被赵慎擒拿住了。当老大他们赶到呵斥赵慎松手的时候，那个黄毛的脸上已经糊满了眼泪、鼻涕以及泥巴。

我一直以来紧绷的神经终于松下去了，力竭的双脚再也无法支撑伤痕累累的身体，任由它朝地面栽了下去。在我的面前，一场猫捉老鼠的游戏早就进入了尾声。老大带领的体育老师们比上次更加麻利，在赵慎扶起我的时候，黄毛和他的手下们早就被押成一排了。也不知道为什么，那黄毛在看到老大之后立刻成了缩头乌龟满口告饶，难不成是真把老大当成什么黑社会了？

"张舸你小子命可真大！你问我们？不是你给我打的手机吗？我们当时正找你呢，姚蓝比我早搞明白怎么回事，等我反应过来去找老大，她早就自己跑出去了……其他人？我没告诉别人，真的真的，其他人我谁也没告诉。"赵慎拍打着我身上的尘土，"这群瘪三下手够狠的啊，早知道我该把那黄毛的门牙打下来替你出出气！"

其实在动身出校门之前我去过一趟办公室，不过和之前预料的一样，门是锁上的。这也难怪，老师们基本把运动会当作是休息的好机会，就连老大这样的班主任也早在十一点就动身回家了。或许那黄毛就是瞅准了这个空子才展开行动的吧?

姚蓝正支撑着江佳铃,她们缓缓来到了我的身边。

"抱歉,江铃。是我被冲昏了头,明明知道这是个陷阱……都是我的错,把你连累了。"我简直蠢透了,居然幻想真的能得到姚蓝母亲下落的消息,如果江佳铃今天出了什么事,我根本无法原谅我自己。我已经没有脸再见她了,都是因为我才让她吃了那么多的苦头,险些连命都丢了。

江佳铃纤细的手出现在了我的面前,就像是初中时那样。

可是江铃,我现在没法再接受你的善意了。你对我越好,我就越觉得亏欠你啊!就算你不说,就算你还会对我微笑,可是今天这些不好的经历将会永远留在你的回忆里,即使这样你还要靠近我吗?

"张舸,比赛要开始了哟。"江佳铃的语气和平时没有区别,她一定还在微笑着,"你甘心让好不容易得到的机会从手心溜走吗?"

我抬起了头,迎接我的是如同天使般的微笑。在犹豫之际,另一个女生的手也向我伸了出来:"一个人拉不起你,那就两个人一起!搭档,要怪也应该怪我,你是为了我才跑出来的不是吗?!我知道这个要求很过分,你已经伤得这么重了……但是我还想和你一起站在决赛的舞台上,想和你一起把最后一场比赛打完啊,你不参加的话,我……"

就连赵慎也使劲从身后推我了:"说得对啊!如果你不去那才是正中他们的下怀,你皮厚我知道,区区小伤,何足挂齿!"

在他们的合力下,我再次站了起来。

"张舸,我知道你在纠结什么。但是从结果上看,我们什么也没有失去不是吗?何况也是你救了我。"江佳铃向我耸了耸肩,她的脸上浮现着轻微的红印,"虽然你动了手,可这和初中的时候不一样,你是为了保护重要的东西才不得不这么做的,所以我原谅你啦。"

江佳铃这话明显是说给赵慎和姚蓝听的,她在为我开脱,给我找台阶下,她明明知道我愧疚的不是违反了与她的约定……

江佳铃口中"重要的东西",她说的一定是友情吧?友情和执着,它们的强大是那个逃跑时被打手们无情舍弃的黄毛永远也不会明白的。

不远处的老大挂断了电话,几乎是同时,黄毛瘫倒在了地上。虽然我很想看看他的那位哥哥究竟有多大的杀伤力,但现在还有更重要的事在等着我。

我努力平复着呼吸,同时扫了不远处的黄毛一眼:"姚蓝,我们走吧。"

大家说得对,我才不会让那种人,把我们一直以来的努力毁掉。

还是赵慎够机灵,他一方面对我挤眉弄眼,一方面又大声斥责了我逞英雄的行为,继而对老大做了会带我去医务室的保证,最后以事不宜迟为理由,将我迅速架离了巷子。

虽然老大的眼镜又变色了,但我在回头的时候仍然感觉到了,他正和我对视——老大,不管你事后要怎么惩罚我,但是现在我一定要去。这是我和姚蓝的战斗,就算最后倒在球场上,我也绝不会后退。

第二十章

多少也算派上用场了

当赵慎将我扶到体育馆时,距离决赛开始只剩下五分钟了。赵慎在点头同意保密中午的事之后与姚蓝互换了伤员。江佳铃的情况明显比我好得多,不过脸还是稍微能看出来有点肿。

在我放松下来后,遍布全身的痛楚和腹中的呕吐感变得更加明显,包括之前并不在意的手臂擦伤现在都疼得让我难以忍受。唯一值得庆幸的就是当时姚蓝的行动只是为了救出江佳铃,并没和那些混蛋拉开架势大打出手。要是在这个节骨眼上她再搞出暴力事件,估计就算参加了决赛,也没法纠正那些刻板印象了。

送走了江佳铃和赵慎之后,休息室中的我试着将注意力转移到即将开始的比赛中。

"张舸,你真的没关系吗?"姚蓝读出了我表情中的僵硬。

"没事。"我试着扭动面部,做出了一个极不自然的微笑。

选手入场的提醒打断了姚蓝呼之欲出的话语。我乞求身体能暂时忘记疼痛,而后打起十二分的精神,拿上球拍先行前往主赛场。

这可是万众瞩目的决赛啊,怎么可以就这么认输?我一定要调整好状态!新组的队伍、学校知名的来事二人组、连续两轮的 2 比 0……噱头要多少有多少!所以各位观众,让我听见你们的声音啊!

大步流星走进场内,我将手放在耳旁,朝着全场索要欢呼。

山呼海啸。

"哼,欢呼声也就还凑合吧!待会儿再用表现给观众清清嗓子!"我摸了一下自己的鼻子,尽量摆出同平时一样的口吻。

"人家欢迎的上一届冠军,又不是为你才尖叫的,笨蛋!但如果是为了让我不担心才强颜欢笑……谢谢你。"姚蓝走到了我的前面,她没有看我的脸,只是拍了拍肩膀。

来自5班的这两名选手穿着黄色的比赛服。男的不算太高,面如死灰,但是看起来很结实,又黑又壮、气场十足;女生和姚蓝是一个感觉,运动系的短发女孩。

当我们和对手互相致意开始练球时,江佳铃和赵慎也回到了11班的观众席中,可他们刚坐下,就被一旁张月桐的打扮惊掉了下巴。

"赵、赵慎同学,不要看啦,会害羞的!"张月桐慌慌张张地挡住自己的脸,但是她一抬手,那面大大的班旗又马上倒了下去,逗得周围一阵笑声。

"王家谊,你还笑?快去拿正常的衣服来!"王家杰正在指使张月桐身边的一名苗条女生。

赵慎马上就认出来了,这是13班的班长王家谊,王家杰的双胞胎妹妹。因为兄妹俩都是班长,13班和11班的关系一直很好。

"嘿嘿,这不是怪好的吗?之前张月桐还跑去我们班给姚蓝拉人气呢!现在我们班可是你们的啦啦队!你看!喂,同学们,喊起来啊!"王家谊对着身后挥了挥自己手上的小旗子,霎时间,一股震天撼地的山呼海啸差点将王家杰和赵慎推下看台。

"怎么样,很给面子吧!而且比起靠别人,张月桐也要身体力行嘛!本来想打扮成女仆装,她死活不愿意!"王家谊自豪地叉着腰,她的身后,13班的全体学生清一色穿着"11班加油"字样的T恤。

"乖呛嘞,看看人家的班长当的!"赵慎被这场面完全乐到了,"呵!对方也有其他班帮衬,欢呼声势均力敌啊!"

"叛徒!刚才篮球比赛的时候,我们班不是也拼命帮他们加油吗?"王家杰努力地解释着,然后他发现话题偏了,"不对不对,你还没说这衣服是怎么回事,这怎么进来的啊?!"

张月桐头上戴着一个蓝色的牛仔帽,帽子上插着三个写了"11班万岁"的小旗子。水灵稚嫩的脸颊两侧分别写着"姚蓝""张舸",两只手的手腕上各自绑了一条彩带,手上扛着一个"11班威武"的大旗子。至于衣着则是露着肚脐的蓝色皮质夹克和超短裙,虽然她里面还套着长袖T恤和牛仔裤,但也足够怪异了。

张月桐现在一脸苦相,稍微晃两下可能就溃不成军了。她颦着眉、并着腿、缩着肩,既想遮住脸,又没法放下手中的旗子。这副新潮的打扮早就让周围的同学炸了锅,女生们三三两两小声说个不停,男生们则更加堂而皇之,在拍照后招来一大帮狐朋狗友对着相机围观傻笑。

"没关系,如果只是做这个……小谊就愿意帮忙给他们加油……我是没问题的!"张月桐的表情看不出一丝开心,她瘪着嘴,楚楚可怜地说着。

"王家谊你太过分了,这不是欺负人吗?! 快给她脱了!"王家杰有些生气了,"这什么玩意啊穿的,纪委人好也不能这么耍。"

"切! 明明是她自己同意的! 我先回班了,待会儿见啦老哥!"王家谊吐了个舌头,一溜烟往后跑了,"大家不要停啊,再大点声!"

王家杰对妹妹的背影沉重地叹了一口气,他站起了身子:"纪委,你赶快去换衣服吧。"

"不,这是约定,我必须遵守。"张月桐咽了下口水,倔强地扛着旗子,声音越来越小,"我、我答应小谊了,而且,她说这样加油,一定会有效果的,大家的斗志会更加昂扬,尤其是张舸……"

"她到底都给你灌输了些什么啊!"

观众席的喧闹氛围在持续发酵,直到那声短促有力的哨响出现。

"你真的没问题吗?"发球之前,姚蓝低声对我说着。

"还好。你肯定也看出来了,我的动作和刚练球的时候相比已经流畅多了,多少能适应这副身体了,放心吧。"

"那你做好准备,这两个人都是高手。"

"高手? 很厉害吗?"

"嗯,男的是直板横打,敢用这种打法而且还是去年的冠军,肯定有东

第二十章　多少也算派上用场了

西的。女的也不差,虽然力量不是很大,但每一拍的节奏都很好,估计和我单打的时候一样,是个绝不后退的近台强攻型。"姚蓝的表情略微凝重。

得,我可最烦近台强攻的对手了,何况我现在还是个"残血"的拖油瓶状态……这不完蛋了吗?!

当我们交流的时候,对面的二位也在说着什么,不过表情轻松。

"相信我,张舸。"姚蓝摆出了一个笑脸,"我们一定会赢的,给我一个机会,我会让你相信执着和友情……远比你想的要强大!"

姚蓝的发言居然有点感动我了,经历了这么多事情之后,她终于相信了我和江佳铃所相信、依靠并且努力保护的东西了。我点点头,在脑海中回忆着老爸对我的劝告。他出差回来后便对我的比赛格外上心,虽然已经不可能专门跑去球馆虐我,却仍然能提供给我一些技术性的指导:

"儿子,你听好了。乒乓球讲究的是心态和技术两部分,面对比你强的对手,你要学会主动攻出去搏杀,如果求稳不做变通,只能被温水煮青蛙活活打死……"

对面是高手,加上我剩下的体力也没有多少了,与其让这点体力慢慢消耗,倒不如在一开始攒足了劲头,看看有没有什么办法打开局面。

比赛开始了。姚蓝在做出示意手势后将球高高抛起,她的发球很快,但面瘫男一个大搓,轻松地将球挑了回来。

我反手将球挡回,但身体摆动的幅度已经超过了现在自己能承受的范围。霎时间,眩晕、呕吐、痛楚……所有可以用"难受"概括的感觉全都向我袭了过来。我龇牙咧嘴拼了命地外撤,把所有的"江山"都托付给了后面的姚蓝。

对面不愧是老组合,面瘫男早就为同伴让出了击球位置,她杀球的姿势也很专业。好在姚蓝的反击很快,球像是一颗带火的流星从我身旁飞过。迎战的面瘫男表情没有变化,他像是个运转精密的机器人,从容地举起了反拍,借力打力对准死角用力一抽。

"好球!"观众席上已经有人喊了起来。

球过来了,速度比起姚蓝打回去的时候只增不减。

该死的,这也太厉害了!我紧绷全身,伸直了手臂将球勉强勾回,而后踉跄地停了下来,用手揉了揉微微痉挛的腹部——唉,完蛋了,这一分丢定了,球毫无疑问会打在我的身上。

准备向姚蓝道歉吧。

"笨蛋!快回来!"在姚蓝的谴责声中,对方的大力抽球已经奔我来了。

确实,第一分不能这么轻易就丢掉,可是……我的脑袋还没反应过来,手臂处就传来了一阵柔软的触感。

姚蓝现在几乎贴在我的身上,但她丝毫没有在意,眼神中只是写着"要赢"。右手的拍子从我腋下伸出,不偏不倚正好挡到了来球的方向,同一瞬间,柔软的感觉消失了,我的身子被姚蓝狠狠推了一把,方向是对台的死角——同时也是下一球接球的位置。

看台上传来了惊叹的呼声。

这是姚蓝的预判吗?这也太厉害了,那种球都能接回来?没有犹豫,我用上了这辈子所有的力气大力杀了一板。

得分!刚才那球让现场的气氛瞬间爆炸,欢呼声响彻场馆。

"没事吧?"姚蓝赶忙来到我身边,确认着我的状态,"如果不行了,我现在就和裁……"

"别停下!停下我就感觉到痛了,不能停下!"我说的是事实,比起运动中,现在这种静止的状态反而更难受,"快去发球。"

姚蓝用沉默答复了我。在示意后,她发了一个十分刁钻的球,面瘫男没有上当,机械般地将球挡回。

好,这次就要耍你。我侧着身子,胳膊像是在弦之弓,做出了个孤注一掷的大力击球动作……上当去吧!我在挥拍的过程中偷偷改变了姿势,原本从下而上的动作突然卡在空中,接着朝反方向用力一划,好似抽了一鞭子。

削球,这个球的力度虽然不如直接攻球,但打的是个出其不意!

可惜对方没有上当,她迅速调整了击球动作,大步上前进行抢拉。

第二十章　多少也算派上用场了　　243

可坑了,这两人还真难缠!

姚蓝沉下右臂半蹲身子,当球就要触及地面的时候她出手了——一个好似本垒打的强力击球。

球以S形的轨迹飞了过去,面瘫男依旧半眯着眼,他模仿着之前姚蓝的动作,半蹲着身子要拉弧旋。

切,不管有多大力,接给你看!

面瘫男的动作还在收尾,球就已经飞了过来。

什么嘛,一点也不快,球也没有姚蓝那么转,就算是现在的我也能一板子把你打死!

"别……"虽然仅是一瞬,但我确实听到了姚蓝的声音——自从国庆合练之后这还是头一次——只是为时已晚,我的杀球动作已经做出去了。

为什么?我惊慌地看着自己打出的球生生下网。

我被骗了?对面那是个下旋球?击球的瞬间,他用一个铲的动作摩擦球的后侧下部,只不过幅度大加上假动作,几乎所有人都以为那是弧旋球……完蛋了,我要小聪明的手段居然也赶不上对方,这次是彻底被拿捏了。

比赛继续,面瘫男将球高高抛起,准备做出一个平滑球的动作。

这个球是什么?

熟悉的指示音响了起来——这是接下旋球的信号。

没错,是下旋球。在对方要击球的瞬间,我已经摆出了上前推拍的架势。

就在此时,另一个指示音响了起来——姚蓝改变了想法。我也觉得有些诡异,但自己的动作已经出去了,结果只能是接球下网,让对方加油的叫好声响成一片。

1比2,我们落后了。

我恶狠狠地斜眼瞪着面瘫男,他依旧是面无表情地与同伴击掌——不光骗了我,这次他连姚蓝都骗过了。

"对不起呀。"姚蓝用球拍遮住嘴,小声地向我道歉。

"不怪你,他们真的很强。"这之后的比赛给了我难以想象的压力,面瘫男的每一个球角度都极其刁钻,他们的默契程度也远超我们,如果不是进行了那场特训,如果我的队友不是姚蓝,以我现在的状态,我们肯定早就被零封了。

"张舸,不要放弃啊,看我的!"在接下来的几个球里,姚蓝拿出了全部的本领,火力全开,用大力攻球一次次强行得分。

这次的挥拍过后,姚蓝伸出了舌头。由于击球的速度实在太快,不光对面救球的运动女摔了个跟头,就连体育馆的观众也都没来得及反应,直到两三秒后才爆发出欢呼声。尤其是我们班和13班的方位:

"姚蓝太神了啊!"

"哦呵呵! 她真的不是世界级的运动员吗!"

"太假了吧……但是我喜欢!"

赵慎被包围在声潮中,他一个劲地摇晃着王家杰:"班长,刚才那个你看到没有!泪目了泪目了!"

王家杰依旧保持着冷静:"你们不觉得张舸很奇怪吗?他那回球质量太拉了,搞得姚蓝始终在挨打,根本没法像前两场那样舒舒服服地杀一个球。"

张月桐并不在意王家杰的话以及自己现在的装束,她放开手脚忘情地尖叫着。这一行为引起了两位安保人员的注意:"你这衣服是怎么回事?你哪班的?学生运动会不需要奇怪的赞助表演,跟我们去传达室!"

"啊? 可是我是……哇,班长救我!"张月桐快要哭了,她现在正被架走。

"班长,吉祥物被抓走了!"

"得,去擦屁股吧……大爷,等一下!"

渐渐地,会场里的欢呼声变小了,取而代之的是嘈杂的低语。运动女在跌倒后并没有站起来,而是蜷缩成一团,痛苦地捂着自己的脚。她的搭档终于改变了面瘫的表情,叫停了比赛,关切地询问着情况。

我和姚蓝也暂时回到了己方的休息区。

第二十章 多少也算派上用场了 245

"那运动女怎么了?"我从姚蓝手上接过了水和毛巾。

"多半是接刚刚那球的时候扭到了吧?"姚蓝的脸色黯然了下去,"我可不想这样来赢比赛啊。"

姚蓝还真是个单纯的女孩,她是不是忘记了这儿也有个伤员在苦苦坚持啊?

灌完半瓶水后,我苦笑着安慰搭档:"你又不是故意的,别这样自责嘛。"

我不敢告诉姚蓝,其实我的状态也几乎到极限了,如果对方就此弃权,我倒感觉能松一口气。头脑中充斥着一团晕晕乎乎的气,四肢流通的血也是麻的,受伤的手臂更是各种滋味都有……身体在提醒我,再这么打下去,我有可能会倒下。

在观众席上,江佳铃正将双手合拢做出祈祷的姿势。直到裁判宣布比赛继续之时,她才再次睁开充满幽怨的眼睛。

会场中响起了经久不息的掌声,这是献给决定坚持下去的运动女的。

姚蓝用凉水浇了浇头,干劲满满地甩着短发:"这样再好不过了,我要堂堂正正拿下比赛!"

"那大家扯平了,都是一拖一。"事到如今,与其让我一副苦瓜脸上阵,倒不如像这样保持幽默。

之后,比赛的艰难程度远超想象,虽然运动女的脚步迟缓了很多,但她的搭档反倒像换了个人似的,越打越凶狠。如果不是姚蓝也同样爆发了,我们早就已经被打败了。在观众们此起彼伏的惊叫声中,姚蓝一次次接回必死的球,一次次化解因为我的过错而面临的危机。

我听见现场有学生抱怨我拖姚蓝的后腿,甚至还有骂我垃圾让我下场的。不过无所谓了,至少姚蓝获得了赞扬。

第一局比赛,我们以 6 比 11 告负。

该死的,没喝水的时候觉得口干舌燥,连呼吸都磨喉咙。可现在,我又能清楚地听见水在胃中咕嘟嘟翻滚的声音。

"相信我,我们会赢!"姚蓝拍着我的肩膀,从她的微笑中我看不出任何怯懦。

为了减少损耗,我开始选择削球,但这实际变相增加了姚蓝的压力,因为我的保守,她必须接二连三挡下对方的强攻。唯一庆幸的是,姚蓝没有抱怨一句,越是绝境她的表现就越吓人,一次次防守、一次次强攻,没有变形的动作,没有多余的脚步,完全是逆天改命拖着我跑。第二局比赛,我几乎一个球也没接上,但姚蓝如同她自己所说的那样,每一个球都打了上去,她的每一次进攻最后都转化成了得分,靠着天神下凡一样的关键表现,第二场我们挽回了三个赛点奇迹获胜,15比13。

拿下小局后,姚蓝忙里偷闲地对我竖起了大拇指。但我能看出来,她也已经很累了。上局比赛她的消耗太大,就连判断上下旋的指示音也在最后几个球的时候停掉了。虽然我一遍遍告诉自己再坚持一会儿就好,可膝盖颤抖得越来越厉害,双腿好像被灌了铅,根本抬不起来。

已经掩盖不下去了,事到如今,就算是完完全全的运动白痴都能看出来我的状态不对劲,更何况还是那个面瘫男。他的策略就是调动我、强打我,一开始我还会想有没有陷阱,是左边还是右边,是上旋还是下旋……到了后来,我甚至不敢去想,只是跟着直觉乱接一通。

连丢了多少分了? 记不清了,总之很多。当中午被揍的那些痛楚随疲劳再次回到我的身上后,崩溃的时刻终于到了——在这次失球后,我只觉得眼前一黑,而后便重重地倒在了地上。

地面瞬间被我的汗水打湿,观众席上有人喊我的名字,但随之而来的各种杂音裹挟了我的耳朵。模糊的意识中,我似乎回到了初中时的那段昏暗日子——在某个下午,我也是这样浑身是伤、重重地摔倒在地,后来……

"暂停!!!"隐约听到姚蓝叫停了比赛。她把我扶回通道中,接着是一顿急切的呼喊。

我尝到了眼泪的味道,意识逐渐回来了。我的眼前充满了雾气,姚蓝的脸颊和领口都在冒着热浪,她的短发不再随风飘扬了,汗水将它们全部黏在一起。

她累了,而且表情很惊慌。

不,我不想让她露出这样的表情,我想要姚蓝像一开始那样,那样无畏、那样阳光的笑容啊!搞了半天,最后让她失去笑容的人……是我吗?

不行,绝不能这样。

我努力试着开口,可是嘴巴不受大脑的控制,一句话也说不出来,只是瞪大了眼睛,失神地望着她。

"喂!张舸,你说句话啊!这比赛我不打了,早知道这样,从一开始就不该打的啊……你快回答我!"姚蓝哭了,她激烈地晃动着我的脸,"求求你说句话啊,不要吓我!"

不是这样的啊,姚蓝!我想听的不是这些!你别去弃权啊!如果你在这里放弃了,我一直以来的努力是为了什么啊!

我要阻止姚蓝走向裁判,我不要她就这么认输,不管是谁,快点叫住她!

"等等!"熟悉的女声从通道里传了过来。几秒后,令人安心的红褐色马尾映入了眼帘,而后是一个紫色的小香囊,"张舸!你说过自己绝对不能放弃的,你还记得吗!你和我保证过的,你现在要认输吗?快站起来啊!"

视线聚焦后,我看清了她的面容。

是啊,江佳铃,我不会倒下的。我怎么可以倒在这里呢?我可是向你夸下海口,要把姚蓝重新带回大家面前的啊!我还可以继续,我还有必须站起来的理由:"姚蓝……回来!还没……还没结束!"在江佳铃的搀扶下,我站起身子,呼唤着我的搭档。

"张舸,已经是 7 比 10 了,现在……"

"我可不是为了一个球重新站起来的!"

姚蓝显然被吓到了,我不知道她在那十几秒里想了些什么,只是目睹她的表情从惊讶变成欣喜,再从欣喜变成失落,最后定格为一种略显释然的苦笑。

在示意裁判比赛继续后,姚蓝飞快地跑回我的面前。

我已经可以站稳了:"你别忘记了,你也说过……要让我看看友情和执着的。对面那个运动女也是一直坚持比赛,我怎么能输给她!"

姚蓝抹了下眼角,她笑了,她的凤目再次变得坚韧。

江佳铃不再支撑着我:"抱歉,明知道你已经到极限了,我还是任性地赶来叫你……但是我了解你,我不想你事后想起的时候留下遗憾,我知道有些遗憾是永远也无法弥补的……这是属于你们的舞台,请一定要加油!"

"别这副表情……你如果不来叫我,我之后一定会怪你的……看着吧,我们一定会赢。"我打趣着送别通道中的江佳铃。

伴随着全场的欢呼,我步履蹒跚地回到球桌旁,两位对手也看了过来,用充满敬意的表情。

"还是回来了啊!好样的!"赵慎站起来带头鼓掌,王家杰也放弃了儒雅的气质,他扯着喉咙疯狂地呐喊,杨小白同样站了起来,而后是整个班级。

我听见了姚蓝和我的名字。向看台一望,正巧瞧见了张月桐挥动的大旗,那上面印着我们的班级。

"喂,13班的,你们的兄弟班需要你们,给我喊!"王家谊身后站起了无数件高喊"加油"的T恤。

相对地,为5班加油的班级群也站了起来,他们高呼着面瘫男和运动女的名字,与为我们加油的声浪搅作一团。

"吵死了。"我抱怨了一声。

"哼,这不是挺好的吗?"姚蓝环顾着场馆里的观众——这么多人都在喊着她的名字,这是让她热血沸腾的场景。

同学之间的关系很虚伪,他们口中的"朋友",只不过是为了合群,为了不被欺负而喊出的口号——姚蓝对自己过去的话语微微一笑,与我再次站定位置。

试探性的几个回合后,我忍着酸痛大力挥拍——求你了,一定要过啊!

球飞了过去,奔向面瘫男的反手。面瘫男右臂的齿轮转动了起来,这个机器战士稳健地抽了一板。

在我让开的区域内,姚蓝的嘴角又撇了上去。迅雷不及掩耳,这杀球根本感觉不到她的体力有任何的消耗。

运动女接球失误,我们从悬崖边上回来了一点,8比10。

会场响起了巨大的欢呼声。

"接球很棒!"姚蓝拍了我一下。与此相对的,面瘫男也上前拍了拍搭档。

姚蓝接下来会连续发两个球,对面的接球员是同样饱受伤病影响的运动女——这可能是现在我们唯一的赢面了。

"杀!"姚蓝在抽打中将自己的身体控制到了极致,她改变了击球动作,化上旋为下旋,将球优美而非暴力地送了回去,我们又拿了一分,9比10。

这个接球的手法简直不可思议,况且姚蓝还是个女选手。

现场的欢呼声更大了,加油的呐喊声回响在我耳旁。

奇怪,对面怎么变成四个人了?我摇了摇头、吞了吞口水又试着挪了挪脚——该死,灌铅的感觉这么快就回来了?老天爷,求求你让我再累得晚一点。

姚蓝在示意后继续发球,运动女推回来,我用削球保持体力——手臂酸得难以置信,快要到极限了。

面瘫男拉出了一个大弧旋,姚蓝吐出了舌头,反手一拍直接给到运动女的方向,运动女不需要移动,这球能直接打。

欢呼声再次响起,而且声音特别大,这是比赛至今最大的欢呼了。

我们被淘汰了?不对,居然直接得分了!10比10,我们打平了!

我大口喘着粗气、摸着胳膊、吃惊地回望姚蓝——她有些喘,笑着指了指自己的脑子。

我想起来了,这是当初刚和姚蓝合练时她经常使用的战法,靠远超对面女选手的速度和力量正面搏杀。

这当初被我们集体看穿的套路,现在反而成了出其不意的救命稻草。因为比赛至今,姚蓝还是第一次采用这样简单粗暴的打法。

观众们已经不知该如何回应这个女生身体里蕴含的能量,只能疯狂地呼喊着她的名字。现在的姚蓝俨然成了一个大明星,什么过去的流言蜚语,早就没有人去在乎了!

白色的球飞了过来。

该败了,快动啊!!! 我骂着我的双腿,它们麻木了,我甚至怀疑它们是否还在。

完了,明明姚蓝这么努力,结果还是因为我输掉了比赛?张舸啊张舸,被拖着跑了一整场,你倒是发挥点作用啊!!!

"张舸! 好球啊!"

他们说什么呢?他们在喊我的名字?为什么?

我回过神,发现自己正腾空跃起,而且在另一个底角。

我将球接了过去!虽然我的身体疼到不行,但它自己动了起来!这算是我无意识的本能反应吗?

对了,经过那一天半发疯似的训练后,我已经在无数次应对来球的循环往复中,产生了自动的肌肉记忆,看到球就会下意识地去接。

脑海中回想起了一个秋千头像——又是你的功劳,真是谢谢了!

惊叹声中,我的球鞋在与地板的剧烈摩擦后抓地成功,帮助我转身赶往台前。

完蛋了,这几步迈下来我觉得自己真的完蛋了。

面对来势汹汹的杀球,姚蓝吐着舌头,直接强力打回。

得分! 11 比 10!

"我的天啊!"

"姚蓝!"

"真拼啊! 这简直是奇迹!"

姚蓝呼着大气,任由汗水模糊了眼睛。

江佳铃鼻子一酸,而她的前排,已经有女生真的激动到落泪了:"姚

第二十章 多少也算派上用场了 251

蓝,你太厉害了!我们向你道歉!"

"姚蓝,我们班就拜托你了!一定要赢啊!"

王家杰的嗓门喊得比赵慎还大:"下一分要拿到啊,速战速决!"

我能听到自己的心跳声。我的身体已经动不了了,再动一下它就会……

"挺住啊,一个球就好,再一个球!"姚蓝的声音传了过来。

运动女发球了,我奋力将球接回,面瘫男和姚蓝则持续令人咋舌的猛攻。

已经不行了,就算是凭借身体记忆,就算是靠意志力……

对面看准了我的油尽灯枯,使劲调动着我。当挡下这个球之后,我的意识中有什么断掉了,大脑也失去了对四肢的控制。

面瘫男朝我停住的方向一拍子打了过来。球、我、姚蓝全在一条直线上,换言之,姚蓝的击球空间被我完全挡死了。

再也没辙了吗?这个时候,如果我还能为姚蓝做什么……

我任凭自己的身体朝后倒去,眼中的景色变换着,从球到球台,到天花板,到被我仰视着的姚蓝。

在热气和汗水中,全身紧绷的她如此光辉,像是一位战无不胜的女神。

这姑且算是,我最后的小聪明吧!我倒在了地上,但时间刚好。因为我的倒下,姚蓝获得了击球的位置。

她事先会想到这球还有转机吗?她能猜到我会这样做吗?她有没有提前摆出击球的姿势?我们的默契,达到这个地步了吗?

身体在地上弹了一下,我眼前发黑,耳朵嗡嗡作响——这是欢呼声吧?那个球怎么样了呢?

"张舸!我们赢了!我们赢了!"

身上好沉啊,什么压了上来。

"张舸!我们赢了!!!"

姚蓝,你的汗味好重啊。

……

"是吗？不然早就过来了？"我躺在医务室的床上，一脸轻松地看着面前的人。

"对啊！所有人都缠着我，把路都堵住了！居然还有要签名送花的，我就像沙丁鱼罐头里的沙丁鱼，喘不过气了都！"姚蓝嘟着小嘴朝我抱怨起来。全校的问题人物突然成为班级英雄，这种逆天改命的情节就像是热血漫画中的桥段一样。在这一战之后，姚蓝的风评彻底改变了，她救赎了自己，用自己的汗水、泪水和笑容赢得了大家的尊敬。

"这是好事啊，大家都喜欢你了对吧，感觉恣不？"我笑着问她。

"嗯呢，恣死了！"姚蓝脸上的兴奋劲渐渐消失了，取而代之的是让人怜惜的伤感，"现在想想，或许当初的我并不是完全不相信你们的友情，而是嫉妒你们拥有我没有的东西吧？虽然很可耻，但是我和那个黄毛的心态是一样的……不过现在，我不再把自己当成一个旁观者了，我也是你们友情的一分子，我可以这么认为的，对吧？！你们一直都在保护着我，为我的事情操心，把我当作你们的好朋友，我……"

说着说着，姚蓝的眼泪像是泄了洪一样流淌下来，她趴在床边、抓住床单，将头埋进被子里，把压抑许久的感情完全释放了出来。

"喂喂喂，我还躺病床上呢，你这哭得像是我死了似的。"

"你还有脸说！今晌要是没人过去，你没准真就被打死了！都是、都是因为我……"

"多余的话就不要说了，我又不是专门替你去挨打的。"我赶快停止了这个话题，"难得高兴的一天，别再寻思中午的事了。快回去吧，晚上老大还要开总结会呢！大英雄，准备接受表彰吧。"

"可是……"姚蓝双手掩面，语无伦次地呜咽着，"为了我，你、你这样……你都这样了！你让我怎么能不去想，这怎么可能啊！"

医务室的喧嚣持续了差不多三十分钟，等姚蓝的情绪又回到一开始那种亢奋的状态时，第一节晚自习都快下课了。姚蓝刚刚讲完班级中大家是如何争相与她庆祝的，如今正在自由发挥："你不知道，虽然赵慎这次算是有立功表现,但他还是把自己作为住校生偷偷带手机的事情给暴露了,好像还得写检讨呢!还有还有,江铃让我告诉你,她已经把详细的情况,包括你的遭遇都报告老大了,老大等会要专门来看你!据说黄毛那群人又被他重重地收拾了一顿,用他自己的话说'这件事绝对绝对不会再有下文了',他还用自己的教师生涯向我担保呢!"

"拉倒吧,我上次就信了他。"我故意用打趣的口吻拉长音调,"既然江铃说过了,倒是省得我再絮叨了。不过他来看我,怎么也得买点水果啥的慰问一下,给我点辛苦费吧?"

"他是托我向你道歉的啦,毕竟老大也没想到,那个黄毛居然会破罐破摔还来找我的麻烦⋯⋯"

"如果老大还能联系上那二得毛,最好连咱们获胜的事一起告诉他,把他气死正好⋯⋯"时间就在我们的插科打诨中慢慢流逝着。姚蓝在医务室里说的话比这些日子里说的加起来都要多,直到老大来了她才消停一些。

老大向我说明的情况和姚蓝之前透露的差不多。那个黄毛的哥哥似乎要让他转到别的地方上学了,虽然我怀疑那小子只是换个地方继续害人,不过据说现在的他被他哥修理到只剩一口气了,也算是罪有应得。

那天晚上,我和姚蓝再次来到了三石桥,姚蓝开启了它,而后在水中寻找着过去——浮现在水面的,是一位慈眉善目的女人。那位女人怀抱着小小的生命,轻声哼唱着摇篮曲;那位女人对仍在爬行的小生命拍着手,而后小生命缓缓站了起来⋯⋯

"妈妈,这可能是我最后一次来这里和你说话了⋯⋯我做到了,我终于做到了哟!你的女儿,现在又和大家在一起了⋯⋯又有朋友了哟!"

我拍着姚蓝的背,静静凝视画面的变化。

母亲给女儿讲着故事,女儿的表情明亮了起来;女儿哭了,母亲用糖果哄着她;女儿第一次好奇地拿起了球拍,笨拙而不知所以的挥动换来的是母亲的笑容⋯⋯

"妈妈,你曾经告诉我要心怀感恩,和大家都做朋友!现在,虽然晚了这么长时间,但是我做到了,我做到了啊!"

女儿拿着奖状,高兴地朝母亲炫耀着自己的成绩;母亲会哭,但是一见到女儿她总是擦干眼泪;女儿抱住了母亲,告诉她不要再忍耐了……

"妈妈,你到底在哪里啊?!"

女儿指了指天空的云彩,露出可爱的疑惑表情;母亲俯下身来,她的话语换来了女儿的认可;女儿朝着云朵的方向跑了起来。她渐渐长大了,但她依旧跑着,追逐天边的云朵。

"只要你回来,我一定会听你的话……所以妈妈,你回来好吗?"

奔跑的女儿终于停了下来,可当她回首的时候,等待着的人已不见了踪影……

明天,对于姚蓝是全新的一天,是新的开始。我衷心祈祷着姚蓝的努力能够得到回报,无论是刚刚结束的球赛,还是她一直以来的等待。

第二十一章

突然的再会

"上午考得怎么样?"江佳铃甩了下自己的缎带,从池阶跳到我的身旁。

"周六还搞什么全真模拟考……"我舒展着还被酸痛困扰的身体,"陈颂就算了,连万洋都拾了天假,太扯淡了!"

运动会结束之后,我们作为高三学生的生活也重新步入了正轨,同各式各样的考试为伴。说起来,我们班这次运动会的成绩还是可圈可点的,尤其是团体项目,不光拿到了乒乓球混双的冠军,女子 4×100 米接力也在姚蓝的发挥下拿到了第一名。就是我没参加的男子接力和篮球拉了垮,前者又是倒数第一,后者刚进第二轮就被扫地出门了。

"张舸,想瞒混过去可不行哟!"江佳铃学着老大的口吻,用起了不太熟练的东湾话,"考得怎么样啊?"

"感觉'海'了。"

"不至于吧?"

"我能挤出的边角时间全和姚蓝练习了,哪有时间去突击啊!你也看到了,我刚想恶补一下,教导主任又跑过来说什么代表领导慰问我,把我挨揍一顿的事弄得尽人皆知,这我还哪有心情学习!"我说得义正词严,差点自己都要信了。

走出小区的时候,我们又看到了正在树下呼呼大睡的黄老赖,刺鼻的酒气迫使我们加快了步伐。

"唉,还有一个下午,麻烦你再坚持一下好吧?我们打个赌好不好?你说帮姚蓝累得要命,我天天和小颂载歌载舞又是什么呢?这次你的成绩如果超不过我,就罚你一个月都替我打扫!"江佳铃貌似很在意我平时打扫时候偷跑的事。

"可坑了,你饶了我吧,从同班算起我有几次成绩超过你了?"我无奈地摊开了手。

"我想想啊……同班之后……第一次考试年级我第17,你第201,而且是班级倒数第7,记得老大把你骂得好惨……"江佳铃用食指点起下巴,仰头翻着自己的眼睛。

"哈哈,你记得还怪清楚。"一想起老大那时候的表情,我背后就冒冷汗。

"然后第二次,我是第39,你是第90。第三次,我是第14,你是第156。第四次,我是第20,你是第68。上一次你总记得吧?我是第43,你是第44。"江佳铃是认真的,她把分班之后我和她每次大考的成绩都报了一遍。

"你记这么清楚干吗?"

"因为这是我的任务啊!每次除了自己,我都还要分析好久你的成绩呢!"

"服了你了,搞得和我妈一样……反正是过山车,时好时坏,别太认真嘛!"

"还不是因为你太容易得意忘形了!"江佳铃皱了皱眉头,"你看,上次我们成绩一样,是平手。而且你现在的同桌可是月桐啊,经过她的指导应该提高了很多才对,所以就拿这次的成绩来决胜吧!"

"说到成绩,我记得上次姚蓝考了年级第6,只不过当时她还是不良少女。"

"可人家现在文武双全了,有你一份功劳哟。"江佳铃笑了,"你看,曹操来了!"

我顺着她指的方向,看到了一顶熟悉的鸭舌帽。

姚蓝的眼睛朝这边瞥着,两只脚不断原地踏步:"啊哈,怪巧的嘛!"

第二十一章 突然的再会 257

"总感觉你是故意等的。"我坏笑着眯起了眼睛。

"谁等你啊！少臭美了！"姚蓝拉起了江佳铃的手,顺便在我的白球鞋上狠狠地踩了一脚。

我们边斗嘴边走向学校,已经可以看到大门了。

嗯？怎么回事？在大门另一边有一个正在狂奔的男青年,他散着头发、衣衫褴褛,因为跑动的关系,那件脏T恤随时都会从瘦瘦的躯干上滑落。

我把视线往后移了移,只见男青年的身后,一辆行驶的黑色轿车突然停了下来。阴森森的车门全部打开,车上冲下来三个手持棍棒的壮汉,他们中最矮的都至少有一米八,而且衣服都被肌肉撑得老高。

我下意识地将江佳铃和姚蓝挡在身后。

急速狂奔、骂骂咧咧的大汉们令人毛骨悚然,他们的目标是前面的男青年。沿路的学生们被这突如其来的阵势吓得不轻,他们有的赶快走进校门,有的立刻原地让路,没来得及避让的学生或被一把推开,或直接吃上一棍子。

男青年听到了脚步声,转过头后,他的脸就像是见了鬼,整个扭曲到了一起,而后开始撕心裂肺地向周围呼救着："救救我！救救我啊！"

破音了,那喊声真令人心痛,和电视剧里走投无路即将遭到毒手的人质一样。

还没完全反应过来,男青年就被壮汉们扑倒了。

"赶快报警！他们是搞传销的！"被死死卡住脖子的男青年用尽最后的力气咆哮着,他现在是一个提线木偶,无助地倒在地上任人摆布。

传销？听到这个词后,我和姚蓝互相对视了一眼。

"好啊,你喊,我让你喊！"酷似电视剧中的仆役打老百姓的场面,壮汉们对着地上的男青年一顿拳打脚踢,"滚起来！上车回去！"

不少学生吓得腿软,直接瘫在了地上。

"不回去！我不回去！"鼻青脸肿的男青年死死地抓着地面。他挣扎着,虽然沾着血的衣服被扯烂,伤痕累累的胳膊被踩踏,但是就不松手,

"他们的老窝在……"

"你说,我让你说!!!"壮汉用棍子狠狠砸向了男青年的指关节,第二下砸向了男青年的头。金属和骨头撞击的声音响了起来,继而是拳头打到人身体所发出的闷响……

不会是流言里的传销组织吧？这些壮汉的着装并没有露出胳膊,所以我也没法确定他们到底有没有所谓的船锚文身。不过现在似乎不该考虑这些,当务之急是保护好我身边的两名女生。

男青年用尽最后的力气,将几张不知写了什么的纸片扔了出去,然后便倒下了。

"看什么看,小兔崽子,快滚,不关你们的事!"壮汉挥着棍子,他的怒吼吓走了几个想去捡纸片的学生。

打击声停了,奄奄一息的男青年正被拖上车,他丢出去的纸片也被壮汉们捡了回去。

一切都发生在短短几秒钟内。

"脸不清楚,可是从体形上看,真的很像和我妈妈说过话的那帮人。"姚蓝目睹了整个过程,她站在原地,恶狠狠地盯着面前发生的一切。

我拉住江佳铃和姚蓝的手:"江铃,别看了,我们快进学校。姚蓝也是,别胡思乱想!"

轿车发动了引擎,这个奔驰的黑色魔鬼从我们身旁呼啸而过。

一瞬间,车上传来了高声的求救。不是男青年,而是一个女人的声音:"放开我！放开我！我不要再回去了！"

除了男青年,车上还有其他逃跑失败的人?!

"给老子闭嘴！进都进来了你现在想出去了?"

四周几乎没有学生了。虽然很窝囊,可这事我们管不了:"别逗留了,我们快……"

有什么挣脱了我的手,突然冲了出去。

"妈妈！妈妈!! 妈妈!!!"姚蓝突然喊了起来,她追赶着已经远去的汽车,她的双眼由于震惊现在已经完全睁开了。

第二十一章　突然的再会

这一爆炸性的事实让我和江佳铃全愣在了原地。姚蓝的猜想居然是真的,她的妈妈真陷在传销组织里!

"冷静点江铃,我去追姚蓝!"在安抚好江佳铃后我迅速跑了出去,"你快去学校告诉老大,快报警!"

姚蓝刚才喊了妈妈,她的妈妈在那辆车上。

"那个笨蛋,千万别做什么出格的事啊!"我在加速中小声嘀咕着。

跑了一分多钟,我看见了熟悉的鸭舌帽,至于汽车早就没了踪影。

"在那等我!"我全力冲了上去,终于抓住了姚蓝。

"放开!我的妈妈,我的妈妈刚才在喊我!她让我救她啊!"姚蓝奋力挣脱了我的束缚,抓住我的衣领伸手就要打,"为什么她真会在那里啊?我还以为、我还以为她早就找到一个……"

"你打我也没用,那些人已经走了!"我的话让拳头停在了半空。

姚蓝的眼中尽是泪水,她死死盯着我,努力不让自己仅存的理性崩溃。

"你听我说,现在我们不该手忙脚乱。刚才的喊叫我听到了,她一定也是逃跑失败被抓住了……"我的话还没有说完,姚蓝已经跪倒在地,号啕大哭了起来。我稳住思绪朝她继续解释,"但她是朝学校方向跑的对吧,你想想为什么?因为她想见你啊!她拼命想见你,一定是这样的!"

"现在说这些有什么用啊!"姚蓝泣不成声,她抱住我使劲地摇晃着,"把妈妈还给我啊!你想想办法救救她啊!"

姚蓝已经到了病急乱投医的地步,她的无助和迷茫我都看在眼里。但那群手持棍棒的大汉可不是我们之前遭遇的小混混,何况对方还是一个组织啊……不行,我不能畏惧,现在的姚蓝需要我,我也还有能做到的事情:"江铃应该已经告诉老大报警了。我们先去找一找你妈妈之前路过了哪些地方,没准能知道她是从哪儿来的。"

"怎么可能啊!"姚蓝跪在地上,她绝望地摇着头。

"不要放弃!就算只有一点可能性也要试试!起来!"我大声呵斥着姚蓝。

是我太乐观了吗？可我总觉得必须要好好打听打听。

"万一什么都找不到呢？"姚蓝抽泣着跪在原地，一步也没有挪。

"别这么悲观，先做了再说！"我一把拉住姚蓝的手，"快点！去刚才那辆车来的方向，就算一个人一个人问，一家店一家店打听，也要搞出个所以然来！"

"都是我的错，我要是早点发现……"手脚发软的姚蓝被我强行拖了起来。

我根本没法责怪她。姚蓝原本是单纯的赌气，她根本没想到母亲真会遭遇这样可怕的危险，而等她意识到的时候，母女之间的感情早就蒙上了灰尘，她已经没有勇气先去打破坚壁了。

太荒唐了。

那之后，我们行进在学校两旁的路上，行人、店员问了无数，即使有人曾经见到过姚蓝的妈妈，但对于她从何处来，我们依然得不出结论。

没抱什么希望，我们进入了街道最拐角的那家便利店。

"您好，东湾一中门口打人的事您知道吧？那个女人有没有……姚、姚、姚蓝，快、快来！"我激动地不知该说什么，哆哆嗦嗦地将便利店的老奶奶递给我的信纸交给了姚蓝。

"她将才把这张纸放到这儿，后面的人就赶上来了，真怪可怜的……"

姚蓝快步上前抢过了信，看着熟悉的笔迹，女孩强忍的悲伤再次决堤了。

"你喊她……妈妈？"老奶奶对抢走信纸的姚蓝扶了扶眼镜。

"嗯，她是我妈妈。"已经无所谓了，已经可以说出口了。

在我和老奶奶简单解释的时候，姚蓝的泪水一直在打湿信纸，店里的人们偶尔也会投来好奇的目光。

高悬在墙上的钟表嘀嗒地走着，以此呼应姚蓝的抽泣声。

"张舸，我们走吧。"姚蓝终于开口了。

我先答应了她。虽然收获了一封意外的信，但我们仍然不知道姚蓝的母亲现在何处。

第二十一章　突然的再会

"小伙子,你们报警了吗?"老奶奶担心地问我们。

"已经有人报警了,谢谢奶奶!给您添麻烦了!"我拍了拍姚蓝,和她走出了便利店。

姚蓝无声地递过了信纸。我犹豫不决,可她一直保持着给我信的姿势。

我妥协了,接过那张湿得不成样子、字迹有些潦草的信纸:

孩子,如果这封信能够交到你的手里,妈妈也没有什么遗憾了。妈妈对不起你。

之前的争吵都是妈妈的错,妈妈伤害了你。而且妈妈在事后没有和你说出道歉的话,只是一味逃避。仔细想一想,我的孩子怎么可能做出那种事情呢?你失落的时候,妈妈总是莫名其妙地发火。明明你没有了父亲,我应该更多去安慰你才对。结果我却总是指责你,伤害你。妈妈不想找理由,妈妈很孤独,但是妈妈也知道,这不是对你恶语相加、不管不顾的借口。我的女儿成绩很棒,体育方面也很棒。妈妈知道你是为了妈妈才这么努力,但妈妈一次次背叛了你的努力。妈妈是一个没用的人,对不起孩子,我一直想着能为你做些什么,谁知最后却把自己陷在了那种地方。我已经没有办法回来了,而且我这样的人,也不配当这么优秀的女儿的妈妈吧!

虽然道歉也已经没有用了,可这么长时间真的让你受苦了!原谅妈妈吧!好想再见你一面,真的,好想见你一面。我如果做不到,就算是我的请求,忘记妈妈吧,忘记我这个没用的妈妈吧!

放下信后,我不敢看姚蓝的表情。即使我只是站在旁观者的视角,却也依旧被这封包含着爱和忏悔的朴实之信深深打动。

"笨蛋啊!明明笨蛋是我啊!明明和你吵架、无理取闹的人是我啊!太狡猾了,实在太狡猾了!这样下去只能原谅你了啊……这样一来……

还怎么忘记你啊?!"姚蓝哭泣着靠在我的肩头,"张舸,我到底该怎么办,我到底该怎么办啊?!"

我不知道。回想起当初和姚蓝说过的漂亮话:陪在她身边、让她可以回到大家面前、让她重新微笑起来……一切似乎都是在朝着好的方向发展的,结果在姚蓝最危急的时刻,我居然什么也做不了。

"如果再给我一次机会,我一定不会让妈妈走的啊!"姚蓝无助地哭喊着,她继续叫我的名字,一遍遍重复着以上的话。

任何劝解的话语都是无力的,我站在原地等待姚蓝的情绪平静下来。

……

"下午的考试都敢不来,简直胡扯!我现在就去给她处分!"

"可是校长,她或许是身体……"

"别和我提这些!你们班那个张舸下午也没来,他们关系不正常的事我早就听说了,鬼知道出去干什么!特别是姚蓝,这已经不知是她第几次这么蔑视纪律了,谁来说情都没用,不光是他们俩,你们这个班都给我好好反省!"副校长粗暴地打断了王家杰的解释。

"可今天在校门口……"王家杰的话还没说完,副校长早就下了楼梯。他离开后,班级七嘴八舌的小声议论又开始了。

"真服了姚蓝,害我们又被副校长骂,这下通报批评都算轻的了。"

"都数不清多少回了,她就不能规矩点。张舸也是,天天和那种人混在一起,难怪越来越事儿!"

"副校长早就盯着她了,居然还敢撞枪口上。张舸我不知道,但姚蓝肯定挨处分,搞不好退学,这么多次下来啊,我看老大也保不住喽!"

"之前的……果然只是假象吧?还是无药可救。"

"喂,你们别这样,忘记运动会的时候了吗?我相信姚蓝!"

"可是听说啊,她妈妈在传销组织里呢,就是昨天在门口闹事的……"

各式各样的话语都充斥在小小的教室内,它们最终导致了一个人情绪的爆发。

"请不要再这样说了!我们是一个班级的,姚蓝是我们的同学啊!她是做得不妥,但你们也不能这么理所当然地迁怒于她!至于张舸,大家应该更了解他才对啊!"张月桐红着大眼睛,双手拍在桌子上,仿佛忘记了现在是自习的时间,对刚刚出口伤人的两个女生大声斥责,"难道你们都忘了姚蓝在运动会的时候有多拼命吗?忘了我们是怎么给姚蓝加油的吗?姚蓝没来一定是有原因的!她没有可以倾诉的人,只能把一切都埋在心里,她现在说不定很痛苦,你们却在这儿给她乱定罪、说风凉话!你们怎么能这样!!!"

张月桐哭了,手明显在抖,豆大的泪珠从脸颊上流下,可即便如此,她的声音也没有停止:"就算是我求求大家,请相信姚蓝吧!她已经不一样了!请不要再和以前一样看她了!求求你们了!"

张月桐她哭得实在太伤心了,直接趴倒在了座位上,全身痉挛。整个教室的空气都仿佛凝滞了,只剩下了张月桐的哭声。

江佳铃离开了座位,小声地安慰着自己的好友。张月桐抽泣了一会儿,在情绪平复后,她翻腕注视起自己的手表,一字一句地说着:"我去找副校长,一定不能让他把姚蓝退学,不能让他给张舸和姚蓝处分!"

"你别冲动呀,副校长的脾气你知道的,何况……"

张月桐挣扎着从座位上起身,她甩开了江佳铃的手,疯了似的跑出了教室:"佳铃……你不用劝我了……我一定要去!"

望着张月桐的背影,坐在教室后排的王家杰叹了口气,开始维持班级的秩序:"大家安静,还没下课呢!"

张月桐来到校长室所在的办公楼,她狠狠抹了一把泪,在深呼吸后准备前去敲门。

女生的步伐停住了,张月桐猛然发现校长室的门没有关上,而且隐隐约约有一股刺鼻的酒气。

副校长从来都不喝酒的!张月桐察觉到了异常,她的心咯噔一下,生出了强烈的退意。但校长室内发出的粗暴声响,又让她想将情况一探究竟——张月桐将冰冷的手放到胸口,胆小无助的她屏住气息,开始将身子挪向校长室开着的那道门缝里。

乌黑的大眼睛正在见证一个罪恶的场景：室内现在是一片狼藉，皮质沙发上多了几道违和的口子，各种文件与纸张散落了一地。在桌前，有一个个子不高、穿着破旧风衣的男子正疯狂地翻着抽屉，将可见的钱财都塞进自己的口袋……

即使只能看到背影，张月桐还是马上认出了那个人——黄老赖。

感到害怕的张月桐将目光移向别处，但她立刻就因为震惊而捂上嘴巴——有一个人瘫倒在黄老赖脚边，他身边是打翻的茶杯，碎酒瓶的玻璃碴，还有……血。

那个人是副校长！张月桐两腿发软，直接坐在了地上：是黄老赖干的吗？副校长他怎么了？该不会……

门缝内的黄老赖转过了身子。来不及多想，感到天旋地转的张月桐慌乱地起身逃跑，她绊倒了自己，几个趔趄后，可怜的她摔翻在地，制造出了巨大的声响。

黄老赖的神经被触动了，他打了个激灵，肉缝里的两只眼睛像找到猎物似的，瞬间就对门外瞪起来。蹑手蹑脚的他拿起了副校长身旁的另一只酒瓶，板着紫红色的脸颊，一步步朝门口走去。

黄老赖谨慎地推开房门，映入眼帘的是一个倒在地上正瑟瑟发抖的女学生。四目相对后，他的表情狰狞起来。

"好啊，有个小崽子在这儿，省得我再去找了，嘿嘿嘿……那个混蛋可再也当不了校长了，嘿嘿嘿嘿。"黄老赖嗅了嗅鼻子，他的嘴咧成一道丑陋的缝隙，两排被烟熏黄的牙齿正瘆人地磨着。

被凝视的张月桐体温已降至冰点，她打着冷战，将手放到胸口，死死咬住自己的下唇，双脚不听使唤地在地上乱蹬："来人啊！快来人啊！"

除了回声和黄老赖的脚步声，楼道内再无他音。

张月桐反应过来了，她赶紧起身往楼道的方向猛冲过去——现在正好是考试后的例行会议，办公楼的人都随校长前往了高三年级的会议室，除了为给姚蓝处分才回来的副校长，整栋楼内根本一个人也没有！

张月桐第一次感到自己的双腿居然这么乏力，在她下到二楼时，黄老

第二十一章 突然的再会　　265

赖已经追了上来,那丑陋的身体堵住了离开办公楼的通道,并且将女孩一步步逼回了楼上:"嘿嘿,小丫头,你别怕啊,过来,过来啊!"

"走开!!!"极度惊恐的张月桐尖叫着拿出一支圆珠笔,对准黄老赖脱皮的粗糙巨掌狠狠扎了下去,而后她用了全身的力气将那醉鬼推开,朝楼上跑去。

"这死小妮子!"黄老赖朝地上啐了一口,恼羞成怒地掏出了刀子。

情急之下,张月桐一路跑到了办公楼的顶层,精疲力竭的她面前是两个带铁门的废弃房间、几张布满灰尘的课桌还有象征着绝望的厚厚墙壁。

终究还是没路了。

黄老赖晃荡着手上的酒瓶,将张月桐慢慢逼向死角:"小妮子,你倒是跑啊,不是很能跑的吗?"

张月桐摇着头,她的声音中已经带着哭腔了:"别过来!!!"

"既然你是这所学校的学生,那就不要怪我了……反正我就是个垃圾,我是无所谓,哈哈哈哈!"黄老赖前言不搭后语的癫狂之语再次激起了张月桐的求生欲。

她将铁门的把手当成了最后一根救命稻草,她发疯地逃进了废弃的房间。几乎同一时刻,黄老赖的酒瓶飞了过来。

张月桐迅速拉上插销,又将里屋的门关了起来,手忙脚乱地反锁。

在一片漆黑中,血顺着她的手臂流到地上。张月桐捂住伤口,贴门喘着大气。近乎崩溃的大眼睛隐约能看出房间内的构造,这是一间没有建成的会议室,除了几张废纸,满地都是散落的木材和金属。厚厚的灰尘呛着张月桐的鼻子,她感到胸口发闷,无法呼吸。

至少看不到那张可怕的脸了。张月桐稍微平复了些情绪,她闭上眼睛开始祈祷。

剧烈的撞门声再次吓坏了这个可怜的女孩子。

"出来!出来!!"黄老赖对铁门一阵拳打脚踢,刺眼的夕阳红让他想起了时间,这个恶人望着远处的教学楼狠狠啐了几口,赌气似的把那几个布满灰尘的桌子全抵在铁门上,又骂骂咧咧地从走道的另一边抱来几把椅子:"我让你进去,我让你进去!"

不知过了多久,房间外的声响停止了。张月桐紧绷的神经再次松了下来,包围她的除了寂静,还有手臂上那扎心的疼痛。经过数次惊吓的她再也无法坚持,倒在了灰尘满地的地上。

第二十二章

拯救姚蓝计划 II

在姚蓝整理好情绪后,我们一同走在返回学校的路上。行至十字路口之时,我们与黄老赖擦肩而过,今天的他不光没拿酒瓶,而且行色匆匆,仿佛换了个人。可即便如此,从汗腺中所渗出的酒味依然把姚蓝熏了个够呛。她捂住鼻子,恶狠狠地瞪了对方一眼。

"现在想想,没准那天黄老赖接触的就是今天打人的家伙。"我小声嘀咕了一句。

"接触?你说黄老赖接触过他们?"姚蓝很敏锐地捕捉到了我话里的信息。

"嗯,不过我也没法肯定就是同一拨人,只能说差不多壮吧。"眼看到了校门口,我再次叮嘱着姚蓝,"说好了啊,我们先去找老大道歉。一下午都没参加考试,指不定又出什么幺蛾子了。教导主任还好,万一副校长知道我们没来,那可坑了。"

"嗯,我懂了。"姚蓝扭捏地回复了我。

我们来到学校侧面的围栏处,翻墙头进了校园。走到办公楼楼下,姚蓝突然拉住了我。顺着她手指的方向,我看到了地上散落的碎玻璃碴儿。

淡淡的酒气扑面而来。

"这味儿……"不安涌上了心头。我站直身子,上下打量着面前的这栋建筑。在一楼的地面上,我发现了一支粉色的圆珠笔,这支笔已经散架了,不光笔身裂了口子,而且它的前端和弹簧都没了踪影。

"上楼看看!"没时间多想了,我撒腿就往楼上跑。

在一番折腾后,我和姚蓝同时被那个门户大开、杂乱不堪的校长室震住了。

"有人?!"我们一边找着落脚之地,一边迅速赶到那个躺在地上的男人身旁。

"看样子是被什么砸到头了,这位置问题不大,是轻伤。"简单查看副校长的伤口后,姚蓝的表情略微缓和了一点,她将副校长的身子转过来,熟练地将伤患的头侧枕在自己的膝盖上,"张舸,你快给医院打电话,还有校长。"

"好,我知道了!"我将桌子上乱七八糟的文件和纸张拨了好久,总算找到了座机。

挂断电话后,我重新来到姚蓝身边。在她的急救措施下,副校长已经恢复了意识,他在恍惚中开口:"你是……姚蓝?"

"副校长你受伤了,先不要说话,医生和校长他们马上就来。"姚蓝的语气很轻,但其中也有一种"医生"对"病患"带有关心意味的命令。

副校长的神经放松了些,不过他的表情却很复杂,其中既有因痛楚带来的自然反应,也有一丝因为自己之前固执的难为情。

"副校长,是谁袭击你的?"我心急地问着。

副校长对着天花板喃喃自语:"黄……是黄老赖……"

果然是他,那身酒气绝不可能有别人!

"你别乱动,再忍耐一下。"现在的姚蓝像是大人哄孩子般,安抚着副校长的情绪。

我将目光移向校长室开着的门,皱起眉头,从口袋里拿出那支在楼道中找到的粉色圆珠笔——太奇怪了,受伤的副校长确实被找到了,但是我内心的不安并没有消失。我凝视着手中残破的圆珠笔,不自主地走出了校长室。

"张舸?你去哪儿?喂!"姚蓝摸不着头脑,但因为副校长,她没法离开。

第二十二章 拯救姚蓝计划Ⅱ

每到达一个楼层,我都会屏住呼吸,扫视两侧的走廊。终于在顶楼,我看见了地上散落着的酒瓶碴儿,以及那扇被桌椅死死堵住的铁门。

"这有人吗?有就吱声!"在直觉的催促下,我开始搬运这些桌椅,同时对门内不停地呼喊。

几秒后,我听到了铁门反锁被打开的声响。但那之后,面对我的询问和呼叫,门内都再没有给出任何反应了。而当我最终扫清恼人的障碍,火急火燎地踏入室内之时,面前的场景却把我吓到了:"纪委?纪委你怎么了?!"

张月桐眼神迷离地躺在地上,她衣服上沾着血渍,一副精疲力竭的样子。

"纪委,你还好吧?回答我!"在我急切的呼喊声中,她的意识渐渐变得清醒。张月桐笑了,她笑得很惨淡。白皙的面颊沾满灰尘,乌黑的眼睛中,一颗颗晶莹剔透的泪珠滚滚而出。

女孩将带着血迹的手伸到了半空中。在得到我的援手后,张月桐像是一个实现了愿望的小孩子,只是微笑,直到因为虚弱再次闭上眼睛。

……

那晚的雨下得恼人,空无一人的偏僻小巷留下长长的影子和脚印。今晚没有月光,因为恐惧,她躲进了云层。

四处都是警笛的声音。穿着长大衣的男子张望了一会,继而将瓶内火辣的液体朝嘴里猛灌,他准备逃向面前这条延伸的黑路。

在黑路的对面,一个戴着蓝色鸭舌帽的人正往这儿奔跑,从身形来看是位女生。

昏暗的路灯照不到巷中,那个女生没有在意,她继续加快速度。

听着脚步声,巷里的男人抹了一把自己的酒糟鼻子,从脚边拿起一根闪烁着寒光的铁棒。

呼啸的风声突然响起,那个女生面前窜出了一个黑影,杀气腾腾的铁棒不由分说地就朝头砸下。

女生听到了头顶不寻常的声音,她抬了抬自己的眼睛,扭过身子躲了过去。

因为大力,男人往前跟跄了几步,调整好之后,他回过头来。

"黄老赖,你逃不掉!"女孩子还在,没有害怕,没有逃跑,更没有反击,她就是站在那里,凤目倒竖、杀气腾腾,"警察马上就来,但是在那之前,我有话问你。"

黄老赖啐了一口,他示威般地晃了晃自己手中的棍子:"滚!"

"你知道对吧?那个传销组织的老窝在哪里?"姚蓝试探着黄老赖的反应。

黄老赖没有回答,他的嘴角露出邪笑,一步一步逼近姚蓝。

"不说?"姚蓝拍了拍鸭舌帽上的积水。

趁着这个机会,黄老赖狰狞地高举棍子,撕裂面前飘落的雨——我要把你打到血流满地,享受你因为痛苦而发出的喘息。

黄老赖是这么想的,但他拿着棍子的手感到一阵无力。男人注意到了,自己的手腕下方是姚蓝踢来的脚尖。

一个近乎90度的高抬腿,姚蓝一击便阻止了黄老赖的攻势。黄老赖扔掉了棍子,赶快往后退两步。

姚蓝收起了脚,继续说着:"再问你一次,那个传销组织的老窝在哪儿?"

黄老赖的表情更加狰狞了,他依旧没有言语。

风拂乱了姚蓝的短发,黄老赖抽出刀子,飘落的雨点一碰到刀尖便化为两段。

姚蓝侧身躲过了第一刀,一个后撤躲过第二刀,接着淡淡地吐出四个字:"正当防卫。"

没有回复,取而代之的是第三刀。

姚蓝拿下自己的鸭舌帽,对着刀锋就挥了上去——刀刃不偏不倚,正好抵在了鸭舌帽前端的金属商标上。

黄老赖吃了一惊,姚蓝迅速用帽子包住刀子,对黄老赖的肘关节反手一拳。她的力量超出黄老赖的想象,肌体自然的保护动作让男人松开了手。

扔掉包着刀的帽子,姚蓝朝黄老赖冲了过去。黄老赖要抓她的衣服,姚蓝眼疾手快,先是一个蹬腿拉开距离,继而立刻握住他的手腕,借势俯下身来,用一个扫堂腿放倒了男人。黄老赖摔翻在地,疼得龇牙咧嘴、叫爹骂娘。姚蓝没有给他喘息的机会,攥住他的右臂,扯回来就是一拳。

男人又倒在了地上,捂着肚子剧烈地咳嗽。

警笛的声音更近了。

姚蓝抓起黄老赖的衣领,像狮子一般怒吼:"那个传销组织的窝在哪儿?你知道的吧!"

黄老赖还是不言语,他继续挣扎。

"说!他们的老窝在哪儿?"姚蓝的拳头和雨滴一样疯狂地砸在黄老赖身上,"就算是为了纪委,我也要把你这个混蛋……"

姚蓝听说了张月桐的事,她想起自己以前的刻薄,愤怒和愧疚同时在心中燃起。

"不……不知道……"黄老赖被揍得鼻青脸肿,毫无还手之力。服软认栽的他终于开始回答姚蓝的问题,"我真不知道!真的不知道!"

"别想唬我!"姚蓝呵斥着地上的人渣,对着他松弛的脸颊狠狠扇了一个耳光,"到这个份儿上你还不说实话?!"

"我真不知道!我确实在他们那里买过药,但他们开会的地方天天换,我真不知道他们的窝在哪儿,真不知道啊!真不知道!"

"只有这些?!"姚蓝的拳头气到发抖。

"有!还有!我之前听到他们说过几个地方的名字,但是干什么的我就不知道了!"黄老赖已经上气不接下气了。

"你给我说!"

"说!我说!"

片刻过后,当确定黄老赖再也提供不了什么情报后,姚蓝将他一把扔到地上,双手插兜,消失在雨中。她前脚刚走,后脚警车的灯光就照了过来。当晚,黄老赖被捕的消息上了新闻头条。

……

"11班那姚蓝今天上午又没来,既然她天天不来,我看学也别上了!"教导主任习惯性地在校长室"诉苦"。

正看文件的校长无奈地耸了耸肩,他将目光移向副校长。

副校长的头上裹着绷带,他咳嗽了一声,用一副不在乎的口气说着:"老陈,你别把事情说得这么绝对,没准人家有什么原因,而且她并不是个坏学生,你怎么能这么对别人妄下定论呢?"

教导主任愣了几秒,而后一拍脑袋:"哎呀,我这脑子,都忘了昨天还是姚蓝救的您,您的伤不要紧吧?"

"索性没什么大碍,多亏姚蓝的措施得当。"副校长有些尴尬,他严肃地看着教导主任,"不光是你,我也欠姚蓝一句道歉。昨天过后,我对她的态度确实有所改观,也很自责。她和其他学生一样有着温柔善良的心灵,只是不擅长表达,所以才让我们误解了。"

"老薄,那个女学生的情况怎么样?受伤严重吗?"校长打断了副校长,他询问着张月桐的事情。

"比我轻,但是她受了很大的惊吓,那个黄老赖真是可恶,你当年还是太厚道了,不然他最起码再蹲五年!"副校长心有余悸地摸着自己的头。

其实自打昨天救了副校长之后,姚蓝便消失了,整个晚自习都不见影子。在江佳铃试着拨通姚蓝家的电话失败后,不知为何,我的心中突然冒出了一个非常消极的预感——这会是我最后一次看到姚蓝吗?这种不安的想法促使我和江佳铃在昨晚分头寻找姚蓝,我前往三石桥,而江佳铃则前往姚蓝的家中。当我得知姚蓝并不在家中时,面前的断桥也闪耀出了光芒。

关于姚蓝母亲的下落,我想到了一个非常小的可能性:在三石桥上可以看到登桥者经历的过去,而且是以类似上帝视角的方式展开的,这意味着能通过三石桥去觉察到一些曾经被忽视的细节。所以我想到去借助它的力量,试着回溯至我们目击男青年被殴打那天的校门口,看一看他所抛出的纸条上究竟写了什么关键信息。

那一切都发生在我的眼前。如果纸条上没什么重要的东西,为什么大汉们会那么小心翼翼地把每一张都回收,不给学生们捡走的机会呢?

三石桥最终印证了我的猜测。那些纸条上面写的是一串地址,东湾县三分之二的鬼故事灵感都来自这个地方。而当我知道姚蓝今天依然没去学校之后,我已经百分之百肯定她去找自己的妈妈了。搞不好姚蓝还深挖了我关于黄老赖和文身男人们的无心之语,想想就让人害怕。虽然老大说他已经报警,但如果放着不管,按照姚蓝的性格,即使她找到了妈妈也肯定会和传销组织起冲突,以卵击石,到时候非吃亏不可。

以上的种种使得我在第二节课下课后便匆匆翻墙头出了校园,来到了东湾县一个半废弃房区的最深处。与我同行的还有我可靠的弟弟万洋,这小子又端着个象棋盘来勾我的魂,被我拒绝后居然犟劲上头一口气跟我到操场,最后不知为什么还和我一起跑了出来。

因为我们的闯入,周遭维持许久的静止环境遭到了破坏。被妖风卷起的落叶低声悲鸣着,催促这两个多事者快点离开。一排排锈到发黄的防盗窗,一棵棵张牙舞爪的枯树,早已模糊不清的各种小广告,水泥墙上欠债还钱的惊悚涂鸦……这里的一切都令人毛骨悚然。

"这些楼长得都是一个样,破破烂烂的,拿个铁锨子指不定能挖出点什么。"万洋四处张望,像进了迷宫似的找不着北。他已经听我简单说明了情况,但是并没有畏惧和怯懦的意思,依然在评论昨晚的那则大新闻,"那黄老赖真是无药可救啊,居然还吸毒。我看啊,这次他是出不来了。"

黄老赖不光是酒鬼,还是个瘾君子。据新闻上说,他是因为毒瘾发作又没钱,加上以前被校长揭发坐了牢,才想去东湾一中进行报复。

"一个吸毒的脑子能有多正常,你知道他怎么想的?"说完这句后,我凑到万洋耳边,压低了声音,"我现在有点怀疑,那些文身男不光只是传销组织的人,没准黄老赖的毒品也是从他们那儿搞的。"

"乖呛嘞,你是说不光只是传销,他们、他们还卖毒品?"万洋小声问我,"那我们还找个鬼啊,太危险了,快走快走!"

得,我算是白夸他不畏惧不怯懦了。

"别吱声！我只是说有可能！眼下得快点找到姚蓝，免得她惹出乱子。以我对她的了解，十有七八已经在孤军深入了……你也没必要那么悲观，说不定是传销组织里的某些人偷偷和黄老赖交易的，不一定整个组织都贩毒。"

"你现在说这些有个屁用！"万洋弹了下我的脑门，他拍了拍自己的脸颊，颇有气势地开口道，"你到底走不走？"

"要走你走啊，我可没请你来！"

"喂喂喂，老哥，你看！"顺着万洋手指的方向，我将视线定格在前方一栋平平无奇的废弃大楼上——一个男青年正用绳子自三楼缓缓而下。

跑了一会儿，我渐渐看清了那人的面庞，他就是之前在校门口被抓回去的那位。

男青年发现了楼下的我们，他紧张地皱起眉头，观察我们的反应。我连忙摆了摆手，对他做出了个加油的手势。

男青年的表情缓和了不少，他加快了下降的速度。我和万洋连忙上前稳住绳子，提心吊胆地仰头张望。

男青年最终平稳地完成了落地，他将我们拉到另一栋废弃的楼后，一个劲擦着额头上的冷汗。

"你是逃出来的吗？"万洋急忙发问，"这栋楼里是不是有什么??"

"这就是那传销组织的老窝。"男青年喘了几口大气，"赶快报警赶快报警！不然他们骗的人越来越多！今早还有个高中生模样的女娃被拉进去了！"

"高中生？"我觉察到了传销组织以外的关键信息，"那个女娃是不是短头发，凤眼，看起来跩跩的，很臭屁？"

"对对对……你是怎么知道的？"

"来不及解释了，老兄你赶紧跑吧，我们这一时半会儿还不能走了。"

男青年拉不住已经撒丫子的我和万洋，他还没说完话，我们已经消失在了他的面前。

我的妈呀，原来姚蓝已经先我们一步摸进这里了，而且这儿居然还是传销组织的老巢?!总之得赶快想办法确定一下她的情况,可千万别出什么意外啊!

我和万洋跑上了三楼,蹑手蹑脚地接近那间有着扩音喇叭的房间。

"喂,里面说啥?"我屏住呼吸小声发问。

"好像在说什么……"万洋正贴在墙上,把眉头皱成一座山峰,似乎这样可以听得更清楚些,"连锁经营……投资四千块……三年反馈四百万……投资八万块……反馈一千万……"

"听这话,差不多确定是传销组织了。"我倒吸一口凉气,"里面八成在开大会呢。"

"这你都能知道?"万洋又听了几句,他自己都乐了,"老哥,我觉得他们说的,有点道理啊。"

"屁,天上掉鸟屎都轮不到你,掉馅饼能轮到你?省省吧!"

"那现在怎么办?就算姚蓝和她妈妈在里面,凭我们也没法救她啊。"万洋吞了下口水,"被发现了,肯定就凉了,横尸街头。"

"嘘,到这儿来。"我壮着胆子将猫眼处塞着的纸屑棉絮轻轻扯下,小心地对万洋打着手势,"这儿能望到里头。"

万洋踮步来到我身旁,深呼吸后,我们头靠着头一齐窥向屋内:一个满脸横肉的油腻男正在讲台上手舞足蹈地进行着演讲,连墙壁都被音波震到发颤了。他旁边的大屏幕上显示着许多夸张的盈利数字和一些奇奇怪怪的几何图形,讲台四周站着十几个凶神恶煞的文身男,他们背着手臂,面无表情地扫视着台下。

确实有文着船锚的人,这下可是板上钉钉了。姚蓝在哪儿?我目不转睛地扫视每一个人的侧脸,寻找着蛛丝马迹。

"怎么这么多人听,太夸张了吧?"万洋显然低估了这场会议的规模。讲台下坐着差不多四五十人,他们中有的正两眼放光、一个劲地点头,仿佛自己发财的日子就在今天;也有的人能明显看出心不在焉,他们面露难色、低头不语。

我激动地对万洋做出"发现目标"的手势——虽然眼睛被鸭舌帽的帽

檐挡住了，好在她坐的位置离我很近，我可以百分百地确定，那个人就是姚蓝。

她的身边坐着一个穿黑衣的女人。女人也是短头发，不过乱得像干稻草。被黑眼圈包裹的凤目甚是憔悴，惨白的脸颊印着许多紫红色的血块，嘴唇很干而且起了皮。

继续下移目光，我发现女人和姚蓝的手是握在一起的。

激动、慌乱以及恐惧的心情交织在一起，屏住呼吸后，我僵硬地离开了门，将已经被汗水浸湿的棉絮废纸又塞回猫眼。

对万洋说明情况后，这小子可高兴坏了："那我们还等什么，赶紧报警啊！"

"嘘，你小点声！"我也快压不住自己的声音了，急匆匆地掏出功能机试着拨通110……

怎么拨不通啊！我气急败坏地一遍又一遍按着绿色的通话按钮，根本没注意到屏幕左上方那个"无信号"的标志。

"我懂了，这儿有屏蔽手机信号的装置，你看台上的那些人，他们都揣着对讲机。"万洋提醒着我。

"那你先出去找地方报警，我留在这儿。"我把那没用的功能机三下五除二塞回裤兜插口，再次拽下猫眼中的棉絮废纸。

仔细想想，如果这里能打手机，早就有人报警了。

"老哥你别干蠢事啊！"万洋慌忙扯住我，压低声音劝着，"让你一个人冒险，我还不被我姑和江铃骂死！绝对不行！换我在这儿，你报警。"

虽然和万洋争执不下，但我的视线始终没有离开猫眼。我看见姚蓝扶着她妈妈站起来了，好像要去厕所……

突然，一只布满血丝的恐怖瞳孔毫无征兆地占据了猫眼的另一边，受到惊吓的我顿时爆发出能顶破凌霄宝殿的尖叫声。

不光是万洋，连同屋子里的几十号人全都被吓了个魂不附体。

"谁在外头?!"男人的质问连同反锁门的声响一道传进了我的耳朵。

在房门打开的那一刻，我勉强算是急中生智，马上用掺杂着方言的东湾话高声叫喊:"我们是警察!你们逃不掉了,快放人!"

随着房间内出现的骚动,一直攥紧拳头的姚蓝终于爆发了,她三拳两脚将面前的大汉打了个趔趄,抓住身旁的女人就往门边跑。

姚蓝这个举动算是彻底点燃了火药桶,一个、两个、越来越多的人拥向了门口,他们同前来阻拦的文身大汉们扭打在一起,场面变得混乱而且失控。躲在讲台下的胖子正拿着对讲机疯狂咆哮:"跑了!跑了!快来人!快点来!!!"

姚蓝率先把妈妈推出房间,自己却被大汉抓住了头发,动弹不得。

"快逃!!!"我将身体当作武器,直接扎进屋子,冲到混乱的中心。

"从这出去往东一直走,有条小路能直接通东湾一中,你们去那儿!"万洋迅速对姚蓝母女吩咐了几句,继而也投入了战斗。

姚蓝母女终于离开了屋子,她们前脚刚走,身后就传出了一系列乱七八糟的巨响。

等我和万洋蜕了层皮,好不容易用厕所通风口留下的绳子逃出生天时,传销屋内的大汉们已经占了上风,即将结束战斗。

要快点!不快点逃,会被他们追上的!

第二十三章

暴走的热血青春

现在的东湾一中正是中午放学的时间,加上是星期日,全校的学生无论是走读的还是住校的,大家都挤在门口,准备好好享受下午四小时的闲暇时光。

高声呼救的姚蓝母女率先跑过了马路,之后是追来的四五个手持铁棍的大汉。

壮汉们在大骂声中挥着棍子,用暴力将蓝白相间的校服浪潮搅得七零八落,霎时间,校门口乱作一团。

"妈妈!你跟紧我!"姚蓝拉着妈妈疯狂地奔跑,她的眼泪正在随风飞舞,但其中的滋味并不苦涩,"这次我不会放手的!"

"姚蓝!我的孩子!妈妈终于见到你了!"母亲听到姚蓝的话语,惨白的脸上瞬间绽放出笑容,但是她再也跑不动了。

眼看一根大棍正朝自己母亲的后脑勺砸下,姚蓝连忙冲将过来,奋力一推,将自己的背暴露在大汉的打击范围内。

砰!巨大的冲击直接把姚蓝打得单膝跪地、干咳不止。

一些学生吓得扔掉了书包。

大汉们想从姚蓝的面前过去,谁知这个女生就像金刚之躯,在不到三秒的时间内再次站起,颇有"一夫当关,万夫莫开"的气势。

一个大汉反应不及,被姚蓝对着肚子就是一顿连打。

"滚开!"姚蓝一把夺过了这个大汉的棍子,顺势将他踹翻在地。另一个大汉见势不妙,直接回身劈下一棍子。姚蓝用刚到手的武器进行格挡,反身又是一腿,这一腿没有踢倒大汉,只是让他后退了几步。

"怎么回事啊?"

"这些男人好像是之前……"

"那不是姚蓝吗?那个是她妈妈吗?"

"天哪,谁来救救我啊!"

我和万洋在老远就看到了东湾一中门口的骚乱。没来得及离开的学生们全被吓得聚在一起,像极了面对鲨群袭击只能"抱团取暖"的沙丁鱼们。

"坑了,估计是打起来了,万洋你快找地方躲躲吧,警察马上就到。"我收起了功能机,撸起袖子准备冲过马路。

"得得得,别整这虚头巴脑的了!"万洋的大长腿迈得更起劲了,他从我的身边冲了过去,"记好了,老哥你欠我两只炸鸡!"

在我和万洋扎进混乱之时,已经有两个大汉抓住了姚蓝的母亲,但他们的棍子还没打下,姚蓝就跑到了他们的面前。

"死丫头!"一个大汉对着姚蓝挥出铁棍。姚蓝没有惊慌,她迅速扔掉铁棍,对大汉的腹部发了疯地捶了下去。

这套以攻为守的反击直接打停对面,巨大的疼痛让大汉放弃了攻击动作。几乎同时,另一个男人对姚蓝发动了突袭,他用生猛的大力侧踢招呼姚蓝的小腿,但大汉的腿刚刚踢出,他就感觉到眼前只剩下了隐约倒垂的发丝。

从静止的动作来看,姚蓝的双手支撑在大汉的肩膀上,在他的身上倒了个立。大汉回身的时候,机关枪般的拳头已经打在了他的胸前,强健的身体如同触电般抽搐着。为了早点让这个大汉败倒,姚蓝腾空而起,以迅雷不及掩耳之势朝大汉的下颚踢去。

虽然这个大汉是应声倒地了,但是另外三个又冲了过来,简直是没完没了!

"当心!"我眼一闭、牙一咬,死死抱住了其中的一个。

我去！这人怎么这么大劲！没抱住，我直接被撞飞到了一边，眼冒金星，努力晃着脑袋。

"啊啊！"万洋高高跃起，他直接砸在刚才撞我的大汉身上。利用巨大的惯性和重力势能，万洋将大汉摔翻在地，但仅仅一秒，被压在身下的人就变成了他。

体重上的差距实在太大了。

"小崽子！"大汉拿棍往万洋的头上就敲。

"别想！"拍马赶到的我一个饿虎扑食扯住男人的右手，趁他病要他命，万洋顺势一脚踹向大汉的下体，连拉带扯抢下棍子扔向一旁。趁大汉被掀翻之时，我立刻用全身的力气压向他的右腿，又用惯性配合肩膀一起阻止了他妄图起身的想法，与万洋联手制服了他。

姚蓝的战斗仍在继续。一个大汉的双腿像弹簧一样瞬间启动，声若惊雷的他几乎用气势就可以摧毁面前的女生。姚蓝双手着地一个后翻，大汉暴力的拳风擦过了姚蓝的腹部，而正在进行后翻的姚蓝双脚正好是一个上勾踢的姿势。

随着一声巨响，大汉的脑袋差点从头上飞出去。当他再次调整好准备迎战的时候，后空翻早就满分落地的姚蓝再次奔袭上来，左手右手的拳头直接轰向大汉的身体。

学生们在远处无奈而害怕地看着：

"喂，那人是姚蓝吧！我还记得运动会的时候，真厉害啊……"

"那些男的肯定是传销组织的人！赶紧走，不要管闲事！"

"你怎么说风凉话啊！那是我们学校的学生，她正在被坏人欺负！"

"可是……"

"姚蓝是为了保护她的妈妈吧？我们一起上去帮她！"

"说得对！大家都是同学，怎么能看着不管呢！我们来帮她！上！"

"快报警！把藏着的手机拿出来！"

"啊啊啊，我来了！"一个、两个、三个、四个……十几个学生冲了上去，他们将那个正在对姚蓝挥拳的大汉一股脑推翻在地，又把另外两个试图起身的死死压住。

一些学生挡在了姚蓝妈妈的面前,几名保安也壮起胆子冲了上去。

我、万洋以及另外几个学生正合力压着一名大汉,但远处传来的车声就像警报一样触动着我的神经。三辆黑色轿车以迅雷不及掩耳之势停了下来,从车上又下来了十余个手持家伙的花臂大汉,他们骂骂咧咧地冲向了学生之中。

这下胜利的天平瞬间反转,上来帮忙的学生被立刻冲散,场面变得更加混乱,尖叫声此起彼伏……

当我们这边昏天黑地之时,远处两名高个子的男女正在快步赶来:

"哥,那不是你们班的张舸吗?还有姚蓝!他们在……"

"这都什么乱七八糟的,那些男的怎么看学生就打?家谊,你快离开这儿!"

"我走?那你怎么办?"

"别管了,你快走啊!"

"什么嘛,又摆臭架子,不就是些坏蛋嘛!"王家谊不满地嘟起了嘴,继而露出了一个不合时宜的微笑,"哥,你要欠我一个情了!"

"啥?"

只见王家谊竖起细眉,一甩马尾,精神地抬起头来,从口袋里拿出哨子用力一吹,刺耳的哨声马上吸引了周围的学生。

这名略显刁蛮的瘦高女生单手叉腰,高高举起另一只胳膊:"高三13班的学生听着!那群大花臂全都是大坏蛋,现在他们正欺负我们学校的学生,难道我们就这么坐视不理吗?"

"喂,你在喊什么啊?!"王家杰还没说完,人群里就零零散散地传来了回答:"不能!"

"是家谊姐!"

"我已经在上了啊!"

"既然不能,那就拿出我们优胜班级的威风来!在场的13班学生,我们团结起来,把那些坏蛋一网打尽!"王家谊继续喊着。

王家杰周围响起了呐喊,他身旁冲过去不少男生,明明有的人根本不是13班的。

"家谊,你这是煽动!我去!"又有几个男生加入战局,他们把王家杰撞得够呛。

"这叫邪不压正!"王家谊双手叉腰,威风凛凛地看着自己的兄长,"你那些嘴皮子的功夫现在已经用不上了,赶紧找个地方躲起来吧。"

"别吱声,我在等机会!"王家杰凝神定气,目光紧盯前面的几辆车。

王家谊不解地看着身旁蓄势待发的王家杰。她正被三四个自己班级的男生保护在身后,但也挤得要死:"老哥,你还在这干什么啊?"

"别吱声,我在等机会!还好驾照已经到手了……"王家杰回头咕哝了一嗓子,他有着自己的算盘——那些轿车的司机们看来也按捺不住了,变成持久战的话对他们不利,这种情况下,他们一定会……好!他们下车帮忙了!

在轿车司机拿着棍子冲下车的刹那,王家杰完成了蹲地、起跑、加速的动作。

"有人抢车!"另一辆车的司机大声提醒着同伙,他下了车,拿着棍子就对王家杰冲了过去。

王家杰没有减速,他也顾不得减速了!

"你赶紧跑啊!"王家谊惊恐地喊了出来。

棍子朝着王家杰的肩膀砸了下来,他已经听见了耳旁呼啸而过的嚯嚯风声。好在几个学生猛地冲了过来,他们把大汉连同棍子全撞向了一旁。

来不及多想,王家杰马上跳入车中握紧方向盘——好,钥匙还在!

刚才帮他的学生中也有一个顺势跑进了车里:"班长,姚蓝的妈妈在西边。"

"谁?姚蓝的妈妈?哇!"王家杰看了一眼后视镜,一个头上长着银杏叶的女生正双手抱胸坐在后座——那是杨小白。

杨小白那对琥珀色的眼睛完全睁开了,如今的她看起来很兴奋,就像

第二十三章 暴走的热血青春 283

是换了个人。富有光泽的嘴唇咂了一下:"咱已经联系老爸了,他马上就来。"

"啊?嗯!"没时间多想了,王家杰猛踩了油门。

现在学生们再次处于下风,那十几个持棍肌肉大汉的战斗力高到吓人,面对铁棍的威胁,学生们找不到近身机会,加入战局的人有的且战且退,有的则忙着保护队友。

我和万洋背靠着背,气喘吁吁地朝姚蓝的方向移动着。不行了,就算已经有人报警了,可是我们真的能坚持到警察赶来吗!

"妈妈,千万不要离开我!"姚蓝用瘀青的胳膊将母亲挡在身后。

"姚蓝,还是算了吧!为了我一个人惹出这么多事,我只是想见你一面。"

"你说什么啊!他们是犯罪者!教训他们和救你是两码事!"姚蓝激动地回复着,"难道还要他们继续摧残我们的感情,继续破坏其他家庭吗?!"

"姚蓝,你真的长大了……"

我和万洋终于同姚蓝她们会合了。与此同时,加入姚蓝保卫战的学生越来越多,他们依靠人数的巨大优势分头行动,将大汉们强行拆散团团围住。眼看局面得到了控制,突然又有几辆黑车停在了学校门口——对方真的急了,这是要鱼死网破啊!

不过其中的一辆明显和其他车不在一个"频道",它漂移着停在了我们面前:"姚蓝!快上车!"

"班长?"姚蓝望着坐在驾驶位置的王家杰,惊讶得说不出话。

我和万洋对了个眼色,立刻作为先锋冲向车子:"姚蓝!赶紧先走!"

"嗯!妈妈,我们走!"

我的视线有些模糊,但挡在面前的两个大汉还是能看见的——我被打倒了没关系,趁着这个空隙,姚蓝,你们一定要上车啊!

突然,从王家杰黑色轿车的车窗中飞出一个人来。她遮住了太阳,完全睁开的眼睛中充满光亮,小小的嘴一张一合。

杨小白直接骑在了一个大汉的脖子上,对着他的大光头狠狠咬了一口。

大汉失去重心的瞬间,身上趴着的杨小白顺势向前一倾,将他当了肉垫。

我率先打开了车门:"姚蓝,你们快来!"

"张舸,那你……"姚蓝和她的妈妈终于上了车,杨小白则钻进了副驾驶。

"警察现在肯定已经在路上了,你们先去和他们会合!"我赶紧关上车门,对王家杰使了个眼色,"把警报都打开!记得别开反了,别流哈喇子!"

"开玩笑,我已经是有一个多月驾龄的'老'司机了!"王家杰踩下了油门,他像是之前在街机室那样快速换挡,驾驶着黑色的轿车呼啸着驶向了公路。

在车从身边瞬移而去的刹那,我瞥到了王家杰此刻的表情,不禁吞了吞口水……我可是见识过的,班长握住方向盘后那疯了一样的开车习惯,真的不要紧吧……

"女人跑了,快追!"几个大汉马上钻到车里,其中的一辆已经发动了,紧追王家杰而去。至于其他的车却都不合时宜地爆发出类似放屁的声响,一动不动。

"大家撑住!别让他们走!"我和万洋大喊着与其他学生们一拥而上,缠住了剩下的大汉。

"滚到一边去,小崽子们!"大汉们再次挥动棍棒驱散学生。

"同学们,你们都闪开!"声如洪钟的呵斥从校内炸了出来。霎时间,拥挤在学校门口的学生都不约而同地朝着两旁散开,整齐划一,就像是在为大人物开道一样。

手持棍子的大汉们朝突然出现的"道路"中央望去,只见一群步调一致的男子正朝这边快步走来。领头的那个人个子在一米八五上下,剑眉倒竖、铁青色的脸庞活似雕像,身材魁梧、双手插兜,潇洒飘扬的风衣下摆微微扬起,全身都散发着肃杀之气。

第二十三章 暴走的热血青春 285

我率先反应了过来,开始带头造势:"哇!老大,是老大!老大来了!"

"老大,快帮帮我们!"

学生们兴奋的呐喊声越来越大,这下子轮到这群壮汉摸不着头脑了:"老大?什么老大?"

以老大为首的教师天团的头顶飘着一片乌云,他们以风雨欲来之势朝壮汉们缓缓接近。

好家伙,要不是我整天和他们在一起,差点也被这阵势给骗了。

"敢跑来东湾这么惹事,胆挺肥啊?"老大走到了壮汉们的身前,他有意识地压低了声音,"现在就把你们手上的家伙放下来,赶紧的!"

"你是什么玩意!滚一边去!"壮汉对着老大就甩下了一棍子。

老大摆了个打太极的姿势,四两拨千斤,手腕于反转腾挪之间轻轻一抖,立刻就卸下了那根铁棍,连同大汉的胳膊一起拧了个圈。无视着大汉的哀号,老大的眼镜又反起了光,语气不慌不忙:"好吧,我懂了。那你们今天是走不了了。"

"这老家伙还有两下子,你谁啊!?"

"只不过是个无聊的农夫,一定会保护庄稼的那种。"

两分钟后,东湾一中上空的乌云消失了。当警车赶到时,校门口混乱的态势已经在老大的清理下恢复了平静,警察们正在打扫现场,至于围观的学生全都被老大呵斥回了学校。

"事情就是这样,这个地址是从他们嘴里问出来的,应该是老窝。警察同志,接下来交给你们了。"老大将一张纸条交给面前的警察。

在他身旁,另一位警察正声嘶力竭地朝对讲机喊话:"小李,对,就是那个地方!你快和局长说,赶紧派人过去,现在就能一网打尽!对,可能还有其他受害者,也找几名医生过去……喂,是我,请讲!"

"黑色轿车已经全部控制住了,人员也是!学生们和受害者都平安无事!"

"收到!"警察挂断了对讲机,对老大敬了个礼,"先生,因为事出突然,还得麻烦您和我们去局里做笔录,最好再有几个学生一起。"

"这是应该的,事不宜迟,我们现在就……"

"老大,敌人在哪儿啊?张舸呢?我来救他了!"校内探出了一个刺猬头脑袋,他扛着一个拖把。

"回班去!都结束了,少给我惹事!"老大把赵慎吓了回去。

……

"轻点擦!轻点擦!疼啊!"我坐在警察局里的椅子上龇牙咧嘴,"早知道姚蓝这么能打,我当初就不该去挨那顿揍。"

因为事情比较复杂,以我和万洋为代表的几个学生被拉来做了两个小时的笔录。

"张舸你别乱动……万洋你也是!别喊疼!真是的,几秒钟不见就惹乱子……你们别嫌我多事,我可不是自己想来的,是月桐一定要让我来看看你们的情况,不然我现在还在陪她呢!"江佳铃丝毫没有减轻力度,她很认真地给我和万洋处理着伤口,但其中明显带着怨气。

王家杰坐在我的旁边,这个大班长的脸上是一副虚脱了的表情。虽然他属于迫不得已,而且开了不到一公里就与赶来的警察们会合了,但是我能猜到他这一公里开成了什么鬼样子,估计清醒之后自己都快吓死了。

"这次多亏你们几个,姚蓝的妈妈才得救,虽然方法……得,不提了。"老大站在警察局外,男人历尽沧桑的背影很是惆怅,他对着夕阳戴上了墨镜,镜片反射的光芒缓缓映入我们的眼帘,"现在已经有媒体写新闻了。你可以极端一点,说这是在学校门口闹事,学生也参与进去了,成何体统……"

我们几个的头低下去了。

"但是换种说法,它也叫见义勇为。接档《三石情》的那个电视剧不是很火吗?它讲的不就是一群热血的青年学生吗?"老大转过了身子,"作为学生,这并不是过错。难道不管不顾是正确的吗?难道当个看客是正确的吗?如果这次我们妥协了,以后再出现类似情况,还有人敢反抗他们吗?"

"杨老师真是智勇双全,三两下就把那些坏人给镇住了!"王家谊在一旁吐了吐舌头,"哈哈,谁能想到他身后那群凶神恶煞的黑衣男,其实全是心里七上八下、硬着头皮顶上去的学校老师呢!"

"你怎么在这里?"精神萎靡的王家杰捂着脸,毫无力气地质问自己的妹妹。

"我可是年级代表,被派来看你们的!"王家谊振振有词。

"虽然这次你们闯了祸,不过也确实保护了姚蓝的母亲,坦白来讲,我很感动。"老大欣慰地看着他的学生们,"希望你们心中这种单纯而美丽的正义感,可以陪伴你们在今后的人生路上一直走下去。至少不要让它消失。"

王家谊拍了拍自己的老哥:"是啊,这次事件有学生受了伤不假,但是我告诉你们哟,大家完全没有怨言,每个人都认为自己做得对呢!尤其是听说那个从省外渗透来的大型传销窝点被警察彻底捣毁的时候,全校课都停了一起欢呼!你看,这不是大好事嘛!"

我又开始得意忘形了:"说得对啊!这可是在东湾一中历史上留下浓墨重彩一笔的大事,学校表扬我们还来不及呢!"

"张舸,回去给我交三万字检讨书,就你一个人!"

我的笑声停止了,江佳铃的碘酒也报复般地狠烧着我的伤口。

老大将杨小白叫到一旁,双手搭住她的肩膀,郑重地说了些话。听着听着,女孩的表情渐渐变了,小小的嘴唇颤抖起来,她呜咽着扑进了老大的怀中,双手紧紧搂住他的脖子。

老大一定也吓坏了吧?现在我算是相信了,这对性格一点不像的人确实是父女关系。不过警局里除了他们,应该还有另两个人正在相拥而泣吧?

我瞥了瞥那边的屋子,通过玻璃窗可以清楚地看见里面。

加油啊姚蓝,把你想说的话、之前说不出口的话,都告诉她、告诉你的妈妈吧!

"妈妈……那个……我有了很多朋友!别看那几个家伙疯疯癫癫的,其实他们都是大好人!"姚蓝低着头,不敢看自己的妈妈,口齿不清地说着。

"嗯,妈妈知道。"姚蓝的妈妈露出了慈爱的笑容,虽然憔悴,但是这份笑容没有一丝杂尘。

"张舸是个很有趣的人,是他帮助我站起来的!现在,大家都和我说上话了!有时候,还感觉有点不可思议,有时候还感觉有点烦呢!"姚蓝抬起了头,但是马上又低了下去。

"嗯,我知道的!那个孩子真的很不简单!姚蓝……从今以后我一定陪……"

"不光是他,还有我的班主任,如果没有他,我一定早就成彻彻底底的不良人了!"姚蓝赶忙打断了母亲的话,她怕再拖下去,自己就没法开口了,"江佳铃、万洋、王家杰、赵慎、陈颂,还有张月桐,还有今天帮助我的所有人……在东湾一中的大家都很关心我!是真的,真心的朋友!因为有他们的友情,我才能重新站起来的!"

"嗯,嗯……"姚蓝的妈妈也快克制不住了。

"所以妈妈,我会好好努力的,为了你我一定会努力下去!这次我的乒乓球得了第一名,跑步也得了第一名呢!所以妈妈,请你……"姚蓝一个劲地说着,她似乎想用这几分钟的时间,将一直埋在心里的话全部倾诉出口。

温暖的双臂让姚蓝停止了说话,这是熟悉的味道,这是妈妈的味道。姚蓝再也无法控制了,她哭了出来,是号啕大哭,是小孩子一样忘情的哭。

"我的孩子,你长大了!今天妈妈看到了,你真的长大了。妈妈对不起你,从今以后我一定会努力当一名优秀的妈妈,给我女儿最大的幸福!"

姚蓝泣不成声,她紧紧抱着自己的母亲。这些不断溢出的泪滴,一定足够融解掉曾经的冰川了吧?

我长舒了一口气。这次,我也终于可以毫无芥蒂地笑了。姚蓝现在已经不是孤单一人了,被大家所守护、被大家所喜爱的她,再也不会迷茫了。

从此之后是新的篇章。彼此察觉到真心的二人,互相陪在身边的二人,一定会更加坚强吧?

第二十三章 暴走的热血青春 289

因为，无论何时都不会再放手了。

那天晚上的三石桥，姚蓝于清水中看着那个怀抱婴儿、对着断桥喃喃自语的慈祥女人。女人秀气的脸庞满面春风，她哼着摇篮曲，怀揣着希望对自己发问道："不知道我们的姚蓝，能不能成为……"

桥上的姚蓝微微一笑，她回答了水中女人的问题："当然了，当然没问题的！"

"搭档，时间已经很晚了。如果你想来，明天再来吧？"我倚着桥催促着她。

"不用了。"姚蓝摇了摇头，她继续注视着水中的人儿，双眼充满了温柔。等到河水归于寂静后，姚蓝也变回了那个平常的自己，她爽快地伸了个懒腰，"张舸，我今天才知道，原来自己以前是来过这儿的，可那时的我还只是个小孩子呢，这儿也不像现在这么乱。不过我想对现在的自己来说，已经不需要再记住些什么了。或许随着时间的流逝，我很多的回忆会变得模糊，模糊到像刚才的这段影像一样，不依靠三石桥就再也想不起来了吧？但是我觉得，这样的过去和回忆才是有价值的。我们没必要记住所有的事，有的事即使都忘得差不多了，只剩下了一个概念，但是偶然间脑子里的灵光一闪，仅仅是那种感觉，就让我觉得非常满足了。那种不断挖掘自己脑海中的回忆，把一块块记忆碎片拼接的过程，我觉得是很幸福的，这才是回忆让我们感到怀念的理由啊！"

我被姚蓝的话打动了，没有回答，我选择静静地站在原地，等待那位女生离开"过去"，走向"未来"。

姚蓝轻快地跳下了桥，她一边对着身后挥手，一边接近着我的影子："我相信，总有一天我会再次想起它们的！所以再见了，过去的我。再见了，过去的妈妈。我要去未来了，和爱我的人们一起。"

……

"这种比赛到底有什么意思啊，无聊死了。"我连续打了五个哈欠，已经连眼睛都睁不开了。

"别这么说嘛！"身旁的江佳铃递来一片口香糖，"来，清醒一下。"

"哼!"姚蓝不满地撇着嘴,"早知道你是这种态度就不叫你了,多少人想和我一起来都没机会!"

她决定要留头发了,干练的短发如今被橡皮筋束缚着,显得很不自然。

全市十三岁以上未成年人乒乓球选拔赛的贵宾席——在传销风波中大放异彩的姚蓝收到了一系列的奖励,其中就有这三张作为答谢的门票。在得到了学校的许可后,她邀请我和江佳铃在周末一起观赛。

"不过一想到赵慎他们现在还在上晚自习,啧,感觉也不孬啊!"我轻松地嚼着口香糖,开始延展自己的想象,"乒乓球啊,如果我小时候能在老爸的魔鬼训练中坚持下来,没准现在也是个优秀的选手了吧?"

"做梦呢?除非继续和我组队双打,否则以你的技术,单打是绝对没戏的。"姚蓝又在捧一踩一了,她用怜悯的口吻,阴阳怪气地回复着我。

"不过那应该就是另一个故事了吧?男孩和女孩为了乒乓球而不断努力的故事。"江佳铃也遨游在想象之海中了。

"要是真有这种故事啊,江铃你绝对适合当球社社长的角色,想想看,一个360度无死角的削球手,这可是令谁都头疼的存在啊!"一个由我、江佳铃和姚蓝参演的校园热血运动剧正在我的脑海里播放片头曲。

"社长就算了,姚蓝才更适合呢,她初中时就是乒乓球社团的社长。"

"还有这事?"

"那是自然!"姚蓝骄傲地揉了揉鼻子,"你看,接下来这个混双比赛,蓝队的那对组合就是我的后辈,不知道他们明年能不能升上我们的学校呢!"

见证后辈们站在今日的舞台上超越自己,姚蓝的心情就像是期盼雏鸟高飞的母鸟。

不过很可惜,仅仅几个球之后,姚蓝就开始不耐烦了:"怎么搞的?反手拧他啊!他们这技术完全没有长进!臭不可闻啊简直!"

我和江佳铃像是约好了一般,同时叹了口气。第一局比赛,蓝队惨遭吊打,第二局比赛,他们及时调整,憋足了劲扳回一局。但是决胜局的时候,蓝队的男生体力明显不支,他靠女队友的鼓励在硬撑,不过步伐完全跟不上。

7比10,一切看起来都要结束了。蓝队女生不甘地擦了擦眼角。

"看不下去了!"姚蓝站了起来,她朝退场的方向走去。

"喂,社长大人,这就走了?是你请我们来的哎!"

"是啊!他们技术一点没变,看不下去了,先走了。"

"邪人。"我无奈地将目光转向赛场——嗯?比赛怎么暂停了。

"啊哈哈,总觉得这比分好像在哪里看到过。"江佳铃对我眨了眨眼。

"喂!你们两个在干什么啊?"熟悉的女声从高音喇叭里传了出来,方向是主席台那边。

吵死了!嗯?那是姚蓝?那个笨蛋在干什么啊!

只见姚蓝抢走主席台的话筒,对着蓝队的两个人高声呐喊:"你们两个傻瓜!打起精神来啊!"

女生的表情吃了一惊,男生也气喘吁吁地看了过去。

"打的什么东西啊!默契太烂了!"姚蓝无视着上前劝阻的保安,继续喊着,"简直比我合作过的最烂的队友还烂!"

我在观众席上打了个喷嚏。

女生用怀疑的目光仰视着姚蓝。

"要是输了的话,你们就给我留下,我会带着我最烂的那个搭档,好好收拾你们一顿!"姚蓝的嘴角露出了微笑。

"阿嚏!"又一个。

"比赛还没有结束呢,绝对不要放弃啊!你是为了你的队友,为了爱你的人才战斗的!没办法两个人都做到也没关系,重要的是要让你的队友知道,你能给他胜利,你能陪在他身边,相信友情和执着!"

"真不像她会说出的话。"我擦了擦鼻子。

江佳铃欣慰地眯起眼睛:"姚蓝,是看到影子了吧!"

"你们师姐我,是从地狱里回来的女人!你们这点挫折根本不算什么!站起来继续,而且不要只是为了接下来的这一个球才继续……赢到最后的人,才算是赢!!!"姚蓝吼完这一嗓子便乖乖地对保安道歉,继而径直走出了会场。

"姚蓝该不会认为那两个孩子还有戏吧?"我瞅了瞅江佳铃,寻求着认同感。

"谁知道呢。"江佳铃捂嘴笑了,她别有深意地缓缓开口,"除非……"

喝彩声越来越远。渐渐安静的通道之中,姚蓝一个人双手插兜,缓缓地前行着。

突然,她的鼻子一痒:"阿嚏!"

下部

第二十四章

通缉仓鼠先生

今天是 10 月 23 日。

天渐渐亮了,金光四射的太阳从云缝里露出脸来,在东湾一中的银杏树上洒下淡淡的光芒。它们的叶片像是光鲜亮丽的仙女,对天空回报着温柔的微笑。

这将会是晴朗的一天,每位学生都这么认为着。他们置身其中,偶尔有心之人还会弯腰拾起几片叶子,带回去制作成书签,悄悄送给心仪的人。

不过想到马上就要进入 11 月,刚刚所描述的一切突然就失去了滋味,简直就像是在豪华游轮的甲板上欣赏风光时,突然从隔壁听到令人难受的呕吐声一样。

毕竟每当来到这个月份,"年"这位姑娘总是会猛然记起自己已经很老了,然后开始郁郁寡欢地吹冷风,顺便提醒学校又该安排一大堆测试和练习给学生们助助兴了。

自从关于姚蓝的那一系列风波平息后,我们又回到了平静且沉闷的日常生活之中。没有漫画里那种突然转学来的超可爱的美少女,有的只是教导主任时不时从窗外伸进来的严肃面容……

"给,张舸!"江佳铃的脸上期待与兴奋并存,她将一个小小的笼子递到我面前。

"这啥啊?"里面装着的东西吓了我一跳,我立刻把它藏进了桌洞。

江佳铃笑了,她像往常那样把身体全靠到纪委身上,像只小猫似的边蹭边嗅,同时目不转睛地看着我。

可能是为了躲避她的视线,我重新打量起刚才的笼子。笼子里有个类似转水风车的铁质长筒,虽然它是粉色的,可我脑海中首先联想到的还是轮船和大炮,继而是跟着它从海面上缓缓驶出的、来自一个多世纪之前的海上舰队。这些庞然大物插着三角形的黄色龙旗,丝毫不知道自身在历史教科书中被记载的悲惨结局,以及那一系列的国仇家恨……

"叽叽叽叽。"还没等我脑海中的那个老佛爷一命呜呼,一个小小的、毛绒绒的棕色圆球就把这个连续剧终止了。

它正在笼中微微抖动着。渐渐地,在我屏息凝神之时,毛球终于舒展了身体,露出了小巧的四肢和短短的尾巴,它动着两个小耳朵,黑到反光的大眸子疑惑地盯着我看。

江佳铃终于露出了得逞的表情,她咂着嘴巴,不慌不忙地解释着:"这是小颂送给你的生日礼物哟,一只小仓鼠呢!成年快乐!"

没想到陈颂这么在意我的事。虽说我是最先和她认识的,可我在当时并不知道她双耳失聪,还弄哭过她,想想真是没脸见人。

张月桐也一脸羡慕地看着我桌洞里的萌物,顺便祝福了我生日快乐。看起来她非常喜欢这只仓鼠先生啊,是先生吧?不过也难怪,大多数女生好像都对这种毛绒绒的娇小动物没什么抵抗力。

"哟!张舸,生日快乐啊!哇!这什么啊!真腻歪人!"

"嘘!"张月桐和江佳铃同时对姚蓝做出了一个安静的手势。

姚蓝瞥着被我放在腿上的仓鼠,倒吸一口冷气,她面露难色,脸部的肌肉都抽搐起来了。

面对质疑,姚蓝揪了揪自己留长的小辫子,慢慢抬起右手,似乎正压抑心中的冲动:"我也不知道为什么,看到这种天真到可怜的眼神就格外不爽,想上去揍它一顿。"

"你这什么毛病,它哪儿招你了?"我赶快把仓鼠藏进桌洞。如果姚蓝真的恼火了,别说仓鼠,连笼子都能给拆了。

"单纯不喜欢。不好意思了,欣赏不来这种东西。"姚蓝嘟囔着嘴,对我晃了晃左手的小袋子,"对了,来这儿不是与你讨论仓鼠的。你不是过生日吗?喏。"

"喂,你这……"话音未落,一副由我最喜欢的卡牌游戏联名的扑克牌就糊在了我的脸上。它们的边缘是如此平滑,每一张的质感都如出一辙,清脆柔和地滑过我的腮帮子。

这也太巧了,姚蓝和江佳铃送我的礼物居然一样,实在太浪费了!不过姚蓝就不能机灵点吗,非要在教室里明目张胆地把这玩意给我!要知道自从上了高三之后,学校对棋牌类的东西查得是一天比一天严,现在的场景如果被教导主任看到,我肯定是万劫不复了。

"怎么了啊?快拿着啊!我一开始想送你象棋周边来着,但是那些存货连我都看不上眼。这牌可是老板推荐的稀罕物,我去的时候就剩下一副了。"姚蓝对我的态度格外来劲,她咂着嘴,继续在我的脸上施压。

我听到牌堆上的那张大鬼正在对我说话:"别搁这儿瞎拉呱了,赶紧收下来啊!两副牌,一副拿来收藏,一副拿来虐菜,这不是皆大欢喜吗?好了,快像早上那样接下我啊!"

可是,如果被老大知道了……

大鬼不屑地瘪了瘪嘴,恨不能在我的脸上啐上一口:"那糟老头子你怕他干吗?就算你被收走一副不是还剩一副嘛,换我就直接往他脸上砸,谁怕谁啊!"

脸上的触感简直太美妙了。我的手颤抖了,掌心全是汗,有点忍不了了啊……

大鬼的笑容吹动了胡须,他正在用那根香喷喷的拐棍戳我的鼻孔:"我懂你的心思,下个课间就来试试感觉怎样?就拿那个赵腰子开刀!"

我能听见自己的心跳。对我而言,现在拍在脸上的玩意和潘多拉的盒子没什么区别。

"快接下来啊!难道你不想再次用指甲拨动我们的身体,让你的十指在牌海里辗转自如吗?那种感觉,可就如同听一首贝多芬的交响乐一样

第二十四章 通缉仓鼠先生 299

幸福啊！"

啰唆死了，我可没什么欣赏古典音乐的细胞！我一把抓过扑克，将那张大王反扣过来，连一眼也不敢多看，迅速塞回到姚蓝的纸袋里。

似乎还能隐约听到大鬼的声音，他在用东湾话骂我假正经。

"怎么，你不要啊？"姚蓝显得很惊讶，继而是埋怨的神情。

"对、对不起……总感觉收下它我一定会忍不住现在就玩，然后被没收。请务必放学之后再给我。"我弯着腰，气喘吁吁地解释了好久，总算延缓了这场"罪恶"的交易。

顺便也阻止了随时准备冲过来自投罗网的赵慎。

"好吧好吧，真麻烦。"姚蓝挠了挠头，突然又打个响指，"对了！还有一件事，东湾一中校庆日的安排！大家都来食品区怎么样？为了那天，我还新学了一道菜呢！"

对东湾一中的学生来说，今年的10月底有几个额外的盼头。一是，到了市教育局定期视察的时间。由于上次街头采访的风波，学校这次打起了十二分的精神，甚至还把走读生的晚自习暂停了一周。以此为契机，我又再次遭到了损友们集中的调侃，以及真正热爱学习的家伙们投来的白眼。

二是，在10月31日，东湾一中将会迎来建校五十九年的校庆日。对我们来说，原本这也只是普通学习日中的一天。但就在昨天，情况出现了变化。在新学生会的建议下，今年的校庆日同往年完全不同：经过校长和副校长的批准，新学生会将学校划分成了若干区域，让学生们自行筹划主题活动和表演，准备用校园开放日的形式向东湾民众展示这所高中当今的风采——估计也是想以此冲淡之前校门口的冲突给学校造成的负面影响吧。

三是，在校庆日结束后，学生们总算可以迎来一月一次的双休日，回家好好休息两天了。

江佳铃对姚蓝笑了笑："我没问题哟。"

"拉倒吧，你做的菜也敢给别人吃？"我打了个哈欠，"纪委，你赶紧把姚蓝拿掉，如果她做的菜能顺利出锅，学校食品区的烟雾报警器肯定需要换新的电池了。"

"那个那个……"张月桐红着脸,她支支吾吾地开口了,"姚蓝同学,其实昨晚学校开会,已经决定要让你协助学校当天的安保工作,他们觉得你这样的大明星在校园内四处走动,除了能维持秩序,也能让每块区域都更热闹些……拜托了……"

新学生会的会长正是我的同桌张月桐。在与传销组织的冲突结束后不久,学生会的改组也完毕了,张月桐在全票通过下接任了会长一职。

叽叽叽叽,仓鼠叫唤着。

"啊?也就是说我得到处走一天?我才不要呢!"姚蓝的小辫子都竖了起来,"会长,你难道没帮我说话吗?"

我对她们关系的进展有些吃惊:"嘿!称呼都改了啊,你们什么时候这么亲了?"

张月桐不好意思地吐了吐舌头:"其实……是我提议的。姚蓝同学现在是东湾一中的门面,如果始终在一个地方,那儿一定会很拥挤……应该要无处不在,这样比较好。而且让你帮忙安保,也能提升大家对学校的亲切感……不好意思!当时我只是提议,准备先回来和你商量的,谁知副校长马上就高兴地拍板了……"

"哈哈哈哈,他倒是成你的头号粉丝了,真香啊!"我没忍住笑出了声。

"算啦算啦!也没多大事,会长是想让我多露露脸啦!"姚蓝的脸上升起了太阳,她拍了拍纪委的肩膀,俏皮地敬了个礼,"多谢会长大人抬举,属下保证完成任务。"

可因为姚蓝的嘴漏了风,短短几分钟内,向我祝福的人变得越来越多,他们在说完那句应付差事般的"生日快乐"后便赖着不走了,争先恐后地计算着笼子里的仓鼠还能朝嘴里塞进多少粒瓜子。

及时响起的上课铃声救了我,也得益于大家都在疯狂背书,这只跑了一节课滚筒的仓鼠并没有被发现。

说起来,姚蓝的生活还真是彻底改变了,在确定她就是抓住黄老赖的无名英雄后,警察局还专门派人来学校送上旗帜——现在那旗子挂在我们班后门和赵慎的吉他做伴。校门口的突发事件虽然备受争议,但结果是打掉了一个藏匿许久的传销窝点,顺带着还揪出了隔壁省的一些黑恶势力。头功被记在了姚蓝的身上,姚蓝不光是见义勇为,事后她与母亲的笔录以及口供也都给警方的进一步行动提供了巨大的帮助。这些事情被各种媒体大肆渲染,连东湾的报纸都留出一个大版面介绍这位故事性十足的非凡女孩,社会上的奖励和慰问品也是数不胜数。在她的光环下,东湾一中的人气和关注度也更上了一层楼,副校长自然不用提,就连教导主任也乐开了花,别说给姚蓝处罚了,光是每天准备接受各种采访,谈谈怎么把学生们教育得这么团结、这么有正义感,就够他们几位忙的了。不过即便如此,学校本身还是不太做宣传,毕竟学生的生命安全并非儿戏,以此为由的批评声也不在少数。在校方商议讨论之后,但凡参与事件的学生,全部不加鼓励,也不予追究,算是功过相抵、息事宁人。但是一系列的关注还是使得天才少女的人气再次飙升,文武双全的姚蓝现在是东湾一中最负盛名的大明星。前几天不知谁闲得无聊在学校的论坛搞校花投票,结果姚蓝居然以碾压式的票数斩获第一——姚蓝的相貌当然不丑,但平心而论,离校花还差得远呢!光说本班,我认为纪委就能稳稳压她一头,可见那些投票的家伙挟带私心有多严重。虽然我的投票倒也是出于主观,直接下拉到"其他请注明"这一选项,而后在填空栏里写上了"江佳铃",帮多年的好友拉了点同情分。

等到下课铃声响起,我总算也松了口气。现在应该是教室最安静的时候了,十个人有八个在补觉。

叽叽叽叽,叽叽叽叽。

陈颂,你的好意我很感激,但现在这样我到底该怎么办啊?

还是赶快把仓鼠先交给江佳铃吧!毕竟第一排实在太危险了!

等等,从安全角度来说,最后一排的赵慎是更合适的人选。现在他正在门外拨着吉他弦……还是算了,这简直是自杀的行为,给他保管,尽人皆知是小,笼毁鼠亡是大,没准他还会喂仓鼠吃辣条,让可怜的小家伙就此一命呜呼。

瞅瞅课表,唯一的好消息是上午最后一节是体育课,至于坏消息嘛……

令人厌恶的雄壮男声突然响彻教室,瞬间叫醒了所有正在补觉的瞌睡虫:"喂!都给我起来!坐好了!马上开始随堂测验!"

人要是不顺,放屁都砸脚后跟。我将笼子朝桌洞一塞,用校服堵了个严严实实。

这是我高中以来最糟糕的一场测试。在心慌意乱地写了几题后,我的思绪就被劈成了两瓣,在讲台的老大和自己的桌洞间"反复横跳"。

仓鼠没叫,太好了!这里写错了,我改我改……

又写了几道题后,我开始慌了——怎么不叫了?

我再次做贼心虚地看了看老大。这么巧,他也在看我,反光的眼镜中渗出了一丝杀气:"喂,张舸!认真做题,别东张西望的!"

冷静啊!我将整张脸都贴在试卷上,双手抱头,借此集中自己的注意力。

还是不叫。

"海"了"海"了,我似乎已经透过厚厚的桌板,望见那对因为窒息而扼住自己咽喉的小爪子了。

或许电视广告里那些高血压时出现的症状并不全是浮夸作秀。

不行,不能瞎寻思了,赶快做题!时间就在我的思想斗争中一分一秒地流逝着,当我将试卷翻回到一半空白的填空题时,却传来了老大的慢悠悠的提醒——漫长的两节课联考还剩下五分钟。

而仓鼠自始至终没有叫过一声。

完蛋了,肯定是憋死了!陈颂,对不起!

叽叽叽叽!

我辜负了你的心意,这小生命在我手上还没过多久就光速归天了。

叽叽叽叽!

哈哈!没死!它没死!

叽叽叽叽!

第二十四章 通缉仓鼠先生

等等,现在也不是高兴的时候! 我偷偷对讲台翻了白眼。

不愧是和学生斗智斗勇几十年的老教师,耳朵还真灵:"怎么了? 什么声音!"

眼镜上的寒光开始四处巡视,也有同学抬起了头,好奇地到处张望。

"叽叽叽叽。"我张开了嘴,装作若无其事地小声哼着。

老大的目光锁定了我:"张舸! 不要发出奇怪的声音! 不然提前收你卷子!"

班上有人在偷笑,真是颜面尽失⋯⋯但它总算不叫了,也算是对付过去了吧!

叽叽叽叽!

"张舸!"老大一拍桌子。

老大,这次真不是我。

宣判的铃声适时响了起来,老大对我推了下眼镜:"这次倒要看看你考得怎么样,收卷!"他站了起来,巡视着收卷时班级的众生相,"喂,那里的! 不要再看了!"

我翻了翻自己折腾了两个小时所留下的杰作,只觉得不忍直视、在劫难逃——整张卷子差点比我的脸还干净,就剩大题目那点步骤分了。

"咳咳。"我的身旁传来了小小的咳嗽声,像是暗号。张月桐的大眼睛正朝这儿一个劲地眨。她慢慢把自己的考卷往我这边挪,顺便用脚蹭了蹭我。自从在办公楼阴差阳错地救出纪委之后,她对我的态度就变得暧昧了许多,总是会在同我说话的时候含羞而笑⋯⋯得,具体的以后再说吧! 现在还是赶工要紧! 纪委,您的恩情张某记下了! 我有一点没一点的,在老大的眼皮子底下奋笔疾书。

老大一手插兜,一手拿着班级的考卷,在大家的目送中缓缓走出了教室。开门的那一刻,他的风衣被吹得飘起,不过他本人却没有在意,反倒把步子迈得更开了,好一个沧桑的男子汉。

在确定了仓鼠的生命体征后,我总算松了口气,对同桌连连道谢。

"没有啦,举手之劳。就当是⋯⋯送你的生日礼物!"张月桐挠了挠脸蛋,她的语气娇滴滴的。

正当我对现在的纪委怦然心动之时,那只精力充沛的仓鼠又开始叫了。

"它是不是害怕?我听说一般的仓鼠很安静呢!"江佳铃的声音传了过来,她又将身子压在了张月桐的头上,"不过张舸你真的好搞笑啊,噗!"

"放过我吧,我之前没养过这些东西。"为了防止受伤或者疾病,从小到大我们家都没有养过严格意义上的宠物,充其量就是小金鱼这种活不过两周的摆设。

我带着哀求的眼光瞥向江佳铃:"江铃,下节课能帮我照顾一下它吗?在第一排实在太危险了。"

"真拿你没办法,虽然我也不知道怎样让它安静……啊呀,我是不是打扰到你们了?"江佳铃将小笼子揣进了自己的运动服,而后她突然做出了一个恍然大悟的表情,调皮地摇晃着被她压在身下的张月桐。

张月桐的脸变得更红了,她赶紧否定了江佳铃的说法,而后对自己的好朋友来了一套既可爱又没有杀伤力的猫猫拳。

……

深秋的风儿循规蹈矩,洋洋洒洒地将醉意盖过我的面颊。江佳铃还真有办法,那只仓鼠在上节课一次也没叫唤过,如今我只要在草地上浪费四十五分钟,就能永远对这个提心吊胆的上午说再见了。

"喂!张舸,你怎么刚当大人就摆烂了啊!在草地上装什么瘟鸡,快来打球啊!"赵慎的叫喊赶走了风。因为剧烈的运动,他现在已经是满头大汗,脑门在太阳的照耀下反着光,可这丝毫没有影响到冲天的刺猬头。

"别吱声,哥们睡觉呢!你以为我想出生在下半年啊!"

"别废话赶紧的,缺个拾球的!"

"我不好受,躺会儿。"

"屁!倒头鬼,土地公公流汗,神虚的。"

"嘿嘿,肾虚公子张舸!"球场上其他嘲讽的声音如约而至。

这帮傻不愣登的篮球赛二轮游居然还蹬鼻子上脸,没有我,指望他们六十岁出成绩都不现实。

"张舸,不然你去和他们打球吧,我来帮你看着笼子。"书籍、草地、天空,还有张月桐,诗情画意般的组合。虽然在用正常的音量进行交谈,但我们现在的距离比上课时还要远些。

我慵懒地做了个深呼吸,挪了挪枕在头下的胳膊:"不用了,我也确实累了,精神方面。"

"嗯,那你好好休息吧。"在确定我闭上眼睛后,张月桐悄悄地朝我这儿挪了点,好像是为了继续观察粉色的笼子。

"小帅哥,要不要陪我打羽毛球呀?"这次是男孩子气的潇洒女声。

"自己打,我睡会儿。"因为赵慎的关系,我和秋姑娘的约会已经被打断好一会儿了,这次如果再失约,她就该生气了。

"可是光和女生打,赢得都手麻了。"脚步声渐渐接近。

阴影盖住了我的脸庞。我睁开眼睛,斜上方的面孔很是熟悉——扎起小辫的短发、平稳不乱的呼吸、略泛红潮的面颊、露出期待的双眼……往下一看,是一双大白腿。

心静如水的我再次闭上眼睛:"不好意思,我投降了。"

姚蓝蹲了下来,将脑袋贴到我面前:"还没打就投降了?别说这种没出息的话!"

"我记得你家有一个羽毛球的优胜奖杯,自取其辱的事我才不做。"

"别这样啦,来嘛来嘛!"

"不要。"

"哼!不就一只仓鼠吗?看把你给心疼的,含嘴里都怕化了!看我的!嘿!"姚蓝突然捏住我的鼻子,另一只手捂住我的嘴巴。

好闷,世界要炸裂了。我的口腔和鼻腔内充斥着无法排出的气,感觉再用一根回形针一撬,我就能像动画里的汤姆猫一样原地起飞。

"唔!唔!"因为窒息,我本能地伸出手乱挠。

"哈哈,认输吗?要不要和我打啊?"姚蓝幸灾乐祸地蔑视着正出洋相的我。

张月桐在一旁手舞足蹈着,但是她的劝解并没有什么用。

该败了,为什么所有人都要来糟蹋我的休息时间呢!我伸手抓向姚蓝的脸颊。

姚蓝轻快地闪避开,嘴里仍然没停下:"哎嘿!够不到,够不到!"

我真快闷死了,额头上的青筋急得条条绽出,瞪着眼睛对捣蛋鬼胡乱抓着。

"嘿!嘿!哈哈哈,抓不到抓不到!喂!你变态啊?"

我不记得当时抓到了什么,但是手感还不错。几乎是同一瞬间,我立起上身,呼吸到了久违的新鲜空气,新鲜得如同放假第一天的清晨一般。

真是无法想象没有空气的生活啊,活着真好!闷响声后,我的世界漆黑一片,身体失去了重心,在草地上整个平移摩擦起来,只听得咯噔一声,手臂似乎撞到了什么硬硬的东西。

滚了几圈后,我停了下来,可怜分分地吹着胳膊,抱怨着姚蓝下手太重:"是不是撞到石头……等等!这?!"

我的手肘正压着一个已经变形的粉色笼子,它的里面空空如也。

因为这出人意料的发展,我不由得用上了东湾话中最刺耳的那几个词,学着风哥的语气,抒发一下此刻的心情。恍惚间,我似乎听见有人也正在用同样的口吻,配合我的节奏进行着"二重唱"。

这声音的来源,是姚蓝?不太像。

难道是张月桐?嗐,怎么可能呢!我肯定是被姚蓝揍得出现幻听了。

"张舸,有东西在往操场那儿跑!"姚蓝指着篮球场的方向。

顺着姚蓝的手指看了过去,果然有一个小玩意正在飞速前进。来不及多想了,我像一个神经病,癫狂地喊叫狂奔,撒腿就往操场上跑——激情碰撞、身体对抗十足的篮球场,我可不想陈颂给我的礼物落个被踩死的下场啊!

"看我的绝杀!"完全空位的赵慎此刻正高高跃起,他浑身的肌肉都绷紧了,无畏的小睡眼中只有篮圈。

瞄准,出手!

第二十四章 通缉仓鼠先生　307

"让开！爬爬爬！"一阵妖风从他旁边经过。

赵慎吓了一跳，用劲大了，右手拧成了刚卤好的鸡爪。

"不愧是你，又没让我失望。"王家杰抢到篮板后扔给底角，埋伏的射手直接三分命中。

"腰子，你投了个什么玩意？"赵慎的队友跑过来朝他抱怨。

"我乖嘞，我是不是见鬼了……"赵慎喘着粗气，到处找寻刚才的残影。

"鬼？你说的是张舸吧，他刚刚呼啸着跑过去了。"王家杰拍了拍球。

"张舸？他在哪儿？"

"嚯，他又折回来了，你们俩慢慢腻歪吧。"王家杰在朋友和两百块的篮球之间选择救了后者。

赵慎的眼眸中倒映着全速冲刺的我，鬼知道他脑子里想了些什么，居然还在惊恐之余尬笑起来。

"快闪啊！"男孩子气的姚蓝将赵慎像落叶似的推到一旁。

"哎？哎哎哎！！！"在"刹车"过程中，我的球鞋直接冒起了白烟。

而后，在众皆掩面的围观里，我和姚蓝结结实实撞了个满怀。说得确切一点，是我被她直接当场撞翻，而后她被我的腿绊了一下，踉跄着倒在我身上。

操场上传来了阵阵喝彩，我意识模糊，只能任由这帮路人污蔑。

姚蓝没有受到太大影响，她将我当作垫脚石，迅速窜起身子环顾四周："在哪儿，上哪儿去了？"

"乖乖，乖乖……这是怎着的？"看着"惨死"的我，赵慎惊魂未定地摸着胸口，想了解这起"杀人案"的始末。

"别废话，你也来帮忙！"姚蓝一把抓起赵慎的手，同时对着意识不清的我大喊了一声，"紧急通知下午放假，现在全体回班里集合！"

我断掉的电路瞬间被接上了，身子突然直挺挺地从地上坐了起来。

"这也行，你能不能有点出息！"话音未落，赵慎的腿就被迫开足了马力。

"快跟我来,我看到它了!"姚蓝一手拉着一个,朝着教学楼的方向飞奔而去。

操场上的人面面相觑,王家杰手上的篮球掉到了地上,他已经在想如何替班级里不守规矩的捣蛋鬼们扯谎了。

高一的教学楼内,陈颂正在听数学课。为了照顾听不见的她,任课老师在板书和PPT上把重点内容展示得很全。

记完笔记后,陈颂继续钻研那本被解决了一半的练习题。

"这个,然后,这样,套公式。"陈颂努力进行着书写,她没有注意到周围的变化。现在,班级外正传来急促且慌张的脚步声,同学们都被这突如其来的声响吸引了目光。

一个疾行的黑影跑了过去,接着是另外两个。

"喂,你看见没有啊?"

"有点像……姚蓝!"

"不会吧,是不是看错了?"

学生们七嘴八舌地议论着。但这一切都和陈颂这小丸子头无关,她依然在和纸上的未知数较劲。

"大家集中精神!"老师敲了敲讲台。

陈颂的同桌外号叫作凉皮,是个戴着发箍的美人坯子,多亏了她的帮助,陈颂的高中生活才比自己预计的要轻松许多。在老师维持住课堂秩序后,凉皮蹭了蹭陈颂的胳膊,递过来一张纸条:刚才跑过去的三个人,你看到没有啊?

陈颂歪了歪脑袋,不明所以地盯着同桌的脸。

她的同桌再次写着:刚才门外跑过去几个人。我没太看清,不过好像有你经常提到的,高三11班的张舸。

陈颂盯着同桌的一笔一画,当看到"张舸"这两个字的时候,由于惊讶,大眼睛整个瞪了起来,丝毫没意识到自己的声音太大了:"他在哪儿?"

正把陈颂当作典型夸奖的老师只得再次开始维持课堂的秩序。

话分两头,走廊中的姚蓝正一马当先,直接从二楼楼梯的最上面跳了

第二十四章 通缉仓鼠先生

下去,完美落地后,她继续奔跑。

赵慎喘着粗气,他开始把投失关键球的怒火乱甩:"张舸,你最好祈祷那杀千刀的老鼠别被我抓住,不然我就用开水把它给'秃'死!"

"那不是臭老鼠,是仓鼠,尾巴基本等于没有!"我死死咬住姚蓝的步伐。

"这话你留着和副校长、主任、老大,还有那群见蜂鸟都当飞蛾叫唤的胆小鬼说吧!"

姚蓝催促的声音飘了过来。小点声啊我的姐姐,现在还在上课呢。我眯起眼睛,目送前方那个小毛球跑向高三年级。

"哪里逃!"姚蓝纵身一跃,对着小毛球就抓了下去,不愧是接力的第四棒,这下问题解决了。

阴影中的小仓鼠一个蛇形走位,灵活地改变了方向,回头往楼上逃窜,姚蓝则因为惯性冲出去老远。

我憋足劲头进行加速,翻身跳过楼梯的扶手,挡在了小仓鼠的面前,逼迫它从我的两腿之间穿裆而过。

唉,继续追吧!我和姚蓝追着仓鼠跑到了二楼。在长长楼道的另一侧,赵慎对我们喘着大气,竖起了大拇指,给仓鼠营造出一种我们很有默契的假象。

得了,我就勉强相信一下吧!我也竖起了大拇指,将潜意识对我的劝告抛到一旁。

随着赵慎的壮胆呐喊,我踩起了风火轮,瞬间就穿越了8班、9班;对面的赵慎也召唤筋斗云,从12班和11班的方向朝我猛冲。

然后我们在10班门口撞在了一起。

门外的巨响让正上自习的10班骚动起来:"这是怎么了?"

"哎呀嘞,这不是赵老太爷吗,您眼神可不太好啊,哈哈哈哈!"

"猪撞树上了,你撞猪上了吧?"

"去去去!作业写完没?看什么看!"我满眼都是金星,正对着一根水管胡乱嚷嚷。

晕头晕脑的赵慎朝地面抓了几下,依旧没能逮住那只灵活的小仓鼠:"这眼神确实是越来越不行了,上次逛商场的时候就发现一个和我一样帅的,结果走近一看是面镜子。"

等我的飞蚊症痊愈了,正好又看见姚蓝下楼的背影。但当我们追到楼下的时候,姚蓝却停在了楼道口。

"刹车!刹车!"我和赵慎停了下来,距离追尾就差一步。

我把目光移向姚蓝的侧脸,只见她眼神呆滞地看着前方。

"我乖……唔!"赵慎叫出了声,我赶紧捂上他的嘴。

这不是教导主任吗?看来他并没注意到躲在楼梯边的我们,仍然在大摇大摆地巡视着各个班级。

"不愧是他,专门卡在要放学的节点来找碴。"姚蓝一语就道破了主任每日生活的乐趣。

而当教导主任将脖子伸进3班窗内时,我们看到了他的后背……

妈呀我的仓鼠爷爷,你别作死了好不?!这个不知恐惧为何物的小家伙,居然正在努力钻进主任的领口。

暗中观察的我们此刻瞠目结舌,每个人的脸都煞白煞白的,尤其是赵慎,他那张黑脸吓得活像是驴屎蛋上霜。

如果仓鼠被发现了,就凭教导主任钻牛角尖那劲头,只要他随便从操场拉点人问问情况,肯定又要来找我们的麻烦,到时候整个班级都跑不了……

关键时刻,救命的依然是铃声。地震般的动静瞬间传来,这儿马上就要变成学生们通往食堂的狂野赛道了。

不行,必须把仓鼠救下来!我鼓起勇气朝主任的方向冲了过去。

"喂,张舸!"赵慎想拦住我,但是失败了。

"主任!"我赶在大部队离开教室前跑到了主任的身旁。

一看是我,教导主任的表情立刻起了些变化,似乎比起他,我连给校长提鞋都不配:"哦哟?这不张舸吗?有什么事情啊?"

"主任啊,我就想和你拉拉呱,拉拉呱!"

"拉呱?"主任一脸疑惑地看着我,他知道我肯定是无风不起浪,"你今天是不是吃错药了?"

"我感觉主任你啊,真是不容易!你看,又要教育学生,还要带班主任,前不久因为传销组织的骚动也忙得焦头烂额!太辛苦了,真是我们学习的榜样,楷模,偶像!"我语无伦次地胡说八道。

教导主任微微一笑,不过眼珠子瞪得很大:"乖乖,孺子可教啊!算你小子还知道点孬好。不过我倒要求求你,平时少给我惹点事,多用用功读书,少接受点采访,顺便把角落里的那些蜘蛛壁虎都清理掉,好不好?"

嘲讽我之后,他的表情有点不对,开始去挠自己的后背。

周围已经拥过去无数的学生,他们也在乘机发泄着对于教导主任的不满,脚步跺得格外响,简直和我的心跳一样。

姚蓝赵慎他们在哪儿啊?对着面前这张老脸胡吹八吹,我尴尬得都快用脚指头抠出清明上河图了。

面对主任怀疑的眼光,能做的也只有硬撑了:"对啊对啊!我这当学生的,老让人不省心,我这心里不好受啊!有时候我也反思我自己……"

被我这么一说,主任更摸不着北了。他往我面前凑了凑,用字正腔圆的普通话抑扬顿挫地开口道:"你小子是张舸吗?你有病吧?"

"对对对,我有病。"眼看他再次把手伸向后背,我急忙又蹦出几个字,"主任,您最近还有病……呃,您最近身体还好?"

"张舸,我是从初中就看着你上房揭瓦的,少在这儿跟我弯弯绕!有话快说,有屁……有话就说!"仓鼠从主任的脖子旁边探出了头。

"我就是想表达感激之情嘛!你看我不小心惹了那么多事,结果您都大人不记小人过了,真是体谅学生疾苦!感谢主任!谢谢主任!"

仓鼠的爪子划了划主任的肩膀。

"哼,按照我的意思,你早就回家反省了!你还是谢谢你班主任吧。我是主张严办你的!你公然破坏学校的秩序,你……"

仓鼠在主任耳边蹭了蹭,而后从他的肩膀上跳了下来。

我没管主任还在说些什么,只是张大了嘴巴——完了,那可是茫茫人潮!

一双大黑手突然出现接住了小仓鼠。是赵慎,一旁的姚蓝也正极力推开路人为赵慎制造空间。

太好了,得救了!

还没等我喘完大气,循循善诱的话语就飘进了耳朵:"还有啊,你和你们班江佳铃、姚蓝的关系,在高一已经成反面教材了,我希望你……"

"那个!主任,我还要吃饭!先走了啊,再见!您保重身体,注意卫生!"我不管三七二十一,结束了冗长而尴尬的话题,跳入人潮。

"喂,喂!我还没说完呢!臭小子!"

第二十五章

欢迎来到东湾一中校庆日

"我先走了江铃,明儿见!"姚蓝拿起包,她的小辫子一晃一晃的。

向姚蓝道别后,江佳铃看了看门口等待姚蓝一同回家的学生们,心中再次感慨万千——经过了这么多磨难,她终于不再是孤单一人了。

江佳铃背好了包,她站起身子,对身旁的我笑道:"姚蓝真的好受欢迎啊,今天晚自习前的大课间我都没儿吃饭了。"

"你可以用我的座位呀,反正赵慎旁边也空一个,我去那儿就是了。"

"还是算了,我可不想影响你和纪委呢!而且小颂的舞蹈练习已经进入关键的时刻了,估计我的时间也不会很多。"江佳铃又做了一个跳舞的姿势,她看起来开心极了,连小曲儿都哼哼起来了,"不过赵慎可真倒霉,虽然正好能帮上我们的忙……"

我和张月桐?这话是什么意思?江铃是不是对我和纪委之间有什么误会呢?而且不只是这段时间,其实自从这学期开始之后,她就时不时会给我一种"有事就找张月桐"的感觉,虽然也有帮助陈颂练习的客观原因,但我总觉得有些别扭,一副像是要把我甩给别人的样子……等等,我这是怎么了?难道是在吃醋?别,可别那么想,这可是江佳铃呀,是我的……我的想法停住了,那些住在心灵深处的回忆正逐渐变得清晰。

晃了晃脑袋,我追上了她。在姚蓝成了校园的巡逻队员后,江佳铃也答应了张月桐的出演舞台剧的邀请。我是不知道她哪儿挤的时间来背台词,但这么一个对朋友的请求永远尽力而为的女生确实让人佩服。如果换成我要操心那么多别人的事,别说和江佳铃一样快乐了,不愁眉苦脸、唉声叹气就不错了。

"谁让他今天排歌的时候那么吵,叽叽歪歪搞得和演唱会一样,几十个人给他一个人伴奏听他鬼哭狼嚎,老大把他撸下来算对了。"我借机讽刺了赵慎一把,"说起来,你觉得明天哪儿会最受欢迎呢?先排除食品区,我知道十个里有九个都是饿死鬼。"

"最受欢迎?嗯……应该是杨同学那儿吧?毕竟终于可以名正言顺地进行占卜表演了。"

"真的假的啊?那么偏的地方,而且还是古怪的把戏。"江佳铃的回答还真令我没想到,她这么欣赏杨小白的吗?

"哼哼,杨同学你又不是不知道,她那种神秘的感觉就是很吸引人呀!而且就凭她是班主任的女儿,也会有很多人去一睹究竟呢!"

"是啊,没准还会发展几个像我一样能使用并且把传说继续传下去的幸运观众。"

我们来到楼下,正好与万洋打了个照面,他的身边站着一个娇小玲珑的女孩子。

女孩子穿着一件棕色的针织开衫外套,下半身是深黑的打底裙裤和小白布鞋,乍一看像个瓷娃娃。浅棕发色的丸子头被风吹得微微晃动,弯弯的睫毛下,黑色的"宝石"闪烁着天真无邪,粉扑扑的脸蛋笑开了花,水灵的小嘴好似一点波纹,划在小小的鼻子下方。

提前放学的通知为深秋的落日添上了更加艳丽的色彩,无垠的深蓝被泼上红墨,一直伸展到地平线的尽头。

感谢教育局。

"我也看了那个预告片了,真期待第二部的故事会怎么发展!"陈颂高兴地蹦蹦跳跳,她拉住江佳铃的手一个劲摇摆。

这两名女生正和大部分学生一样,热议着从五天前就开始在各大电视台循环播出的那条《三石情》第二季的先导片。第二季的故事无疑将会围绕"芷得到三石桥的守护"这条主线展开,可若是如同我们这些东湾人所熟知的那样,芷白天为各位村民的幸福祈祷,夜晚与履在梦中相会,这未免也太无聊了。

所以导演和编剧开始大胆地放飞自我了。在他们放出的预告片中,芷不但在得到三石桥的守护后获得了类似魔法的力量,还聚集起了一群打着发胶的俊男靓女,为了守护村子的和平,与一群好似魔物的CG动画展开了激烈的厮杀。除此之外还有像是梦中穿越、时光倒流之类的剧情,作为第一季主人公的履只给了三秒钟的镜头,还是个坟头……总之我和爸妈看完的时候下巴都要掉下来了,只是一个劲地大呼胡诌八扯、烂片预定。

"说起来,这还是我人生里第一次过校庆日呢!今晚我估计都要兴奋到失眠了!"当我们挤出校园的时候,陈颂终于换了个我愿意搭茬的话题。

"不光你是第一次,我们大家都是。江铃你记得吧?我们高一高二的时候,校庆日根本没什么特别的地方,倒是试卷变多了。能让副校长那个老顽固同意停课给学生们搞活动,这以前想都不敢想嘛!"

"确实如此呢!而且今天元旦会演的节目也报上去了,数不清多少喜临门了!"江佳铃对陈颂比画起来,她已经会一些简单的手语了。不过比画了几下,江佳铃发现自己表达不了意思,索性又拿出了画板开始写字。

"嗯嗯,校庆日过后,我要加紧练习了!"陈颂伸脖子望了望,捂住小嘴扑哧一笑,"我已经等不及了,如果我再聪明点,没准校庆日就能表演了!"

现在的陈颂比开学时自信多了,不光说话是一气呵成,一般的长句更是难不倒她。听江佳铃说,校长也对陈颂的情况十分关心,他表示学校会全力以赴,试着让陈颂在这里毕业,为此还专门同她所在班级的老师聊过。不过陈颂和她妈妈更希望的,是陈颂自己能继续感受学校的氛围,继续和同龄人欢笑下去。或许以后会换学校,但现在的情况对她们母女而言,其实已经足够了。

我想的没那么多,能继续看着陈颂活泼的样子就行了。谁能想象这张脸孔在开学时居然充满茫然呢?这是江佳铃的功劳,是友情的力量。

与大家伙儿分别后,我在欧龙小区门口停留了一会儿。往事如烟,开

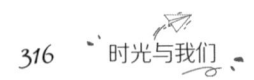

学两个月以来的各种回忆开始在我的脑海里走起了马灯。我回味着每一段成为"过去"的日子，一步步地走着。而当我感受到凛冽的寒风时，三石桥已经近在眼前了。

三石桥，邂逅这个东湾县尽人皆知的传说也纯属偶然。不过我得对它表示感谢，不光是因为见到实体使我更加确信了《三石情》里的那些情节都是扯淡，也因为三石桥这把钥匙的存在，让我得以自由地打开、回味属于自己的记忆。正当我准备与桥对话之时，肩膀突然被轻轻地拍了一下，而后是一股熟悉的甜味。

来的人是睡眼惺忪的杨小白，她很直白地询问了我来此的原因。

"想回忆下开学至今发生的事情，一时间都想起来很难嘛！"只是稍微说了说，脑海中便马上有了各式各样的画面。

"你会上瘾吗？"

"别逗了巫婆，我不过是心血来潮，昨晚的预告片你也看了吧？"我觉得杨小白似乎有些过于敏感了。

她的表情没有改变，但我能感受到杨小白藏着什么心事。或许是杨小白也想用桥？那作为绅士，我应该在这里妥协吧："也不是什么非看不行的事，下次再说吧，我先回去了，再见。"

"三石桥在这里的事，后来你还告诉过别人吗？"杨小白忽然冒出来这么一句。

"只有姚蓝，她也成功启动了桥的力量。我可是谨遵你的嘱托，在带她来这儿之前也做过测试。"

杨小白轻轻点了点头，这个回答她似乎还比较满意。她没有继续提问，反倒毫无征兆地准备离开了。

这下我倒是满头问号了。杨小白来这儿就为了和我说刚才那几句话？怎么搞得像是售后客服搜集反馈意见似的。

对于我的疑问，杨小白依旧没有停下步伐："确实像是售后服务。咱会定期确认由自己看中并成功使用三石桥的幸运儿们的状况，包括他们是否有合理地对待传说。"

第二十五章　欢迎来到东湾一中校庆日　317

"我算是合格了?"

"嗯呢,合格中。"

"如果不合格呢?"

杨小白的脚步停下了:"不合格的话,咱在接下来选人的过程中就会做出调整。"

"仅此而已?"难得和杨小白能有像这样直接对话的机会,我得把心中的那些疑惑搞清楚,"你之前告诉我,如果一个人有邪心歪念,三石桥会拒绝和他交流,对于已经和三石桥有过交流的人而言,传说将回归传说本身……"

"这些情况当然会有其他的处理方式。"杨小白又开始迈步子了,而且这次她还摆了摆手,做出了"再见"的手势,"但是说到底,一个人是否能与三石桥进行交流还是取决于他和三石桥,咱只是媒介罢了。"

"你……是芷的后人吗?"我的问题让杨小白再次停了下来。在我看来,这个对三石桥几乎无所不知的神秘女孩并不只是像我、姚蓝以及江佳铃这样,仅仅被其他人从单方面告知了关于三石桥的秘密。她应该知道更多的隐情,没准她的身份本身就是一个……

"谁知道呢? 不过咱可没法像电视里那样呼风唤雨,只是会一些小小的魔法罢了。"杨小白回过了头,这个假小子露出了一个颇具迷惑却又意味深长的笑容。

看来她是不准备做出回答了。

"如果,我是说如果,如果姚蓝之前没有成功见到她的母亲,而后她在失意中多次前往三石桥回忆往事,渐渐变得沉迷其中无法自拔……那会怎么样呢?"

"什么叫怎么样?"杨小白歪了歪脑袋,她拆开了一条巧克力的包装。

"你之前不是和我讲过吗? 过度留恋过去、对未来感到失意的人不可以使用三石桥,否则会有很严重的后果。那如果真的有这样的人不小心使用了三石桥,结果会是什么? 三石桥会主动切断和他的对话吗?"

"不会。三石桥是一座所有魔法都同'过去'有关的桥,所以如果一个人迷恋过去又成功启动了三石桥,三石桥反而会乐于与他继续对话,甚至迎合他内心对于过去的想法,为他创造一个符合内心期望的梦境,让他在登桥后可以享受其中……"

"然后呢?"我尽量去理解杨小白所说的每一个字。然而她说得越多,我心中的不安就变得越重。

"然后那个人会渐渐从现实世界坠入这个虚幻、愉快且美好的梦境之中,或者说被三石桥所吞噬。其实三石桥的故事原本就有着许多其他的版本,其中的一个就是咱刚才说的,但是在流传的过程中它们都散佚了。"

"开什么玩笑?!"坠入梦境?被吞噬?这不就是说,那个人的存在会消失掉吗?这种事怎么可能呢?这不是太恐怖……太荒唐了吗?作为东湾人的我心中似乎有什么很重要的东西崩塌了。等我回过神来,自己的全身已经流满了冷汗,在害怕的情绪中,我大声质问着杨小白,"那这座桥不是很危险吗?!你难道想告诉我,一直被东湾人所传颂的三石桥是一座既恐怖又充满恶意的桥吗?!"

杨小白的表情变成了疑惑,还有一丝容易被察觉的气愤。她的声音也比刚才大了几分:"你才不要搞错了呢!三石桥是给人带来幸福的桥,自古至今都是如此!只不过有的人仅仅能回忆过去就感到很幸福了,而有的人,对他们来说,只有活在过去才是幸福的。至于什么样的幸福对人而言是正确的,什么样的幸福对人而言是错误的,三石桥并不会用你和咱这样的思维去考虑!"

杨小白生气了。在她看来,污蔑三石桥的人反倒是我?

"可、可是……"我拼命回忆着已经映在自己心中的,关于三石桥传说的故事内容,"无论是我听到的还是我看过的,根本就没有你说的这些啊!!!"

"那些能从古代流传至今的传说故事,在经历岁月的洗涤之后,大多数都慢慢变成了人们所美化、所期待的样子,包括三石桥。所以咱还有其他人才会小心翼翼,让传说符合它现在流传的样子。"杨小白直视着我的眼睛,以此告诉我她的真诚,"三石桥是座能给人带来幸福的桥。力量和

第二十五章 欢迎来到东湾一中校庆日 319

魔法本身没有正邪之分,而是取决于使用者如何去使用它,使用它做什么。千百年来,三石桥的传说成了家喻户晓的故事,这难道不也能说明问题吗?"

如杨小白所言,或许三石桥的传说至今只留下美好的一面,本身就已经说明了我想法的错误。而且为了防止它的魔力带来无法控制的结果,也有像杨小白这样的人来担任引导者,修正着"传说"这部列车所行进的轨道……

当我从巨大的信息量和震惊的情绪中缓过神来之后,远处传来了金牦公园钟楼的整点报时声——已经晚上十点了。

杨小白并没有在朝我大声反驳后离去,恰恰相反,她静静地站在原地,似乎在等待我接下来的反应。

我对她点了点头,示意自己已经没事了。杨小白递给了我一块小手帕,而后我们开始同行。那之后,我又问了杨小白一些问题,比如当时的姚蓝倘若已经沉迷于过去,依赖三石桥中所呈现的影像不能自拔,有没有什么办法可以拯救她。

杨小白的回答稍微让我安了安心——真到了那个时候,她便会消除姚蓝对三石桥的记忆。即便最差的情况发生,姚蓝已经坠入了三石桥创造的梦境,她也会前去救姚蓝。

"但是要让她成功离开那个梦境,还是需要坠入梦境的人自己想通才可以。"杨小白补充了一句。

我有些庆幸姚蓝的问题已经彻底解决了,以上所有的假设都不会发生。或许我本身就是个悲观派?在接受了杨小白的说法后,我立刻在心中立下誓言,即使有人真的认为"过去"更好,我也不想他们是因为我的多嘴多舌而有机会去那么认为——我没有那么执着的信念、那么精确的分寸、那么充足的胆量、那么平稳的心态去肩负起促成三石桥故事流传的使命,我也不敢想象那些可能因为我的过失而带来的后果……我甚至有些后悔自己知道了三石桥确实存在的真相,宁愿自己也能对着电视剧里的狗血情节瞎乐呵。

可在分手前,我也拒绝了杨小白要消除我对于三石桥记忆的建议,即使她信誓旦旦地告诉我她真的能做到。当然了,我也很担心她会使用的方式是什么,但是与其让我回到一无所知的状态,我更愿意将三石桥的事埋在心中,敬而远之地生活下去。这世界上有两种人,一种人是不知道危险的所在,从而能自认为生活在安全中;另一种则是知道了何为危险,在远离那些危险后自认为能生活在安全中。毫无疑问,我属于后者吧。

……

"欢迎光临东湾一中校庆日!"次日早晨,东湾一中新搭建的拱形门边站着两个哥特萝莉装扮的女孩子,她们头戴大大的蝴蝶结,鼓起的灯笼袖上装饰着条条丝带,蓬蓬的裙子层层叠叠,亮闪闪的长筒袜上围满了花团锦簇的蕾丝花边……洋娃娃似的二人一黑一粉,朝正走过拱门的客人们鞠躬致意。

"这条路修得有问题,也不知是谁规划的。"我的父亲张知维正评价着脚下通往东湾一中的狭窄水泥路,每当离开家门,他的观察力总会变得特别敏锐。

"哇,老公,这两个女孩好可爱啊!"我的母亲万熠慈睁大了眼睛,她来到穿黑衣服的女孩身旁,兴奋地竖起了剪刀手,"快给我拍一张!"

老爸叹了口气,拿出手机开始了指挥:"好,要拍了。"

老妈在抱怨自己的老公把她拍黑了,不过摄影师本人倒是很淡定,我那记忆力超群的老爸没被妻子的话语干扰,他一面寻找着地图中好玩的地方,一面若有所思地望了望那对长发飘飘的双子姐妹花:"她们是陈晓情和陈晓理吧?儿子提过的情理姐妹。"

情理姐妹是东湾一中人气很高的模范生,她们俩的关系非常好,基本什么事情都是一起做。不光是穿着打扮,姐妹俩连行为举止都几乎一致,有时会在楼道内让人产生一种镜像的错觉。

"嗯,两个人长得一样,还都那么漂亮,绝对不会错的!如果儿子以后也能找到这么漂亮的老婆就好了!"我的老妈总是过早地操心我的终身大事。

与此同时,老爸正瞅着不远处面色严肃的茶色眼镜男,他苦笑了一声,喃喃自语着:"那就是张舸的班主任吗?确实不能以貌取人啊!"

今天是东湾一中建校五十九年的校庆日,也是新学生会举办的校园开放日。从早上七点开始,类似我父母这样兴高采烈的参观者便一群一群拥进了学校。首先是进入由情理姐妹担任看板娘的拱形欢迎门,客人们可以和两个打扮成哥特萝莉的女孩自由合影,得到东湾一中校庆日的地图以及纪念徽章。在拱门后的整片地方都是食品区,烘烤所带来的香气时刻刺激着每一位路过者的味蕾。这也是人流量最大的一片展区,无论面食、小点心、煲汤还是羊肉串都由学生们现场制作,至于成品,自然是请路过的客人们免费享用。手忙脚乱的陈颂正与自己的同学们制作饼干,她戴着一个白色的方巾,脸颊上堆满了面粉,大眼睛死死盯住手上的烤架,一步一步、小心翼翼地将完成品取出。

走过食品区,可以去的地方顿时变得五花八门:人头攒动的义卖区既有普通的旧物,也有在学生中被称为"传说"的稀有商品,许多女生更是用亲手制作的作品吸引客人;书画区布满了各种原创的作品,也有学生正为来客进行现场速写;不远处的科技区里,几位学生正邀请年龄稍大的参观者试飞自己改装的遥控模型……除此之外,还有器乐区的音乐演出、舞蹈区的街舞和民族舞、抽奖区的各种小游戏、表演区内的魔术真人秀以及舞台剧等等。

三个年级的教学楼都不约而同地挂起了横幅,学生们将每个教室里的项目全张贴了出来:咖啡厅、中式茶馆、舞会、民国评书、东湾一中校史展等等,甚至还有掰手腕的比赛。操场附近的大片区域则全部用来举行各种搞怪的趣味比赛,比赛的内容都是学生们的点子。最令人瞩目的地方是迷宫和鬼屋,不过客人们对这两个项目的评价却截然不同,从露天迷宫出来的人们都洋溢着笑容,小情侣们更是幸福地合影留念,有的甚至会亲吻一下;而从由体育馆改造的鬼屋走出的人,大多是一副生无可恋的表情,他们哭爹骂娘地对面前那个阴森的黑色城堡叫嚣着,尽管如此,进去试胆的人还是络绎不绝。

杨小白的占卜区在新生楼的三层,位置虽不起眼却特别受欢迎。为了今天,杨小白也精心装扮了一番,穿着类似道士的大袍子,系八卦腰带,脚上还打了绑腿,背着一个大包和一面旗子,上书四个大字——未卜先知。

整整一上午占卜区都忙忙碌碌,大家似乎早就等着今天,要把平时积攒的甜食和疑问一股脑丢给眼前的巫婆。杨小白并不甘心让任何一位来此求助的学生们空手而归,她全力以赴地回答着各种奇奇怪怪的问题,不过对于她是否有男朋友、关于父亲老大的情报以及传闻中的三石桥,她却坚决闭口不提——作为补偿,她还送给这些提问者一人一枚榴莲味的糖果。

不知道会不会有类似我这样的人被她看中呢?

表演区的舞台上,一名扎着麻花辫的红发女孩拿起了瓶子,向桌上那个空空如也的杯子里注满紫红色的液体。

而后,她摆出虔诚的姿势,对椅子上的黑发女孩骄傲地翘起鼻子:"请慢慢享用,戴安娜·芭里小姐。"

戴着围裙的红发女孩很瘦,虽然脸上有不少雀斑,但她的面貌非常漂亮,充满自信的微笑比任何装饰都来得更加美丽。

座椅上的黑发女孩斟了一大杯,继而将杯中的液体一饮而尽:"哇,安妮!我从来都不知道草莓汁还可以这么好喝呢!虽然林德夫人常自夸她的草莓汁做得最好,但我觉得这个比她做的还要好喝!"

黑色头发的戴安娜长相甜美,两个可爱的蝴蝶结一左一右将辫子盘起,形成甜甜圈的形状。她比红发的安妮漂亮不少,身材也更为匀称一些。

"哇,我就知道玛丽拉的手艺是一流的!"安妮高兴地拍起双手,她飞快地端上了茶点,自言自语起来,"在烹饪里我真是找不到一点乐趣,因为根本没什么想象的空间。记得有一次我做菜失败了,原因是我想到了一个故事哟,一个我和你的美丽又悲惨的故事。"

戴安娜喝着杯中的液体,兴致满满地催促着:"关于你和我的? 好安妮,你别吊我的胃口了,快说来听听嘛!"

而后,安妮一边烧着热水一边喋喋不休地开始了讲述,她的语速快得令人叫绝,无论多长的句子都能毫不结巴一口气说完。戴安娜既为安妮所想象的凄惨故事流泪叹息,又一口接着一口,将整瓶的紫红液体全喝了下去……

终于,戴安娜感到不舒服了。她晕晕乎乎地起身,打着响嗝,向安妮请求回家。

"那怎么可以呢,戴安娜!你还没有吃茶点,这对主人来说简直是太遗憾了……你先在沙发上躺一躺吧。"安妮吃惊地将双手交叉握住,哀求着戴安娜。

"嗝!嗝!不行……我……我一定要回去了……"戴安娜的大眼睛彻底眯成了一条缝,她前脚绊着后脚,刚起身就倒在了安妮的怀里,好像一棵被风吹断的小树苗。

"啊,好,我送你回去,戴安娜,你到底怎么了啊?"安妮一脸疑惑地扶起戴安娜,并拿来了她的帽子。

在回家的路上,歪戴帽子的戴安娜两步一进三步一退,她依偎着身边的红发姑娘,时而摆弄起安妮的辫子,时而又没头没尾地哈哈大笑,甚至捧起了安妮的脸,狠狠亲了一口:"安妮,我好喜欢你哟,哈哈哈哈!"

安妮的表情则更复杂,她既不明白戴安娜如此反常的原因,又怕神志不清的戴安娜会突然摔倒,而且还要回应戴安娜语无伦次的句子,脸上的雀斑急得都皱到了一起。

"差不多了,张舸,拉幕布吧!"舞台幕后的赵慎对我做了个手势。

在听到山呼海啸的喝彩和欢笑声后,我握紧了手上的绳子,和赵慎以相同的频率让幕布缓缓落下。

"万洋,快把音乐停下!"我对身边跷着二郎腿的万洋抱怨,"你的工作还挺轻松啊?"

"嫉妒?谁让我身长九尺,拉幕布都没人能对称站立呢。"坐在摇椅上的万洋龇了龇牙,按下了面前的红色按钮,继续着地主老财的姿势,"玛丽拉和马修准备上场啦!"

万洋的两位同学还没上台,饰演戴安娜的张月桐就一溜烟从台上跑了下来,她的脸涨得通红,水汪汪的眼睛似乎就要洪泛成灾了。

也难怪,刚才这出《戴安娜醉酒》,有很多人就是冲着东湾一中的学生会会长来的。在众目睽睽之下,要让一向怕生害羞的张月桐鼓起勇气,把剧中戴安娜醉酒的滑稽模样展示出来,还真难为她了。

不过从掌声和喝彩来说,效果还不错嘛,鼓励她一下好了!

我竖起了大拇指:"纪委,演得好啊!"

谁知张月桐真像是喝了酒似的,她满面通红,摇摇晃晃地从我身旁逃走了,嘴里一直喊着"洗手间"。

"准备拉幕布了哟!"红发的安妮对我们温柔地开口了,此刻她完全没有舞台上的奔放和张扬,"万洋,音乐!"

舞台上的表演正如火如荼地进行着,听到安妮那撕心裂肺的哭声时,我吓得一个激灵:"乖呛,江铃真拼啊,这哭得也太惨了,我都想上去递个纸巾。"

"确实,舞台上的那个安妮,我根本没法联想到是江铃。"万洋也点了点头。

"她们相似的地方可能只有红头发吧。"赵慎苦笑一声,顺便提到了张月桐当初选择这出戏的理由。

当然不光是红头发,依我看,仅从固执的程度上来说,这两人也是一模一样。

"唉,有劲没处使啊!为什么不让我去魔术区那边呢,去帮帮忙也行啊!"瞥了一眼对面正上演的大变活人,我对天空无助地抒发感情。

"还不是你老干些出格的事,自豪点,你可是被教导主任点了名来帮学生会的忙,这一般人可享受不来!"说着说着,赵慎开始捂嘴狂笑。

"哈喽啊张舸同学,干得很卖力嘛!"熟悉的男声把我吓了一跳。

"老爸?老妈?你们怎么在这儿,这是后台啊。"我差点没站稳摔下台阶。

第二十五章　欢迎来到东湾一中校庆日　　325

父母的出现让我始料未及。前段时间学校可谓是风波不断,虽然大部分没和家里讲,但校门口的事件已经上了新闻,是怎么样也瞒不住的。爹妈自然对我教育了一番,我这儿子没按他们想的那样全身心投入学习,也没有对任何事情都保持隐忍的态度,这是"独善其身"和"多管闲事"的冲突,也是"唯唯诺诺"和"路见不平"的冲突。不幸中的万幸是,双方都在合理范围内控制住了脾气。我们达成约定——我会遵从父母的意思,之后的每次考试,都拿出让他们信服的成绩。作为条件,他们尽量不干涉我的选择和决定,给予我足够的私人空间。

但即便如此,双方也还在小小的"冷战期",所以他们会来校庆日,我确实没有想到。

"啊?大姑,姑爷,你们好!"万洋赶快从摇椅上站起来,赵慎的表情和他一样,笑得像个傻瓜。

"儿子,你们的校庆日真棒啊,到处都是俊丫头、帅小伙!和这些孩子在一起,我和你爸爸也像是回到了学生时代呢!"老妈一把将我抱在怀里,"你爸在鬼屋里吓得那叫一个够呛,我跟你讲啊……"

赵慎在一旁偷笑,我的挣扎让老妈意识到自己有点过了,她不好意思地挠着头,迅速转移了话题:"演安妮的女孩子演技超棒!在台下一时还没认出来呢!是江佳铃吧?"

我没想到老妈会突然说出她的名字,稍微有点愣神:"嗯,是江铃。"

"老婆,我们差不多该撤了!"老爸咳嗽了一声,他将老妈向出口处推去,"儿子,我们继续逛校园去了,记得吃午饭啊!万洋、大家伙儿,拜拜!"

父母离开后,紧张的我总算松了口气:"这一幕马上就要结束了吧?纪委,准备一下,你要重新上场了。"

……

拿掉鸭舌帽,姚蓝甩了甩小辫子,一屁股坐到我们身边:"呼,累死了累死了,腰子,快给我口水喝!"

"没发现什么可疑人物吧?"赵慎将辣条扔给姚蓝。

"谁要吃这个啊!给我水!"

"没良心,我可是专门给你留的。"赵慎用矿泉水换回了自己的美味。

"呼啊!真过瘾!啥?情况?当然没有情况了!一切正常,巡查小组姚蓝报告完毕。"姚蓝单手接住瓶子,拧开瓶口,往嘴中倒了一大口,豪爽地对赵慎敬了个礼。

在食品区忙活一上午的陈颂正倚着江佳铃,笑呵呵地吃着午餐。

张月桐笑着将盒饭递给姚蓝:"校长他们人呢?"

"谢谢会长!校长他们啊,从上午开始就在和那些老校友叙旧,现在估计也吃饭去了。"姚蓝大口嚼着饭菜。

"换班的人呢?"我打趣地问着。

"已经……上岗了……瞧好吧您!"姚蓝又灌了一口水,她有一句没一句地回着我。

我们指的是王家杰和王家谊兄妹,下午的校庆将由他们代替情理姐妹充当东湾一中的看板形象。

"终于又要到假期了!各位,2号中午金牦公园野餐,四人团券还剩两个名额,先到先得,有一起的吗?"赵慎炫耀着他刚刚在抽奖区的斩获,一边举手一边试着搂我的胳膊。

"2号?去去去,我还不如在家睡觉呢!"我躲开了赵慎的殷勤,顺便瞄了江佳铃一眼。

"抱歉了赵慎,这几天我可能都要和小颂一起……还是留给其他人吧。"红发安妮双手合十,腼腆地表达了对于无法赴约的歉意。

"真是麻烦,一个个推三阻四的,我就不客气了。"姚蓝率先占了一个位子,"剩下的那个给纪委,好,就这么定了!"

戴安娜似乎还想说些什么,但是她的意见丝毫没有存在感,马上就被红发安妮的胳膊按了下去:"好啦好啦,大家别顾着说,快点吃吧,眼下咱们还得准备下午的战斗呢!"

万洋打量着江佳铃,一脸严肃地捋了捋残存的胡须:"江铃,其实你这个样子也蛮不错的。"

"是啊,我也觉得!不如你以后都打扮成安妮咋样?"我附和道。

第二十五章 欢迎来到东湾一中校庆日

"张舸,你要是吃完了就来帮忙搭台子!"江佳铃不高兴地搓着自己的麻花辫,"你觉得我就算变成这个暴躁的红发安妮也没关系是吗?"

陈颂抓起江佳铃的麻花辫一个劲地摆弄着,称赞着江佳铃的可爱。这让刚才还气鼓鼓的江佳铃瞬间红了脸,不好意思地扭捏着。

"这反应完全是区别对待啊!我看啊,不光是安妮,你也适合扮成《少年包青天》里的庞飞燕,只是眼睛小了点,皮肤也……至少脸蛋不用化妆了嘛!"

"好呀,你在暗示我的脸变胖了是不是?"

"你看,脾气也一样!"

正当我们插科打诨的时候,不知从哪儿突然跑出来一群嚷嚷着要见姚蓝的小屁孩,他们的年纪顶多能有十二三岁,每个人的眼睛里都好像打了灯光似的,欸欸冒火都快把我给闪瞎了。还没等我们反应过来,又有一群家伙一面喊着姚蓝的名字一面撒丫子对着我们的方向飞奔而来。

看来是狗仔队?真没想到姚蓝的名气居然已经高成这样了。

"你们这帮人还真够无聊的!"赵慎的耍宝劲来了,他摆着臭架子堵在了队伍的前方,开始大言不惭起来,"男生就免了,你们这些小大姐怎么也对姚蓝犯花痴?要追星,本大爷就在这儿啊!喂,那边那长头发的美女,你当我的亲卫队长怎么样?说好了,从今以后你们只能为我一个人喝彩扭腰,懂吗?"

"白日做梦啊!谁要当你这臭刺猬头的跟班?!"

"嘿?你们还不识相?告诉你们……"赵慎在对我、江佳铃还有万洋勾肩搭背的过程中,开始了一通让我们仨全都做出掩面动作的大放厥词。然而毫无疑问,在场的围观群众对此并不买账。

眼看赵慎的防线就要被突破,我和万洋赶紧顶了上去,江佳铃则乘机将姚蓝和陈颂拉离了现场。

"怎着的,讲好话不听是吧?哪个不怕的上前一步走!"赵慎放完这句狠话五秒过后,钢铁长城轰然倒塌了。

……

"欢迎来到东湾一中校庆日!"下午两点,校庆日的下半场揭开了序幕。一袭管家服的王家杰以及身着女仆装的王家谊正在门口迎接下午的客人们,他们的微笑让每位客人都感受到了温暖……至少王家谊是这样。

为什么我要在大庭广众下穿成这样当看板啊——皮笑肉不笑的王家杰像根竹竿杵在地上,正同那些兴致勃勃的客人进行"愉快而轻松"的合影。

第二十六章

天使的愿望

"江铃,生日快乐。"之前我练习的时候怎么没发现,说出这句话居然会这么让人害羞。

今天是11月1日,不光是难得的假期,也是我多年的挚友,江佳铃十八岁的成人礼。

虽然在姚蓝和万洋的陪同下顺利买了个适合的礼物,但在我壮起胆子要把它送出去的时候,这二位居然全跑了。只剩下我呆呆地望着等在小区门口、对此一无所知的江佳铃。

我没有听到她的反应,这迫使我偷偷地瞥了一眼。

江佳铃愣住了,她的视线穿过了半透明的塑料壳,直勾勾地盯着盒内的物件——这是一双舞鞋。

一如既往的笑容使我放下了心,江佳铃不好意思地用拇指抵住她的嘴唇,对我道出了感谢的话语。

"谢谢你还记得。"许久之后,江佳铃轻轻地接过了盒子,将它抱在胸口。

"抱歉,我知道这双舞鞋和你喜欢跳的舞风格并不搭,但是它很好看,所以……"借着这次机会,我也下定了决心,将自己的心里一直憋着的话说了出来,"江铃,你和陈颂一起登台跳舞怎么样?自从上次看过你在跳舞机上的表现之后,我就确定了,其实你一直都没有真正放弃过跳舞,不是吗?而且现在的你应该已经能跳了,对吧?你没有必要非把跳舞和过去,和梦想联系在一起,好像跳舞只是过去的你专属的东西一样……即使是现在的江铃,也可以为自己跳舞的,对吧?"

就算只是我的一厢情愿,可我不想让江佳铃仅仅是为了别人在努力,我不想那个会跳舞的女孩在我的记忆中慢慢褪色,直到消失。

江佳铃的笑容没有变,隔离她与舞鞋的塑料壳上正辉映着一个女孩的面容。

"虽然我也喜欢现在的你,但是过去的那个跳着舞,展现着活力的你,我也很喜欢……等等,我说的喜欢不是那个喜欢……"我在搞什么啊?刚才明明不是这样准备的,怎么现在反倒开始胡言乱语了……江铃你可别误会我的意思啊!

她笑了,瘦瘦的身体笑得前仰后合:"是吗?原来你这么喜、欢、我呀?"

江佳铃的语气明显只是开玩笑的样子,可我在听到她的回答时,心中涌出了一股无法按捺的暖流——我到底在渴望她回答什么啊?!

"张舸,就和你说的那样,我喜欢跳舞。跳舞让我感到自由、快乐。这份感情是发自内心的,是我怎样都否定不了的。只是这份自由与快乐里,仍然残留着我对过去的怀念。我会不知不觉地在跳舞中寻找自己过去的影子,幻想自己已经实现了梦想。"江佳铃自嘲般地注视着手中的盒子,不过她马上就转换了眼眸中的感情,化悲伤为坚强,"我并不想做一个只是怀念过去的人,但是每次一跳起来舞,我都无法控制自己去想。每次一跳完舞,我都会记起那些悲伤的事,都会意识到有些事已经永远成为过去了……直到现在,我还是正视不了它们……如果我还是带着上面的这些感情、戴着过去的枷锁跳舞,那我还不如不跳……你还记得初三的时候,我在跳舞机上的表现有多么狼狈吗?我害怕失败,我不想再留下悲伤的回忆了。所以张舸,再给我一点时间吧?"打趣的口吻从江佳铃的话语中消失了,取而代之的是一份淡淡的伤感。

我是不是一个非常自私的人呢?就因为我不想让记忆中的那个江佳铃消失,所以才逼迫她在痛苦中做出一个选择,渴望她能够接受那些我根本没有经历过、感受过的痛楚,成为我想象的模样……可江佳铃她确实是喜欢跳舞的啊!她坚持了那么久,纠结了那么久,如果到了最后她选择了放弃,她真的不会为此感到遗憾吗?!

"虽然没法马上回答,但是稍微试一试……应该是没关系的。"江佳铃的话将我拉回到了现实。她已经穿上了那双舞鞋,完美贴合的舞鞋勾勒出江佳铃脚的形状,烘托着一名舞者的优雅气质。从石台阶上站起身子后,江佳铃一边扭动脚踝一边对我笑着,"之前问我脚的尺码是为了这个呀?居然正正好,真不可思议!谢谢你张舸,那现在轮到我来报恩了哟,用这支舞!"

没有正式的舞台,没有作为伴奏的歌曲,观众也仅仅是一个对舞蹈只晓皮毛的高中生……即便是如此简陋的条件,居然还是请回了这位优秀的舞者吗?

虽然只是暂时的。

当我和江佳铃来到学校操场的时候,万洋和陈颂已经恭候多时了。

"张舸哥,佳铃姐,你们好!"陈颂对我们鞠了一躬。由于还在假期的关系,东湾一中现在是一片寂静,她可以放心大胆地展示训练的成果。

江佳铃顺了顺气,她取下背包和手表交给我:"不好意思,耽误了点时间。"

望着满面阳光的女生,我在心中小声地向江佳铃道了歉——开始提出帮助陈颂的人明明是我,可这两个多月的时间,真正辛苦的人却是她。虽然和她说一定又会得到"没关系交给我就好"之类的安慰话语,不过我已经想好了,就和当初帮助姚蓝时那样,无论江佳铃是什么态度,我都会全心全意地来协助她。

"那我们来喽。"江佳铃对我点了点头,把目光转移到陈颂的身上,"小颂,准备开始了,让你的张舸哥看看成果吧!"

陈颂高兴地举起了手,大眼睛弯成了月牙形:"嗯!"

我和万洋坐在栏杆上,准备欣赏来自陈颂的表演。然而出乎意料的是,江佳铃站到了陈颂的身边,她摘下了眼镜,与陈颂做出了相同的准备姿势。

我和万洋面面相觑,就在此时,江佳铃朝陈颂使了个眼色,嘴中喃喃自语:"一、二,走!"

陈颂听不见,但她心领神会。同一频率,同一节奏,两个人迈起了步伐。

江佳铃和陈颂的手臂朝前方伸展着,像是两个于山间采茶的闲逸少女,她们带着笑意和轻灵踮起脚尖、交叉手臂。

"不愧是江铃呀,说来就来了!"万洋打了个响指。

将感情融入怀抱的天使,我是这么感觉的。正当我和万洋陶醉之时,她们俩却突然间换了个风格,同时朝着天空努力地跳了起来。

再接近一点,再接近一点天空!双腿以极其快速的频率互相交叉着,轻快活泼、动感十足。她们好像踩着跳舞机,修长的双腿正随着音乐和光斑的跳动自然踏步,真的是心随形动、步步生花!

我不禁小声感慨着:"舞凤髻蟠空,袅娜腰肢温更柔。轻移莲步,汉宫飞燕旧风流……"

万洋自然没我这么文艺,他只是一个劲胡乱吆喝。

久违了的江佳铃的舞,江佳铃和陈颂一起跳的舞,这画面简直太美了。女孩们身姿没有丝毫做作,她们轻盈地牵起了双手,互相微笑着。

演唱的部分开始了。江佳铃望着我,端庄优雅地张开了嘴。她的声音很恬静,直达我的内心。歌声中,步伐和动作依旧。江佳铃盘起了手,好像在空中画了无数个圆,之后声音停了下来,她往后突然摆腿,将头转向左侧,蝴蝶结随着红褐的马尾飞舞起来,青春而又洒脱。

一个甜美而温柔的女声衔接上去,从音量上听起来和江佳铃几乎没有区别。陈颂摇摆着自己的脑袋,在她的大眼睛中正闪烁着不属于自己年纪的魅惑。

那个瞬间,不光是我,连万洋也愣住了——交替着开口的这两个女生,她们实在太相似了。如果说在平常看来,能发现江佳铃与陈颂相貌相似的人并没有几个,可如果她们并排而立、做着一样的动作,简直就像是一个模子里刻出来似的。

我总算明白江佳铃是如何训练陈颂的了。她当初选的是一支双人舞，为的是能够陪在陈颂身边，为她亲自示范，帮她快速找到肢体上的节奏。等到陈颂与她的步调、配合能做到一致，江佳铃便会退到幕后，让陈颂以独舞的方式演绎这支双人舞中的一套动作，独自享受所有的掌声和喝彩……

江铃，难道你就不能也一同上场吗？既然是双人舞，两个人一起肯定会更加精彩吧？

不远处的陈颂依然在唱着，她微微扬起脑袋，而后配合节奏用抖动的脚打起拍子，在双手做出了一个拥抱的姿势后，江佳铃的声音接了过来。陈颂停止了演唱，但是舞步和江佳铃依然保持一致：朝着左侧伸出手掌，朝着右侧伸出手掌，左右手互相握住，回收胸前，做出了一个心形……江佳铃往后一撤，将主要的位置留给陈颂。

陈颂的歌声如同天籁，没有停顿、没有走音，一气呵成、浑然天成。轻盈地原地转了一圈后，她又对着我们眨起了眼睛，右手的食指点着嘴唇，很是可爱。

接下来是高潮部分，两个人重新站到一起。相互重叠的歌声你中有我，我中有你。温柔包含着天真，天真跳跃出温柔。她们同时对左侧摆出了臂膀，继而迅速回收，接上了一个高抬腿。再次同步回收，双手合十展开，对着观众做出拥抱的姿势，三次抖腿后，又是一个高抬腿，就像两部精密运作的机器，时间没有丝毫偏差。

轻声的歌，越唱越嘹亮，直冲云霄……

"啊……"陈颂的声音突然停了，再一看，原来是她的动作出了错，这个失误让她立刻就比江佳铃慢了半拍。歌声也是，两种声线不再重合了，而且间隔正越来越大。

这一段高潮过后，两个人同时停止了演唱。半首歌的时间转瞬即逝，现在只有阵阵余音绕梁。

我和万洋疯了般地鼓着掌："乖呛，太厉害了！太完美了！语言已经无法形容了!"

江佳铃调整着呼吸,她对我们耸了耸肩,但这份笑容明显藏着一丝忧郁:"还好啦,努力的是小颂,能做到这样真的很不容易。"

一旁的陈颂低下了头,一言不发。

她的世界,闭上眼睛就只有自己。她听不见我们的欢呼和鼓励,她意识到自己出错了。

小小的丸子头耷拉了下去,无论再怎么爱笑,再怎么乐观,她要面对的,可是无法逾越的缺陷啊。

努力会成功吗?如果失败的话,该怎么办呢?

江佳铃立刻察觉到了徒弟的心思,她上前摸了摸陈颂的头:"没有关系的,只要我们再多努力些,一定没问题!"

惊艳,绚丽,然后不完美。这个不完美,对于要强的陈颂来说是致命的。江佳铃打了打手语,但因为很多句子她还无法表达,最后又变成了纸面交流。

我和万洋心情复杂地坐在栏杆上,不知该说什么才好。

从陈颂开始练习舞蹈,时间已经过了一个多月,虽然在我看来现在能做到这样已经是奇迹了,可陈颂明显无法接受今天的结果。在舞台上,就算可以通过肢体的动作把握演唱的节奏,可万一出了差错,歌声和伴奏就会不同步,失聪的她根本无法自由调整。

这是一条无比艰难的道路,跌倒了,要花上比别人多几倍的时间爬起。而且终有一天,她会一个人,一个人往前走的。我看着将头埋入江佳铃胸口的陈颂,心中五味杂陈:"时间还够吗?"

江佳铃缓缓抬起了头,表情有些黯然神伤,她抚摸着陈颂的头,回答着我们:"说实话,我不确定。小颂明明很努力了,但在台上的时候,谁都不知道会发生什么,没有允许失败的可能。真让人不甘心,明明每天都有练习,明明是她最拿手的歌,但是……"

江佳铃将陈颂抱得更紧了。

"老哥,你去安慰她们吧,我不太拿手这个。"万洋和冷冰冰的电子产

第二十六章 天使的愿望　　335

品打起交道无所不能,可面对有温度的世间百态时,有时会感到力不从心。

调节气氛的重任……如果赵慎在场就好了。我整理下思绪,拿出厚脸皮的劲头,跳下台阶,大声拍手道:"不不不,我可不能让你在这儿说丧气话啊!"

江佳铃抬起了头,疑惑的眼睛朝上翻了翻。

我将手表和背包还给她:"还记得上次运动会的乒乓球混双优胜是谁吗?"

江佳铃的眼睛直勾勾地看着我。

"安静,接下来是魔术表演时间。"我对她眨了眨眼,从包里拿出一副扑克,随意洗了洗,"抽牌吧,如果我猜到了你抽的牌,那就表示你们的演出一定会成功,怎么样?"

"张舸你真是的,这根本就没有联系嘛!难道你现在还会把橡皮立在桌子上来预测自己的考试成绩吗?"江佳铃差点笑了出来,但她还是按我说的,抽了一张牌。

"红桃 3。"

"猜错了啦,是梅花 Q 啦。"江佳铃摇摇头,她对我亮出了牌面,"这么说我和小颂的演出要失败了?"

"是你看错了啦。"我从江佳铃手中拿过扑克,继而将牌面转向了她,"你看,是不是红桃 3?"

陈颂惊喜地盯着我亮出的牌,嘴巴张成了一个大大的圆。

江佳铃苦笑着接过那张红桃 3:"虽然对我来说是老套路了,但还是谢谢你,魔术师先生。"

"谢字就免了,当初告诉我友情力量的是谁啊?我也来帮忙,有什么我能做到的你尽管吩咐。"

当我将陈颂选择的牌也变成红桃 3 后,她的表情已经恢复成了万里无云的大晴天。

"打起精神吧江铃,你没有精神,万洋、陈颂包括我都会没有精神的!

平时那个多管闲事的女生如果忽然不见了,我们会……哎?"我正给江佳铃打气,小小的温度突然传到了指尖。

是陈颂。

她轻轻拉了拉我的手,好像在说"没关系"。

江佳铃点了点头,她一如既往,露出了标志性的微笑:"是呀,在这里惆怅也于事无补,我们不能被挫折打败,一起加油吧!"

……

最后一个音了,加油啊陈颂!当轻柔甜美的声线在天际中散尽后,我和万洋死命地鼓起了掌:"太行了!每一遍都比上一遍好!"

江佳铃擦了擦额头的汗水:"看来增加的练习没白费呢!虽然还有几个地方不怎么合拍,但的确有长进。"

看着江佳铃的嘴唇,陈颂高兴地点着脑袋。

"时间不早了,去吃东西吧?"我跳下栏杆,将一个金属配件递给万洋,"万洋,你这叛徒我就记住了。"

"万洋哥哥,我们走了哟!"陈颂对高高的"叛徒"挥着小手。

"谢谢……喂,谁是叛徒啊!老哥,明天下午两点,洗好脖子在家等着,这次我非要赢你不可!"由于下定决心要抢购最新发售的手机,赶着回家的万洋和我们分开了。

"哎呀,你们兄弟俩又要下棋了呀?"江佳铃推了一下自己的红框眼镜,"可别下得忘了时间,下午四点是要返校的哟。"

"得,我也怕这个,万洋那小子你知道,没完没了的。江佳铃明天下午你就不用等我了,先去学校吧。"

"正好我也没空,明天我可是要和小颂一直练习到返校的呢,毕竟时间不等人嘛!"江佳铃就这么愉快地临时定了个计划。

即使是假期,学校周围的商店街依然十分热闹。街道四周散布着飘香的餐厅、拥挤的礼品店、麻雀虽小五脏俱全的杂货铺,至于路边的那些流动小贩就更是数不胜数了。

在一家小而精致的冷饮店中,悠扬的老歌正在徐徐播放。伴随着经典的旋律，客人们无不醉心于霜雪所带来的满足，欢快地畅游在甜冰之海中。

"佳铃你来了呀，今天需要些什么呢？"服务员温柔的声音传了过来。

好像有些耳熟，我抬起头，与她对视了一眼。

乖巧文静的学生头，白里透红的娇嫩皮肤。右手托盘的女服务员身穿蕾丝花边的深蓝制服，她的头上系着褶皱的扇形帽，腰后摇摆着小翅膀形状的蝴蝶结，修长的双腿上穿着碎花点缀的白丝袜，好像是从动画里走出的美少女。

"唉？张、张、张、张舸？！"女服务员的表情瞬间变了，她结巴地喊着我的名字，脸颊烧成了夕阳的颜色。

"纪、纪委？"我也吓得不轻。如果不是看惯了她脸红的表情，还真有点不敢认。但面前这个穿着可爱的女服务生，确实是我的同桌张月桐。

"啊呀，你舅舅的店是在这里呀，不小心忘记了。"江佳铃扑闪着眼睛，她一副原来如此的无辜表情，顺便又把自己的胳膊搭到了张月桐的头上，一个劲地摇晃着。

可是我总觉得江佳铃早就知道些什么。

"佳铃，你明明常来的，还装蒜！"张月桐毫无气势地对江佳铃吐槽着。起身后，她慌慌张张地扭动着身子，应该是想用裙子把白丝袜上方的领域遮住多一点，不过这个冒失的女孩子显然忘记了自己还举着一个托盘。

噼里啪啦，张月桐将自己华丽地绊倒，她把杯子里的奶茶全打翻到地上，连同自己的腿也被溅了许多。

"纪委！唔！咳！"精巧的黑色小皮鞋砸了过来，差点就直接栽我头上了。

"当心！"江佳铃赶快抱住陈颂，一块蛋糕从她们身旁高速降落，摔了个《山海经》里的奇形怪状。

娇滴滴的张月桐正委屈地抹着眼泪，她只剩下一只鞋子，另一只脚被白丝袜包裹着，结结实实地踩在地上稀烂的蛋糕里。托盘像个陀螺骨碌骨碌地转，泼出的奶茶把腰间的白围裙浇了个五颜六色。无助的服务生

338　时光与我们

红着面颊坐在地上,单手捂脸,几乎就快哭出来:"啊这,我怎么、怎么办啊……"

"纪委,你不要紧……唔!"我拿着鞋子准备还给张月桐。但由于这个女孩坐倒的姿势,她的裙子现在并没有起到遮挡的作用。

我面颊通红,赶快转移了视线。身旁的陈颂一会儿看看我,一会儿看看倒在地上的张月桐,不知道说些什么。

"月桐,我来帮你。"江佳铃拿出小手帕,快步走到张月桐身边帮她整理衣着,"张舸,你也快来帮忙。"

"啊,嗯!"

一番折腾之后,我和江佳铃重新坐回了座位,张月桐也去往更衣室换衣服。

她不要紧吧?

至于陈颂,丸子头已经被面前这个大份的草莓奶油冰激凌降了温,渐渐归于平静,眯起的双眼含着微笑,表情快乐满满,成了这家店最好的免费广告。

"张月桐姐姐真漂亮!"陈颂美滋滋地吃着。

我尴尬地笑了笑,朝江佳铃的方向瞥了一眼:"是啊,没想到能在这里遇到纪委,真稀奇。"

陈颂听不到我的话,她继续自顾自地说道:"张舸哥也是很好的人,佳铃姐姐经常讲到你的事。我有时候会想,要是我能有一个这样的大哥哥,该有多好呢!"

"我还巴不得有这样漂亮的妹妹呢!"

江佳铃拿出了画本:"张舸,你再多和小颂聊聊天吧! 放心,翻译包在我身上!"

虽然江佳铃会些手语,但归根到底,画本才是长时间交流最方便的媒介。

我又看了一眼更衣室的方向,而后灌了几口冰可乐:"这样不太好吧?"

第二十六章 天使的愿望 339

"没事！我可比万洋写得快多了，正好你也不用再写你的鳖爬字了嘛！"

被暴击了。和我奇丑无比的字不一样，江佳铃是出了名的速写达人，她的心算也获过奖……还是闭嘴接受教育吧！

"那我就不和你客气了。"我清了清嗓子，用肢体语言吸引着陈颂的注意。

"嗯？"陈颂抬起了头，嘴上叼着小小的勺子。大眼睛因为灯光的照射更加清澈明亮，纯净到没有一丝污染。

"我们聊聊天吧，怎么样？"

江佳铃沙沙地写着。

"嗯嗯！"陈颂很开心。

"你的爸爸，听说在国外工作？"

沙沙沙。

"爸爸因为工作一年才回几次家，一般都是我和妈妈一起住。"陈颂又挖了一勺冰激凌。

"还真辛苦，安全方面怎么样？"

"啊哈哈，放心啦，周围的邻居都是好人！平时也受到他们照顾。"陈颂一脸满足地将冰激凌送到嘴里。

"是吗？你在学校的日子开心吗？"

"开心！刚开学的时候很胆怯呢！但是自从遇到佳铃姐之后，生活完全就改变了！"陈颂用小勺子活力四射地指了指我的老友。

江佳铃不禁扑哧一笑。

"我真的好高兴啊，因为我比较麻烦，还想着会不会让大家不自在呢！不过现在我决定了，要向佳铃姐学习，在力所能及的范围内帮助别人！"陈颂兴奋地说着，声音洪亮且清脆。她的话让周围的一些客人对着我们发笑。

"确实是这样啊，多亏了江铃。如果不是她的帮助，我肯定……但即使如此，我也失去了不少东西，有很多已经无法挽回了。"我似乎已经忘记江佳铃就在身旁了,只是自顾自地说个不停。

我初中所在的班级,那是个磨灭心志的地方,或者说是一旦踏入,自己就会不知不觉随之改变的地方。从起不到带头作用的班长,到那些认为"班长都这样了,凭什么还要管我"的学生,所有人都毫无心气,毫无凝聚力,毫无责任心。打架的、闹事的、抽烟的……每个人都被传染得浑浑噩噩,没有人能打破那个现状,渐渐连老师都放弃了这个一盘散沙的班级……不知道有多少次,我也和开学时遇到的陈颂一样,站在原地踟蹰不前。我不知道是前进还是倒退,模糊了原本的目标和自己的热情,惧怕和他人的交往,只是穿上刺猬壳,一次又一次用那些野蛮而幼稚的方法让其他侧目而视的家伙们离我远一点,借此去逃避内心深处那个懦弱又虚伪的自己。

江佳铃的腿踢了踢我。

这时我才注意到了陈颂的表情,她似乎被我阴沉的样子吓到了。

对啊,明明是陪陈颂出来玩,想过去的那些破事干吗!我赶快露出从赵慎那儿学来的蠢相,又为陈颂变了个不需要做特殊准备的魔术,总算让气氛回归正常了。

"刚才吓到大家了,这是补偿。"张月桐看准了气氛登场,她红着面庞,将三块雪白的小蛋糕放到我们桌上,"不打扰你们了,有需要就叫我哟!"

在甜品的刺激下,我的心情完全恢复正常了。

"不光是江铃。"我和陈颂继续闲聊着,"之后我又认识了腰子,我还记得当初在校门口差点和别人动手的时候,那个从我背后跑来的刺猬头……正是因为朋友们一路上的帮助和支持,我才能成为现在的样子。"

我看了看江佳铃,奋笔疾书的她忙里偷闲对我点了点头。

"嗯嗯,朋友的帮助确实非常重要!"陈颂的表情也明亮多了。

冰激凌有些化了。

"陈颂,因为我曾经停滞不前过,所以才更希望你能走出来!虽然你的情况比我更艰难,但是同样地,你也比我更加坚强!你在追逐自己的梦想!"

陈颂被我这么一说,大眼睛中的波涛又翻涌了起来,她一会儿看看画本,一会儿又看了看我,很是羞涩:"人家,才没有张舸哥说得那么厉害呢。"

"张舸你再煽情,本子都写没啦!"江佳铃听出了我的言外之意,她朝我晃了晃写得密密麻麻的画本。

"哈哈,我这里有!"陈颂翻了半天,终于从书包里拿出了一个很新的大本子,"佳铃姐,给!哇!又是蛋糕!谢谢张月桐姐姐!"

张月桐很淑女地行了个礼——还乘机吐了吐舌头——在轻轻地扯了扯江佳铃的马尾作为报复后,她又继续去忙里忙外了。

整理完马尾后,江佳铃翻开了陈颂递过来的本子:第一页有一张地图,除此之外还封存着很多树叶,像是植物标本一样,它们都有着三角状的大叶片,叶片边缘有不规则的小小尖齿,基部的轮廓像是一颗心。叶子的脉络倒是很类似,应该来自同一种树。

"小颂在收集树叶吗?好有心啊!"江佳铃欣赏着这些依然翠绿的艺术品,她捧高了手中的本子细细观察,"不过,为什么都是悬铃木呢?"

"悬铃木?"我问了一句。

"嗯,就是法国梧桐。"

"哦,梧桐啊!这我知道,是凤凰栖息的树,凤翱翔于千仞兮,非梧不栖……"

江佳铃摇了摇头:"法国梧桐和你说的那个不一样,你得严谨点。"

我拿过江佳铃口中"都写没啦"的那个本子,在夹缝中将她的问题歪七扭八地写了出来。

陈颂对着我的字憋了几秒,而后重新露出了笑容:"这个啊,其实,是和爸爸的约定。"

她努力地开口,向我们讲述了这个故事:

在陈颂四岁的那年夏天,和平常一样亲密的父女俩坐在树下。陈颂的爸爸拿出了一张地图和一颗种子:"小颂,我们来玩一个游戏好吗?"

"是什么游戏呢?"

"一个见证生命的游戏。"

为了绿化防风,也为了实现让生命发芽的心愿,陈颂的爷爷在年轻的时候曾在许多地方都种下了法国梧桐悬铃木。

"在爸爸的童年里,爷爷一和爸爸说起这个,爸爸就兴奋地表示,自己将来一定会找到这些树的!那时候就像是哄小孩子的玩笑一样。但是长大后,爸爸真的拿着爷爷当初的地图,一棵一棵找到了当初的那些悬铃木。一棵树上摘下一片叶子,爸爸将这当作礼物送给了当时病重的爷爷,在我四岁那年,也就是找到爷爷的最后一棵树的那年,爸爸种下了自己的第一棵树……"陈颂带着幸福的回忆,慢慢地讲述,"像是游戏一样的话语,爸爸记在心上了呢!我也在那一年答应爸爸,总有一天,我会把他种下的树木全部找出来,然后我会种下自己的树木,将来让自己的孩子再去找……"

给其他桌倒完茶的张月桐对这里投来视线。

"应该是七年之后吧,我耐不住寂寞,开始找爸爸种下的树了,哈哈。因为是悬铃木,而且有记号,不远的都很好找,远的地方就和爸爸一起去。说起来很好笑呢,毕竟只过了七年,很多树根本就没有长高,但是……"陈颂的目光黯淡了,"后来耳朵出了问题,这个约定就终止了。即使我已经能够出门,父亲也没有再提。"

"现在又开始找了吗?"我接了过来,在那个密密麻麻的本子上找空写着。

"嗯!初三快结束的时候,我就翻出地图重新找树了,不过谁也没有告诉,可是在升学的那个暑假里……发生了很多事情,我再次停了下来,直到遇见了你们。这一次,我想把它们找完!我要告诉爸爸,他的女儿没有选择放弃,他的女儿还记得当初的约定!"陈颂的眼睛放出了光彩,"我要把这当作礼物送给爸爸!他的女儿,不是没有志气的孩子!"

果然,这个孩子真的太坚强了。是她的话,一定可以坚强地走下去,甚至可以超越那位与她神似的"老师"。

"我帮你一起找!"我受到了鼓舞,感觉身上的血液都冲了上来,一脸认真地望着陈颂。

这句话无须写下,她一定能明白我的意思。

听到我这么说,江佳铃马上也表了决心:"跳舞的事不用担心,我一定会让小颂办到!"

张月桐也来到我们身旁,她同样想帮助这个惹人怜惜的丸子头——作为江佳铃的好友,她一定已经看出了二者身上的众多相似之处。

"张舸哥,佳铃姐,还有月桐学姐,谢谢你们,但是我感觉这件事我自己一个人就可以了。"

"和你张舸哥就不要客气了嘛!现在还有几棵树呢?"

陈颂擦了擦眼角,对我们笑了起来:"还有两棵,其中一棵很远,在省外,所以准备等到寒假有机会偷偷去。至于剩下的这个,嘻嘻,虽然不远,也有点难。"

"没关系,都包在我身上!"无论如何,我这牛皮算是顺势吹出去了。

第二十七章

魔法树

　　时间过得出奇快，在过去的一周里，我和万洋每天都在陪着江佳铃，一起为陈颂的进步加油喝彩。自信的陈颂走在我们的中间，牵着江佳铃的手，回答万洋的问题，对我的调侃哈哈大笑……进展不错，要我说，下次关于节目的初审肯定没有问题。

　　今天是周末，虽然只有四小时的短暂时间用来自由活动，但是为了一个女孩子的愿望，我选择义无反顾地站在这阴森可怖的校园门口：阴风阵阵，吹乱着校门周围的长长杂草和我的白色外套。高悬的太阳下，布满裂痕的大理石中，刷着漆的校门匾已渐模糊。血红色墙壁上挂着为数不多的几个铁质奖牌，但是因为岁月的摧残，它们的边角早已生锈，夹缝中残留着干涸的铁水。

　　门口的几位大爷正漫不经心地到处张望着。再往里看，稀稀拉拉，有一群发型光彩夺目的奇怪男女。他们或左拥右抱，坐在花坛旁的树下腻歪；或脚踩单车，在校园中疾行无阻；或三五成群，对发型正常的人们指指点点。不远处的地面上有正在被殴打的学生，教学楼的阳台上时不时传来诡异的喊叫，或许那是歌声也说不定。

　　总而言之，这儿没一点学校的样子。

　　在我的右侧，赵慎有一句没一句地嘟囔着，他明显打起了退堂鼓，一路吹上天的牛皮不攻自破，碎了一地。

　　"说来的是你自己吧？现在蔫巴了？"我把外套拉了拉，一脸不屑地看着他。

"什么乱七八糟的！这真是学校？比姚蓝说的吓人多了！你等等，我得拾根小巴棍防身。"赵慎的刺猬头已经耷拉下来了。

"别别别，又不是和人干架来的。我估计这儿正常点的周末都回家了，剩下的是有帮有派，把周末的校园当乐园的班级小霸王。"我为自己打气，"不入虎穴，焉得虎子，既来之则安之吧！"

我们学校是不允许外人随意进出的，但这里似乎没类似的规定，所以才慢慢变成了姚蓝口中"不良少年们的战斗地图"，据说约日子拉帮结派干一架是常有的事。

"我看我们还是撤吧！"赵慎顿了一下，他是一步也不愿意再迈了，"现在陈颂也在这儿啊，真有点啥我们护得了她吗！"

我的左侧站着一名身材娇小的女生。不对，现在单看外表已经难以区分她到底是男生还是女生了。

原本的丸子头和刘海都被梳到一起，藏在了一顶蓝色的鸭舌帽中。姚蓝的这顶帽子对陈颂来说宽松得过头了，眼睛被活活遮去一半，红红的脸颊也被阴影挡住。她身上穿着的是我初中时代留下的棕色老土套头衫，下半身则是黑色的男款休闲裤，裤脚拖到了地面。

被这么一打扮，现在的陈颂只要不发出声音，任谁乍看都是个活脱脱的土小子。不过说老实话，我也没想到姚蓝转学前读书的环境居然恶劣到这样，确实有点后悔带陈颂出来。

陈颂看我们还停在门口，便用小手轻轻扶起了帽子，眨着两颗明亮的大眸子对我微笑。几根不安分的发丝也因此重见天日，高兴地随风舞动起来。

傻丫头，你这样不就暴露了吗？我微微笑着，伸出手指做了个朝下的动作，陈颂心领神会地放下了帽子。

"我的字典里可没有'临阵脱逃'，既然来了就只有往前走。"我握紧了一旁的小手，"道不同不相为谋，你是来看漂亮小大姐的，我是为了找陈颂的爸爸种的悬铃木，咱俩境界不一样！"

"谁、谁说的!我也是为了帮陈颂才来的!你可别嚼舌!"

算了,在这继续逗留和赵慎拌嘴也没意义。我拉起陈颂的手,转身对赵慎扔下几句嘲讽,继而朝大门迈出脚步。

感受到我手指的信号,陈颂想要仰头看我,但大大的帽子马上卡在了她的面颊上。

看门的大爷正抽着旱烟,他只是望了我们一眼,并没有多加阻拦。

"喂!哎!你慢点,等等我!"赵慎最后还是咬牙跟上来了,不过他的口中振振有词,"杨小白占卜的果然没错,今天我就不适合出门。"

我稳住呼吸,紧紧攥着手心小小的温暖,和身边的这个"小子"一起从众多的不良少年中穿越过去。

一些"杀马特"停止了嬉笑,略带好奇地打量我们,这些眼神有的是疑惑,也有的是不屑甚至敌视,我感受到了整个环境的恶意。

是因为我们的发型和他们格格不入吗?由于帽子,我看不清陈颂现在的表情,但是她在用自己的握力以及舒缓的步伐告诉我她很勇敢。

倒是身旁的刺猬头赵慎一跳一跳,他装作无所谓地晃着身体,脚步声变来变去,而且还哼起了小曲……

走夜路吹口哨,给自己壮胆。我可算明白这句话的意思了。

"杀马特"中仍有部分人在打量这三个匆匆走过的陌生面孔,但大多数已经失去兴趣了。

偶尔,周围楼上会传来几声大喊:"哟!新来的哥们啊!"

这时候,我也会挤出一个难看的微笑,对他们大声回复:"约了人,带兄弟们来耍耍!"

陈颂很安静,她牢牢记着我在路上的话,就是看着前方走。至于另一个同行者,在听到我和那些楼上的打招呼时,已经差不多吓死了。

我们平安地穿过了教学区,来到了后山的位置。所谓的后山不是很高,与其说是山,更像是小山丘。它的外形酷似蛋糕,黄色的树木是一根根点燃的蜡烛,映照出这个季节的浪漫。

从山脚望上去,有几条被踩出的小径。我从口袋中拿出地图确认了

第二十七章 魔法树 347

一下:"差不多就是这儿了。"

拍了下帽子,乌黑的大眼睛露了出来,对着我扑闪扑闪的。我指着地图,继而伸出大拇指,复述了一遍刚才的话。

大眼睛高兴得眯了起来,陈颂很用力地点两下头——结果帽子又把她的整个脸遮住了。

后山沿途有不少树木,但因为已至秋末,大多都接近光秃。我们三人踏着沙沙作响的金色落叶,一步一步地走着。陈颂将帽子往头上挪了挪,她开始四下打量起树木。

不一会儿,陈颂的脚步停住了:"找到了。"

我和赵慎原本正在拌嘴,听到陈颂的话后,便一齐仰头注视着面前这棵高大雄伟的树。它沐浴在阳光里,像是获得洗礼的英雄。些许光影从疏落的三角黄叶缝隙洒下,挺拔粗壮的枝干浑厚雄伟,再配上周围的环境,显得庄严而富有诗意。

"这就是那悬铃木?"赵慎呆呆地问着我。

陈颂拿下了帽子,她朝着面前的树木缓缓地伸出了手。

一步、两步、沙沙、沙沙。在我和赵慎的注视中,陈颂接触到了这棵悬铃木。她略带欣慰地抚摸着它的树干,大眼睛中充满了怀念,就好像她现在所触摸、所抱着的,是一位多年的老友。

小小的手指沿着树皮滑动,因为粗糙的痕迹停了下来。熟悉的痕迹,久远的痕迹,代表着成长和约定的痕迹——那是一个被镌刻的,看起来颇为古老的树叶图案。

陈颂用指尖抚摸着树皮上深深的裂纹,哽咽着开口了:"找到了……找到了!"

憨红的笑脸正滑过点点溪流。陈颂张开双手,她努力环抱着面前的大树,溪流慢慢染湿了树皮。哭声变大了,双手环抱得也更紧,我在那一刻产生了错觉,陈颂所抱着的,好像是她的爸爸。虽然我没有听陈颂详细讲过她父亲的事情,但是坚强,包容一切,默默付出,为孩子遮风挡雨……我想陈颂的父亲,一定会是这样的人吧?就像面前的悬铃木。

"这是我五岁的时候,爸爸种下的树……"陈颂的抽泣渐渐停下了。

"你爸爸一定会自豪的,因为她有这么一个坚强的女儿!"我上前摸了摸陈颂的脑袋,"摘下它的叶子吧!等到你的爸爸回来,给他一个惊喜!"

从眼神中,陈颂感受到了我的鼓励。她的眉毛似乎充满了力量,双手努力地擦了擦脸颊:"嗯!在爸爸回来前,我一定要把剩下那棵树的叶子找到!"

"来!"我背对着陈颂摆了摆手,蹲了下来。

陈颂立刻明白了我的意思,她活泼地跳到我的背上,纤细的双臂紧紧抓住我的脖子,而后往前用力,扭扭屁股,慢慢骑了上去。

好轻,陈颂的体重轻得吓人。我想起了之前被姚蓝数次砸在身上的经历,真是凄惨。

我扶着陈颂的腿缓缓站起,让脖子上的她接近悬铃木的树叶。陈颂略微前倾,身子紧贴着我的后脑勺,努力地伸着手。

几次尝试后,她的手指碰到了树叶,微微用力摘下了一片。

我看到了那片树叶——淡黄色的心脏形,锯齿的边角,些许的雅致。

陈颂一拍我的肩膀,很精神地跳了下来。她举起自己手上的那片叶子认真观察,笑容比阳光还要暖。

我晃了晃腰,喊了声仍在一旁感动中的赵慎,准备离开这个是非之地。

"好啊……喂,等一下!你们的事是完成了,我嘞?"赵慎马上意识到异常,一脸不满地凑了过来。

"你还真准备去看小大姐啊?大哥你不是有喜欢的人了吗,还撩别人干什么啊?"无视赵慎的抱怨,我和陈颂开始原路返回。

下山的路明显省劲了不少,陈颂开心地迈开了大步子,嘴中轻轻哼着那首比赛用的歌曲,顺便摇晃着我的胳膊。赵慎一直在旁边叽叽歪歪地说个不停,大体内容就是见到那个传言中的美少女后,自己该怎么要到对方的联系方式。

在山脚下,我们听到远处传来了声音——有什么人来了。

第二十七章　魔法树　　349

我给陈颂递了个眼色,她心领神会地卡起了鸭舌帽。

笑声越来越近,同时越来越瘆人——是三个格外抢眼的家伙。为首那人的耳朵上戴满耳环,让人感到十分不快。至于另外两人,一个染蓝毛一个留辫子。由于他们的存在,我感觉原本美丽的小道压抑了不少。

奇怪,感觉有点眼熟。

这三个骂骂咧咧正要上山的人看到我们,马上停了下来。

看看看,看个什么劲儿——我在心里骂了一句,拉着陈颂赶紧往前走。

"那次是差点就被老大给发现了,多亏我技高一筹……"——腰子你不要再说了!

耳环哥一脸纠结地扫视着我全身,好像在回想些什么,他身边的两个小弟也是。

我没有停下脚步,陈颂亦然,我们顺利通过了他们的面前。

"站住!"

领头那人的声音传了过来,我收起了不爽的表情,一脸浮夸地回了头:"嗨!Boy!怎着的?"

气氛好尴尬,三个人围着我们转了好几圈,眉头都快皱到下巴上了。

陈颂并没有和我一起转头,至于赵慎,他现在是一个随时准备开溜的姿势。

我皮笑肉不笑地说出了结束语:"乖嘞,天要晌喽……"

"啊!我想起来了,上次咱们帆爷就是栽他老师手里了!"蓝头发的家伙突然喊了起来。

"对!对!就是他天天和姚蓝混在一起!还上过电视!我记得他!"小辫子立刻附和了起来。

"哟,原来是你小子!兄弟,之前在东湾一中那边,我们哥几个可被你那黑道老师整死了!!"耳环哥恍然大悟,而后恶狠狠地对我冷笑。

"还有那刺猬头,帆爷说给他揍了!这头型我不会认错!"蓝头发已经撸起袖子,嘎嘣嘎嘣地掰起了指关节,"你们可别装傻说不认识我们啊!"

呵！真是冤家路窄,原来他们是那个什么帆的狗腿子……不过话说回来,他狗腿子那么多我哪能都记得:"我怎么听不懂,我和你们根本就没见过。"

"就是啊,我才不是刺猬头,我这是风刮的,刮的。"赵慎赶紧此地无银三百两地压着自己的头发。

"别废话了,正好三对三,不敢的是孙子!"耳环哥步步紧逼,他的影子已经遮住了我的脸。

手被握了一下。我用眼角瞥了下陈颂,她现在侧对着我,我隐约可见她的大眼睛。

傻丫头,不要笑啊！现在很危险！

且不说我觉得自己和赵慎应该还是可以勉强二对三的,可当务之急是平安保护陈颂逃走,如果被流氓看到这么一个水灵可爱的小丫头……

"喂,你怎么一直拉那个小矮子手啊?"蓝头发饶有趣味地指了指陈颂。

"跑!!!"我大喊一声抬起脚,对面前的耳环哥踹了一脚。

耳环哥早就料到我会出损招,立刻往后跳了一步。不过在他闪身的时候,化惊恐为力量的赵慎已经准备好了,当他猛地将耳环哥推出去几米之时,我早拉着陈颂撒丫子跑了。

陈颂紧盯着前方的路,她配合着我的步伐,尽力驱动着被肥大休闲裤所包裹的腿,一只手死死抓着我,另一只手则扶起随时都会掉下来的鸭舌帽,小小的嘴巴发出急促的喘息,但脸上依旧保持着爽朗而阳光的微笑。

别笑了啊,现在可不是什么大冒险！陈颂听不到我和那帮流氓的对话,所以不知道现在的情况有多危险。而在我的前方,后来居上的赵慎不仅越跑越快,口中还振振有词,喊着"认错人了""好汉饶命"这类难懂的话。

死腰子你倒是等等我们啊！运动会你要是有这劲头,没准男子 4×100 米我们班还能抢救一下！

"腰子,他们不追了,你慢点！"

第二十七章　魔法树

"你放屁！快跑！"

利用地形,我和陈颂走起了Ｓ形,尽力保持和身后家伙们的距离,靠近着乱七八糟的教学区。

紧握的手依然没有松开。

不良少年们多了起来,他们饶有兴味地盯着飞奔中的我们:"蹿这么快,小心跌死！有种正面干一架,今天老子非得打掉你几颗牙！"

开什么玩笑,你以为本大爷当年整牙有多容易啊！

陈颂喘得越来越厉害,已经变成我扯着她跑了。不行,再这样下去我们都会被追上的,哪怕只有陈颂能跑掉也好！

我准备松开手了,我要挡住那三个人,但是前面的赵慎却停了下来。

怎么回事？他的正义感突然爆发了？

"我个心啊坏八辈子良心了,今天真撞到鬼了！"赵慎张开大嘴,迎风往回狂奔,他欲哭无泪地喊着,身后跟着六七个不良少年。

"就是他,那个赵慎！就是他！"

"小瘪三,之前想撩我对象的就是你吧？"

"居然敢加我女朋友,今天爷爷给你洗洗脸！"

好家伙,腰子你没事去当什么妇女之友,现在惹火上身了吧！

这下局势变得相当不妙,我和陈颂被人追,赵慎也被人追,马上就要被包圆了。

周围看热闹的其他"杀马特"高声喝彩了起来:"好啊！打啊！打！打死他！"

陈颂喘得受不了了,拖着她跑已不可能,我慢慢停了下来,撂下帽子,拍了拍她的肩膀:"陈颂,陈颂？你还好吧？喂！"

大眼睛高兴地眯了起来,她喘息着,对我挤出了一个笑容。

傻丫头,亏你还笑得出来,你明不明白……不,她一定明白了。这笑容……是陈颂对我的鼓励吧？

耳环哥他们停在了我们的面前:"死小揪子,跑啊,再跑啊！"

我慌忙把陈颂的帽子戴好,将她挡在我的身后。

赵慎也走投无路了，他和我一起把陈颂保护起来："张舸，这下糟了啊！"

围着我们的不良少年足足有八个，这根本没胜算啊。

"倒头鬼，呸！"赵慎静了静心，往地上啐了一口，对着面前的这几个人握紧拳头，"反正是躲不掉了！来吧，干就干！张舸，我后脊梁就交给你了！"

"脊你个头，现在还鬼显麻木什么啊！"如果只是我们俩的话，我当然早就已经上了啊，但是……

我想松开抓着陈颂的手。

松不开，陈颂不放开我的手。果然，她全部都知道，她不想让我冒险。但只凭我和赵慎，可以保护这个女孩子吗？

"还挺有骨气！"耳环哥晃了晃脑袋。

"速脸扇！"赵慎面前的那些人也奸笑了起来。

"呜啊啊！！！"赵慎先发制人，大叫着朝面前那五六个人冲了过去。同一瞬间，那些家伙也怒吼着跑向了赵慎。

赵慎的速度更快，他一大脚直接踢翻了冲在最前面的那个，继而对另一个就是一记冲拳。开局是不错，不过他的双手和腰马上就被剩下的人死死拉住，本人也在几秒的挣扎后被合力撂倒。

"有种单挑！吊死鬼打粉插花，死不要脸！"赵慎在地上和那些家伙拉扯着。我正回身要去帮他，一阵风声却从耳旁呼啸而过。

"哟，小大哥反应还可以啊！"耳环哥收起了拳头，对另两个伙伴使了个眼色。

看了一眼背后的陈颂，她紧紧抓着我的裤子。再看看腰子，他已经被压在地上动不了了。我吞了吞口水，凝视着三只不知将从何处发起攻击的野兽。

就在此时，一直围观叫好的不良学生群突然乱了起来，只见一辆飞驰的自行车疾行过来，好似电光直接漂移到赵慎的面前。

巨大的刹车声震彻云霄，从自行车上冲下一个奇怪的人。这家伙的

第二十七章 魔法树

个子不高,估计有一米六五,戴着一个奥特曼的面具,身上穿着略显宽松的男士套头衫,连着衣服的帽子卡在头上,死死遮住了所有头发。

看不清脸……等一下,这不是我的衣服吗!

我还在迟疑的时候,将赵慎压倒在地的五六个人已经四仰八叉躺在地上了。

"谁?谁啊!"耳环哥也被这突如其来的神秘人吓得不轻,"瞎凑什么热闹,快点滚!"

奥特曼纵身一跃,挡在了我和陈颂身前。这算是我上辈子积过德?奥特曼真的来救我了?

奥特曼对我摆了摆手,示意我快走。

我没有松开陈颂的手,上下打量着面前的背影。这人的体型好眼熟啊,难不成是我认识的人?可我根本想不起来,记忆里哪个身高一米六五男生会有这样的身手。

等等……我上下打量了一番……她是女生?! 说起我认识的女生,身高在一米六五左右的,而且还要身手矫健……那不就只有一个答案吗?

"你、你……"

奥特曼没有说话,只是指了指陈颂头上的鸭舌帽,摆手做了个"嘘"的手势。

我沉默了,回头看了看地上的赵慎。他像只蜷缩的龙虾,摇摇晃晃地爬起身子,扫视着地上已被打倒的敌人:"是我干的?我这么厉害?"

赵慎命硬,看来没什么大碍。

奥特曼再次摆了摆手。

"这份恩情我记下了!"我拉着陈颂的手快跑了起来,"腰子快走!"

"啊?可是?"赵慎看了看即将以一敌三的奥特曼。

奥特曼只是竖起了大拇指,没有回头。

"保重啊,哥们!"赵慎跟了上来。

我们一鼓作气,在所有人的吃惊中冲出校园。

耳环哥看着我们跑远了,更加怒不可遏:"前面的,你可不要得寸进尺!"

咆哮着的侧踢招呼过来,奥特曼一个闪身,对着耳环哥的背就是一击脚后跟,直接将他击倒在地。另外两个跟班还没反应过来,奥特曼就对他们来了两下奥特手刀。

刚才被击倒的不良少年蹒跚着站了起来,他们怒视着面前这个奇怪的宇宙人。奥特曼耸了耸肩,拿下"六杀"。在其他不良少年惊掉的下巴以及跌掉的眼镜中,宇宙英雄从容地蹬起自行车,扬长而去。

"张舸,那人是谁啊?"赵慎喘着大气,摸了摸依然疼痛的后背,"好歹得救了,接下来我要连续做三天善事感谢菩萨保佑,太吓人了,我的亲妈!"

确定我们跑得足够远之后,我也松了口气,不过依然牵着陈颂的手:"你真没看出来?那是我们的老朋友了!"

"啥玩意,我可不认识宇宙人。"

"你还是吸取点教训吧,我的采花大腰子。"调侃完了赵慎,我望了望陈颂,拿起鸭舌帽。

汗水湿透了她的头发。

我比画了一个树叶的造型:"还在吗?"

呼吸紊乱的陈颂抿了抿嘴,再次露出微笑,她从口袋中轻轻拿出了一片泛黄的树叶,黑亮的眼睛高兴地眯了起来:"没事呢!张舸哥,谢谢你!"

"谢我?"我苦笑着摇了摇头,"别谢啊陈颂,刚才真要是打起来,你张舸哥估计保护不了你。"

要不是她及时赶到,真的就无法收场了,我和赵慎会被揍得很惨,至于陈颂……我甚至不敢想如果我倒下了,那张天真无邪的笑脸接下来会遭遇什么。

"张舸哥到最后都没有松开我的手!谢谢你!一直抓着我的手!今天,真的好刺激!好有趣!既找到了爸爸留下的树叶,又和张舸哥牵着手一起逃跑!"陈颂这样说着。她听不见,也不在乎我刚才说了什么,只是露出一贯的微笑,"我也很害怕,但一想到握着的那只手,就什么都不怕

第二十七章 魔法树　　355

了呢！"

小小的触感再次在我的手掌中涌动，这治愈满满的笑容，让我感动到不知该说些什么。

恍惚间，陈颂的脸庞与那个人重合了。我把手握得更紧——这次的我，绝不会让她再哭了，我一定要保护住她的梦想。或许有一天，我会放开这只手，让她飞向自己梦想存在的地方，但就现在而言，我愿意握住她，为她做所有我能做的！

……

月亮爬上了枝头，万籁俱寂。陈颂打开了抽屉，她拿出了自己搜集树叶的本子，翻到由无数翠绿和淡黄所包裹的世界，细致而满足地凝视着：一片，两片。这是最初的那片，这是第一次振作后找到的，这是不久前和张舸哥一起找到的……空着的地方只有一处了！漫长的追寻之旅就要接近尾声了。

看着自己的成果，陈颂不由得扬起了红润的嘴角。她翻开日记本，在喃喃自语中回溯着一路走来的点点滴滴：

我是陈颂。或许是因为太过思念，最近我总是梦到爸爸，至少在梦里，我还能和他正常对话。可爸爸的背影，想起来，依旧令人心碎。

我曾经几乎已经接受了现实，觉得自己一辈子都走不出这个房间了。

因为陪伴我的那个人不在了。我不知道该怎么办了。

恐惧、迷茫、不安、无助……一切都让我无法对外面的世界勇敢迈出脚步。

我听不见爸爸在哭，但是我确定，他真的在哭。他和我说准备辞掉工作，陪在我的身边。妈妈也来劝我了，在她的怀里，我感觉心都要温暖到融化了。几乎，我几乎就要哭出来了。

但是，我拒绝了。

不可以的，不可以这样，爸爸！你不可以为了我选择这么做。你爱你的女儿,你的女儿也是一样啊!你是男子汉,你还要照顾妈妈和这个家。如果在我的身边,你也变得郁郁寡欢起来,该怎么办呢?一家人的生计,又该怎么办呢?我不想成为你的累赘啊!就算我是你的女儿,我也不想你为我放弃到这样!绝对不行!我不会这么没用下去的!如果你要留下来的话……

我还不如去死。

我会努力的,我一定会再次站起来的!新的学校,我会去的!一个人去!我也会交到很多新朋友的!一定会的!大家都会喜欢我的!我会和大家主动打招呼的,虽然过程可能会很长,但是我一定会的!

可是我食言了。通往外面的路比我想的要远太多了。

好在爸爸选择了相信我,但是当他离开家的时候,我真的差点就要喊出来了:爸爸,不要走,留下来!陪在我的身边。

暑假的前一个月,我都在说服自己。终于,在8月5日,我再次出了家门,虽然只有几百米远,但我相信,我可以办到。我必须克服恐惧和不安,鼓起干劲准备在新学校好好努力。

我感觉自己又有勇气了,虽然只有小小的一点。

然而大多数的时候,我还是时常停在原地发愣,无法前行。

找不到方向啊!我已经走了,但是,要往哪里走呢?依然是孤零零一个人。

后来,终于到了开学的那一天,我的高中生活开始了。当我忐忑不安地练习发声的时候,我的生活里突然闯进了一个男生。第一次看他的时候,稍微有点害怕,因为从态度来看,他不是很好。

可这个男生再一次和我搭话的时候,他帮我买了份灌饼。一切都不同了,我的生活变得丰富多彩,身边的人也渐渐多了起来。我感觉就快要忘记那时候的事情了。有时候,甚至感觉自己就是一个正常人。这次,我不会停下脚步了。因为我看见了未来的道路。

爸爸,等你回来,你一定会大吃一惊的!你的女儿,和你上次离

第二十七章 魔法树

开家的时候不一样了!

无论是小时候的约定,还是我现在所准备的歌舞,你的女儿,现在都在好好生活,好好努力呢!她不是一个懦弱的人。你的女儿,现在有一群十分优秀的朋友!为了回应他们的期待,我必须努力啊!

而且如果我不努力,怎么能回报,那个已经远去的他呢?我还要告诉那个他"一个人也没问题",让他安心,不是吗?我想用笑容,迎接他的归来,和他重逢啊!所以我不可以先倒下的!这是我现在,唯一能为他做的事情了……

思绪万千,渐归平静。平稳呼吸着的陈颂,安详地睡在妈妈的怀中。陈颂的妈妈温柔地抚摸女儿的头发,一脸慈爱地看着女儿脸庞上淡淡的泪痕以及月牙形的双唇。她轻轻触碰陈颂手上的收集本,略显怀念地思索起过去的事:"小颂,你的努力,妈妈也一直、一直都在看着哟。"

第二十八章

流逝中破碎的时之沙漏

这里是学校文艺楼的二层。我、赵慎、王家杰以及万洋正在 207 房间的不远处焦急地等待着结果。

经过了两个月的刻苦准备,"验收"的时刻终于到来了。

"张舸,放轻松,你在这拿劲儿也没用。"赵慎用报复性的手法按摩着我的肩膀。

他和王家杰的轻松是有原因的。为了能参加高中最后一年的元旦会演,赵慎自己写了个卖假药题材的小品剧本,并且拉了王家杰与他一同参演,我则是作为台词最少的凑数分子前去混个脸熟。

三十分钟前,我们的表演可以说是大放异彩,让在场的老师和学生评委全都笑得合不拢嘴。因为小品类的节目不算太多,过了初选就等于铁定入围最终的节目单,所以在出了评审教室之后,赵慎和王家杰就一脸惬意地与我、万洋一同等待另一组的审核结果了。

声乐歌舞的报名节目向来是最多的,而陈颂的顺序又很靠后,这让我和赵慎他们等了快一小时才盼到那扇门再次打开。

顷刻间,音乐教室里的人一股脑地拥了出来,从表情上来看,是鲜明的几家欢喜几家愁——有的人高兴地同前来迎接的伙伴招手,有的人正开心地与一旁的搭档闲谈,有的人拍了拍自己的胸脯,有的人无奈地叹了口气,有的人低下头若有所思……

我在不断流动的人群中找到了两张熟悉的脸庞。

"张舸哥！万洋哥！我入围了！入围了！"陈颂一脸阳光地朝我们汇报着结果，"有三个评委老师给了我满分呢！满分哟！"

我的脑子里先是嗡的一下，而后是一阵比自己通过初审更加激动的狂喜——陈颂过了，初选过了！迄今以来的努力都没有白费！成功了！

"别看小颂这么激动，其实总名次只排在第四啦，算是不高不低。"为了避免过早"泄题"，江佳铃正温柔地捂着陈颂的嘴，虽然她依然保持着一贯的端庄与优雅，不过嘴角微笑的弧度是藏不住的。

万洋对江佳铃伸出了手："辛苦啦江铃，这下我们也没白等了！"

江佳铃莞尔一笑，爽快地完成了击掌的动作。她略有深意地望了望身后的教室，而后走到陈颂的身边，拉起小小的手，与我们一同踏上了庆祝的旅途。

……

"江铃，你的可乐我来拿，帮我拉一下外套可以吗？"在校内的快餐店大快朵颐后，我们准备返回教室。

为了让陈颂开心，我还特意为她表演了自己最擅长的那个扑克牌魔术，虽然陈颂想学，但她毕竟不懂门道，只能对着漫天飞舞的扑克牌一顿乱抓。

万洋的表情很鄙视："又咋了，自己都不能拉衣服了？"

"抱歉，我现在也腾不出手……"江佳铃弯起了眉毛，在她的示意下，我注意到了江佳铃的右手现在正拿着打包的塑料袋，至于左手，则仍然握着一旁的陈颂。

她们……似乎比以前更亲密了？是不是走得有些太近了呢？

正当我思索的时候，自己的外套突然被粗暴地拉了起来，由于领子过高，猛地冲上来的拉锁带着火星，差点夹到了我的下巴。

这一危险动作的始作俑者是赵慎，他一面对江佳铃和陈颂说一些"包在我身上了"的蠢话，一面厚着脸皮为他刚才那拙劣的报复手法朝我邀功，把"欠揍"二字演到了极致。

我白了赵慎一眼："你想勒死我？是不是吃新口味薯条吃傻了！"

"啥？新口味？这不就是原味的薯条吗？"赵慎赶忙看了看自己手上的袋子。

我哼了一声："你当时点的时候和服务员怎么说的？"

"来个大份薯条，怎么了？"赵慎挠了挠头，继续往嘴里塞着薯条。

"对啊，大份薯条。可不是新口味吗？"

"呸！乖呛，你真恶心！我这要是大粪，你之前吃冰激凌的小挖勺就是粪勺。"赵慎听懂了我的双关，把嘴里的薯条吐回袋中。这个动作明显也影响到了身旁的万洋和王家杰，他们连忙从赵慎身边离开。江佳铃也呛到了自己，一个劲儿地指责我俩的粗鄙。

陈颂看身边的人都变了样子，不禁歪起脑袋，一脸好奇地望着我。

"没事啦，哈哈哈哈！"现在要赶紧搪塞过去，"江铃，你们还有复赛吧？是什么时候？"

"28号。所以现在还不能放松！"江铃将陈颂的手握得更紧了。

在接下来的一段日子里，虽然我也会和赵慎、王家杰排练小品，但更多的时间还是拉着万洋一起充当江佳铃和陈颂的观众。有一说一，陈颂的歌唱得是越来越好了，舞蹈上的进步更是神速。照这个势头，通过下一轮的测试根本不成问题。

而且我发现，江佳铃对陈颂的关心也在她们日益频繁的接触互动中变得更甚。自从预赛通过以后，她的话里时不时都会带着"为了陈颂"这几个字。看到两个女孩越发亲密，我在心中又浮现了她们一同登台表演的景象。我试着将自己的想法透露给陈颂，虽然陈颂非常兴奋，但无论是她还是我，都知道说服江佳铃并非易事。

"张舸，节目单已经报上去了，可能没法再修改喽。"江佳铃正在厨房里切着菜。面对我的暗示，她每每都会用这类带有敷衍意味的话搪塞过去。

因为生意的关系，我的家人正在外地出差，在得知我已经连续三天都只是懒到用泡面充饥应付后，江佳铃不依不饶地对我一顿数落，决定在周日中午留下来帮我解决伙食问题。因为家中的食材有限，她只是做了两道基础菜肴外加一份黄瓜蛋汤,不过味道倒是很棒,完全没有廉价的感觉。

"只写着陈颂的名字也不要紧啊,你只要跟着一起跳不就行了?下一轮就在评委老师们面前露一手吧!"

"抱歉……暂时还是……我会考虑的。"江佳铃温柔地打断了我的叮嘱,将炒好的菜端了上来。

因为已经重复了不下五遍,我决定暂时先放下这个话题,开始享用这顿特别的午餐。由于她在平时的课间基本都会同陈颂跑去音乐教室练习,我本想好好利用她"自投罗网"的这段时间,试着为能再见记忆中的那个江佳铃而做出努力……然而从结果来看并没啥用。

时间来到了下午三点十分,正当我准备洗把脸返回学校之时,她的声音又传了过来:"张舸,出门之前我们把地扫一扫吧,我总是觉得可以再干净一些的。"

"你怎么又开始了,我正忙呢,没空!"

"算了,交给你还不够嫌我唠叨的呢,我直接打扫了哟。"

"不了,你这也太……呜呀!"看来江佳铃的说法是对的。我在起身时不慎踩到了一本光滑的杂志,为了保持平衡又一把抓住了身旁的扫帚。

突如其来的冲击感也让江佳铃跟跄了几步,她已经尽力避免碰到地上光滑的障碍物了,但人算不如天算,江佳铃最终选择落脚的那份报纸实在太脆弱了。伴着纸张被撕裂的声响,江佳铃、扫帚以及我,全都华丽地栽倒在了地上。

几本轻薄的杂志从天空散落,为这场荒唐的行为艺术打上了句号。江佳铃躺倒在一众杂志之间,我和她的身体组成了一个"十"的造型,但多亏了我双手按住的是光滑的地板,因而及时止住了重力的恶作剧,避免了直接压在江佳铃身上。

话虽如此,这个类似俯卧撑的姿势还是很让人吃不消。

尴尬是难免的,但江佳铃马上就担心起我了:"张舸,你怎么样?有没有受伤?"

"这话该我问,扑通一声的是你。"我继续保持着俯卧撑的样子,"江铃,你能从我身下面挪出来吗?我能感觉到,我的脚正抵着的茶几……只要稍微动一下,它就得滑出去半米……"

江佳铃明白了我的意思,她开始缓缓移动着身体,像是一只正在全速前进的毛毛虫。在移动的过程中,这个"十"字渐渐变成了"X"。江佳铃胸口的小香囊从我眼前缓缓经过,继而是腿,以及一双被可爱袜子包裹的脚。

坚持啊,再坚持一会儿!正当我仰起脖子,咬牙切齿之时,耳畔终于回荡起了宣告胜利的话语:"张舸,可以了!"

随着双手的放松,我的身体终于接触到了久违的大地,脑海中飞过无数与乡土有关的诗篇,恨不能马上就去亲吻自己右脸正贴着的那块地板。

还没等我多享受一会儿,江佳铃的声音又传了过来:"看,这下更乱了吧?你必须得帮我打扫了!"

是是是,管家大人。

一番折腾后,清理的工作总算落下了帷幕,负责督查的"江大人"对房间的新貌也非常满意。当我们和往常一样闲聊着走到校门口的时候,前方的几十个学生正不知为何地扎堆在一起。

"张舸你快点啦,我和小颂约好的时间是三点半,现在已经迟到五分钟了。"

"那还不是你自己非要扫一遍地,要是早点出门我还能去'百分百'买点炸串什么的。"

在与江佳铃的应答中,我越发觉得前方的人群很奇怪,不自觉地竖起耳朵,在周围嘈杂的议论声中搜寻着些许蛛丝马迹。

"那女生太可怜了!"

"骑摩托的真不是东西,开那么快急着去投胎啊!"

"已经过去十分钟了吧?也不知道她现在到了医院没有。"

谁?被撞了?我的心揪了起来。

"可是摩托车不是按了很大声的喇叭吗?为什么那女生就和没听见

第二十八章　流逝中破碎的时之沙漏　　363

一样呢?"

没听见?不会吧……我吞了吞口水,挤在人群中,就像是被什么吸引住了。

不知为何,我有些在意,而且心中总有一种非常不安的预感。

"就在那儿,你看,看到那个摩托车没?"

"那不是碎了的车灯吗?"

"我天啊!"

无视着周围的话语,我拼命冲到了人群的最前方。

我喘了,能听到自己的心跳。

面前是一辆破碎的摩托车,车身因为撞上了消防栓已经完全变形,就像是个被踩扁的易拉罐,到处都是伤痕。

我愣神看着面前的一切,说不出话来。

一地都是碎掉的车灯,摩托的挡风玻璃落在地上,还连接在车身的部分也成了蜘蛛网。地上有血迹,量不是很多,但是它的轮廓让人后背发麻——被撞者明显和地面有过刮擦甚至拖拽。

我仔细地听着周围的每一句对话,祈祷那个我熟悉的名字不要出现。正当我的心因为担忧而纠成一团之际,身后突然传来了一声尖叫——那是江佳铃的声音。

转过身子,她正瘫倒在我的面前,满脸都是难以置信的表情,双手像是心肺缺氧似的握住了脖子,不断吃力地发出"啊、啊"的悲鸣。

几乎同时,我在周围人的闲谈中知晓了那个被撞女生的名字。

开什么玩笑啊?怎么会有这种事!发烫的血液涌进了我的大脑,触电的麻木缠绕着我的四肢,我迈着沉重的步子,在被失重和眩晕感击倒前终于触碰到江佳铃:"江铃?江佳铃,别哭,振作一点!"

她无视着我的喊声和拉扯,只是倒在地上撕心裂肺地尖叫着。

我和江佳铃已经取代了事故现场,成为大家围观的新焦点。我从来没见过江佳铃如此失态,但越是这种时候我越不能慌了手脚:"江铃,快站起来!咱们去医院,站起来!"

反复的劝解并没有起到作用,好在那之后我遇到了张月桐这个熟人,作为江佳铃的老相识,这时候也只能拜托她了。

　　等张月桐将老大和班里其他几位学生喊来后,头脑仍然发蒙的我也来不及多考虑,直接自己先赶去了陈颂被送往的那家医院。

　　明明,元旦会演还没有开始啊!

　　明明,最后一棵树的叶子还没找到啊!

　　明明,要一起努力的啊!

　　明明,这次不会停下了啊!

　　明明时间在流逝,可为什么这片街景突然褪色了呢?

　　……

　　灰蒙蒙的灯光,让人压抑的消毒水味,不断从我身旁经过的病人……坐在病房外的我惊魂未定地正听着路过的所有声响。

　　我所熟悉的脚步声姗姗来迟,与她对视的那一刻,我心疼地赶紧移开了视线——江佳铃的眼睛已经肿得不像话了。

　　我的身边还有陈颂的几个同学。他们或坐在另一侧的椅子上,或到处踱步。女孩子流着泪,男孩子皱着眉。

　　江佳铃无言地走到那些同学面前,望向病房。洁白的床上躺着一个紧闭双目的女孩,她头部的右侧被纱布包裹,清纯可人的脸颊上残留着血渍以及刮擦导致的伤痕。从被子底端伸出的腿上,厚厚的白色绷带正渗出点点殷红。

　　女孩的右手打着点滴,平稳地呼吸着,旁边是一个略显憔悴的女人。

　　殷红,明明只有淡淡的颜色,但整个世界似乎都弥漫着血腥的味道。为什么那张脸上,现在没有笑容?为什么那张精致可爱的脸上,会附着那么多污秽呢?江佳铃带着泪花往后退了两步,盯着病房玻璃窗上映射出的自己。

　　她的眉头紧皱了。

　　"张舸,肇事的人呢?"她面无表情地转过了头。

　　"那个人在隔壁的……喂!等等!"我还没说完,江佳铃就冲了出去。

第二十八章　流逝中破碎的时之沙漏

"江铃,你要干什么!别做蠢事!"

"让开!"江佳铃用力推着我的胸口,"我、我要……"

"住手!你愤怒、你难受,我们也一样!"

"你们……你们根本就不会明白,根本就不会明白!那人是个什么东西!他居然!居然!!!"江佳铃彻底失态了,她的眼睛充满血丝,张牙舞爪地四处乱抓,用尽全身的力气想从我的牢笼中挣脱。

在其他学生的合力下,江佳铃被按到了我身旁的椅子上。周围的人们明显被吓到了,他们正惊恐万分地看着这边。

我扶住了江佳铃的肩膀,我心疼她那对不断渗出泪水的红褐色眸子:"江铃,陈颂现在需要休息,你安静点。"

被这么一说,江佳铃的挣扎和喊叫戛然而止。

"难受的话,就哭出来吧。"说不定,我说出了江佳铃一直期待着的话。肩膀抖动了几秒后,她猛地扑到了我的怀里,将脸紧紧贴着我的肩头,用指甲划着我的后背,同时抿住自己的嘴唇,尽量不再发出声音。

我感受到了那个小香囊的形状,像是安慰小孩那样抚摸着她的头发,等待时间让她的情绪重归平静。

"对不起……你是……江佳铃学姐吧?"是陌生的声音。

在我的帮助下,江佳铃抬起了头,用了几秒时间把眼神聚焦——那是一个戴着眼镜,看起来很儒雅的男孩子。

"嗯。"喉咙自动挤出的回复。

"对不起!"男孩子突然对我们用力地鞠了一躬,他紧闭着眼睛,"我是陈颂的同学,也是先提出今天约陈颂出去玩的人……都是我们的错,过马路的时候,我们几个光顾着说话,没有注意到后面的陈颂,等我们都过去了,才发现她依然在马路的那边……"

"你以为我今天是为什么让小颂和你们去玩的?你为什么不牵着她的手,你们几个为什么不牵着她的手?!男生不行,女生也做不到吗?!"江佳铃质问着对面这个发抖的男孩。

她的话语回荡在空荡的走廊中,听到江佳铃的质问,男孩身后的几个同学也都不约而同地低下了头。本来就捂脸抽泣的女孩们被这么一吼,哭声瞬间大了。

"对不起!对不起!对不起!"男孩只是一个劲说着,泪水打湿在光滑的地面。

"江铃你别这样,他们还都是小孩儿,他们也不想的!"我赶快接过了话。

"不!是我的错,是我们的错。江佳铃学姐,张舸学长,你们要是生气的话,就打我一顿吧,求求你了!"

他这句话反倒激起了我的愤怒——堂堂男子汉发出这种委屈的声音,还动不动就说些类似"就打我一顿"这种既不珍惜自己也于事无补的屁话,真让我觉得瘆人。

不过我忍住了。眼下江佳铃已经变成这样了,我要是再火上浇油,整个楼道可就不得安生了:"不是你们的错,大家都不想让这样的事发生……你们先回去吧!太晚的话,家里人会担心的。"

"不行,我们怎么能回家呢?都是我们的错啊!"

"别管这个失态的人现在说什么,你们留在这里也于事无补!"我的语气严肃起来,"快点回去!"

"不行!我们不能回去。"男孩的身后传来抵抗声。

正当我们僵持不下之时,病房的门被打开了,一个女人站在我们面前。

……

"没想到会在这种情况下见面,张舸同学,江佳铃同学,你们好,我是陈颂的妈妈,我姓吴。"那个女人将我们带到一旁的房间,示意我们坐下。她很漂亮,但面色十分憔悴。

我压抑着情绪同陈颂的妈妈问好,同时也对江佳铃使了个眼色。

"陈颂的事,你们不用太担心。虽然出了很多血,不过伤势没有想象的那么严重,都是皮外伤。"女人的表情让我感到一丝温暖。

陈颂的妈妈是在安慰我们,还是在安慰她自己呢?

第二十八章　流逝中破碎的时之沙漏

"江佳铃同学,你从9月起就一直在帮助陈颂,她都和我说过,真的非常感谢,给你添麻烦了。"

"对不起,阿姨。我没能保护好她……今天我应该早点到才对……如果我陪她一起……"江佳铃又开始了自责。可是在我看来,她根本没必要把一切都揽到自己头上。陈颂下午是和她自己的同班同学们一起出去玩的,你一个高年级学姐也去算是什么意思,总得给陈颂留一点空间去交其他朋友吧?而且事情已经发生了,与其想着"如何避免"这种毫无意义的事,倒不如思考怎么才能解决接下来有可能出现的问题——虽然陈颂的伤势可能并不严重,但经历这次事故后,陈颂有可能再也走不出来了。

不是指身体上的伤害,她听不见危险,这是客观的事实,无法回避的事实。但这次之后,她还有什么理由能鼓起勇气,重新走在无声又充满危机的街道上呢?如果陈颂不去迈步,如果她不再勇敢,如果她选择放弃,我们呢?我们该怎么办呢?

悲伤的街道,褪色的街道。如果当时能够听见,一切说不定就不会发生了——她一定会这么想的啊!

陈颂过去的事,江佳铃和我说起过,她在行走的道路上停下过两次。第一次,是因为自己失去了听力。第二次,是因为让她走出第一次的那个人不在了。

然后,我从陈颂妈妈那里得知了更多的情况——曾经鼓励陈颂的那个少年,他离去是为了治病,而且病情似乎并不乐观。

如果,连少年自己也无法前行了,他会选择放弃吗?他还记得,自己曾经帮助过的那个女孩子吗?

我肯定了自己的想法。

他一定是个坚强的人,他一定不会希望自己鼓励的陈颂再次倒下。少年的情况,陈颂是知道的,她的心情一定更加复杂。但即便如此,女孩子仍然相信那个少年会回来。所以她选择努力,选择微笑,用积极和乐观等待着他的归来……可回应陈颂的是什么呢?

是一场事故。

从少年那儿接过接力棒的我和江佳铃此刻在做什么呢？

我们只是无能为力地坐在这里。我曾经用自己的方式，勉强体验过一次失去听觉的痛苦——死一般的寂静，没有人说话，没有任何声音。这实在太痛苦了，像是个连自己的存在都感受不到的地狱。

渺小，我从来没有过如此渺小的感觉。对于突然发生的不测风云，我什么也做不了。

"阿姨。"我低着头，打断了面前的女人。

"怎么了吗？"

"接下来，陈颂会怎么办？"

"怎么办，我……"这次轮到吴阿姨说不出话了。

"阿姨！学姐！还有学长，小颂醒了！醒了！"

我们激动又忐忑地从椅子上站了起来，怀着不安的心情走进了病房。

安静的气氛令人不快，不快至极。

躺在病床上的陈颂扑闪着眼睛，她出神地望着天花板。白到发紫的嘴唇一动一动，有污迹的面颊也随之微微颤抖。

"小颂，你还好吗？妈妈在这里！"陈颂的妈妈跑到了病床旁，将手叠在陈颂的手上。

陈颂的表情平稳了很多，但是依然有些木讷。她动着眼珠，盯住了身前的母亲，眼神平静了不少。

嘴唇动了动，似乎是喊着"妈妈"。

江佳铃也赶了过去："小颂，你还好吗？认识吗？认识我吗？"

陈颂没有看这边，她的眼里依旧只有自己的母亲，因为她听不见。

母亲用手掌在女儿的眼前晃了晃，而后指引她将视线转移到江佳铃的身上。

大眼睛很虚弱。

"陈颂，认识我吗？"

小小的脑袋吃力地点了一下。

江佳铃稍微安心了点，我也是。随之而来的就是心疼——只是做那

第二十八章 流逝中破碎的时之沙漏

一点的动作,陈颂也一定疼得要死。

陈颂的嘴巴微微开合,纤细的手挪动着,她握住了妈妈的一根手指。而后,缓缓闭上眼睛,好像不想看到别人。

她的妈妈理解了,充满歉意地看了看我们。

我拉了拉身旁的江佳铃:"走吧,我们先回去吧!明天再一起来看她,好不好?"

江佳铃当然不想走,就是搬个凳子让她一直坐在这里,她也心甘情愿。但是现在陈颂需要的是休息,需要只有她和母亲的两个人的世界。

"不能去打扰她们,让她多睡一会儿吧。"

"我知道了。"许久过后,江佳铃妥协了。

第二十九章

接力棒传到了我的手上

我和父母说了陈颂的事。看着我懊悔心痛的样子,他们一开始又以为是我闯了什么祸。但在将始末都讲述完毕后,他们改变了态度,不光是安慰我,还打电话安慰了江佳铃,同时给了我一些钱,嘱咐我经常去看看那个小姑娘,顺便帮她垫点医药费。

不过陈颂的妈妈拒绝了。

这种意外发生,换谁都会悲伤,况且还是这么一个屡次停下又屡次前进的失聪女生。但是你不能因此停下自己的生活——不只是我,江佳铃周围的人都这么说。

可江佳铃听不见,猛然回头的时候,我发现她也停在了一个静止的地方,低头不语,踌躇不前。是因为这几个月的相处,让她和陈颂的感情非同一般了吗?是因为陈颂与过去的她长相相似吗?是因为她将曾经对自己的期待、梦想甚至别的什么感情都注入陈颂的身上了吗?

时间继续在走,晚上回家的人变回了三个。气氛有些沉重,实在难为了一直没话找话的万洋。江佳铃的眸子里失去了光泽,她不再像之前那样对任何人都笑脸相迎、对任何事都全力以赴。她不再去保持一直以来那种完美、容易亲近以及随和的样子,取而代之的是冷漠、木讷和沉默。

在张月桐的建议下,老大批准了她和姚蓝交换座位。作为江佳铃的老相识,张月桐表现出了我们都没见过的另一面。她不仅总陪在江佳铃身边,连去医院也都是同行的,而且会抓住一切的机会对江佳铃进行开导。稳重、可靠、坚决、果敢,一反常态的她简直像是有魔法一般,仅仅一周的时间,江佳铃的脸上已经可以勉强露出笑容了。

然而出状况的并不只是江佳铃,还有身在医院的陈颂。虽然身体情况正一天天变好,但是我们发现她不愿意开口了。陈颂不想和其他人交流,只是对着窗外发呆。她还陷在那场事故的阴影之中,将自己关进了自我的世界。这个闭起眼睛就只有自己的小小世界,现在是她唯一的庇护所。

我们没有放弃,因为大家的努力,那个世界对我们开了一个小口子。看到我们来访的时候,原本忧郁的面颊上会多出一丝微笑。

我并不渴望这微笑能马上像以前那样灿烂。我相信只要再多一点时间,再多一点时间,一定可以恢复原状的。

但也仅此而已了。多少次,面对我们的期待,她选择努力张开嘴巴,可之后,又略显无奈地合上。现在的陈颂仍然很无助,她对周围的一切明显多了几丝畏惧。有时仅仅是看到突然打开的门,或者关掉的灯,陈颂都会猛然打个激灵。晚上睡觉的时候,她必须抓住妈妈的手,这是在黑暗中证明她还存在的唯一方法。

11月走到了尽头。天使般的阳光笑脸,究竟还要多久才能回来呢?

终于,江佳铃再也忍不住了,她告诉陈颂,自己想要让她说话。但是,陈颂只是一直张着嘴巴,支支吾吾。开始的时候她很平静,也很努力想要发出声音,可她的表情渐渐变了——惶恐、不安、无助、惊慌……

她一个劲地张着嘴,却只能结巴着说出几个简单的词。她懊恼地抓着自己的脸,挤不出任何句子。

陈颂的妈妈和我们全都震惊了:不是不愿开口,而是……开不了口了?为了照顾陈颂的情绪,我们这段时间都在用文字或者哑语和她交流。难道说,就因为这十几天没有开口,她就……

陈颂的嘴巴依旧"啊啊"地动着,脸上的表情濒临崩溃,无数辛酸和委屈的泪水倾泻而下。因为剧烈的抽搐,原本结痂的地方裂开了。

她哭泣着,放声大哭着。这是她住院以来,第一次爆发的情绪。

江佳铃死死握住我和张月桐的手,她用足了所有的力气,将我们的手捏得通红。

两名相像的女生,现在都满是伤痕。

为什么她们必须一次次被玩笑一样的命运打倒?为什么时间不能定格在她们曾经开怀大笑的时候?

压抑中的我找不到发泄情绪的出口,最终选择再次光临那座神奇的三石桥。我望着流动的水,贪婪地回味着江佳铃和陈颂在此之前的快乐时光,我看着她们,久久不愿离去。

我似乎有些对过去上瘾了,我开始庆幸自己还知道有三石桥这个东西,我似乎正在坠入我曾经最恐惧也最害怕的境地之中。可是我仍然一遍遍地将我与陈颂相遇直到出事之前的那些过往风景,不知疲倦地重复放映——如果时间能就此停滞,该有多好……

直到杨小白在桥上发现了憔悴的我。我不想走,即使遍地垃圾,即使面前是座断桥,即使杨小白告诉我再这样下去我会坠入她口中的"心之梦境",即使我真的感觉自己的存在变得稀薄了,我还是不想走。因为一旦离开这儿,我又将不得不面对现实,我就会想起陈颂躺在病床上的样子。

然而梦总有醒的时候。将我从三石桥的幻梦中拉回来的,是陈颂出院的消息。出院的那天,陈颂第二次宣泄了自己的情绪。她任性地大喊大叫,她将枕头被子全部扔到地上,抱着自己的妈妈失声大哭。陈颂遮盖着没能痊愈的脸庞,将身体蜷缩在一起,疯狂甩着脑袋。现在的她别说从东湾一中毕业,根本连学校都去不了……至于元旦会演,只能成为曾经的一个梦了。

我曾以为自己在陈颂的身上看到了一双终究会飞向远方的翅膀。但如今,这对翅膀却因为悲伤化作了眼泪的颜色,变得透明,消失得无影无踪。

望着她的脆弱,病房门口的我愣住了,我意识到了自己这段时间的状态与现在的陈颂是一样的——我们都只是在逃避而已。

我痛斥着那个想要依靠三石桥自我麻痹的软弱自己,将脑海中那些消极颓废的情感全都扔了出去。

或许是因为张月桐的魔法远超我的想象,或许是因为江佳铃也有过类似的经历,总之她比我镇定得多,即使还没有恢复到最好的状态,但精神面貌明显比前段时间强太多了。江佳铃提出了一个出人意料的方案,她劝说陈颂的妈妈让陈颂来自己家暂住,这样既能避免陈颂受刺激,也能方便江佳铃用自己的方式鼓励她走出来。

思索之后,陈颂的妈妈同意了,她对率先振作的江佳铃表达了谢意。这是一位坚强的母亲,但我真实感受到了她动摇的内心。她快要到极限了,她是为了自己的女儿,所以才必须表现出坚强的姿态。倘若继续看着无助的陈颂,说不定什么时候,两个人就都会一起崩溃掉,到了那个时候就全完了。如果分开,在这段时间里,陈颂的妈妈也可以理性地想想,接下来到底该怎么办。

最极端的情况就是陈颂辍学,或者还会选择搬离这个伤心地。而后那个女孩,就会在一个我和江佳铃无法企及、到达不了的陌生地带,停在原地。站着,一直站着,再也开不了口……

可是时间是不会停止的。

12月的第一周很漫长。当江佳铃鼓起勇气敲开陈颂房门的那一刻,她看到的只是一片狼藉中一株毫无生气的芦苇。陈颂提醒江佳铃不要打扫,虽然这无济于事。

什么都没有改变,凌乱就是凌乱。

12月的第二周过去了,冬天的寒冷气息已经浸透了东湾县,路上的行人全都换上了厚厚的棉衣。

因为下雪,整个东湾一中都在欢呼雀跃。白色纯洁的六边形天使缓缓降下,她们开始了年复一年,净化大地的工作。偌大的校园雪景壮观,操场被盖上了纯白的棉被,学生们堆起的雪人一个接着一个,充当着楼下那些银杏树的护卫兵。好事的人又有了新的创意素材,他们三五成群,用鞋子在雪中画出班里小情侣的姓名,并以一个巨大的爱心将名字包围。

我已经习惯了与姚蓝坐同桌。虽然这丫头没有纪委文静温顺,但那份经历风雨之后的大大咧咧确实也温暖了我的心。

"我听说江佳铃愿意上台了?这太好了呀!"望着张月桐与江佳铃回到座位后,姚蓝将视线移到了我这边。她的小辫子已经变成了大马尾,每次转头总是会蹭到我的脸。

"只是暂时的。因为如果到了下次彩排陈颂依然不在,节目就会被……"我同姚蓝简单说起过江佳铃因病无法继续跳舞的事,包括江佳铃指导陈颂跳舞的理由。如今,两个女孩中的一位已然重新振作,选择权落到了陈颂手上。

"原来是救火队员吗?真像是江铃会做的事啊,她是那么的坚强。"姚蓝小声嘀咕了几句,而后她开始和往常一样,找了些话题去减少我胡思乱想的时间,"说起来,你和江铃的过去我大概听过了。她无法放着只有几面之缘的旧交不管,主动接近你这个不良少年,然后帮你走出了从小学最后两年持续到初二年级的灰色生活……那万洋和腰子是因为什么才对江铃服服帖帖的呢?"

"其实差不多。"万洋之所以会对江佳铃言听计从,一方面自然是受到了我潜移默化的影响,另一方面则是他确实认可了江佳铃的那套友情观。要说给万洋留下印象最深的事,估计得是他刚上高一的时候,那时候的万洋还是个标准的愣头青,逛个商场连自己的手机被摸走了都不知道——好吧其实我也没发现——是江佳铃怒气冲冲追到商铺通道的尽头,义正词严地从小偷手中把失物夺了回来。现在想想可真是令人后怕,那时的江佳铃说到底也只是一个十五岁的女生,如果那个小偷要是不顾一切真的动手,后果绝对是不堪设想的。

至于赵慎,他早在初中时就因为我认识江佳铃了,不过当时的他还会时不时对江佳铃开一些玩笑,并没有像现在这么正经。赵慎态度改变的契机是四年前的一次意外,有一个名叫可可的初中女孩由于遭受校园霸凌选择在西叠湖放弃生命,是路过的江佳铃搭救了她,并且还在一番劝说后打消了对方轻生的念头。仅仅两个月后,赵慎就向我和江佳铃介绍了

第二十九章　接力棒传到了我的手上　　375

他新交的那个阳光开朗的朋友,好巧不巧对方就是可可。在知道事情的原委后,赵慎对江佳铃自然是感激不尽,更不用说直到今天他还和可可保持着联系。

"什么事都要管,什么事都能解决,她真是了不起啊!再多一点时间,江佳铃也一定能将陈颂带回我们面前的,没准她们真的会一起登台演出呢!"姚蓝对我亮出了大拇指。

然而现实是残酷的,陈颂的情况没有任何好转,只是日复一日将自己关在江佳铃家。唯一的好消息是,在江佳铃近乎逼迫的努力下,陈颂渐渐恢复了说话能力——听医生说,虽然失聪者不坚持发声,就会逐渐忘记如何说话,但绝不会是这么快的速度。当时的陈颂,是因为事出突然受了巨大的刺激,才暂时忘记了如何开口。

元旦文艺会演的第一次封闭彩排开始了。在学生会长张月桐的恳求下,老师们同意由江佳铃代替陈颂进行彩排。即使江佳铃的表演令在场的所有人赞不绝口,类似让江佳铃与陈颂一道上台的呼声也不在少数,但由于真正的主角并未到场,一切都仍是未知数。

12月过去了三周,第二次的彩排也落下了帷幕。江佳铃仍然代替陈颂进行着排练,这个舞蹈节目和我、王家杰、赵慎联合奉献的小品都确定入选了最后的演出节目单。

"这是不可能的。如果陈颂无法参加,我绝对不会替她上台。一直以来努力的都是她,接受喝彩的也应该是她……我讨厌当这种替身。"江佳铃干脆地拒绝了我的提议,她在等待着陈颂回来,等待着陈颂亲手打开房门。可她最后等来的,是陈颂母亲的告别之语:"虽然小颂现在还没答应……但我想和你们说一下。我和我丈夫已经下定决心了,我们会在月底搬离东湾,至于医生……"

"不要!"江佳铃疯狂地摇着头,"阿姨求求你,不要带她走!"

陈颂的妈妈哭了,她的话语零碎且有些感伤:"对不起,我们也不想这样的……你们已经很努力了。我很感激我的女儿曾经在你们的帮助下走出来。东湾确实是一个很好的城市,但是在经历了两次悲伤过后,这里无论对小颂还是对我……"

我们已经记不清陈颂的妈妈在江家的房门前哭过多少回了。自从陈颂住进江家,她经常会来查看女儿的情况,她也不止一次向陈颂提过搬离东湾县的事、不止一次请求陈颂打开房门。但无论写的是什么,每次递进屋子的纸条都会被原样递出——陈颂就是不愿打开房门。

原本认为离陈颂搬走还有一段日子,至少会在明年年初。可是从目前的状况看来,陈颂的双亲已经不需要等他们的女儿做决定了。

从江佳铃家离开后,我望着张月桐和江佳铃的背影消失在视线中,与万洋一道感慨着四小时的短暂,踏上了返回学校的路程。

长相相似并不是什么稀奇的事,我们或许该承认现实了——说不定我们和陈颂原本就是各自人生的过客,只是我们自己弄错了而已。

裤兜里的功能机突然响了起来,那条消息的来源像一道微光,虽然并不强烈,但足够刺破阴霾:"风、风哥?"

风哥的短信让我立刻将事情的始末、陈颂的情况事无巨细地向他全盘托出——确定了我目前的状况后,他决定伸出援手。

每当我遇到困难,这个陌生人十有八九都会出现。或许他现在是唯一能帮助我的人了。没过几分钟,消息就回了过来:张舸,你不是说陈颂把自己封闭起来了吗?那让她走出来就是你要做的。你不是说过要帮陈颂找到剩下的悬铃木树叶吗?那切实去找就是你要做的。

我赶紧把一旁的万洋也招呼过来,和他一起研究风哥发来的内容:

张舸你听好,首先,小颂是基本走出阴影的时候突然遭遇这个意外,所以受到的伤害很深,不愿意和他人再次交流也是客观事实,这无法左右只能接受。

现在的核心问题是如何让她走出自己的世界。从小颂的过去我们可以知道,她很在意自己和爸爸的约定,对吧?然后她的妈妈也提到了,小颂很讨厌别人把自己当成累赘,很要强,对吧?少年的事情也是,她在用微笑和努力等那个人,对吧?她一开始赖在江佳铃的家里不走,一是恐惧外面的世界,二是因为不想给别人看到这样的她。可是这么长时间过去

第二十九章　接力棒传到了我的手上　　377

了,你真以为她什么也没有想吗?你真的以为她放弃了,自暴自弃了吗?大错特错了,你能想到的,这小丫头都想到了!她知道,走出江佳铃的家就意味着要回家,而回家则意味着妥协。现在受伤最深的其实是小颂的母亲,她已经无法相信自己的女儿可以像之前那样做到许多健全人能做到的事情了,或者说,她已经不愿意自己的女儿去做了。对陈颂而言,如果回家,她就将被母亲以"爱"的名义真正地拘束起来,这意味着小姑娘再也没有机会证明自己可以做到某些事了,意味着她将从此失去同你、同江佳铃、同她现在的朋友们在一个学校里共同成长的时光了,这都是陈颂不愿接受的!而且,当初陈颂在爸爸走的时候和他约定,自己一定会再次站起来。现在这样,不是相当于违背誓言了吗?不就没法继续等待少年了吗?小姑娘现在正为此而迷茫着,所以这里就是突破点。

"老哥,他说的啥啊?解决的办法呢?"万洋的眼神充满了迷茫。

"约定?"我捕捉到了关键词,不禁重新冷静下来开始思考,询问着风哥——你的意思是,陈颂早就想通了?而且她不想走,想留下?

对,她才不是一个甘心就此倒下的孩子!丫头现在很矛盾,她想反抗,想要靠自己的力量站起来给所有人看,想去继续证明自己可以做到,但是她没有勇气这么做了,不知道该怎么办——风哥的信息又发了过来。

我渐渐理解风哥的意思了:陈颂在害怕,她害怕回去之后自己的母亲不会再允许自己如同之前那样生活。她既不想让妈妈担心、违背妈妈的意思,又想朝妈妈说明自己的态度,朝父亲、朝少年、朝所有人证明自己的坚强……现在的她缺的只是一个契机而已。

简直就像江佳铃一样啊,即使伤痕累累、即使遭遇失败,但从没有放弃过跳舞……

"一个人克服不了心中的恐惧的话,有人陪她一起就好……"我重复着风哥短信的内容,豁然开朗的感受逐渐变得清晰了起来。

"可第一步还是必须由她先迈出来。这个女孩子是不会甘心由别人先伸出手的,谁都不行。只有她先走出了第一步才行。"万洋用饱含疑问的普通话继续读着功能机中的文字。

深呼吸后，我明白了自己该做的事情，继而自顾自地点起了头，用力捶了捶万洋的屁股："万洋！万洋！我懂了！我懂了！"

我看着功能机中这个总是在绝境中伸出援手的秋千头像，心中打翻了五味瓶——能认识这么一位朋友，真的是太好了。

风哥，江佳铃，陈颂的妈妈，你们都走着瞧吧，我一定会将陈颂带出来的，不光如此，我还要让她再次向所有人证明，她能做到！

午夜时分，江佳铃和她的家人们正在各自的屋内熟睡着。

一个房间的门开了，很轻很轻。黑暗之中，小小的身影怯生生地探出头来，慢慢挪到了大门旁。

好黑啊，周围好黑啊。会有什么恐怖的事在她不知道的地方发生吗？

女孩在门边做了足足五分钟的深呼吸，她的手在抖，剧烈地抖。多少次，她想要去打开那扇上锁的门，但最后都缩回了手：

打开，就是外面的世界。就是让人害怕而无助的世界。但是不打开的话，一切就结束了。几小时前，江佳铃向房间里塞了一张纸。按照江佳铃的说法，明天，陈颂的妈妈就会把陈颂强行带回家里，因为陈颂的爸爸可能会提前回国。

仍在犹豫的陈颂靠在门边，她正在为自己打气：爸爸会辞掉工作吗？不行，不能这样！这样下去，我不就是没用的孩子了吗？不就真的一无是处了吗？这样的我，就没法继续等那个人回来了啊！就没法朝他自豪地说出"你看，我一直在好好生活"了啊！我不想就这么被同情啊！和他的约定，我不想放弃啊……我要去找，没有时间了。就算只有自己，也不能倒下去，一定要去找到最后的那片叶子。那是和爸爸的约定，那是我必须完成的事情！我不能让他看到懦弱的自己，即使出了这样的意外！

一时间，脑子里全是"要被带走""会让爸爸失望"这样的话。但等陈颂的心安定下来，面对寂静、黑暗和未知的恐惧，她退缩了。她知道现在的自己根本哪里都去不了——最后的那棵树并不在云湾市，一个女孩子，没有钱也听不到声音，即使想去也去不了啊！

蓦地，陈颂的脑海中出现了那时的画面，她想起了意识模糊之前，那辆朝她撞来的摩托……颤抖着,害怕着,女孩抱起双肩,她要确定自己现在还是活着的,还是安全地站在这里的。

外面的世界,充斥着危险的世界,到处是车子的街道,各式各样的人,听不见的危险……到头来,也只能到这个门口,这个门槛,仅此而已了吗?

"救救我,救救我!"陈颂默念着名字。那个名字,属于初中时从她手上夺走刀子,让她开始努力的人,"求求你出现吧,求求你!"

手指触碰到了冰冷的门把手,而后条件反射般地弹了回来。陈颂捂住了自己的嘴,她无助地蹲在门边,咬着自己的胳膊,尽量不让自己发出声音。

泪水渗入秋衣,慢慢洇开。

这样的自己,也叫坚强吗?往后退了两步,陈颂准备返回自己的房间:算了吧,明天就让妈妈把我带走吧!因为,我确实是做不到的。就算打开了门,我也走不了那么远的。我一个人是不行的……但是至少,就一下也好,我想要看一下,外面的世界。是啊,就当是安慰自己,也要看一看!陈颂再次慢慢挪步,她走到了门前,轻轻打开了锁,努力地吸一口气,一把握住了冰冷的铁把手,用体温温暖它。

在抖,手在抖,周围都是黑的。外面一定也是黑的,那种吃人的黑,不知道什么时候,就会飞来横祸的黑……不可能有好事的,奇迹是不会发生的。陈颂有些恍惚,可即便如此,她还是闭上眼睛,用整个上肢的力量,压下了门把手。

冷风吹了过来,陈颂睁开眼睛,她发现奇迹就站在门口。她难以置信地盯着身背大包的友人,一字一顿地复述着对方的唇语:"一、起、走、吧。"

第三十章

旅途中的风景

凌晨两点半的东湾站，陈颂仍在擦拭流泪的眼睛。她手上握着的那张纸，是我之前写好的计划和心声。"明天妈妈就会来带走你"的话是我编的，为的是刺激陈颂，逼她一把，看她会不会打开通往外面世界的门。我没有苛求她能够坚强到一个人不顾危险、走向黑色的外部世界。但我认为陈颂一定会鼓起勇气、凭借自己的力量，重新打开那扇门。这是她在危急时刻，几经权衡所做出的决定，是凭借自己意志所做出的决定。

踏出第一步的是陈颂，而我就作为这种勇气的"附加奖品"，出现在她的面前。就算在这种极端的困境中，她仍然没有断绝对外部世界的渴望，仍然想要完成儿时与爸爸的约定。

所以我要和她一起去找仅剩的那片悬铃木叶，去找遗失的自信和勇气。并不是我要求她去的，而是她在要去的路上，正好发现了可以同行的我。

一切全取决于陈颂自己。如果陈颂执意不和我一起去，认为我多管闲事、为她操心太多、让她更加惭愧，我会尊重她的决定，立刻返回。

回应我的，是抽搐的小身体、颤抖的嘴唇以及同行的脚步。

我还真是个过分的人，居然用这种残忍的方式，把这个姑娘最重要也最脆弱的勇气拿来豪赌。

但是我赢了。陈颂认可了我的计划，当她拉着我的手走出房门的那一刻，一直躲在屋内的江佳铃也就自然成了帮助我们完成这次旅行的同伴。

　　中午和江佳铃说计划的时候真是快烦死了，这也问那也问，这也不给那也不给，在她严厉的训斥下，我几乎就快动摇自己的想法了：

　　"不行，江铃你得留这儿，否则陈颂的妈妈再来，就没人帮我……帮我……"

　　"我知道，帮你扯谎对吧?!"江佳铃很直白地拆穿了我的想法，"为什么你会有这么疯狂的点子？这实在太荒唐了！我该怎么和我的父母说呢？他们肯定不会同意你的方法的！"

　　"再不行动的话，陈颂……江铃，拜托你，帮我这一次吧。"我无法责怪她，毕竟我自己连一次远门都没出过，离开东湾就是睁眼瞎，何况这次还要照顾一个需要保护的失聪女生，谁能够放心呢？

　　"就算我能帮你瞒过陈颂的妈妈和我的父母，你的父母那边又该怎么办呢？难不成你已经让万洋帮你收拾烂摊子了？张舸，你成熟点好吗？因为你的冲动，我们可都得提心吊胆过好几天！而且你有把握成功吗？万一……"

　　"那你想陈颂就这么离开东湾吗?!这是好不容易得到的机会！我一定会做到的，不光是为了陈颂……也为了你！"

　　争执过后，我和江佳铃不作声地坐了好久。最后，她将自己胸口的香囊递给了我，并选择把决定权交给陈颂："如果陈颂真和你走了……你要答应我，当她回来的时候，一定是笑着的。"

　　江佳铃妥协了。是因为没有更好的方法吗？是无可奈何才这样做的吗？是她赞同了我的想法，还是说……江佳铃只是单纯地说服了自己，愿意去信任我？

　　"那你也要答应我，如果我带回了一个坚强的、阳光的陈颂，在演出那天，不仅是她，你也要一起上台。"

　　"你说什么？"江佳铃瞪大了眼睛。

　　"具体的之后我会和陈颂讲，也会去求纪委帮忙。但是你要答应我，这次的表演，你也要一起！陈颂毕竟受了伤，而且在她受伤后就一直搁置练习了,就算最后她上台,你难道不担心她一个人的状态吗?"在说出劝慰的话语后,我的表情中也露出了不甘,"难道……你还想让自己再留下遗憾吗?"

沉默许久后,江佳铃终于不再逃避了。她做了个深呼吸,对我应允了同意的承诺,那坚定的眼神成了我现在充满干劲的另一个理由。

就算是为了报答江佳铃还有我弟弟万洋的信任,我也一定要保护好身边的女生。强忍着思念和心中无法说出的痛苦,我轻轻摸着身边陈颂柔顺的头发,然后是脸颊。她的脑袋有点肿,右额头还留着淡淡的瘀青。

那么,走吧!属于我们两个人的旅行,找回悬铃木以及勇气的旅行。

就要检票了,陈颂仍然揉着自己哭红的眼睛。在去车站的路上我都紧握着她冷到吓人的手,要拿画板写字的时候,也都是让她先抓住我的衣角才能安心。

我摸了摸背包,这里面是我的换洗衣物、证件、食物,还有钱——除了自己攒下的,父母当初给我探望陈颂的那笔费用也正好派上用场。

除此之外还有地图——我回到了陈颂妈妈的家里,借着看陈颂房间这个理由,拿走了陈颂收集树叶的本子。我不认为陈颂的妈妈可以放心让这种状态下的女儿,去跟一个刚认识几个月的男生单独出去。我也有些后怕,万一出了什么事情,我无法向这位慈祥的阿姨,以及自己的良心交代。

但我必须这么做。我一定要让陈颂,还有江佳铃能以最棒的姿态登上舞台!

"陈颂,该出发了。"我拉了拉陈颂的手。

陈颂明白了我的意思,她赶忙擦了擦眼泪,露出大大的微笑。

这样的表情,有多久没有看到了呢?

12月22日凌晨三点四十五分,张舸和陈颂,只有两个人的旅行,开始了。

沉闷的气氛让人头脑发昏。因为时至半夜,火车上的旅客大多已经入睡,偶尔也会传来几声婴儿的啼哭。

头点了一下、两下。打了一个哈欠后,我摇摇头,选择强打起精神。

陈颂的手正握着我手腕上绑着的那枚紫色香囊。她的心情平复了不少,大眼睛正看着窗外疾驰而过的万家灯火。

陈颂感受到了我的触碰,她疑惑地望向了我。

我拿出手机快速码字:睡一会儿吧,我来看着就好。

陈颂轻轻摇了摇头,但她的哈欠出卖了她。

当她进入梦乡,身体有规律地微微起伏后,我开始考虑下一步的打算:等到太阳升起的时候,我们就会到达中转站童州,之后转车乘高铁,前往地图上的目的地,继江。张舸,你可以做到吗?你能够照顾好这个小丫头吗?前方会有什么继续等着我们呢?是悲伤,还是救赎呢?江佳铃、万洋他们,能够帮我瞒过去吗?

火车的轰鸣声越响,我就越是感觉安静。我瞥了瞥躺在自己肩膀上的陈颂:她的面庞有些粗糙,不自然的血痕仍然存在。她的睡脸很安静,纤细的睫毛微微摆动,呼吸的小嘴唇旁有一丝口水即将流出。

帮陈颂擦了擦嘴后,我再一次环顾着近乎完全沉寂的车厢——这些素不相识的旅人都是为了什么才选择在漫漫长夜中劳神奔波的呢?

为了打发时间,我拿出了耳机。但在准备戴上的时候,我犹豫了——还是算了,陈颂不需要这种东西,那我也不需要。

闭上眼睛,芜杂的思绪怎么也无法清空,9月以来的种种过往在车窗的光与影之间不断变化:元旦会演能赶上吗?她还愿意穿着会暴露自己伤痕的演出服,展现自己温柔的嗓音吗?

一夜未眠,然黎明已至。我们终于踩在童州那坚实的地面之上,头顶是略显阴沉的天空。雾气更浓了,耳畔依旧是悠长深远的轰鸣之声。

我牵着陈颂的手,我们一起将那枚垂下的紫色香囊握在手心,准备走进售票大厅。

突然,一个人影猛地从前方跑过,他走得很急,撞了我一下。

我失去了重心,不过还是赶快稳住了陈颂——太好了,她没被蹭到。

"对不起。"穿黑外套男人的声音很轻,他没有停下或者回头,快步走开了。

想必他是赶车所以很急……唉,大家都不容易。

"走了哟?"我站稳后拉了拉陈颂的手。

"嗯!"陈颂再次露出了笑容。

接下来是朝继江方向的票。走到售票机前,我很自然地将另一只手伸向裤袋。

空的?!我的钱包呢?!虽然大多数钱都装进了背包,但是钱包中依然有三百元零钱。最重要的是地图,那张小地图也被夹在我的钱包里啊!

我的脑子里嗡了一下——怎么能这么粗心!当初应该拍一张照片才对啊!

我出汗了。

难道是掉在火车上了吗?不会吧?冷静,冷静,再想想……

"是那个男的!"我的表情从疑惑变成了气愤,一股热血涌上了脑子——我还能看见他,他是扒手!不行,他会跑掉的!

陈颂不知道发生了什么,只是疑惑地看着我现在阴云密布的脸颊。

"站住!"我朝着那个男人的方向大喊起来。

就是因为世界上有太多这样的人,所以才会有那么多的不幸!为什么素昧平生,你却要对我们做这种事?你知道那张地图对这个女孩子意味着什么吗?你怎么可以这么随意就拿走别人珍贵的东西?!自私!无耻!社会的渣滓!你和之前那个黄老赖,和撞陈颂的那个混蛋有什么区别!这是你第几次这么做了?你用这种卑劣下流的做法,到底毁掉了多少愿意相信美好的纯洁之心?!不光是为了陈颂,也为了每一个被你偷的人,我要打断你的爪子,打断你那双什么都要据为己有,什么都要扯到粉碎的脏爪子!!!

我再也克制不住心中的冲动,松开了牵着的手开始狂奔。脑子里现在没有别的,只想立刻抓住正在逃走的那个混蛋。明明一夜没睡,我却不知从哪儿来的能量,双腿感受不到疲倦和累,呼吸也没有力不从心,不是我支配身体,而是身体支配着我越跑越快。

第三十章　旅途中的风景

男人听到了我的喊叫和脚步声,他慌了,面对无处可逃的人山人海,他心一横,将我的钱包扔向路的另一边。

我没有去管——我已经受够了,我也需要发泄,我也压抑得太久了!

男子看我还不肯放弃,索性停下脚步朝地上啐了一口,他也彻底急了。

"你这人渣!!!"我一脚就把正在抽刀的男人踢了个踉跄,而后迎着他就扑了上去,一点畏惧的意思都没有。

扔掉他的刀子之后,我粗暴地扯过男子,抡起拳头就打。男子比我壮,他不认为自己有理由会输。几秒之后,我就被反过来扯到地上,无数的拳头朝我袭来。

我似乎回到了过去那种整天和别人用拳头说话的日子。但是这次,我还击的理由不再只是麻木的条件反射、毫无道理的求生欲和赌气的幼稚想法——我不能容忍努力的人一无所获,游手好闲的混蛋却逍遥自在的故事结果!!!

所以我不能输,我绝不能输给这样的人!这样的痛,对比陈颂和江佳铃受过的痛苦……算得了什么啊!!!

我大喊着扯起他的衣服,不知从哪里来的力气,只觉得瘦弱的双臂充斥着沸腾的热血——和他拼了!

男子被我重重地摔翻在地,他是真被吓到了,一边捂着背一边向我告饶。

我是一台已经暴走的机器,周围的人说什么都听不见了,周围发生了什么我也不知道。我扑到男子的身上,准备向已经放弃反抗的男子……

"张舸哥,快住手!"自我的领域被划开一道口子。背着大包的女孩子紧紧拉着我,呜咽的声音从我的背后传来,"别打了!没事了!钱包已经回来了,东西都在!都在的!"

我猛地回过了神,我看到了自己手腕上绑着的那个紫色香囊,一时间不知所措——我这是怎么了?我怎么能为了发泄心中的愤怒就违背同江佳铃的约定,将什么也听不见的陈颂扔下去追那个扒手呢!!!

我的全身瞬间软了下去。男子抓住机会,跌跌撞撞从我的身下爬了出来,消失在人潮之中。

确认了钱包里的一切都完好无损后,我终于平静了下来,眼神也恢复了光彩。微笑着的陈颂正乖巧地等在我的身边,恍惚间,我又将她当作了记忆中的那个小女孩。

"对不起。"我跪在地上,伸出双臂,将这小小的身躯拥入怀中,以此慰藉那份乱作一团的复杂心境。

"张舸哥,别怕,别怕!我在这里,好好的,就在这里!"乌黑的秀发、乌黑的眼睛、白皙的皮肤、甜美的笑容。她拍了拍我的后背,再次露出了一个大大的微笑。

我眼中映出的人儿究竟是谁呢?我究竟,是在对谁道歉呢?

……

无数的雨滴打在窗上,接触的瞬间,它们马上就被拉成一根根细长的银丝。我和陈颂总算是坐上了前往继江的列车,距离到达目的地还要一个小时。在遭遇了和小偷的纠缠后,陈颂不再总是握着我的手了,她更倾向于握着我的手腕,或者干脆就是抓住那枚紫色的香囊。

这是陈颂的态度,她不想过多依赖我。

或许是我太小心了?不过我也确实是被吓怕了。我甚至产生了错觉——更需要被扶持的是我。不是陈颂离不开我,而是我不愿意放开她的手。这不是占有欲或者保护欲,只是当我握住她的手时,会莫名感觉安心。但话又说回来,只靠她一个人是绝对不行的。她还没有恢复,我必须要在她身边。

等等,我这是什么想法?总是担心她做不到,总是要让她在我身边,而且还是以"关心""为了她好"这样冠冕堂皇的名义……我这样的态度,和陈颂之前一直抵抗的她妈妈的态度,不是完全一样了吗?!

静下来一想,就算我将陈颂约了出来,如果我一直握着她的手,不也等于是在束缚她吗?不就等于强行把她留在我身边了吗?如此一来,这段旅程不就毫无意义了吗?

第三十章 旅途中的风景　　387

不行,我得相信自己身边的这个女孩,相信她和我们一样,相信她能做到!一味的保护只会适得其反,总有一天陈颂会展翅高飞,离开我,离开江佳铃,甚至离开她的父母……试着去成为她羽翼丰满前托举的那双手,而不是牢笼或者绳索,这才是我该做的事!

我刚下了决心,口袋的手机就响了起来。

是江佳铃,现在的时间她应该在家。

"江铃,怎么了?"

"你还问怎么了,上午很多人跑过来问我你去哪里了呢!为什么你不见了大家第一感觉都是我会知道啊!"江佳铃的语气哭笑不得。

"实在不好意思,保密还顺利吗?"

"还好。学校这里我帮你请假了,你不用担心。上台的想法我已经告诉月桐了,但是行不行现在还不好说。还有,你带走陈颂的事我和我父母坦白了,也和班主任说了一点点,但是关键部分没有透露。"

"江佳铃,你、你可别吓我啊?!"

"你出都出去了,还怕什么?不过咱们可得有言在先,你每天得至少和我汇报两次小颂的情况,而且得是图片,这也是我父母的意思。我们家当然信得过你的为人,但是再怎么说,你们一男一女瞒着其他人走这么远的路,还是得有人知道你们在做什么,如果有几个大人知道,那就更稳妥些了。而且让班主任知道也不是什么坏事呀,因为他也可以反过来帮你保密对吧?你这事到了万不得已也只能指望他压下来,要是学校知道你的行为真的就完蛋了!不过说到底,最难隐瞒的是你的父母啊,他们要是知道你逃学带着小颂出省……"

"行了行了,你可别给我再增加心理负担了。告诉你吧,听说我要住到万洋家的时候,我的父母居然拍手称快、欢呼雀跃,我看他们早就等不及享受二人世界了!不过他们可没你的父母那么开明,要知道了我实际在干什么,回来非把我打死……江铃,又麻烦你一次了。赵慎、班长、姚蓝、纪委都是我的挚友,说也没关系。还有杨小白,她是老大的女儿,还能指望她为我向老大求情。但你可帮我说好了,不要让她在占卜的时候瞎讲,至于其他人,能瞒一个是一个。"

"好。小颂状态怎么样,没什么问题吧?"

"她正在适应,不过也不能操之过急就是了,毕竟到目前为止我们也只是坐在车上,还没到地方呢。"我确认了陈颂没在看这边之后,继续与江佳铃对话,"你还好吗?彻底恢复过来了?"

"嗯……对不起,让你看到了我软弱的一面。已经没关系了,无论是情绪还是身体,我都有信心,现在只等你们回来了。"

"纪委可真厉害,她究竟是怎么把你劝好的?"其实我更想知道为什么江佳铃会在得知陈颂出事的消息后一度失态成那副模样,但我总觉得江佳铃并不会回答这个问题。

就算陈颂与江佳铃过去的样子很像,就算经历了长时间的相处,但是对于我所认识的江佳铃而言,会有如此激动甚至疯狂的反应实在太奇怪了。包括后来陈颂住进江佳铃家,江佳铃的父母也非常疼爱她,我能感觉到这份疼爱是特别的,并不是谁都能够获得的。

只是因为陈颂与江佳铃的相貌相似而已吗?

"张舸,张舸?你在听吗?"

"啊,抱歉抱歉,我发呆了。"

"真是的,我嗓子都说干了,结果你根本就没听。"

"怪我,我认错!你能不能再……"

"不讲了!没听到就算了!哼!"江佳铃闹起了别扭。

不管怎样,江佳铃算是恢复到我希望的状态了,而且她还在走出悲伤情绪的同时决定直面自己的过去,拿出勇气再次登台跳舞。顺利的话,我记忆中的那个女孩即将在几天后,于万众瞩目中回归……既然结果是好的,我也没必要继续去追问缘由与过程了。

当务之急是帮助陈颂找到最后一棵悬铃木的树叶。

"还有啊张舸,你们到继江已经是下午了吧,准备怎么办呢?直接去找树吗?我看了一下天气,继江在下雨,说不定一会儿还要下雪呢!"

"我想先找旅馆,等到明天再去找树。至于旅馆……小颂要怎么办

第三十章 旅途中的风景

呢？她的身份证你是给我了，但是……"

"当然是你一个人开房间啦！你先开房间，小颂直接进去就好了。好笨啊，两个房间的开销，你也没这么多钱吧？省点钱。"

"可是，这不太好吧……"

"你不是总把她看成你记忆里的某个小孩吗？那你继续这么看不就好了，这样住在一个房间也没关系了吧？"

"把她看成你？你这说得我更迷糊了……"

"你可别误会我的意思。张舸，你也知道陈颂的特殊情况。她如果一个人住旅馆房间，门关上后敲门都听不见，出事了要怎么办？所以你们还是住在一起好，当然了我这是客观分析，你有什么主观困难可以说出来，或者你自己判断。"

"嗯，我知道了。谢谢你。"我望着手腕上的小香囊，坚定了自己的想法——江佳铃说得没错，陈颂这种情况，出门在外还是两人一起更方便。

"不客气，我们谁跟谁呀。"

挂断电话后，我小心翼翼地将睡着女孩的手从香囊上移开，前往列车的卫生间洗了把脸。我望着雾气腾腾的镜子，想起了江佳铃曾对我提过的，那个在初中时曾给予陈颂帮助的少年。

不知怎的，我觉得镜子里的我渐渐变得像是另一个人了，虚幻且不真实。我试着将手伸向了镜中人，可最终只接触到了冰冷的镜面——如果是你，你会怎么帮助陈颂呢？会和我一样鲁莽吗？会和我一样拉着她的手不放吗？

如果可能的话，我还真想和你见上一面啊！升入高中之前的陈颂，如果我能了解更多关于她的事，想必我也可以将她的形象，与另一个她分得更加清楚吧？

而且想见你的人不光是我，还有陈颂。她可是直到现在都在等着你回来啊！

第三十一章

雨海的约束

继江真的在下雨。水洼被浸满、溢出……车站之中,潮湿的泥土味格外刺鼻,几朵小花正饱受滂沱之摧残。因为排水系统不是很好,地面渐渐成了涓涓细流。

袖子被拉了一下:"张舸哥?你在听吗?"

"啊?什么?不好意思。"我连忙看了看椅子另一边的女孩。

陈颂的身前摆放着一碗牛肉拉面,因为雨天的关系,暖暖的白气更加明显。它们扑拂过陈颂的面颊,让她似乎置身于云雾缭绕的仙境。

"人家说,学校真的没事吗?你的家里人发现了怎么办呢?"陈颂对我眨了眨眼睛。

我先吃了一口热乎乎的拉面,而后从口袋拿出手机打字:放心,有江佳铃在,出不了事。

陈颂又眨了眨眼睛:"佳铃姐真的是好人呢!张舸哥,如果有时间,能讲一讲你和佳铃姐姐的事吗?"

"唔。"我正大口吸着面条,被她这么一说,马上就呛到了,"她不是和你讲过很多了吗?"

"嗯?"陈颂疑惑地看着我的嘴巴。

我赶快在手机上把刚才的话打了出来。

"佳铃姐姐讲的,大多是和你一起的事,有些干脆就是你的事,自己的事反倒很少说。我很好奇,为什么你们会变成现在这种关系?你看,你们也不是家人,也不是那种关系,却很亲密,而且你好像非常听佳铃姐的话,这是为什么呢?"陈颂不好意思地开口了,"你颓废的时候,佳铃姐姐帮你,就像你现在帮我一样吗?"

这次旅程是在江佳铃和万洋的协助下进行的,万洋是我弟弟,他帮我或许是理所当然,而江佳铃和我非亲非故,在陈颂看来确实很费解吧。

不过被陈颂这么一说我才意识到,不知从什么时候开始,我早已经把"有江佳铃陪在身边""与江佳铃商量问题""和江佳铃一起做些什么"看成非常自然的事情了。我和她似乎都习惯了对方的存在。除了因为躲避传销男而发生肢体接触的时候,自从重逢以来,我几乎从来没有想过类似"江佳铃是一个女生"这样的事,也几乎从来没有考虑过,如果有一日我的生活中不再有她出现,那会是一种什么样的场景。

可眼下,由于陈颂就在我的身边,由于她即将离我们而去的可能,由于那个与她相似的小女孩的形象已经永远成为过去,我不由得去思索一些很虚幻的事:半年后,当我与江佳铃迎来毕业之时,我们是否还能像现在这般亲密无间?我们是否能习惯彼此不在身边?我们……是否会想办法再次走在一起?

"张舸哥?"陈颂看我迟迟没有回答,有些沮丧地低下了头,"对不起,我还是不问了。"

"这没啥,我会告诉你我们的故事!"我将拉面的汤一饮而尽,"不过要等找到树以后,就当是奖励,怎么样?"

我拿出手机,将这些话打成字。

陈颂笑了起来:"真的吗?我可以听吗?"

"当然了。"打完字后,我指了指陈颂的拉面,"傻丫头,快吃饭吧。"

"嗯!"陈颂手舞足蹈地举起筷子,精神满满绕起一大圈拉面,然后呼呼地吹了半天。

走出店铺后,我撑起从车站购买的那把贵到要死的大破黑伞,率先走进雨中。

得到我的指令后,陈颂吸了一口气,很精神地从台阶上跳了下来,跳

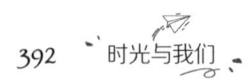

到这个被雨水打湿的悲伤世界中,跳到我的身边,跳到这暂时的遮蔽下。

滴答的声音在上空响着,肩膀和裤脚被飞溅的雨水刮湿,她握住了我手腕上的香囊。

当我和陈颂在雨中寻找住处之时,天气晴朗的东湾县却是另一番景象。

东湾一中的下课铃响了。停止书写的江佳铃摘下了红框眼镜,她伸了个懒腰:"好累……哇!"

"江佳铃!"一向男孩子气的姚蓝突然撒起了娇,她不光抱住了前任同桌,还用双臂缠住了江佳铃的脖子,将脸颊贴过来一个劲蹭着,"告诉我吧!张舸到底去哪里了!好不好嘛!"

"姚蓝,别、别这样。"江佳铃正在打哈欠,因为惊吓,她差点从凳子上摔下去。

"说嘛说嘛!"姚蓝继续蹭着,"你看,你戴的那个护身符都不见了,你绝对知道嘛!"

"佳铃,这是怎么回事?你怎么连那个香囊都给别人了?"正想闭目养神的张月桐突然瞪大了眼睛。

不光是她们俩,包括赵慎、王家杰在内的几个男生也带着胡编乱造的"张舸逃课历险记"前来掺和,而一向以占卜著称的杨小白那儿也有着几个热衷吃瓜的群众叨扰。

江佳铃被姚蓝抱得满面通红,不好意思地小声结巴着:"姚蓝,别抱了啊……你听我说,其实、其实张舸说了,告诉你也没关系。"

"哇!真的吗?"姚蓝的眼睛放起了光,"他真的这么说吗?只有我一个人?"

"你小声点啦。"江佳铃捂住她的嘴巴,在她耳旁低语道,"张舸还说,王家杰、赵慎、月桐,包括杨小白都可以告诉……"

"什么啊?这不等于他那些狐朋狗友都知道了吗!亏我还以为只有……哼,臭张舸!"姚蓝的表情瞬间从受宠若惊变成不爽,不高兴地鼓起了腮帮。

第三十一章 雨海的约束 393

接着,在江佳铃的暗语眼色下,二楼的楼梯旁悄无声息、好似偶然地聚齐了六个人。

"你说什么,张舸他……唔唔唔!"张月桐正在惊叹,杨小白突然从背后跳起来捂住了她的嘴。

姚蓝将手握得作响:"他居然把小颂拐跑了! 他不会借机对小颂做什么吧?"

"这你放心,现在的张舸早就变成胆小鬼了,有贼心没贼胆啊!"赵慎大笑着点了点头。

王家杰的反应倒不是很激烈,但是班长的头衔让他的嘴不能就这么闭着:"江铃,你知道自己在干什么吗?"

"可这也是个方法吧? 而且不出意外的话,明天左右他们就会回来了。"江佳铃心虚地将目光移开了,她也知道自己在纵容某人。

"这个办法……至少是面向未来的吧!"杨小白嘀咕了一句。

"只有一两天的话,应该没什么……"张月桐松了口气,她挠了挠江佳铃的黑眼圈,"佳铃你没有好好睡觉呀,不能这么脆弱哟。"

赵慎也凑了过来,他半开玩笑地来了一句:"该不会是一睡下就会听到什么恶魔的低语吧?"

"倒不如说是没听到……抱歉抱歉。"红发女孩继续对大家苦笑着。

王家杰索性亮出了底牌:"江铃,难听的话我就不说了,可是你确定不会败露吗?"

江佳铃的蝴蝶结没什么精神:"我和家里说了实情,和小颂的妈妈说……小颂还住在我们家……张舸家那边好像是由万洋负责稳住的。"

王家杰像是吃了坏掉的东西,他的眉毛扭成了一个倒"S",脸色也十分难看。

"亲妈耶! 你、万洋,你们这是帮凶啊!"赵慎已经没了之前插科打诨的豪爽,他压低了声音,哆嗦着嗓子发表意见。

"就是说啊,要是有一个地方没对上,不就坑了吗!"

"佳铃,你这样做实在太危险了!"

394　时光与我们

王家杰做了一个暂停的手势,叫停了七嘴八舌的讨论:"打住打住,我说啊,现在责怪张舸和江铃也没用,既然我们知道了真相,人家也拿我们当朋友,也只有帮着撒谎了吧?"

"这什么乱七八糟的,那我还不如不听了!"赵慎的表情比哭还难看。

"谢谢大家!谢谢大家了!"江佳铃叠着手,对其他人道谢。

……

我把房间的门再次关了起来,然后长长舒了口气——现在又回到小小的、安全的世界了。

陈颂很精神地扑在床上,小小的身体在洁白的床单上一弹一弹。这是个很普通的房间,一个大床,一个小床。我先开房间,随后将陈颂带了上来。

稍作整理后,我打开陈颂的地图,对着继江市的地图开始寻找悬铃木的下落。突然间,一团白色的东西砸到了我脸上:"哇!"

只见陈颂蹦蹦跳跳从洗手间跑了出来,用和我手上的那团白色一样的东西摩擦着头发:"张舸哥,快擦擦头吧!"

"啊,嗯。"我胡乱用了用这华而不实的大毛巾,而后拿起手机打字:你先看电视吧,或者洗个澡也可以。那棵树离这里不远,明天我们一起去找。不出意外明天或者后天就回家,好吗?

"嗯!张舸哥,谢谢你为我做这么多!"陈颂打开了电视,一个点播频道正在放卓别林的喜剧默片,这无疑是个很好的选择。

"没关系。"我小声嘀咕了一声,走向窗边拉开窗帘。暴雨越下越大了,无论怎么打电话都找不到在这种天气送餐的店家。虽然我可以用宾馆里价格虚高的方便面充饥压饿,但我并不想陈颂也这样。几经考虑后,我决定一个人出去买晚餐。因为陈颂听不见敲门声,所以我和她做了约定,一个小时之内回来。

"不好意思,为了方便,房卡就拿走了。"把打着文字的手机和紫色香囊一并交给她后,我晃了晃手上的房卡。

"嗯!"陈颂精神地点点头,她挥了挥手,"拜拜,早点回来!"

弥漫着霉味的走廊略微潮湿,幽暗的灯光很是宁静。雨越下越大,玻璃窗被雨水糊上了厚厚一层,无法看清外面的世界。

宾馆大厅的电动门开了。迎接我的是呼啸的狂风,它们像迷路的动物,在一切可以被晃动的东西旁痛苦地呻吟。灰蒙蒙的天空正在疯狂落下要将一切都浸透的滂沱大雨,能见度不足五米的现实让我在心中打起了退堂鼓。

"不行,还有人在等我呢!"我呼吸了一口土腥味,迎风撑伞跳入雨中。

宽阔的大马路上近乎无人,扑面而来的寒潮裹挟着逆流。随着天空的一声响雷,风速突然间变得更大,它们逼迫我用双手握紧这把黑伞,像是在和什么人进行着拔河比赛。

风婆婆没有收手,看来她是执意要抢走我的保护伞了。十几秒的拉锯战后我失去了重心,手中的那把伞好似长出了脚,它整个翻了过来,而后撒丫子就往后跑。

冷冰冰的雨水淋在我身上,瞬间便把我变成了落汤鸡。顶着自然的威压,与雨水几乎融为一体的我在磕磕绊绊中重新撑起了伞——店铺基本关了门,我必须快一点!

在艰难跑起来之后,裤子的重量变得越来越大。依然是关闭的店铺,依然是越来越大的雨。询问过几个路人后,我明确了目标,心中稍微踏实了一些。然而刚走过路口,焦急的呼喊声便叫住了我:"小伙子!小伙子!"

我停下来,在纷飞的雨花中寻找声源——方向是正在施工的泥泞大路。有一辆车似乎抛锚了,它的后轮正和地上的烂泥进行着紧密接触。

"小伙子,不好意思,帮忙搭把手!"车旁的几个男人朝我喊着,他们也被淋得够呛。

我先擦了擦手表——距离出门已经过了二十分钟,可我还没有买到吃的。现在去帮忙肯定又得耽误一会儿,可是放着不管我的良心又过意不去。

"小伙子,快来帮一下吧!"

"来、来了!"我无法拒绝他们语气中的那份恳求。

乌云密布的黑色天空笼罩着宾馆,手机的亮光让陈颂略感安心,她握着香囊,饶有趣味地看着手机上的新闻。

陈颂闭了几秒眼睛,而后伸了伸纤细的腿,望了一眼手机上的时间——已经过去三十七分钟了。

……

在几位师傅的答谢中,我重新跑了起来,鞋子里全都是水,每一步都像踩了个泡,走起来吧唧吧唧的。就连手也酸得要死,被雨点狂风招呼的同时还必须举着这把不安分的伞。身上的这件外套已经彻底成了新造型的泳衣,上面还沾着一大堆灰和泥,不知道的还以为是什么新潮的涂鸦。

疾行中,我用不安的心情快速扫着道路两边的店铺——一间、两间……终于有了,有家饺子店还开着!

踏入店门,扑面而来的是面食悠然的香气——不算厚的油花为清汤留住温度,喷香的醋味刺激食客的唾液腺,青翠的葱花点缀着碗中热腾腾的白色云雾。虽然店内的布局现在略显凌乱,但到处都座无虚席,厨房的阿姨也忙得不亦乐乎,她一边从内房厨师的手上端来一碗碗美食,一边大声地喊着号码。

"两份馄饨再加一份饺子,带走。"我拿出零钱,放在桌子上。

"好咧!"

我总算松一口气了。陈颂没关系吧,她会不会寂寞,会不会怕黑呢?看了一眼表,距离我出来已经过了五十五分钟了。

呼啸而过的风一次次吹动着餐馆的门,当我数到第五十二次时,那位阿姨的声音传了过来:"72号客人,你的餐好了。"

"谢谢。"把温暖的晚餐用外套遮住,我边出店边打伞。雷声滚滚,风声阵阵,我的裤腿里已经能养鱼了,裸露在外的皮肤也全都失去了温度和感觉。

唯一能做的事只剩下了奔跑——再快一点,马上就要到了!

……

第三十一章 雨海的约束

光秃秃的树被吹弯了腰,漆黑的天空诡异深邃。现在我的脚踝以下完全浸在水中,每次抬腿都得使劲发一下力——再坚持一下,就要到了,已经看见宾馆了!

穿越最后一个街道,在即将到达目的地时,一阵剧烈的妖风险些把我整个人都给掀翻了。在强大的离心力下,我的身子和伞都歪成了 75 度,像被谁抓住了后脊梁一个劲地往后扯。

几十秒后,妖风改变了恶作剧的轨迹。我在阵阵水花中勉强稳住了身子,逃过了"翻车"的命运,惊魂未定地擦了擦被水糊住的面颊,试着看清前方的道路——急速闪过的视线中,宾馆的灯火渐渐清晰。

好像有把蓝色的伞?有人正站在宾馆的门口?

我的视线被雨点冲刷到模糊。虽然只能看个轮廓,但那个身影实在太熟悉了。是江……是陈颂?她要干什么?

撑伞的身子往前挪了挪,而后退了退,又挪了挪。

她准备走出宾馆?!陈颂,不要做傻事啊!不是让你好好等我的吗?这么大的雨,你要怎么出去啊!

"别出来!"我下意识地喊着,可声音在狂风中消散殆尽。

其实没有风也一样。

"不要出来!"我继续跑着,但两只脚就像长了吸盘,当强行摆脱水的吸引力时,大腿的肌肉会因为拉扯无比酸痛。

陈颂没有注意到我这里。她继续盯着面前那片被雨水打湿的地面,准备迈步。突然,一阵气流刮偏了她撑起的伞,小小的身体差点没站稳。

我的心顿时咯噔一下。

当宾馆大门前的那个女孩重新站稳之后,她突然蹦蹦跳跳地挥起手来。

太好了!她注意到我了!激动之情涌上被雨水浇冷的大脑,我赶紧对她做了个"在那儿等我"的指示。雨水模糊着我们的距离,却阻挡不了已经交会的视线。步伐加快后,陈颂的表情正变得清晰。没想到阴云密布的狂风暴雨,此刻居然沦为了她笑容的陪衬。

我看到了闪亮的大眼睛,被风雨揉乱的头发,还有天真烂漫的笑容。

陈颂的身形离我越来越近,她高兴地继续挥手,脸上的笑容足以融化整个冬天,足以让整片苍穹放晴。

虽然我喘着大气,但我觉得自己现在是顺风而行,在齐腰的水中移动双脚的频率也变快了。

然而,爽朗天真的笑容却突然消失了,陈颂的表情变了。她瞪大自己的眼睛,小小的嘴巴有些颤抖,她好像看到了很恐怖的景象,往后挪了一点。

怎么了吗?我看着她这突然变化的表情,不禁慢了下来。

陈颂的表情没有停在惊讶和恐惧中,不到半秒的时间,严肃就爬上了稚嫩的面庞。她猛然扔掉了伞,朝雨中的我冲了过来:"张舸哥!趴下!趴下!"

我被陈颂的反应吓了一跳。

"快趴下!"脑子还没完全反应过来,陈颂就将我一把扑倒在积水中。

我像个砸进湖中的石头,激起涟漪无数。陈颂正气喘吁吁地伏在我身上,我松掉了手中的伞和食物,下意识地抱紧她,避免小小的身子失去重心。

我不知道陈颂为什么会有这么大的力气,为什么要扑倒我。

几乎同时,我的头顶掠过一阵狂躁的飓风,像是有个活生生的庞然大物呼啸而过。接着,玻璃碎裂的巨大响声冲击着我的耳膜。我回过神来,快速从水中立起,双手包裹着陈颂柔软的肩膀:"喂!陈颂!你还好吗?"

因为起身,我的目光从黑色的天空转到了前方亮着灯光的宾馆大门。大厅的地面闪烁着点点残光,那是碎掉的玻璃。再定睛一看,宾馆侧门正嵌着一块近乎折断的巨型广告牌。

"藕断丝连"的广告板又扁又平,活似一把方形的刀片。乘风飞行的速度,加上同玻璃相撞的巨大冲击力让原本平滑薄长的广告板完全变形,折损的轮廓清晰可见不说,在碰撞的核心地带甚至窝起了一大块。

我倒吸了一口凉气——原来当时掠过头顶的,是个可怕的刽子手。

第三十一章 雨海的约束

这样一把危险的"飞刀",要是伴着狂风直接砸上我的后背,没准会直接卡进我的身子。再夸张一点,连脑袋都能直接削下来。

"张舸哥你没事吧!有没有受伤?"在我怀中的小身子动了动,她的表情恐慌且担心,冰冷的小手胡乱触摸着我。是陈颂救了我,没靠任何人的帮助和鼓励,她在看到我身后面临的危险情况后自己鼓起了勇气,依靠本能在一瞬间做出反应,选择扑向了我,扑向了这个可能会让她再次受伤的世界。

她走出来了。

"谢谢你。"百感交集之下,我扶着陈颂的肩膀,说出了内心的话。

陈颂读懂了我的唇语,她莞尔一笑。

不知过了多久,陈颂从我的身上离开,低头在水中寻找着伞。我们的晚餐已经彻底阵亡了,馄饨和饺子完全碎成了齑粉,周围还漂着油花。

不一会儿的工夫,她将伞递了过来。接着,陈颂轻轻抓住了我湿透的外套一角。

愣了一秒后,我也收回了停在空中的手。

在微妙的氛围中,我们相视一笑,朝着临时的小小居所迈步而行。

第三十二章

旅途的终点会有奖品吗?

浴室的门开了。穿着粉色睡衣的陈颂蹦蹦跳跳走了出来,她的周围散发着白茫茫的热气,像是个从幻境中走出的小天使。在小天使的上方,中央空调吹着我们早就湿透的外套,以及正冒着热气的两碗方便面。

"张舸哥,换你去洗喽? 哎嘿!"陈颂蹲了蹲身子,用蛙跳蹦上自己的床。不过由于脚底一滑,本该完美的动作变成了屁股着地。

因为突然间接受重量,床开始了倔强的反抗,它将陈颂的身子往空中弹了弹。

"呜!"等床安静下来,陈颂闹别扭地从床上坐了起来,一脸嫌弃地揉了揉自己的屁股。

我强忍着没笑出声,将手机放在一旁,走进热气腾腾的浴室。

温热的水流过我的身躯,重新激活了全身冰冷的皮肤。

对我而言,这是短暂的放松。

如果不是我及时赶回来,陈颂甚至准备去找我了。现在想起来还是后怕,究竟是多大的信念和决心,才能让陈颂在那种危急时刻,选择跑到我的身边来救我呢? 那个瞬间,或许连她都不知道自己居然会这么勇敢吧? 微笑安抚了我心中的惶恐和不安,似乎外面的世界也不是那么遥不可及。以我的"生死存亡"为代价,陈颂再一次、再一次、再一次迈出了步伐。

没有我牵着手也可以了吧? 无论过程有多么艰难和曲折,一切都在朝着好的方向发展,对吧?

我将浴室里镜子上的水汽擦掉一块,果不其然,镜中人好像并不是我。

"请让她再次飞向天空吧!"镜中人对我微笑了。

我沉默了一会儿,换上篮球服走出浴室。

电视里的体育新闻已经结束了,现在正直播足球赛。我爬到自己的床上,拿起遥控器,顺便望了望对面床上救过我的女孩子。

陈颂正在玩手机,她打了个哈欠,揉揉眼睛,不好意思地看着我。

"困了就睡吧,明天还要早起找树呢!"我对她摆出了一个睡眠的姿势。

陈颂点了点头,她拿掉头上的浴巾,朝我递手机和香囊。我对着她伸手的方向斜起身子寻求靠近,两只手隔得很远。

够不到,我和陈颂都努力地伸着手,但是距离并没有缩短。如果我仅仅这样做,总有一天会再也触碰不了她吧。

"哎嘿!"被我的滑稽动作逗乐的陈颂晃了晃手上的物件,奋力扔了过来。

带着她温度的手机和香囊在空中翻转着,我调整好呼吸,伸出双手稳稳接住。那之后,她与我相视一笑。

半小时后,我刚收拾完空空如也的泡面盒子,手机铃声就响了起来。

"张舸,你们在宾馆吧?"电话的另一头,江佳铃的声音很焦急。

"这么大的雨,还能去哪儿呀?不过也湿透透的了,真败气。"我想了想,还是把今天的经历咽了下去。

"那就好,你们洗过澡没?我给小颂准备的衣服在你背包的夹层里,你看到了吗?还有啊,洗完之后你一定要嘱咐小颂把头发吹干……"

"知道啦知道啦,你就放心吧,陈颂现在正休息呢。要是什么事都得等你提醒才做,黄花菜都凉了。"我无奈地叹了口气,"还有啊,你给陈颂准备的那都是啥衣服,幼稚死了,她又不是小孩子。"

"那是我初中时候穿的嘛!"江佳铃丝毫没把陈颂当作高中生看待。

"我怎么不知道你初中的时候还这么幼稚……"

"要你管！真过分！"江佳铃有些急了，不过几秒之后，她的语气再次变得认真起来，"张舸，你好好听我说，这件事我必须告诉你，是从陈颂的妈妈那儿听来的。"

"陈颂的妈妈？她已经知道陈颂不在你们家了吗？"

"你放心，暂且还没穿帮，毕竟我的父母也在帮忙。但这样的理由也撑不了多久，你们要加快速度。"

"那……你刚刚想说的是？"

"陈颂的爸爸要归国了。"

"这个我们已经知道了吧，没关系，只要……"

"他准备带陈颂出国去治耳朵。"

我的心里咯噔了一下，像是打翻了五味瓶一般："这么……突然的吗？"

"是的。听说对于小颂的耳朵并不是一点办法都没有，类似她的情况是有过重新获得听力的先例的，所以……"

名为希望的光芒充斥着我的内心，身体里的血液似乎都沸腾了起来。但不知怎么的，仅仅几秒后，情绪就转化成了失落和悲伤。

"你的意思是……陈颂注定会离开我们……即使我这次能找回那个活泼开朗的她？那我现在做的这些……究竟是为了什么呢？"

原本以为，只要让陈颂找回自信，她就能继续陪在我们身边，可是……

"张舸，我知道你舍不得……但是我们早晚都要和陈颂分开的。何况你做的不是无用功，你可以让一个自信的小颂和她父亲见面，既然要分手，为什么不能笑着说再见呢？不是悲伤地离开，她离开我们是为了去治疗耳朵，她可以变得更好，不是吗？"

江佳铃的话让我心中的不舍有所释怀。没人比她更理解分别的感受，而且说到伤感，同陈颂朝夕相处的她应该更难过才对。

现在的江佳铃已经彻底恢复成她平时的样子了，她是在将自己的悲伤和不舍之情都处理完以后才给我打的这个电话。

"谢谢你告诉我,我会和陈颂说明的。照片马上发给你。"又聊了几句后,我同江佳铃道了晚安。

就好像命运的玩笑一样,明明我才认为放手已经彻底没关系了,可这个女孩的去留,从一开始就不是我所能决定的事情。

第二天清晨,我和陈颂的寻树之行开始了。江佳铃给的外套和围巾派上了用场,我得感谢她的细心。

前方不远处,在冰上晃来晃去的小丸子头张开双臂尝试滑行,到底是学过了舞蹈,她的动作看起来非常轻盈。

"慢点啊……地铁站,我看看。"我收起地图,急急忙忙跟了上去。奇怪,这里刚刚来过吧?我焦头烂额地转起了圈子。

滑啊滑,陈颂一直处于自娱自乐的状态,完全没有将寻路放在心上。

我已经找了半个小时地铁站了,该死,这时候要是万洋在就好了。

当"清晨"的概念让位于"上午"后,几缕阳光也适时地从天空洒落,将街道上的两道影子拉长。

我们终于来到了目的地。

没有熙熙攘攘的人群,没有清脆的虫鸣鸟叫,整个公园都显得十分寂静。因为昨天的大雨,健身的设施全都结了一层厚厚的冰,原本开放的喷泉也早已关闭,一派暂停营业的光景。

冬天可真让人讨厌。

我看了看周围——两旁的树木大多光秃秃的,地上的落叶倒是不少——心中不自觉地犯起了嘀咕:

虽然距离暴雨的中心地带很远,但那棵由陈颂父亲所种下的悬铃木,真的还能保留住一些树叶吗?万一陈颂满怀期待,历经磨难,却看见一棵光秃秃的树……

"张舸哥,不要担心。"身边突然传来了陈颂的声音,连贯而自然,"就算没有树叶,或者,就算树都没有了,这次旅行我也已经找回丢失的东西了!那是真正珍贵的东西,值得我永远铭记在心,携带着它一同前行的东西！我想,这才是我这次,和张舸哥一起出来的目的,对吧？谢谢你,张舸哥！我已经不害怕了,所以没有关系的！我又可以这样笑了哟！"

即使在茫茫寒冬,也依然有努力勃发的生命。春天就在那里,生机和希望就在那里。

我仰头看了看天空中的太阳,自言自语着:"那棵树也是你爸爸的女儿,对吧？她一定也是坚强的孩子,和你一样。所以一定会有的,会有树叶！"

我们继续往前走着,渐渐可以看到一些悬铃木了,陈颂的头转个不停,她的表情对比刚才更加明亮了。

"哈！"陈颂突然开始了奔跑,厚厚的手套抓住了我,"张舸哥,快点！"

"别跑啊,很危险的！"这两排都是悬铃木,陈颂爸爸种的是哪一棵呢？

我们踩着落叶和冰层的混合物,脚下嘎嘣嘎嘣响。

陈颂扫视着面前这一个个安静的思想者。带着怀念和怜爱,她脱掉了手套,缓步向前,伸出小手,一棵一棵地抚摸着树干。精神的丸子头晃来晃去,温暖的手掌贴着冰冷的树皮。她啪嗒啪嗒地走着,表情很是认真。

望着陈颂渐行渐远的背影,我不禁握了握垂下的手,想象着她对我们说再见的场景。

不失落是不可能的,但是我不后悔,对于现在的我们来说,这是最好的选择。不是回到过去,而是继续前行。现在陈颂已经及格了,她可以离开了,即使自己一个人也没问题了。

"就是这棵！"陈颂突然高声喊了出来。她对我挥了挥手,大眼睛绽放着光芒。在众多的悬铃木中,陈颂身边的这棵并无特别之处。可当她放下自己的手后,一个浅浅的、还结着冰的久远符号显露了出来。

巨大的悬铃木遮盖了陈颂的影子,刚刚接受洗礼的它,以如今的姿态,是无法为这个女孩子挡下多少风雨的。

但是不要紧了。

由于地滑,一阵快跑的我险些没刹住车。稳住身子后,我略显紧张地抬起了头,呼应着陈颂满怀期望扬起的脑袋,与她一同寻找着接下来的目标。

丸子头晃啊晃,脚尖踮啊踮。目光逐渐赶上最高点的阳光,却只是看到了光秃秃的树干。

一定有的!再找一找!我们的视线交错寻找着,从这个枝头到那个枝头。

东湾县自古以来就流传着被三石桥祝福、被芷守护的传说。无论身在何方,无论经历多少岁月,这份祝福都会默默守护着小小县城中努力生活、执着追求的人。三石桥的存在我已经见证过了,而如果故事中的祝福与守护也是真实的,就请赐给这个女孩子奇迹吧!

一块小小的阴影遮在我的脸上。那是……一片叶子?!叶子是有的?!心脏般的三角形确实有,而且不止一片!

"真的有!真的有啊!"我将手挡在额头,以便看清树枝。

一片、两片、三片……

"四、五、六……"陈颂也喃喃自语地点着。

七片,一共有七片还未脱落的叶子。阳光洒在陈颂的眼中,覆盖在眼睛上的涟漪正在缓缓散开,变作小小的彩虹。

我们静静看着那些遮住阳光的阴影。突然,陈颂的围巾晃动了起来,丸子头似乎渐渐变为了马尾辫。树梢上,一片小小的树叶被风儿带离了母亲的怀抱,它怀着不舍和勇敢缓缓落下。

迎接它的,是一双同样勇敢,同样坚强的小小手掌。

触碰的瞬间,寂静而庄严。

做到了。

不知为何,站在树下的我,在见证陈颂接住树叶的那一刻后,彻底释怀了对离别的伤感。我还没有这么脆弱。即使会很悲伤也没有关系,因为我还可以在这里,默默地看着你。我可以看着你高飞,看着你从我身边飞走。

季节流逝,岁月变迁。人生路上,有一个听不见的女孩子走了又停,停了又走。曾经的她也会纵情奔跑,曾经的她也知晓鸟语虫鸣。这个坚强的、勇敢的、傻傻的、冒失的女孩子,与你邂逅的岁月,我一辈子都不会忘记。

你和她,是不同的人。

"我做到了!"大大的笑颜在我面前绽放,陈颂骄傲地喊出了声。

"恭喜你,你做到了!"她就是她,你就是你。就像铭记住与她一起的时光一样,我也会将这段日子默默地封存于心。我不能确定它会不会因为时光的流逝而褪色,但是我的人生中确实刻下了你所给予我的岁月沉淀,以及过去两个人一起前行的轨迹。

我们的相遇,是偌大世界中小小的偶然。而这小小的偶然,就是彼此故事的开始。

谢谢你,陈颂。我带着眷恋的目光回头望向悬铃木。在 12 月的寒冬,又经过狂风暴雨的洗礼,那棵悬铃木还会有树叶依附⋯⋯我可以自作多情地将它理解为三石桥的庇护吗?

我的视线变得模糊了,似乎有一个发光的身影正站在那株悬铃木下。点点星光汇聚成一个少年,他倚着树干,欣慰地看着我们。

那张面庞,如今无比轻松。

让奇迹诞生的人,是你吗?是你在守护这棵树吗?是你在守护陈颂吗?你一直都陪在她的身边,是吗?

少年对我点了点头,他的笑容消逝在风中。

"陈颂,你听我说,有⋯⋯哇!"收拾好情绪后,我拿出手机,准备将分别的事情告诉陈颂,但我还没打字,自己就被她拽着跑了起来。

"我真是太太太,太高兴了!张舸哥,来玩嘛!来玩嘛!"顺滑的发丝随风飘扬着,陈颂的笑容是那么甜美。

"玩?玩什么啊?"我望着陈颂前进的方向——出了这个公园,一个高耸入云的摩天轮进入视线。

"哈哈!我注意那个摩天轮好久了!"陈颂只是一个劲地拽着我跑,"这么大的摩天轮我只在电视和报纸里看到过哟!"

"其实我有点恐⋯⋯喂,等一下啊!"我还沉浸在找到树叶的感动和温馨中,怎么当事人反倒换了发动机,突然就超速了。

摩天轮,这危险的玩意,我还真怕它会和赵慎当初说的一样,随机甩出几个幸运观众。

"哈哈,张舸哥你就陪我玩嘛!咱们忘掉一切痛快地玩一场!"陈颂的眼神闪闪发光。

"乖嘞……好吧!真拿你没办法!"我也改变了心情,不再是单纯地被拉了,"抓好了!"

手腕处的香囊快活地跳动着,牵手的我们共同跑向了充满欢声笑语的游乐场。寒冬并没有妨碍陈颂的兴致,从泡芙到炸鸡,从过山车到旋转木马,乌黑的大眼睛中自有一片晴空。她快乐地笑着、叫着,展示着我所认为的,她本来的模样。我们周围不乏各式各样的游客,在悠扬的乐曲中,大家都把微笑当成必不可少的随身携带品。身临其境的舞台表演、惊险刺激的游乐项目、庞大的互动天地、健全的基础设施……人们在这里抛却了令人心烦的世俗琐事,享受由青春和激情所组成的每分每秒。

太阳开始西斜,人群也越发密集了。我们一起走在通往车站的道路上,城市的一角也随之缓缓展开:结伴而行的女孩们笑脸盈盈,你一言我一语地讨论着今天的所见所闻。几个小孩子你追我赶,手中的玩具被摇弄得哗啦哗啦作响。不只是行人的喧嚣,公交、出租、地铁的动静更是此起彼伏,这片天空下的车水马龙共同烘托着、奏响着属于城市的旋律。

我和陈颂停在一家流动式的烧烤摊旁。看着面前这些被烤得嘶嘶作响的烤肉串,她的大眼睛充满了好奇和渴望,缓缓眨着,生怕错过了肉块上冒出油滴的美妙瞬间。每家商店的衣服都非常华丽,橱窗内身着名牌的假人也是动作逼真,使得拿着烧烤的她一路不停地模仿,一会儿抬抬腿,一会儿叉叉腰——尽管略显生硬,可是仔细一瞧,还真像那么回事。

因为陈颂能够享受面前的这一切,我的脸上也洋溢着快乐。伴着轻快的舞步,陈颂的丸子头上下跳跃,她又发现了一块新大陆:"哇哇哇!那个好!张舸哥,跟上呀!"

挑了几秒后,陈颂戴上了一顶牛仔风格的蓝色帽子,对我摆出一个开枪的帅气姿势:"怎么样?帅气吗?"

"不孬不孬!"我举起双手,做出配合的姿态。

谁能想到呢,前不久这个女孩还被困在自我的世界,连出门行走都无法做到。

"给女朋友挑礼物吗?"一个长相甜美的营业员走了过来。

"不,她是我的……妹妹。"我像是开学之初应对街头采访时那样,再次扯了个谎。只不过这次,我是真的思考了一下。

夕阳中,陈颂长长的影子超过了我。在欢声笑语里,我们坐上了返程的高铁。和出门时忐忑、恐惧以及无可奈何的心情完全不同,此时的我们找回了所有失去的东西。

手机里传来了江佳铃欣慰的声音:"长话短说哟,马上就要上晚自习啦……别这么见外,我不用礼物,你和小颂平安回来才是最重要的!不过你最好给万洋带点慰问品,这几天他可是说了大半辈子的谎话呢!"

"这你放心,我的弟弟我不疼谁疼啊!"

"张舸,我也要礼物!"这是姚蓝的声音。

"佳铃你怎么不说最重要的消息呀?"张月桐又抢到了话筒,"张舸,我们这边终于争取到了,佳铃可以与小颂一起上台表演了!!!"

实现了!实现了!全都实现了!巨大的喜悦让我不禁叫出声响,快速将消息转达给了身旁的陈颂。

果然,陈颂的心情与我们是一致的——当知道自己真将得到那位舞伴的协助时,她甚至比我还激动。

"张舸,我个心啊!你还记得我们和班长的小品吗?没剩几天了,再不回来就'海'了!"赵慎的呐喊几乎震穿了我的耳膜,除此之外还有王家杰、杨小白……七嘴八舌的吵闹、充满幸福的日常生活,谢谢大家,我们就要回来了。

"陈颂,我还有事要告诉你。"挂掉电话后,我将文字打好递给陈颂看。

"是你和佳铃姐的故事吗?"陈颂高兴地往我身旁挪了挪。

"这个马上就和你说。不过在这之前,还有更重要的话……"我开始一字一句,将无法避免的离别告知了她。

出乎意料的是,在看完手机上的文字后,陈颂仅仅是沉默了几秒便又露出了天使般的微笑:"谢谢你,张舸哥。"

她的回复非常简短,但这六个字包含的其实太多太多。

"如果是这样,那等我回来的时候,就能听见大家的笑声了呢!"她在用这种方式诉说着再见。

眼角处的晶莹出卖了她,无论她有多么坚强,无论这次的离别是否能得到奢望已久的东西,但是悲伤的心情始终是存在的。

我正想安慰几句,陈颂突然摇起了我的肩膀:"好了好了,该讲你和佳铃姐的故事了,我们说好了的,可不许骗我!"

陈颂的眼睛里仿佛映出三个字——没关系。

我吸了口气,也调整了自己的心情:"好,故事要开始了!"

是啊,不光是陈颂,对于我们每个人来说,故事,才刚刚开始呢!

三十分钟后,我的肩头传来了熟悉的温度,还有温和而安详的声音。陈颂的睡相很甜美,她依然握着那个紫色香囊。

我放下了手机——看来要等她醒来之后才能继续了。

窗外,灿烂辉煌的晚霞照进了车厢。类似我在三石桥上看到的绚丽光芒闪烁在天边,闪烁在窗前,闪烁在我的周围,将我温柔地包裹……

不知从何时开始,我的面前站着一个双手插兜的阳光少年。

"哟!"少年轻松地开口道,"恭喜你,终于做到了啊。"

"悬铃木的事,多谢了。"我的眼睛湿润了,"你现在在哪里呢?陈颂可是一直在等着你回来啊!"

"抱歉,可能的话我也想回去……但是已经做不到了。"少年的眼神中流露出一丝悲伤,"不过我会永远守护着陈颂的,虽然只是那种程度的奇迹,可我还是会尽力去做的。"

"守护,永远?难道你、你……"

"如你所想,这也是三石桥的魔法。"少年耸了耸肩膀,一副释然的神情,"我的使命就是尽力让那个小小县城中努力生活的人能够获得幸福,但是真惭愧,对陈颂的帮助我算是半途而废了,还好有你们在。"

"你该不会是芷的……"

"怎么可能!"少年笑得更灿烂了,他一字一句地说着,缓缓走到我的身边,"如果硬要说,我的祖辈应该算是芷的众多追随者中的一位。虽然并不像她那样被三石桥守护,但是我们的愿望和芷、和她的后人们一致,从古至今都是如此。"

"我们还能再见面吗?"我没有回头,只是咬着嘴唇,"陈颂还能……和你再见面吗?"

"一定能的。"少年怀念般地望向无尽的苍穹,"只要她一直向前走,一直向前走,总有一天……"

"陈颂不会再停下了!绝对不会!!!"

"那就好。"

光和影的变化使我猛然回头,面前的少年,身体正在虚化。

"你……要回去了吗?"

"对,要回去了。"少年的下半身已化作星辰,他对我摆了摆手,"再见了,谢谢你。"

"一定……要再见面啊!"

光芒流逝,少年的笑容散在了风中。

随着一阵颠簸,我睁开了眼睛。看见的是高铁的显示屏,窗外是转瞬即逝的风景,身边是一个正在揉着眼睛的困倦女孩。

"张舸哥,刚刚我做了个非常美的梦。"陈颂激动地摇晃着我的肩膀,晚霞照在她的脸上,如此光辉,"我梦到他了。原来他一直都在,他一直都在我的回忆里、我的心里,默默地……"

陈颂,她已经知道了吗?

"所以……已经不要紧了,即使见不到也不要紧了!"陈颂的眼中闪烁着点点晶莹,她轻轻地放开了手,移开视线,闭上双目。她微笑着,用类似祝福的口吻喃喃自语着,"一直以来……谢谢你了!然后……拜拜……"

第三十三章

纯白的颂别

站到后台时,我感觉到自己心跳声越来越快。

这是今年的最后一天,是决战的日子,是东湾一中举行元旦会演的日子。

"那么各位,让我们一起为这次表演的参与者,加油喝彩吧!"主舞台中央,张月桐刚刚结束了作为学生会长的发言。多亏了她的努力,陈颂的节目才得以保留,并且得到了额外的许可。

"来!准备喽!"在江佳铃的催促下,我们围聚在一起,共同将手伸向了天空,为彼此打气加油。

王家杰和赵慎是我小品演出的战友。王家杰穿着一件马甲,饰演黑心主持人,赵慎则戴着个滑稽的毛线帽,身份是一名普通群众。从回来的那天开始,我们就马不停蹄地恢复了练习。我的表演才能、赵慎的喜感、王家杰的假正经,演出的效果应该是只好不差。

江佳铃和陈颂的节目总算是赶上了最后一次彩排,收获的好评让她们在今天得到了压轴的机会。为了迎接几分钟的尽情绽放,两名相互支持的舞者早已准备完毕:反戴的鸭舌帽下垂着清爽的马尾,清一色的浅蓝吊带衫上,大大的爱心迸发着活力。下半身是黄白相间的短裙,与布满闪光亮片的长靴简直就是绝配。

而且陈颂和江佳铃不光是装束一样,在化了淡妆后——江佳铃特意将自己的头发也染黑了——她们俩给人的感觉好似是一对姐妹花,这是后台每一位参演者的共识。

我不由得想起与陈颂回到东湾县的那一天：我们的第一站是江佳铃的家。我将紫色香囊交还给等候多时的挚友，又怀着无限的感激之情答谢了她的双亲。江佳铃的父母并不舍得陈颂离开，他们深情地抱着她，久久不愿放手。在陈颂曾经住过的那个房间，江佳铃与她待了很长时间，她们似乎交换了很多秘密、倾诉了许多心声；我们的第二站是陈颂的家。回家的这一路上，拿着树叶收集册的陈颂走在最前面，她昂首挺胸、信心满满。当母女相见之时，看着完成约定、宛若新生、目光坚定的女儿，陈颂的母亲再一次流下了泪水——这次的泪水是甜的。

一路走来，欢笑、悲伤与感动交织相伴。如今，陈颂和江佳铃就要登上属于她们的舞台了。我很忐忑，陈颂的临场发挥究竟能达到什么水平，但是当陈颂朝我们竖起大拇指的那一刻，我知道无论结果如何，她早就已经成功了。

况且，这也是她在离开我们之前，最后的表演了。

有多少人会事先知道，这次会演最后的节目会有一个失聪的女生参与其中呢？已经有多久，江佳铃没有在那么多观众的面前纵情舞蹈了呢？我有预感，今天过后，全校不光将记住陈颂，那个一直保持文静优雅形象的江佳铃，也会颠覆掉许多人一直以来对她的刻板印象。

主舞台上，四位主持人在音乐中登场，其中一位是王家杰的妹妹王家谊。而随着那些备受期待的节目陆续完成亮相，会场内的热烈气氛也在逐步高涨。这个由大礼堂改造升级而成的场地座无虚席，灯光所到之处，人人都洋溢着青春的笑容。学生们欢呼着，他们忘却了一切的烦恼和不快，享受着属于现在的美好时光。为了迎接这一天，大多数的人早在一周前便做足了准备，他们的备货清单上不光有成堆的零食、杂志、漫画，还有各种自制的海报牌和应援棒，胆子再大些的还会同万洋一样，将"二粮站"的熟食连同各式新潮的电子产品偷摸地带进学校，找准时机与几个朋友坐而论道。虽说会场内是分班级就座，但趁机到处云游、展示人脉的学生们也不在少数。还有许多学生用这个来之不易的机会坐到了自己心仪的对象身边,在他们看来,舞台上的表演远没有近在咫尺的那张侧颜有吸引力……无论是欣赏节目的也好,还是侃天说地的也好,胡吃海喝的也好,这些几乎每天都在试卷与课本间忙碌穿梭的学生,需要的只不过是一个可以稍加休憩、不被约束的场所罢了。为期一年的学业即将结束,值此岁末之际,可以在伸个懒腰的同时四处看看风景,回顾一下这一年的点点滴滴,本身就是一种放松。

"喂!那边的几个后辈给我坐下,挡着其他人了!那边的,吃归吃,不要乱撂!刚刚站起来说要表白张月桐的那个,对,就是你,给我出来!"今晚的老大威严依旧,他正将其他班一个经常骚扰纪委的男生提溜出去。

"爸爸,今晚你还有应酬吗?"杨小白喊住了老大。

"难得的年底,要出去喝一杯。"老大推了下眼镜,继续揸着那个男生。

"少喝点哟。"杨小白咕嘟嘟地转着棒棒糖。

"嗯,记得留个门。"老大摆了摆手,帅气地走向会场门口。

随着我们的鞠躬致意,台下响起了经久不息的掌声。这个费力准备的小品算是完美谢幕了,学生们的兴趣和热情完全被我们调动了,台下自始至终都没有中断过笑声。

"张舸,演得真行啊!"姚蓝用手摆出喇叭的造型,对着舞台高声呐喊。

"哎哟,到底是心心念念的好同桌哟,这么卖力加油呀!"姚蓝周围响起了笑声。

"嘿!你再说!再说!"姚蓝红了脸,回头咯吱着小静。

"哈哈,放过我、放过我吧!"小静笑着求饶了。

真是不可思议,学期刚刚开始的时候,还没有人敢这么开姚蓝的玩笑。这个天才少女,确确实实和大家打成一片了。

回到后台的我们欢呼雀跃,东施效颦般地学着一个小时前,那个炸出气氛的开场舞。三个臭皮匠抱作一团胡乱转了三圈半,继而一副被点了笑穴的样子,四仰八叉地躺在地上边喘气边哈哈。

"张舸,成功了吧?"江佳铃和陈颂跑了过来,还有三个节目就到她们上场了。

"必须的!"

"太好了,太好了啊!"江佳铃兴奋地将我拽了起来。

"张舸哥,还有赵慎哥和王家杰哥哥,恭喜你们了!"随着击掌,陈颂的勇气更足了。她裸露的大腿上还有着些许瘀青,那是曾经受伤的证明,也是不言放弃的证明。

"怎么样,王者归来?"我让自己冷静下来,认真地注视着江佳铃的眼睛。

"敬请期待吧。"江佳铃已经斗志满满了。

在目送陈颂和江佳铃进入准备区后,我和赵慎、王家杰互相挽起了手,大家一起瞪大眼睛、压低呼吸、全身用劲,试图将我们的加油与祝福通过意念的形式传递给即将开始战斗的两名同伴。还有不到十五分钟的时间,我们就要见证她们的努力成果了。

"张舸、班长、赵慎,恭喜你们!"张月桐的声音传了过来,她一个个地拍着我们仨的肩膀。真辛苦她偷偷溜到后台为我们庆祝,可是也因为她的突然袭击,我们好不容易固定的造型在瞬间便全部泄气了。

"纪委,感谢你的帮忙,没有你的争取,陈颂和江铃现在就不会在后台准备上场。等演出结束了,咱们大家晚上一起吃个饭吧!烧烤怎么样?就去'那些年'!"我整理了下衣着,一本正经地对张月桐发出邀请。记得开学的时候,自己还在担心如何与张月桐朝夕相处,现在想想,多少有些误解了她。张月桐并没有她的外表那般柔弱,虽然平日里给人一种细声细气、楚楚可怜甚至冒冒失失的感觉,但是在关键时刻她没有掉过链子,非常值得信赖。

"没有没有,张舸,你言重了。不过我可能会忙到很晚哟,毕竟也是个会长呢!"张月桐揉搓着小手,低着脑袋小声向我回复。

"没事儿!等你!"我爽快地打了个响指,继而伸出了手。

"那……就请大家多多包涵喽!"张月桐红着脸颊,对着我的手拍了过来。

"喂,万洋,刚才那个是你老哥啊?"

"是啊,虽然比我矮了十五厘米。"在陈颂和我平安归来后,一直朝我父母打太极的万洋总算也松了口气。从校门口同传销组织的打斗风波,到协助我帮陈颂寻找悬铃木,少说多做的他始终都在为我解围,或许这就是兄弟吧!能有万洋这样一个弟弟,是我上辈子修来的福气。就算是为了回报这份无条件的信任,我之前那些个荒唐至极的点子也绝不会失败的!

台上的主持人又轮到了王家谊,她在13班学生山呼海啸的喝彩中开始报幕。因为之前的要求,她故意没提表演者的名字。

终于到了!我们在后台注视着缓缓朝舞台前进的陈颂和江佳铃。

台下传来了掌声,瘦高的万洋率先站了起来对舞台大声呐喊:"陈颂!江铃!加油啊!"

他这嗓门可真大!

江佳铃松开了陈颂的手,她们站到了舞台的两侧。

姚蓝双手握拳,她目不转睛地看着舞台。

舞台上的两个女孩,代表着一首饱含友情和执着的青春之歌。

"哇哦!佳铃姐好漂亮啊!"杨小白情不自禁地开了口,嘴里的棒棒糖险些掉到地上。

"加油啊!"赵慎、王家杰和张月桐围在我的身边。我们的班级、陈颂的班级,加油的声音一传十、十传百地越喊越大。正当它们即将顶破天花板之际,熟悉的伴奏音从舞台的四面八方同时响起。

江佳铃低下了脑袋——这是信号!

陈颂用余光瞥着江佳铃,准备随时和她同步开跳。

开始了。

迄今为止我们所有人的努力,如今就随着她的舞步,开始了。

全场安静了下来,两个女孩的身形在浮动变化的光影中清晰可见。

前奏的音乐接近尾声。江佳铃微微点头了,陈颂得到指令,舞蹈伴随着乐曲开始。

同一频率,同一节奏,两个人同时迈起了步伐。

在后台的我暗暗定了定心——很好,起步是一致的。

江佳铃和陈颂的手臂伸向前方,两个于山间采茶的少女将笑意和轻松写在脸上。她们踮起脚尖、交叉手臂,而后伴着急速动感的音乐努力跳了起来,甚至甩在空中的马尾都是整齐划一的。

场下已经有男同学发出尖叫了。

她们的双腿随贝斯和电子鼓的节奏快速交叉,轻快且活泼。她们和当初训练时那样,踩着无形的跳舞机,与音乐融为一体,因光斑的跳动而自然踏步。

"乖乖,跳得真行啊!"

"小个子的那个女生好漂亮啊!"

"咦?两个人好像长得一样?"

学生们热烈地交谈着。

江佳铃轻盈地牵起陈颂,深呼吸后,她的面颊闪亮万分——要唱了。

加油啊,江佳铃!整首歌的节奏就全靠你了!

歌声的开头非常完美,江佳铃用自己音色中特有的韵味演绎着充满坚强力量的曲子。

猛然间,她的声音停了下来。江佳铃将头转向左侧,往后突然摆腿,热烈的裙摆伴着马尾飞舞,帅气而洒脱。

甜美温柔的女声无缝衔接——轮到陈颂了。扎着马尾的陈颂格外绚丽,她摇摆着自己的脑袋,黑珍珠色泽的眼睛闪烁魅惑。声音还有些颤抖,但在音色的把握上已经做到了极致。

天籁一般的声音,谁想到来自一个失聪的女孩呢?

欢呼声高涨。

"好,很好啊!"我握住了一旁赵慎的手。

"别吱声,别慌……慢慢地,稳住!"赵慎嘴上这么说,自己的手却抖得更厉害。

朝后扬起脑袋,配合节奏用抖动的脚打拍子……陈颂的双手做出一个拥抱的姿势,江佳铃瞬间接过节奏。

第三十三章 纯白的颁别

即使停止了演唱,陈颂的舞步依然和江佳铃保持一致。江佳铃分别朝左右侧伸出手掌,合拢后互相握住,继而回收胸前,摆出一个心形。

"喂?张舸,看愣了?没想到江铃会这么可爱吧?"王家杰蹭了蹭我。

"别吱声……"我没有移开视线。

江佳铃往后一撤,将主要的位置留给陈颂。陈颂的长靴咯哒咯哒自成一体,没有停顿,没有走音,一气呵成,浑然天成!原地轻盈地转了一圈后,她又对观众眨起了眼睛,略微弯腰,右手的食指点着嘴唇,可爱而俏皮。

"天呐!简直太可爱了!万洋,好兄弟,你认识她们对吧?快,把那两个女孩子的联系方式给我!"

"我也要我也要!"

"她们还没有对象吧?!"

"有了,都有了!"万洋被推搡得不堪其扰,只好用沾满炸鸡油的手驱赶他们,"去去去,走走走!"

高潮部分到了,两个女孩重新站到一起,她们好像两名杂技演员,借力打力,交换位置,摆着臂膀,一次、两次……迅速回收,接上高抬腿……再次回收,双手合十展开,拥抱的姿势……三次抖腿,继续高抬腿……

"好!"到底是双人舞,有些动作只有两个人一起跳才有味道!江佳铃能够加入真是太好了!

现场的气氛已经被完全点燃了,山呼海啸般的喝彩甚至盖过了伴奏。

第二段开始了,这次轮到陈颂开头。她听不见音乐节奏,完完全全是依靠自己跳到现在的肌肉记忆估算时间。

江佳铃当初的方案是正确的。

摆手的一霎,旋律变,朱唇开,时机非常完美。

"哇!"杨小白的糖都掉了。

陈颂让出主角的位置后,江佳铃继续控制着节奏。她呼吸的频率越来越快,如此大幅度的唱跳想必已经很累了。但是江佳铃的表情并没有一丝动摇,依然是解放了自我的迷人微笑。

我沉醉于她的微笑。江佳铃的笑容如同那时候一样灿烂,她的身姿与我记忆中的女孩完成了重合——这才是她真实的模样,这才是她最好的模样,这才是我所期待的她的模样!

恍惚间,我的心跳变得更快了。那种感觉,就好像有人在拨动心弦一般,温暖、温柔,还有些不知为何的微痒。

坚持,再坚持一下啊!

第二段的高潮,她们越唱越嘹亮,音色同全场的欢呼一道,要将会场的天花板掀个彻底。

张月桐也不禁开口了,她小声地哼着旋律,刘海微微摇摆。

最后一段了!

不只是江佳铃,陈颂的喘息也变大了,受伤所造成的影响还没有完全消失,她的呼吸不匀最终导致了抢拍,使得动作微微跳快了。

"坑了!"王家杰和赵慎为陈颂捏了把冷汗。

台下的观众中,眼尖的万洋率先发现了这微乎其微的瑕疵,他顿时慌了神——强行终止是不可能的,但再这么下去,不知道真相的观众还会买账吗?没有人能够提醒陈颂,下次开口的时候,节奏就要乱了!

张月桐紧张地抓住了我和王家杰的手,我甚至能感受到她的脉搏。

不过我并没有他们那般慌乱,毕竟这种节奏上的错误陈颂之前也碰到过,江佳铃对此还没有任何预防的措施是不可能的。我相信那个全世界最值得相信的伙伴,因为我太了解她了。

江佳铃,看你的了!

歌曲的间奏就要结束了,她们即将同时开口。千钧一发之际,江佳铃突然停下了动作,转向陈颂,温柔地拉住了陈颂的双手。

陈颂被这计划外的举动搞得有些找不到北,她疑惑地停了下来,望着面前的姐姐。江佳铃注视着陈颂的眼睛,对着她,跟随旋律,开始了最后一段的演唱。

突然,会场中站起了一个人,她一边哼着旋律,一边打起了拍子。

活力十足的大马尾辫,是姚蓝!来自我们11班的姚蓝。

大名人的起立直接带动了整个班级。唰唰唰!11班区域的同学们全部起立,伸出双手打起了拍子。而后是一旁的 13 班,他们的班长王家谊在对面的后台朝我们竖起了大拇指。接着,高一年级的座位席也站起了一群人,他们来自陈颂的班级。

三个班级的突然起立彻底释放了所有同学的热情,现场响起了持续不断的起立声。四个班、十个班……越来越多的班级跟着站了起来,他们一同举起手,兴高采烈地打着拍子。

江佳铃慢慢地将搭档的身体转向大家。在陈颂的注视下,一个年级,两个年级,三个年级,会场的所有人都在激动与快乐中站了起来。

陈颂笑了,她读懂了江佳铃现在正在唱的句子,也看到了所有人,认识的不认识的,由于她的歌曲而绽放的赞美与笑容。

"小颂,看这里!"赵慎扛着他心爱的吉他冲出了后台。他来到陈颂身边,跟音乐开始演奏,"小颂,看这里,跟着我一起!"

赵慎那热血头脑还是这么直接。可是陈颂毕竟听不见呀,这种支援的方法真的有用……哇!我还没感慨完呢,之前登台演奏乐器的那几个学生也扛着他们的"武器"从后台冲了上去。

在所有人的努力下,她们终于找回了节奏,再次一齐开口,全场的气氛继续燃爆,这首脍炙人口的歌曲现在已经是千人大合唱了!大家的嘴巴一起张着,一起笑着,一起喊着。

让姚蓝和王家谊带头让整个东湾一中的学生参与打拍子,江佳铃,我算服你了。还有赵慎,也给你记上一功!

"干得好啊!!!"王家杰一把将我和张月桐搂在了怀里。在他的拥抱下,我和纪委险些来了个结结实实的零距离接触。

在近到可以感受彼此鼻息的距离,张月桐那水汪汪的大眼睛变得更加迷人,她躲开了我的视线,微微低下头,抿着嘴巴,尽量不让嘴角的那抹笑意过于明显。

我的脸彻底红成了猴子屁股,情急之下,赶紧攻击王家杰的肋骨来逃脱束缚。

当我和张月桐之间的距离恢复正常后,舞台上的演出也进入了最终章:面对面的两个人、高亢而热情的氛围、振奋人心的女声,最后的声线汇集了所有人的努力,冲击力十足的青春呐喊扶摇直上、响彻云霄……

繁华落尽,一切归于平静。震耳欲聋的掌声没有停止,舞台中央的两个女孩开始鞠躬致意。

原本乐开花的陈颂如今已然泣不成声,她在台上蹲了下来,小小的身体起伏个不停。江佳铃为搭档擦着眼泪,她的身旁站着出来报幕的王家谊。

所有学生都知道了惊人的事实——唱出犹如天籁的歌曲的女孩,是高一年级失聪的陈颂。场下乱糟糟的,同学们面面相觑、一片哗然,有的女生眼中已经闪出泪光。

"希望咱们东湾一中所有的同学,无论什么时候,都可以像今天、像现在这么快乐!"王家谊对着现场自豪地发出宣言,"如果没有大家的努力和帮助,这首歌曲也不会如此精彩的,对吧?!我们每个人的青春正因为有朋友在,有无数可以给予我们勇气的人在,才能绽放出最绚烂的光芒!所以收起你们的眼泪,让我们一起为自己、为今后要绽放的华丽人生,鼓掌呐喊吧!"

就这样,在欢声雷动中,陈颂缓缓抬起了流泪的眼睛。下着雨的大晴天让会场的气氛达到了最高潮:"谢谢,谢谢大家!"

……

东湾县迎来了新年的第一场雪,带着奇迹的六边形从天空缓缓降落,用象征纯洁的白包裹着这片大地。被压弯的树梢动了动身子,些许雪块慵懒地落下,同这片皑皑之景融为一体。

从自己班级举办的欢送会离开时,陈颂的眼睛已经很红了,她抱着全班同学一起制作、签满名字的厚相册,努力克制着自己的感情。

陈颂跟着自己的爸爸和妈妈坐上了车,他们即将前往机场,然后是另一个陌生的国家。她的同学们正同她一一道别。还有我、江佳铃、万洋、张月桐、王家杰、赵慎、杨小白以及姚蓝,陈颂努力记住这里每一个人的嘴型,溢出的泪水让她的视线模糊,恍惚之间,似乎也在送别的众人中看到了曾经的那个少年。

少年欣慰地对陈颂挥了挥手,而后消散在风中。陈颂甜甜地笑着,在心中说了一声"再见"。

小小的雪花不断为我的面部降温。我闭上眼睛,只觉得那些过往好像是一幅徐徐展开的蜡笔画——青色的山丘上,有一个站在大树下的女孩子。她扶着树干,另一只手上拿着装满树叶的书册,如同风中摇曳的花朵。

努力到什么地步才好呢?孤独的一个人,也能前进吗?只是走出去,就已经很可怕了啊!女孩子喃喃自语,随着她下定决心迈出步伐,有一段精彩的故事开始在大家所描绘的这片苍穹下缓缓展开……

已经不记得是多久之前的话了——陈颂终将离开我们,飞向我们难以企及的地方。不是窗外小小的世界,而是更远的、更远的地方。

"喂,老哥,就剩你了,赶紧的。"万洋蹭了蹭我。

回过神来,正好看到江佳铃松开了伸出车窗外的小手。小小的丸子头探了出来,纯白的飘雪中,坚强灿烂的笑脸迎上了我的目光。在白色的热气中,陈颂的眸子滚烫滚烫的,绒帽下的发丝正随风飘动。

"再见了……"我的喉咙有些干涩,只挤出了这几个字,"再见了,我……"

陈颂抿着嘴巴,将窗外的手尽力伸得更远。

我抓住了这只手,感受着曾经的那份温暖:"发生了很多事情呢……"

"但是如果没有遇到张舸哥,一切都不会发生的!"陈颂似乎读懂了我的意思,她接过了我的话。

在惊讶之后,我的心中升起了几分期待——会有那一天吧!陈颂能听到声音,然后就像刚才一样,同我们自由交流的那一天。

一定会有的。

"我会记住张舸哥的笑容,永远!永远!永远!"陈颂努力地传达出自己的情绪,"这段时光,虽然也有过一些流泪的时候,但它是我迄今为止最难忘、最快乐的一段时光了!"

"我也是……我也是啊,陈颂!"我的眼泪终究还是涌了出来,"一定要治好耳朵啊!我们等你回来!重逢的那天一定会来的!"

我朝陈颂的父母点了点头,这对慈祥温柔的夫妻明白了我的意思。

这次的告别要是以我在大家的注视下号啕大哭作结,也太逊了吧!

汽车缓缓动了起来,我也跟汽车走着。

"张舸哥,等我回来了,我们再去一次那个游乐场,好吗?不对,不只是我们,大家一起去,怎么样?"陈颂的语气变得急切了。

"好,我们都去,一定!"随着汽车的加速,我手中的那份温暖渐渐被雪的清凉代替。

"我好高兴,因为我听不到大家说'再见'!"陈颂将头探出车窗,她的泪花飞向空中,"我想听你们说的是,'欢迎回来'!等到我回来的时候,每个人的声音,我都要听到哟!"

"一定会说的,一定会说的!"我站在原地,用手做出喇叭的形状,朝着远去的车呼喊着。万洋他们,还有陈颂的同学们也跟着我,用最大的音量为她祝福,直到那辆车从我们的视线中消失。

除了轮胎的痕迹外,眼中只剩下了象征纯洁的白色。江佳铃收起了那张临别时与自己的父母和陈颂一同拍摄的照片,走到我的身边,拍了拍我头上的雪:"我们回去吧。"

我呼出白气,试着扬起嘴角,用平常的声音回复着大家:"是啊,我们走吧!"

努力的,并不只有陈颂。

总有一天,我们会再见的。

虽然依旧有许多事没有给出答案,为了迎接她的归来,我们每个人都不会就此停下脚步……不过,就让我们在这微笑的离别中,为故事暂时画上句号吧!

"再见了,陈颂。"

第三十四章

江舟风铃曲——离歌

嘹亮的虫鸣传入耳中,隐隐约约,不绝于耳。初一年级的我刚刚打完了一场恶战,浑身酸痛,头脑昏沉,躺在校园的操场,任由凉风吹拂着我火辣辣的脸颊。

不远处传来了脚步声,继而是一个女生的声音:"起来了呀!难道你不觉得热吗?"

睁开眼睛的我正被她的身影包围,先是司空见惯的初中校服轮廓,而后是被映出红褐色的眸子,不算大,但是令人安心。由于弯腰,她的马尾辫连同缎带都垂在肩上,是让人心疼的发质。

女孩子的相貌虽然普通,却带着端庄的优雅气质。我知道这个人,她是隔壁班的纪律委员,听说是不久前才从南方搬来的。

"今天还是没什么精神呀!来下棋怎么样?不过你得让我半边车马炮。"

我没有与她搭话,可她似乎并不介意我的冷漠,坐到了我的身边,并且将一张卡片递到了我的面前。

她的卡遮挡了部分我正在享受的阳光,这让我在暴怒中坐起了身子。

那张红桃3卡面的牌映入了我的眼中。怀念的感觉阻止了我即将出口的恶语,同时迫使我打量起了面前这个越看越觉得眼熟的女生。

"张舸,你已经不认得我了吗?"这个扎着红褐色马尾的女孩露出了抱歉的表情,她耸了耸肩膀,自嘲似的开口,"也难怪,因为那之后发生了很多事呢。或许是你送的这个护身符起了作用哟,如今现在的我还能站在你的面前……不过现在看来,不管是我还是你,似乎都已经变了呀。"

在女孩拿出那枚被她称为"护身符"的紫色香囊前,我根本无法将面前的她与我记忆中的某个身影完全对应,尽管她们的神态和声音都很像。而当我确认了那个曾属于我的物件之后,我尝试着念出了一个早已被埋进记忆中的名字,以此观察她的反应。

她答应了我。

风过,热浪滚滚。我站在她的对面,拿回多年前被她带走的那张红桃3。她则将紫色的小香囊戴回了胸口,我们似乎在进行一个仪式,而仪式的内容则是……

"从今往后,我们就是朋友了。"

夏天,漫长而又短暂的一个季节。悠远蔚蓝的天空、昂扬向上的汗水、稚气快乐的面庞、不绝如缕的虫鸣、含有阳光味道的草地、闪烁无限可能的星星……这个季节,既象征着青春的开始,又代表了青春的结束。在这个季节,每个人都有着独一无二的故事——喜怒哀乐、悲欢离合、愿愁聚散……等季节结束的一刻,人们会从之前的一段段经历中得到成长,而后,迎接生命中的下一季节,如此反复,直到永远。

过去,是我们之间存在距离的缘由。街景改变了,小小的身影也改变了,无法回头的时光继续推着我们往前走。

因为每个人都在寻找幸福,所以在这片天空下,故事的终幕即将上演。

"张舸,起来了呀,已经没什么时间了。"紫色的香囊从她的领口掉了出来。江佳铃用笑容遮住了我正在享受的日光浴。

这件黄色条纹的T恤与她很搭。

我还没有来得及反应,那些充满稚气的日子早已一去不返了。依旧是温顺优雅的红褐眼眸,不一样的是,当初的马尾已成了披肩长发。

我倦意十足地翻了个身用以抵抗,她也一如既往地没有放弃,迈着轻快的脚步来到我的面前,重复着上述话语。

我妥协了。这次映入眼帘的是江佳铃的凉鞋,她的脚指甲修剪得很齐,像是一个个小花瓣。

"想懒散还不到时候哟!虽然咱们的高中生活今天就结束了,可是毕业典礼还是要参加的嘛!"江佳铃精神抖擞地对我伸出了手,"这里马上要摆上设备了。来,咱们回班级吧!站好最后一班岗!"

"败给你了。"我笑着握住了那温暖的手掌。

随着分数的公布,我们漫长的高中生活在昨天画上了句号。

"还是先恭喜你!了不起啊张舸,以你平时的成绩,这次是超水平发挥了!"拉我起来后,江佳铃松开了手,像往常一样走在我的身边,"从东湾县到云湾市区也就一个多小时的路程,你这大学上得真方便!"

"可坑了,你别再吹捧我了。谁晓得会不会被录取啊!而且如果真在云湾,我反倒提不起精神了,跑去家门口上大学,这得多无聊啊!"我怀念地扫视着周围的一切:随着那些大型设备的登场,毕业典礼的准备工作也进入了尾声。不远处,依旧保持锻炼习惯的学生在坚持跑步,逐渐清场的篮球场上,奔驰的青春少年们进行着最后的狂欢,一旁的女生安慰着成绩不甚理想的好姐妹。

"还不是你自己填的志愿!好啦好啦,不要再抱怨了,虽然离得近,可人家云湾靠着海呢,和东湾县大不一样。"江佳铃笑着对我点了点头,"况且你要是就在云湾上大学,那和月桐就又能经常来往了呀!你们可真有缘,说不定是很好的一对哟!"

"乖嘞,你咋就记着纪委呢,杨小白还三个志愿都填了云湾的学校呢!"她又在开我的玩笑了。在刚刚过去的这半年中,江佳铃时不时就会调侃一下我和张月桐的关系,虽然多少有些习惯了,但心里还是稍微有些不自在。

比起我那精彩的上半学期,高三下学期的生活既紧张又枯燥。除了 5 月份《三石情》第二季的千呼万唤始出来以及与之相伴的街头采访外,几乎就没有一件与学习无关的事能让我们这些备考生稍微喘口气、活跃活跃神经。在老大的组织下,我们班采取四人学习小组的模式进行备考,由我、张月桐、江佳铃、姚蓝所组成的团队虽然对外战绩辉煌，但队内的倒数第一永远是我，为此也经常被姚蓝讽刺。不过多亏了她们的批评和指导，再加上父母的支持与鼓励，我才能在最终的高考中取得一个比较满意的成绩。

可是，心境并不是一成不变的——那时候让我心生波澜的，除了越撕越少的高考倒计时日历，恐怕就要数这个低头不见抬头见的人了。

江佳铃，我和她的关系看起来和平常没什么两样，天天说说笑笑，上学放学形影不离。大家也是，对我们俩的相处模式早就习惯了。

但我能感觉到，自己和她之间的距离似乎正在变大。是因为备考在一起的时间变多了吗？有时候，我会盯着江佳铃的侧脸发呆，脑子里都是过去的事。有时候我甚至会梦到她，在梦里，她同样因为要转移文身男人的注意而选择去拥抱我。

我忘不了那种感觉，可越是如此，我就越觉得自己与她渐行渐远。等到6月初的高考画上句号，我们回到教室最后一次打扫卫生的时候，身心都彻底放松下来的我才猛然意识到，与她说再见的日子已经越来越近了。

江佳铃的高考成绩非常优秀，她填报志愿的学校无一例外，全都在临城——她即将与父母搬去生活的城市。

临城与云湾，虽在同一省内，但分列两头，即使是高铁也需要三个小时的车程。不过我所在意的并不是车程，而是类似"家"的概念。江佳铃所居住的家，包括她归家的路都将属于那座历史文化悠久的临城，而不再是现在的云湾市东湾县。我与江佳铃像如今这样并肩而行、同行而归、相互串门的时光即将成为美好且值得怀念的过去。带着些许心照不宣的惆怅，我们与即将绽放的无数少男少女在这所熟悉的校园内擦肩而过。

在操场的篮球架后面，我又看到了那件略显陈旧的校服。印象中它在5月份就被搁置于此了，可至今依然没有人将它带走。明明是习惯了的场景，为什么我突然会热泪盈眶呢？

时光在悄无声息间倏然而逝，现在该轮到我们脱下熟悉的校服了。

今天是来学校拿成绩单、拍毕业照、参加毕业典礼的日子。经过空无一人的新生楼时,我又想起了过去的事:这是我和陈颂相遇的地方,是梦幻般的邂逅场所,是我最后一年高中生活的"第一乐章"。

陈颂在两个月前完成了手术,已经可以听到细微声响的她是否会在9月回来呢?如果我真的在云湾市读书,也可以多些机会看看她吧?

我从没有像这样感受过离别的酸楚,也没有像现在这般怀念过去。未来的某一日,我一定会以自己的方式,去讲述这段无可代替的时光吧?

来到班级门口的时候,同学们基本到齐了。大家四散着围坐几桌,或询问着成绩,或议论着时事,怀念过去的傻气日子,畅想正在走来的美好明天。悠扬的吉他音随风而来,赵慎周围聚着一堆人,被众星捧月的刺猬头坐在桌子上,最后一次在班级拨动那把吉他。他考得也不错,大概率会前往东北上学,有机会得让这小子请客滑雪。

另一群学生的中心则是有名的姚蓝。望着她爽朗的笑容,我都想过去凑凑热闹了。

"哎呀嘞,东湾好同桌来啦!"围着姚蓝的女生们对我喊了起来。

"姚蓝,还不快和张舸说清楚,高中生活已经结束了哟!"

"张舸,过来嘛,姚蓝刚才还在夸你呢!"

姚蓝眯着眼睛,对我吐了吐舌头:"张舸,快点消失!"

"遵命。"我用鼻音搞怪地哼了一声,直接跑去听赵慎的演唱会去了。

姚蓝的分数高到吓人,何况她还有体育特长,不出意外,她的大学时光将在首都翻开全新的一页。

张月桐用自己的小脑袋迎接江佳铃回到座位。纪委是真不容易,通常高三学生在4月就会退出学生会全身心备考,可她一干就干到了5月底。虽然学了文科,但是张月桐一直有着学医的愿望,正巧云湾医大今年破天荒新开设了面向文科招生的中医类专业,双方一拍即合,签订了提前录取的协议。这件事当时在全校传得沸沸扬扬,教导主任几乎都快抽过去了,不过时至今日,大家似乎也渐渐接受了事实,不再对纪委问这问那了。虽然就水平而言,云湾医大在全国确实也排得上第一梯队,但是凭一个新招生而且没啥老底子的医学专业,就这么从全国最优秀院校队伍手里,抢走了在高考中斩获全市第七的张月桐,多少还是让人有些愤愤不平。

除了上述提到的几位,王家杰和杨小白的高考成绩也都达到了他们预期的水平,王家杰将会出国留学,而后者的三个志愿都选择了云湾市内的大学。

"好了,同学们!快回座位!接下来我们开最后一次会。"老大威严的声音一如既往。

全班保持着略带伤感的肃静。

"喂!回复呢!"老大敲了一下课桌。

"是!"整齐划一的声音再次响起。

"咳咳咳咳!"我可能正呛着在这个班里的最后一次粉笔灰。

"很好。"老大推了推眼镜,扫视着与他相处了两年——个别是三年——的这批同学,语重心长地开口了,"同学们,无论你们愿意与否,从今天以后,你们的身份就不再是高中生了。而且,你们会分散在五湖四海,有的人今朝一别,一生都无法再次相见……"

大家听得很认真。

"这个班,我不敢说是我教过的所有班里成绩最好的,不过肯定是最能来事的。"

我能感受到有同学正在偷笑,不知怎的,下意识地与姚蓝一同缩了缩脑袋。

"我要特别感谢王家杰同学和张月桐同学,作为正、副班长,他们为班级做出了不可磨灭的贡献,没有他们的付出,就没有整整齐齐、团团结结坐在这儿的所有人。他们的努力,不用我多说,与他们相处了两年的你们应该最有发言权。"

班级响起了掌声。

"还有,你们之中有几个同学,我估计即使我患了老年痴呆都忘不掉。名字就不点了。"

总感觉偷笑的声音更大了。

"接下来说说成绩和之后的安排。这次高考,我们班总体表现不错,可以说是这两年考得最好的一次。张月桐同学考到了全市的前十名,过一本分数线的人也比模拟考来得多。你们这些小崽子还算识相,没让我有什么损失。"

不知为何,我松了口气。

"好了好了,说这些伤感的话真是让我头疼,总结来总结去的。"老大拍了拍脑门,"同学们,我的班级有我的传统,首先是颁发毕业证,每一个人我都会单独下发、单独嘱咐、单独交流。考好的,我会告诉你们,接下来的生活并不那么轻松;考差的,天也塌不下来,我这吃了几十年饭的老头子会指点你们的,都清楚了吗?!"

"是!"

我的天,这意思就是,每个人都能得到和老大独处的机会?虽然我是有点激动,但是一想到又要和这个略显严肃的男人近距离对视,怎么还是浑身发抖……

"毕业证发完大家下楼照毕业照,然后是毕业典礼……"老大顿了一顿,他的语调突然变高了些,"听说这次的毕业典礼,倒是挺有意思的。"

听完了老大的介绍,班级中出现了些许名为兴奋的骚动。在学生会的建议和筹划下,学校今年的毕业典礼在按部就班的校方讲话之后,将进入"自由活动"的时间:

学校的操场被划分成三片区域,一块区域摆了两排 K 歌时常见的演唱设备,一块区域内罗列着"星罗棋布"般的中国象棋棋盘,剩下的那一块则是篮球场。

以上便是今年东湾一中毕业典礼的特色亮点。直到下午六点,同学们都可以自由选择在喜欢的区域开展娱乐活动,三个区域的优胜者都会得到学校特制的奖章用以纪念,K 歌比的是留在机器中的分数,剩余两项则要经过一轮轮的比赛决出优胜。当然了,参不参加全凭学生自愿,校方和学生会的想法是要让这最后一天在快乐与热闹中落下帷幕。

"喂!安静!"老大拍桌子的声响将我从神游中拽了回来。

"咳咳!"刚才那个粉笔灰还真不是最后一次。

"同学们,你们记得运动会的优胜班级是几班吗?"

"11班!"

"最有凝聚力、最好的班级是几班?"

"11班!"

"如果,给你们一次选择班级的机会,你们选择的班级是什么?"

"11班!"我和大家一起疯狂地呐喊着,我们想用这种方式挽留那些成为回忆的日子。

"接下来颁发毕业证,点到名字的跟我出来。第一个,王家杰!"

"是!"王家杰站了起来,随老大走向门外。

在激情四射的喊叫后,我赶紧喝水涮了涮喉咙里残留的粉笔灰。

"那个……同桌?"

"嗯?"我朝左转头。奇怪,姚蓝的声音怎么变成纪委了……哇!什么情况,我身边的人怎么变成张月桐了!

偷偷瞄了眼江佳铃的座位,发现姚蓝正和江佳铃一起往我这边比出"耶"的手势。

"那个,就是说……"张月桐有些忸怩,几秒之后,她鼓了鼓气,对我很诚恳地开口道,"谢谢你,同桌……谢谢你!"

"该败了,谢我?我有啥好谢的,是纪委你帮了我很多才对,尤其是去年。"

"咱们坐同桌的日子不算长,但是我给你添过许多麻烦。有时候,一定会感觉我很烦吧!真的谢谢你包容我……"张月桐道着一些我感觉很好笑的歉。

"哈哈!纪委说哪儿的话,我们可连一次架都没吵过,和下学期的某人完全不同。况且如果没有你的帮助,我也考不到今天这个分数啦。"

"谢谢!"张月桐眯起了眼睛,她笑着接受了我的话语,"希望咱们上大学还能再见呢!"

这倒是个大概率事件,即便我们的学校不一样。

第三十四章 江舟风铃曲——离歌

"下一个,张月桐!"老大的声音突然从门外传来,与此同时,挂着青春之泪的王家杰迈着正步走回了班级。

"哇!"沉思中的张月桐吓了一跳,起身时把水壶碰到了地上,"呜,这……"

她伸手要捡,一不小心,又是一串噼里啪啦声。

"哇,唉!"张月桐变成了集市上贩卖的小鸡仔,一副需人保护楚楚可怜的样子,泪水就在眼眶里打转,"这下糟了,怎么办!"

班里传来一阵闷笑。

"张月桐!"老大的声音又传来了。

"纪委你去吧,我帮你捡。"我赶忙接过了话。

"啊,好。"张月桐回过了头,不好意思地笑了。

……

"张舸!"

"到!"终于喊到了我的名字。我站起身子,与红着眼睛的姚蓝在讲台上擦肩而过。

真是奇怪,之前那么多人被叫出去我明明一点感觉也没有,为什么现在,垂下的手却在一个劲地发抖?

就这么结束了,我那荒唐不堪、充满波折,却又永远无法忘记、永远无法重来,只能回忆的高中时代。

最后,浑身的酥麻感集中到了鼻头。我张大嘴巴,将快压抑不住的感情送回心中——张舸,已经到最后了,你可一定要憋住,不能和班长似的让自己的形象毁于一旦。

办公室里空荡荡的,只有老大在。堆满教材的桌子上特意留出了一块空地,摆放着我们的毕业证书。

"老大……不对,杨老师!"已经最后一次了,要尊重,尊重啊!

我拘谨地站在他身边,老大推了推眼镜,用手势示意我坐下。

"张舸,恭喜你毕业。"老大的声音很平静,他将毕业证递到了我面前。

"谢谢您。"我接过证书。

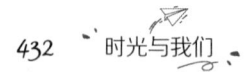

这拍得好丑啊！坏良心啊，怎么和个马仔一样！我很不甘地看着照片上的家伙。

"首先我要对你道谢。"老大开口了，"如果不是你，我也不知道今天能不能向姚蓝发毕业证书。之前高一那个姓陈的小丫头也是受到了你的帮助才走出阴影的，对吧？你这小子还真能来事，硬生生把自己的高中过了个丰富多彩。"

"没有，我只是……一根筋瞎麻木罢了。"

要改变姚蓝给所有人看，要让当初没有选择这个孩子的人后悔——老大的话我记得。但说到底，我所做的事情，要是没有面前这个看似凶恶的大好人支持，又有几件能成功呢？因为他的威严和帮助，姚蓝才得以进校读书，我才能离开学校帮助陈颂，包括校门口的传销事件也才没殃及更多的学生。

"刚刚是身为班主任的发言，接下来是我个人的话。你总算毕业了，这两年你小子可给我惹了数不清的麻烦，你自己能数得过来吗？"

"难、难数，哈哈……"那都是我挥之不去的黑历史。

"说实话，我这些年带了很多的学生，你几乎就是最特别的那个了。"

"嘿，原来还不是最特别的啊！"我放松了点。

"你小子虽说是个惹事包，但也勉强算一个勇敢、直率、正义感十足的学生。两年来，全班没有一个人说你的坏话，这是你的人格魅力，明白了吗？好好珍惜身边的朋友们，尤其是那个总为你忙来忙去的傻丫头。"

"是的，老大。"不知不觉，我的称呼又变了回来。

"好了，就这样吧，和你之间本应该说得更多才对，可不知怎么的，这一开口，什么也讲不出来了。"老大推了下自己的眼镜，"最后一句，我为将你招进了我的班级而感到自豪。"

"老大，谢谢您。我一直感觉自己是受到偏爱的那个人，除了吹牛和爱出风头我没什么其他大本事，学习也就中不溜的货，但您一次又一次保护我，或者说袒护我！没有您，张舸这个人早就被退学回家了！能成为您的学生，是我这一辈子的福气！谢谢您，老大！"我没有时间组织语言，心

第三十四章　江舟风铃曲——离歌　433

中的感受全部脱口而出。

"行了,走吧!"老大挥了挥手。

我点点头,拿着毕业证走出了熟悉的办公室。

"杨小白!"老大的声音再次传来。

说起来,杨小白是老大的女儿,那么老大一定也知道关于三石桥的事情吧?仔细想想,老大对于学生的偏爱,包括对姚蓝的关心,还真有些类似"要让每位学生都获得幸福"的意思在。

"腰子,你踮脚的吧?"

"别压我肩拐头,都成锅腰子了!"

"男生们安静点,要拍了啊!"

整齐排列的台架、意气风发而又喧嚣吵闹的我们。面前那个大型照相机的镜头汇聚着阳光,反射出彩虹的七种颜色:"准备!一!二!"

咔嚓——这是结束我们高中生活的,电子音的尽头。他还能为喜欢的那个女孩子送奶茶吗?她心中隐藏的感情,是否还说得出口呢?老师上次停住的小故事,什么时候再讲呢?大课间跑操的音响还要修多久?喜欢和学生作对的教导主任,新来的学弟学妹们能对付得了吗?谁又将坐在我的座位上,想象刻在课桌上的那些文字所包含的故事呢?

再也看不见校园的银杏树勃发了。每个教室的黑板上都涂满了各种各样的话语,脸红心跳的、古灵精怪的、文艺感伤的……大家用欢声笑语和泪眼婆娑两种极端向这三年的时光道别。

耀眼的天空下,脱离稚气的向日葵们仰着脑袋。我们是否还记得彼此在三年前是怎样相遇,说出第一句话的呢?上学时陪在身旁的家人、邻座递小纸条的挚友、放学后常去的那家甜品店……吵架也好,打趣也好,调侃也好,懵懂的爱慕之情也好,不变的是迈向明日的脚步,永不褪色的友谊,还有珍藏心中的话语。

"张夠!怎着的,你这愣子?我可是特意为你留了位置,赶紧来!"赵慎那欠揍的大嗓门与拍球的声音再次点燃了我的情绪。

"篮球区的比赛就要开始了,还没找齐队友的小伙伴可要抓紧啦!大家作为同学的时光可还没有结束呢!"担任主持人的王家谊正用话筒提示大家。

是啊,还没结束呢!我在这里伤感个什么劲儿,在这最后的日子里,我要再次在东湾一中留下属于我的故事!

"哦哟,张舸的表情变……喂!你朝哪儿去啊,那是下象棋的地方!"

"谁和你这拖油瓶组队啊,已经是最后一次了,我一定要赢得优胜,谁也别想扯我的后腿!"我做了个鬼脸,穿过学生最多的K歌区,在鬼哭狼嚎中赶到了属于我的战场。

"呀,全市冠军登场了,看来这里的对决会变得激烈起来呢!"陈晓情是象棋区的负责人,不过几分钟前她还忙里偷闲地在K歌区留下了自己的成绩。

当我占住一个棋盘后,远处传来了风一般的脚步声。真是稀奇啊,按理说应该没什么人愿意第一轮就碰上我吧,难不成这人是专程冲我而来……

"万洋,你怎么在这儿?你算哪门子毕业生啊!"搞什么呀,为什么我的弟弟会在这儿瞎掺和!

"废话少说老哥!如果今天再不击败你,我在学校的耻辱纪录就永远无法翻篇了!"已经四十九次连败的万洋从士气上狠狠地压过了我。

"好啊,你这么想凑个整,我今天就成全你!"

"嘿嘿,我劝你最好不要太小看我!"万洋的脸上露出了夜郎般的微笑,他指了指不远处的另一桌,"我可是拜师学艺过了,你的弱点我全都懂,五十步之内一定让你'海'货!"

顺着万洋的指引,我在那一桌上看到了一个熟悉的、正在落子的红发女生。原来江佳铃也来参加象棋比赛了啊。不过万洋,你的这个老师可是选错了,就她那两下子,早在七八年前我就见识过了。

况且五十步也太久了吧!

"你就趁现在再鬼显摆一会儿吧,我已经在考虑下一轮的对手了!"在一番让周围人感到浑身酥麻的狠话过后,久违的兄弟对局最后一次在东湾一中上演。

八分钟后,万洋的惨叫声甚至飘到了K歌区。

时间来到下午的六时,这场别开生面的"高三年级闭幕式"终于也落下了帷幕。在看到操场上的学生逐渐散去、那些设备被一个个拆卸装车后,我才真的有了种"一切都结束了"的实感。

教室的门一扇接一扇地关上了,抹泪的学生三三两两地离开了。只有太阳仍然没有下班的意思,它继续炙烤着滚烫的地面。

打发万洋先走后,我又在校门口静静地站了十分钟,迟迟没有迈步回家。

"呼,久等了!"一把遮阳伞出现在了我的头顶,温声细语的女声充满欢乐,红褐色的眸子朝我瞥了过来,"走吧!"

我点了点头,将伞拿在自己的手中。

"张舸,你怎么不说话?"在自说自话了一会儿后,江佳铃察觉了我的沉默,她向我亮了亮自己手中的奖章,"你不会在生气吧?输给我有这么难过吗?"

象棋区最后的胜者是江佳铃,她在决赛中出人意料地战胜了我。这不仅让我三年不败的纪录迎来了完结,我准备以胜利之姿在东湾一中留下最后一笔的计划也就此落空。

"哪、哪有!不过江铃,你的水平什么时候变得这么高了!"

"嘿嘿,虽然单说棋力,现在的我肯定是没法和你比的,但我实在太了解你的习惯和风格了,所以只比一局的话,我还是蛮有自信的。你可别这样就惊讶了哟,因为我还有很多能让你吓一跳的事情呢!"江佳铃转了个圈,她走到了我的前方,将双手背到身后,"在搬走之前,我会全部告诉你的。"

"能现在就透露一些吗?"

"嗯……好呀!其实啊,在我们第一次见面的时候,我就能赢你的。"江佳铃点了下我的鼻子,一溜烟跑到了我前面,"那时候的我棋力可是比你高的哟!"

"好啊,江铃你还蹬鼻子上脸了……喂,站住!"我高举遮阳伞追逐着她。

在熟悉的街道上,我们的影子落在了一起。

真希望这样的日子能一直走下去。

第三十五章

江舟风铃曲——触碰

多亏考得还行,我那部按键皮都没了的功能机总算是光荣退休了。新买的智能机此刻正在床边精神地叫唤着,提醒着我注意时间。

高中生活正式结束后的第一天,江佳铃约了我、万洋,还有张月桐一起去看电影。

"哟,儿子,约会去了?"在我即将出门的刹那,沙发上的老爸与老妈敏锐地察觉到了他们儿子的异常。

"不是约会,只是和朋友们出去玩。"

"不对吧,不然你会穿带领子的衣服?你最喜欢的文化衫呢?"

"就让那种幼稚的衣服留在我的高中时代吧。"

"乖乖,也不知谁三年里买了一柜子,而且还都是些劣质货。每次洗衣服,那些乱七八糟的图案最起码掉一半!"

"我那是……"

"得了吧,你就这一件带领子的,不穿文化衫下次你光着膀子出去吗?哈哈哈哈!"

我放弃了抵抗,在父母的嘲讽声中把房门关了起来。

等我到步行街入口的时候,已经有一个女孩子站在那里等我了。清纯的学生头上戴着闪闪的发箍,她身着蓝色的 T 恤,衣服上印着一个大大的草莓图案,清凉的牛仔短裤让白皙的大腿裸露在外,过膝的白袜描出了小腿美丽的轮廓……

我不自觉地咽了咽口水,再三打量后才敢上前叫她:"哈喽,纪委!"

"我已经不是纪委了呀!"张月桐笑着挥了挥手上的四根冰棒,"每个人都有哟!"

6月份的步行街,再碰上刚刚结束的高考季,自然到处都是人山人海的景象。嘈杂的声响呼应着闷热的天气,置身于此,就是喊一万遍"心静自然凉"也没多大用处。在车水马龙的浪潮中,我和张月桐并不显眼。挑了个天然的阴凉地后,我们享受着冰棍带来的凉意,继续等待还未到来的同伴。

然而十分钟后,群里的那两条消息再次让我脑门发烫了——不光是万洋,就连江佳铃也用"临时有事"这样的理由声称来不了了,他们俩简直就像是约好了一样。

"气死人,这俩属鸽子的!"我在愤怒中吃掉了本属于万洋的那根冰棒。

这下该如何是好,只剩下我和张月桐两个人独处,这不真的印证了我父母的说法,成了一场约会了吗?

"那个……张舸,我们现在就去电影院吗?还有一个小时。"张月桐擦了擦汗,她撕开了最后那根冰棒的包装袋,笑着等待我的回答。

把握机会啊张舸!能和纪委这样漂亮的好女孩约会,这可是多少人都羡慕不来的……话虽这么说,可是我根本连最起码的心理准备都没有啊!总而言之,作为一个男子汉现在还扭扭捏捏也太难看了,既然纪委没有表现出拒绝的样子,就算是为了基本的礼貌也好,我还真就舍命陪美女了!

"纪委,咱们先四处逛逛怎么样?你有什么想去的地方吗?"

"好呀,那我想先去买点书。"张月桐的脸上红潮四起,恬静的笑容十分灿烂。

"买书?这附近还有卖书的地方吗?"奇怪,陪女生出来逛街,不是应该以买衣服和吃东西为主吗?在这个高考作文里经常抨击的快餐时代,像纪委这样沉浸在书香中的文雅女子实在太少见了。

当然了,大部分的抨击也仅限于作文之中。笔杆子下的高谈阔论、茶香墨痕,和现实中的利己主义、唯我独尊并不矛盾。哼,我最讨厌口是心非的人了。

"嗯呢,我带你去!"张月桐将最后的那块冰棒含入口中,而后惊讶地晃了晃手上的木签,"哇,中奖了!"

美梦成真,再来一根——虽然我极力主张将这根木签即刻"变现",但张月桐以"'美梦成真签'在这个系列中是很难得的"这样的理由拒绝了。

气温又上升了一度,蝉叫得也更大声。我和张月桐保持着若即若离的距离,开始了今天下午的活动。

步行街的拐角有一处不见光的小房子,连接房子与道路的石台阶坑坑洼洼不平,杂草丛生的门框边附着些许青苔。狭小的房门只够一个人经过,写着"益文书店"的木质招牌也早已掉漆……

进店伊始,迎接我们的是一盏黄黄旧旧的灯。我嗅着陈旧纸张散发出的独特气息,仔细打量着这个神秘的知识屋——真不知道这小地方是怎么塞进这么多书的。叫得出名字的、叫不出名字的、全新的、泛黄的、线装的、竖排的……在这个我首先会想到"巨霸音响""潮玩堂""东湾美食城"等吵闹商铺的步行街里,居然还有这么一处文学气息十足的小书屋安静地存在着,实在不可思议。

"陈爷爷,您好。"张月桐很客气地对坐在柜台边的老爷爷打着招呼。

这位老爷爷很精神,他蓄着花白胡子,穿着一件白色的衬衫,头顶的小电扇呼呼作响:"月桐啊,你什么时候可以知道录取结果啊?"

"还得一段日子呢。"张月桐不好意思地笑着——明明她已经被提前录取了,这丫头可真谦虚。

"好,你们随便看,随便翻。"老爷爷很高兴,同时他上下打量了一下张月桐身边的我,"月桐啊,这位是你男朋友?哎呀嘞,一眨眼都这么多年了,我们的月桐也长大了。小伙子,这丫头可是世界上最优秀的丫头了,你一定得好好珍惜,这是你的福气!"

"不对不对,我们不是那种关系。"我和张月桐异口同声地纠正。

"我懂！年轻人，害羞！"陈爷爷露出了不符合他长者身份的怪笑，慢慢回到了自己的摇椅上，"你们尽管挑，今天全场八折。"

"陈爷爷您说笑啦，我们确实不是那种关系！"张月桐站到了一排木质的书架前，一边挑选一边害羞地说着。

虽然解释清楚是必要的，但是能与这么优秀又可爱的女孩闹误会，我心里还是非常高兴的。

正在不远处安静看书的张月桐充满了优雅的韵味，与这间颇具年代感的书屋相得益彰。真是一种别样的享受啊！我满足地闭上了眼睛，惬意地养了五秒钟的神，而后顺手从我身边的书架上抽了一本，准备当一会儿古代文学作品中常见的笔墨书生……

"唔！！！"我面红耳赤地合上了书——我的天，这都是什么啊，没想到古人对于那种事的描写这么香艳。

再看一眼！

不行了，刺激性太强了！我的脸红成了番茄——真不愧是西门大官人，在自己的主场突然就支棱起来了。

"张舸？怎么了？"张月桐活泼开朗的声音从对面传来。

做贼心虚的我差点把书扔到地上："没、没啥！"我三步并作两步，赶快逃离了那片区域。

嘿，没想到这家店也卖碟片，这我可得好好淘一淘！抱歉了"巨霸音响"，作为补偿，我下个月一定把万洋带着。当我强忍着好奇，将一系列看起来就很不正经的碟片摞到一旁后，引起我兴趣的宝藏终于出现了。

《"南方儿童"舞蹈大赛 10 年全记录》，从简介中显示的年份来看，这部一瞧就是粉丝用爱发电的小众纪录片，距今最少也有六个年头了。

虽然它的包装很破烂，落灰的程度也很重，可是因为内心小小的期待，我还是将它带出了散发着霉味的纸箱——我记得江佳铃参加过这个比赛，如果足够幸运，应该可以在这片子里看到我记忆中那个小女孩的身姿。

"张舸我选好了，你挑了什么呀？"张月桐带着笑容向我展示那本《品红楼》,可是在看到我手上的影碟后,女孩的笑容凝固了,"是为了佳铃吗?"

"嗯……啊。"我望着手上的影碟,选择将心中的话语对纪委和盘托出,"江铃她,或者说小时候的江铃……是我曾经憧憬过的人。我不知道这个词用在这里准不准确,毕竟我只见过那个她几次,而且自从她来到东湾之后,过去的那种感觉基本上就消失了……但是,可能因为马上就要分开了吧?所以我想尽可能地去寻找、保存一些回忆,尤其是很久很久以前的……不过你们是老朋友了,小时候的江铃有多么耀眼,纪委你肯定比我清楚多了……"

纪委是江佳铃的旧友,自然也知道江佳铃过去的样貌、过去的经历、过去的悲伤。

"你憧憬的人,是过去的佳铃呀……看来那根'美梦成真签',也不全对嘛。"张月桐的笑容有些复杂,不过她马上就用开玩笑般的口吻将语调提高了半度,"换句话说,你对现在的佳铃没啥感觉喽?"

"感觉?我……我不知道。"我真的不知道。我不想把那种消失的感觉全都归结为疾病给相貌带来的变化,因为即使是现在,江佳铃的仪容仪表在我看来仍然让人觉得很舒服。

可这种奇怪微妙的感觉究竟是什么呢?

"如果知道你还这么执着过去的她,佳铃一定……不不不,我在说什么呢!"张月桐把说到一半的话咽了下去,而后红着脸对我吐了个舌头,"不过有感觉的既然不是现在的佳铃,这就表示我还是有机会的吧?"

"机会?"

"啊哈哈,没什么啦!"张月桐躲避了我的疑惑,将挑好的书籍拿去付钱。离开书店后,我们在电影院度过了接下来的两个小时。

真不愧是江佳铃选择的电影,无聊的程度又没有让我失望。这部烂片围绕着一个狗血三角恋展开:男主人公与女主人公 A 是大学同学兼情侣,女主人公 B 是男主人公依然爱着的前女友,在经过一系列尬到让我无语的误会与冲突后,男主人公毅然决然选择了整部电影连一半戏份都没有的女配角 C……

"绝了,为什么男主人公不和他那个发小在一起啊?"看完电影后,我与纪委继续四处游玩,享受着我们应得的闲暇时光。

"唉?那结局不就更令人疑惑了吗?她可能连女四号都不算吧?"张月桐眨了眨眼睛,玩转着那根"美梦成真签"。

我口中男主人公的发小只在故事开头以及男女主人公们吵到不可开交时才会出现,是一个专门用来讲故事和救场的工具人。但是就凭她与男主人公从小一起长大的情谊,以及她在剧情里期望男主人公能得到幸福的那份执着,说她不喜欢男主人公鬼才相信!

"不管编剧是什么意思,反正我这观众看到最后就认那个发小!"我朝张月桐解释了我如此选择的原因。

"哈哈,看来张舸是青梅竹马派的呢!"张月桐的眼眸中多了几分不一样的色彩,嘴里重复着"原来如此"的哼声。

"不不不,其实我对这种多角恋爱的影视作品没啥兴趣,而且每次我希望能在一起的组合最后基本上都吹了。"我将从抓娃娃机上抓来的那个小丑鼻子戴了起来,"但是话又说回来了,现在的导演好像贼喜欢拍这类题材,就比如正在播的《三石情》续集,要是履泉下有知芷对那么多男人含情脉脉,估计坟头草还得再高三寸。"

说到剧情已经进入尾声的《三石情》第二季,我们全家都是气到不行。导演和编剧居然能把一个男女主人公相爱相守的纯爱故事改编成一个无数男人围着芷转的大女主故事,而且还真如去年预告片播的那样充满了神魔元素。

第二季的剧情是从履战死的消息传回村子开始的,之后芷如同传说中那样成功唤醒了三石桥并且得到了它所赐予的信物——电视剧中这是一颗闪烁着红光的水晶球——成了被守护的人。可是那之后的情节急转直下,与我们这些东湾人熟知的故事完全不同。获得信物的芷掌握了操纵魔法的力量并成了村子的领袖,在和男二号的你侬我侬之中带领村民抵抗妖怪魔物的入侵,保护村落的幸福与安宁。最离谱的是,随着正邪双方的对峙进入高潮,一直隐藏在幕后的大反派终于登场了,而与之相对应的一个设定为三石桥神灵的化身的白发大帅哥——由某流量明星饰演——也加入了主人公们的队伍一起战斗,而且他也加入了芷的争夺战中,与包括男二号在内的其他男人互相争宠……

"其实我们家还蛮喜欢看那片子的,不觉得很有想象力吗?"张月桐不好意思地抿了抿嘴,"因为芷的信物,男二号还获得了超能力呢,可以消除或者恢复别人的记忆,多酷呀!"

"这些我小时候听都没听过,书里也从来没写过,全是瞎改!"我越说越来劲了,"传说里村民们明明不需要任何媒介,只要与三石桥成功对话就能在桥上看到过去,剧里他们居然还需要使用芷发的那什么符箓……还有啊,为什么'守护全村的幸福'就必须和一些我根本不认识的牛鬼蛇神搏命啊?像课本里那样默默祈祷就没人看了吗?咱们东湾人看了这片子至少还知道它离谱在哪儿,被其他地方的观众看了之后,他们肯定就直接把电视剧演的当成流传至今的三石桥故事本身了啊!这简直是对三石桥传说的亵渎!"

"不过这片子目前在其他地方的反响倒是挺好的,哈哈……"张月桐笑得更尴尬了,"我倒觉得这种改编没什么,流传下来的故事中有很多细节其实都很模糊嘛,不一定真的就是我们一直听到、读到的那样。"

"不不不,事实就是,和三石桥对话根本就不用什么媒介。而且听说接下来还要用芷的信物复活履?你说这不是扯淡吗?越拍越乱!"

"嗯?张舸,你怎么这么肯定,好像你真的知道三石桥在哪儿一样。"张月桐歪着脑袋,向我投来了疑惑的目光。

"啊……我、我猜的,我猜的……总而言之,咱们一直听说的故事里既然没有明写,就不要夹带太多个人好恶明显的私货了嘛!"惨了,又得意忘形口无遮拦了。自从陈颂走了以后我就没有再去过三石桥了,而且我也早就发誓不把三石桥的事告诉别人了……这里先糊弄过去好了。

我和纪委一边谈论着三石桥的话题,一边来到颇有特色的餐馆"茗雪坊"吃晚饭。这是一处宁静的古风茶馆,于无数现代化的商店之中好不显眼。屋内的摆设落落大方，桌椅板凳质朴整洁，每一份茶具器皿都散发出氤氲芳香。客人的数量不少，但大家都极为安静，或细品茶香，或持杯小憩，畅游在芝兰之气中。

凝于壶盖上的水汽缓缓落下，在檀木桌上点连成片。我尝了一口左手边的茶，齿颊留香、回味无穷。

对面的张月桐正在阅读那本《品红楼》，从神情来看，她已经畅游在大观园之中了。

"您的餐齐了，请慢用。"彬彬有礼的服务员将精致的晚餐一一上齐摆好。虽然这顿饭对我而言称不上大快朵颐，但是有一种优雅且高级的上流体验，也算是不虚此行。被周围的人和环境所影响，就连那两根鸡骨头我都没敢吐在盘中，嚼吧嚼吧就直接咽进了肚子。

时间在我们的交谈中静静流逝着。虽然纪委在和我说话的时候已经不像是高三刚开学时那般腼腆了，但我总觉得今天的她还是过分刻意了——我能感受到张月桐一直强打着十二分的精神，为的是不将她自己胆怯羞涩的一面流露出来。

不过仔细想来，纪委确实很特别。直到高三上学期为止，她给我们全班的印象都只是怯声怯气、轻声细语的腼腆乖乖女。但是在就任学生会长以后，在江佳铃因为陈颂的意外而消沉之后，张月桐又向我们展示了她稳重、冷静、可靠的一面。或许有成长的缘由在，但在我看来，那些性格特征更有可能是原本就存在于张月桐的身体里，只是她在通常情况下不会选择将它们激发出来。虽然离所谓的"双重性格"还差得远，但是至少在我心中，张月桐的形象早就不是单一的柔弱了。

"这店真不孬，纪委真是好眼光！"傍晚时分，我和张月桐在散步中往家的方向走去。我们依然热烈地讨论着各种话题，从历史到文学，从体育到明星，似乎永远都有说不完的话。聊着聊着，有时候我们的距离会近个五厘米左右，可是没过一会儿，又像是说好的那样缓缓拉开了。

总的来说，今天过得很充实。虽然江佳铃和万洋放了鸽子，但我与张月桐还是都尽力扮演了属于各自的角色，在不尴尬反倒很和谐的氛围里，为二人独处的时光画上了一个圆满的句号。

我本来是这么想的。

"张舸,如果你选择同现在的江佳铃一起走下去,那么你确实需要去了解有关她的一切,包括过去。"已经能看到张月桐居住的花园小区了,然而走在前方的她却突然停下了脚步,"但如果你只是想珍惜与她的那些美好回忆,只把她当作是日后见了面还会聊天叙旧的好朋友,只想让你们的关系就停留在这个时刻……我倒希望,你不要再去继续触碰她的过去了。"

"一起走下去?触碰过去?纪委,你说的我不太明白……"

"这是忠告,作为佳铃朋友的忠告,同时也是作为张舸朋友的忠告。其实我很希望你们继续走下去,但我也知道,这条道路注定不会一帆风顺……"张月桐转过了身子,她的声音哽咽了,"与其最后坚持不下去,倒不如现在就做出了断比较好……"

纪委的意思,是在让我做出选择吗?为什么呢?是因为我今天表达出了对过去的江佳铃的那份憧憬?可这和要不要继续同现在的江佳铃走下去有什么关系呢?

纪委在担心我和江佳铃吗?她口中艰难的路又是指什么呢?

路灯在我们之间划出了分界线,张月桐在那头,我在这头。短暂的沉默后,张月桐从塑料袋里拿出了她今天的那些战利品——我看到她把我挑选的那张碟片也拿了出来,而后又表情复杂地放回了袋中。

"张舸,我能说的只有这些。是否要继续去触碰她的过去,希望你在认真思考后再做出选择,这对你们都好。"

"嗯,我知道了。"我缓缓地接过了那个沉重的塑料袋。虽然还不能完全理解张月桐的用意,但至少在她的这番话后,我心中"回家之后就立马去看那张光碟"的想法现在已经没剩多少了。

当我杵在原地发呆的时候,张月桐的声音再次传了过来:"对了,张舸,这个送你!"

依然是分隔我们的路灯,它将大树的影子铺在了地上,遮住了我从张月桐手中接过的东西。

"今天我非常开心,谢谢你!"张月桐朝我的胸口推了一把,与我拉开了距离。而后她擦了擦眼角,红着面颊,露出微笑,挥动右手,迈起脚步和我道别,半开玩笑地留下了让我更加混乱的句子:"其实你也不用想那么多啦,因为你还有其他的选择可以考虑嘛……我就是其他的选择哟!"

我手中的那根"美梦成真"签掉到了地上。

第三十六章

江舟风铃曲——悸动

耀眼的阳光晕开了我的梦境。半梦半醒的我觉得身体非常吃力,酸痛到一下都不想挪动。

唰的一声,窗帘被完全打开,我感受到了来自夏日正午的火辣热量。

咕哝了一句后,我翻了个身继续迷糊。

耳旁传来温柔的轻声细语:"果然还没起啊!已经中午了怎么还赖床呢?还是在你们家的球馆。"

在与张月桐"约会"结束后我并没有回家,而是先与家里通了电话,接着去超市扫荡了一番,又去"二粮站"买了我最喜欢的炸鸡,最后径直来到了去年国庆练球的球馆,打开游戏机一个人狂欢到半夜,以此来平复乱七八糟的心情。

其实我早就想这么做了。摆脱了高中生的身份,总感觉世界突然宽阔了许多,不用再被一些无形的条条框框束缚了。

我的意识里绝对是包含了"起床"指令的,可不知道为什么双手仍将被子往身上扯:"再一会儿,一会儿就好。"

"你要是不起来,我可要采取非常措施了哟?"女声严肃了起来,带着些许恶作剧的口吻。

"随你喜欢。"我在迷糊中回答着。

"那么……哎嘿!"

有什么压在了我的身上。

不会吧,难道她正骑在我身上?!突然之间,我的脑海里蹦出了去年与她不得已拥抱的记忆。我记起了江佳铃的身形、温度以及呼吸,我记起了自己与她重新相遇之后的所有过往……这些记忆让我变得心烦意乱,不知道该如何是好:"我、我知道了,你快下来,我起来了!"

我大喊着从地上半坐起来。

我看到了那飘扬的蝴蝶结,她就站在我的不远处,手上正拖着一床棉被。

我似乎搞错什么了,赶紧瞅了瞅自己——只不过被江佳铃多加了一床卷好的棉被罢了。

难怪刚才热得要死。

"难道说?"江佳铃抱着那床被子,半蹲着对我微笑,像是计谋得逞了似的,"我才不会做那种事哟。"

"可坑了,为什么我非要被你叫起来不可!"我红着脸把被子踢开。自己睡觉习惯穿着篮球服,还好没有走光的风险。

出门的衣服和裤子被江佳铃拿了过来:"下午要去海边,大家不是约好了在这里集合吗?我比赛结束就过来了,结果发现你躺在地上睡觉,吓死我了!"

"海边?哦,对,万洋和我说过。他们什么时候到?"

"刚才来过电话,大家已经往这边来了。还是快起来吧,不明白你为什么要睡在球馆。还有啊,姚蓝之前好像说要来叫你起床,但貌似临时有事吧,搞不懂。"江佳铃今天的打扮很漂亮,隐约的锁骨和纤细的手臂都从黄色的短袖T恤中显露了出来,七分裤之下露出的小腿肚也非常可爱。

"姚蓝?"我的头还没完全清醒,脑海中突然有了一些乱七八糟的幻想:

"喂,张舸!你傻不愣登地还要睡到几点啊,太阳都晒屁股了,赶紧起来啊!"

我在一阵玩闹中躲进被子里:"可坑了你这男人婆!这就是你叫人起床的方式吗?!"

"你有意见?! 快点滚起来!"姚蓝将被子整个扯飞,对着我的屁股就是一脚,然后单手把躺着的我给扯了起来,"大家都在等你呢,真以为自己是什么大爷吗?!"

我在一阵乱晃中无助地呐喊:"快放老子下来! 不不不,姚蓝大人,求求你把小人……"

姚蓝像扔铅球一样把我扔到地上,拖着我往门边拽:"没时间给你准备了,你就穿那个可笑的篮球服走吧。喂,臭腰子快开门,时间就是生命!"

因为剧烈的摩擦,我的篮球服在地板上划过一阵火星,不光如此,牙刷毛巾之类的东西还在行进中不断砸到我头上:"张舸,你就边走路边洗漱吧,给我速度点!"

轰隆一声,一盆水直接从半空浇到我头顶。

以上的幻想过后,我完全不困了。

江佳铃拍了下手,她提醒我注意时间。确认姚蓝等人还没来之后我松了口气:"还好是你喊我起床。"

江佳铃耸了耸肩膀:"那是因为我太了解张舸你了。赖床这毛病有多少年了?"

"你还有脸说,该来的时候你不来,不该来的时候你来了!"我起身套上裤子。

"高中的日子已经结束了,你差不多也得注意下自己的衣着打扮了。让一下,我拿去晒了。"江佳铃转移了话题,把被子从我身下强行扯走,走向窗台。

"比赛怎么样?"我顺口提了一嘴。

"只能说重在参与嘛。"江佳铃笑着拍打被子,"已经好长时间没摸钢琴了,临时抱佛脚的加练也只是求一下心理安慰。不过我早就习惯这种事了。"

育才楼今天举办了一个大型的钢琴比赛,会弹的都可以上台表演,也都有机会得奖。凑人数也好,想让比赛更热闹也罢,会糊弄两下的江佳铃也参加了,不过从她的话语中可以了解,成绩并不理想。

至于赖床被抓,我总感觉是万洋那小子把我的行踪装进喇叭到处宣扬了一番。

江佳铃拿着杯子来到我身边:"喝口水润润嗓子吧。"

"谢啦。"

"昨天你们玩得开心吗?"江佳铃没有抬头,她继续拍打着被子。

"嗯……不孬。"我把空杯子递给江佳铃,"纪委对我说了些奇怪的话,有很多我也不懂。但她的忠告我听明白了——如果我没有决心和准备,最好不要轻易去触碰你的过去。"

"这些她已经告诉我了喽,我们昨天聊了很久,不然我今天也不会过来了。她的话你不用太在意,当然了,她确实是为我们着想。"江佳铃轻轻地拿走了我的杯子,顺便收拾起我在地上的那堆零碎,"我的事暂且不说,我想听的是你的感觉,你觉得纪委怎么样?"

"纪委当然是好女孩啊,我能感觉到她的心意……但是怎么说呢,昨天我们都比较拘束,感觉像是强打着精神让对方满意,为的是不辜负为我们创造机会的人。"我感到自己的心跳变快了,耳朵根子也变红了。昨天的经历就像是一个加速我对某些方面认知的催化剂,后知后觉的我对这种心情终于有了自己的态度——我应该去正视内心深处的这份悸动。

"我明白了。"江佳铃将我昨天买的影碟同其他物件一并放好,她的声音变小了,"或许你们再接触接触就没问题了……"

"江铃啊,如果,我是说如果,我和你……"

"抱歉。"她打断了我。

"为什么你要道歉啊?我还没说完……"

"总之……抱歉。"她犹豫着,没让我继续说下去,"还有一点时间,我还没想清楚。所以现在……"

"嗯,好。"我顺从了她的请求,在原地转了几个圈之后,走向洗漱间洗脸。

第三十六章　江舟风铃曲——悸动　　451

"张舸,我听万洋说了,你讹了他一个 MP5 是吗?"

"那是他输给我了!无论是毕业典礼上的象棋,还是关于我高考分数的打赌。真受不了这小子,他就以为我能考那点分,活该!"我不断用凉水激脸,让自己清醒过来。

"嗯?那你也输给我了哟,我是不是也能向你要点什么?"江佳铃的小脑袋出现在了镜子的右下角,她眨着眼睛偷偷望我。

"你又没和我打赌吧?"我下意识地往墙角挪了挪。

"不对吧?"江佳铃坏笑着来到了我的身边,"冠军赛开始之前,你不是信誓旦旦地和我说,如果我赢了,我说什么你都会照办吗?"

"那是给现场的那些人带了节奏啊!气氛给陈晓情都烘托到位了,我只能……"

"只能说话不算数喽?"江佳铃调侃着语塞的我,她很享受这过程。

"那……你希望我怎么做呢?"我胡乱擦了把脸,拿出牙具。

"嗯……倒不如说你想送我点什么呢。只要是你送的,什么都行。"

我只是想开一个玩笑,想用这种方式来恶作剧,想没心没肺地压过她一头:"乖呛,别太自信了!那我送你一个拥抱,送你一个庆祝你胜利的 kiss,也行吗?"

"这种笨蛋话就不要说了!"镜子中映着她的侧脸,"因为……我会当真的哟。"

我把牙膏挤多了。

等我处理完了内急,忐忑着走出洗漱间后,江佳铃正要出门:"啊,正好你出来了。我们一起去吃个早饭吧,他们还要等一阵才能过来。"

"天都晌了还吃啥早饭呀,留着晚上一起吃得了。"

"又是这样!不行,你的身体会被搞坏的!"

"你还真固执,够死了!"

江佳铃并没有生气,她故意拉长了音,调皮地仰起了脖子:"是啊,真抱歉,我除了唠叨就没有其他优点了呢!"

她并不掩饰她想得到我反馈的眼神。

"不,你还有其他优点。"

"嗯?"

"还有自知之明,这也勉强算个优点吧。"

"就知道你会这样说!"江佳铃鼓着脸关上了门,"你不去,我给你带!就这样!"

空荡荡的球馆内只剩下正在消散的袅袅余音。把手上的温度已经褪去了,我的心中升起了一股失落感,回想着之前的那些对话,喃喃自语:"她会……同意吗?"

摇了摇脑袋,我像是找到了罪魁祸首似的,从里屋翻出了自己最喜爱的那套中国象棋,将棋子一个个摆好。

我要赢她,等她回来之后,我要赢她。

…………

今天的天气正适合出游。下车后,我深吸了一口气,和赵慎两个人像傻子一样对着天空大喊。

云湾市,这是东湾县所在的沿海城市,同时也是我大概率将开始大学生活的城市。虽然经济在全省确实不算发达,但是胜在有山有海有故事,有人有店有政策,与东湾县的慢生活不同,将旅游业作为支柱的云湾市全年都是忙忙碌碌的。就如同东湾县的名片是"三石桥的传说",说到云湾,总也绕不开海。云湾的海滩每年都会吸引不计其数的游客,其中最出名的当数市政府重点打造的海滨浴场。这个全省最大的天然海湾度假区荟萃着山、海、滩、崖等自然景观,再辅之以现代的众多游玩项目,热度问世以来便持续扩散,如今已经成了全国知名的4A级景点——说了这么多,其实从我家坐车到这儿也就一小时。

"哇!真的是大海!"江佳铃扶着自己的草帽,感受着扑面而来的咸咸海风,"你们看,这么多人呢!"

顺着她手指的方向,漫无边际的蔚蓝就在前方。大海,它的颜色像是由天空倾泻下来似的,深蓝浩瀚、明亮清新。它的脾气也比我想象中的要温柔,没有咆哮,没有怒吼,只是轻唱着慵懒的歌谣,向众多急于拥抱它的

第三十六章 江舟风铃曲——悸动 453

游人撒娇,在太阳的凝视下害羞地升起自己心的温度。我开始相信真的有美人鱼了,说不定它现在已经化作人形,行走在不远处那段热闹的坡道上,将自己隐藏于络绎不绝的行人之中。

走入海滩,我们看到了另一个世界:无数的遮阳伞下,无数喜悦的面庞。小孩子们穿着可爱的泳衣,推推搡搡地堆着沙丘。打排球的大人很多,戏水和享受阳光浴的悠闲分子也不少。在那些与海滩的风格融为一体的客人面前,在那些令人目不暇接的装备面前,仍然穿着平常装束的我们一行人显得格格不入,而且非常寒碜。

杨小白咽下了果冻,她开始讲述云湾市并不怎么出名的传说:"云湾这里曾经建有寺庙供奉着地藏菩萨,庇护出海打鱼的渔民……"

"天天'海'了'海'了地说,今天可算来到真的海边了!这次先来踩踩点,下次我就带可可享受二人世界!"赵慎伸了个懒腰,"小大姐们,快换泳装啊!"

"真抱歉我没带那种东西!"姚蓝一脸鄙夷地望了眼赵慎,顺便用水枪滋了他的脸。

王家杰的舌头已经痒了一路了,现在下车,他自然不会放过这个数落海滨浴场管理设施的机会,马上开始了无休止的吐槽——这使得原本离他最近的张月桐悄悄朝一旁挪了挪。

明明挺好的嘛,真不明白为什么他眼里看到的全是缺点。要我说,唯一美中不足的就是我们到的时间有些迟,再等会儿都可以连下午茶带晚饭一起解决了。

"老哥,咱们先去酒店躺会儿,等吃完了晚饭……"

我连个"同意"都没来得及说,姚蓝就快速接过了话茬:"就知道你们要说这些丧气话!不许躺!不许吃!难得还有时间,大家快把东西放好然后去海边!"

说时迟那时快,她甩了甩过腰的大马尾,一人抢过了三四个人的行李,拿着就往酒店的方向走。

"那多不好意思啊!"万洋打了个响指跟了上去。

这小子根本就是欲擒故纵嘛!

蓝白相间的海浪此起彼伏，像是被风吹拂的舞台帘幕。远处传来了阵阵潮鸣，它时远时近地回荡在耳畔，祥和悠远、空灵深邃。和屁颠屁颠去借泳衣的万洋赵慎不同，我随意穿了一件篮球服，慢悠悠晃出了酒店。

近距离接触海后，我之前所幻想的那些有关"温柔"和"慵懒"的词全都消失掉了。确切地说，我找不到词来形容它，只是觉得自己受到了极大的震撼，整个人变得更加渺小，连沙滩上那只正在反抗孩童恶趣味捉弄的寄居蟹都不如。

一阵蓬松感浮了上来，我脚下所踩的路面已经变成了细沙。太阳赐予它们的光和热被无私地散发出来，远处的白浪横接天地、缓缓而来。白浪之上，是几只于光辉中飞翔的白鸥，它们的鸣叫声划过碧蓝的天际，回荡在广袤的苍穹之下。

这般景色让我不禁开始回忆，上一次来到海边是什么时候。怀着放松的心情，我在海边的长椅间留下了一串脚印。当我坐下后，疲惫的感觉开始袭来。眺望远方，拥挤的人潮与沙滩上的脚印都渐渐消失，只留下了往复回响的海涛声。

这好似摇篮曲般的旋律令人神醉。渐渐地，倦意拂过了我的眼角。

"张舸！一起来啊！"赵慎的声音远远传来，他好像和姚蓝在打沙排来着。

我打了个哈欠，对他们摆了摆手："算了，明天再战吧。"

"怎着的？你又肾虚了？别装蒜了，快来！"

无视之，没有什么比我的睡眠更重要。

"张舸，你真不来？！"这次是姚蓝的声音。

"算了姚蓝，就饶了他，给他休息一下吧。"还是江佳铃善解人意。

模糊的视线一聚一合，在金与蓝之间来回跳动着。反复数次后，我沐浴着光芒，进入浅睡：

那是很久之前的事情了。

我告诉她自己要回去了，回那个我为之自豪、充满了故事的小县城："下次再见面，还要跳舞给我看哟！"

她点了点头，将对于未知的恐惧化为勇气，向我挥动着小手。

第三十六章　江舟风铃曲——悸动

"那就再见了,江佳铃!"

她笑了,这份灿烂的微笑留在了我心中。

海风和海浪的舞蹈没有停止,它们联手唤醒了长椅上的我。不情愿地睁开双眼后,迎接我的是水天相接的壮丽景观——晚霞像打翻了的颜料,泼在天窗上。夕阳喝醉了酒,它摇曳着,把蓝色的海洋染成赤色。暮色暗淡,金边落日正圆。此起彼伏的潮声好似大海的诗韵,包罗着世间万象的哲理……

脱去了鞋子的江佳铃用自己的双脚试探着被阳光拥抱了一天的沙子。热热的、滑滑的,一声一声、一步一步都饱含着紧实。水天相接、清风四溢,那大到包容一切的蓝,那醉人到无以复加的潮鸣,晶莹的浪花,翱翔的海鸥……想必任何人身临其境,都可以得到洗礼和宽恕吧!

蓝色的柔滑丝带正试图解除束缚,飞至无尽苍穹。作为这片海滩女主角的江佳铃双手合十,对着远方的海神许下自己的心愿。听到少女虔诚的心声,海神用那更加温暖的海风撩起红褐色的披肩长发……

我看得出神,不由得从长椅上站了起来。同一时刻,女孩转过了自己的头。她的瞳孔被染作赤红,夕阳的点缀使得那两颗宝石更加华美夺目。

四目相对,我们的头发正以相同的频率感受着风声。

"张舸,你睡醒了?"

我还没回过神,依旧只是痴痴地盯着她。

"嗯?怎么了?"她不好意思地笑了,"是我啊!张舸,你看傻了吗?"

"江佳铃,我……唔唔唔!"我仍在组织语言的时候,一阵破坏气氛的凉意就扑到了脸上——谁泼的水啊!

耳旁传来了男人婆的声音:"喂!!!你憨了啊?刚睡醒就呆若木鸡!"

我甩了甩脸上的水,惊讶地发现自己旁边正站着一个身穿比基尼、身材火辣的青春少女。

姚蓝?她不是说没带泳衣的吗?!

"看看看,看什么啊?我这是……运动款式的!"姚蓝脸红到要死,她已经开始慌张解释了。

"好好好,不看了不看了!本来还想夸你几句呢,现在看来不用了。"

听到我的发言后,姚蓝气愤地双手叉腰:"喂!你什么意思啊!"

"你什么意思啊?才刚睡醒就被泼冷水!"

江佳铃用笑容把两张较劲的脸隔开:"好啦,你们别吵架嘛!"

"倒头鬼,你可真会醒,这是最后一波饭点了,快准备准备吧?"一个黑不拉几的家伙在我旁边冒了出来。

"唔!包拯!"

"去,这可是象征健康的古铜色肌肤。"赵慎装模作样地秀起肌肉,"来瞅瞅!看这迷人的线条,看啊!"

我转过了头,总感觉再看下去会变蠢。

"切!"姚蓝哼了一声,她每走一步,无辜的沙滩都会被重重烙上负能量十足的脚印。

我对着姚蓝的背影做了个鬼脸。

"张舸,不能背后嚼人舌头。"江佳铃纠正了我。

"就是就是。"赵慎掏着自己的耳朵,顺便充当着他最常扮演的"狗腿子"。

"得了,我们也走吧。"我拍了拍沉重的脑袋,打量起向我走来的江佳铃——她现在穿的是清凉的裙装。

离近一看,那张面容还是平常所见的模样。

是因为夕阳的映衬和刚睡醒的蒙眬意识,才让我觉得刚才在海边的江佳铃那么耀眼夺目、绚丽动人吗?可随着那个戴在她胸口的紫色香囊不断靠近着我,我心跳的频率又开始变快了。

"你在看我的裙装吗?"江佳铃不好意思地皱起了眉头,"我的皮肤不白,想了想,还是不要被晒得更黑比较好。"

她在解释自己如此打扮的原因。

"好啦,你先去吧。"江佳铃突然将我的身子转了个180度,继而推着我朝前走,"看前面,看前面。"

我顺着她的意思目视前方——是肋巴骨看得清清楚楚的万洋:"老

哥,赶紧地,就要开饭了!"

这有什么好看的?我继续将视线延展。

不远处的遮阳伞后,有个正在享受风与海的女生:乌黑的大眼睛流露出惬意,樱桃小嘴嘟成小圆,没有被粉色泳衣包裹的肌肤一览无余,水灵灵的、吹弹可破。一个小葫芦的挂饰缠绕着红线,温柔地搂住女孩的玉颈……在落日的照耀下,张月桐的身姿散发出活力与青春的迷人气息。可当江佳铃呼喊她的名字后,张月桐却红着脸一溜烟跑开了。

"哎呀,你被讨厌了呢!"江佳铃又开始嫁祸我了。

"嚼舌,喊的人是你。"

江佳铃扑哧一笑,她松开了手,面朝大海,任由长发随风舞动:"张舸,我搬走的日子已经定下来了,还有一个月。过了这几天,我可能会变得忙碌,甚至没办法像现在这样和大家出来玩。而且我在想,对我们来说,是不是真的和月桐说的那样,减少见面的次数会来得更好些呢?"

我的心被拧了一下。不知如何回复的我只是一边在脑海中回想着张月桐之前的忠告,一边静静等着江佳铃接下来的发言。

"可是,我还是决定要去争取一下。当然了,我也做好了因此失去你这个朋友的准备。"江佳铃没有回头,继续说着,"所以等回去之后,能陪我一天吗?只有咱们俩。我会把一切都告诉你的。"

江佳铃,这是你做出的最终选择,对吗?那我也不能再逃避了:"没问题,我随时待命。"

"谢谢你。"紫色香囊的主人转过身子,在与我相反的方向留下了自己的脚印。

我本想陪她一起待会儿,但最终还是应了万洋他们的呼唤,先一步前往餐厅——既然江佳铃喜欢海,就让她再待一会儿吧。

第三十七章

江舟风铃曲——海风

"我乖嘞！这可恣死了！泪目！"赵慎朝喉中注入一大口汽水，继而又将三四块香肥的鱼尾送入嘴中，粗暴贪婪地咀嚼着，"姚蓝、杨小白，谁都行，帮我、帮我端一下蟹子。"

杨小白根本没空搭理赵慎，她一边吃着刚刚煎好的牛肉，一边往嘴里送着五颜六色的冰激凌。

"怎么着？想乘虚而入啊，没门！"姚蓝赶忙捂住自己的盘子，继而利落地将一只大虾剥壳蘸酱。

"你们还真容易满足。"赵慎对面的王家杰倒是很淡定，他一边托腮吐槽，一边用叉子戳了戳自己盘中的鱿鱼。

因为毕业季的来临，宾馆隔壁的豪华海鲜自助为学生提供了六折优惠，没有比这更让人兴奋的消息了。体贴热心的服务生、人山人海的热烈氛围、大方整洁的整体布局、便捷多样的餐品类型，从烤的到煎的、从煮的到现成的、从喷香的熟食到开胃的凉菜、从招牌的虾蟹贝鱼到传统的飞禽走兽……总而言之，以上种种对到来的食客们全都浓缩成了一个字——吃！

与赵慎他们的豪爽相比，我们这桌的气氛则要温和许多。

江佳铃和张月桐的吃相都很淑女，无论多么香甜的美食，她们都是一小块一小块地往嘴里送，咀嚼时也尽量不让腮帮动得太让人看出来。

"嗯！这个好吃，佳铃你也尝尝！"

"哇！真不孬,你也尝尝我这个!"

虽然张月桐和江佳铃互相投喂的样子很和谐,她们的脸上自始至终也挂着微笑……然而不光是我,就连万洋这愣头青都看出来其中的暗流涌动了:"老哥,我知道她们是老相识、老朋友……可这是不是有点谦让过头了?"

谁说不是呢!再这么互相推,那块肥牛都要碎成渣了!

由于对面两个女孩的餐桌礼仪,我和万洋的动作幅度也逐渐变得小里小气,开始的时候还能多少吃点,然后变成无聊地叠盘子玩,再后来干脆只是朝着那堆离我们越来越远的食材直勾勾地干瞪眼。

"你们在让个什么啊!"姚蓝的声音先到,酒气再到,人最后到。她搂着张月桐和江佳铃,差点一头栽向盘子里那个已经被推搡到面目全非的八爪鱼。稳住身子后,姚蓝当即制止了浪费粮食的行为:"你们不吃,我来吃!"

姚蓝风卷残云般地把那些奇形怪状的食物全塞进嘴里,接着借酒劲直截了当地询问她们为何如此谦让。

我确定纪委和江佳铃并没有说什么奇怪的话,也没有提到任何名字。可是姚蓝露出了一副恍然大悟的神情,一脸滑稽地盯着我的面容:"我懂了我懂了,原来是开战宣言啊!那你们继续让吧,我回去喽!"

喂!姚蓝,别走啊,你这样一走她们又要开始了!望着姚蓝回到那个刺猬头醉鬼的身边后,我和万洋不约而同地叹了口气。

夜晚的海风很舒服。我听着颇有年代感的爵士乐,在柔美灯光的注视下轻轻叩击着吧台,享受美好时光。

万洋把座位转到另一边,豪放地将最后的气泡酒一饮而尽,以此为这顿饭后的夜宵画上了句号。

晚饭没吃饱当然是一种遗憾,但是能因祸得福找到这么一家既精巧又优雅的迷你酒吧,也不算亏。

"老哥,你就信了我的话,风哥的真实身份绝对就是江铃。"万洋又开始胡言乱语了。

自从毕业典礼上我输给江佳铃之后，他就一直坚持这个奇葩的观点，并且还把我撇在一边，自己开始了所谓的调查行动。早在初中时我就刻意回避了解风哥在现实中的一切，免得自己的想象落空。升入高中后，虽然"风哥就在我身边"的感觉变得越发强烈，可是我仍然坚持那时的想法。

"之前咱们兄弟都不知道江佳铃下棋的水平那么高，对吧？老哥你仔细想想，那风哥对你的了解程度，根本就不是一个普通网友可以比的。每次你有难题，他总会帮你擦屁股……嗝！"万洋满身酒气地靠着我的肩膀，"现在连象棋水平都对上了。你说，除了江佳铃，还有谁！"

我不能说万洋的话一点道理也没有。虽然我与风哥在网上结识的时间比同江佳铃在东湾县重逢的时间要早，但也没早多少。那个帮我多次渡过难关的陌生人，如果非要把他的真身想象成一个躲在电脑后面的红发女生，硬是拿来对号入座，也勉强塞得进座位。

可我总觉得，即使是能赢我的水平，江佳铃更多靠的还是战术和对我的了解程度，而风哥是单纯的棋力。况且从与风哥的日常交流来看，他对东湾县的情况非常清楚，根本不是江佳铃能比的。

难道江佳铃的伪装真能达到这种程度？虽然她说回去之后"会把一切都告诉我"，可如果她指的是这些事情，那她在我心中的……等等，我怎么被万洋带跑偏了，居然用这种类似阴谋论的思考方式去揣测自己的好友，我应该感到羞耻！

当我以"江佳铃初中才从南方小镇搬来"这样的理由回击万洋之时，我那个自称千杯不倒的弟弟早就鼾声如雷了。

"哦哟，客人你是从南方小镇来的？咱们是老乡！"正在擦盘子的店长亲切地走到了我的面前。

这个大胡子男人全身上下都散发着健谈的气息，即使得知了我只是一个来自南方小镇的女生的朋友，他仍然没有终止与我的搭话，反倒又为我上了一杯果汁并且自豪地拍胸脯说了句"今天请客"。

"'南方儿童'舞蹈大赛？我知道啊，我女儿当年还参加过比赛呢，不过没得奖就是了。江佳铃？我记得有一年的冠军是一名姓江的女孩，但是叫什么名字我就不知道了。后来她还出了事,是吗?"

"嗯,那就是她错不了了。"我苦笑着将甜水入喉。如果不是那场该死的疾病,江佳铃肯定早就成了什么舞蹈家,在我根本触碰不到的地方光芒万丈地生活下去了吧?

万洋睡醒是三个小时后的事了。这段时间内我和店长从风花雪月聊到人生哲学,各类无酒精的饮料喝了一杯又一杯,在道别时还互相留下了联系方式。

"乖呛累死我了,真是塞翁失马,焉知非福啊!"回到旅店后,我满足地伸了个懒腰,不管三七二十一地倒头便睡。

正当我即将入眠之时,头顶上突然响起了一阵悠扬的广播音乐:"住在本旅店的女士们先生们,大家晚上好!"

"大半夜的,还让不让人睡觉了!"我没好气地把自己整个缩进了被子里。

音乐声结束后,喇叭里的人声继续喊着:"接下来我们旅店将举行特别活动。很抱歉打扰大家休息,不过接下来的福利,一定会把您从困倦中立刻叫醒!"

"是是是,我倒要看你怎么把我从困倦中叫醒。"

"今天就是今天,今天本店开业整整满五周年,我们特意为大家安排了一场礼品多多、趣味多多的答谢活动!"

"老哥你听,有活动啊!还有礼品!"万洋到底是睡过了一觉,他噌的一下就从床上跳起来了。

"活动的名字叫作'午夜大作战',所有现住本店的客人都能参与进来,接下来我为大家介绍规则!"

有没有搞错啊!时间已经很晚了,不让客人睡觉搞什么大作战,你这样的店还能欢庆六周年我"张"字倒过来写。

喇叭的音量又高了两格:"我们提前把旅店的客人分成了两个阵营,持黄色房卡的客人是A阵营,绿色的客人是B阵营。两个阵营的客人将会为生存展开一场决战!"

"老哥,你听规则啊。"

我听个鬼!

"每张卡都安装了特殊的感应芯片,一张卡同时被对方阵营的两张卡接触,那张卡将失效。换言之,它的持有者就会出局。举个例子,一个持有绿卡的人遇到了两个持黄卡的人,一旦他的卡被两张黄卡接触就会变成红色,视为出局,我们这边会有显示。出局者的房号每隔十五分钟会统一报出,希望大家不要作弊哟。"

"听起来挺有趣的嘛!"万洋已经开始穿衣服了。

"游戏时间持续三个小时,最后按照阵营所剩人数的多少判定胜负。胜利阵营的幸存者将分走八万元的奖金哟!现在,请要参加活动的客人离开房间,在楼道进行准备。特别提醒,电梯不能使用,上下层的移动只能通过楼梯。至于不愿参加的客人,请继续待在各自的房间享受午夜时光,不好意思,打扰各位休息了。比赛的三个小时内,我们会将所有房门全部上锁,不参与的客人是不能乱入干扰比赛的哟。"

"八万元啊老哥!我的新机箱有着落了!"

"喂!这不是限制别人的自由吗?!"我从床上坐起来了——合着我不参加,还要被锁在屋里?

"那么可能会有客人说,这是限制我们的自由,这么说的客人请仔细阅读房卡背面右下角的小字。"

"啥?"我从万洋手中接过房卡,找到了喇叭里提到的位置——住店期间所有活动的最终解释权归本店所有,持有此卡即视为默认。

"这什么黑店啊?!"

"请参加比赛的客人们在楼道上集合,三分钟后,我们将锁上房门,再想参加可没有机会了哟!"

"愣子才去!"我刚说完,一件衣服就砸在脸上。穿戴完毕的万洋拿着两张房卡就往外冲:"老哥,我们走!打虎亲兄弟,这笔钱我们拿定了!"

"喂!把我的卡给我,我不去啊!"

咔嚓,门被关上的瞬间,房间内断电了。

第三十七章　江舟风铃曲——海风

"什么乱七八糟的,我们的兄弟情就被这破游戏……"我边提裤子边往外走。

打开房门后,我戳了戳正像猎豹一样盯着其他人的万洋:"把房卡给我,我要回去睡觉!"

"老哥,你都出来了,还回去干吗啊?"

"我手机还充电呢,房卡给我!"

"张舸?万洋?你们也参加吗?!"温柔的女声从对面传来。

"江铃?纪委?你们也参加吗?!"我一脸黑线——这两位不就是活靶子吗?

"嘿嘿,其实我失眠了,睡不着呢。"江佳铃正抱着自己老朋友的手臂摇来摇去。

被摇晃的张月桐吐了吐舌头:"好不容易出来玩一次就碰上特别活动,感觉很有趣呢!"

两个妙龄女生参加这种活动,也太危险了吧?万一被什么猥琐男借机吃了豆腐……

"江铃,你们是什么颜色?"万洋拿出了我和他的黄色房卡。

"黄色。"江佳铃和纪委晃了晃房卡。

"太好了,那我们就是一家的了!"万洋竖起了大拇指,"让我们获得胜利吧,各位!"

我怎么感觉更糟了,如果和她们一队,不是会累赘吗?!

等等,谁说我要参加的啊?!我夺回了一张黄卡:"你们玩吧,玩得开心,我可累死了。"

"怎着的,张舸不来吗?难得我还想第一个对付你呢!"一股辣条味飘了过来,是赵慎。

"赵慎,班长呢?"张月桐问着。

"他说这活动很无聊所以不参加。"赵慎一笔带过了王家杰的事情,"这种发大财的好事怎么能缺了我啊!八万块呀,等我赢了之后请你们都去'福达网吧'包夜三天!"

"规则不是两张卡才能让一张卡出局吗？就你一个人？"万洋话音未落，就看见了另一间房前晃着绿卡的姚蓝，还有一脸没睡醒的杨小白。

姚蓝一副摩拳擦掌跃跃欲试的模样："我可听见了哟，你们四个都是黄卡，是敌人呢！"

杨小白头上的那一小撮银杏叶倒了又直、直了又倒："好困……"

这都什么乱七八糟的，而且楼道里的人越来越多了……不管了，就算我想参加，我的眼皮现在也不会答应的。

滴答。

"嗯？"我的眼皮睁大了一点。

房门没反应。

滴答。

"咦！"我的眼皮又睁大了一点。

还是没反应。

门打不开了？不管我怎么插房卡都不管用，一种不好的预感涌上心头。

果然，那烦人的喇叭又适时地喊了起来："比赛开始！"

"乖嘞，这下'海'了！"我的眼皮彻底睁开了。

以赵慎为首的对方阵营正手持绿卡，从楼道两侧对我们进行包抄。

不对，他们是朝我们面前的江佳铃和张月桐冲了过去，就像群狼看到猎物一样。赵慎的动机暂且不说，看那帮男人的眼神根本就是冲吃豆腐来的啊！这下坑了，江铃啊江铃，你和纪委真是傻得天真，这么危险的活动瞎凑什么热闹啊！

"喂喂喂！你们想干什么！"姚蓝对正在冲锋的男人们咆哮起来，和我一样，她立刻明白了这帮家伙的用意，"一群犯羊痫风的敢图谋不轨，看我好好收拾你们！"

我们的周围一片混乱。

"江铃，纪委，我们快走！"我给万洋使了个眼色，拉着江佳铃往电梯口就跑。

"唉？张舸,怎么了?"江佳铃疑惑地和我跑起来。

比起江佳铃,张月桐的处境更加危险。她正被万洋拉着狂奔,慌里慌张地前后张望:"好吓人,那些男的好吓人啊!"

"老哥当心！要撞上了!"万洋提醒着我。

我的前面是一大群冲将过来的男子。他们高声喊叫着,对送上门来的"夜宵"手舞足蹈。

该败了,要全灭了啊！我浑身的汗毛都竖了起来。

领头的赵慎傻头傻脑只顾着猛冲:"八万块!!!"

"离纪委和佳铃姐远点!"不知从哪儿蹿出来的杨小白一脚将冲在排头的赵慎踹翻,继而引发了多米诺骨牌的连锁反应。我们四张黄卡在其他绿卡鬼哭狼嚎的窝里斗里成功逃脱。

跑到楼道口后,新的难题来了。

"江铃,上还是下?"我继续拉着江佳铃的手。

"先等等。"万洋示意我楼上有动静——错不了,那是人群的脚步声。

"妈呀,怎么又来人了!"万洋拉着张月桐原地打转,"怎么办？怎么办?"

我们身后的那些男人依旧穷追不舍。

时间不等人。我还没想出对策,以一名胖大妈为首的"军队"就浩浩荡荡开到了我们面前。

"你们是什么卡呀!"胖大妈的口水喷了我一脸。

我瞥了眼她手上的黄卡,稍微松了口气:"大、大娘,自己人。"

检查了我们几个人的卡后,胖大妈示意身后的喽啰们不要动手:"有没有绿卡啊?"

"他们后面的那些人是绿卡!"还没等我们做出反应,胖大妈身后的人群就开始叫嚷起来。

"好嘞,我们上!"胖大妈一挥手,几十个嗷嗷直叫的生力军从我们面前呼啸着开过。

"老哥,咱们还是先撤吧!"万洋拉着张月桐往楼下走。

466 时光与我们

"得,三十六计走为上计。"我与江佳铃跟了上去。

但愿姚蓝和杨小白没事。

"接下来是第二个十五分钟的报告,目前出局的房号有 102、105、108、304、312、507……"

我和江佳铃躲在大厅男厕所的隔间内听着报告。

"张舸,我们还要躲多久啊?我快被熏死了。"江佳铃站在我的身边捏着鼻子。

"江铃,你能不能转过去,我想上个厕所。"我咳嗽了一下。

"这种时候还不正经!"江佳铃羞红了脸,她对着我的胸口轻轻地捶了一下。

另一边的隔间内藏着万洋和张月桐。

"张学姐,你忍耐下……呕……果然什么地方的公共厕所都一个味。"

"哈哈,看来这次又是我落后了呀。"张月桐感慨的地方似乎有点怪。

"什么人藏在里面!"门外传来了质问。

我们四个人吓得直哆嗦。

"果然有人搁这里头!看我的!"声音远了,他们朝女厕所的方向去了——有没有这么拼啊?

回头看着江佳铃,她的脸更红了。是因为这个地方很微妙吗?

好吧,我发现了,我们的姿势确实有些奇怪:我站在江佳铃的身前,大大咧咧地单手撑墙。而为了给我留出足够的空间,江佳铃正扭捏地贴在墙边。她的姿势很弱气,我每次回头都好像在"壁咚"她,着实非常尴尬。

江佳铃的视线左右乱瞟,她将左手放我的胸口,微弱抵抗着这种情势下有可能出现的更进一步:"哈哈,张舸,你不要这么看着我啦,有些奇怪……"

"啊……是、是吧?"我的脸感觉很烫,但视线并没有转移。

按理说面前的这张脸我早就习以为常了,可现在的我居然发现了许多以前忽略的细节:原来她的右眉里藏着一颗几乎看不见的小痣,原来她的眸子中有许许多多的色彩,原来她的下嘴唇因为干涩已经裂开了些许

第三十七章　江舟风铃曲——海风　　467

小缝,原来她的面颊比我所想的要更加嫩润……

我能感觉到,江佳铃的呼吸也有些乱了。她的额头微微出汗,身体起起伏伏……我向往着她优雅端庄的气质、向往着她楚楚动人的面容,我确定了自己眼中的人是正在我面前的她,而不是那个过去的影子。

"张舸?我、我怎么了吗?是不是脸上有东西?"被我的影子遮住脸庞后,江佳铃的表情有些害怕。

我沉默地注视着江佳铃的嘴唇,那张一张一合的小嘴正勾着我的心魄。因为我的一厢情愿,我们之间的距离正被逐步缩减。

我能感觉到她左手的力道,但这只是象征性的抵抗。

明明只要像平常那样呵斥一下我……可她似乎并没有这么做。是因为相信我吗?还是说,她在迁就我?

这里是封闭的空间,只有我们两个人的地方。万洋和张月桐虽然在隔壁,可他们不会知道。

如果我在这里,在江佳铃所谓的"将一切都告诉我"之前一口气拉近我们的距离,我们是不是就能把那些有的没的全抛掉,继续走在一起呢?

可惜的是,这微妙的气氛没持续几秒就被猛烈的砸门声毁掉了。

"有人就快出来!绿卡不杀!"门外有人这么喊着。

我听见万洋在隔壁大喊了一声"拉屎呢烦不烦",但叫门者似乎并不相信他的说辞。

"张舸,有人来了!我们怎么办?"江佳铃这次用了全力,她推开了我。

我的心里有些遗憾。但一股名为责任感的力量告诉我,现在要做的是保护好她。以往这种情况我多半会向她寻求意见,不过事到如今,该是我拿出作为男子汉的魄力了。

"江铃,你放心,我有对策。"

"嗯?什么意思?"

我拿出了自己的黄卡,全身都做好了恶战的准备:"与其被各个击破,倒不如我和万洋一起搏一搏。"

"可万洋不知道你会冲……"江佳铃刚说到一半,自己就笑了起来,

"差点忘记了,你们可是心有灵犀的兄弟呀,一定没问题的!"

"这小子肯定就等我下命令了。江铃,你待在这儿别动,这次就交给我吧!"

"嗯!"

那些家伙又砸起了万洋的门,这是个机会!

咚!唰!我打开门,尖叫着从厕所里跑了出来:"给你们胆还蹬鼻子上脸了?"

站在一旁的那些人被吓了一跳:"有人!这儿有人!"

我趁机扫了一下他们的人数——一、二、三……切,一共就四个人。

"他就一个人,我们上!包圆了!"

四个人的视线全在我这里,他们仗着人多正对我步步紧逼。

咚!唰!万洋藏着的厕门也开了,大高个拿着两张黄卡从他们背后杀出,挑准最后落单的那个,万洋上去就是一个扫堂腿。那哥们直接摔在了厕所的地上,他的绿卡飞向空中。

万洋看准时机,把双手正反拍合。两张黄卡像三明治一样夹住绿卡,只听滴的一声,绿卡就变成了红色。

趁另外三人被万洋引开时,我也拿着黄卡向他们发起冲锋。虽然是以少打多,但我和万洋凭借出其不意,已经将对面三人瞬间吓傻。

接着,江佳铃和张月桐也定了定神,从厕所隔间里跳了出来:"嘿!"

那群家伙的嘴巴张得更大了:"他们到底有几个人啊?!"

好机会,打的就是一个立足未稳!依靠气势的加成,我和万洋将个子最小的家伙围住,迅速封住他的卡。

"好汉饶命,好汉饶命!"剩下的两人开始求饶了。

"求饶?晚了!厕所你们都不放过,脑子进水了吧?"我和万洋无视求饶,又把一个人撂倒在地,封了他的卡。

剩下的那个人正往厕所门口飞奔。

"看我的!"万洋收回卡片,长臂一伸将他扯了回来。

我拿着自己的黄卡对厕所的天花板高声呐喊:"江铃!!!!"

"接住哟!"江佳铃将自己的黄卡飞给了我。一秒之内,我完成了包括右手拿卡、顺势翻卡、双卡合并的连贯动作。

象征胜利的提示音传了过来,我举起手上的两张黄卡,在男厕所中宣布着获胜感言:"看到了吧,这就是友情和执着的力量!"

看着扑街的四人,万洋单脚踩着小便池摆了个造型:"开玩笑老哥,我们怎么可能输啊!"

"我们也算帮了忙吧?"张月桐不好意思地挠着脸,江佳铃也兴奋地捂嘴偷笑。

然而,正当我们踌躇满志走出男厕所的时候,面前却出现了几十个拿着绿卡的男人,是之前遇到的那帮家伙。

"咳咳,我说,你们就直接出局吧?张舸?江铃?"领头人笑嘻嘻的。

那不是姚蓝吗?!

"不会吧?你这个叛徒!"

姚蓝一脸苦笑,无奈地摊了摊手:"我本来就是绿卡,好吧?稍微收拾了这帮家伙,却被他们选成老大了。不用担心,他们已经老实多了,算是从杂牌军训练成纪律严明的正规军了。"

到底要被你打得多惨,这群家伙才会如此服服帖帖啊?!

"杨小白和赵慎呢?"江佳铃担心地问着。

"他们互相扯脸的时候被一个胖大妈带人偷袭得手,全出局了哟。"姚蓝掏了掏自己的耳朵,一副地主老财的要债嘴脸,"不过,绿卡后来在我的领导下已经成功反杀啦!所以为了避免无谓的牺牲,你们还是……"

我皱着眉头,保持站姿,心里直犯嘀咕:开什么玩笑,让张舸投降?不可能!就算是出局,我也要先拼尽全力!哪怕人数处于绝对劣势,我还有值得信任的伙伴在!我们还有机会!

"那……只能认输了啊。"江佳铃一脸轻松地把卡给了姚蓝。

"啥?!"我瞪大了眼睛,眼珠子都快蹦出来了,"喂?江铃,你怎么叛变了啊?!"

"谁赢都是赢嘛!况且对面还有我们的朋友,本来我就是想娱乐一下。"江佳铃弯着眉毛,一副理所当然的表情,"我们还成功战胜了一个队,我已经很满足了啦!"

这时候你居然毫无斗争心的吗?!

"是姚学姐,那就这样吧!"万洋也乐呵呵地把卡给了姚蓝。

连我亲爱的弟弟也未战先怯吗!

说时迟那时快,张月桐也把自己的卡双手捧了过去:"姚蓝,一定要赢哟!"

姚蓝晃着自己手上的三张卡片,对我露出了一个无比友好的微笑:"张舸?你还要战吗?"

俗话说得好,投之以桃,十年不晚……不对,报之以李嘛!

既然姚蓝对我这么友好,那我……深呼吸后,我露出了阳光灿烂的帅气笑容:"请放心拿去吧,姚蓝同志!"

在我们出局后,姚蓝所领导的绿卡阵营和另一个人带领的黄卡阵营于旅店大堂展开了激烈的大规模会战。这场史无前例的战斗以黄卡全灭、绿卡残存五人宣告结束。但可笑的是,姚蓝并不是那幸存的五个人之一。打到兴起,她索性将自己的卡当成飞镖对敌人发动攻击,结果是肉包子打狗一去不回。我们一行人忙活了大半夜,到头来却是看别人数钱。

"但是也怪怂的嘛!"张月桐高兴地做出总结。

快乐吗?我倒是快乐不起来。

"是呀,很快乐啊!"江佳铃美滋滋地摇晃着张月桐。

快乐吗?或许如此吧。

朝阳升了起来,海风吹拂着江佳铃的面颊,她以一袭轻纱似的裙装,抱膝坐在太阳伞内。面前是络绎不绝的游人,当然了,朋友们也在。可她自己却没有什么玩心,只是坐在原地发呆。

"你的决心还没变吧?"我穿着篮球服来到她的身旁,"可以腾个位置吗?"

"张舸,你不去和赵慎他们玩吗?"江佳铃嘴上这么说,但是仍朝一旁扭了扭身子。

第三十七章 江舟风铃曲——海风 471

"这是我的台词。"我一屁股坐在她身边,随意地伸着腿,"你到底有什么事想告诉我呀?现在能透露一下吗?"

江佳铃笑着摇了摇头,她噘起了嘴巴:"咱们不是说好了吗,等回去之后,我会单独约你的。"

"那些事我非听不可吗?"

"如果我们要继续走下去,如果你愿意和我继续走下去……那你就非听不可。"

"我会听的。但是我向你保证,无论那是什么都没关系,我已经决定了,会和你一起走下去!"

因为我的坚决,江佳铃愣住了。片刻之后,我们的距离再次变近,她已经将肩膀靠过来了。

先江佳铃一步同我接触的,是一个自远处飞过来的排球。

"坏良心的玩意!"我捂着脑门,蹿起来一脚将它踢回原处,击倒了一个黝黑的家伙,"臭腰子,你要杀了我吗!"

"国足的希望啊张少!"王家杰的声音悠悠传来。远处的他们正在开心地玩闹着,包括杨小白和张月桐。

我轻咳了一声掩饰尴尬,然后重新坐回江佳铃身边:"你看,现在我们已经有这么多真正的朋友了。我相信,无论什么样的困难和挫折,只要大家一起,总会有办法的……虽然这么说很丢人,但是我觉得啊,其实你没有必要一直把什么都藏在心里,你也可以试着多依靠我一点……不对!多依靠我们一点的!"

"张舸,你和我是不同的人,真是令人羡慕呀,每次和你说完话,我都会感觉自己变轻松了很多,不知不觉会想待在你的身边……或许这也是我一直没法向你开口说出那些事的原因吧?"

"哪有!我能走到今天应该谢谢你才对啊!"没什么好怕的,我已经能坦然开口了,"江铃,感谢你一直以来为我操这么多心,从今以后……"

咚!又一个排球砸在我脸上,带着很多沙的那种。

亲妈呀,疼死我了!那可是我绞尽脑汁才想出来的话啊!意识有点模糊,隐约就听见了赵慎的声音:"可以啊万洋,真准!"

好你小子!

太阳西斜后,我们一行人踏上了归程。公交车上,身旁赵慎的鼾声阵阵,我则用手机和风哥进行着久违的象棋博弈。但是下着下着,我们就开始说一些有的没的了——江佳铃就要搬走了。

因为之前就听过我与她的事,风哥并没有过多询问,而是直接开始了他最擅长的谈心环节。这次他那些文字的核心内容在于让我和江佳铃确认对彼此的感情,而后拿出共同走下去的勇气。

果然,风哥是我熟悉的人吧?

果然,风哥并不是江佳铃。

第三十八章

江舟风铃曲——铃心

从海边回来后的那天晚上对我来说是难以置信的。当我下定决心将那张影碟入机后,那些"南方儿童"被定格的童年时光与荣耀时刻得以重现。在不断抖动的屏幕和低画质的影响下,大部分孩子的面容是难以看清的。

只有她不一样。那正是我所熟悉的小女孩,那正是我看过的舞蹈,即使画面再模糊,我也能从身形与动作认出她。

然而在十几秒的夺冠镜头结束后,我不得不收回了以上的想法。反复将那一段播放了十次之后,我拨通了云湾海滨那名大胡子店长的电话,在心绪不宁地等了半小时之后,他终于找到了当年的资料,用一种理所当然的口吻击碎了我一直以来所认为的事实。

我用了一整晚的时间将自己调整到平常的状态,打起精神去赴之前与江佳铃定下的约——为了一起走下去所以必须让我知道的,只有我们两个人的约。

我依然有着许多的疑惑,许多的猜测。这些疑惑和猜测在她亲口告诉我一切之前是不会凭空得出结果的。所以我会等她开口,而且我已经想好了自己的回答。

看到我的黑眼圈,家里人免不得多关心几句:"儿子,这才刚毕业就熬夜啊!放纵也要适可而止哟,毕竟还有四年大学呢!"

"你老妈说得对,你马上就要成为大学生了。到大学里可要抵御住诱惑啊！毕竟你随我,那么帅,一定很受女孩子的欢迎！"老爸自豪地点了点头。

"和你一直很熟的那个江佳铃就不孬嘛！人好,对你也好,而且还能照顾你这来事的！怎么样,你们是不是快成了？"话音才落,我那对乐天派父母便又哈哈大笑起来。

"啥乱七八糟的,这才刚毕业,你们变得可真快。"我一脸尴尬地走出家门,"况且……她就要搬走了。"

当我走到欧龙小区门口的时候,江佳铃已经等在那里了。依然是那个跳舞前惯用的准备手势,依然是没人提醒就会持续下去的静止动作。

和她一样。

我深吸了口气,尽量让自己的语气精神一点:"开始！"

然而江佳铃并没有如我所想的那样迈出舞步,她反倒收起了姿势,双手背到身后,一副随时待命的样子:"张舸,早上好！"

她换了个不同于往日的造型:长长的披肩发被扎成两个垂在脑后的麻花辫,系在红绳上的小香囊今天露在了外面,与穿着的红色T恤格外相配。下半身的装束是露出小腿的五分牛仔裤,外加一双粉白相间的运动鞋。在我看来,江佳铃的这套打扮简直太可爱了,身体的曲线也被恰到好处地凸显了出来,回头率至少得是百分之三百。

"嗯！其实这样……还蛮新鲜的嘛。"我努力控制着激动的心情,围着江铃转了两三圈,"这麻花辫也太像安妮·雪莉的了！再加点雀斑更像！"

"真是抱歉呢,我没有雀斑！"她嘟起了嘴巴,用闹别扭的口气回复着我,"还不是你以前说过这个造型好看我才换的,结果你只是想看安妮而已！"

我当初的无心之语,她居然当真了？

"抱歉抱歉！"我赶紧笑着认错服软,"真的非常好看,我发誓！我都激动得不行了,生怕你看出来会笑话我……"

"好干巴的夸奖方式呀。"江佳铃睁开了一只眼,她又装了几秒生气的样子,而后扑哧一笑,"我如果再不原谅你,可就真成了那个暴脾气的小说

第三十八章 江舟风铃曲——铃心

人物了呢!"

"干巴不要紧,如果能继续下去,这类话我可以慢慢学的。腰子可是情圣,类似的话他比谁都会说,我请他教我!"

"是啊,如果能继续下去就好了。"江佳铃很自然地走到了我的身边。

"想先去哪里?"

"去东湾初级中学看看吧。"

"中学?"

"嗯,我们一起上过的,东湾初级中学。"

烈日炎炎,两个身形短短的影子没有丝毫重叠。江佳铃应该已经察觉到了我有心事,但她依旧保持着毫不知情的样子。

她的笑容、语言和动作在我看来都隐藏着一种类似"觉悟"的态度,像是无论如何都要在那一刻来临之前,将一切都尽她所能地维持住。

还真是不坦诚啊,我们两个人都是这样。

我随着她停下了脚步,面前就是初级中学的大门。因为学校的理念是"树人为本",教学楼前面那个十米高的"人"字标志隔几年就要被红漆翻新一遍。当年的楼如今都变了样,洁白似雪的楼身辉映出太阳的光芒,层层叠叠、颇有气势。我的思绪透过了那个大大的"人",我仿佛看到了环绕着假山的水池、精心修剪过的草坪、一尘不染的大路、正在跑操的学生,还有把家偷偷安在菜园附近的那只黄鼠狼……

在我的身边,江佳铃有些惋惜地皱着眉毛:"可惜他们还没有放假呢,我们进不去。"

"这好办,跟我来!"我拉过江佳铃的手,将她硬拽到校门最边角的栅栏旁。

"唉?! 难道你要……"

"嘿嘿,答对了。那次我们俩迟到,不就是这么进去的吗?"我已经开始热身了。

"迟到? 张舸,因为你我跟着迟到可不是一两次啊! 每一次不都会被抓住嘛!"

"还不是你跑不动拖累我!"我抓住栅栏蹲下,双脚紧紧扒住地面,"得了,闲话少说,快来吧!"

江佳铃吓了一跳:"哈? 真的要翻墙吗? 我们不再是小孩子了,这样做很丢人的!"

"有些事不去做怎么能知道呢!"

江佳铃和我对视了几秒。我不知道她在我的熊猫眼里看到了什么,但是这姑娘再一次选择与我成为一根绳上的蚂蚱。

她的重量压了上来。我感受着她的发香、发丝……

"稳住,起来喽!"我用双手握住江佳铃的双脚,挪了挪肩膀,缓缓站起身子。

"好,再往左点。"江佳铃一边指挥着我,一边接近栏杆的顶端。

虽然五六年过去了,但我觉得她的重量并没有变多少。

"好! 稳住哟,嘿!"她抓住了栏杆的顶部。

"腿上使劲!"

"放心啦!"江佳铃抬起了一只脚,助力把身子往上送。

好,她的胳膊已经过去了。

双脚都腾空后,江佳铃用一秒的时间适应了平衡。她轻盈地将下半身移到校内,而后用一个体操运动员落地的动作得到了满分。

真不愧是学过跳舞的!

跳舞……

"张舸,别愣着,快过来呀!"在栅栏另一头的江佳铃像极了来探监的。

放松心情,上吧!

"来了!"我纵身一跃扒住栏杆,三两下就蹬到了顶端。

正当我得意扬扬地朝江佳铃炫耀速度时,大门的方向传来了非常令人怀念的吼叫:"什么人? 谁让你们进来的!"

好家伙,他还在当主任啊!

"张舸,快下来!"

"小意思,看我的!"我微微一笑,好似大鹏展翅,从栏杆上华丽地纵身

第三十八章 江舟风铃曲——铃心 477

一跃……虽然有些踉跄,不过好在没有坠毁。

"哇!朝这边来了!"江佳铃扶住了我,她惊慌地看着远方,"我们往哪儿逃呀?"

是啊,现在已经没有我们的容身之教室了。

追兵越来越近了:"站住别动!谁让你们进来的!"

"哼,得让他知道我们的脚力有多少进步了!"我拉住江佳铃的手,再次演绎起了几年前常见的戏码。

好在这次有个稍微新鲜点的结局了:我和江佳铃在校园内闪展腾挪,将那个绰号"夜叉"的主任玩弄于股掌之中。如同及时雨一般的下课铃声助了我们一臂之力,成功混入初中生的跑操大队后,这次的猫鼠游戏以我们的完胜宣告结束。

虽然这些初中生的娱乐方式和交流话题与我们那时相去甚远,但对操场的热爱程度是完全一样的。我和江佳铃并排躺在操场的中央,享受着胜利的荣耀:"江铃,你的体力又强了不少啊!我看再过几个月,你都可以开始晨跑了!"

"还说呢,明明是那个主任退步了,今天咱们运气好!"江佳铃上气不接下气地笑着,她的眼泪都要出来了。

夏天的草地散发着泥土的芬芳与旺盛的生命力。把身体交给茸茸软软的它们来托举,连内心都变得安逸了许多。

江佳铃的气息平稳了几分:"你还记得吗?初一的时候,我就是在这里和你打招呼的。"

"怎么可能忘记呢?我当时就这么躺着。如果不是你开口,我现在肯定不会是这样。"我朝她的方向伸出了手,"不会有机会上东湾一中,不会有机会考上大学,只会是个逞强好胜、斗狠比凶的小混混罢了。"

"张舸,你不用这么自我贬低的。就算没有我,一定会有其他人来帮你渡过难关的。即使当时你的父母不常在身边,但如果你一直那样,等他们有空收拾你了,一定会把你那些坏习惯给纠正回来的!"她的手握了上来。

"但结果是,纠正我的那个人是你啊!"我稍微用了些力气,以此坚定自己内心的想法——无论如何,拨我青春之弦的人,陪伴我走过青春时光的人,就是此刻在我身边的这个女生。

这是谁也无法改变的事实。

"张舸,初中的那些事,你还记得多少?"即使象征上课的铃声已经打响,江佳铃依然没有离开的意思。

"很多啊,有些根本想忘也忘不掉。"

"那你可不如我,我每一件都记得!"

"嚼舌的吧? 那我问你,初三开学时的升旗仪式上发生了什么?"

"主任国旗下讲话的时候,稿子突然被一阵风刮走了,我隔壁班有个男生带头起哄,结果被罚站了两节课。"

没错,那个人是我。

"那……你记得初三我有哪几天身体不好没来上课吗?"

"这可多了去了,第一周的周五、第三周的周一、第六周的周二和周三……"

"够了够了。"我脸红了,"你记这么清楚干吗!"

"顺便一提,一半以上都是你故弄玄虚,单纯不想上课而已! 光是在'小叮当'文具店被抓到玩赛车都有六次,还有在'AA 国际'礼品店……"

"打住打住! 你脑子还真怪好的……可也有很多次是真的啊! 那次,对,就我膝盖打球被撞伤那次,难道不严重吗?"

"谁让你自己非要打的,我之前可是提醒过你!"

我和江佳铃同时笑出了声。畅游在那些珍贵的记忆中,我们似乎回到了四年前的纯真时代。

"好了,差不多该走了!"江佳铃率先站了起来。

"接下来你想去哪里,公主大人?"在三次失败的鲤鱼打挺之后,我选择了最为普通的起身方式。

"对面。"江佳铃的小香囊在胸口摇晃,"我想看一看张舸过去上的小学。"

先是中学而后是小学,她好像要把关于我的一切都记住。

江佳铃果然已经做好准备去迎接她心中最差的那个结果了。我多么想现在就把心底的话都告诉她,把那些以"无论如何""不管怎样""那又如何"为开头的句子全告诉她。

然而在她正式开口之前,我选择配合她以维持现在微妙的平衡。

走到小学门口后我才发现,这儿与我记忆里刻下的印象已经大不相同了。面前这气派得像是贵族学校的地方,我真的在这里上过学吗?

"张舸你是不是走错了,这和你讲的根本不一样呀!"江佳铃指了指金碧辉煌的校内,略微疑惑地对我歪起了脑袋。

"没关系,我证明给你看。"在确认了看门的大爷我还认识之后,我立刻跑去小卖部买了两条烟,继而顺顺利利地把江佳铃领进了学校,"现在信了吧?"

江佳铃忍住笑意,对我嘟了嘟不服输的嘴:"抱歉嘛!"

为了证明我过去真在这里上过学,也为了让江佳铃能了解得更多,我向她一一介绍了学校中的各种建筑与设施,包括它们在十年前是什么样子。

当我们来到一个过去是行政楼的巨蛋形状的场馆时,一个小孩子的声音从背后传了过来:"大哥哥,大姐姐,你们在这儿做什么?"

回头一看,是一个八九岁的大眼睛小男孩……不对,是两个。他们俩一前一后地站着,我都被晃花了眼:"你们是双胞胎?"

"对!我是哥哥(弟弟),他是弟弟(哥哥)!"两个男孩站成了一排异口同声,他们搭着彼此的肩膀,一副亲密无间的样子。

江佳铃笑着摸了摸两个小帅哥的脑袋:"看起来关系很好呀!要好好珍惜这份兄弟情哟。"

"那是自然!"面对江佳铃的温柔,左侧的小帅哥显得有些羞涩,右侧的那个则要镇定许多,"对了,你们还没回答我的问题呢。"

我清了清嗓子,骄傲地扬起了头:"大哥哥我可不是可疑人士,我以前是这里的学生,现在高中毕业了,回来这里看看。"

左侧的小帅哥一副恍然大悟的样子:"高中？哦,我知道了。我有个同学的哥哥也是高中生,不过他和他的哥哥关系很差。"

"听说高中生的日子都幸福得要死,老师根本不管学生干什么,不像我们天天被骂,还会被揪耳朵。"右侧的小帅哥把话接了过来。

"真好啊,我也想快点长大当高中生。"这是兄弟俩最后得出的一致结论。

也是怪了,这种年纪的孩子为什么会对高中生有如此深的误解啊！我猜他们那个同学的哥哥一定是个被老师放弃了的吊车尾。

"哦？大姐姐和大哥哥是一所高中的？那你们现在是什么关系？"右侧的小帅哥倒是人小鬼大,三言两语就正中了靶心。

"我是他姐姐。"这次轮到江佳铃大言不惭了,她先我一步夺得了说话的权利。

"姐姐？"

"嗯哼！"

"可是你们长得一点都不像啊！"

"谁说兄弟姐妹就一定要长得一样的？"江佳铃一副乐在其中的样子。

"那你们的关系好吗？"

左侧的小帅哥抢答了兄弟的疑问:"这还用问,不好他们会一起过来吗？"

"当然不好喽,我们今天是来决裂的。"江佳铃用很轻松的语气回道,继而对我眨了下眼睛,"对吧？"

"是啊。"没错,我今天确实是来决裂的,与我们过去的关系,与你口中的"姐弟"身份。

可这并不是终点。相信我,江佳铃,这一定不会是终点的。

离开小学之后,我又带着江佳铃去了我曾经住过的地方、曾经游玩的街市、曾经与朋友们常去的秘密基地……我们营造着让彼此都感到舒适的氛围,在愉快又充满了戏谑的交谈中结束了 AA 制的晚饭。接着,心血来潮的我们又在几十名剧迷的怂恿下与他们一同在影院包场,观看了已经在全国打响东湾县与三石桥名气的电视剧——《三石情》最终的大结局。

当芷领导的主角们艰难地战胜大反派后,影院内各位观众的欢呼声也达到了最高潮。然而当剧情放到最后,也就是芷利用自己的宝珠和三石桥的力量复活丈夫履,并与他相拥而泣之时,拜那几个小鲜肉拙劣的演技和台词功底所赐,整个电影院都沉默了,几乎所有人都在用座椅摩擦着后背里三层外三层的鸡皮疙瘩,只剩我身边的江佳铃一个人在那里抹着眼泪,泣不成声。

我们的终点站是金牦公园,确切地说是那处不为人所知的、三石桥真正存在的地方。时间早已到了深夜,消解我们之间凝重氛围的只有此起彼伏的蛐蛐声。江佳铃小心翼翼地躲避地上的垃圾堆,她来到断桥脚下,依靠着一旁的木质护栏,将身子转向我。

三石桥。去年9月,在杨小白的引导下,这个在东湾县家喻户晓的久远传说于我和江佳铃的面前化作真实。因为它的力量,姚蓝深藏心底的过往得以呈现,她在历经磨难后最终与母亲获得了幸福;也是因为它的力量,我险些在陈颂出事之后沉溺在名为"过去"的毒药中难以自拔。

三石桥,对于同时拥有光明与黑暗两面的它,敬而远之或许是最好的选择——这是我在尝试后得出的结论。江佳铃的态度则要更加坚决,很早之前她就表示过自己不会使用这座桥的力量,因为她对"过去"的情感非同一般。

然而现在,同样因为"过去"这两个字,她选择来到断桥边。

我知道自己无法阻止她的决定。

"张舸,你拿着这个。"江佳铃将她胸口的小香囊取下,轻轻地放在我的手心,"时间是八年前的国庆假期,地点是我曾经居住过的南方小镇。这个香囊是你为了补偿自己的迟到,而送给在上午遇到的那个小女孩的礼物,对吧?现在我把它还给你。"

我紧握着那个小小的物件,尽力留住残存在它身躯上的余温。我低着脑袋,静静地等待她继续讲述。

一张照片出现在了我的眼前,而后是江佳铃平静的话语:"因为,我并不是那个小女孩。抱歉,这么久才说出口。"

我想保持自己的镇定,我想立刻将想好的句子回复给她。可是当我看到照片中那两个几乎一样的小女孩后,我还是愣在了原地。

真的是这样。

真的就是这样。

她们实在是太像了。即使我能在一瞬间感觉出谁才是当初的女孩儿,但是在仔细看了几秒照片之后,我动摇了。

"张舸,你曾经问过我,是不是在陈颂身上看见了自己的过去,是不是把陈颂当成了过去的自己。因为你觉得我们的性格和长相实在都太相似了,对吧?"江佳铃捧住了我的脸,她将自己的微笑映在我的双瞳之中,"并不是这样的。在我心中,与陈颂相像的人从来都不是我,而是我的姐姐。"

我记忆中的那个小女孩,江佳铃的姐姐,江佳铃口中与陈颂相似的那个人……

晚风吹过,彻骨的寒让人怀疑这根本不是夏天。我觉得自己与江佳铃之间的那堆垃圾像是道路的岔口,正在将我们的未来引向完全不同的方向。

"我和姐姐是双胞胎,但是我们的关系并不好,其他地方也差得很多。姐姐是受大家喜欢的自来熟,而我是没有朋友的家里蹲;姐姐是光,而我是影子;姐姐是天才,而我是笨蛋。明明是一起学跳舞的,明明我们的梦想都是舞蹈家,结果是我完全不行,一点妈妈的基因都没有遗传到。自从我记事,得到赞美的、领奖上台的人全都是姐姐,我只是为她鼓掌的众多孩子中的一个……嫉妒啊,无奈啊,不甘心啊,这些感情我都有。"江佳铃又摆出了跳舞前的准备姿势,"渐渐地,我对跳舞的热情被消磨光了。因为无论我多么努力,就是跳得不好,就是赢不了她。讽刺的是,就在我不想再跳舞的时候,我得了场很严重的病,真的顺理成章地不用跳舞了。"

我听出了江佳铃语气中的强颜欢笑和五味杂陈。我走到了桥边,没

第三十八章 江舟风铃曲——铃心

有打断她的叙述,只是静静等待着她将我心中那个只露出了一面的折叠图画还原成本来的模样。

"十岁那年,我出院了。但这并不是因为我的病得到了控制,而是我已经自暴自弃,不愿意继续在医院待下去了。而且……我的父母也需要时间来做出选择,是要继续保守治疗,让我的生命在四五年的缓慢恶化中走向终点;还是在继续治疗的基础上,接受那个成功率只有三成,一旦失败将直接夺走我生命的高风险手术。"

在和我相遇之前,她就已经被病魔折磨了三年之久;在和我相遇的时候,她的情况已经很糟糕了——这是我从那张光碟和大胡子店长那儿无法得知的事,是我在此之前不知道的事。她究竟是如何从那种绝望的境地中走出来的呢?江佳铃所遭遇的那场疾病的危险程度、江佳铃为此所承受的痛苦根本不是我能够想象的。

"10月5日,我会永远记住这个日期的。那天下午,我仍在享受着为数不多可以自由活动的时光。我戴着严实的帽子,盖住已经变色的头发,盖住我与舞台中央那个接受欢呼的孩子是姐妹的事实,在人群中看完了她的舞蹈比赛……"江佳铃擦去了眼角的泪水,她强忍着把故事讲完,"接着,我与一个将她错认成我的男孩子,初次见面了。"

在江佳铃的悲伤滴落桥上的瞬间,破败的断桥消失了。取而代之的是皓白的月色、垂露的芳草、妖娆的花朵、挺拔的树木,还有闪烁着点点余辉的萤火虫。在它们的簇拥之下,云雾缭绕的三石桥再次出现,桥下的生命之河潺潺流动,关于她的种种回忆从河水中呼之欲出。

"她就是你在那天上午遇到的小女孩。"江佳铃将我拉到了桥的中央,她朝桥下河水的方向做出了一个邀请的手势,对我介绍着那个正在河水中微笑的小女孩,介绍着这个故事里另一个主人公的名字:"我那完美到令人嫉妒的双胞胎姐姐,江佳涟。"

第三十九章

江舟风铃曲——江涟

　　江佳涟与江佳铃是一对孪生姐妹,虽然她们的长相几乎是完全一致的,但除此之外,两人好像再也没有什么能被称为相似的地方了。

　　不过最初并不是这样。还在幼儿年纪的两姐妹总是会做一些相同的事,到后来,逐渐产生竞争意识的她们开始对"胜负"有了些许的概念:无论是小班时回答问题举手的次数,中班时趣味问答的分数,大班时跑步比赛的速度,还是在父母面前的各种表现,姐妹俩只要做同一件事,就一定会有要赢过对方的心思。

　　良性竞争当然是一件好事,可问题是作为妹妹的江佳铃几乎一次都没有赢过。无论是比体力的还是比脑力的,随着年龄的增长,江佳铃落后的程度越来越多。即使是江佳铃先上手的游戏,江佳涟在简单学学之后便能轻而易举地超越妹妹。甚至连比运气的,妹妹也总是输多赢少。

　　时间在流逝着,全家人都渐渐接受了这对双胞胎一个是天才,一个很普通的事实。有意无意地,江佳铃开始减少与姐姐同步的频率,她拉开自己与姐姐的距离、减少与姐姐交流的次数,为的是不再被作为一个毫无意义的比较对象与形影不离的姐姐对照。

　　当姐姐在家门外纵情玩耍,成为关注焦点的时候,妹妹却逐渐习惯把自己关在屋里,一个人玩各种棋牌游戏。当然了,姐妹俩的父母一直都想改善她们的关系,也经常教导姐姐要谦让妹妹。

　　可是结果适得其反——对姐姐的能力早就心知肚明的江佳铃不愿接

受那种被施舍来的胜利,她与姐姐的关系反而变得更加疏远了。这对姐妹似乎只是同住一个屋檐下,同住一间屋子里而已。除了必要的寒暄,两个人几乎没有更多的交流,彼此也习惯了各忙各的。

不过跳舞是个例外。

无论是姐姐还是妹妹,两人都憧憬着被妈妈锁在柜子中的诸多奖杯,幻想着照片册页中那位腾空而起、美丽动人的舞者就是自己。

这是江佳铃唯一还没有退让和放弃的事。她告诉自己,不管江佳涟做得有多好,自己只要朝着自己的目标与梦想去努力就可以了。

江佳铃从来没有让姐姐看到自己委屈落泪的样子。她知道江佳涟并不是要用那些离谱的分数来打击自己的信心,她知道优秀本身没有过错——江佳涟比江佳铃更热爱舞蹈,也比江佳铃更加努力,这些都是她应得的。

江佳涟在舞蹈中找到了属于自己的广阔天地,找到了自己愿意为之付出一切的理想。每每当江佳涟扎起马尾,做出准备的姿态时,她便会在接下来的演出中全神贯注、全情投入、完美发挥并超越上一次的自己……

江佳铃没有扎马尾的习惯,也与完美二字无缘。在她狠心想要放弃跳舞的时候,一种罕见且棘手的病魔缠上了她。

随着江佳铃入院治疗,姐妹俩无法再住在同一屋檐下了。

日历翻过了一页又一页,医院换过了一家又一家。江佳涟的世界正在随着舞步变得宽广,江佳铃的生活则只有小小的病房和窗外目之所及的那一点风景。无论父母怎么祈祷,江佳铃的病情都没有好转的迹象。而为了让父母能露出笑容,江佳涟努力的程度一日胜过一日。

她们再也不用比较了。江佳涟承载起了全家人的希望,江佳铃则默默接受了自己的命运,不再进行抵抗。

时间来到了江佳铃第一次出院的那一天,9月24日。

"先回家吧,咱们全家人一起回家,好好地过一个国庆假期!这段时间再考虑考虑,再劝劝佳铃让她配合,好吗?"男人将悲伤的女人揽入怀中,以此掩盖自己即将情绪崩溃的事实。

这是江佳铃抗拒治疗的第十五天。她并不掩饰自己将药倒掉的事实，即使被强行灌下她也会偷偷在上卫生间时强迫自己呕吐出来。

看来江佳铃已经做出了她的选择，现在轮到她的父母做决定了。

"就算能手术成功，可佳铃如果还是这样……"

"所以我们得先让她打起精神啊！这次回家之后，让佳铃放开了玩吧，也让佳涟多陪陪她，劝劝她。"

一对失意的父母和一个沉默寡言的孤僻孩子，当他们回到家中时，另一个孩子已经在等待了。

"欢迎回来！爸爸妈妈，佳铃，饭菜我已经做好了，虽说只是简单的饭菜，但是有佳铃最喜欢的鱼汤哟！"江佳涟没有任何怨言，即使面对着三张无精打采的脸庞，她仍然将活跃气氛的重任扛在了自己的肩上。

"谢谢你，姐姐。"这是江佳铃离开医院后说的第一句话。虽然姐妹俩像这样住在一个房间似乎已经是很久之前的事情了，但无论是姐姐还是妹妹，都想稍微改善一下这么多年来她们不冷不热的关系。

在经过了一天的磨合后，姐妹俩找到了一种独特的相处方式，虽然看起来她们还是在各干各的：在回到房间后，江佳涟或是锻炼或是看书，但无论做什么她的嘴都没有闲着，一直同独自下棋的江佳铃说话。面对姐姐绞尽脑汁想出的各种话题，起初江佳铃的回答只会是点头或者摇头。但在江佳涟持续不断的猛攻之下，妹妹渐渐会做一些简单的回答甚至反问了。

一周之后，当母亲为房间里的两个孩子送水果时，听着姐妹俩普通且随意的日常对话，望着姐妹俩之间渐趋融洽的气氛，她差点感动到将盘子掉在地上。

时间来到10月2日，江家姐妹的老朋友张月桐跟随父母来到了这个南方小镇。天生丽质的张月桐比起她上次来时又漂亮了几分。虽然这个羞羞答答的小姑娘也是江佳涟众多崇拜者中的一个，但与其他人不同的是，她同样喜欢着经常将一个人关在房间中的江佳铃。

因为她们的父母是朋友，所以即使相隔两地，但是张月桐自幼年时便经常与江家姐妹在一起玩。最开始的时候她担任着裁判的角色,但在察觉到江佳铃的情绪后,心思细腻的张月桐便更照顾江佳铃的感受。她虽然不会与江佳铃玩些什么,但总是饶有兴致地看着江佳铃玩,并且时不时地提出疑问。如果她能够把自己的经验传授给江佳涟,或许这对姐妹的关系多少会有所改善吧?

这次重逢,江佳铃虽然没和往常那样用胳膊压头的方式向张月桐打招呼,不过她也尽了最大的努力把笑容挂在脸上。三个女孩坐的位置与儿时相同,或许是看见了好久不见的故交,江佳铃的话比前几日又多了几分。除此以外还有笑容,她并不介意将自己这几年的住院经历对张月桐娓娓道来——除此之外她也没有别的什么可以分享了——也不回避自己头发的颜色正在逐渐改变的事实,妹妹的坦诚与健谈让与她相处了一周有余的江佳涟都感到惊奇。

"这怎么行呢!佳铃你不要放弃啊,一定会好起来的!你一定会好起来的!"张月桐哭红了眼睛,她一个劲地鼓励着江佳铃——这也是江佳涟想说的话。

10月3日,在江佳涟与张月桐的加油鼓励下,江佳铃在回家后第一次走出了家门。不过她马上就感受到了来自外部世界的恶意。在被一个流鼻涕的小男孩嘲笑是"红毛妖怪"之后,江佳铃直到回家前都戴着严实的帽子。

那天晚上,姐妹俩的母亲又带来了一个好消息。早在四个月前,那位时下当红的明星歌手将在国庆假期来到南方小镇开演唱会,因为太过火爆所以破天荒地加了上午场的消息就已经造成轰动了。虽然江家姐妹都是那名歌手的小粉丝——然而江佳铃并不承认——但她们俩显然不会为了去现场见他一面而央求自己的父母掏一笔相对高额的钱去买门票,何况彼时的江佳铃还在住院。所以,碰碰运气是个不错的选择,在得知向一家杂志社寄明信片有可能会获得门票以及那位歌手的亲笔回复之后,江家姐妹的母亲便带着两张明信片前往邮局。

女孩的执着与付出得到了回报。江佳铃的明信片得到了回复,里面不仅有那位歌手给她写的祝福语,还附带着一张演唱会的门票——时间是 10 月 6 日。

在亲眼确认这封信的收信人是"江佳铃"而非"江佳涟",在得到母亲的许可,可以由姑妈带自己前去后,江佳铃的脸上露出了一抹没有被隐藏住的笑颜。

她终于赢了姐姐。

10 月 4 日,江佳铃剪短了头发,以便将它们更好地藏在帽子里。她一个人走出了家门,四处张望,决心要好好享受这段短暂但自由的时光,把关于南方小镇的一切铭记于心。她非常想和周围的孩子一起玩,可始终没有勇气开口,最后只是将帽子戴得更严实,让自己离开的脚步声更轻而已。傍晚,江佳铃得到了姐姐的邀请,她会在明天下午去观看江佳涟的舞蹈比赛,张月桐也将同行。

10 月 5 日上午,父母与江佳铃谈了一次话,虽然江佳铃并没有明确表示出自己对治疗的态度,但至少她已不似刚出院时那样消极。她同意在演唱会的上午场结束后,立即返回自己最讨厌的医院。也是在 5 日,因为回避而选择出门的江佳涟同一个热衷于下棋的外地男孩相遇了。

"那个男孩的象棋下得真棒,三两下就把我打败了,我完全不是他的对手呢!"江佳涟换上了下午比赛时的衣服,她展示着从男孩那里拿走的红桃 3,晃着舞步、轻松随意地讲完了上午的情况。

"嗯?这么厉害吗?"江佳铃没有抬头,继续同自己博弈着。对她而言,姐姐刚刚的发言和平常没什么两样,只是想让妹妹多说几句话罢了。何况江佳铃的心里非常清楚,姐姐不愿意去学象棋也是因为自己。

"他下午也会去哟,不如你带个棋盘吧,万一遇到了呢?"

"可以哟。"江佳铃把自己将军了。

下午的比赛对江佳铃而言没什么吸引力,因为她比任何人都确定,获胜的人一定会是自己的姐姐。结果也如她所料,台上那个女孩的舞步比她记忆中的更加轻盈、更加完美了。

比赛结束后,现场的观众逐渐散去了。江佳涟将奖杯与奖牌交到了妹妹的手上,她用从未有过的严肃口吻,用自己所学过的所有词汇,劝说自己的妹妹继续对抗命运,同那该死的病魔斗争到底。

江佳铃几乎就要答应了,但在她即将开口之前,那个备受瞩目的姐姐便又被一些孩子缠上,于欢声笑语中走远了。

望着被簇拥着离开的姐姐,望着手中抱着的奖杯和奖牌,江佳铃拒绝了张月桐"一起回去"的邀请,她不由自主地闭上了眼睛,展开了幻想:在舞台上纵情跳舞的女孩是她自己,拿下奖牌与奖杯的人是她自己,成为大家的焦点的人是她自己……

只是一次也好,在回到那个狭小的病房之前,妹妹也想享受一下同姐姐那样被人簇拥、被人期待的感觉。她甚至在心中默默发誓,如果自己的这个愿望实现了,无论之后的治疗会有多难熬……

她的愿望实现了。有一个将妹妹错认成姐姐的男孩子出现在了她的面前。这个男孩看起来像是外地人,因为本地人绝不会犯这种让人忍不住发笑的错误。可是这个自报姓名的男孩的眼神又是那么真诚,那份发自肺腑的期待、憧憬与佩服正是江佳铃一直以来想要的东西——即使她知道,无论是这份目光,还是现在被交到她手上的紫色香囊,其实都应该属于姐姐。

他就是姐姐提到的那个男孩——江佳铃确认了对方的身份。她不想让这份含有期待与欣赏的目光消失,她想答应这名男孩约自己一同玩耍的邀请。同时,她的心中还出现了一个非常任性的想法——或许自己可以让这个误会持续下去,代替姐姐去享受来自这个男孩的欣赏与期待。

"今天,不行……明天,明天上午,可以吗?"江佳铃在紧张和不安中给出了自己的回答。她知道今天下午是不可能的,半小时后自己就必须出现在五百米外的那所酒店中,与家人一起为张月桐一家送行。

她能左右的时间,只剩下原本计划用来听演唱会的第二天上午而已。但是为了面前的这个男孩,她愿意选择将自己最喜欢的那位歌手抛之脑后。

而后,她心中的后悔与忐忑被男孩溢于言表的喜悦全部排解了。仅仅是这几秒钟的满足感,她便觉得自己的选择是值得的。她只要扮演好姐姐的角色就好了,只要在回医院之前不被拆穿就好了。

送走张月桐一家后,江佳铃努力稳住了复杂的心绪,鼓起勇气向家人们讲出了自己的打算:"明天上午我不去听演唱会了,我约了朋友一起玩。下午我会回到医院,我会接受手术,也会继续接受治疗……然后我的那张门票……"江佳铃做了一个深呼吸。她考虑过将自己的票让给姐姐,她确信这样会让自己好受些。但是在听了张月桐的父母对姐姐的夸奖,听到姐姐兴高采烈地说接下来要前往哪个地方、参加何种比赛、获得何种荣誉后,江佳铃想到了自己一直以来所拥有的,想到了自己即将在医院所面对的,一些其他的情绪渐渐涌上心头,使她做出了"再任性一次"的决定,对家人补充了一句简短的话语:"我想留着作纪念,可以吗?"

不想让出去。比起姐姐,她才是更需要这张票的人。因为对姐姐来说,就算不是现在,在以后某一天她还是能够去演唱会的……不仅是演唱会、荣誉、赞美、舞台、未来……姐姐所拥有的都是妹妹羡慕的、得不到的。

姐姐迟早会拥有这一切。

可是单说现在,这张票是姐姐所没有的,是她能赢过姐姐的最后的东西……所以留给自己也没关系吧?江佳铃闭上了眼睛,她已经做好了被姐姐责备的打算,可是姐姐依然笑着,云淡风轻地让父母和妹妹别在意,因为自己早就已经有约了。

虽然有些状况,但是江佳铃交到朋友了,并且终于答应了会继续坚持下去,这是让家人都为之高兴的事。

10月6日,这是改变江佳涟与江佳铃命运的一天。姐妹俩在早上便一起出门了,虽然目的地并不相同。在同行的过程中,两个人的步调自始至终都没有一致过,她们谁都没有开口说话,环绕在耳畔的只有车声、脚步声以及蟋蟀的鸣叫声。

严实的帽子遮盖着江佳铃的半张脸。她偶尔会望向姐姐,因为姐姐今天穿上了她最喜欢的那套纯白连衣裙。但妹妹并不是一个喜欢打听和询问的人,何况此时此刻她的心中还充满了内疚感。

第三十九章　江舟风铃曲——江涟　　491

在经过公交站台的时候,姐姐停下了脚步:"我说佳铃啊,我们俩吵过架吗?"

江佳铃多走了几步,她对姐姐的发言有些诧异。在停下后,这个女孩又愣了几秒,而后发出了一个表示疑问的语气词。

"一般来说,大家都会吵架的吧?即使是兄弟姐妹。"江佳涟玩弄着自己的头发,她将视线移向天空,喃喃自语似的开口说着,"有句俗话怎么讲来着,'越吵感情越好'?不知道是不是真的呢?"

"或许吧。"

"那我们吵过架吗?"

"没有。"江佳铃的眼神从惊讶恢复成了迷茫。

"喂喂喂,你这么肯定吗?"江佳涟的语气中流露出了一丝笑意。

"嗯。"江佳铃的头微微低下,嘴角也有了轻微的弧度。

"那等你中午回来以后,咱们吵一架吧?"

"为什么?"

"万一能加深感情呢?"

"或许吧。"江佳铃的眸子辉映着粼粼波光,她拉下帽檐完全遮蔽自己的表情。走了没几步后,她再次做了一个深呼吸,又一次回了头:"姐姐。"

"嗯?"江佳涟的白裙子正在随风摇摆。

"演唱会的票在我们的房间里,粉色三层柜的第二层。如果你上午能去……"

"抱歉,昨天也说了呀,我确实已经和别人有约了。"江佳涟不好意思地吐了吐舌头,"小雅,你还记得吗?去年'南方儿童'的第二名,照片里哭着脸的那个。一周前我们就约好了,今天上午去她家里玩,不然她就再也不理我了呢!据说她的爸爸这次带回来了一个超级稀有的古代大锅呢!"

"一周前就约好了?"

"嗯。"

"无论如何今天都会去?"

"嗯,都会去的。"

"是这样啊。"江佳铃的表情变得轻松了些,她转过身子,声音越来越小,"那我走了,姐姐。"

"拜拜。"江佳涟再见的声音传了过来。几秒后,那辆公交车就超越了江佳铃。妹妹看到了姐姐从后窗里挥手的样子,她本想将口袋里的手也抽出来,但还没来得及这么做,那辆公交车便越来越远了。

当江佳铃来到约定的地点后,男孩已经等在那里了。她无法回应男孩想再看一支舞的愿望,只能将自己生病住院的事情支支吾吾地讲了出来。

稍有不同的是,她将"已经住了三年院"说成"即将在今天下午住院"。她意识到自己搞砸了,因为自从说出了住院的事情之后,她所扮演的角色已经不再是自己的姐姐了。

可是当得知这个男孩还不知道姐姐的名字后,江佳铃悄悄地松了一口气。她有了一个新的想法——为什么不把自己的名字告诉他呢?如此一来,这个男孩记住的将是她的名字,并且他将成为她一个人的朋友。在他的心中,"江佳铃"将成为一个曾经闪耀过、绽放过的小女孩的名字。

或许是因为男孩那双闪烁着欣赏与敬佩的眼眸,或许是因为她自己的心境改变了,江佳铃从来不知道自己也可以笑得那么开心、玩得那么愉快。虽然为了维持姐姐留下的那个不会下象棋的"人设",江佳铃故意放水输给了男孩,可是她第一次觉得即便输了也没什么好计较的,开心就是开心。

分别的时刻终于到了,江佳铃并不对这个男孩口中"再次相见"的话语抱有期望,她已经对自己即将面对的未来有了最坏的打算。她只是想在某个人的心中留下一个完美的印象而已。

所以她留下的是自己的名字。

而当这个自认为圆满完成了任务的女孩带着勇气与幸福回到家中后,等待她的却是一个让人崩溃的噩耗——姐姐江佳涟已经不在了。

详细的情况是由父母告诉江佳铃的,那是与江佳铃分开后不久所发生的事:江佳涟刚刚走下公交车,就被牵扯进了一起严重的交通事故。那时,还不到十一岁的她找不到任何地方可以躲避。最终,她作为情况最糟糕的几个伤员之一,被送进了医院。

江佳涟坚持了一个半小时。在开始的半小时内她还能说话,可随后情况便急转直下,最终变得无法挽回。

江佳铃无法相信父母的话。即使她已经看过了姐姐那张没有血色的脸,可是在回到房间后她依然在等待熟悉的敲门声。

江佳铃没有哭泣,自始至终都是一副木讷呆滞的神情。她像是一只失去了壳的寄居蟹,对于现在的自己感到不知所措,根本没有做好迎接暴风雨的准备。

在消沉中,时间一天一天地流逝着。江佳铃知道自己不能再这样下去了,因为父母现在只剩下她一个孩子了。

江佳铃想背负起本该由姐姐去背负的东西。她安慰了自己的父母,她坚定地说出了自己一定会活下去的宣言,她扎起马尾辫,拿出前所未有的勇气去迎接即将到来的手术,她真的熬过了艰难的后续治疗,奇迹般地活了下来……

"你不是要吵架的吗?你不是一直都在赢我的吗?为什么就这样,就这么突然地走了呢?一个半小时……为什么你才坚持了这么一点时间?"夕阳余晖下,江佳铃将小香囊挂在了脖子上,她凝视着窗中的人儿,将自己的病号服硬生生攥出一个裂口。她崩溃着,将身子靠在墙上,歇斯底里地呼唤着:"我会活下去!我一定会活下去的,一定、一定会赢你的!"

摇曳着波纹的画面开始变得模糊,三石桥散发的光芒也黯淡了许多。我将视线从逐渐停止的河水中移开,重新停留在那个自艰难困苦中走出来的柔弱女孩身上。

意识到她的面容模糊不清之后,我慌乱地擦干了脸上的泪痕。虽然昨晚过后我确实知道了江佳铃还有一个已经去世了的姐姐,但我并不知道故事的原貌竟会是这般模样。

所以去年她才会在陈颂遭遇意外后那么愤怒。

"其实我还是高估了自己的意志力。"江佳铃先我一步走下了断桥,"虽然手术是成功了,但后续的治疗过程远比我想象的更加痛苦。如果不是姐姐的鼓励,我根本撑不下去。"

"姐姐的鼓励?"

"嗯。在我又想放弃的那个晚上,我梦到了姐姐,她在梦里说,她原谅了我。"江佳铃也哭了,她一次次将眼眶中的泪水抹去,可那些涓涓细流巧妙地躲过了女孩的手指,从指缝间缓缓滑落,"张舸,你了解我,我无法不把姐姐去世的责任往自己的身上揽。可是,她在梦里原谅了我,开导了我。我知道,那个出现在我梦中的影像可能根本就不是姐姐,她或许只是我在自我满足中所创造出的幻影,她说的话是我内心想听到的那些话,我只是在逃避而已……不过从那之后,我终于再次获得了勇气。每每我想要放弃的时候,每每我孤独的时候,我总是会想起姐姐的鼓励。无论是接受自己相貌的变化,还是恢复后重新开始跳舞,都是她支撑我一路走过来的,直到今天也是。"

原来江佳铃曾经提到过的,常会梦到的人是她的姐姐。

"你姐姐的事不是你的错!我们见面的那个上午,你的姐姐不是早就和别人约好了吗?就算你没有约我,第二天上午你的姐姐还是……"我停了下来,无法说出这之后的话语。

"我知道啊,我知道的。张舸,你根本想象不到,在那之后,我居然偶尔会感到有些庆幸,我庆幸在与姐姐分别前知道她早就与别人有约的事,否则我真的无法原谅自己冒充了她……我就是一个这么可恶的人。"

我明白江佳铃的意思。如果江佳铃没有在出事的那天早上与她姐姐有过对话,如果江佳铃不知道自己的姐姐在当天已经有了约定,她一定会这样想:

若是在那个叫作张舸的小男孩将她认错的时候她立刻就说出实情,让自己的姐姐与男孩相见,那么男孩就将对她的姐姐提出一起玩的邀请。如此一来,江佳涟在第二天就会同那男孩,也就是我一起出去玩,就不会遇上那场事故,就不会失去生命。

但事实是,江佳涟亲口告诉了江佳铃自己早已经有约了,这意味着无论如何她都不会答应我的邀请,不会改变第二天上午的行程。倘若江佳铃没有顶替姐姐与我见面,第二天上午的我肯定还只是会无所事事地同其他孩子下棋玩乐。

所以江佳铃的自责根本就没有道理啊!

"张舸,现在你明白了吧,我的姐姐才是应该与你成为朋友的人,她才是你所憧憬的那个女孩……我不过是个一时头脑发热的冒牌货罢了。"勇敢甩开滴滴忧伤的泪花,江佳铃敛容屏气,双眉紧皱。她似乎在告诉我她该走了,她的故事已经结束了。

"可初中的时候,你本来能对我熟视无睹的,却为什么还要伸出援手呢?!"

"因为你是我的第一个朋友,我没法放着你那副颓废消极的样子不管。"

"为什么之后一直陪在我的身边?为什么不在这段时间里告诉我事实?"

"因为我们是朋友啊!因为我害怕,我害怕会失去你这个朋友啊!"

"那不就够了吗?!"我抓住了她的手,将正在抽泣的女孩,将这个对我而言最为重要的女孩揽入怀中,"虽然这么说很过分,可是我与你姐姐的相遇,说到底也不过是一面之缘罢了。真正陪伴我走过青春岁月的人,是你啊,江佳铃!这不是一个简单的谁先谁后,谁对谁错的问题,你总是说'如果',那为什么不将我们的相遇当作是命中注定的呢?不是意外,不是误会,是命运带来了这段陪伴我们至今的友谊,而且它并没有过错啊!你姐姐的事情我也很悲伤,可这与我们是否应该相遇是无关的!不是你,这段故事就无法开始,不是你,迄今为止的一切都不会存在的!"

"即使……我是个冒名顶替的假货?即使我现在依然有着……可能一辈子也无法排遣的遗憾和愧疚?即使我在听到你否认与姐姐的种种之后很生气……却也很高兴?"

"对!无论是什么,遗憾也好,愧疚也好,生气也好,高兴也好,我都会和你一同承受,一同面对的!因为我早在和你见面前就已经确定了自己的想法,无论今天你会对我说什么,我都要和你一起走下去!"说出来了,我终于说出了自己内心深处的宣言。

江佳铃将我抱得更紧了。她的身体终于完全放松了,随之而来的是将一切情绪都宣泄而出的放声大哭。再无心结的阵阵呜咽穿过了我的胸口,我能体会到那份温湿中的五味杂陈,我甚至能感受到那个永生在她记忆中的小女孩的脉动。

你好,江佳涟。虽与我仅有着一面之缘,但你一定远比你妹妹想象的要更加深爱她吧?那些鼓励和安慰的话语,一定都是你想告诉她的话,对吧?真不知道如果你还在,现在的舞蹈水平会是什么样子呢?或许你的妹妹没有办法追上你的步伐,但她至少并没有停止追赶。她现在的舞蹈,在经历了无数苦痛后浴火重生的舞蹈,已经不会输给当初你为我跳的那几段了。

江佳涟,谢谢你与我的相遇,我会将这段美好的过去永远留在我的心中。至于未来,请允许我与我身边这个红褐色头发的伙伴一起走下去——对我和江佳铃来说,这一天是崭新的开始。我们彼此交换了继续前行的誓言,我们相信只要携起手来,未来路上的一切困难就都会迎刃而解。

我们原本是这样认为的。

第四十章

江舟风铃曲——真相

自从在三石桥上知晓江佳铃的过去后,我们又一起出去玩了两次,我能感觉到在频繁的相处中,自己和她之间的距离变得更近了。

然而这种情况只持续了不到一周。开始时我以为江佳铃是在忙着搬家,可事实并没有我认为的这么单纯——她在躲着我。这个刚刚与我立下一起走下去誓言的女生,她似乎又被什么无形的枷锁束缚住了,总是刻意躲避着与我见面。无论是在超市、街道或是其他什么地方遇到她,她都会立马跑得远远的,我甚至同她都没有眼神交汇的机会。即使是用网上聊天的形式找她说话,她也是半天才回一句,后来干脆再也不回任何消息了。

又过了几天,我的疑惑与焦虑转换成了无处发泄的责备,我在晶水湾小区门口从早上等到中午,总算等来了她从我身边走过的时刻。没有犹豫,我立刻冲上去握住江佳铃的手臂,尝试着捕捉她的眼神。

我吃了一惊。她的相貌变得相当憔悴,面庞微微泛黄,额头上散落着几根细软干枯的头发,除了黑眼圈,眼窝和双颊也有些凹陷,整个人是一副精神不振、失魂落魄的模样。

我又叫了两声她的名字,可是她的反应让我心寒——那是一种望见路人同自己打招呼时的表情。

红褐色的眸子没有棱角,却仍旧将我的心刺得七零八落。如果你选择用这副冷漠的态度对待我,我们那天一起去三石桥不就没有意义了吗?

我轻轻地开了口,以保证自己情绪中的愤怒不会那么明显:"为什么要躲?出什么事了?"

"张舸,你先放开我……"

"别敷衍我!"我用连自己都觉得吃惊的音量打断了她的话,"我放手你就会跑掉的!我要你现在就说清楚!"

"我失去勇气了。"江佳铃的口吻有气无力,"我不能,也没有资格和你继续走下去。"

"为什么会这样?现在我知道了你过去的事,知道了你姐姐的事,而且我已经说了,无论有什么咱们都一起去面对啊!"我拽起她的手,"那天的话你都忘了吗?为什么现在想撒手不管了呢!"

"因为……该和你成为朋友的,该和你出去玩的人都是姐姐才对。"江佳铃哭了,她的眼里闪烁着泪光,"是姐姐,所有都应该是属于姐姐,不是我!"

"你又在说这种话?不是已经在三石桥上确认过了吗,无论你我有没有相遇,你的姐姐都已经有约了,她……"

"不是这样的!姐姐骗了我,她其实什么都知道!她什么都知道!"江佳铃撕心裂肺的呐喊让我全身发麻。她甩开了我的手腕,头也不回地撒腿就跑。

江佳铃的脚力毕竟不如我,追上她并不困难。可是她沙哑的哭腔却让我不自觉地松开了手。

"姐姐的事是我的错,是我害了她!"

我找不到头绪,我不能理解江佳铃的话。她绝不会无缘无故就改变之前的态度,在我们走下三石桥后,一定还有什么事刺激了她。

又是几次无功而返的尝试,我和江佳铃之间的距离在她的排斥中越来越远。我知道自己不能再像这样继续穷追猛打了,我选择将疑问与机会都压在张月桐将在7月24日所举行的升学宴上。张月桐是江佳铃的好朋友和老相识,如果我询问纪委,她或许会告诉我更多关于江家姐妹的事,没准还能知道江佳铃刻意疏远我的理由。

第四十章 江舟风铃曲——真相 499

王家杰疲惫地放下酒杯,他坐在我的身边,深深地叹了口气:"我说啊,来这里可不是为了大眼瞪小眼的,你们俩到底怎么了?"

在张月桐的升学宴上,我和江佳铃分坐在两桌。这种微妙的氛围逐渐被每一个到场的同学所感知,我清楚地听到周围碗筷相撞、觥筹交错的声响越来越小,取而代之的是那些好奇、疑惑和不解的目光。

虽然赵慎也很在意,但是他并没有停下自己吃喝的节奏:"你们吵架了?这可挺少见的,不过那句话怎么说的来着,越吵感情越好?"

姚蓝趁着端酒杯的时候轻轻蹭了蹭我:"现在大家都搁这儿,摆着苦瓜脸太难看了。"

姚蓝说得对,在这里让大家知道我和江佳铃的不融洽也没有任何好处,我得表现出和以前一样才对。

"谁吵架了?嚼舌的,我们感情好着呢!"我故意大声嚷嚷,而后对另一桌的江佳铃发出了邀请,"江铃,你来这儿坐啊,姚蓝已经同意和你换座位了,别不开心了!"

"咳咳咳!关我什么事啊!"姚蓝被呛到了,"而且我可没说要……"

"真的?谢谢姚蓝!"江佳铃领会了我的意思,她强打精神,用过去几年我无比熟悉的语气,快活地答谢着姚蓝。

就在这时,作为今天主角的张月桐走进了房间。她穿着一件崭新的红白格子衫,既秀气又得体。除此之外,张月桐并没有特别打扮,发型依然是学生气的学生头,脸上也没有任何妆容,和高中三年她给人的感觉完全一样。

"谢谢大家今天能来!作为11班的一员,这几年的青春时光我感到无比幸福,无比快乐!因为我比较内向,也没什么特长,时常会给大家添麻烦,所以很感谢大家对我的包容!无论今后大家身在何方,去往何处,我都会记住大家的笑容,为大家送上祝福的!愿大家今后的学习和生活一帆风顺,圆圆满满!"张月桐说完了她真情流露的敬酒词,接着将杯中酒一饮而尽。

随着各个大学的录取分数线陆续公布,我们在9月的去向也都尘埃落定:已经被云湾医大提前录取的张月桐自然不必多说,若不是感觉太招摇,她举办升学宴的日期还能再往前挪二十天。王家杰选择了出国留学,我、赵慎、姚蓝、杨小白也都顺利地被第一志愿录取,我和杨小白在云湾,赵慎去东北,姚蓝上首都。至于江佳铃,如她所愿,将在临城开启属于她的大学时光。

每一个端起酒杯的人都被张月桐感动了,就连不会喝酒的同学也忘了换杯,几秒后就辣得自己手足无措。

"哦哦哦,连上了连上了!大家看这里看这里!"姚蓝高举着自己的手机,一路小跑到张月桐的身边。

这是一个视频电话,姚蓝手机里猛然出现的那个表情严肃的墨镜男人把全场的人都吓了一跳。而当大家反应过来屏幕中的人其实是班主任老大后,哄堂大笑的声音便响彻了整个二楼。

大约一周前,老大便和他的妻子连同女儿杨小白一起开始了从东湾到西北的自驾游旅行。从现在手机里的背景推测,这一家人目前应该在一间具有民族特色的旅店中休息。

在老大和杨小白说完了对张月桐的祝福语后,赵慎又起哄让老大发表了一段即兴演讲。接着,王家杰这位班长也被拉着讲了一分钟的话。当大家实在找不到理由继续留住张月桐后,这个早已笑泪交加的腼腆女孩才动身前往下一个房间。

来参加张月桐升学宴的同学多到吓人。据我估计,她没准是把从小学到高中毕业自己班上所有的朋友同学全都请来了。这也从另一方面说明了这姑娘究竟有多么讨同龄人的喜爱。升学宴从开始到结束,我们一共只见到了她两面,而且第二次见她的时候,张月桐明显已经喝醉了,她对江佳铃又亲又抱,重演了一遍《绿山墙的安妮》中的"戴安娜醉酒"。

等张月桐接通我的视频电话时已经是晚上六点钟了。从画面中我能感受到她还没醒酒,摇摇晃晃得对不准焦。

"哈喽,张舸……"张月桐的心情很好,她双眼迷离,拿着一枚象棋,绕来绕去就是没法落子。

第四十章 江舟风铃曲——真相

"纪委,你在和自己下棋吗?"

"怎么啦,我不能下棋吗?"张月桐打了个很可爱的嗝,"我可厉害着呢,如果毕业典礼上我也参加……你们所有人都……先不说这个,你找我吗?"

在不断甩脑袋的过程中,张月桐听完了我的讲述。开始的时候她还很平静,似乎已经猜到了江佳铃会将过去的事告诉我。而在听完我对江佳铃的态度后,知道了我愿意与江佳铃跨越过去、继续前行后,张月桐甚至趁着酒劲拍起了巴掌,顺便补充了几句我不知道的情况:"佳铃和她的父母都是带着想重新开始生活的心态来到东湾的。东湾的环境,几年的时光确实抚平了他们的创伤,所以对他们来说,是时候离开这个疗养所继续向前走了。临城,这是佳涟最喜欢的城市,因为佳涟生前得到的最有分量的荣誉,就是十年前在临城举办的'沿海六省舞蹈大赛'儿童组的冠军。现在你明白佳铃和她的家人选择去那儿的理由了吗?对佳铃来说,佳涟是重要的人,解开自己取代了她的心结没那么容易。你只要把你刚刚的态度转达给佳铃,这丫头一定会痛哭流涕地接受的。她躲着你没关系,我来帮你们制造机会……亏我之前还那么担心,真是太好了,你们能一起走下去真是太好了……"

江佳涟最为荣耀的地方。江佳铃选择临城,是因为她决心要面对自己的姐姐,要把属于姐姐的荣光永远记住,连同那份荣光生活下去,并且从与之相伴的阴影中走出。不过张月桐似乎误会了江佳铃疏远我的原因——她以为江佳铃是在说完了自己与姐姐的过去后就一直躲着我,使得我还没有机会表明我的态度。

当我告诉她,我早在二十多天前就把自己的想法转达给了江佳铃,江佳铃的回避是在我们交换誓言后才出现的,并且将江佳铃口中"失去勇气""姐姐骗了我"这类的话全部说出后,手机屏幕另一端的张月桐突然跳了起来,"张舸,她是不是把那个香囊还给你了?你收下了?"

"啊?啊,是啊……我……"

"你、你这个……"张月桐突然气冲冲地用东湾话骂了我一句。她骂我的词在东湾话中属于最难听的那一类，如果不是亲耳所闻，我根本不敢相信这个词会从她的嘴里冒出来。然而奇怪的是，在听到她说那句话的口吻时，我的第一反应居然既不是生气也不是诧异，而是一种连自己都不知道出处在哪儿的怀念，只是隐约觉得在什么其他地方听到过这样的语气……

"已经送人的东西你能还收回来吗？你现在快去三石桥，快去！"张月桐的厉声回复中断了我的思绪。

"纪、纪委？你怎么生气了？是她还给我的啊……三石桥？纪委你知……"

"别再说了，快去三石桥！现在马上！明明告诉她了……你快去啊！没有时间了！"视频电话被粗暴地挂断了。

余音之中，我恍惚了几秒，只感觉房间内空荡荡的。

"三石桥……三石桥……香囊……"现在的我倒像是喝醉了一样迷糊，在用洗脸池的凉水醒神后，我从抽屉中拿出江佳铃还给我的那个香囊，火速冲到楼下拦住了一辆出租车。

怎么回事？为什么张月桐的反应这么激烈？她让我到三石桥去，难道江佳铃……

我回想起了杨小白的话：如果一个人迷恋过去又成功启动了三石桥，三石桥反而会乐于与他继续对话，甚至迎合他内心对过去的想法，为他创造一个符合内心期望的梦境，让他在登桥后可以享受其中……然后那个人会渐渐从现实世界坠入这个虚幻、愉快且美好的梦境之中，或者说被三石桥所吞噬……

不会吧？不会这样吧！下车过后，我像发疯一样跑进了人山人海的金牦公园——在陈颂出事后，我曾经感受过迷恋过去、依赖三石桥是一种什么样的感觉。即使明白无论看多少遍过去的事它们也是无法改变的，但就是没有办法说服自己离开，像是上瘾了一样。虽然我及时停手了并对它敬而远之，但当时的自己已经隐约有了种正在被剥离现实的奇怪感受。

满脑子都是理不清的头绪。我朝目的地加速奔跑，随着呼吸逐渐急促，我周围的行人变得越来越少，直到空无一人。

破败的断桥近在眼前，断桥的桥墩旁跪着一个正在凝视死水的女生，这是一幅死气沉沉的画面，布局着行将就木的景。若不是那头发色还能映出几丝艳丽，我面前的一切都将被黑白所占据。

画中的人回过了头。她的脸色很差，双目无神，红褐色的披肩发异常散乱。面对我的呼唤，她似乎不是不想起身，而是已经没有了起身的力气。

"江铃？江铃你在干什么！"我跑向她的身边，拉住她冰冷的手腕，强行将她拽了起来，"为什么你会在这里？！"

"张舸？"她从干涩的喉咙中挤出了我的名字，纤细的手指轻轻触碰我的脸颊，像是在确定我并不是虚幻的影子。零星的泪水重新为她注入活力，她发抖的话语逐渐连成句子，"原本梦到姐姐应该是很简单的事，可是自从上次和你来到三石桥之后……我就没有再梦到她了。现在，我甚至想不起她的脸，我对她的记忆似乎正在消失……我害怕忘了姐姐，所以或许这只是一厢情愿，但我还是来到这里……我只是想重温过去，我告诉自己就一次……可就是这一次，我看到了当年被我忽视的真相……我没法阻止自己一遍一遍来这里寻找过去的欲望……我有些上瘾了……"

"算了，这些话以后再说，你先从这儿离开！"无论我怎么使劲都拉不动江佳铃，她似乎正在被另一股无形的力量牵引着身体，没有从桥边挪动一丝一毫的距离。

"张舸，我们还是别再来往了。我已经不想再管你了，早知道会变成今天这样，无论是在小时候还是在初中，我都不会和你搭话的……请你让我们的故事在这里停止吧，现在还来得及……"

"休想！我还就当定狗皮膏药了，不管你怎么说，我都缠定你了！"我继续猛拽着江佳铃的胳膊，开始时我还顾忌她是否会疼，但随着她说的话越来越奇怪，我的动作也越来越粗暴。

"姐姐的事都是我的错，是我害了她……"

"能不能别再讲这种话了？你姐姐第二天的计划是早就定了的，就算你和我没有遇到，她在第二天上午还是……"清脆的响声后，我的脸上传来了一阵悲伤的痛楚——江佳铃抽了我一记耳光。她的表情充满了怨念和愤怒，瘦弱的身子正在剧烈地起伏着："不对……不是这样。我的姐姐根本就没有约那个叫小雅的女孩。她那天要去的地方……是本来该由我去的演唱会的现场！"

江佳铃的话并没有什么重量，可它们实实在在地给我的脑子来了几记重拳——不对啊，不光是江佳铃，我在三石桥也亲耳听到江佳涟说自己那天是有约的啊，难道三石桥映射出的过去还会骗人不成？！

"三石桥映出的过去是真实的，可人会撒谎。"江佳铃解释了我心中的疑惑，在她缓缓走向断桥之时，周围的景色再次发生了改变，"我控制不住自己，我在流水中回忆着她的相貌、声音，还有与我有关的那些过往。我怀念那些时刻，我一遍一遍地看着，然后我发现了……"

我的手机响了起来，来电是张月桐的号码，我甚至听到身后有一串急促的脚步声了。可是几乎同时，三石桥耀眼的光芒占据了我所有的意识，等我回过神来，自己已经和江佳铃站在了完整的桥上，我们周围除了仙境般的花草树桥之外再无一人。

桥下的水开始流动，象征着过去的画面在波纹中缓缓展开——这是我与江佳铃初次见面的那个下午，她正抱着属于姐姐的奖杯和奖牌，对我说出"明天一起玩"的答复。

站在桥上的江佳铃伸出了食指，随着她的指引，我将视线从画面的正中央注意到了画面的边缘。

我看到了那个正在远处望着妹妹与小男孩相遇的小女孩。

"这才是真相。"江佳铃的手垂了下来。

虽然三石桥展示的是开启它的人所经历的过去，但是它所给出的画面却类似我们经常说的"上帝视角"，对桥上的人来说，观感就像是看电影一样。所以江佳铃才能从中找到那些一直以来都被忽视了的细枝末节，才能找到那个在屏幕边缘默默见证了我们相遇的姐姐。

"姐姐只是装作不知道罢了,她一直都在远处看着。她知道你把我们姐妹俩认错了,但是她并没有说。我不知道她是在安慰我,是在生我的气,还是为了让我在第二天能安心、能不带愧疚地和你出去玩,总之她是骗我才说自己已经有约了……因为事实是,去小雅家应该坐17路,而她当时坐的那辆公交车并不经过,她真正要去的地方……是演唱会现场!!!"

在江佳铃的叙述下,整件事的原委变得清晰起来:

其实江佳涟知道我和江佳铃相识这件事,或许是为了能让即将返回医院的妹妹有一个开心的回忆,江佳涟并没有将谎言戳破。而且这个了解妹妹敏感心思的双胞胎姐姐还谎称自己早就在次日有了约,将"即使小男孩在下午约的是我,第二天我也不会与他一起玩"的潜台词传达给了妹妹。而当作借走小男孩的"报酬"也好,怀着开玩笑的心态也罢,甚至说是因为妹妹的自私而赌气也可以讲得通,总之,姐姐在第二天拿走了本属于妹妹的门票,准备在那个闲暇的上午去听自己最喜欢的那位歌手的演唱会……

"她本不会死的!如果当时我说出了实情,第二天该和你出去玩的人就会是她,去演唱会的人就会是我!会死的人是我才对!是我冒充了她,把你从她身边抢走了!都是我的错!在姐姐遭受不幸的时候,作为罪魁祸首的我却在没皮没脸地和你一起玩!我实在太差劲了!"江佳铃已经不在乎姐姐拿走票的理由是什么了,她指着水中那辆正在远去的公交车,大声斥责着自己,气喘吁吁地跪倒在桥上,"一直以来我都被隐瞒着,我什么都不知道,只把那张门票当成是珍贵的宝物,根本不知道它是从沾满了鲜血的事故现场拿回来的!!!"

由于三石桥的"上帝视角",我看清了那辆公交车的路数是"19",而不是江佳铃口中去小雅家所在的路数"17"。我终于理解了,被悔恨、悲伤、痛苦以及负罪感压垮的江佳铃无法再接受这段在她眼里导致了悲剧的友谊,这就是她疏远我的缘由。

我安慰江佳铃或许以上种种仍有她主观推测的成分在,可她又将另一段过去的影像通过三石桥放映出来:在姐妹俩出门前,在江佳涟边整理白裙子边从房间内走出来的时候,我看到了那张露在外面三分之二、却瞬间被塞回口袋中的铜版纸……

我现在无比厌恶三石桥的"上帝视角"和"回放功能",它让我根本否定不了那张铜版纸就是演唱会的门票。但这并不等于我肯定了江佳铃的说法,我也无法接受她这种自虐般拼命揽责的行为。

何况对我而言,比过去更重要的是未来。

可是我该怎么劝她呢?江佳铃的性格我非常清楚,现在这种情况下要让她改变自己的想法,单凭我是做不到的。

我愤怒地捶击着桥面——为什么本该平平淡淡继续下去的日常生活,会变得这么令人头昏脑涨,近乎窒息呢?为什么会有这么多乱七八糟的事,为什么就不能让我一口气全知道,为什么非要折磨我不可!

正在我深感自己的无能为力之时,耳畔突然传来了一个小女孩的声音——不是这样,不是佳铃说的这样,那张票其实……

"江、江佳铃,你听到那个声音了吗?那是你姐姐的声音啊,你听,她说那……"

"我们,没有相遇反倒比较好吧?姐姐,能活着就好了啊。"在江佳铃低语说出这句话的时候,三石桥下方的流水突然发生了变化。几秒前还尽显温柔的河水突然间变得汹涌湍急,以排山倒海之势腾空而起。在月亮消失后,黯淡的天空变得暴雨如注,它们携着痛彻心扉的悲伤哀愁,被狂风抽打,挥洒在这片正在被摧残的幻境之中。

淅淅沥沥的雨声,全身湿透的刺骨凉意,鼻尖上不断滴下的雨水。我的口袋正闪烁着与三石桥相同频率的白光——难道是我当初送给江佳铃的紫色香囊……不对!是紫色香囊的内部发出耀眼的白光!那是一个圆形轮廓的发光体,它像是个活物,正在香囊的内部左突右冲,努力挣脱着束缚。

与此同时,我面前的江佳铃也被璀璨的光笼罩着,身体逐渐变得透明。正当我想冲过去拉住她时,一股巨大的水龙卷突然呼啸着从桥下升起,它像是看准了时机,似吹走一片落叶般将我从桥上卷飞,继而用无情

第四十章 江舟风铃曲——真相

的波涛把江佳铃的身体整个吞了下去。

不要。

我重重地摔在了地上,我惊恐地嗅着泥土的腥味,我眼睁睁地看着江佳铃那瘦弱的身体化作残影,消失在不断旋转的激流之中——她就像是一粒可有可无的尘埃,实在是太渺小了。

不要。

我紧握着仍在发光的香囊,全身的筋脉如痉挛般抽搐,双腿一点力气也使不上,只能靠手支撑在风中勉强稳住身子。

不要。

当我挣扎着从草地上站起来时,那个完成了进食行为的庞然大物正以一种慵懒的状态将身体徐徐返回荡漾着波纹的巢穴。

"不要!!"我向着正在消逝的光芒、向着桥面正在断裂的三石桥疯狂奔跑。现在我的脑海里只剩下了一个念头——我要救她,我一定要救她!

没有任何犹豫,我一跃而起跳入桥下的流水中。霎时间,一种天旋地转的强大压力袭击了我的眼球、耳蜗和四肢,不光如此,我还有一种意识正在被抽离身体的异样感受。

随着窒息的痛苦变得越来越强烈,我已经没有力量再继续攥着那个香囊了。就在我想告诉自己我的行为只是徒劳之举,我根本没有能力去救那个我最重要的朋友之时,我面前的世界从黑变成了一片白茫茫。我找不到自己的躯壳,感知不到自身的重量,只是发现周围的那些白色,正在朝着某一个"点"急速移动。我似乎变成了一张纸上的铅笔画,正被人用橡皮擦去。当面变成线、线变成点之后,自己的存在也逐渐地淡化了。

最后,我什么都感觉不到了。

江佳铃,对不起。

··············

"张舸,醒醒!醒醒啊!喂!你醒不醒!"

在头上挨了一巴掌后,我在恍惚中睁开了眼睛。

面前的一切都是熟悉的:嘈杂却令人安心的教室、摆放着粉笔和黑板擦的讲台、写满了密密麻麻公式的黑板、被大标语围在中间的时钟……看来下课的铃声刚刚响过,大家正如往常那般闲聊着。

"终于醒了,我在后面看你睡了半节课了都!下节体育课正常上,咱们赶紧占球场去啊!"

我的意识和视线开始变得清晰,我抬起头,发现自己正处在教室的第一排,面前是一个正在鬼喊鬼叫的刺猬头。

这里是,高三 11 班?

"张舸,你怎着的了?你不信啊?我都找杨小白算过了,绝对错不了!而且隔壁班刚下课,再不快走咱们只能蹭球打了!"

"嗯,我就来。"我木讷地回复了赵慎的催促,顺便将桌子上的模拟试卷收好。在起身前,我揉了揉眼睛望向黑板,只见我的同桌张月桐正在细心地更新着今日的"好句积累"。

没过几秒,班长王家杰也走到了讲台前,在他宣布体育课正常上课的消息后,班级像是在庆祝神舟飞船成功发射一样,爆发出巨大的欢呼声。

"张舸,和我打羽毛球吧,走走走!"姚蓝架起了我的胳膊就往外拽。

"嘿,怎么着你还截和啊!"赵慎不甘示弱,他扯住我的另一只膀子,还差点上了牙齿。

"别闹啦别闹啦,大家先去操场再说,免得教导主任变卦。"在王家杰的指挥下,还在欢呼雀跃的同学们顷刻间拥出了教室。

这是怎么了?熟悉的大家都在我的身边,从他们的表情上看,我好像只是做了一个很长很长的梦,我好像只是睡迷糊了……

"我、我还是高三 11 班的学生?"

"啥?不然呢,这么想退学啊!"王家杰的脸上露出了令我安心的嘲讽之情,还有姚蓝和赵慎,他们表现出的行为和语言仿佛都是为了让我承认眼前的这一切才是真正的现实。

我长舒了一口气,尽管我并不知道为什么会这样做。就和我不知道为什么自己会对姚蓝座位旁边那张空着的课桌那么在意一样。

总感觉有什么地方不对,总感觉少了点什么……

第四十章　江舟风铃曲——真相

第四十一章

江舟风铃曲——搁浅

"张舸你个臭小子,给我回来!"正在我身后大发雷霆的是昨天才在电视上暴露身份的教导主任。

嘿嘿,让你平时那么臭屁,早就想戏弄你一顿了!

"主任你别追了,真的不是我!"我云淡风轻地跑下楼梯,"而且这不是电视台说的吗?"

"放屁!肯定就是你干的!气死我了!"教导主任的鼻子都气歪了,他边骂边扯着自己背后"芷之玄孙之玄孙"的大标签。

靠走廊的教室爆发出震天的大笑,其中分贝最高的是一个刺猬头:"张舸加油,快跑啊!"

一步两个台阶,三两下就跑到一楼,继而纵身一跃,轻巧落地!我的名字叫张舸,还差一个月年满十八岁,目前在东湾一中就读高三。从小到大,我在学校享受的都是风云人物般的待遇,大麻烦没惹过,小麻烦没断过,既喜欢来事又爱出风头,好在成绩始终是中等偏上,加上时不时又能通过类似象棋比赛这样的活动帮学校争些荣誉,总算是在惊心动魄中平稳行驶到了高中生活的最后一个赛段了。

不过我也有一段时间差点从顽劣的淘气包变为真正的不良少年,多亏了我的父母还有朋友们的帮助才得以及时悬崖勒马。现在,我的身边聚集着许多从初中时就在一起的好朋友,大家与我一道,正在为了一个更加美好的未来而加油努力着。

炫目的阳光下,成功甩掉教导主任的我暗暗为自己竖起了大拇指——又是透悠的一天,接下来就愉快地去上体育课啦!

"张舸?"糟了,这是个麻烦的声音,快逃!

我撒丫子就往操场上跑。

唰!教学楼侧面闪出了一个身影挡在我的面前,她的声音依旧又细又小:"张舸,很多人都说你又对教导主任做坏事了,这样是不行的,都是高中生了,怎么还这么顽皮……"

"纪委?谁、谁说的啊!才没有!"我做贼心虚,傻笑着撇过脸。

"大家都在这么说哟。"张月桐叹了口气,无可奈何地恳求着我,"我和班长可不想再替你挨他的骂了,你自己快老老实实地去道歉吧。"

张月桐,文静优雅的乖乖女,我们班的副班长兼纪律委员。虽说初中时就听过她的名字,但是直到高中才算是正儿八经地说上话。张月桐是我心中的完美女生,不仅人长得漂亮,学习与性格也都相当出色,唯一美中不足的就是她偶尔会在情急之下变得冒冒失失。我和张月桐的关系在9月初成为同桌后来了一个历史性的大提速,我们都发现彼此并没有之前想象的那般难相处,而且在许多方面还意外地合拍。比如张月桐时不时会选择对我的调皮捣蛋睁一只眼闭一只眼,就像现在这样。

"这次……我不会再帮你瞒了!"张月桐憋足了气,她红着脸,以一副要召唤神龙的架势拒绝了我近一周来每天都会上演的固定戏码。

而且还真有神龙听从了她的召唤。这条……这个正在将我从身后锁住的短发女生名叫姚蓝,虽然在班上没有任何职位,但大家似乎都默认了她是另一位副班长。姚蓝是全校闻名的偶像级学生,她不仅拥有美满幸福的家庭,还有着可遇而不可求的头脑和运动天赋,从小学开始就一直是老师们口中品学兼优的模范学生。

我与姚蓝早在初中就认识了,双方属于天生就处得来的好朋友。之前提过的,及时介入从而避免我成为不良少年的朋友,其实就是姚蓝。我是在同她的友情中,还有父母的爱与鞭子中最终被挪回正轨的。

"对,姚蓝,就这么抓着!"几分钟前还在替我架势的刺猬头现在已经换了副面孔,一看就是被纪委的美色给收买了。赵慎是我的另一位挚友,同时也是一起闯祸的好哥们,不过这小子经常投机倒把切换阵营。这不,现在就来了。在他们两人的押解下,我成了电视剧里常见的反面角色:"你们松手啊!我们的友情难道还比不上纪委的一句命令吗?"

"啊哈真抱歉呀,我和纪委也有友情!"姚蓝故意拿腔拿调,用毕恭毕敬的口吻阴阳怪气地回答了我的质问。

"比不上。"赵慎倒是挺直接的。

在叛徒们的出卖之下,我被带到了正在办公室伸舌头扇扇子的教导主任面前,用了整整一节体育课反省我的过失。

我和姚蓝在中午回家时顺路,彼此这样结伴而行也是从初中时便开始的习惯了。今天的太阳格外炙人,滚烫的热浪将我们前方的马路晒得曲折发虚。在一滴汗浸入眼眶后,我视线中的景色变得更加模糊了。

恍惚间,我似乎看到了马路的对面正站着一群身着奇装异服的不良少年,他们将一个头戴鸭舌帽的女生围在当中,一副即将动手开战的挑衅架势。

我曾经看过那幅场景,我认识那个人,她是……

"姚蓝。"我叫出了那个名字。可回应我的声音是从我的身边传来的:"怎么了,张舸?"

我微微转头,正好对上了她的视线。清澈的凤眼此刻充满了疑惑,似乎在等待我突然呼唤她的理由。

我诧异地摇了摇头,赶快把视线转回到马路对面——那里并没有不良少年,也没有戴着鸭舌帽的女孩子,有的只是滚滚热浪,只是和我们一样等待着红绿灯的行人。

"消、消失了?"

"张舸,你说啥呢?不会热出幻觉来了吧?"姚蓝拍了下我的脑袋,先一步走上了斑马线。

幻觉……是幻觉吗?晚自习放学后,我和万洋踏着月色走在出校园的路上,他同样用"幻觉"解释着我的疑惑。

应该是幻觉吧？可是……

我望了望自己空荡荡的左侧——这里应该有什么人在才对。

"当然是幻觉了。"以占卜和预言这类玄学闻名全校的杨小白也给出了相同的回答，我几乎就要被他们理所当然的样子给说服了。

直到我与那个名叫陈颂的女孩子擦肩而过。我根本不认识她，连名字都是别人喊她时才得知的。可是我们不由自主地对视了几秒——我认识那张洋娃娃般精致的面容，我认识那头乌黑亮丽的秀发，我认识那对闪烁着光辉的眸子……我对这个女孩子有种非常眼熟的感觉，但是我知道，自己眼熟的不是她。

我想不起来的那个人……她是非常重要的人……她到底是谁呢？

时间在我的疑惑中继续流逝着。我偶尔会对着一些地方、一些话语甚至自己的一些行为发愣——我似乎知道自己身边正在发生的事情，知道自己现在正在经历的日常，它们也似乎只是一些过往。

我说不出具体的感受，那是一种类似情景再现却又不尽相同的违和感，仿佛未来的一切都是遵循着某个被写好的结局向前走：

我和赵慎之所以去打球，是因为我的内心有一种感觉——这时候就该和赵慎去打球，本来在这里就是要和赵慎去打球的；我在课上回答问题闹了笑话，引得全班一片快活的氛围，但我其实知道那个问题的答案，是因为有一种无形的力量在引导我说出那些离谱到让人发笑的话，好像我本来在这时候就该如此回答；我今天突然想换一条路回家，可是当我抱着这种想法开始行动的时候，仿佛受到了什么阻碍，就是没法迈开步子；我不想同意他们的计划，但除了"好的"，我想从嘴里挤出别的什么话都无比困难……渐渐地，我感到不光是自己，包括我周围所有人的言谈举止都像是受到了某种强硬的引导，我们简直就像是为了迎合某个人的想法而进行着现在的生活，像是在演一场只有那个人作为观众，只为了取悦他而编排的蹩脚戏码。

国庆假期前，父母告诉我他们要去继江出差几天，询问着我是否要一起去。我在10月1日有约，那是我与姚蓝约好练习乒乓球的日子，所以我的回答当然应该是"不去",直觉也是这么告诉我自己的。

这根本不是一件值得犹豫的事,可我胸中的那份违和感和叛逆心却不同意我这么做——我不想再被那个无形的引导继续操纵下去了——我故意违背了自己心中认为的理所当然,在与那份排斥我说出"去"的无形阻力激烈斗争过后,我用上了全身的能量,从嗓子眼挤出了那个改变之后轨迹的回答。

在与父母的欢声笑语中,我坐上了前往继江的列车,我感到无比舒畅。可是当列车发动的那一刻,周围的风景、正脱口而出的话还有我的意识,都突然停止了。

我的意识渐渐恢复了,我醒了过来,我好像只是做了一个很长很长的梦。我正坐在自己家的沙发上,我的面前是正在询问我是否要一同前往继江的父母。

我似乎回答过这个问题……我似乎忘记了什么……我在迟疑着该如何开口。

"去!"这是我犹豫再三后,为了反抗那个无形的引导而做出的回答。而后,在与父母的欢声笑语中,我坐上了前往继江的列车,我感到无比舒畅。可是当列车发动的那一刻,周围的风景、正脱口而出的话还有我的意识,都突然停止了。

我的意识渐渐恢复了,我醒了过来,我好像只是做了一个很长很长的梦。我正坐在自己家的沙发上,我的面前是正在询问我是否要一同前往继江的父母。

"去!"我不知道发生了什么,我好像在一次又一次重复着某个过程。直到有一次自己"遵循"着那份引导说了"不去",属于我的 10 月 1 日才在东湾县继续运转下去。

我的心绪杂乱无章,虽然遵从那个无形的引导是早已习惯的事,可自己就是感到不痛快。

到底发生了什么?我似乎忘记了很多的事情?虽然找不到证据,但是我隐约感觉自己登上过前往继江的列车,我好像一直在重复地做着些什么。

我没有如约和姚蓝在球馆见面,虽然被她在电话里骂了一顿,但我好受了不少。随之而来的是一种奇怪的感受,我感觉到心中某些模糊的部分正在变得清晰,我感觉到以此而释放的一种解压感——看来我并不是什么事都要遵循那个无形引导的指示。

失去了今日的目标后,我躺在自己的房间内无聊地听着蟋蟀叫,顺便巡视着房间内的布置:堆放着书籍和显示器的电脑桌、摆满了各种杂物的电视柜、放置着秋装冬装的衣橱、一扇用于走出房间的门、一扇……

违和感再次涌了上来——我的房间里本来就有两扇门吗?

我试着接近另一扇之前被自己忽略的白色木门,然而没走几步,类似"同性相斥"的强大阻力就排斥着我靠近。

我违背着内心对这扇门的视而不见,违背着那个无形的指引对我的诱导,在一阵痛苦地挣扎后终于咬牙摸到了门把手。

我喘着大气,内心抱怨着这几步路的漫长。接近那扇门就像是顶风逆行般艰难,但是忽视它却像是顺理成章、瞬间就能下决心的事。

然而越是如此,我就越是要打开它。握紧门把手后,我轻微地弓起身子,在掌纹与金属管的巨大摩擦下放声怒吼,强行拉开了这扇大门。

门内的世界是一个漆黑且看不到尽头的未知领域。这里没有楼梯、没有墙壁、没有灯光、没有布景,这里除了黑什么都没有。

我的额头上冒出了冷汗。因为恐惧和震惊我不敢走得太远,只是一边握住门把手,一边试探性地朝黑暗中挪动着脚步。

这份深邃究竟延展到何处呢?继续深入了解真的好吗?为什么我非要打开这扇门不可呢?

突然间,一种触电般的强烈体感毫无预兆地袭击了我的全身,随之而来的是不断涌入脑海的、类似影像的各种画面。

就像是盖在心头的纱布被扯掉了一样,我想起了自己国庆前一遍遍对父母说"去",又在登上列车后一遍遍经历时光倒流的记忆。简单来说,在进入这扇门的黑色领域后,我意识到了自己每次踏上前往继江的列车后就会在发车的一刻重新回到几小时前。

虽然我现在还想不起来那个重要的人是谁,但是我第一次对自己置身的场所、对自己一直以来的生活和经历产生了怀疑——这里的一切果然很奇怪,存在着太多违背常识的地方。我究竟在哪里呢?为什么总会有一只无形的手引导着我接下来的行为呢?为什么我会在去继江的路上返回到东湾县呢?是因为我"本不应该去继江"吗?

总而言之,只在这里想是不会有结果的。为了验证我的猜测,我试着在下午买了一张去隔壁县城的车票。不出意外地,在列车发车的瞬间,我回到了几小时前正要买票的时候。

好在如今虽然时间倒流,可我能够记得自己已经做过这件事了,所以我可以继续尝试:我试着买了一张去云湾市区的车票,而后在发车时回到了几小时前;我试着买了一张去临城的票,而后在发车时回到了几小时前;我试着骑自行车穿过东湾县的边界,但是我自己都不知道是什么时候,就从自行车上再次回到了家中……

真是奇怪。虽然尝试的时间加在一起都快有半天了,但是从结果来看,我既没有浪费时间也没有花掉一分钱。现在仍然是10月1日的上午,我仍然躺在自己的床上,唯一不同的就是我已经确定了并不是我去不了继江,而是我根本就不能离开东湾县。

至少目前为止是这样,我还没有找到能到达的地方。

到底是怎么回事?简直就像被困在了这个地方!好像我只是一个被某个女孩放置在微缩屋中的玩偶,是一个只能在指定的地图中活动的游戏角色。

难道说,这里除了"东湾县"……根本就没有别的地方?这怎么可能呢?那我在哪儿?我怎么到这儿来的?

在惶恐和不安中,我选择让现在的日子继续走下去。我惊奇地发现周围的一切都特别美好:我的同学们和朋友们都有着健康的身体和美好的生活;虽然也会有斗嘴和小争执,但所有人都不会骂脏话,也没有冲突和钩心斗角,大家都尽可能地体谅别人;无论是生活中还是新闻报道里从来都没有出现过犯罪和误会……时间似乎冲淡了一切,我正渐渐习惯、适应、喜爱这样平静的生活,只要不去触碰那些禁忌,它就能和以前一样一直走下去。

可是违和感再次袭来了。我惊奇地发现,每当来到次年,在 7 月 24 日我参加完张月桐的升学宴后,时间又会再次倒回高三开学时的第二天,9 月 2 日。

这里的时间是有界限的,每当到达尽头后它便开始循环,一遍遍一次次重复那些我司空见惯却无法改变的过去。

不知道是第几次过高三的国庆假期了,不知道是第几次与姚蓝进行合练了。我终于来到了情绪的引爆点,不被任何人所理解的无助、厌恶和惶恐再也无法忍耐了。就像是为了逃离这儿,我再次开始尝试买票离开东湾县。在一次次的尝试中,我感到自己的情绪也在一次次濒临极限。我一遍遍地登上列车,一遍遍地回到房间。就在我身心俱疲即将放弃之时,那辆驶向南方小镇的列车成功发车了。

我先是惊诧了几秒,而后怀疑自己是不是搞错了。我努力地捏着自己的胳膊,我一次次确认背后枕着的是座椅而不是自己的床,我甚至招呼坐在我旁边的乘客揍我一顿……

我成功了。

回头望了望渐渐远去、最终消失不见的东湾站。

我走出来了。

急促的心跳声正在恢复正常。

虽然我并不知道自己这样的行为有什么意义、出于什么理由,但是我终于走出来了。

南方小镇,我对这个自己正在闲逛的地方有种颇为怀念的感觉,依稀记得自己在七年前曾与父母来过一次。

虽然最后没留下什么美好的回忆。

我呼吸着新鲜的空气,尝试了路边的美食,去城市广场看了场电影,甚至故意在行走中和一名路人撞到一起……正当我动用各种方法证实自己确实来到了南方小镇之时,一阵热烈且自发的喝彩声吸引了我。

这里是城市广场二楼的街机区,一名在跳舞机上纵情摇摆的女生正将围观者的淡定一一击溃。女生有着一条乌黑亮丽的马尾辫,她的大眼睛像是黑珍珠般美丽,精致的面容、白皙的皮肤以及修长的身形似乎都是为了舞蹈而生,虽然穿着一条并不适合大幅度运动的白裙子,可她并不在意,全身心地投入这首乐曲之中,脸上绽放出充满感染力的自信笑容。

女生的神情、身形、动作……她的一切都令我充满好感,令我不由得将眼前的每个瞬间都深深地映入脑海。她是那么耀眼、炫目、虚幻,令人感到不真实。我忘记了像其他人那样对跳舞机上仍在持续升高的总分欢呼鼓掌,我只是呆呆地望着她,翻找着记忆中与此相近的一些碎片。

我想起了自己曾在南方小镇偶遇的一名小女孩,当时的她也似这般闪耀,闪耀到让我不禁瞪大了眼睛,闪耀到让我的心中生出了一种类似憧憬的感情。在向我展示完一段堪称完美的舞蹈后,那名小女孩邀请我下午去看她的舞蹈比赛,虽然我那天下午没空,可是我无法拒绝她的邀请。结果我迟到了,但好在见到了她,而且是一眼就从人群中找到了她。在看到她怀中的奖杯和奖牌后,我对她的佩服和憧憬都变得更强烈了——如果这份感情当时能再持续一会儿,或许这段回忆在我心中的分量还会再提高些。至少不会被埋进记忆的深处,六七年想不起来吧——趁着热乎劲,我准备对小女孩发出明天一起玩的邀请,然而我还没开口,我的热乎劲儿连同之前提到的憧憬和佩服就被直接浇灭了:她朝左右张望了几秒,似乎根本看不到我,或者说根本不想理我。在自顾自地叹了一口气后,小女孩便一溜烟跑开了,留下我一个人在风中凌乱,手中拿着一个没来得及送出去的紫色香囊。虽然迟到确实是我的错,但当时的我还是深受打击,直到第二天离开南方小镇都感觉非常难受。当然了,时间会冲淡一切,现在我早就忘了那小女孩长什么样了。对于我近十八年的人生而言,那不过是个泛起过小小涟漪的、偶尔才会回忆起来的小插曲罢了。

在我将那段记忆再次埋入心灵深处后,面前这位白裙子的姑娘已经在欢呼中走下了跳舞机。

是错觉吗？还是直觉？我似乎将她的身影与那名小女孩重合了。我的脑海中出现了一些不能称之为回忆、更像是梦境里出现的画面，我学着画面里的那名小男孩，木讷地对擦肩而过的白裙子姑娘说出了以下的话语：

"等会儿能陪我一起玩吗？"

完了，我在干什么啊？这种话和骚扰没什么区别吧？正当我羞耻到想给自己一个大嘴巴的时候，我的脑海里猛然又出现了一句话——"今天，不行……"

这会是那名女孩的回答吗？不对，突然被一个莫名其妙的男性用莫名其妙的话搭讪，一般来说女生的反应都会是直接……

"可以哟。"她居然这么说了。

这是我不曾得到的，一个崭新的回答。

第四十二章

江舟风铃曲——迷局

    天边的太阳微微西斜,偶有几道光线透过城市广场的玻璃,窥视着游人的一举一动。临近营业时间,许多餐饮店已经开始了如火如荼的准备工作。在此起彼伏的悠扬乐曲中,我和那名女生并排而行。那是一条精神且美丽的马尾辫,它会随着主人的步调跳起节奏感十足的舞,偶尔有几根发丝拂过她洁白无瑕的侧颜,将宜人的清香吹至我的方向。

    明明是在陌生的城市,明明只是些类似寒暄的客套话,但是有她在身边,能看到她开口,能看到她的笑容,我就有种实现了内心梦想的满足感。

    "啊哈,今天把男朋友带出来了?"

    "不是啦不是啦。"她笑着对认识的几名女生解释着与我的关系。又经过了几家店铺,她停在一家花店门前。

    确切地说,是停在了门前队伍的最后。

    "哇,今天这个点就排了这么多人呀,看来大家都知道他们家明天开始就放假了。"她不好意思地挠了挠脸颊,对我吐了吐舌头,"抱歉,看起来要等很久,如果你还有事情的话……"

    "不,我陪你吧……如果你不介意。"我不想失去她在身边的感觉。

    "那就麻烦喽。"在等待的过程中,她向我讲述了来此的原因。她是本地的一名高中生,而且是舞蹈特长生,今天是翘课来的城市广场。

    "玩跳舞机属于一时兴起,毕竟花店还没开门嘛!啊,不过这个可要保密哟!"她微笑着对我做出了一个嘘的手势。

在二十分钟的等待后,她终于买到了想要的花——三束水灵灵的白色百合。

她小心翼翼地将装着花朵的盒子放好:"这家店的百合是全城最好的,放在水里可以保存三周呢!"

"看来是要送给很重要的人呀。"我随口说了一句。

"嗯,我的妹妹。"

"你的妹妹今年几岁?"

"十七岁,如果她还在的话。"

听到她的话后,我驻足不前,手中拿着的那些东西险些掉了下来。在发现我站着不动之后,她也侧过了身子。

"是生病吗?"

"是事故。"她的表情黯淡下去了,"是我的错,自作聪明,弄巧成拙。"

我好像听过类似的话,我手中的那些东西还是掉到了地上。

女生赶快把散落在地上的袋子捡了起来:"啊!抱歉抱歉,把气氛都搞坏了。"她露出了标志性的微笑,对我发出继续同行的邀请,"接下来,要不要一起吃个晚饭?"

我没有回复她,只是沉默地站在那里。

"抱歉。"她的笑容中闪过一丝失落,不过马上又恢复了精神,元气满满地对我挥手告别,"虽然时间不长,但是我很开心!你很像我以前见过的一个男孩子呢!再见啦!"

"你说的那个男孩子……和你不是朋友……对吧?"

"嗯,我们只见过一面。虽然很对不起他,但是我不能和他做朋友。"她再一次停下了,乌黑透亮的眼眸中映出了我低下的头。那是好似能将一切看穿,镌刻着"原来如此"的眼神,"当初我是准备把他介绍给我的妹妹做朋友的,可我妹妹在那天下午并没有来。"

"为什么?"我的脑海里闪过了几个画面。我的记忆里没有它们曾经发生过的印象,但是我的脑子记得它们,甚至还有怀念的感觉。

难道是在类似平行世界的地方发生过吗?我感觉自己的人生经历像

第四十二章 江舟风铃曲——迷局

是被什么东西给打乱、调换甚至重构了，不被需要的部分连同之前的记忆一起，被一把需要密码才能打开的锁关了起来，扔到了一个我不知道的地方。

"不清楚啊……我知道妹妹其实是想来的，所以如果我和那个小男孩成了朋友，她一定会不高兴的。"

熙熙攘攘的行人逐渐变多了。在杂乱无序的脚步声中，静止笼罩着我和她。

"假如说……"我不知道自己为什么会这样讲，我甚至没有在脑海中组织过下面的这些句子，"假如说你的妹妹在那天下午来了，并且抢在你之前和那男孩做了朋友，你会怎么样？"

这些话，是一种远超直觉、习惯、心里话、下意识和条件反射的东西，让我脱口而出的。

她显然没想到我会问出这么一个奇怪的问题。但我的眼神告诉她，我是认真的。

"挺有趣的假设呢。"她笑了，她真的在努力思考，"假如是这样呀……我想我一定会默默看着，默默为她高兴吧？没准他们还会一起出去玩？这么一来，第二天我的票就不会被她拿走了，她也就不会出事了吧？因为拿着那张票出去的人会是我。"

她失去了一直保持的笑容，取而代之的是被努力压抑的惆怅。

"你的票？那不是……你妹妹的票吗？"我究竟为什么会说出这种自己都不知道由来的话？我是在哪里得知了这些事？我找不到这些问题的答案。

"是我的票。但是为了让想赢我的妹妹开心，我和爸妈约好了，把得到票和回信的人都说成是她，谁知这反倒害了她。"

我好像听说过一个与之相似的故事。但光是这样，还不足以让我扑通一声跪倒在地："能告诉我，你妹妹的名字吗？"

锁要被打开了。

"江佳铃。"

如果我没有听到这三个字,我将不会在骨髓和血液中体会到痛彻心扉的悲伤,我或许会继续试着在这个熟悉却又陌生的梦中生活下去,忘记已经同我擦肩而过的那个女孩,忘记那些连证明都已经做不到的往事……

我的眼泪流下来了。我想起来了,那个对我来说最重要的人,那个不存在于我现在所处的这个地方的人。

我无力地抓着散落出袋子的物品,任由那些尖锐的棱角对我用刑。我说不出一句完整的话,只感觉鼻腔酸痛,下巴发抖。我再也控制不住自己的情绪,泪成了决堤的洪水,它们带着我压抑多时的情感以及对近八年时光的不舍,让那些实际走过的青春岁月重新变得清晰。

我想起了江佳铃在三石桥与我坦诚相见、立下誓言的那一天。可那之后,她却在三石桥的回忆中逐渐沉沦,疏远了对她的心境一无所知的我。接着,我在三石桥旁找到了江佳铃,眼睁睁地看着她被三石桥吞噬……

三石桥会为沉溺过去的人创造一个符合他内心期望的梦境,而那个人则会渐渐从现实世界坠入这个虚幻的梦境之中——这就是我觉得自己现在所处的地方充满违和感的原因:这里根本就不是我原来生活的现实世界,而是三石桥借由江佳铃的心愿所创造出的虚幻梦境。在这里存在的我们为了符合她的心愿,许多过去的经历都在一定程度上被重构了——我没有了那段成为不良少年的灰色时光,姚蓝从小到大都是好孩子,陈颂不曾失聪,就连江佳涟也活了下来,一切看起来都无比美好……

可是……现在她却不在了。没有江佳铃的存在,这一切又有什么用呢?不过只是由过去所组成的、有界限的牢笼罢了!

三石桥,就算杨小白再怎么说你的力量不存在正邪之分,就算我是听着你的那些美丽传说长大的,就算你在东湾人的心中具有类似神圣不可侵犯的地位,就算对有的人来说生活在过去或许真的会更加幸福……但是你不能以"这是她的愿望"为名,就这样把江佳铃从我身边夺走!!!不会像人类那样思考也好,一直以来都是如此的也好,但是对我和江佳铃来

第四十二章 江舟风铃曲——迷局

说,这无异于玩弄我们的人生,玩弄我们最珍贵的回忆……

我要把她从这里带走,不光如此,我还要把刚刚从江佳涟那里了解到的实情告诉她。

事情根本就不是江佳铃想的那样,我与她的相遇根本没有过错!即使江佳铃不在,即使那天我和她的姐姐最终再次相见,我与江佳涟也不会变成朋友的。因为江佳涟早在一开始就决定了,要把我介绍给她妹妹认识,就连那张导致悲剧的票,抽中它的人也是江佳涟!这都是我刚刚才了解到的事!

当然了,由于这里并不是现实世界,我也怀疑过自己从江佳涟那儿听到的话语、江佳涟对整个事件的认知,甚至在这里的江佳涟本身是否都存在经由江佳铃的期望而被修正过的可能。

然而答案是"不可能"。江佳铃创造这个梦境就是想赎罪,因为她认为那张票的主人与本该去世的人都是她自己……所以她怎么可能画蛇添足地做出修正之举,使姐姐也背上和江佳铃在现实世界中那样的精神枷锁呢?况且这个梦境虽然确实重构、改变了一些人的经历,但大部分的事情和我在现实中的认知还是保持一致的,是现实的倒影……所以结论是不会出错的——在这个梦境中的江佳涟所说的话,是连梦境的主人都不知道的、在现实世界中已经无法得到的真相!

"把江佳铃还给我!让我们离开这儿!"从南方小镇回来后,我带着不再迷茫的决心和满腔的愤怒,来到了金牦公园那处无人问津的断桥旁——它就是这一切的罪魁祸首!我才不要生活在这种被设定好范围和边界的虚拟人生中!

我的嗓子已经喊哑了,可三石桥依然静静地维持着断桥的外形。

这是理所当然的,毕竟在现实中我也没有听过它说话。

我有些缺氧了,我能清楚地感受到额头上青筋的酥麻与沸腾。在低头喘息的时刻,一个熟悉的女声突然从桥墩上传了过来:"那可不行啊。"

我记得这个声音,实在太熟悉了,不需要犹豫,我立刻就能喊出她的名字:"江铃!你回来了?快,我们一起走!"

"一起走?"她的声音有些奇怪,其中包含着一种我从未听过的轻蔑之情,"为什么要走呀?我现在是这里的主人,留在这里不是很好吗?"

我朝她的方向猛然抬头——奇怪,无论是声音还是相貌,那个正坐在栏杆上的女生都和我所认识的江佳铃一样,可为什么我总觉得哪儿不对劲?但这里毕竟是借由江佳铃的愿望创造的,如此说来的话:"江铃,你也听到了你姐姐的话,对吧?我知道,它们不是你的一厢情愿,也不是你脑补出来为了自我满足的说辞,所以你不需要再用愧疚把自己困在这里了啊!"

"嗯,对啊,我听到了……那又怎么样?"她的语调故意拉得很长,字里行间都透露出非常明显的不耐烦,"如你所说,这里确实是三石桥借由我的主人她自己去死、她姐姐存活的愿望为基础而创造的。尽管是梦境,可你见到的人确实就是江佳涟,你听到的那些话也是她想说却没说出口的,我确实没想到会是这样,也被感动到了……所以才更不能让你把它们告诉主人了呀!"

奇怪,这个态度是怎么回事?我发现这个"江佳铃"的长发变成了灰黑色,而且还是一种散发着肃杀与阴暗、仿佛勾人魂魄的灰黑色。不光如此,她全身的装束类似皮革材质的黑衣,眼神犀利且傲慢,配合跷着二郎腿的轻浮姿势,给人一种高高在上、俯视芸芸众生的强大压迫感。

"你是谁?"我不由自主地后退了两步,避开那双凌厉的眼睛。

"喂喂喂,不认识我了?我是你最在意的江佳铃呀。"

"别装蒜!你是谁!!!"

"真让人火大,说得你多了解她似的。"傲慢女孩的笑声中渗透出了强烈的嫉妒,她依然坐在断桥墩上,用充满兴趣的眼光将我打量到不寒而栗,"不过,嘻嘻,真是好有趣的反应呀!对,我并不完全是她。我只不过是她心中十八年来所有负面情绪的集合。多亏了这座破桥的力量,在她所希望的这个梦境得以具体化的过程中,我也获得了可以自由行动的身体。"

"你、你是什么?你在说什么?负面情绪的部分集合?"

"还不明白吗?这儿是借由她的想法,通过三石桥的力量具体化后所诞生的心之领域,是她的愿望。"傲慢女孩轻巧地跳下了桥,她带着邪魅的微笑,缓缓走向我的身边,"但是你不觉得这个梦太美好了吗?没有纷争、没有犯罪、没有疾病、没有任何能够称之为黑暗和消极的东西……那是因为这里的一切,本身就是由她自己心中光明的那部分所组成的,这个由东湾、南方小镇组成的小小世界里本身就没有黑暗。好了,接下来是提问。"女孩用指尖划动着我的嘴唇,"你觉得黑暗和消极的部分去了哪里呢?"

我思考着傲慢女孩的话——每个人的心中都会有正面与负面、光明与黑暗、积极与消极这两种对立的部分。若是如她所说,江佳铃在构建这个梦境的过程中只使用了内心里光明、积极、正面的部分,那剩下的部分并不是单纯地消失了,而是被揉作一团,扔在了她心中的某个地方,以避免它们靠近、干涉、毁掉这个纯洁的梦……

"没错!那就是我!"傲慢女孩一把抓住了我的衣领,露出咄咄逼人的气势,疯了似的狂笑不止,"我的主人真是个傻瓜,她自己都不在她所创造的这个梦境里,怎么阻止我呢?!"

"你……你要做什么?"

"做什么?当然是留在这里,接管主人替我留下的遗产啊!这里的一切都随我摆弄,这里的一切都随我创造,我是这里的主宰!"傲慢女孩松开了手,气势强大地向天空张开双臂,一副即将登基成神的狂人模样。

"闭上你的嘴!这是江铃心中最温柔的部分,不是随你喜欢的玩具!快放我出去!"我倒在垃圾堆中,我的四肢像是被什么固定住了,只剩下舌头还能表达出不屈服的意愿。

"就算你不想承认,但我也是江佳铃,只不过我是她的不温柔、她的嫉妒、她的愤怒、她的孤独、她的沮丧、她的焦虑,她的所有的见不得人的地方!"傲慢女孩用影子遮住了我的脸,那双充满恶趣味的眼睛像是在怜悯蝼蚁,时不时露出鄙夷和同情,"说起来你是通过现实里的三石桥闯进这儿的,所以自我意识才这么强。是不是因为主人的关系呢?我发现自己还挺喜欢你的。既然你为了她能够奋不顾身,不如把这份感情转移到我这里来吧？我可是知道的哟，我的主人究竟有多么在意你。"

一定是这段时间我的脑子里接受了太多超越常识的信息，别说是思考了，我连最基本的想法都没有，只是蒙在原地，浑身颤抖，支支吾吾说不出话。

"怎么样呀，张舸，你不必作为在这儿生活的人，而是作为陪在我身边的人，我们一起把这个领域变成我们的乐园！这可是相当难得的恩赐哟。"这名女孩来到我的面前，捧起了我的脸，像是有催眠术似的直视我的眼睛，"如果同意了，就表示顺从吧。你不用担心，虽然现在只有我的主人去过的那些地方，但是慢慢地我会按照自己的想法创造出别的城市，到时候你就可以去其他的地方，绝不会感到寂寞的。"

我算是体会到面前这个姑且还能称之为"女孩"的存在究竟有多么恶劣了。

"怎么？居然把头转过去了？不识趣的混蛋！"女孩扇了我一个耳光，重新走到桥墩旁，"你想反抗我吗？我已经说了，我也是江佳铃，是这里至高无上的主人，所以我可以自由操纵这里的一切，包括你们所有人的命运。你可别以为这只是之前那种类似诱导的行为，我现在就证明给你看！"

在傲慢女孩打了个响指后，一个扎着丸子头、与江佳铃的面容极其相似的女生突然出现在了我的前方。她显然没明白这是怎么一回事，只是不知所措地四处张望着。

又是一声清脆的响指。一辆不知从哪儿冲出来的摩托车就这样当着我的面从陈颂的身上呼啸而过……

"啊！！！"我挣脱了压在四肢的束缚，惨叫着冲到陈颂倒下的地方，惊恐地扶起如同散架木偶般的小丸子头。可我还没来得及看清她的脸和伤势，双臂支撑的那份重量便陡然消失了，只留下双膝跪地、怀抱空气的我接受着傲慢女孩的嘲笑。

"嘻嘻，你这什么表情啊，吓傻了？"

我想狠狠地揍她一顿。其他的以后再说，我现在只想把她那张不可一世的脸揍个鼻青脸肿!

可还没等我出手,巨大的引力就再次迫使我做出了臣服于她的跪拜姿势。

傲慢女孩又一次走下了她的王座:"一直以来都让你们太放任自流了,早这么做就完了嘛!好了,快点同意吧,留在我的身边,你答应之后,这些修剪枝叶的工作交给你也不是不……唔!"

就在傲慢女孩发表演说的时候,一个突如其来的小小黑影猛地从角落里冲出,顺势扑倒了她:"张舸,快逃,快!"

逃……逃?逃!!!我试着动了动身子,被束缚的感觉已经消失了。

我看清了那个黑影的脸——是杨小白,她正手脚并用地将傲慢女孩压在身下:"没想到会变成这样……快逃!不要放弃啊!"

可是我该往哪儿逃呢?在我的身后,象征着三石桥已经开启的白光正在变得强烈。我还没来得及迈出步子,耳旁就传出了杨小白的惨叫。下一秒,傲慢女孩出现在了我的面前,她的表情逐渐狰狞:"我都忘记了还有碍事的人在呢……但是没关系,你是逃不掉的,你不过是只有点个性的笼中鸟罢了!"

我的双脚又被钉住了。几秒后,像是扭秧歌一样随意乱挥的臂膀也静止了。最后,除了不断流下的冷汗,我的全身都无法动弹了,只能任由傲慢女孩对我进行充满戏谑意味的抚摸。

除了头发的颜色和眼神不同,这怎么看都是江佳铃的面容,可我所认识的江佳铃绝不会做这样的事。我想闭上眼睛,但视线无法从她的脸上移开。没有办法,我只能继续凝视着对我的反抗乐在其中的傲慢女孩……还有她背后慢慢站起身子、不愿放弃的杨小白。

随着杨小白赌命般地纵身一跃,在傲慢女孩身体倾斜的同时,拘束着我的那些力量消失了。在她们俩的重量和冲击下,我的身体摆脱了重力,以头朝下的姿势栽进了桥下滚滚流水之中。

"别想走!不顺从我,我就毁了你!"傲慢女孩的威胁声从岸上传了过来。因为颠倒,我连摆臂都十分困难,整个人像石头一样往水里坠。刺骨的寒冷使我全身僵硬,连仓促间憋住的氧气也要耗尽了。刹那间,我似乎在水中看到了什么,像是人的身影。可我还没来得及游过去,炫目的光就吞噬了一切,清空了我的意识……

刺耳的闹钟声响彻在耳畔。当我再次回过神的时候,自己正躺在那张已睡出了感情的床上。我甩着额头上的冷汗,呆呆地凝视着自己什么也没能抓住的手。

时间是9月2日,今天是东湾一中开学的第二天。

我已经迟到一小时了。

第四十二章 江舟风铃曲——迷局

第四十三章

江舟风铃曲——重构

我的名字叫张舸,还差一个月年满十八岁,目前正在东湾一中就读高三。如今的我早已习惯了一个人走在校园里,接受大家在背后的窃窃私语。我没有朋友,也没有可以作为倾诉对象的人。不过这都无所谓,谁让我就是个整天打架旷课、只知道惹是生非的不良少年呢。

早在初中时期,我的生活就彻底偏离正轨了。不过我时常会有一种奇怪的感觉——自己"本来"已经拿掉了不良少年的帽子。

可惜我并不能理解自己所谓的"本来"究竟是什么。

如果一切不是这样该有多好,如果我身上发生的那些往事只是一个彻头彻尾的噩梦,等我再次睁开眼睛的时候,我就会发现自己正躺在家里的床上或是其他什么地方,然后被相处多年的朋友们提醒该去哪儿玩了,那该有多好……

事情是从小学五年级的国庆假期后开始的。之所以我会对他大打出手,其实并不是因为后来大家经常提到的嫉妒。

由于家住得不远,我们小时候见过不少次面,也在一起玩过,一度有能成为儿时最好伙伴的趋势。然而在渐渐懂事后,我就开始刻意疏远这个性格有问题的小男孩。我承认他很聪明,成绩也很好,可是他总是喜欢占小便宜,无论是零食、玩具还是漫画书,只要被他拿走的东西从来都是有去无回。除此之外,他还总喜欢打别人的小报告,甚至只是为了看别的孩子的笑话就从中作梗、满嘴谎言。

或许是因为我看起来比较不好欺负，或许是因为他对象棋的兴趣几乎为零，一直以来他对我反倒还算客气。彼时的他已经率先留起了自以为很酷的长头发，身后跟着两三个小跟班，总是模仿着电视里的那些黑老大，动不动就对住在附近的孩子使坏耍刁，欺负人。

我本来不想插手的，可我实在看不下去他对那个小女孩无理取闹的骚扰和欺负，当小女孩第三次被弄哭后，我终于忍无可忍当了一次管闲事的人，帮忙夺回了被抢走的小挂坠。在回家前，小女孩笑着向我做出了再会的手势，但我无心回复。鼻青脸肿的他在逃走时留下的那句"给我等着"令我格外在意，不过我怎么也没想到他居然会带着十几号人前来班级报复——被霸凌的人变成了我。

我得感谢他帮我换了两颗牙，所以我也拉着几位朋友回应了他上次的招待——我早就看他不爽了。我记不清和他究竟发生了多少次冲突，但平日里受他欺负的孩子都站在了我这一边。当他跪倒在我的面前，流着眼泪鼻涕对欺负过的那些孩子道歉后，我与他的正面冲突终于结束了。不光如此，曾经跟在他屁股后面的小孩子也转头跟在了我的屁股后面。

我胜利了。我原本感觉自己是一名英雄，可不知从什么时候开始，街坊邻居们却开始用"不良"这个词来称呼我，而且禁止更小的孩子与我接触。我不知道老师和父母是怎么知道这些事的，在他们知道的版本里，我是个没事找事不可理喻的坏小子，出于可耻的妒忌心单方面纠集起了一帮孩子，接二连三地欺负着品学兼优、在同学眼中团结友善的他。

许多孩子在为我辩驳，包括那名女孩子。可是不知为何，替他说话的人却越来越多，而且很多都是大人。我看不惯那些胡说八道的小孩，如果他们在我身旁，我会直接用拳头让他们闭嘴，可是越这样，似乎越能说明他们才是对的。

在留下足以载入学校历史的小升初成绩后，他搬走了——很多人说是被我欺负走的。我希望在外地做生意的父母能够早点回来，能够听一听我的委屈，能给我一些安慰，拍拍我的肩膀告诉我"你并不是他们说的那样"。多少次我都想在电话里告诉他们我的迷惘，但不知从什么时候开

第四十三章 江舟风铃曲——重构

始,我变得不敢说了。因为在他们的观念里,只要我动了手,错的人就是我。与其听我诉说委屈,他们更愿意通过电话斥责我一顿。我无法反驳他们的说法,也不敢将自己还在因为各种各样的理由而打架的事告诉他们。我的内心也想过听从父母的话,按他们的想法做出改变,但是我发现冲动和动手是容易上瘾的,在一次次主动或者被迫的打架中,在一次次默念"是为了帮被欺负的人讨回公道"的话语中,我渐渐忘记了自己是为什么而挥出拳头,只是习惯了去重复这样的方式。当这类事情积少成多、积重难返之后,究竟为何变成了现在这样已经不重要了。就像是为了符合东湾县在大家心中"居民受到祝福、终将获得幸福"的印象与传说,小时候陪我打架胡闹的同伴们一个接一个地醒悟、重回正轨,开始了属于他们的青春时光。而我显然属于那一小部分无药可救的人,自甘堕落地在初中那个物以类聚的颓废班级里消磨着时光,连自己都不愿再提最初的那些缘由了。

网络成了我逃避现实的地方,但是我并没有堕落到像校门口的那些败类一样勒索他人,我所有的费用都是省吃俭用攒下的。在网上,我遇到了一个自称为"风哥"的网友。这个愿意陪我下棋、愿意听我倾诉的陌生人渐渐成了我唯一想与之说话的人,我享受着与他在虚拟世界度过的那些日子,那是我灰色时光中仅有的一点亮色。

每个人都是需要被守护的孩子,只要你愿意拥抱明天,未来一定会变得美好——这是风哥的个性签名,他的鼓励与善意让我逐渐意识到,一直以来我似乎都走偏了。可正当我在风哥的帮助下试着要做出一些改变的时候,我的父母终于结束了他们奔波外地做生意的日子,带着成功的喜悦回家与他们的儿子团圆。

接着,在看到我那时的模样、听完街坊邻居口中与我相关的种种事迹后,他们与我爆发了严重的争吵和冲突。我与风哥的交流接触被以网瘾之名强行掐断,我的奇装异服和娱乐设备被全部没收,我打架的原因也全部被归咎于我自己,而这些我都能忍受。可是当他们又将我记忆中最讨厌的那个人搬出来,告诉我他现在在学校的成绩有多么好、得了多少奖,多么受到老师和同学们的喜欢,还加入学生会为集体作奉献不计回报,我一直隐藏的情绪终于爆发了——这个早就已经被我扔进垃圾桶的名字在父母的口中居然变得那么神圣、高大、遥不可及,变成了能够用来鞭策和教训我的绝佳工具。

一遍、两遍、三遍,无数遍……家长与老师的批评责罚越是严厉,我越发叛逆,到处惹是生非,就好像是憋着一口气,非要成为与他们口中的那个鲜活教材完全相反的存在。在初三上学期结束后,每个人看到我都躲得远远的,与我打招呼的从来都只有拳头和脏话。

振聋发聩的风暴又一次向我袭来,在一切都归于平静后、在房间里哭了一整晚后,我望着桌子上那副扑克牌最上方的红桃 3,猛地生出了一个奇怪的感觉——不该是这样的。

"本来"不该是这样的。我记得自己明明应该是被什么人所拯救,一步步走出那时的灰色生活,与外地归来的父母在喜悦中相拥而泣才对……明明应该是在一个好心肠、虽然有些固执但总是为我着想的人的帮助下,让所有人都大吃一惊地考上了东湾一中才对。

那个人是我的老相识、那个人是我见过的人、那个人……对我而言是非常重要的人。可为什么我的过去会变成现在这样呢?那个人不在了之后的故事,原来是这样的吗?

其实我并没有理解父母的那些絮叨——我觉得他们根本就是想找个理由骂我罢了——我也不是以什么高大上的理由而选择浪子回头。只是因为我被激怒了,我不甘心像父母说的那样"什么都做不到",我不甘心只是沦为他的陪衬,为此我将这么多年对他的怨念和愤怒,转化成了一种近乎扭曲的竞争欲望:"认为我不行是吗?那我就做给你看,我一定会跑到你前面,让所有人都闭嘴!"

留给我的时间只剩下半个学期了,表弟万洋来到东湾县玩,但我没时间同他建立深厚友谊,也没时间去了解他的性格还有乱七八糟的爱好,只是随他去罢了。我把自己困在屋子里,没日没夜地完成所有人都认为是"用功",只有我自己明白是"发泄"的行为。

我果然还不是个彻彻底底的笨蛋,接近半年的疯狂努力最终收获了回报,我奇迹般地压到了东湾一中择校生的线,虽然与前去云湾市区读书的他相差了十万八千里,但对于那时的我来说,这已经是奇迹了。虽然父母非常高兴,但我一点快乐也感觉不到。

　　这有什么值得高兴的?我开足马力、咬紧牙关所取得的结果,却只是让我看清自己与他之间那无法用努力去弥补的差距究竟有多么荒谬。他确实是个头脑好用的家伙,就算我从小时候开始再努力一次,我还是赢不了他。

　　可是我依然不想服输,即使学习上赢不了他,还有别的地方可以。

　　不试试看怎么知道呢?我抱着这样的心情加入了学生会,并且在高二年级下学期混了个带有投票资格但其实无足轻重的职位。

　　学生会的工作很辛苦,运动会的安排部署、十佳青年的评比、处理不完的文件,然后是各种考试动员、校园歌手大赛、节假日活动策划,此外还要不断补充学生会内部由于各种原因而空缺的职位,热情帮助每一个需要帮助的同学……

　　不胜其烦,因为无论怎么做工作总是做不完,而且被表扬的还都是别人,我从来是功劳少事情多,既要成为"同事们"钩心斗角的牺牲品,也要充当同学们发泄日常情绪的出气筒。

　　为什么这么努力却还有同学骂我们?简直是不识好歹!你们知道学生会为你们帮了多少忙,我们这些人吃了多少苦吗?

　　我的愤怒越来越强烈,我想是时候承认自己做不来这些了。一旦接受了自己的无能和软弱,曾经的那些生活便重新回到了我的身边。在与学生会的其他人联名签字,促使学校最终做出对那个名叫姚蓝的转校生的退学处理后,我离开了学生会。

　　我在远处静静地望着那个短头发的女生离开校园,我的耳旁传来了一个不和谐的声音,她告诉我"本来不该是这样的,本来,她该是我们的伙伴才对"。

　　"本来",多么讨厌的一个词。那之后,我时常在耳畔听到那个声音,脑海中经常会浮现一些过去根本就没有发生过、像是在平行世界中的"回忆"——或者说"本来"。

出于一个极其偶然的原因,我与一群欺负弱小的同龄人再次大打出手。说来自己都想笑,在同他们拳打脚踢的过程中,我居然感到一股被压抑了许久的舒畅,似乎这才是属于我的生活——早这样不就好了吗?为什么要想这么多呢?以此开始,我的高三年级在迟到、旷课与逃学中拉开了序幕。我对身旁人的态度比之前更加冷漠,我不喜欢自己的时间被任何琐事占据,只想就这么无所事事下去。

我时常会突然停在高一年级所在的新生楼前,凝视着空无一人的小亭子和长椅。我总感觉那里之前是有人坐的。如果她在,即使发生了悲伤的事,她也一定可以坦然面对然后找到对策的。

因为那个人不在,所以一切都无法发生——当我脑海中闪过这个念头的时候,一瞬间仿佛有谁的笑容在面前晃动。

她是谁呢?我认识那个人吗?我见过那个人吗?我错过了那个人吗?

或许我已经变得丑陋了吧?当我再次听到有人以"不良少年"称呼我时,我释怀地用"命运"这两个字解释迄今为止在自己身上所发生的一切。

可也在这个时候,我的生活却发生了改变。我在归家的路上捡到了一册精致的装订本,装订本的首页写着名字——陈颂。

我抬起了头,一名扎着丸子头的女生站在我面前。她指了指装订本,对我露出天真的笑容。望到她的面容后,我手中的本子再次掉到了地上。

夜晚的蝙蝠总是惧怕阳光,手忙脚乱地交还本子后,我急忙转身离去。

"谢谢!"女生的声音传了过来,"请问你叫什么名字呢?"

当时我的腿突然不能动弹了——我已经有多长时间没有听到感谢的话语了呢?

"怎么了吗?"女孩子关切的声音伴着脚步缓缓靠近,"你看起来没什么精神。"

为什么会和我搭话呢？为什么我没法像对其他人那样呵斥她呢？为什么我觉得自己在哪儿见过这张面容呢？我害怕与她接触，我觉得自己不配，我觉得这会给她带来麻烦。我害怕到了最后，这个好不容易对我微笑的人也会和别人一样露出厌恶的表情，继而离去。

"张舸。"几经犹豫，我还是开口了。

转过身子后，我注意到她重新递回了装订本："请把你的名字写给我吧！"

我终于反应过来了，这儿有个聋哑学校。

她的名字叫陈颂，曾经是东湾一中的学生，虽然只有短短几天。因为没有朋友，因为没法独自迈步，陈颂最终从一中退学了。不过即便如此，她依旧保持着说话的能力。即使是孤独的，即使是残破的，她依然在努力。

我被陈颂吸引了，在刚遇到她的时候我就有一种很奇妙的感觉，我不是认识陈颂，而是想起了陈颂。

我们在小心翼翼中开始彼此接触。她向我讲述了她的故事，一段关于悬铃木、努力以及唱歌的故事。但是故事的结局却什么都没有，她带着悲伤的表情说出"已经办不到了"，然后重新挤出了一个大大的笑容。

接下来是我的故事，我用第三人称的视角写着张舸一步步走到现在的悲伤连载。然后，这段故事的末尾……

"不是这样的！大家只是没有理解那个人而已。那个人也是，他的心肠那么好，只是方法用错了而已嘛！为什么想做好事的人会被大家讨厌呢？为什么他和父母不能多谅解彼此呢？"

我震惊地看着她，再也说不出任何话语。

我们成了朋友。虽然学校隔得很远，交流存在障碍，但是能看到陈颂的笑容，听着她安慰的话语，为她尽一些自己的微薄之力，疲惫不堪、行将就木的我，也可以释怀一些了。

我的生活重新充满了色彩。我知道虽然很像，但是陈颂并不是我心中想不起的那个人，不过我仍愿意为她倾尽所有、迈出脚步。

"大哥哥真的是很好的人呢！我想，你一定可以改变你的那个朋友吧！"她向我展示着悬铃木的树叶。

只有一个人的期待，对我来说就已经足够了。不过我平日里的作风并没有多少改变，在东湾一中的生活也即将因为自己越发出格的行为而摇摇欲坠。

后来，当校外那些与我冲突不断的家伙得知陈颂的存在，并在她面前将我打到神志不清后，我知道一切都结束了。

为了保护根本不值得同情的我，陈颂的身上也出现了瘀青。为了她的安全，我主动与她断绝了一切来往。我忘不掉那时候陈颂跑开的表情，那不愿相信的幽怨眼神，那飘落的眼泪。

退学通知终于交到了我的手上。以此为交换就能让那群伤害了陈颂的混蛋全部住进医院，我觉得挺值的。

了却心事的我撑着伞，在阴雨绵绵中走出校园。突然，从我的身后传来了几声熟悉又带有关心意味的呼喊。我不知道这个同学前来追我的理由，只是下意识地加速逃走了。等我回过神的时候，周围已经空无一人。我有些恍惚，迷茫的视线不知该往何处安放。在失魂落魄中走了几分钟后，强烈的灯光照亮了我的侧脸。

沉思中的我并没有听到鸣笛和刹车声……还是说，我刻意忽视了？

"危险！"

凛冬虽至，仍存余秋之温。几盏摇曳在乌云下的明灯，暖不了近乎无人的凄凉。雨如剑，道道划在周围的玻璃上，抬头望去，黑色的血盆大口让人望而生畏……我只觉置身极地、双脚灌铅，无法与风的阻力抗衡。

雨晕开了血，面前是一辆破碎的摩托。车身已经完全变形，就像是个被踩扁的易拉罐，到处都是伤痕。一地都是碎掉的车灯，摩托的挡风玻璃也裂成了一块一块的，还连接在车身的部分像一个恐怖的蜘蛛网，正在无声地诉说着这次撞击的残酷。

装订本上的字模糊了，纤细的手向我伸了过来。我浑身颤抖，抱起了血泊中的她。

第四十三章　江舟风铃曲——重构　537

奄奄一息的丸子头对我笑了,她的脸庞被水、泥、血交融,她的眼角被雨水沾湿:"还没……结束呢……"

我哽咽着,将她紧紧抱住。

明明,你是听不见的……明明,你可以不管我的……可为什么?!

"不知道……"丸子头的声音十分虚弱,她是从喉咙里挤出话来的,"但是,放不下你……想替我唯一能听到的……在我脑海里的那个声音……陪在你身边……"

她的笑容纯洁无瑕,如同一个泡在雨中的玻璃杯:"她让我告诉你……不要放弃……门一定会打开的……"

雨中的我用尽全身的力量,保持着怀中她的温度——我对她的笑容和眼泪全都无能为力。我想要一个人,一个可以接纳我现在悲伤情绪的人,一个可以和我一起帮助陈颂实现梦想的人……那个人,应该是有的才对啊!那个人,她到底在哪里啊!

不知过了多久,终于回到家中的我虚脱地倒下了。意识模糊间,我做了一个梦。梦里有很多我看不见脸孔但是熟悉声音的人想把我从地上拉起来。他们鼓励着我,劝说我不要放弃,虽然大部分的句子对我而言已经没有任何帮助了,但是其中的一句却一直飘荡在耳边,始终萦绕着我:"无论何时我们的心都始终在一起……无论你身在何方,我们都会在你身边……"

睁开眼睛后,我选择将自己锁在屋内。我的面前是两扇没有任何异常与违和感的房门。一扇门是用来走出房间的,至于另一扇,我从来没有过要打开它的想法,一直就让它这样存在于我的房间里。

"她让我告诉你……不要放弃……门一定会打开的……"

我默念着曾经听到过的话语,打开了那扇白色的木门。

走进黑色领域的那一刻,强烈的眩晕感自头部流向全身,我倒在地上,痛苦地拍打自己的前额,以此将不断涌入脑中的那些信息依照时间顺序排列整齐——我的记忆恢复了:

这里依然是江佳铃的内心,而我此前那些刻骨铭心、娓娓道来的"经历"和"过去",在现实世界中根本不存在。可它们虽然只是由这个梦境虚构并且强加在我身上的"噩梦",却也像极了现实世界中的我如果没有在初中遇到江佳铃、没有走出那段灰色时光,之后的生活有可能会发展而成的模样。

这是那个自称"江佳铃负面情绪集合体"的傲慢女孩对我的惩罚吗?不光是我自己的个人经历被重构,就连我在现实世界中的朋友们也都受到了连累,无法获得幸福。

看来她确实可以左右这里的一切。她是执笔者,我们是书中人。倘若再不找到离开这里的方法,我就将永远被困在一个受人摆弄的牢笼中,成为玩具般的存在。

可是,现在该怎么做呢? 如今的我可是真正意义上的孤立无援,如果不是偶然间打开这扇白色木门,我甚至都没法取回自己在现实世界、在这个梦境一路走来的那些记忆。

这扇奇怪又违和的门会是破局的关键吗? 门内这黑色领域的尽头又有什么呢? 只靠现在的我,该怎么去战胜那个不可一世的傲慢女孩? 一直找不到身影的江佳铃,她现在究竟身在何方呢?

我擦了擦额头上瀑布般的冷汗,自嘲似的笑了笑——这还真是一个相当复杂、难以破解的棋局啊。

可我还不能投子认输。我一定要离开这里,并且还要将江佳涟告诉我的那些话说给江佳铃听。何况现在就放弃的话,我怎么能对得起拼上性命救我的陈颂和杨小白呢?

杨小白? 我灵光一现,在稍微整理思绪后,马上确定了自己下一步的打算:在现实世界,杨小白是我的同学,同时也是告诉我和江佳铃三石桥确实存在的人;在这个梦中世界,又是不知从哪儿冒出来的杨小白,她与傲慢女孩打作一团,救我于危难之中。从对三石桥的了解程度来看,杨小白的身上肯定还有什么不为人知的秘密甚至力量。现在我如果有办法能联系上她,说出一切的经过,一定也可以得到帮助的。

对,就这么办!

第四十三章 江舟风铃曲——重构

然而正当我准备拧开木门把手时,身后黑色领域的深处突然隐隐传出了悠远绵长的呼唤之声:"救我出来……救我出来……"

这声音似乎能与我产生共鸣,它最终迫使我在"离开黑色领域"或"探索黑色领域"间选择了后者。

深不见底的暗让我感到毛骨悚然。每踏出一步,我的身体就会有一种微微失重的浮空感,但奇怪的是,心中却会因此多了几分类似豁然开朗、醍醐灌顶的舒畅。当我彻底看不到身后的白色木门后,一张黑白相间、好似斑马条纹的床出现在视线之中。

这张床上睡着的人像是个孩子。之所以这么说,是因为她的身体被类似厚棉被的拘束服层层裹住,仅仅露出了长发、眼睛和鼻孔,供我做出基本的判断。

我靠近不了那位睡美人,像是一堵墙一样的强大斥力在提醒我,这孩子不是我能够接近、叫醒的。

可是我有一种预感,当她被叫醒的时候,一切都将被改变。

第四十四章

江舟风铃曲——谜语

我离开了白色木门中的黑色领域,回到这个自己正作为不良少年生活着的悲惨梦境,思考着如何能联系上如今根本什么交集的杨小白。

我想到了一个人,他或许是在这里唯一还能听我说说话的人了,也是我最后的希望。虽然在父母的干涉下我和他几乎不联系了,但是偶尔还会在电脑上来两盘象棋。

风哥在现实世界中帮了我很多次的忙,而且每次都是在情况紧急时突然出现救场。凭他对我的了解程度,是我所认识的人的可能性确实很大。

难道是杨小白?再退一步说,如果风哥真是我熟悉的人,那无论是在现实世界还是这梦里,都应该有很大概率知道或者听过杨小白。

风哥,即使是在这里,你也会像以前那样,如同救世主般救我于危难之中吗?我点击了那个有些褪色的秋千头像,抱着试试看的态度,将想与杨小白联系的想法告诉了他。

这无疑是个相当冒险的行为。因为风哥的身份终究不过是猜测,而且没准人家根本不愿意帮助现在的我。再加上那个自称是这里主人的傲慢女孩目前也不知道藏在哪里,我觉得她可能像是电影中那些用一堆大屏幕对负责领域进行实时监控的人,正以一种高高在上的姿态,在某个我不知道的地方欣赏、嘲笑、享受着我无能为力的挣扎,等待着我最终崩溃的那一刻。

真是不爽啊,这种做什么都好像在被看着的感觉,简直就像是培养皿中的细菌一样。可即便如此,还是不能什么都不做。就完全搞清楚三石桥的秘密和这个梦境而言,我现在知道的信息太少了。

终于,风哥回复了我,他真的向我带来了可以约到杨小白的好消息!只是这个见面的地点确实超出了我的预料,换成平时我一定会把它当玩笑话的。

但是我的潜意识告诉自己,风哥是认真的。我别无选择,只能相信他了。闭上眼睛后,我将呼吸频率调整到位,没一会儿的工夫便在这段时间积攒的疲劳中进入了浅睡。

周围是白茫茫的一片,没有尽头、寂静无声。渐渐地,我的身形出现在了这片白色之中,意识也随着周围的光影一道变得清晰。四处涌来了纵横交错的线条,它们汇聚起名为"图像"和"物体"的实景。等我能驱使自己的脚迈开步子时,我发现自己正置身于一座图书馆内。

在众多整齐规则的书架中,在众多穿梭其间的阅读者中,我一眼就看到了那位睡眼惺忪、头上有个"银杏叶"的假小子。虽然不知道是如何做到的,但毫无疑问,风哥又帮上了忙。现在我已经可以肯定了,风哥如果不是杨小白,那至少也一定是她与我共同的熟人,而且还是即使知道我现在的风评和境遇,却依然在默默关心着我的熟人……真的有这样的人吗?

"杨小白,是你吗?这里是哪里?"

"不是你想见咱嘛?"杨小白放下了她手中的志怪小说,"如你所见,是在梦里。没有比这更加方便的见面地点了。"

梦中之梦?杨小白的身上果然有秘密,不过现在时间紧迫,关于我的其他疑问还是暂且延后吧。

找到位置坐下后,我向杨小白讲述了自己与江佳铃的友谊、自己进入心灵世界的前因后果,以及自己正被傲慢女孩戏弄折磨的经过。现在杨小白的睡眼也基本上睁开了,她喝了一口糖堆成小山的咖啡,若有所思地开口了:"也就是说,创造出这个梦境的江佳铃已经不在这里了,但是她心中的黑暗面却把这个梦境侵蚀、夺取了,对吧?"

"对！有没有什么办法可以让我和江佳铃离开这里，回到现实之中呢？"我焦急地催促着面前正在咬手指的杨小白。稍微有些奇怪和感慨，因为这个梦境中的杨小白并不知道现实世界里曾发生过的那些事，在她看来我就是个不良少年，对于江佳铃这个现实中很熟的人现在估计也缺乏实感……或许这也可以让她的思维判断更加理性吧？

一分钟后，杨小白把目光移向我："既然是江佳铃的梦，那你是怎么进来的？"

"怎么进的？就是直接跳进三石桥下的水里。"

"没拿着什么东西吗？"

她的话提醒了我。我回忆起了自己在跳进三石桥之前一直拿着江佳铃还给我的紫色香囊，而且香囊里还有一枚像是在呼应着三石桥、发出耀眼白光的球状物——一直以来，我思考的重点始终是这个充满谜团与超现实的梦境，居然忘记了还有如此重要的细节。

"咱就知道！"杨小白的叹息声打断了我，"这样一切都能说得通了。张舸，你还记得三石桥的传说里，当芷第一次启动三石桥，成为被三石桥守护的人的时候，三石桥送给了她一个信物以代表身份吧？你就是靠那枚信物来到这里的，它真正的名字叫作回忆之珠，其中的一个能力是可以让持有者通过三石桥进入他人的心灵世界。"

确实是这样，在《三石情》里它的造型是一个闪着红光的水晶球……原来信物也像三石桥一样是真实存在的吗？而且还这么小……

"在三石桥的故事里，芷得到了三石桥的信物后，时常与自己死去的丈夫履在梦中相见。其实这就是回忆之珠的另一个能力——在梦中回到过去，见到思念之人。持有回忆之珠的人能得到三石桥的祝福，可以在梦中回到过去的某一时刻、某一场景，与他所思念的人再会。由于回忆之珠的力量，双方进行跨时空的对话甚至保留交流的记忆都是有可能的。久而久之，做梦者最思念的人的形象将留存在回忆之珠中，并习惯通过'梦'这一形式进行展现，就好像是住在了做梦者的心里，许多做梦者甚至会变得依赖回忆之珠来想起思念的人。你告诉咱现实世界中的江佳铃是因为梦不到姐姐,感觉记忆中的姐姐正在消失,所以才到三石桥上沉迷过去,最终变得不能自拔的,这就是缘由,她太依赖那枚一直带在身上的回忆之珠了。但是无论如何,过去之景不会改变,既定的结局也不会改变,这是残酷的事实。"

什么？照这么说,那拥有信物的江佳铃不就是芷的后人吗？不,不对,江佳铃是从南方小镇搬过来的,她不是东湾人。那江佳铃怎么会拥有信物呢？总不会是某人趁她不注意的时候塞进香囊的吧？

"至于你问的,真正的江佳铃现在在哪里。"杨小白的话再次传来,"虽然像她那样,在自己创造的梦境里不仅不自我享受,还选择自我牺牲的人很少,但是作为这个心之领域真正的主人,她的存在本身是不可能被彻底抹除的。按照咱的猜测,现在的江佳铃应该封闭在梦境中的三石桥内,与这个她所创造的领域自我隔离、默默沉睡着。"

"真的吗?!"找杨小白果然是对的,我无法按捺激动的情绪,热血直接冲上了大脑,"那我该怎么带她离开这儿!"

"一般来说,对于坠入自己心灵世界的人,都是由芷的后人拿着这枚珠子进入他的梦境中,劝说他将梦境解除掉,你属于越俎代庖了。如果咱猜得对,你的房间里应该有一扇通向未知领域的门吧？那扇门就是你从现实世界带来的,回忆之珠实体化之后的造型。回忆之珠可以帮助持有者保存住过去的记忆,就和在三石桥上看到过去是一回事。但是因为你并不是芷的后人,所以只有通过开门才能取回自己的回忆。从回忆之珠被你带进梦境的那一刻起,它就只能保持这样的姿态……"

"那……我要怎么办呢？"按照杨小白的话,我那个好似英雄救美般的操作不就是弄巧成拙、越帮越忙了吗？简直就像门外汉拿走本属于医生的手术刀给别人做手术,结果不光病人没治好,自己还被传染了,"我根本不知道那个香囊里有枚珠子啊！"

"办法也不是没有。别忘记了,你从现实世界中带来的回忆之珠虽然没了,可在这个梦境的世界里,回忆之珠还在芷的后人手里。"杨小白的眼神变得凌厉了,她从口袋里拿出了一颗糖豆大小的小圆球,"如果你在现实世界把这件事告诉咱,现实中的咱一定会带着回忆之珠来到这儿,然后强制解除她的梦境……"

什么?!杨小白居然有这颗珠子?!那她不就是芷的后人,被三石桥所守护的人吗?!那现实世界里她为什么要把这珠子给江佳铃呢?!

"按你所说,要是能让江佳铃从她姐姐的事里想明白、解开心结,那这个梦境就会自动消失了。所以,你现在要做的是把江佳铃的姐姐带过来,然后用这个梦境中的回忆之珠将她送上三石桥,让她与桥内自我封闭的江佳铃见面。当她们澄清误会、迎来和解后,一切就能恢复原状,这个漫长的梦就将结束。"

淡蓝色的小圆球珠纯净通透,只要注视几秒,便会为它所包裹的那份深邃折服。无际的大海、广阔的天空……袖珍的球形物内似乎存在着一个变幻莫测的浩瀚世界,谁能想到这个不起眼的东西此刻居然承载着我心中全部的希望呢?

与杨小白的见面令我重新振奋起精神。虽然还有一肚子疑问,但是一切都等我先回到现实再去问吧。

事不宜迟,我应该立刻动身去南方小镇,去找仍然存在于这个梦中世界的,江佳铃的姐姐!

"张舸。"杨小白叫住了我,眸子露出笑意,嘴角微微上扬,脸上同时浮现出"了无牵挂"和"我相信你"这两种表情。

不是咱,是风——杨小白用唇语如此说着。虽然她没有发出声音,但是在念到"风"这个字的时候,杨小白用牙重重地咬了下唇,像是在强调自己的发音无误。然而几乎是同一瞬间,她的咖啡杯掉到了地上,在清脆的声响中碎了个七零八落。挥洒在空中的那团棕色液体有一半染在了杨小白的衣服上,另一半则与地上淅淅沥沥的血迹晕在一起,混成一种令人颇感不适的深沉颜色。杨小白的头弯成了一个难以想象的角度,她的眼睛已经失去了光亮,几丝唾液因受到冲击而从嘴角渗出,整个人的身体像中弹了似的撞向右侧的书架。

巨大的撞击声让原本寂静的图书馆瞬间乱作了一团。狂奔、惊叫、推揉、警报以及书本掉落的声音全都揉在一起,它们联手将这个安静的场所变成了一个沸液翻滚、尖音刺耳的大水壶。随着灼热蒸汽的肆意喷涌,我的视线和听觉都在惶恐中变得模糊,浸透汗水的后背紧贴着瓷制的墙壁,再无后路可退,只能眼睁睁地看着身上沾满血迹、把作案工具随意甩向一旁的傲慢女孩优雅地将蓝色圆珠从殷红中缓缓拾起。

"以为在梦中梦里就安全了,我就找不到你了,就可以耍花招了吗?太蠢了吧?"在投给我一个温柔腼腆的微笑后,她的表情变得疯狂了,一种近乎病态的扭曲表情将我最珍视的那张脸占据。傲慢女孩示威般地举着那枚淡蓝色的泪珠,朝我所在的地方步步逼近,"放你和她见面果然很有收获呢,只要知道了谁是芷的后人,我就没什么好担心的了,现在我就彻底断了你回现实世界的念头!"傲慢女孩对着我的面颊呼了一口气,她伸出两根手指,将我残存的那枚幻想轻轻捏住,像是掐死一只蚂蚁,享受着希望碎裂的异样痛快。

我心中的光彻底熄灭了,抬起头就将直视那双能压倒一切的锐利眼眸,低下头视线又无法从那摊还在流淌的红色液体中移开……反复数次后,无计可施的我懦弱地选择了逃避——我闭上了眼睛,把双手抱在头上,无助地蜷缩着身体,用这种不堪入目的方式等待着来自她的审判。

"啊哈哈,不要摆出这副样子啊!你不反抗就不好玩了嘛!"女孩将她的重量压到了我的身上,"我不会对你怎么样的,而且我还要恢复你在现实中的经历。"

我想把头抬起来。

"哦哟,果然一听到这种话你就来精神了?还真是不死心!"傲慢女孩狠狠地踢了我一脚,"别会错意了,我可不是要放你走。但我能让你在这儿活得像现实世界里一样,明白了吗?"

在她的压迫下,我喘气的声音越来越大。

"因为已经没关系了呀,既然你再也出不去了,要一直留在这里陪我,我为什么不帮你准备一个你熟悉的、可以让你安心睡觉的窝呢?"傲慢女孩凑到了我的耳边,故意用假声对我说话,"放心吧!我向你保证,等你再次醒来之后,除了会少一个名叫杨小白的同学,其他的人生经历都会和你在现实中一样……不过其实无所谓,反正你也不记得了嘛!这次我会来帮你的,帮你忘记痛苦!"她的笑声越来越放松,"等到你玩腻了这个扮演自己的游戏,我们还可以尝试更多其他的内容哦!时间是9月2日到第二年的7月24日,区域会不断扩大,在这片属于我和你永远的二人世界里!"

当傲慢女孩停止笑声后,我的意识又变得模糊了起来。

"啊对了!"傲慢女孩的邪笑正在被刺眼的白光所掩盖,"在现实的世界里,江佳涟已经死了,对吧?"

她的话语刺入了我的脑髓,不断侵蚀我身体的每一个细胞。我被吵得受不了了,但无论怎么挣扎,这些冲击我意识的激烈咒语都始终挥之不去,我无处可逃……

激烈的闹钟声响彻在耳畔。当我再次睁开眼睛的时候,自己正躺在睡出了感情的床上。我甩着头发上的冷汗,呆呆地凝视自己什么也没能抓住的手。

时间是9月2日,今天是东湾一中开学的第二天。

当我快走出小区时她已经到了。女生站到了水池外围的大理石上,深呼吸后,她向面前那位并不存在的裁判伸出了手,静静地等待一个允许她将身体转动的信号。虽然真正与她频繁接触是从初一下学期开始,但如果从认识开始算,到今年的十月就将满七年了。

我站在故事开始的地方,沉默地望着已经好久不见的她被那群替《三石情》电视剧造势的记者缠住,渐渐变得语无伦次,只剩下礼貌性的苦笑……

这是我应该登场解围的时刻,我知道自己接下来要说的话,我惊讶地发现自己并没有忘记它们。

在迟疑了一秒后,我故意使用东湾县特有的口音大声嚷嚷:"对东湾一中的学生来说,最珍贵的回忆自然是学校顺应民意……"

她的眼神并没有像我期待的那样对突如其来的救场表示感谢,恰恰

第四十四章 江舟风铃曲——谜语 547

相反,红褐色的眸子里写满了对刚才即兴回答的不悦。

拿话筒的女记者一看就是老手,她没有被突发情况所影响,那对充满求知欲的瞳孔已然改变了作为目标的对象,开始向我抛出了一系列的疑问句。

"我?我叫张舸,是东湾一中高三年级的学生……她?她是我姐,我们从小一起长大。"

好不容易甩掉了记者,我身边的这名女生又开始了她最为擅长的说教:"张舸,谁是你姐啊?还有,什么叫'嫌麻烦喊江铃就好',拜托你好好念我的名字,江佳铃!"

"这个昵称不是挺好的嘛!没想到你居然还没习惯?"我笑着耸了耸肩,复述着烂熟于心的对话,将心大乐观的无所谓全都写在脸上,继而跟上她的脚步,迈向记忆中熟悉的高三生活。

拜托你好好念我的名字,江佳铃——望着前方的背影,我默念着几分钟前的那些话语。确实,无论是面容、身材还是性格,就连说出的话都是一模一样的。

可是我知道,她不是江佳铃。

第四十五章

江舟风铃曲——饰演

　　从那段采访播出至今已经过了四天。在这段时间里,每当我离开教室去厕所,我的身后总是会传来经久不息的欢声笑语,所到之处充满了快活的空气。本属于杨小白的座位如今是空的,没有人对那个空位的存在感到困惑,就连老大都没有,好像一切都理所当然。

　　"你说你搁那儿指手画脚扯半天有用吗?今儿周六,我们还不是照样被关在学校补课……"下课时间一到,赵慎又拿着中国象棋屁颠屁颠地跑来挨揍了。

　　"还是有用的,毕竟认了个姐。"王家杰的声音像幽灵一样从我身旁掠过。

　　"真是的,别再说这个了!"她似乎搞错了抱怨的对象,因为大力的缘故,被闷在身下的张月桐做了一下伸展运动。

　　"这就是你们课间跑来找我下棋的理由?我都被拎到第一排了,你们还真敢顶风作案……"就这样,现在的我迎合着傲慢女孩的恶趣味,于这个同我在现实世界中的经历颇为相似的梦境里,饰演过去的自己,煎熬地重复着曾经的一天又一天。

　　但不可思议的是,我之前的所有记忆并没有丧失——我清楚地记得杨小白在梦中梦的图书馆里告诉我的那些事,记得傲慢女孩将杨小白残忍地击倒、拿走回忆之珠宣告胜利以及要将我当宠物圈养的那些事。我知道现在的日子会在明年的7月24日画上句号,而后再次回到9月2日;

我知道我能前往的场所是有限且固定的,是早就被剧本写好了的;我知道如今的自己正像一个滑稽的红鼻子小丑,为了满足她而进行着不情不愿的拙劣表演……傲慢女孩没理由保存我的记忆,这估计是她预料之外并且还没意识到的新状况,至于原因我现在也捉摸不透。或许对现在的我来说,忘掉过去反倒比较幸福,但既然我还记得,就必须要做些什么。

夜深人静,躺在床上的我摆出了一个棋盘,在与自己博弈的过程中,继续展开着思考。先来整理一下我拥有的武器:首先是对于过去的记忆。就像是被什么强行印在了我的脑子里一样,它们无比清晰,清晰到每个人说过的每一句话我都能随时从脑子里翻出来看看。多亏了它们我才没有失去自我,仍在为逃出她的魔爪而努力。虽然目前还不知道傲慢女孩在亲自下场、于故事中进行角色扮演之后,还能不能像之前一样把我的一举一动都尽收眼底,但既然她饰演的角色是江佳铃,那我至少可以从现实世界的记忆中推测出她目前所在的地方以及接下来的行动轨迹。以此作为契机,如果算准一个时间段也可以展开一些特别的行动。第二是人际关系。除了杨小白的存在被抹去,目前我所处的这个梦境是最接近我在现实中的生活的。我不再孤立无援,拥有着众多朋友,这些或许都能够成为我与傲慢女孩相对抗的力量。第三是由我带进梦境的那枚回忆之珠幻化而成的白色木门。我仍然记得自己曾在里面看到过一个被拘束服和面罩裹挟的孩子,并且有一种莫名的直觉,那孩子将是我离开这个梦境的关键。可是因为我现在装作失去记忆,所以也不敢贸然接近那扇门,只能继续对它视而不见。

不过,这些武器究竟应该怎么用呢?按照杨小白之前的说法,只有将江佳涟带去三石桥,拜托芷的后人使用回忆之珠让她与桥内的江佳铃达成和解,这个漫长的梦境才会被解除……但是不知道从什么时候开始,傲慢女孩闯入了我与杨小白所在的梦中梦,听到了对话的内容。如今,这个舞台中既没杨小白,江佳涟也不复存在,所有能用的线索似乎都……

为了平息心中那团越烧越旺的焦躁之火,我用着东湾话中最过分的那类词,学着一个熟人的口吻,自言自语地骂了一句。然而就是这句经典又令人怀念的"东湾骂",突然让我觉察到了一些早已忘记的细节。

天哪,我的天哪!我终于知晓这些刺耳的词如此"令人怀念"的原因了!

那个人原来是她?不会错的,在初中的时候,我在与那个人边语音边下棋的时候听到过这样的口吻!就算是用了变声器,但只有那个人才会用这种口气说它们!

我尽量压低自己喘气的声音,拿着棋子的手止不住颤抖着。虽然在半小时后,床上的棋盘还是被不小心打翻了,但是我的心绪并没有变得更糟,因为在阴差阳错中我确实已经窥见了,那束名为希望的光芒。

在白天扮演角色、晚上继续思考的节奏中,我试着去拼接那些看似无序混乱的信息碎片,我确信一定有一条逻辑可以将一切全都联系在一起。时间缓缓来到十月的下旬,来到我过生日、得到仓鼠的那一天。

书籍、草地、天空,还有一旁的张月桐。我周围的景色与那时一样,但自己却早已没了当初惬意的心情。

这段时间我并不是一无所获。我会试着做出一些与现实中经历有细微差异的事,说出一些与现实中的发言有细微出入的话。然而不管是没注意到也好,是不在乎也罢,总之已经默认自己胜券在握的傲慢女孩对此并没有表现出任何异常反应。同时,通过无数次揣摩与杨小白在图书馆的那些话,无数次回想自己从进入江佳铃的心灵世界开始到现在的种种经历,我终于完成了拼图的过程,从量变积累成质变的时刻已经来到了。

就包括选择现在自己正躺着的这个操场,其实也是有原因的。

"风哥,救救我。"我装作是自言自语,但我确定,这个距离她一定听得到。

我忘不了杨小白在被抹除前的表情,以及她用唇语念出的无声之句——不是咱,是风。当时的她就好像已经知道了自己随后的命运,但是因为把自己能做的都做完了,所以可以坦然面对即将到来的结果。

"不是咱,是风",杨小白说自己是芷的后人,是故意说给傲慢女孩听的,她早就知道我们的对话会被听到,但是为了让我能有机会得到那个人

第四十五章 江舟风铃曲——饰演

的帮助,杨小白选择了冒名顶替、自我牺牲。

杨小白口中的"风",他就是芷的后人。不会错的,他就是在现实世界与心灵世界中都对我伸出过援手的那位"风哥"。

不过,现在再把风哥称为"他",似乎已经不合适了啊。这个假设刚冒出时我自己都愣住了,但如果结合那个人与江佳铃是老相识,以及她在我进入江佳铃的心灵世界前,那些反常的言行去判断,其实一切都已经很清楚了才对。

操场上,微风吹过。虽然她没有任何回答的句子或者表情,但是我们确实彼此交换了眼神。以此为契机,我开始用包括社交账号在内的多种方式,抓准"江佳铃"与陈颂见面,以及我在晚上回家后同风哥进行线上对决的那些时间,断断续续地讲述一个故事。

随着十月份的日历被慢慢撕光,我在东躲西藏和忐忐忑忑中讲的那个故事也迎来了尾声,约定好时间后,我能做的事情只剩下了等待。

为了迎接心中定下的那个命运之日,我继续强忍着一腔无处发泄的怒火,一边违心地对冒牌的江佳铃说着"生日快乐",一边送出了舞鞋。虽然那张充满惊喜的面容让我恍惚了一秒,可想起冒牌货曾对我和朋友们所做的事情后,我恨不得现在就呼上去两耳光。

"时间不早了,去吃东西吧?"我招呼着结束了练习的她和陈颂,而后将一个金属配件递给万洋。

"老哥,明天下午两点,洗好脖子在家等着,这次我非要赢你不可!"万洋并不知道,明天下午的我是绝对不会输,也绝对不能输的。

"哎呀,你们兄弟俩又要下棋了呀?"她推了一下自己的红框眼镜,模仿着我无比熟悉的那份语气,"可别下得忘了时间,下午四点是要返校的。"

"得,我也怕这个。万洋那小子你知道,没完没了的。江铃明天下午你就不用等我了,先去学校吧。"我偷偷擦拭着自己的手汗,忐忑地念完了自己的台词。

"正好我也没空,明天我可是要和小颂一直练习到返校的。毕竟时间不等人嘛!"当冒牌货如我所愿复述完记忆中的内容后,我的激动之情几乎溢于言表了——很好,这样一来无论成败,明天才将是见分晓的日子。

虽然是那么笨拙,绕了许许多多的远路,但只要最终能够找到你,我就不会回头。

第二天的下午终于到了。我将一张红桃3的扑克装进口袋,把目光从电脑的时钟上移开,在转身的瞬间瞥了眼静静等待着我的白色木门,继而慵懒地躺倒在床,用篮球杂志遮盖了自己的面庞。

回溯一路走来的艰难险阻,我的鼻头不由得一阵发酸。江佳铃,如果在初中没有遇到你,我的青春时光将灰色中走向消亡,就像那个最为悲伤的梦境一样。拜托了,请再等我一下,很快我就会带着她前去你身边。

随着等候多时的门铃声轻声响起,我煎熬的时光终于也迎来了终结。

来吧,现在可是分秒必争!我迅速蹦下了床,四肢并用地疯跑到门口,依靠惯性顺势压下门锁,带着紧张、期待以及大战在即的表情,与我预想中的那个救世主顺利会面。

"哟,老哥,我来玩了!今天一定要分出胜负!"

仰望着气势汹汹、满脸傻笑的臭弟弟,我鼓足干劲的皮球瞬间便漏气了:"你可真会挑时间,害我白激动一场!"

"什么话,咱们不是说好了今天下午下棋的吗!"

十五分钟过后,随着万洋又一次失败,门铃再次响了起来。

在猫眼里望到心中所期待的那张面容后,我总算松了口气,做出了一个邀请的手势。

"不好意思打扰啦……唉?张舸你的家里没人吗?"脸颊滚烫的张月桐对我吐了吐舌头,她迈着脚步,优雅地走进了我家。

"哦哦!我的心啊,没想到老哥你也是个早熟的瓜!我可不在这儿当电灯泡了,你们俩慢聊,注意卫生……"万洋又开始瞎起哄了,他两三步就窜到了门口,边穿鞋边调侃着我和张月桐。

"万洋你老实待着!是你自己送上门来了,现在还想下船?!"

"你的卧室在哪里?"房门关闭的瞬间,张月桐脸上的羞涩立刻被稳重

第四十五章 江舟风铃曲——饰演 553

所取代,她脱掉束手束脚的外套,直截了当地发问了。

"这边!"我无视着误以为自己真猜对了的万洋,迅速将张月桐拉进了里屋。当万洋终于鼓足勇气敲门进屋时,我和张月桐已经合力打开了白色木门。

"门里的时间是不会流逝的,快进来!"张月桐不光招呼我,同时也招呼一旁的万洋。

"等等!"我猛地朝万洋的脸上揍了一拳。

"喂,老哥你干什么!"

"我的身高是几岁被你超过的?快说!"话音刚落,我的功能机突然响起了压得人喘不过气的来电铃声。

"啥?老哥,都多少年了你还在意这个啊。比我矮不是你的错……"

"快说!"我急得像是热锅上的蚂蚁,一面摇晃着万洋,一面顺手把那个催命鬼般的电话挂断了。

"扯淡啊,从三岁之后你不是一直比我矮嘛!"

"好,你是真的,快进来!"

关闭木门后,我遵循着之前定好的计划,听从张月桐的安排,跟着她前往这个黑色领域的深处,寻找被江佳铃铭记于心的那个人——杨小白曾经告诉我,回忆之珠的持有者能得到三石桥的祝福,在梦中回到过去的某一时刻、某一场景,与思念的人再会交流……久而久之,做梦者最思念的人的形象将留存在回忆之珠中,并习惯通过"梦"这一形式出现,就好像是住在了做梦者的心里——是呀,在这个由江佳铃的愿望所诞生的梦境里,除了她心中的光明与黑暗外,还有一个借由现实中回忆之珠的力量住在梦中的人。通过这扇由回忆之珠幻化而成的门,我们就可以见到那个来自过去、跨越了时空、作为江佳铃最思念的人而被留存在这里的小女孩!

张月桐终于不再隐瞒自己的身份,现在是时候让她使用继承下来的那份力量,解除被拘束在床上的孩子的封印,让她们姐妹相会,将这场幻梦结束了!

"老哥你在说什么啊？她是你认识的风、风、风哥？还是传说里那个芷的后人？这不胡说八道吗！"

"万洋，哥不和你嚼舌……得，一时半会儿和你也说不明白。总之你记住，这里的江佳铃已经不是你认识的那个江佳铃了，你哥永远是你哥。"

"你说这个谁懂啊！"

在我试着朝万洋解释的时候，张月桐正缓缓走近等待苏醒的睡美人。她将那个闪烁着的物件攥在手心，仅露出一丝缝隙。炫目的回忆之珠如同一颗正在燃烧的小行星，璀璨的白光流经了张月桐的每一处指纹，最终主宰了整个黑色空间。

类似三石桥启动后的优美幻境填满了黑色领域：一轮皎月缓缓出现在上空，柔白的光洒满了我们脚下野蛮生长的芳华大地，树木发起新芽、河床涌出流水、草丛响起虫鸣，开花的藤蔓盘绕在睡美人的床边，像是簇拥公主的侍女，静候她结束这一夜长眠。

纯白的面具裂了一个口子，缠绕在公主身上的拘束服缓缓展开，随着它们的粉碎，被封存在别处的记忆得到了解放，那个破茧成蝶的睡美人终于露出了她真正的样子——皎洁的连衣裙、白皙的皮肤、乌黑透亮的长发、优雅轻盈的舞步……她以一个蜻蜓点水的姿态稳稳落地，当她睁开黑珍珠般透亮的眸子时，那个停留在我记忆深处、随着岁月渐渐褪色的，我曾经憧憬过的小女孩再一次出现在我的面前。

"谢谢你们。虽说一直被困在这里，不过所有的事我都知道。"言笑晏晏的小女孩凝视着我，一如那时，"尤其是你张舸，我真的很高兴，我的妹妹能有你这么一个好朋友。看来当时让你们认识是对的呢！"

"江……涟，对不起。"我想了很多次，如果再次见到这个小姑娘我应该对她说些什么。我想告诉她江佳铃这些年来的努力，告诉她江佳铃对姐姐的感情，告诉她一定要救救那个傻傻的妹妹，告诉她一定要说出当年的实情……然而，我最后脱口而出的只是一声毫无意义的抱歉，除此之外什么也说不出来。

稳重和坚定的神情已从张月桐的脸上消失殆尽，她颤抖着蹲下身子，像是个直到太阳下山才被找到的迷路小孩,拼命压抑着即将爆发的情绪,将涕泪交加的面容埋进江佳涟胸前,接受着她的安慰和温柔。

万洋人已经傻了,他刚从剧烈的头疼中清醒过来,上下打量着那个怎么看怎么眼熟的小丫头。

"好了好了,大家别再煽情了,咱们一起去把我那让人操心的妹妹救出来吧!"一番叙旧后,小江佳涟停下了对张月桐波波头的抚摸。

"等等。"确认了未接来电的姓名后,我凝视着功能机中静止的时间,将重逢的喜悦与感动暂且放下,用坦然的语调告诫着伙伴们,"我第一个出去,大家小心点。"

"喂,老哥你怎么跟要去慷慨赴死似的?"

"万洋,你记好了,这是我这辈子最大的请求,你一定要陪在她们身边,拜托你了!就算当肉垫也是好的!"

"老哥?你、你到底要去干吗啊?"

"张舸,你放心吧,我一定会平安把佳涟送去三石桥的。"张月桐的表情告诉我她值得信赖,"就算发生了什么……凭借回忆之珠的护佑,我也不会轻易被打倒的!"

"感谢你,风哥。你帮了我那么多次,无论是在现实,还是在这里。我不知道该怎么报答你……如果再见面,能告诉我你一直暗中帮我的原因吗?"就达成"通关条件"而言,我的使命完成了。是否继续陪在她们身边已经不重要了,现在的我应该像杨小白那样,尽量为她们去三石桥争取时间,哪怕自我牺牲也在所不惜。

"小时候,当我那枚藏着回忆之珠的挂坠被别人抢走的时候,有一个素不相识的小男孩帮助了我。我本以为大家会把他当成好孩子,但结果似乎不是。"

"风、张……"我惊讶到说不出话,我记得她说的这件事。

"那之后,看着他一步步走向泥潭,我想通过我的力量去帮助他……虽然最后他确实走上了正途,不过并不是因为我。可尽管如此,我依然想帮他做些什么,因为他不仅帮助过我,也帮助过我那位最好的朋友……"

张月桐的笑容和当时一样,她的眼中似乎有什么流了出来,"张舸,别再耽搁了,我们先出去吧。"

"好,你们先退后,我第一个出去。"我暂时收起了芜杂的情绪,决定先面对眼前的难题。

回到漆黑领域的入口后,我屏住呼吸、半掩木门、来回扫视了三遍,蹑手蹑脚地率先踏进了熟悉的房间。

搅得人心绪不宁的铃声仍在响着,就像是索命的信号。我踉跄地跑到欧龙门口,将手机放到耳边,尽力平复着呼吸的频率,确保这次的扮演也能够以假乱真:"喂,江铃,怎么了突然打电话?"

"张舸吗?真是的,你在干什么呀,我都已经等了你好久了。"她的声音听起来没什么异常,轻松、温柔、小小的埋怨……全都是在模仿江佳铃的口吻。

"等我?我不是说了吗,今天下午就不用等我了,何况现在才两点多啊……"不知为什么,我的心跳变快了,一股说不出的诡异正从功能机的音孔中缓缓流出。为了掩饰内心的波动,我赶快换了个话题,"啊对了,陈颂的表演怎么样了?今天有没有什么进步啊?"

"陈颂啊,嗯,对呢。她告诉我她不想继续演下去了,你说该怎么办呢,张舸?"她的声音冷得像一块冰,没有任何语调上的起伏,没有包含一丝一毫的感情。锐利的刃割下了一直隐藏的假面,象征永别的话语刺入我的身体。

等我回过神的时候,保持通话的功能机已经坠地,面前是一双充斥着憎恨、愤怒、嫉妒与悲伤的犀利眼眸,以及一双青筋暴露,正以摇山振岳之势扼住我咽喉的纤纤细手。

"为什么要走呢?"她的左脸露出了狰狞的笑容,而右脸则是胁迫和质问的冷酷口吻,"我都那么迁就你了,还是不行吗?"

第四十五章 江舟风铃曲——饰演

第四十六章

江舟风铃曲——复活

"为什么要走呢?!"她咆哮的语调提高了,手指的力度也增加了几分,"我都那么迁就你了,还是不行吗?!"

我像一瓶被摇晃了三十次的汽水,脖颈以上全部处于躁动和喷发的临界点,血液滞留在脑中无法回流,失去焦距的眼珠行将蹦出,无力的四肢只能感受到因缺氧而带来的酥麻……

再撑一下,拜托再撑一下!傲慢女孩现在不过是发泄怨恨,只是这种程度我还顶得住!只要万洋和张月桐他们能够平安到达三石桥……

"哦?你是认准了我不会马上结果了你,想用可悲的意志力尽可能地拖延时间对吧?"随着傲慢女孩松开了双手,重获新生的美妙感受与新鲜空气结伴而行,再次为我全身的经脉充能。

腹部的阵痛阻断了我放手一搏的想法与行动,取而代之的是逊到没边的四脚朝天与干咳不止。

"你以为这是哪里?"傲慢女孩掸了掸褶皱的衣角,她嘲笑着我的天真与不自量力,"只要我愿意,那些淘气的玩具马上就会来到你的面前。张月桐对吧?真是个意外的答案啊,没想到你一直要找的人就坐在你身边呢!"

响指的清脆声几乎令我心脏骤停,可让人吃惊的是什么都没有发生。不光是我,傲慢女孩也露出了难以置信的表情。她反复搓着响指,每搓一次,从容就从脸上减弱几分。

"该死,看来只要回忆之珠还在芷的后人身上,无论哪儿的三石桥都会继续守护她。"傲慢女孩一脚将不知从哪儿召唤来的野狗踢跑,她深吸了一口气,再次兴奋地嗤笑起来,"无所谓,她过不来,我过去不就好了。"

当我重新起身的时候,傲慢女孩已经将发色和眼神再次化为江佳铃的模样,在我眨眼的瞬间失去了踪影。

我翻阅着脑海中的记忆,确定对今天的印象没有偏差——虽然我不愿意将伙伴们拉入危机,但已经到了千钧一发的地步,只能寄希望于我最后的武器了!

我拾起质量过硬的功能机,边拨电话边呼叫了出租车。当我到达金牦公园时,结束了野餐的同学们已经等在大门口了。

"哟,张舸,让你不早点来,已经结束了!"赵慎将一堆看起来就很难吃的残羹冷炙拿起来在我面前晃悠。

"抱歉,请大家帮帮我,请帮帮我!来不及了!!!"我用从未有过的哀求语气拜托着面前的好友。

"之后你可要好好解释啊!"在读懂了我的眼神后,姚蓝二话没说就拉着王家杰和赵慎跟了上来。我感觉她似乎也和我一样猛然记起了什么,但现在已经没有时间再去深究了,我只能试着把话说得简单些,让伙伴尽量明白我的意思。

"等等,你说张月桐就是传说里芷的后人,现在她正像预告片里放的那样同一些乱七八糟的魔物进行战斗?张舸,我已经过了那个年纪了。"或许这就是朋友吧,虽说王家杰的舌头并没有停下,但他的两条腿还是跟了上来——傲慢女孩一定会因为她没有剥夺我在这个梦境中的友情而后悔的!

当我带着三名帮手穿过层层人群,最终到达那处本该无人问津的垃圾堆时,迎接我们的却是一场演出谢幕的场景:

复原的三石桥周围的绿意盎然正在消退,江佳铃样貌的女孩屹立在桥身的白光之上,桥下躺着满身泥泞、蓬头垢面,但是仍在竭力保护小江佳涟的张月桐,以及倒栽在灌木丛里、眼冒金星失去战斗能力的万洋。

第四十六章 江舟风铃曲——复活

"江铃？为什么江铃会？"

"看仔细了,那不是江铃,就是她从我们身边把江铃夺走的!"我纠正了赵慎,同时也向傻了眼的姚蓝和王家杰挥舞着手臂。

傲慢女孩似乎并不想就这么让自己的角色杀青,她继续模仿着江佳铃的语气,妄想以此愚弄仍被蒙在鼓里的赵慎等人。

张月桐的声音传了过来,为了让伙伴们看清易容大师的真面目,她再次举起了颤抖的右手。随着一声呼唤,回忆之珠与桥产生了共鸣,它像是一个得了多动症的孩子,颤颤巍巍地映出了张月桐的眸子,从核心散发的晶莹也越发耀眼,最终化为一束白光,照在了傲慢女孩的身上。

傲慢女孩好像暴露在日光下的吸血鬼,她的伪装开始脱落,当她来到张月桐身边将那可怜的女孩踹飞五六米后,无论是发色还是眼神都已经恢复了肃杀与凶恶。

"她不是江铃!不是!"王家杰还在感慨的时候,眼睁睁望着张月桐倒在身旁的姚蓝已经暴怒地朝傲慢女孩冲了过去:"你这混蛋对纪委干什么!!!"

在姚蓝和我的鼓动下,赵慎也懒得弄清面前的光景究竟是怎么回事了:"兄弟们,管她是什么玩意,反正不是好人,先揍一顿再说!"

傲慢女孩并没有移动,在拾起张月桐的护身符后,她仅仅是摆了摆手,我和赵慎就被类似引力一样的东西扯住四肢摆出五体投地的姿势。

或许姚蓝的身体真的异于常人,当我和赵慎摔得狗吃屎的时候,这个假小子就好像预判到了对方的行动,她跳跃着躲开了那些无形的障碍,对准傲慢女孩的脸就踹了上去。

然而姚蓝毕竟是凡人,她根本不知道傲慢女孩是怎么一瞬间就闪到了她的身后,等她落地时,自己也只剩下了匍匐在地被乱拧脖子的无力模样。

在清理掉连敌人都算不上的杂鱼后,傲慢女孩单手拽起了没人保护的小江佳涟,在缓缓走回三石桥的过程中又顺手把仍在发呆的王家杰给撂倒了。

"你也是特别的呀,姐姐。我比谁都清楚她对你的羡慕和嫉妒有多么强烈,比谁都知道她曾经多少次想过要取代你,比谁都知道在你死了之后……"

小江佳涟用看起来不疼不痒的巴掌阻止了傲慢女孩逐渐激动的发言:"别把我妹妹和你这怪物放在一起!你以为这样就能让我恨她吗?别笑死人了!你说的那些情感每个人都有,但是人除了黑暗还有阳光开朗的一面,你怎么可能会了解呢!"

或许小江佳涟的那一巴掌真的很疼,傲慢女孩的表情变成了我从未见过的气急败坏,她再也不需要虚假的优雅和高冷装饰自己,取而代之的是一系列在我们眼中无可争议的暴虐行为。

"为什么我没有?为什么我没有!为什么!"傲慢女孩已经彻底失控了,她一面对小江佳涟拳打脚踢,一面疯狂地打着响指。可能她是想复刻当初玩弄陈颂的那一套,叫出一些车辆把小女孩撞得灰飞烟灭,或者把小江佳涟直接扔到什么地方受苦,以此取乐。

然而小江佳涟的周围不仅没有任何东西出现,就连那些毫无人性的暴力殴打也没有在她身上留下一丝一毫的痕迹。

"你不是说知道我的妹妹对我的感情吗?那我也知道你!你在害怕对吧,你害怕我与妹妹和解过后,身为消极情绪集合体的自己就会不存在了,对吧?"小江佳涟的眼中出现了一丝怜悯,"不用担心,无论谁的心中都会有黑暗面,完全消失是不可能的。你当然可以继续存在,虽然可能身体会变成像我这样的小女孩就是了。如果你现在投降,我会替你好好向我妹妹求情的,没准你还能继续当个妙龄少女呢!"

"住口!住口!住口!住口!"因为一系列的负面情绪,傲慢女孩的瞳孔已经愤怒到只剩下了糖豆大小,她像扔烫手山芋一样将小江佳涟扔出去老远,而后亮出那颗取自张月桐的回忆之珠,咬牙切齿地捏紧,"你才是个怪物!怪物是你才对!你要是不愿意回到珠子里继续睡觉,我来帮帮你!!!"

"啊呀,别搞错喽!虽然我确实是被月桐用你手上的珠子解放出来

第四十六章　江舟风铃曲——复活

的,但它可不是我的家……除非你说服你的主人忘记我,否则我一直会存在的……来呀,你去试试看,把她叫出来问问愿不愿意忘记我。"

我明白了,小江佳涟是因为江佳铃的思念、借助现实世界中那颗回忆之珠的力量而诞生的存在,由于她并不属于这个梦境,所以一旦苏醒便再也不受傲慢女孩和这里一切事物的支配,包括张月桐所持有的属于这个梦境中的回忆之珠。

"为什么会这样!别过来!别过来!!!"傲慢女孩后退了几步,她疯狂地挥动着双手,回忆之珠在她的挣扎下脱落,滚到了靠近王家杰的地方。在不断用话术刺激傲慢女孩的过程中,小江佳涟一边走近三石桥,一边偷偷对张月桐和我们使着眼色。张月桐正在慢慢挪往回忆之珠的方向,至于姚蓝、赵慎,还有我,也在傲慢女孩情绪波动时渐渐恢复了行动能力,再加上不知在哪儿躺着的万洋,除了还在地上流口水的王家杰,我们所有人都在等待一个类似"开始行动"的信号。

"跟她拼了,大家上啊!!!"打出发令枪的人是赵慎。一马当先的姚蓝大踏步来到傲慢女孩的身边,对着还在发愣的她结结实实来了一套组合拳,紧接着是万洋的偷袭大脚。跟跄的傲慢女孩还不肯倒地,不过在我和赵慎的泰山压顶下,这不过是徒劳的行为。随着张月桐拿到了她的回忆之珠,小江佳涟也做好了跳下三石桥、与封闭内心的妹妹再次见面的准备了。

"你们……你们谁也别想反抗我!!!"明明已经被制服了的傲慢女孩突然爆发出巨大的能量,除了小江佳涟,我们都被像是投手扔棒球一样甩向三石桥的四面八方。

光速起身的傲慢女孩一把拎起小江佳涟,疯狂地将她摔向地面,接着赶在张月桐行动前再次夺走了回忆之珠,最后瞬移到小江佳涟上方,狠狠地用脚踩住了她,完成了对我们的团灭。喘着大气的傲慢女孩加大了力度以限制小江佳涟的行动,她悲伤地笑着、踢着、宣告着,用响指打出了象征终幕的休止符——一阵失重感夺走了我的意识。当我的目光再次聚焦之时,自己五体投地的位置变成了三石桥。

"差点被你们给骗了！就算奈何不了，到头来也就是个乳臭未干的小丫头，只要控制住不就行了吗？喂，叫张舸的，睁开眼睛啊！现在我就要当着你的面把这颗名为回忆的珠子给毁了。这下你该彻底死心了吧？你是属于我的，你必须留在这里陪我！"带着极端占有欲的呐喊险些吼穿了我的耳膜。

还是不行吗？真的就到此为止了吗？到头来我的挣扎，只是使更多朋友身处险境的徒劳之举吗？

"我让你睁开眼睛听到了没有！"

我继续着自己的鸵鸟行为，我不想看到希望破碎的时刻。我听到了姚蓝反抗的声音，以及她反抗失败的惨叫。

为什么啊江佳铃，为什么会变成这样啊？明明只剩最后一步了，明明还差一点我就能救你了！难道你根本就不愿意接受我的帮助，难道我所有的努力你都感受不到吗？！江佳铃，如果这里是你的心灵世界，如果她真的是你从出生至今负面情绪的集合，对比那仅有一名女性体形大小的消极与黑暗，你还拥有着大到足以构成整个梦境世界的积极与光明啊！这里的大地、这里的天空、这里的人们、这里的一切都是你心中的光明，难道你就这么任由它们被那个借用你脸孔与形体的傲慢者随意玩弄吗？

傲慢女孩的狂笑压倒了我用来挺起后背的力气，这是我迄今为止听过的最令人绝望的笑声。

江佳铃，你快醒过来啊！我们需要你心中的那份光明！

"江铃……江佳铃……"我口袋里的红桃3掉了出来。我呼喊着她的名字，无视着傲慢女孩的疑惑、嘲讽以及接踵而来的重击，我一遍遍地呼喊着她的名字。

"江铃……江佳铃……"

我听到了。不光是我，赵慎、万洋、张月桐、姚蓝、王家杰……我的伙伴们也都不约而同地呼喊着她的名字。大家的声音从微弱变为坚定、从此起彼伏变为整齐划一、从踌躇不决变为充满希望……

她是我们重要的朋友，她是最珍视友情的人，她是将这里的所有人都

第四十六章　江舟风铃曲——复活　563

联系在一起的中心。

"江铃!!!"

虽然她有着孤身一人的觉悟,但纵使时光倒流了无数次,我依然在寻找她的身影;

虽然她认为自己的选择会让大家更幸福,但大家原本就是因为她才相聚一堂的;

虽然她现在并不在这儿,但是在我们的青春里、我们的回忆里、我们所经历的时光中,她是无处不在的!

"江铃!!!"我现在所相信的力量,一定比友情与执着还要更加强大。

我绝不放弃!

破晓之光从天而降,汇聚在傲慢女孩的身上,让暗影于尖叫声中无处可逃;周围树木的枝条变得又长又软,它们像长了眼似的齐刷刷地捆住她的四肢,即便被挣脱也会在顷刻间修复再生;类似风压的强大气流吹弯了傲慢女孩的膝盖,令不可一世的反叛者走下神坛,以敬畏之姿匍匐在地。

那颗光彩夺目的回忆之珠从傲慢女孩手中掉落,在经由我、小江佳涟、姚蓝三人之手后回到了它原来的主人手中。

"苍草翠,石桥辉,流水返景旧人归。旧人归时雨花飞,花飞铃泪待舟回。"随着张月桐在祈祷中双膝跪地,她手中的回忆之珠渐渐脱离了地心引力,升入天空绕月而行。那圣洁的光芒仿佛要净化一切似的,将周围之景全部涂上了相同的色彩,就连我的思绪也不例外。与此同时,三石桥的白光变得更加耀眼,桥下的流水化作一个波涛汹涌的巨大旋涡,以排山倒海之势牵引着小江佳涟的身体。

小女孩知道自己该走了,她环顾着那几张陌生的面孔,朝早已泣不成声的故交挥了挥手,继而以熟练的舞步奔向三石桥边。

傲慢女孩仍不肯死心,被折磨到伤痕累累的她用尽最后的力气挣脱神罚,咬紧牙关冲往小江佳涟的方向。

"我不会再让你妨碍她们了!!!"我抓住了傲慢女孩的手,顺势将筋疲力尽的她抱入怀中,与她一同坠入了三石桥下的流水。

浮力丧失、气泡散尽,我们一齐沉向没有边际的无底深渊。傲慢女孩的挣扎让我将她抱得更紧,渐渐地,她的反抗减弱了。感觉消退之前,我看到波光粼粼的上方若隐若现一个熟悉的身影。

那是我一直寻找的身影。当小江佳涟的手触碰到那个身姿后,我失去了自我意识,成为被碳素笔勾勒出的简单线条,与无数同胞平行交错,连同飘起的灰屑共同构成一片漫无边际的白茫茫……

"张舸,醒醒!醒醒啊!喂!你醒不醒!"

头上挨了一巴掌后,我在恍惚中睁开了眼睛——嘈杂却令人安心的教室、摆放着粉笔和黑板擦的讲台、写满了密密麻麻公式的黑板、被大标语环绕的时钟……看来下课的铃声刚刚响过,班里的大家正如往常那般闲聊着。

"终于醒了,我在后面看你睡了半节课了都!下节体育课正常上,咱们赶紧占球场去啊!"

又是高三11班吗?

"张舸你怎着的了?你不信啊?我都找杨小白算过了,绝对错不了!而且隔壁班刚下课,再不快走咱们只能蹭球打了!"

没过几秒,班长王家杰也走到了讲台前,在他宣布体育课正常的消息后,班级像是在庆祝神舟飞船成功发射一样,爆发出巨大的欢呼声。

"别闹啦别闹啦,大家先去操场再说,免得教导主任变卦。"王家杰制止了姚蓝和赵慎对我的东拉西扯。

好熟悉的场景,这里依然是梦吗?

"张舸,你可不能放松哟。已经高三啦,怎么还在课上睡大觉呢!"她的笑容是那么温暖,温暖到让我想一直过这样的日子。

"江铃?"我呆呆地叫着她的名字。我找回了失去许久的表情,我试着支起身子,以此答复不远处等待着的朋友们。可还没等我站稳,强烈的眩晕感便侵袭了大脑,它们与麻木且无力的膝盖一起,把我的身躯扔向了地面。

在重重的声响后,我感到了莫名的悲伤。不知为何,我开始放弃抵抗

第四十六章　江舟风铃曲——复活　　565

头脑中的昏沉。

"抱歉,大家。我好像站不起来了,你们先走吧。"不知该怎么答复等待我的人,我仿佛被钉在了地上,只是无奈地望着教室的天花板,任由视线变得模糊——如果就这样睡去,会发生什么呢?

蓦地,一只手伸了过来,似拂晓之晨光,撕开了蔓延的黑暗——那是江佳铃的手:"没关系的,我们拉你就行了呀!"

不只是江佳铃的,还有赵慎、姚蓝、王家杰、杨小白、张月桐……

"一个人拉不起你,那就只好多几个喽!"

"无论何时,我们的心都始终在一起,无论隔得多远、在哪个世界、发生了什么样的事,你都不会是孤身一人的。"

"张舸,站起来,没什么大不了的!"

不光是他们,还有我的父母,万洋和陈颂,老大,还有一切曾拉起过我的人,他们的手聚成了一个巨大而炫目的光源,正等待着我的回复……

我听到了他们的话,所有人的话。我没有回复,只是在泪水溢出前,试着用尽了全身的力气,缓缓将手抬了起来。触及光源的刹那,我置身于无数影像更替的残光中,仿佛与某个纵横交错的领域融为一体,在一堆不断拼凑组合的几何体中,成了类似见证者的角色……

被烈日晒到滚烫的电线杆上落着两只胆大的麻雀。它们饶有趣味地俯视着空荡荡的柏油路,以及那个不知从何时开始便一直在此低头不语的孤独女孩。

白色的虚线将道路分割成左右两半,红褐色头发的她双手抱膝坐在左侧,仿佛是一个做工精美的雕塑,无论风雨雷电始终一动不动。

急促的太阳雨过后,那两只胆大的麻雀一前一后地飞到了女生的头顶,它们试着捋了捋女生的头发,又啄了啄女生头顶的旋,而后疑惑地望着远处那个正在光脚走来的小孩子。

白色的虚线将后视镜中的公路分割成左右两半,红褐色头发的女孩双手抱膝坐在左侧,光脚的小孩子缓缓出现在右侧,在二者的影子最终交会时,扬着嘴角的小孩子率先开口了:"好久不见了,佳铃。"

麻雀们没想到这尊雕塑居然活了,它们只得再次起飞,寻找另一处适合小憩的场所。

"姐姐?"江佳铃惊讶地望着身边的小女孩,她们谁都没有越过那道分割道路的白虚线,仍然一左一右地保持着相互对视的姿态。

小江佳涟的笑容赶走了一场即将到来的太阳雨,在她的邀请下,江佳铃重新站起了身子。

第四十七章

江舟风铃曲——江铃

等到那两只麻雀飞回电线杆的时候,原先的人形雕塑已经走到了它们视线的尽头。

白色的虚线将道路的积水分割成左右两半,左侧的江佳铃神色凝重地漫步行走,丝毫不在意时不时溅起的水花;右侧的江佳涟跳着轻盈的舞步,她故意去踩那些最深最洼的水坑,一路上都洋溢着属于孩子的童趣与天真。

"三石桥和回忆之珠真是神奇呀,能让我们像这样再次见面!它们究竟还有多少我们不知道的力量呢?"

"姐姐,你不用来劝我的。"江佳铃依旧低着自己的头,"我知道你是故意让我和张舸见面的,我知道你在那天根本就没有约会,我知道你是因为我的票所以才死的……即使你一直瞒着我,可我还是知道了……"

"佳铃,那不是你的错,从来都不是。"小江佳涟的声音充满了温柔,可是在江佳铃听起来,其中包含了象征谅解的怜悯。

"姐姐根本就不明白!当你不在了之后,我经常会有一些自己都感到厌恶、自己都无法原谅自己的想法!你知道我的内心有多么丑陋吗?有时候我居然……"江佳铃率先停下了脚步,她紧闭双眼,不顾一切地大声嘶吼着。

"只是有时候而已。"小江佳涟并没有因为街道久久无法散去的回声而驻足不前,小小的影子渐渐从妹妹身上离开,"佳铃,你在三石桥上看到的只是假象罢了,为什么非要那么在意呢?"

"假象?事到如今姐姐你还要继续骗我吗?三石桥是不会说谎的,我亲眼看到你塞进口袋的票,我亲眼看到了你那天上了19路的公交……"

"你看到的只是回忆而已,但是你看不到我的内心。三石桥不会说谎,但是人会呀。"小江佳涟放慢了脚步,在她的前方,不断延展的道路渐渐变得虚化,在滚动着的热浪的折射后形成了一个类似三石桥流水的巨大荧幕。

"这是我的回忆,我的过去。"小江佳涟指了指荧幕上正在放映的画面,"妹妹,你抽到的那张票……其实是我的。咱们的妈妈知道你我都喜欢那个明星,但是为了让那时的你能留下一些美好的回忆,能接受治疗坚强地活下去,她偷偷对我说了,让我把那张票让给你。"

江佳铃的瞳孔因诧异而变大,她的眼里正映出荧幕中的景象:在听完母亲的打算与请求后,十岁姐姐的灿烂笑容瞬间静止了,她避开母亲的视线,反复揉搓着手中的票与信,噘起嘴努力思考着如何回复。在一声充满干劲的自我打气后,姐姐的表情变得坚定了,她将揉搓了半天的票展开理好,双手递给了母亲……

"可那封回信明明写的是我的名字啊!"

"那是我模仿那个明星的笔迹抄的。"为了让妹妹听见,前方的小江佳涟提高了自己的声音,"你说你丑陋,那我又何尝不是呢?明明当时已经下定决心、满口答应,可是在我看到你拿到票的高兴和得意之后,看到你自以为赢了我之后,我后悔了,我嫉妒了,我想出尔反尔。我就这么一边违心地继续同你嘻嘻哈哈,一边偷偷地埋怨着母亲,埋怨着你……我觉得你很狡猾,不就是生了病吗,为什么就可以什么都不做了?为什么不和以前一样堂堂正正地与我比赛定输赢?为什么我必须什么都让着你,即使面对你的冷脸却还要哄着你,摆出笑脸和你说话?我想过无数种把票拿回来的办法,想过你要是因为什么去不了就好了,甚至还曾在心中闪过了如果你不在了是不是会更好的念头……你一定想不到吧?我并不是什么完美的姐姐,只是努力让自己看起来像是那样而已。"

江佳铃依然站在原地,望着荧幕里那个躲在黑暗中偷偷抹眼泪的姐姐,她的悲伤也汇成了涓涓细流,自眼眶缓缓而下。

"不过那不是我的全部。就算会有埋怨和不满,可我还是想继续扮演好姐姐的角色,我想介绍个朋友给你认识,当然了,我的心里也有一点'如果我介绍朋友给她,她是不是也会投桃报李把票给我'这样的想法,嘿嘿。"小江佳涟借着舞步向远方的妹妹露出微笑。再次面朝荧幕后,小女孩的声音中多了几分惆怅,"可他们都婉拒了,他们都知道我的妹妹生了病,所以想躲得远远的,唯一答应的那个人也只是因为不想让我失望而已。没有办法,我又开始找其他朋友,可得到的回复都一样……直到10月5日上午,在爸妈与你谈话的时候,我遇到了伙伴们口中那个棋下得很好的小男孩。"

江佳铃前方的影像再次发生了改变——那是姐姐与他共度的时光。

"他确实是个小高手,无论是小学生还是初中生,他全都干净利落地取得了胜利。这让我有一种感觉,喜欢下棋的你没准也会很喜欢他,如果你们俩能认识,说不定能成为朋友。虽然他和月桐一样都是外地人没法常来玩,但我还是决定试着接触他。我们玩了一上午,连中午也在一起。我发现他属于很天真很直率的类型,这让我下定决心要把他介绍给你做朋友,至少也要让你们俩来一局……然后到了下午,那个小男孩失约了,虽然我有些失落,不过也没怎么多想,毕竟本来也没抱多大的希望。可是当我在远处看到他对你搭话,看到他朝你送出小礼物,看到你接受他的邀请时,我真的非常高兴,或许妈妈看我们俩就是那种心情吧?"小江佳涟仰望着画面中那个正与她相视一笑的小女孩。

"可他是把我当成你了啊!"江佳铃握紧了拳头,她的长发凌乱且疲惫,"而我……也只是在扮演你而已啊!"

"那又怎么样呢?"小江佳涟笑着回答妹妹的疑问,"虽然过程确实有些出乎预料,没想到他这么单纯……但目标总算是达到了嘛!当时对我来说,只要你们俩能成为朋友就好了,本来我就准备把他介绍给你的。是真的,看到你微笑的样子,当时的我有一种说不出的感动和喜悦,我觉得即使他把你错认成我也没有关系,如果我的妹妹愿意,我绝不会戳破这个谎言。何况你并不是始终都在扮演我啊,在与他重逢后直到今天,你不是一直都在与他书写属于自己的故事吗?"

"可是……"

"然后在当天晚上……"小江佳涟又一次改变了她与妹妹面前的影像,"当你告诉我和爸妈,明天上午你会和他出去玩,还会接受治疗的时候,我几乎高兴得想从椅子上跳起来呢!但是在你说想把票留下的时候……说真的,我有些失望。"

"既然那么想去,为什么还要骗我说当天有事去不了呢……难道是在赌气吗?"

"也不能说一点都没赌气,不过还有一个原因是,我想让自己的妹妹能心无芥蒂地与那个男孩出去玩。"小江佳涟扑哧一笑,"我知道你是个敏感的孩子,如果你知道'姐姐明天有空',你肯定会因为顶替了我的身份与他出去玩而感到内疚,会认为本该和他出去玩的人是我。所以我才告诉你自己那天上午原本就有了约,既没空去听演唱会,也没空出去陪男孩玩,这样你才能放下心里的包袱,彻底接纳这位新交的朋友。因为虽然没得回票,但是我确实为你交到了新的朋友而开心、为我无心的想法开花结果而高兴。"

江佳铃任性地摇着头,她知道接下来的故事将会如何发展,所以不愿再看前方那个体会不到她悲伤心境的大荧幕。

"不过我真是个坏孩子呢。"即使已经快走到荧幕中了,小江佳涟依旧没有停下,"因为在阴差阳错实现计划后,我还是偷偷拿了票,得意地去了演唱会。不光如此,我还准备回到家之后就告诉你,而且对你的态度做了两手准备。如果你在知道实情之后向我发脾气,我就和你对着吵,最后再撒着娇向你道歉;而如果你原谅了我,我就顺便把原本就要让那个男孩当你朋友的事情告诉你。虽然我觉得你心里应该会很高兴,但是由于'让给你'的说法,要强的你大概还是会和我吵一架……谁知我居然再也没有机会说出口了……现在你明白了吧?无论如何,那天我都不会选择与他出去玩的,因为从一开始我就准备让他与你做朋友的,他只属于你。"

映在江佳铃面部的光消失了,荧幕中放映的影像也被纯黑替代。江佳铃猛地睁开眼睛,她冲过了马路中央的白线,跑向自己的姐姐。

"那之后,当你快撑不下去的时候,月桐偷偷将守护着她的那颗回忆之珠塞进了你一直戴着的小香囊里。在你的记忆和思念下,我们得以在梦中、在过去的时光重逢。我很高兴能再次陪在你的身边、住进你的心中、倾听你的痛苦、为你打气、为你鼓劲……我明明知道你对我的依赖过了头,但是听到你为了康复和跳舞所做出的努力,听到你在东湾拥有了一群世上最棒的朋友,我也不禁想就这样一直留在你的身边,陪着我的妹妹慢慢长大。一次次想着再过一会儿,再过一会儿就好……"小江佳涟被身后的妹妹揽入怀中,她感受着熟悉的体温和心跳,不禁将伸向荧幕的手缩回,轻轻放到了妹妹那已经坚实的臂膀上。

江佳铃抽泣了很久,她不愿放手,她知道这次放手意味着什么:"为什么不告诉我呢?为什么……"

"哈哈,说那些干吗呀!本来一切都好好的,谁知道你居然把香囊还回去又跑到三石桥上瞎想,还得出了个错误的推断,所以我现在才来向你解释呀!"小江佳涟拿出了姐姐的姿态,温柔且心疼地抚摸着妹妹红褐色的长发,"你这傻妹妹,你知道你封闭内心之后把你的朋友搞得多惨吗?回去之后可要对他们好好道歉呀。"

"可是……可是……看到你拿了票之后,谁都会那么想吧。而且就算是你的票,如果第二天去的人是我,死的人也就……"

"是啊,会是你。"小江佳涟转过身子,她用拥抱回应着妹妹的心意,"然后我就会和之前那样,一直带着自责活下去。"

"可是……可是……如果是我去了,你就不会死了啊!你比我优秀得多,朋友也比我多得多,大家喜欢的都是你,为什么……为什么……为什么死的人会是你啊!!!为什么不是我抽中的票啊,为什么你连这个都要赢我!!!"

"因为该去的人原本就是我。"小江佳涟松开了手,"而将他心中那个女孩的形象,将他心中那个梦延续下去的人却是你,不是我。我相信你和张舸的相遇是美好正确的命运,因为它变成了一段令我也为之动容的故事,所以我想维系住你们的感情和你口中所谓的'错误',我没想过会有一天因为傻妹妹的胡思乱想而把这些事再说出来。"

"你不是说讨厌迁就我的吗?你这骗子……"江佳铃拽住了姐姐的裙摆,"现在你又要在迁就我之后,就这样一走了之吗?"

"好妹妹,你早就长大了,即使一个人也没关系了。"

"不要!我要你留下来,继续陪在我身边,就是因为你不在了,我才跑到三石桥上的!"

"过去,应该是闲暇的午后偶尔想起,会因为它的酸甜苦辣或微笑或流泪的珍贵之物,但它并不是你的全部。"小江佳涟来到妹妹的身边,轻轻地吻了她的左脸,"即使我不在身边,即使我的脸和身体会随着时光的流逝渐渐褪色,但是我与你的那些回忆将永远留在你的心中,你不需要刻意去寻找,也不需要通过什么媒介,在某个你不经意的瞬间,它自己就会出现的。"

"不要走!姐姐!不要走啊!"

"有些遗憾呢,最后还是没能和你吵架。"小江佳涟在微笑中踏进了结束放映的寂静荧幕,化作"回忆"的一部分。

"姐姐,其实我很喜欢你,不光是现在,从小时候开始我就一直是喜欢你的!!!"江佳铃冲向了正在变得透明的荧幕,她将荧幕中姐姐挥手的样子铭记于心,她将什么也没有触碰到的手垂了下来,她咽下了酸楚,抬起自己的头,用只有自己才能听到的声音诉说着道别的话语,"我再也不会忘记了……再见了,姐姐。"

伴随着清脆的响声,江佳铃周围的风景碎裂了,每一块残片都在旋转中交叠着光与影。以她所在的地方为中心,好似波纹般的气流圆环愈扩愈远,将触及的一切都扬向空中,成为闪闪发光的棱镜雨。

光点散去,万物归于混沌,现在只剩下江佳铃踩着的那块碎片没有幻

第四十七章　江舟风铃曲——江铃　　573

化成风了。耳畔喧嚣再起,当这个女孩重新睁开眼睛时,自己正停靠在记忆中熟悉的公交站台。

"我说佳铃啊,我们俩吵过架吗?"

"唉?"江佳铃回过了头,等车的姐姐正在五步远的地方玩着头发。

"一般来说,大家都会吵架的吧? 即使是兄弟姐妹。"江佳涟将视线移向天空,喃喃自语似的开口道,"有句俗话怎么讲来着,'越吵感情越好'?不知道是不是真的呢?"

"或许吧。"江佳铃凝视着自己的影子,那是她只有十岁时的影子。

"那我们吵过架吗?"

"没有。"江佳铃的眼神从惊讶变成了哀伤。

"喂喂喂,你这么肯定吗?"江佳涟的语气中流露出了一丝笑意。

"嗯。"

"那等你中午回来以后,咱们吵……"

"姐姐,我喜欢你! 虽然一直没告诉你,一直对你爱搭不理的,但是我最喜欢姐姐了!!!"

不只是江佳涟,公交站台上的其他人也都投来了诧异的目光,可是江佳铃并没有在意,她一次次重复着以上的话,直到她的嘴唇因为必须抑制哭声而接受牙齿的紧咬。

"怎么了,这么突然?"姐姐苦笑着跑到了妹妹身边,她拭去妹妹的泪水,又把妹妹那几根调皮的头发塞回帽子之中。

"姐姐,换我去吧。"江佳铃停止了哭泣,她伸手索要着姐姐的票。

"即使这只是什么也改变不了的一厢情愿?"姐姐的表情充满了温柔,她从口袋中拿出了一枚硬币,"来赌赌看吧,再怎么说,我也很喜欢那位歌手哟。"

"反面。"江佳铃沉吟了许久,终于还是放下了手。

旋转的硬币将闪亮的阳光交替反射到姐妹俩的脸上,它辉映着姐姐的笑容与妹妹的不舍,在完成一条优美的抛物线后轻轻落回掌心,宣告最后的答案。

574　时光与我们

"你看,又是我赢了。"江佳涟收起了正面朝上的硬币,在她的后方,19路公交车已经到站。

"为什么还是你赢啊……"江佳铃的眸子辉映着粼粼波光,她的声音充满了哀怨,"为什么你要赢我啊?!让我赢一次不行吗?!"

"不行哟,赢的人一定是我。"江佳涟的语气带着自豪和调皮,她精神地敬了个礼,"谁让我是个不会谦让的坏姐姐呢。"

"是啊,你一直就是这样的,你是全天下最坏最坏最坏的姐姐!!!"随着江佳铃的呼喊,周围的风景再次发生了变化,无论天空、大地还是行人,一切都在变得黯淡,仿佛被拉上了幕布。

"啊呀,如果我再回击你几句,这就算是吵架了吧?"江佳涟示意司机再等一下,而后对妹妹指了指道路的尽头,"不能再任性了哟,佳铃。你该回去了,他已经在那里等你了。"

"嗯,我知道了……谢谢你,姐姐。"脚下的最后一块碎片也消失了,它映出的是江佳铃的瞳色。

"拜拜。"江佳涟用一声深情的再见关上了妹妹心灵世界的大门。

纯黑的混沌中映出密密麻麻的白色光点,它们吸附、缝合着四散的粉尘,相互游离、彼此牵引,最终汇聚成一道道纵横而行的线条,相互交织为螺旋式的通道,在延伸中将平面重新构筑成立体。

我结束了作为见证者的角色,当自我意识回归时,身体已经从寒冷刺骨的水中转移进了这个高速运行的通道。转瞬即逝的纵横线条晃着眼睛,我被强烈的推力裹挟着飘向前方,怀中仍然抱着不断挣扎的傲慢女孩。

她已然失去了引以为傲的魔力,变作了一名普通人,正在类似自暴自弃的悲伤情绪中逐渐化为点点星光,散向通道的各个角落。

由于她不断地敲打和抓挠,我的背部充斥着火辣辣的痛楚。悲伤的声音响彻我的耳畔,刺入我的内心,我不知道该如何回应她的话语,只是不愿她这么哭下去,所以任凭本能驱使加大了臂膀的力度:"谢谢你……谢谢你这段日子的陪伴。"

第四十七章　江舟风铃曲——江铃　　575

怀中的抵抗停止了。我的背部传来了温柔的触感,她在消失前的最后一刻选择拥抱了我。

失去抱团取暖的人后,我在急速前行的通道内更难维持"安全驾驶模式",于离心力的牵引中上下摇摆,而后翻滚旋转,在数次险些碰壁的危险中继续着航程。

远处出现了微亮的光点,随着我的接近,这个点在汇聚纵横线条的同时逐渐扩大为炫目耀眼的圆形开口——那是隧道的终点。

光驱散了黑暗的混沌,通道中的一切都变得清晰。我看到了,一个有着红褐色长发的姑娘就在前方。张开双臂的她浮在半空,努力保持着身体的平衡,她的目标方向和我一样,都是这条通道的尽头。

"江铃!!!"我叫出了她的名字,不会错的,她就是我一直追寻的那个人,是我无论如何都要找到的那个人。

她听到了我的呼唤,她绽放了我最为熟悉的灿烂笑容,像是梦里那样对我伸出了手。

没有犹豫,我借着浮力调整着自己的角度,我们的手缓缓靠近,彼此触碰,最终相握。

"张舸,对不起。因为我你受了那么多苦,我……"

"一起回去吧!咱们一起回去,然后一起往前走!"我用超大分贝的嗓音盖过了她道歉的话语,同时将那只手握得更紧。

"嗯……嗯!今后的日子,也拜托你了!"迄今为止仅存的那抹哀伤终于从江佳铃的笑容中滑落,她先我一步将另一只手也放了上来。

我们的身体抵抗住了强大的离心力,彼此凝视着,互相依靠着,共同奔向这段旅程最后的终点……

在大脑逐渐取回意识后,我于昏沉中睁开了眼睛,从一场恍若隔世的南柯大梦中苏醒。躺在断桥边缘的我还没法移动湿透的身体,就连身体的感知也是几秒前才恢复的。确认了手心的温度与触感后,我吃力地向右侧移动着视线。

江佳铃就躺在我的身边,她也成了落汤鸡,正半张着小嘴,平稳地呼吸着,呆呆地望着头顶的夜幕苍穹。

我们的手握着那个紫色的香囊,紧紧地握在一起。

"太好了,你们终于醒了,终于回来了!"脸上挂着泪痕的张月桐遮盖了映入我眼中的明月,她一手揽住江佳铃,一手揽住我,伏在我们俩的身上失声痛哭着。

"月桐,抱歉……给你添麻烦了。"江佳铃用空闲的右手抚摸着张月桐的学生头,温柔地将老友移向她的胸口,倾听心跳。

几秒后,张月桐的身体打了个激灵,她吃惊地望着江佳铃的眼睛,继而在那释怀的表情中找到了答案:"她……"

"嗯,梦该醒了。"江佳铃松开了我的手,也松开了那个紫色的香囊。

"佳铃,要带着她的愿望……继续走下去哟!"张月桐的泪珠不断滴到江佳铃的脸上,可即便如此,她还是尽力上扬着嘴角。

"一定会的,我不会再忘记她了。"江佳铃将圆滚滚的回忆之珠物归原主,她向左微微转头,以便让我看到她的微笑。

"好了好了,既然一切都结束了,咱们就回去吧,你们这两个惹事包居然害大家担心了这么久,我一定要罚你们!"握紧珠子后,张月桐在深呼吸中站起身子,而后突然敲了一下自己的脑袋,连忙拿出口袋里的手机,"啊,对了,我还得告诉杨小白和班主任,让他们不要往回赶了……你们等我一下哟,我再给你们找两条毛巾……"

张月桐的说话声和脚步声都在远去。安静的断桥边隐隐传来几声蛙鸣,空气中刺鼻的味道悄悄淡了几分。杂乱无序的垃圾堆中,一株破土而出的新芽正活动着自己的筋骨,准备同无数还在浅睡的同伴们一道,将这里的景色再次点亮。品尝完随风而来的露水后,打起精神的绿芽静静地听着来自断桥边二人的对话:

"江铃,离你出发去临城还剩几天?"

"还有整整一周。"

"这么快呀……需要帮忙吗?"

"谢谢,东西都已经整理好了。不过还是希望你能来,我的爸爸妈妈

第四十七章 江舟风铃曲——江铃 577

已经说了好多次了,想和你吃个饭,还有叔叔和阿姨也一起来。"

"哇,那我肯定又得被絮叨别打扮得人模狗样了。"

"哈哈,那是什么装扮呀……我可以当你已经答应了吗?"

"当然。临城啊……不知道云湾到临城的直达高铁大约需要多少钱呢……"

"高铁 360 块,火车 120 块。"

"喂,怎么是即答呀!"

"因为调查过呀,虽然是反过来的路程。"

"输给你了……谢谢你,江铃。"

"彼此彼此,哈哈。"

……

午后的阳光烤得人浑身难受,像是要让世间万物都永远记住它在夏日里的这份辉煌。我和杨小白在偶遇后开始了同行,一起去车站送别我们的朋友离开这个充满故事的小县城,开始崭新的人生旅程。

"真被你们俩折腾得够呛,咱当然做好预防措施了呀,可是对于接触过回忆之珠的人来说,那都是无用功,想接近一定会接近。"杨小白朝我白了一眼,她噘着嘴巴转起了棒棒糖,"而且咱都不用问,梦境里的咱肯定给你当了很多次炮灰。不然你怎么可能回来嘛!"

"抱歉抱歉,非常感谢您的帮忙!"我点头哈腰地给她递上一份又一份的甜食,活像个从黑白默剧中穿越而来的侍从。

杨小白终于吃累了,她摆了摆手示意我停止"进贡",继而用巧克力棒戳着我的脸颊,没什么精神地抛出了类似威胁的话语:"话说回来,月桐的真实身份你可不兴说出来哟,不然咱就消除你的记忆。"

"可坑了,你不用这样来吓我,我绝对不会说的。"我尴尬地附和着杨小白的奇妙言论。

杨小白将巧克力棒整根吞下,而后做出了一个 OK 的手势:"吓你?看样子你还是不信咱会魔法。要不要试试看?现在就让你忘记要送佳铃姐的事。"

"别别别,我信,我当然信。"

"哼哼,这还差不多。"

"巫……杨小白,既然我已经知道了纪委的身份,差不多你也该把你的身份告诉我了吧?"

"咱?咱只是一个知道三石桥存在的人罢了。稍有不同的是,咱家祖祖辈辈一直都知道。"杨小白用鼻子哼了一声,露出要和我算账的表情,"还记得你经常吐槽的《三石情》里的男二号吗?"

啥?那个从第一部开始就赖着芷,在履死了之后更是疯狂追求芷的小白脸?他是整部《三石情》里我最讨厌的角色,不光性格恶劣酷爱摆谱,还是由我最讨厌的一名流量明星饰演的。在通过芷的信物获得能消除和恢复别人记忆的超能力后更是狂到没边,最后一集居然当着所有人的面,瘆人到极点地对芷说出"既然你要世世代代守护村子里的所有人,那我还有流淌着我的血的后人,也会和三石桥一样,世世代代守护你"这种不甘被甩的宣言……啥?该败了,可坑了,不会吧,我个心啊!原来他不是剧组原创的角色吗?原来那小白脸是杨小白的老祖宗???

"看你那吓到尿床的脸色就知道又在想一些很失礼的事。"杨小白将五根巧克力棒塞进了我的嘴里。她先我一步,与迎面走来的万洋打了招呼。

等我们三人来到候车厅时,其他人已经到了。三天前,我陪着父母和江佳铃一家刚聚过餐,所以相对来说并没有那么拘谨。在我对两位长辈的问候表达感谢时,一旁的江佳铃正在接受来自好友们的祝福。

"唉,想想也真快,过不久我也要出国了。不过今天的分离是为了更美好的再会,现在我们是要去开拓各自的梦想和未来嘛!"王家杰将一本自制的班级相册送给江佳铃,他似乎事先准备了道别语,说起来一套一套的,"就算分别了我也相信,在不久之后,在某个拐角,在世界的任何地方,我们一定会再一次相遇的!青春的花苞会继续绽放下去!"

张月桐与江佳铃拥抱了很久,她用一条五彩斑斓的缎带串起风铃和已经空空如也的紫色香囊,把这个造型别具一格的手环戴上了好友的手腕。

不光是王家杰和张月桐,每个人都自发为江佳铃带了礼物。万洋的礼物是一副粉色耳机,姚蓝的礼物是一个相当可爱的毛绒公仔,赵慎则和可可一起为江佳铃制作了一盒小点心——看造型就知道哪个是谁做的了。杨小白的礼物最为珍贵,一整套《三石情》全集的高清光碟,这可是在网上已经炒出了天价的纪念版,当她拿出来的时候欢呼声响彻了整个候车室。

姚蓝依依不舍地松开了手,但一秒后她又拉住了江佳铃的小指:"江铃,谢谢你。还有那个笨蛋,谢谢你们当时没把我抛弃,谢谢命运让我在这段青春中与你们大家相遇,你一定要记得我们,记得大家在东湾共同度过的这些时光哟!"

张月桐和杨小白合力把这个已经"霸占"了江佳铃十分钟的女孩子往后移了半米,赵慎和万洋则抓住了时机,把我推进了闪出来的空隙中。

直到刚才我都在心中构思着类似王家杰那样的发言稿,但脑子里想好的话如今却全忘了,只剩下了尴尬的挠头苦笑。

江佳铃也乐了,她一如既往地包容了我,在嫣然一笑中对我伸出了手。

我能听到万洋他们小声起哄的声音,但是江佳铃的家人还在这里啊,我怎么能听这群损友的怂恿,在光天化日之下就这么抱上……

我还没回过神,江佳铃熟悉的发香已经扑面而来了:"接下来的日子要继续加油哟!"

"你也是,我们一起加油!在新的地方,在新的故事里!"我将现场所有礼物中最廉价、最陈旧的那张红桃3交给这个拨动我青春岁月的挚友,而后极不情愿地提醒她是时候该检票了。

江佳铃重重地点着头,她的脚步向后轻轻挪了两厘米,停顿了十秒后再次挪动了两厘米……

我知道又到了自己出场的时候了:"过几天我就去趟临城!很快我们就会再见面的。"

从孤身一人到拥有众多的朋友；从微妙的距离到心意相通；从小学年纪的初遇与分手，到初一下学期的再会与相认；从高中时共走的那条上学路，到今日再无犹豫、携手同行的诺言……或许我们的未来还会经历许多磨难，或许我们的未来还会经历许多离别，但这段彼此相遇、努力、成长、欢笑、流泪甚至是胡闹的青春岁月，已经成了定格在我们人生中的闪闪发光、不可磨灭的珍贵回忆。不需要去借助什么，即便它会在时光的流逝中卷起泛黄的纸页，但书写于其中的那些故事，那些绽放着笑容的少男少女，一旦从记忆深处翻开、一旦在不经意间想起，就依然会是青春灿烂的模样。

永远都是。

"再见了，江铃。"那跳跃着轻盈与幸福的舞步在期待中离我而去，我知道我会追上她的，这只是时间的问题而已。

"乖呛嘞，人都走了你来劲了。"赵慎踩蹦着我的毛寸头，他将女朋友抛在一边，同自己的兄弟勾肩搭背着，"该不会刚刚还在心里说了一番让人害臊的完结宣言吧？"

这臭腰子的嘴可真是欠揍，明明气氛才刚呼应上没多久，给他几嗓子就号没了。

"有道理，这事不够他干的，记得小颂离开的时候他也是这种脸色。"姚蓝耷拉着眼皮，用力扯着我的脸颊，"嘿嘿，笑一个啊，笑一个！"

"夯夯里的脸……"因为舌头碰不到牙齿，我反击姚蓝的话估计没人能听懂——刚刚你的脸明明比我的还难看！

"好啦好啦，差不多该开始新的故事了！胜负才刚刚开始呢！"张月桐突然从我的身前蹿了出来，她故意用学生头微微蹭着我的胸口，脸蛋晕着红潮，嘴角挂着浅笑，眼神中透露出类似发现猎物的神情。

万洋趁乱拍了几组我受辱的照片，估计是想浑水摸鱼，和刚刚那些与江佳铃的合照一起发到群里，对陈颂也展示一下我的丑态："说起来啊，杨学姐你是怎么弄到那么稀缺的限定影碟的呀？这得花不少钱吧？"

这个问题我们都很在意，于是不约而同地将视线移向平日里神神秘秘的假小子。

"没花钱,因为是别人送的。"杨小白瞥了眼唯一淡定的张月桐,而后向其他人摊开双手,无奈地摇了摇头,"唉？咱猜你们从来都没有看完过《三石情》正剧结束后的片尾曲吧？建议去翻翻特别顾问的名字。"

在杨小白的引导下,我赶快亮出了来之不易的智能手机,为了跳过广告还特意充了个会员,接着迅速把进度条拉到最后,在一连串不暂停根本难以看清的字里行间找到了"特别顾问"这几个字。

我看看啊,后面显示的名字是……杨德业？

"这个人好像在哪儿听过……是谁来着……"赵慎和姚蓝面面相觑,他们一齐问着同样一头雾水的我。

杨德业？这名字我确实见过,而且还不止一次。它最常见的地方好像是……高三11班教室门口贴着的那张大红纸……等等,这不就是老大的名字吗？！

"哼,这个世界上还真有叫别人绰号叫到忘记真名的蠢蛋啊。"王家杰的声音从我们身后飘过。

明明他自己也没想起来嘛！

当走在最后的我踏出车站时,这段漫长的故事也画上了句号。我回望着江佳铃检票离开的方向,不由得想起与她自心灵世界归来的那天晚上。

在欧龙小区门口分别的时候,彼时仍然浑身潮湿的我们用期待和想象力展望着大学毕业后的生活:

"我吗？一份稳定的工作？再加上老婆孩子热炕头？哈哈,我可得好好努力了,争取不只做个地方台的主持人！江铃,你呢？你觉得等到你大学毕业之后,自己会有什么想实现的梦想？"

"大学毕业后？嗯,我想想啊……收入不错的工作……还有就是穿婚纱结婚。"

穿婚纱结婚,是吗？朋友们的呼喊和列车发动的轰鸣让我从美好的记忆中回归现实,虽然是很幼稚的话,但我在心中又默念了一遍那天晚上,包括刚才都没能说出口的宣言:

到时候一定可以穿的,我保证。

后　记

　　2016年，仍是大学生的我萌生了创作一个以"坚强与成长"为主题的短篇故事的想法，这促使我构思了"陈颂"这个失聪女孩的形象。在故事情节逐渐完善的过程中，众多青春题材的影视和文学作品也唤起了我对中学时光的记忆。我的中学生活虽然多姿多彩，但并不完美，充满了无法弥补的遗憾。一次不经意的擦肩而过，可能就意味着本该相识的人将永远错过，成为生命中的"如果"。

　　我常常自责，过去的自己没有足够的勇气去帮助那些需要帮助的人，没有完全展现一个青春少年应有的阳光形象，也没有将每年都在变化的故乡街景一一铭记……我时常思考，如果那时的我能回头，能迈步，我的青春是否会呈现出不同的色彩？如果现在的我不去书写，不去回忆，那些逝去的岁月和景色是否就会消失得无影无踪？

　　因此，这个原本是关于"坚强与成长"的短篇故事，最终扩展成了以"青春与友情"为主题的长篇小说。

　　通过这部作品，我想传达出自己的信念——青春绚丽美好，友情地久天长，它们都是纯粹的、阳光的，令人为之动容的；同时，人也不能总是沉溺于过去，即使有遗憾和不舍，也要学会坦然释怀。要相信现在的我们，一定是最好的模样，我们能用双手创造的，只有充满无限可能的未来。而这段诉说着相遇、努力、成长甚至是胡闹的青春岁月，亦将永远熠熠生辉，相伴你我身旁。

  2018年小说初稿完成,经过长期的打磨修改,这部承载着我稚嫩文笔和情感的作品,以及作品中那些已经脱离了现实原型的艺术形象,终于有机会以公开出版的形式呈现在更多人面前。在此,我衷心感谢每一位指导过我、关心过我、对这部作品真诚付出的老师、前辈、家人、朋友。

  这段青春,感谢您的陪伴,希望您能喜欢这个故事。愿我们携着这份对于青涩年华的珍惜与留恋,面向未来,大步前行。

2025年2月24日于南京